워터 댄서

THE
WATER
타네히시 코츠 장편소설   TA-NEHISI COATES
강동혁 옮김

DANCER

워터 댄서

차나에게

차 례

I.

내 역할은 노예의 이야기를 전하는 것이었다.
주인의 이야기를 전할 사람이 부족한 경우는 없었으니까.

··· 프레더릭 더글러스 ···

내가 그녀를 본 건 틀림없이 그 돌다리에서였다. 유령 같은 푸른 빛으로 감싸인 춤꾼. 내가 아직 어리고 버지니아의 토양은 벽돌처럼 붉디붉은 생기가 넘치던 시절, 사람들이 그녀를 데려갔을 때의 모습 그대로였다. 물론 구스 강에는 다른 다리들도 있었다. 하지만 사람들은 그녀를 묶어 그 다리로 끌고 왔을 것이다. 푸른 언덕을 지나 계곡으로 구불구불 내려간 뒤 방향을 트는 도로가 바로 그 다리에 닿아 있고, 그 도로가 나아가는 방향은 남쪽이었으니까.

나는 늘 그 다리를 피해왔다. 다리에는 나체스 방향으로 가버린 어머니, 삼촌, 사촌에 대한 기억이 얼룩져 있었기 때문이다. 그러나 지금 나는 기억의 경이로운 힘을 안다. 기억이 한 세상에서 다른 세상으로 나아가는 푸른 문을 열 수 있으며 우리를 산에서 평원으로, 또 푸르른 숲에서 눈이 두껍게 쌓인 들판으로 옮겨줄 수 있다는 것을. 땅을 옷가지처럼 접을 수 있다는 것을. 또 내가 그녀에 대한 기억을 머릿속 '깊은 그곳'으로 밀어 넣었다는 것을, 그러니까 잊었지만 잊지 않았다는 것을. 그러기에 나는 이제 이 이야기가, 이 인도(引導)가 산 자의 땅과 사라진 자의 땅 사이에 놓인 그 환상적인 다리에서 시작될 수밖에 없음을 안다.

그녀는 다리 위에서 타닥타닥 주바*를 추고 있었다. 머리에는 흙빛 항아리를 얹어놓은 채였다. 거대한 안개가 아래쪽 강에서 떠올라 그녀의 맨발 발꿈치를 물어뜯으려 했다. 그 발꿈치가 자갈을 밟아대자, 조개껍데기로 만든 그녀의 목걸이가 흔들렸다. 흙빛 항아리는 그녀의 일부라도 된 듯 움직이지 않았다. 무릎을 아무리 높이 올려도 몸을 휙 숙이거나 구부려도 두 팔을 쫙 펼쳐도, 그 항아리는 왕관처럼 그녀의 머리에 고정되어 있었다. 나는 이 믿을 수 없는 광경을 바라보면서, 유령 같은 푸른빛에 둘러싸인 채 타닥타닥 주바를 추는 그 여인이 내 어머니라는 것을 깨달았다.

다른 사람은 아무도 어머니를 보지 못했다. 새 밀레니엄 마차 뒤쪽에 있던 메이너드도, 메이너드에게 아양을 떨며 그의 혼을 빼놓던 창녀도 마찬가지였다. 하지만 그중에서도 가장 이상했던 건 말조차 어머니를 못 봤다는 점이다. 말은 다른 세상에서 길을 잃고 우리 세상으로 비틀비틀 들어오는 것들의 냄새를 맡을 수 있다던데. 아니, 오직 나만이 마차 운전석에서 그녀를 보았다. 어머니는 사람들이 이야기했던 모습 그대로였다. 옛날에 내 사람들—에마 이모, 영 P, 호나스, 존 삼촌—이 그린 원 안으로 뛰어들었다던 그때 모습 그대로. 어머니가 그렇게 뛰어들면 다들 손뼉을 치고 자기 가슴을 두드리거나 무릎을 찰싹찰싹 때리며 어머니에게 더 빨리 춤추라고 부추기곤 했다. 그러면 어머니는 흙바닥을 세게 굴렀다. 마치 발꿈치 밑을 기어 다니는 뭔가를 뭉개버리듯이. 그러고는 엉덩이를 내리고 절을 한 뒤, 두 손의 박자에 맞추어 구부린 무릎을 꼬아 틀었다. 그때도 흙빛

* 미국 남부 흑인 노예의 춤이다. 지그(gigue) 같은 춤에 엉덩이의 움직임을 강조한 아프리카 춤이 가미되면서 만들어졌다.

항아리는 여전히 어머니의 머리 위에 있었다. 우리 어머니는 라클리스 최고의 춤꾼이었다. 어쨌든 사람들이 내게 해준 말은 그랬다. 이 말이 기억나는 건 어머니가 내게 그 재능을 전혀 물려주지 않아서다. 그보다 큰 이유가 있다면, 어머니에게 아버지의 관심을 끌어다줌으로써 나를 세상에 태어나게 만든 것이 바로 그 춤이기 때문이다. 그보다도 더 큰 이유가 있다면, 내가 모든 것을 기억하기 때문이다. 나는 아마 어머니를 제외한 모든 것을 기억하는 듯하다.

바야흐로 남쪽에서 경마가 진행되는 계절, 가을이었다. 그날 오후 메이너드는 우승할 가능성이 별로 없었던 순종 말에 베팅해 돈을 땄다. 이로써 메이너드는 그간 갈구하던 버지니아 상급자들의 존경심을 마침내 얻을 거라 믿었다. 하지만 메이너드가 마차 등받이에 깊이, 아주 깊숙이 몸을 파묻은 채 활짝 웃음을 지으며 웅장한 마을 광장을 한 바퀴 돌았을 때, 사교계 남자들은 그를 외면하고 시가만 피워댔다. 아무도 인사하는 사람이 없었다. 메이너드는 전과 똑같은 처지였다. 멍청이 메이너드, 절름발이 메이너드, 얼간이 메이너드. 나무가 너무 멀리 떨어뜨린 사과. 메이너드는 씩씩거리며 내게 마을 가장자리에 있는 스타펄의 낡은 저택으로 마차를 몰라고 했다. 메이너드는 거기에서 하룻밤치 화대를 내고 창녀를 산 뒤 라클리스의 대저택으로 그녀를 데리고 돌아가겠다는 기가 찬 생각을 해냈다. 그러다 대단히 운명적이게도, 문득 수치심을 느꼈는지 뒷길로 마을을 빠져나가 덤실크 대로를 따라가라고 요구했다. 그 길의 끝은 아까 말한 도로와 이어져 있었고, 그 도로는 우리를 구스 강의 강둑으로 이끌었다.

마차를 모는 내내 차가운 비가 내렸다. 빗물이 내 모자챙에서 뚝뚝 떨어져 바지에 괴었다. 뒷자리에서 메이너드의 목소리가 들렸다.

그는 창녀에게 온갖 성욕을 뿜내고 있었다. 나는 최대한 말을 재촉했다. 얼른 집에 가고 싶은 마음뿐이었다. 메이너드의 목소리라도 들리지 않는 곳으로 피하고 싶었다. 이번 생에서는 결코 메이너드에게서 자유로워질 수 없더라도 말이다. 내 사슬을 쥔 메이너드. 내 주인이 된 나의 형. 나는 그의 목소리를 듣지 않으려고 최선을 다했다. 뭐든 주의를 돌릴 만한 것을 찾았다. 옥수수를 탈곡하던 일이나 어린 시절 까막잡기*를 하던 기억들. 내 기억이 맞다면 그처럼 주의를 돌릴 만한 생각은 하나도 떠오르지 않았다. 갑작스러운 침묵이 메이너드의 목소리뿐만 아니라 주변 세상의 모든 작은 소리를 지워버렸다. 내 머릿속 칸막이를 들여다보았을 때 대신 눈에 띈 것은 내가 잃어버린 것들이었다. 꿋꿋이 버티며 제야예배를 하던 남자들, 마지막으로 사과 과수원을 둘러보던 여자들, 자기 텃밭을 다른 사람에게 넘겨주던 독신 여성들, 라클리스의 거대한 저택에 저주를 퍼붓던 영감들. 잃어버린 것의 무리는 그 불길한 다리를 건너면서 춤추는 내 어머니로 구체화됐다.

고삐를 당겼지만 이미 늦었다. 우리는 그대로 곤두박질쳤고, 다음 순간 일어난 일은 우주의 질서에 대한 내 생각을 영영 뒤흔들어놓았다. 나는 그곳에 있었으며 그 일이 일어나는 모습을 보았다. 그때 이후로 나는 수많은 일을 보고 우리가 아는 세상이 어디에서 끝나는지, 또 그 지점 너머에 얼마나 많은 것이 있는지 알게 되었다.

바퀴 밑의 길이 사라지고 다리 전체가 무너졌다. 한순간 나 자신이 그 푸른빛 속을 떠다니는 것만 같았다. 아니, 어쩌면 나는 실제로

* 술래가 눈을 가리고 다른 사람들을 잡으러 다니는 놀이.

14

그 빛 속에 있었는지도 모르겠다. 그 빛은 따뜻했다. 내가 그 짧은 온기를 기억하는 이유는, 그 빛에서 빠져나오고 보니 내가 물속에 있었기 때문이다. 이런 말을 하는 지금조차 그곳 구스 강의 얼음장 같은 아귀 속에 다시금 들어가 있는 듯한 기분이 든다. 몰아치던 물. 익사하기 직전인 사람에게나 찾아오는 그 타는 듯한 고통.

물에 빠져 죽는 기분은 다른 무엇에도 비할 게 못 된다. 그 느낌은 단순한 고통이 아니라 그토록 낯선 환경을 마주한 당혹감이기도 하다. 마실 공기는 언제나 있었으므로 정신은 공기가 있을 거라고 믿는다. 그리고 숨을 쉬려는 충동은 본능이므로, 호흡하라는 명령을 중지시키려면 집중력과 같은 것이 필요하다. 다리에서 직접 뛰어내렸더라면 어쩌다 이런 상황이 벌어졌는지 이해할 수 있었을 것이다. 어쩌다 옆으로 빠졌대도 이해했을 것이다. 어쨌든 그건 상상할 수 있는 일이니까. 하지만 우리는 창밖으로 떠밀려 깊은 강으로 곧장 추락한 것 같았다. 어떤 경고도 없었다. 나는 계속 숨을 쉬려 애썼다. 숨을 쉬려고 고함을 질렀던 것이 기억나고, 그 고함에 대한 답으로 어떤 고통이 닥쳤는지는 더 선명하게 기억난다. 밀려드는 물이 주는 고통, 그리고 숨을 들이쉼으로써 그 고통에 응답했던 나. 물론 내 행동은 더 많은 물을 빨아들이게 했을 뿐이다.

하지만 나는 어찌어찌 생각을 가라앉혔다. 아무리 몸부림쳐봐야 죽음이 앞당겨질 뿐이라는 점을 깨달았다. 일단 그런 깨달음을 얻고 나자 한쪽에 빛이 있고 다른 쪽은 어둡다는 것을 알아차렸으며, 어둠은 깊은 물속이고 빛은 그 반대라는 결론을 내렸다. 나는 물장구를 치며 빛 쪽으로 두 팔을 뻗었다. 계속해서 물을 짓치다가 마침내 기침을 내뱉고 헛구역질을 하며 수면으로 떠올랐다.

어두운 물을 뚫고 세상의 디오라마—투명한 실에 걸린 먹구름, 그 먹구름에 낮게 꽂혀 있는 빨간 태양, 그리고 그 태양 밑에서 먼지 대신 풀을 뒤집어쓴 언덕들—속으로 떠올랐을 때, 나는 돌다리를 돌아보았다. 믿을 수가 없었다. 다리는 지금 나에게서 8백 미터는 떨어져 있었다.

다리가 내게서 멀리 달아나는 듯이 보였다. 물살이 나를 끌어당기고 있었기 때문이다. 강둑 쪽으로 헤엄치려 방향을 틀어도 물살은 계속 나를 강 하류로 끌어당겼다. 아니, 눈에 보이지 않는 아래쪽 소용돌이가 끌어당겼는지도 모르겠다. 메이너드의 생각 없는 제안에 자기 시간을 팔았던 여자는 흔적도 보이지 않았다. 하지만 그 여자에 대한 생각은 메이너드가 너무도 자주 그래왔듯 소리 지르고 고함치며 자기 존재를 알리는 바람에 전부 깨지고 말았다. 메이너드는 세상을 떠나는 순간에도 여태 살아왔던 바로 그 태도로 떠나려고 작정이라도 한 것 같았다. 그는 근처에서 나를 휩쓴 것과 똑같은 물살에 휩쓸려 가고 있었다. 물속에서 발버둥 치고 고함을 지르고 조금 발을 젓다가 아래쪽으로 사라졌지만, 그래봐야 몇 초 뒤에 다시 나타났다. 그는 소리를 지르면서 반쯤 발을 저으며 몸부림쳤다.

"도와줘!"

나는 그런 처지였다. 나 자신의 목숨이 간당간당할 때조차 다른 사람의 목숨을 구하라는 요구를 받는 처지였다. 나는 여러 번 메이너드에게 수영을 가르치려 했지만, 메이너드는 다른 모든 가르침을 받을 때처럼 내 조언을 받아들였다. 부주의했다는 뜻이다. 그는 노력을 게을리하다가 제 게으름에 결실이 주어지지 않으면 시무룩해져, 편견에 사로잡혔다. 지금의 나는 노예제도가 그를 죽였다고도 말할 수 있다. 노예제도가 메이너드를 어린애로 만든 셈이다. 노예제도가 아무 힘을 쓰지 못하는 세계에 떨어진 지금, 메이너드는 물에 닿는 순간 죽은 것이나 마찬가지였다. 나는 언제나 그를 지켜주었다. 유머를 적절히 섞어 모욕하는 것만으로 찰스 리가 메이너드를 쏘지 못하게 막아준 사람이 나였다. 아버지에게 애걸복걸해서 메이너드가 아버지의 분노를 사지 않도록 수없이 막아준 사람도 나였다. 매일 아침 그에게 옷을 입혀준 것도, 매일 밤 그를 침대에 뉜 것도 나였다. 그런 내가 이제는 몸도 영혼도 지치고 말았다. 물의 인력, 나를 그곳으로 이끈 환상적인 사건들, 나 혼자 살아날 힘도 없으면서 다른 사람을 또 한번 구해야 하는 이 상황과 씨름해야 했으니까.

"도와줘!" 메이너드가 다시 소리친 다음 울부짖었다. "제발!" 언제나 그래왔듯 어린애처럼. 구걸하듯이. 무자비해 보일지 모르겠지만, 구스 강에서 나 자신의 죽음과 마주한 그 순간 나는 메이너드가 우리 지위의 진짜 속성을 반영하는 말투를 쓴 적이 한 번도 없다는 걸 문득 깨달았다.

"제발!"

"못 해요." 나는 물살 너머로 소리쳤다. "우린 죽은 목숨이에요!"

그렇게 죽음이 임박했음을 인정하자 부르지도 않은 내 인생의 기억이 찾아왔다. 다리에서 보았던 바로 그 푸른빛이 돌아와 또 한번 나를 감쌌다. 라클리스와 내가 사랑하는 모든 것이 다시 떠올랐다. 나는 안개 가득한 날 강 한가운데에서 빨래하는 테나를 보았다. 테나는 늙은 몸으로 마지막 힘까지 끌어내 김이 피어오르는 물이 담긴 커다란 냄비들을 들어 올렸다. 물이 뚝뚝 떨어지는 옷가지가 축축한 정도가 될 때까지 그녀는 손의 피부가 벗어지도록 물기를 털어냈다.

장갑을 끼고 보닛을 쓴 소피아도 보였다. 상급자 계급에 속한 여자 같았다. 소피아가 하는 노역에는 그런 치장이 필요했다. 전에도 여러 번 그랬듯, 나는 소피아가 치맛자락을 발목까지 말아 올리고 자신의 사슬을 쥔 남자를 만나러 뒷길로 걸어가는 모습을 지켜보았다. 내 팔 다리에서 힘이 빠지는 게 느껴졌다. 그러자 나를 깊은 곳에 빠뜨렸던 사건들의 수수께끼와 혼란이 더는 거슬리지 않았다. 물 밑으로 들어간 지금은 타는 듯한 느낌도, 숨을 쉬어야 한다는 부담도 느껴지지 않았다. 체중이 사라진 것만 같았다. 강 속으로 가라앉으면서도 다른 무언가의 안으로 떠오르는 것처럼 느껴졌다. 물이 내게서 떨어져나갔다. 나는 강에 감싸인 채 혼자서 따뜻하고 푸른 주머니 속에 들어 있었다. 그리고 마침내 내가 보상을 받았다는 걸 알았다.

내 정신은 뒤로 돌아 더 멀리, 이곳 버지니아에서 나체스로 끌려 갔던 사람들에게까지 여행해 갔다. 그중 몇이나 지금 내가 가려는 다음 세상에 가 있을지, 몇이나 그곳에서 나를 맞아줄지 궁금해졌다. 에마 이모도 보였다. 이모는 오랜 세월 동안 부엌에서 일했다. 워커 가문 사람들이 모이면 생강 쿠키가 담긴 쟁반을 들고 다녔는데, 그중에 이모 자신이나 가족에게 줄 쿠키는 하나도 없었다. 어쩌면 내 어머니가 그곳에 있을지도 몰랐다. 그러자 생각이 빨라졌다. 덕분에 나는 어머니가 눈앞에서 너울거리는 모습을, 고리 안에서 물의 춤을 추는 모습을 보았다. 이 모든 것을, 이 모든 이야기를 생각하자 평화로 워졌고 심지어 기분이 좋아지기까지 했다. 어둠 속으로 떠오르는 것도, 빛 속으로 떨어지는 것도 좋았다. 그 푸른빛 안에는 평화가 있었다. 잠을 잘 때보다 평화로웠다. 그보다 좋은 건 그 빛 안에 자유가 있었다는 점이다. 나는 어른들의 말이 거짓이 아니라는 걸 알게 됐다. 우리에게도 진짜 고향이 있다는 말, 노역을 넘어선 삶이 있다는 말. 어른들 말이, 우리의 고향에서는 모든 순간이 산 너머로 떠오르는 햇살 같다고 했다. 그토록 큰 자유를 생각하자, 내 발목을 잡는 납덩이가 문득 신경에 거슬렸다. 아주 오래전부터 어쩔 수 없이 끌고 가야 한다고 믿었던, 이제는 영원까지 나를 따라가려 드는 납덩이. 나는 돌아보았다. 지나온 물살 안에 그 짐덩이가 있었다. 나의 형. 울부짖고 발버둥 치고 비명을 지르며 살려달라고 비는, 나의 형.

　나는 평생토록 메이너드의 징징거림을 받아내야 했다. 나는 메이너드의 오른팔이었다. 그래서 나 자신의 팔은 없었다. 하지만 이젠 그 모든 게 끝났다. 나는 떠오르고 있었으니까. 떠올라서 상급자와 노역자로 이루어진 세계를 벗어나고 있었으니까. 내가 마지막으로 본 메이너드의 모습은 물속에서 발버둥 치며 더는 잡을 수 없는 것을 움켜쥐는 모습이었다. 그러다가 메이너드는 끝내 내 눈앞에서, 물결을 타고 흔들리는 빛처럼 흐려져갔다. 메이너드의 비명도 내 주변을 둘러싼 시끄러운 허무 아래로 작아져갔다. 그런 다음, 그는 사라졌다. 그 순간을 애도했다고 말하고 싶다. 아니, 뭔가 그 순간을 기념할 만한 의식을 치렀다고 말이다. 하지만 나는 그러지 않았다. 나도 나의 끝을 향해 가고 있었다. 메이너드는 메이너드의 끝으로 향하고 있었고.

　이제는 눈앞의 유령들이 차분해졌다. 나는 어머니에게 시선을 주었다. 어머니는 더 이상 춤추지 않는 대신 어느 소년 앞에 무릎을 꿇고 있었다. 어머니는 그 아이의 뺨에 손을 댔고 머리에 입을 맞추었으며 조개껍데기 목걸이를 손에 쥐여주었다. 아이의 손을 오므려 목걸이를 쥐게 하더니, 두 손으로 입을 가린 채 일어나 몸을 돌려 멀어져갔다. 아이는 그곳에 가만히 서서 지켜보다가 그녀를 부르며 울었고, 그녀를 뒤쫓다가, 쫓아 달리다가, 도중에 넘어졌다. 아이는 두 팔에 얼굴을 묻고 누운 채로 울었다. 그런 다음 다시 일어나 돌아섰다. 이번에는 내 쪽을 보고 있었다. 아이는 내게 다가왔다. 손을 펴고 내게 목걸이를 내밀었다. 나는 마침내 내게 주어진 보상을 보았다.

2

나는 평생토록 탈출하고 싶었다. 별로 특별한 일도 아니었다. 노역자들 모두 똑같은 감정을 느꼈으니까. 하지만 그들과 달리, 라클리스의 모든 사람과 달리 나에게는 탈출할 방법이 있었다.

나는 이상한 아이였다. 걷기 전에 말문이 트였다. 그러나 말을 많이 하지는 않았다. 지켜보고 기억하는 데 가장 익숙했기 때문이다. 사람들이 하는 말은 내게 들린다기보다 보였다. 사람들의 말이 눈앞에서 그림처럼 형태를 갖추었다. 내 안에 보관할 수 있는 연속적인 색채와 선과 질감과 형태를 이루었다. 나는 잠깐의 손짓만으로도 이미지를 가져와, 애초에 그 이미지를 떠올리게 만들었던 그 단어로 정확히 다시 번역할 수 있는 재능이 있었다.

다섯 살쯤에는 한번 듣기만 해도 노동요를 큰 소리로 부를 수 있었다. 메기는 부분과 받는 부분에 즉흥적으로 내 나름의 소절을 더해 부르기도 했다. 그 모습에 어른들은 눈을 휘둥그렇게 뜨고 재미있어했다. 나는 동물 하나하나에 어디에서 그 동물을 보았는지, 하루 중 언제 보았는지, 그 동물이 뭘 하고 있었는지 나타내는 이름을 붙여주었다. 그래서 어떤 사슴은 봄의 풀밭이 되었고, 어떤 사슴은 부러진 오크 가지가 되었다. 어른들이 조심하라고 자주 타일렀던 개떼도 마찬가지였다. 다만 그 개들은 내게 '떼'가 아니라 저마다 독특한 녀석이었다. 다시는 그 개를 만나지 못하더라도 특별했다. 다시는 만나지 못할 신사나 숙녀가 그렇듯이. 그래서 나는 그 녀석들을 기억했다.

또 나는 같은 이야기를 두 번 들을 필요가 없었다. 누가 행크 파워스가 딸이 태어났을 때 세 시간 동안 울었다고 말해주면 나는 그 이야기를 기억했다. 루실 심즈가 어머니의 크리스마스 작업복으로 새 드레스를 만들었다는 이야기도 기억했다. 조니 블랙웰이 동생에게 칼을 겨눴다는 이야기도 기억했다. 호러스 콜린스의 모든 조상과 그들이 엠 카운티의 어디에서 태어났는지도 기억했다. 제인 잭슨이 자신이 속한 모든 세대, 그러니까 자기 어머니와 어머니의 어머니와 대서양의 가장자리까지 뻗어나가는 모든 어머니에 대해 읊는 내용도 기억했다. 그러니까 구스 강의 배 속에서도, 돌다리가 이미 멀어져 종말이 코앞에 닥친 상태에서도 이번이 푸른 문으로 가는 첫 번째 순례가 아님을 떠올린 건 자연스러웠다.

이 일은 예전에도 일어난 적이 있었다. 내가 아홉 살 때, 어머니가 팔려 갔을 때였다. 나는 추운 겨울 아침에 눈을 떴다. 어머니가 사라진 게 틀림없는 사실임을 알았다. 하지만 그 장면은 그림으로 그려지지 않는다. 어떤 기억도, 어떤 작별 인사도 없었다. 사실 어머니에 대한 상(像)이 전혀 없다. 나는 어머니를 간접적으로만 기억했다. 한 번도 본 적 없지만 아프리카에 사자가 살고 있다고 확신하듯이 어머니가 팔려 갔다고 확신했다. 온전하게 살이 붙은 기억을 찾아봐도 부스러기만 발견될 뿐이다. 비명. 애원. 누군가가 내게 애원하고 있다. 말들이 풍기는 강한 냄새. 그 모든 아지랑이 속에서 어떤 모습에 초점이 맞았다가 흐려지곤 했다. 물이 담긴 여물통. 나는 두려웠다. 어머니를 잃었기 때문만은 아니었다. 나라는 녀석이 원래는 가장 선명한 색깔로, 마실 수도 있을 만큼 풍부한 질감으로 모든 과거를 기억하는 아이였기 때문이다. 그러다가 문득 움찔하며 깨어났다. 스치는 단상과 그림자, 비명 들 속에서.

나가야 해. 이 역시 생각보다는 느낌으로 다가왔다. 내가 도저히 막을 수 없을 게 분명한 어떤 아픔과 위반, 나 자신을 잃었다는 느낌. 나 자신이 발가벗겨지는 듯했다. 나는 그런 일을 막을 수 없다는 걸 알고 있었다. 어머니는 사라졌고 나는 그 뒤를 따라야 했다. 그래서 그 겨울 아침, 나는 오스나브뤼크* 셔츠와 바지를 걸친 다음 검은 코트에 두 팔을 집어넣고 투박한 단화의 끈을 묶었다. 나는 스트리트로 걸어갔다. 스트리트는 우리 담배밭 일꾼들이 집으로 삼는 박공 지붕 통나무집이 길게 늘어선 두 열 사이의 공용 공간이었다. 얼음장 같은 바람이 먼지투성이 땅을 가르고 얼굴을 베었다. 휴일로부터 2주가 지난 일요일, 해 뜨기 직전이었다. 달빛 속에서 오두막 굴뚝으로 흰 연기가 삐끔삐끔 솟아오르는 것이 보였다. 오두막 뒤에는 검고 헐벗은 나무들이 휘파람을 부는 바람 속에서 술에 취한 듯 흔들렸다. 여름이었다면 스트리트는 그 시간에도 정원에서 벌어지는 일로 생기가 넘쳤을 것이다. 양배추나 당근을 뽑는 사람들과 물물교환을 하거나 저택 본관에 가져다 팔려고 달걀을 모아들이는 사람들로. 렘과 다른 형들이 그곳에 나와 있다가 구스 강으로 가면서 어깨에 낚싯대를 걸친 채 미소 짓고 손을 흔들며 내게 "이리 와!"라고 소리쳤겠지. 잭과 함께 있는 아라벨라도 보였을 것이다. 눈에 잠기운을 가득 담고

* 무겁고 발이 굵은 면포. 곡류를 담는 부대나 운동복 따위에 쓰인다.

서도 두 오두막 사이에 그려둔 흙바닥 고리 안에서 구슬들을 골라내면서. 또 스트리트에서 가장 못된 여자인 테나가 앞뜰을 쓸거나 낡은 깔개를 털어대거나 누군가가 멍청한 짓을 했다고 눈알을 굴리며 혀를 차고 있었을지 모른다. 하지만 그때 버지니아는 겨울이었고, 제정신인 사람은 모두 실내 불가에 모여 있었다. 그래서 내가 밖으로 나갔을 때 스트리트에는 아무도 없었다. 자기 집 문밖을 내다보는 사람도 없었고, 내 팔을 잡는 사람도 없었고, 내 엉덩이를 두 번 후려치며 "애, 이렇게 추운 데 나와 있다가는 죽어! 그런데, 엄마는 어디 계셔?"라고 물을 사람도 없었다.

나는 구불구불한 오솔길을 따라 어두운 숲속으로 들어가다가 할란 감독의 오두막이 보이지 않게 되자마자 멈춰 섰다. 할란 감독도 이 일에 참여했을까? 그는 라클리스의 행동 대장이었다. 적당한 '교정'이 필요해 보일 때 그 '교정'을 실제로 시행하는 하류층 백인. 할란 감독은 노예제도를 집행하는 물리적인 손이었다. 그의 아내 데지가 집 안을 다스린다면 그는 밭일을 맡았다. 하지만 나는 기억의 조각을 정리해나가는 과정에서 할란 감독에 관한 단서는 찾지 못했다. 물이 담긴 여물통은 보였다. 말의 냄새도 났다. 마구간으로 가야 했다. 나로서는 차마 이름 붙일 수 없는 무언가가 그곳에서 나를 기다리고 있다는 확신이 들었다. 어머니에게 아주 중요한 무언가, 어머니를 내게 보내줄 비밀 통로 같은 게 있을 것만 같았다. 나는 살을 에는 겨울바람을 맞으며 그 숲으로 들어갔고, 그러면서 아무 목적이 없는 듯한 목소리들을 다시 들었다. 이제는 그 목소리들이 내 주변에 점점 늘어나고 있었다. 나는 마음속에서 어떤 모습, 그러니까 물이 담긴 여물통으로 다시 눈을 돌렸다.

다음 순간 나는 달리고 있었다. 짧은 다리로 가능한 한 빠르게 뛰었다. 마구간으로 가야 했다. 내 세상 전부가 거기에 달린 것 같았다. 흰 나무문에 다다라 빗장을 밀어 올렸다. 결국 문이 벌컥 열리며 나는 흙바닥에 처박혔다. 재빨리 일어나 안으로 달려가면서, 바로 눈앞에 아침에 보았던 광경이 조금씩 흩어져 있는 것을 보았다. 물이 담긴 여물통과 말들. 나는 말 한 마리 한 마리에게 가까이 다가가 그 눈을 들여다보았다. 말들은 멍하니 나를 마주 볼 뿐이었다. 여물통으로 다가가 칠흑처럼 검은 그 안을 내려다보았다. 목소리들이 돌아왔다. 내게 애원하는 누군가. 그러다가 그 모습이 검은 물속에서 형체를 갖추었다. 나는 한때 스트리트에 살았으나 이제는 사라져버린 노역자들을 보았다. 푸른 안개가 칠흑 같은 어둠 속에서 솟아오르기 시작했다. 그 안개는 근원 모를 빛으로 안에서부터 빛나고 있었다. 그 빛이 나를 여물통 쪽으로 끌어당겼다. 그런 다음 주변을 둘러보니 마구간이 흐려지고 있었다. 아주 오랜 세월이 흐른 뒤의 돌다리가 그랬듯 확실하게 흐려졌다. 나는 이게 바로 그것이라고, 그 꿈의 의미라고, 나를 라클리스에서 데려가 어머니와 다시 만나게 해줄 비밀 통로라고 생각했다. 하지만 푸른빛이 가시고 나서 눈에 들어온 건 어머니가 아니라 나무로 된 박공 천장, 겨우 몇 분 전에 떠나온 그 오두막의 천장이었다.

나는 바닥에 누워 있었다. 일어서려 했지만 두 팔과 두 다리가 무거운 것이 꼭 사슬에 묶인 듯했다. 간신히 일어나 어머니와 같이 쓰던 밧줄 침대*로 비틀비틀 걸어갔다. 어머니의 선명한 냄새가 아직

* 나무판 대신 격자로 얽은 밧줄로 밑바닥을 만든 침대.

방과 침대에 남아 있었고 나는 그걸 따라 머릿속 복도를 나아가고
싶었다. 하지만 내 짧은 인생 곳곳의 굽이굽이가 눈앞에 분명하게 펼
쳐져 있는데도 어머니는 그저 안개와 연기로만 나타났다. 어머니의
얼굴을 떠올려보려 했으나 떠오르지 않았다. 어머니의 품과 두 손을
떠올렸지만, 오직 연기뿐이었다. 어머니의 꾸중과 애정에 대한 기억
을 찾아보았으나 오직 연기뿐이었다. 어머니는 따뜻한 기억의 조각
보에서 차가운 사실의 도서관으로 사라져버렸다.

　나는 잠을 잤다. 그날 오후 늦게 눈을 떴을 때는 온전히 혼자였다.
지금까지 나는 그날의 나와 처지가 같은 아이들을 엄청나게 많이 봤
다. 세상의 온갖 요소에 아무 대비도 못 한 채 버려진 고아들. 그중
몇 명은 성질을 부리고 몇 명은 인사불성이 된 채로 걸어 다니는 모
습을, 또 몇 명은 며칠이 지나도록 울어대고 몇 명은 기이할 정도로
눈앞의 순간에만 집중하는 모습을 봤다. 그 애들은 어느 한 부분이
죽어버렸다. 외과 의사나 된 듯이 즉시 절단 수술이 필요하다는 사실
을 알았던 것이다. 그 일요일 오후, 여전히 투박한 단화를 신고 오스
나브뤼크 셔츠를 걸친 채로 자리에서 일어나 다시 밖으로 나갔을 때
의 나도 그랬다. 이번에는 우리 가족에게 할당되는 옥수수 한 줌과
돼지고기를 받으러 창고까지 무사히 갔다. 그것들을 집에 가져다놓
고 머무는 대신, 식량 자루와 몸에 걸친 것을 빼면 내 유일한 재산인
구슬들을 가지고 밖으로 나갔고, 결국 스트리트의 맨 마지막 건물에
이르렀다. 그 건물은 다른 오두막과 동떨어진 커다란 오두막이었다.
테나의 집.

　스트리트는 공동 구역이지만 테나는 혼자서 지냈다. 테나는 뒷말
이나 수다나 노래에 절대 끼지 않았으며 담배밭 일이 끝나면 곧장

집으로 갔다. 테나의 일과는 귀에 거슬리는 데서 소란스럽게 노는 우리 어린애들을 쏘아보는 것이었다. 가끔은 뜬금없이 눈을 휘둥그렇게 뜨고서 어두운 오두막에서 갑자기 튀어나와 우리에게 빗자루를 휘둘러대기도 했다. 다른 사람이 찾아왔다가는 테나의 그런 행동을 보고 주춤했을지도 모른다. 그러나 테나가 예전부터 이렇지는 않았다는 얘기도 있었다. 바로 이 스트리트에서 다른 인생을 살던 때는 테나가 낳은 다섯 아이만이 아니라 스트리트에 있는 모든 아이의 어머니였다는 것이다.

그건 다른 시대의 일, 내가 기억하지 못하는 일이었다. 하지만 테나의 아이들이 사라졌다는 사실은 알고 있었다. 돼지고기와 옥수수가 담긴 자루를 들고 테나의 집 문을 바라보며 무슨 생각을 했던가? 물론 나를 받아줄 사람들도, 아이들과 함께 있는 걸 정말로 좋아하는 사람들도 있었다. 아이들과 함께하는 것을 실제로 좋아하는 다른 사람들이라면. 하지만 바로 그 순간 내 안에서 덩어리지던 고통을 이해할 사람은, 내가 아는 한 스트리트에서 테나가 유일했다. 테나가 우리에게 빗자루를 휘두를 때조차 나는 그 상실의 깊이를, 테나의 고통을, 테나가 나머지 우리와는 달리 드러내지 않으려 했던 분노를 느낄 수 있었고, 그 분노가 진실하고 정당하다고 생각했다. 테나는 라클리스에서 가장 못된 여자가 아니라 가장 정직한 여자였다.

나는 문을 두드렸다. 아무 대답도 들려오지 않았다. 이제는 한기가 느껴져서 나는 그 문을 밀고 들어갔다. 보급품을 문 바로 안쪽에 놔두고 사다리를 기어올라 다락방으로 들어가서 몸을 뉘었다. 아래쪽을 내려다보면서 테나가 돌아오기를 기다렸다. 몇 분 후 테나가 들어와 위를 올려다보더니, 익숙한 눈길로 나를 쏘아보았다. 하지만 그런 다음 불가로 걸어가 불을 피우고 벽난로 위 선반에서 냄비를 하나 꺼냈다. 몇 분 안에 돼지고기와 잿불로 구운 옥수수빵 냄새가 오두막을 가득 채웠다. 테나는 한 번 더 나를 올려다보고 말했다. "먹고 싶으면 내려와라."

나는 테나와 1년 반을 함께 살고 나서야 테나가 품은 분노의 정확한 근원을 알게 됐다. 어느 따뜻한 여름밤, 오두막 다락방의 작은 돗짚자리에 누워 있다가 시끄러운 신음을 듣고 깼다. 테나가 잠꼬대하는 소리였다. "괜찮아, 존. 괜찮아." 테나가 이 말을 너무 분명하게 해서, 처음 들었을 때는 테나가 그곳에 있는 누군가에게 말을 건다고 짐작했다. 하지만 다락방에서 내려다보니 테나는 아직 잠들어 있었다. 나는 이미 테나를 그녀만의 유령들에게 맡겨두는 데 익숙했다. 그러나 테나가 잠꼬대를 할수록 이번만큼은 그녀가 정말로 괴로워한다는 생각이 들었다. 나는 테나를 깨우러 내려갔다. 내가 다가가는 와중에도 테나는 계속 신음하며 말했다. "괜찮아, 괜찮다니까. 괜찮아, 존." 나는 손을 내밀어 테나의 어깨를 당겼다. 테나가 깜짝 놀라 깰 때까지 그녀의 어깨를 흔들었다.

테나는 나를 올려다보더니 어두운 오두막을 둘러보았다. 자기가 어디에 있는지 잘 모르는 듯했다. 그러다가 두 눈이 가늘어지며 다시 한번 내게 초점을 맞추었다. 나는 지난 1년 반 동안 테나의 분노에 대체로 면역이 생겼다. 스트리트에는 무척 잘된 일로, 테나는 예전보다 화를 덜 냈다. 내 존재가 오랜 상처를 치유하기 시작했다는 듯이. 하지만 그 생각은 틀렸다. 내게 초점을 맞추는 테나를 본 순간 그 사실을 알아차렸다.

"무슨 짓이야!" 테나가 외쳤다. "빌어먹을 애새끼, 당장 나가! 썩꺼져!" 나는 허둥지둥 밖으로 나갔다. 날이 거의 밝아 있었다. 태양이 뿜어내는 노란 안개가 머잖아 숲 너머를 기웃거릴 터였다. 나는 어머니와 함께 썼던 옛 오두막으로 돌아가 계단에 앉아 있었다. 그러다가 노역을 할 시간이 왔다.

그때 나는 열한 살이었다. 나이치고 덩치가 작았지만, 예외는 없었으므로 어른처럼 일해야 했다. 나는 회칠을 해 오두막의 빈틈을 메웠다. 여름에는 밭에서 괭이질을 하고, 다른 모두와 마찬가지로 가을이면 담뱃잎을 널었다. 덫을 놓고 낚시를 했고, 어머니가 사라진 뒤에도 텃밭을 돌봤다. 하지만 그 일이 있었던 그날처럼 더운 날에는 다른 아이들과 함께 들판에서 일하는 사람들에게 물을 가져다주는 심부름을 했다. 그래서 나는 그날 내내 저택 본관 근처 우물에서 담배밭까지 이어지는 아이들의 행렬에 참여했다. 종이 울리고 모두가 저녁을 먹으러 모였을 때도 테나의 집으로 돌아가지 않았다. 대신 숲의 안전한 곳에 자리를 마련하고 지켜봤다. 스트리트는 생기가 넘쳤으나 내 눈은 테나의 오두막에 머물러 있었다. 나는 대략 20분마다 한 번씩 테나가 밖으로 나와, 손님이라도 기다리는 것처럼 양쪽을 둘러보고 다시 안으로 들어가는 모습을 보았다. 마침내 내가 오두막에 돌아갔을 때는 늦은 시간이었다. 테나는 침대 옆 의자에 앉아 있었다. 나는 벽난로 선반에 놓여 있는 빈 그릇 두 개를 보고 테나가 아직 밥을 먹지 않았다는 걸 알았다.

우리는 저녁을 먹었다. 잠자리에 들 시간이 되자마자 테나는 나를 돌아보며 갈라지는 목소리로 속삭였다. "존은…… 빅 존은 내 남편이었어. 죽었다. 열이 나서. 너도 그건 알아야 할 것 같구나. 너는 나에 대해서, 너에 대해서, 이곳에 대해서 좀 알아야 할 것 같아."

테나는 그쯤에서 잠시 말을 멈추고 벽난로를 들여다보았다. 요리할 때 피우고 남은 마지막 잔불이 꺼져가고 있었다.

"난 그 일로 속을 끓이지 않으려고 애쓰고 있다. 모든 것이 그렇듯 죽음도 자연스러운 일이야. 이곳보다 더 자연스럽지. 하지만 이 죽음 때문에 다른 많은 것들이 함께 죽어버렸어. 나의 빅 존에게서 더 많은 죽음이 나왔다. 그리고 그런 죽음은 전혀 자연스럽지 않지. 그건 살인이었다."

거리의 소음과 소란은 잦아든 뒤였고, 이제는 밤의 곤충들이 낮고 리드미컬하게 우는 소리만 들려왔다. 문이 열려 있어서 7월의 산들바람이 술술 들어왔다. 테나는 난로 위쪽에 있는 파이프를 가져다가 불을 붙이고 뻐끔거리기 시작했다.

"빅 존은 감독이었어. 그게 무슨 뜻인지는 알지?"

"여기 밭에서는 빅 존이 대장이었다는 뜻요."

"그래, 맞다." 테나가 말했다. "빅 존은 담배 일꾼 모두를 감독할 사람으로 뽑혔지. 빅 존은 할란처럼 성질이 못돼서 감독이 된 게 아니었어. 빅 존이 감독이 된 건 그이가 가장 현명했기 때문이다. 저 백인 중 누구보다도 현명했어. 백인 모두의 인생이 빅 존에게 달려 있었다. 저 밭은 그냥 밭이 아니야. 라클리스의 심장이지. 너도 여기서 꽤 오래 지내며 여러 가지를 보았고, 이곳에 있는 모든 멋진 것을 봤으니 저 밭에 뭐가 있는지 알 거다."

사실이었다. 라클리스는 산속에 수천 제곱미터나 펼쳐져 있는 광대한 토지였다. 나는 밭에서 일하는 틈틈이 이 넓은 땅을 탐험하기를 좋아해서, 황금빛 복숭아가 가득한 과수원과 여름 바람에 살랑거리는 밀밭, 노란색 비단 같은 수염을 희망처럼, 왕관처럼 걸치고 있는 옥수수 줄기, 낙농장, 철공소, 목공소, 제빙소, 라일락과 백합으로 가득한 계곡의 정원을 찾아냈다. 그 모든 것이 정확한 기하학이라는, 내가 너무 어려서 이해하지 못했던 수학에 따라, 눈부시게 빛나는 대칭을 이루고 있었다.

"멋지지?" 테나가 말했다. "하지만 그 모든 게 바로 이곳, 담배밭에서 시작된 거다. 바로 이 파이프에 들어 있는 것에서. 그 모든 것의 주인이 내 남편 빅 존이었어. 황금 잎사귀를 다루는 방법이나 요령을 내 남편만큼 잘 아는 사람은 없었지. 빅 존은 박각시벌레를 없애는 가장 좋은 방법을 가르쳐주었고, 어떤 잎은 뜯고 어떤 잎은 둬야 하는지 알려줬어. 그래서 백인들이 빅 존을 좋아했지. 그래서 내가 이 큰 집을 받은 거고.

우린 착하게 살았다. 먹을 게 없는 사람들에게 남는 식량을 나눠줬어. 존이 꼭 그래야 한다고 우겼거든."

테나는 다시 파이프를 뻐끔거리느라 잠시 말을 멈추었다. 나는 집 안으로 흘러들어와 그림자 속에서 노랗게 빛나는 반딧불들을 지켜보았다.

"나는 그이를 사랑했어. 하지만 빅 존은 죽었고, 그다음부터 모든 게 나빠졌지. 내 기억에는 존이 떠난 뒤 첫 흉년이 들었다. 그다음 해도 흉년이었고. 그다음 해도. 사람들은 존이라 해도 우리를 구하지는 못했을 거라고들 말해. 백인들이 저지른 짓 때문에, 놈들이 땅을 벗겨 먹었기 때문에 이 땅이 저주를 받았다는 게다. 버지니아에도 붉은 땅이 약간은 남아 있었지만, 그 모든 게 금세 버지니아의 모래로 변했다. 사람들도 그걸 알아. 그래서 존이 떠난 뒤로는 지옥이 됐다. 나한테도. 너한테도.

네 이모 에마가 생각나는구나. 네 엄마도 그렇고. 그 둘이 다 생각나, 로즈와 에마. 뭐, 그 둘은 짝꿍이었으니까. 서로 사랑했지. 춤추는 걸 아주 좋아했고. 그 둘은 확실히 기억난다. 이따금 고통스럽지만 잊을 수가 없어. 잊히지가 않아."

그 말에 나는 그녀를 멍하니 바라보았다. 그녀와 달리 나는 어머니를 이미 잊었다는 사실이 온전한 무게로 느껴졌던 것이다.

"난 내가 내 아기들을 절대 잊지 못하리라는 걸 안다." 테나가 말했다. "놈들이 내 다섯 아기를 모두 경마장으로 데려가서 다른 애들과 함께 경매에 부쳤어. 팔아버렸지. 담배가 든 통을 팔아치우듯이."

이제 테나는 고개를 숙이고 두 손을 이마에 댔다. 테나가 다시 나를 보았을 때 그녀의 뺨에는 눈물이 흘러내리고 있었다.

"그 일이 일어났을 때 나는 존을 욕하며 대부분의 시간을 보냈다. 존이 살아 있었다면 내 아기들이 지금껏 나와 함께 여기 있었을 거라고 생각했으니까. 존의 특별한 지식 때문만이 아니라, 존이라면 내가 용기가 없어서 하지 못한 일을 했을 거라는 생각이 들었어. 존이라면 놈들을 막았을 거다.

너도 알지. 사람들이 나에 대해서 하는 얘기를 들었을 거야. 하지만 넌 늙은 테나의 어딘가가 고장 났다는 것도 알고 있어. 다락방에 올라가 있는 널 봤을 때, 나는 네 안에서도 똑같은 것이 망가졌다고 느꼈단다. 그리고 넌 나를 선택했어. 무슨 생각으로 그랬는지는 몰라도 나를 선택했다."

테나는 이제 자리에서 일어나 밤의 일과로 집을 정리하기 시작했다. 나는 다락으로 올라갔다.

"하이." 테나가 소리쳤다. 나는 나를 바라보는 그녀를 돌아봤다.

"네, 아주머니." 내가 말했다.

"내가 네 어머니가 될 수는 없어. 내가 로즈가 될 수는 없다. 로즈는 아름다운 여자였고, 누구보다 마음이 고왔어. 나는 로즈를 좋아했다. 하지만 지금은 더 이상 사람을 좋아하지 않아. 로즈는 남의 뒷얘기를 하지도 않았고 떠벌리지도 않았다. 내가 너한테 로즈 대신이 되어줄 수는 없어. 하지만 넌 나를 선택했지. 그건 안다. 내가 안다는 걸 알아줬으면 좋겠구나."

나는 그날 늦게까지 깨어 서까래를 올려다보며 테나의 말을 생각했다. 아름다운 여자, 누구보다 고운 마음, 남의 뒷얘기를 하지 않던, 떠벌리지도 않던 사람. 나는 거리의 사람들에게서 모은 어머니에 대한 기억에 이 내용을 추가했다. 어머니에 대한 그 작은 조각 퍼즐이 내게 얼마나 필요했는지 테나가 알았을 리는 없다. 나는 오랜 세월에 걸쳐 그 퍼즐을 모았고, 그것으로 빅 존처럼 꿈속에 사는 여자의 초상화를 만들어냈다. 그러나 어머니의 초상화는 연기일 뿐이었다.

그럼 내 아버지는? 라클리스의 주인은? 나는 아버지가 누구인지 아주 일찍 알게 됐다. 어머니가 그 사실을 비밀로 하지 않았고, 아버지도 마찬가지였으니까. 때때로 나는 아버지가 말을 타고 부지를 돌아보는 모습을 보았다. 아버지는 나와 눈이 마주칠 때면 잠시 멈추어 모자를 살짝 들어 올리곤 했다. 나는 아버지가 어머니를 팔았다는 걸 알고 있었다. 테나가 끊임없이 그 사실을 상기시켜주었기 때문이다. 그러나 나는 어린애였고, 소년이 아버지에게서 보는 것, 그러니까 자신의 남성성을 떠낸 틀을 외면할 수 없었다. 게다가 나는 그때쯤 비로소 상급자와 노역자를 가른 거대한 계곡에 대해 이해하기 시작한 터였다. 노역자들은 밭에서 몸을 깊숙이 숙이고 나무통에 담은 담배를 옮기며 작은 언덕에서 허리가 휘는 삶을 살아가지만 저 높은 곳의 집, 라클리스의 왕좌에서 살아가는 상급자들은 그러지 않는다는 사실을 말이다. 이 점을 안 내가 아버지를 우러러보게 된 것은 자연스러웠다. 나는 아버지에게서 다른 삶, 화려하고 융숭하게 대접받는 삶의 상징을 보았다. 그리고 저 위에 형이 있다는 사실도 알고 있었다. 내가 노역하는 동안 사치를 누리는 소년. 나는 그 애가 대체 어떤 권리로 한가로이 소일하는 삶을 살아가는지, 또 어떤 법칙에 따라 나는 노역자로 분류되었는지 궁금했다. 내게는 입지를 끌어올릴 어떤 방법만 있으면 됐다. 나 자신의 상급자적 특성을 드러낼 수 있는 어떤 자리에 나를 끌어올릴 방법. 아버지가 운명적으로 스트리트에 나타난 일요일에 나는 그렇게 느꼈다.

현관 앞 계단에 앉은 테나는 평소보다 기분이 좋아서, 어린아이들이 날쌔게 뛰어다녀도 쏘아보거나 쫓아내지 않았다. 나는 밭과 스트리트 사이에 있는 구역 뒤쪽에서 큰 소리로 노래를 부르고 있었다.

오, 주님, 너무도 고되나이다
오, 주님, 너무도 고되나이다
아무도 내 고난을 모른다네, 오직 주님뿐
그 누구도 무엇도 모른다네, 오직 주님만 아실 뿐

나는 여러 소절을 이어가며 고난에서 노동으로, 고난에서 희망으로, 고난에서 자유로 옮겨가는 노래를 불렀다. 선창할 때는 밭에서 일하는 남자들의 대장처럼 대담하고 과장된 목소리를 냈고, 후렴을 부를 때는 주변 사람들의 목소리를 한 명 한 명 흉내 냈다. 사람들, 그러니까 어른들은 재미있어했다. 노래가 길어질수록, 소절이 이어질수록 관심은 커져갔다. 그래서 결국 나는 그들 모두를 흉내 낼 기회를 얻었다. 하지만 그날 나는 어른들을 보고 있지 않았다. 나는 테네시 페이서*를 탄 백인 남자를 보고 있었다. 그는 모자를 푹 눌러쓴 채, 내 공연이 마음에 드는지 미소 지으며 말을 타고 다가왔다. 아버지였다. 아버지는 모자를 벗고 주머니에서 손수건을 꺼내 이마를 훔쳤다. 그러더니 다시 모자를 쓰고 주머니에 손을 넣어 뭔가를 꺼내 내게 던졌다. 한 번도 아버지에게서 눈을 떼지 않던 나는 한 손으로 그것을 잡았다. 나는 오랫동안 그 자리에 서서 아버지와 눈을 맞추었다. 내 뒤에 있는 사람들이 긴장하는 게 느껴졌다. 어른들은 내 건방짐이 할란 감독의 분노를 부를까 봐 걱정하고 있었다. 하지만 아버지는 그저 계속 미소 짓더니, 내게 고개를 끄덕이고 말을 몰아 떠났다.

긴장감이 누그러졌다. 나는 테나의 오두막에 돌아가 내 다락방으로 올라갔다. 주머니에서 아버지가 떠나기 직전에 던져준 동전을 꺼냈다. 구리 동전이었다. 가장자리가 거칠고 울퉁불퉁하며 앞면에는 백인 남자 그림, 뒷면에는 염소 그림이 있었다. 나는 다락방에서 동전의 거친 가장자리를 손가락으로 만져보고, 밭에서 벗어나 스트리트를 떠날 나만의 방법, 내 토큰, 내 티켓을 찾았다고 느꼈다.

그 일은 다음 날 저녁을 먹은 뒤에 벌어졌다. 나는 다락방에서 데

---

* 말의 품종. 한쪽 앞다리와 같은 쪽 뒷다리가 같은 방향으로 동시에 움직이는 말.

지와 할란 감독이 낮은 목소리로 테나에게 이야기하는 모습을 내려다보았다. 테나가 걱정됐다. 데지나 할란이 화를 내는 모습을 직접 본 적은 없었지만, 들은 이야기만으로도 충분했다. 할란 감독이 언젠가 엉뚱한 곡괭이를 썼다는 이유로 사람을 쏴 죽였으며, 데지는 마차를 몰 때 쓰는 채찍으로 낙농장의 소녀를 때렸다는 얘기가 돌았다. 내려다보니 테나가 바닥을 보면서 이따금 고개를 끄덕이는 모습이 보였다. 데지와 할란이 떠나자 테나가 나를 불러 내려오라고 했다.

테나는 조용히 나를 데리고 밭으로 나갔다. 엿들을 사람은 없었다. 늦은 저녁이었다. 여름의 뻣뻣한 공기가 밤 속으로 흩어졌다. 나는 기대감에 가득 차 있었다. 무슨 일이 벌어질지 알 것 같았다. 주위 자연이 내는 밤의 소리가 합창단의 노랫소리라도 되는 듯 들려왔을 때, 나는 만물이 위대한 미래를 노래한다고 느꼈다.

"하이람, 난 네가 얼마나 많은 걸 알고 있는지 안다. 이 잔인한 세상을 살아가야 하는 건 모두 마찬가지지만, 너는 몇몇 어른보다도 잘해냈다. 하지만 세상은 곧 더욱 잔인해질 거야." 테나가 말했다.

"네, 아주머니."

"백인들이 와서는, 네가 더는 밭에서 시간 보내지 않아도 된다더구나. 너는 저 위로 올라갈 거란다. 하지만 그자들은 네 가족이 아니야, 하이람. 네가 그걸 알았으면 좋겠다. 저 위에 올라가서도 너 자신을 잊어서는 안 돼. 우리가 서로를 잊어서도 안 되고. 저놈들이 우리를 불러 올렸어. 알겠니? 우리를 말이야. 네 재주는 나도 봤다. 모두가 봤어. 나도 눈이 돌아가더구나. 그런데 놈들이 나더러 같이 올라와서 너를 돌보라는구나. 네가 날 구해줬다고 생각할지 모르겠다만, 네가 정말로 저지른 일은 나를 그놈들의 눈앞에 가져다둔 거야.

이 아래에는 우리 세상이 있어. 우리 나름으로 살아가고 말하고 웃는 방법이 있지. 넌 내가 그중 하나라도 하는 모습을 별로 못 봤겠지만 말이다. 그래도 이 아래에서는 내게 선택권이 있어. 대단한 건 아니지만, 이곳은 우리 거다. 하지만 저 위에서는, 코앞에 저자들이 있는 곳에서는…… 글쎄, 얘기가 다르지.

조심해야 할 거다, 애야. 조심해야 해. 내 말을 기억하렴. 저들은 네 가족이 아니다. 말을 탄 그 백인 남자가 네 아버지라기보다는, 지금 바로 여기에 서 있는 내가 네 어머니라고 하는 편이 맞을 거다."

테나는 내게 뭔가 말해주려고, 앞으로 닥칠 일을 경고하려고 했다. 하지만 내가 가진 재능은 기억력이었지 지혜가 아니었다. 그래서 다음 날 사각턱에 상냥한 아버지의 집사 로스코가 우리를 데리러 왔을 때에는 흥분을 감추느라 무진 애를 썼다. 우리는 담배밭을 떠나 농장 일꾼들을 지나쳐 갔다. 일꾼들의 노랫소리가 울려 퍼졌다.

천국에 이르면 날 기억한다고 말해주오
나와 내 타락한 영혼을 기억해주오
가엾고 타락한 내 영혼을 기억해주오

그런 다음 우리는 밀밭을 지나고 푸른 잔디밭을 가로질러 꽃밭을 건넜다. 마침내 라클리스의 거대한 저택이 작은 언덕 위에 놓여 태양 그 자체처럼 빛나는 모습이 보였다. 가까이 다가가자 돌기둥과 포르티코,* 입구를 비추는 작은 창문도 보였다. 모든 게 참으로 웅장했다.

* 보통 대형 건물 입구에 기둥을 받쳐 만든 현관 지붕.

나는 문득 몸을 떨며 이 집이 내 것이라고 느꼈다. 혈통에 따라 내 것이라고. 맞는 말이기는 했다. 내가 생각한 의미대로가 아니었을 뿐.

로스코는 나를 힐끗 돌아보았다. 내가 눈을 반짝이는 모습을 보고 얼굴을 찡그리는 것 같았다. "우리는 이쪽으로 갈 거다." 그가 말했다. 그는 우리를 문에서 먼 쪽으로, 저택이 서 있는 작은 언덕의 아랫쪽으로 데려갔다. 그 아래에 땅굴로 들어가는 길이 보였다. 그곳을 지나가는데, 노역자들이 옆방에서 나와 테나와 로스코에게 인사했다. 그들은 더 작은 옆쪽 땅굴들로 쏟아져 들어가는 중이었다. 우리는 토끼굴에, 거대한 저택 밑의 지하 세계에 있었다.

우리는 어느 곁방 앞에 멈춰 섰다. 이곳이 내 방이 분명했다. 침대와 탁자, 세면용 대야, 꽃병, 수건이 있었다. 다락은 없었다. 지하도 없었다. 창문도 없었다. 테나가 여러 물건이 담긴 가방을 내려놓고, 그동안 로스코는 나를 옆에 둔 채 문간에 머물러 있었다. 테나는 내게서 눈을 떼지 않았고, 나는 테나의 눈길에서 그녀가 했던 말이 되풀이되는 것을 느낄 수 있었다. *그자들은 네 가족이 아니다.* 하지만 잠시 후, 테나는 눈을 돌렸다. 그녀가 한 말이라고는 "아이를 데리고 올라가시는 게 좋겠네요"뿐이었다. 로스코는 내 어깨에 손을 얹고 나를 다시 토끼굴 안으로 데리고 가 계단을 쭉 올라갔다. 마침내 우리는 벽을 마주 보게 되었다. 로스코가 내게는 보이지 않는 뭔가를 건드리자 벽이 쓱 미끄러졌다. 우리는 어둠에서 나와 빛이 흘러넘치는, 책이 가득한 넓은 방으로 들어갔다.

나는 문간에 서 있었다. 오감이 압도당하는 듯했다. 방 안에 흘러넘치는 빛, 테레빈유 냄새, 금색과 파란색의 페르시아 양탄자, 그 양탄자 아래 마룻바닥의 광택. 하지만 내 눈을 사로잡은 것은 책이었다. 전에도 책이 어떻게 생겼는지 본 적은 있었다. 스트리트에 사는 우리 중에도 글을 읽을 줄 아는 사람, 오두막에 오래된 잡지나 노래집을 보관하는 사람이 늘 한두 명은 있었으니까. 하지만 그렇게까지 많은 책이, 바닥부터 천장까지 벽 전체에 걸친 책장에 꽂혀 있는 광경은 본 적이 없었다. 나는 뚫어지게 보지 않으려고 최선을 다했다. 버지니아 너머의 세계를 지나치게 궁금해하는 유색인에게 무슨 일이 일어나는지 알고 있었으니까.

책에서 눈을 돌리던 나는 아버지를 보았다. 아버지는 셔츠 차림에 조끼만 걸치고서 방 한쪽 구석에 앉아 나와 로스코를 보고 있었다. 고개를 돌리던 나는 다른 쪽 구석에 있던, 나보다 나이가 많은 백인 소년을 보았다. 핏줄의 장난이었는지, 나는 그 소년이 내 형임을 즉시 알아보았다. 아버지는 가볍게, 별로 신경 쓰지 않고 손을 흔들었다. 이 동작만으로도 로스코는 자리를 비워야 한다는 뜻을 알아들은 듯했다. 그렇게 로스코는 돌아서서 기동 훈련이라도 하듯 미끄러지는 벽 뒤로 사라졌다. 그리고 나는 그곳에 아버지인 하월 워커와 형과 셋이서만 남게 되었다. 두 사람은 호기심 어린 침묵 속에서 나를 바라보았다. 나는 주머니에 손을 넣어 구리 동전을 찾은 뒤 그 거칠고 울퉁불퉁한 가장자리를 만지작거렸다.

3

내가 할 일은 아버지에게서 데지에게로, 데지에게서 테나에게로, 테나에게서 내게로 전달됐다. 지시는 간단했다. 쓸모 있게 굴라는 것이었다. 그래서 나는 다른 모든 노역자들과 마찬가지로 매일 해가 뜨기도 전에 일어났다. 그리고 집 주변을 돌아다니며 어디든 낄 수 있는 곳에 끼었다. 수석 요리사인 엘라를 위해 주방에서 불을 지피거나 낙농장에서 우유를 가져오거나 아침 식사가 끝나면 그릇을 치우는 식으로 말이다. 아니면 로스코와 함께 밖에서 말을 씻기고 빗겼다. 또는 피트와 함께 사과 과수원에서 묘목을 접붙였다. 해야 할 일은 언제나 있었다. 집안일은 줄지 않았지만 일꾼들의 수는 줄었기 때문이다. 심지어 저택 안의 노역자들조차 나체스로 보내질 수 있다는 걸 처음 눈치챈 게 그때였다. 나는 온 힘을 다해 일했다. 가끔 아버지가 가느다랗게, 비뚤어진 미소를 짓고 내 쪽을 보고 있다는 걸 알아챌 때면 더욱 그랬다. 아버지는 내가 쓸모 있다는 걸 알게 됐다.

열세 살 가을, 내가 저택 본관에서 살기 시작한 지 넉 달이 지났을 때의 일이다. 아버지는 그 계절을 즐길 사교 모임을 열었다. 온종일, 은밀한 피로 같은 것이 저택의 노역자들을 뒤덮었다. 나는 그날 아침 일찍 엘라에게 달걀을 가져갔다. 당시 나는 나를 반기는 엘라의 큼지막한 미소를 아침의 자연스러운 일부라고 생각하고 있었다. 하지만 그날 아침 엘라는 제정신이 아니었다. 내가 달걀이 담긴 버드나무 바구니를 가지고 갔는데도 엘라는 그냥 고개를 저으며 탁자 위에 올려두라고 손짓했을 뿐이었다. 피트가 거기 서서 통에 담긴 사과들을 골라내고 있었다.

엘라는 피트 곁으로 옆걸음질 쳐 가더니 달걀 여섯 알을 깨서 흰자와 노른자를 나누고 흰자를 짓이겼다. 엘라는 감정을 완전히 풀어놓지는 않으려는 듯 귓속말을 겨우 면한 낮은 목소리로 말했다. "저 인간들은 아무 생각이 없어. 그 누구도 배려할 줄을 몰라." 엘라가 말했다. "이건 잘못된 일이야, 피트. 너도 알지."

"그만해, 엘라." 피트가 말했다. "이것보다 더 화나는 일도 많잖아."

"난 화나는 게 아니야. 그냥 배려심이 좀 있었으면 좋겠다는 거지. 내가 많은 걸 바라는 거야? 오늘은 간단한 저녁 식사를 하기로 되어 있었다고. 어쩌다가 온 나라 사람을 다 대접하게 된 건데?"

"너도 알잖아." 피트가 말했다. "저들한테 무슨 일이 벌어지고 있는지."

"아니, 모르겠는데." 엘라가 말했다. "아, 거기 밀방망이 좀 줘. 그리고 불이 꺼지지 않게 좀 봐주고, 알았지?"

"너도 눈이 있으니까 알걸. 이젠 옛날 같지가 않아. 황금 잎사귀가 예전 같지 않다고. 오래된 가문들은 전부 서부로 떠났어. 테네시, 배턴 루지, 나체스. 그런 곳으로. 남은 집안이 별로 없어. 아직 여기 있는 집안들은 서로 가까워졌다고 느끼는 거야. 서로를 붙들고 있는 거지. 간단한 저녁 식사가 이젠 저들한테 큰 의미가 됐다고. 다음에 누가 떠날지 모르니까. 오늘 저녁의 작별 인사가 마지막일지도 모르게 됐어."

엘라는 혼자 조용히 웃었다. 하지만 그 미소는 활기 있고 놀리는 듯했으며 큼지막했다. 그래서 나는 우스운 일이 전혀 없었는데도 엘라에게 동조하고 싶었다. "하이, 거기 그것 좀 주렴, 아가." 엘라는 선반을 손짓하며 말했다. 엘라가 아가라고 부르자 마음속이 따뜻해졌다. 나는 불가를 떠나 선반에서 반죽 절단기를 꺼내 가져왔다. 엘라는 여전히 혼자 웃고 있었다. 그녀는 눈을 들어 나를 반겨주는 그 큼지막한 미소를 지었다.

그러다가 그 미소가 쭈그러들었다. 엘라는 굳은 표정으로 나를 보았다. 거의 쏘아보는 것 같았다. 그녀는 피트를 돌아봤다. "그놈들 감정이야 알 게 뭐람. 작별에 대해서라면 여기 이 녀석이 그들 전부를 합친 것보다 많이 알아. 앤 그냥 어린애일 뿐인데도."

그날은 내가 엘라에게서 본 긴장감이 노역자들 사이에 온종일 떠돌았다. 그러나 아버지도 데지도 눈치채거나 신경 쓰지는 못했다. 그날 저녁 각양각색의 마차가 도착하기 시작하자 우리는 전부 미소 지으며 인사하기 바빴다. 나는 시중을 들었다. 그때쯤 나는 광이 나도록 몸을 씻고 단장하는 방법이나 왼손에 은쟁반을 들고 오른손으로는 음식을 내오는 방법, 구석으로 사라지는 방법, 빵을 치우러 나타났다가 다시 그림자 속으로 스며드는 방법을 배운 터였다. 저녁 식사가 끝나자 우리는 접시를 치우고 체리나무색 응접실에 서서 손님들이 모두 그 방의 깊숙한 의자와 장의자에 자리 잡기를 기다렸다.

나는 방 건너편을 보다가, 손님에게 무슨 요구사항이 생기든 들어주는 임무를 맡은 다른 세 사람과 눈이 마주쳤다. 그러고 나서는 손님들을 살펴보며 그들에게 무슨 요구사항이 생길지 예측해보았다. 메이너드의 젊은 남자 가정교사인 필즈 씨가 눈에 띄었다. 그는 눈이 움푹 꺼져 있고 지나치게 진지한 사람으로, 지금은 의자에 깊숙이 기대앉아 있었다. 나는 그 순간에 집중하기가 힘들었다. 나도 모르게 여자들의 옷차림에 감탄하게 됐다. 흰 보닛, 분홍빛 부채, 옆으로 말아 내린 곱슬머리, 머리카락에 꽂은 안개꽃과 데이지. 남자들에게서는 그리 볼만한 게 없었다. 모두가 검은 옷을 입고 있었다. 그런데도 그들이 아름답다고 생각했다. 그들의 걸음걸이에는 특별한 점이 있었고, 아주 작은 움직임에도 우아함이 깃들어 있었다. 그들이 기둥 사이의 문을 열고 물러나 노역자 중 한 명에게 고개를 기울이면서 시가에 불을 붙여달라거나 신사다운 이야기를 할 때도 그랬다. 나는 내가 그들 사이에 섞여서 의자에 앉아 있거나 숙녀에게 귀엣말하는 모습을 상상했다.

그들은 카드 게임을 열일곱 판 했다. 사과주를 큰 병으로 여덟 병 마셨다. 제대로 서 있지도 못할 때까지 라드 과자*를 먹었다. 그러다가 자정이 막 지났을 때, 보닛을 젖혀 쓴 한 여자가 신경질적으로 낄낄거리기 시작했다. 검은 옷을 입은 남자 한 명이 아내를 나무라기 시작했다. 구석에서 꾸벅꾸벅 조는 사람도 있었다. 시중 들던 노역자들은 긴장했다. 손님들은 알아채지 못했을 게 분명한 미묘한 긴장이었다. 아버지는 불을 들여다보고 앉아 있었으며, 필즈 씨는 지루한 표정으로 의자에 깊숙이 앉아 있었다. 여자는 낄낄거리기를 멈추고 보닛을 잡아당겼다. 화장이 갈라져서 생긴, 깨진 가면이 드러났다.

그 여자는 컬리 가문의 앨리스 컬리였다. 컬리 가문은 여러 해 전에 둘로 나뉘었다. 절반은 켄터키로 떠나고 절반은 남았다. 내가 그

---

* 돼지고기 기름과 견과물로 만든 과자.

여자를 기억하는 이유는 떠나는 컬리 가문이 자신들을 위해 노역하던 자들을 함께 데려갔는데, 그 가운데 피트의 자매인 매디도 있었기 때문이다. 나는 매디를 만나본 적이 없었다. 하지만 피트는 매디 얘기를 자주 했다. 컬리 가문의 두 분파를 오가며 노역자들의 포도 넝쿨을 타고 매디의 소식—매디가 잘 살아 있으며, 같이 떠난 나머지 가족과 함께하게 됐다는 소식—이 켄터키에서 여기까지 어찌어찌 들려올 때마다 피트의 얼굴은 밝아져 그 주 내내 빛났다.

"노래 좀 해봐!" 앨리스가 불쑥 내뱉더니, 아무도 대답하지 않자 시중을 들던 남자 카시우스에게 다가가 그의 따귀를 때렸다. 그러더니 다시 소리쳤다. "노래하라고, 염병할 놈아!"

늘 그런 식이었다. 그렇다고 들었다. 백인들은 지루해지면 야만인이 됐다. 그들이 상급자 놀음을 하는 동안에는 우리도 잘 꾸며진, 인내심 강한 시종이 될 수 있었다. 그러나 백인들은 품위에 싫증을 느끼는 순간 밑바닥을 드러냈다. 그들이 새로운 게임을 선택하면 우리는 게임판 위의 말이 될 뿐이었다. 끔찍했다. 이렇게까지 고삐가 풀렸을 때 그들이 하는 일에는 한계가 없었다. 아버지가 그들에게 허용할 만한 일에도 한계가 없기는 마찬가지였다.

따귀 때리는 소리에 아버지가 깼다. 아버지는 자리에서 일어나 초조한 듯 주위를 둘러보았다.

"자, 앨리스. 우리 집에는 검둥이 노래보다 좋은 게 있소." 아버지는 그렇게 말하며 나를 돌아보았다. 아버지는 한마디도 하지 않았지만, 나는 아버지가 원하는 게 무엇인지 알고 있었다.

나는 방을 쭉 훑어보고 지나치게 큰 카드 더미가 작은 커피 테이블에 놓여 있는 것을 발견했다. 나는 그 카드가 읽기 수업 때 메이너드가 쓰는 것과 같은 종류라는 것을 알아보았다. 카드의 한쪽 면에는 전부 같은 그림이, 여태까지 알려진 세계의 지도가 그려져 있었다. 반대쪽 면에는 각기 다른 알파벳 모양으로 몸을 뒤틀고 있는 곡예사가 그려져 있고, 그 밑에 짧은 글귀가 적혀 있었다. 나는 메이너드가 가정교사와 함께 이 카드를 읽는 것을 엿들은 적이 있었다. 나는 눈동냥을 하고 짬짬이 틈을 내서 틈틈이 공부하는 방법으로 그 내용을 외웠다. 각 카드에 적힌 바보 같은 글귀가 재미있다는 것 외에 별 이유는 없었다. 이제, 나는 탁자에서 카드를 가져와 앨리스 컬리를 돌아보았다.

"컬리 부인, 카드 좀 섞어주시겠어요?"

앨리스 컬리는 비틀거리며 몸을 숙이더니 내게서 카드를 가져다가 손에 들고 섞었다. 그런 다음, 나는 외람된 부탁이지만 그 카드를 보여주시겠느냐고 물었다. 그 뒤에는 다시 카드 더미를 그녀에게 돌려주고, 카드를 한 장씩 아무 순서로나 뒤집어서 탁자에 올려달라고 했다. 나는 작은 커피 테이블이 작은 지도 모형으로 온통 뒤덮일 때까지 그녀의 두 손을 지켜보았다.

"그래서, 이젠 어쩔 셈이지?" 앨리스 컬리가 방심하지 않고 물었다.

나는 그녀에게 카드를 한 장 뽑아, 나를 빼고 누구든 원하는 사람에게 보여주라고 했다. 앨리스 컬리는 그렇게 하고 나서 눈썹을 치키며 나를 돌아보았다. 내가 말했다. "글자는 'E', 모두가 같은 방향을 보지요."

그러자 의구심이 불쾌감으로 변하면서 그녀의 눈썹이 자연스러운 위치로 조금 되돌아갔다. "다시." 앨리스 컬리는 그렇게 말하고 다른 카드를 뽑아, 이제는 더 많은 사람들에게 보여주었다. 내가 말했다.

"글자는 'S', 실례가 아니라면 몸을 꼬아 만들어보겠습니다."

그러자 불쾌감이 작은 미소로 바뀌었다. 나는 방 안의 긴장감이 조금 누그러지는 것을 느꼈다. 앨리스 컬리가 다른 카드를 한 장 더 뽑아 보여주었고, 나는 말했다. "글자는 'C', 열심히 연습하지 않으면 몸으로 표현하기 어렵겠네요."

이제는 앨리스 컬리가 웃었다. 돌아보자 아버지가 조그맣게, 가느다랗게 미소 짓는 것이 보였다. 그날 저녁 나처럼 노역하던 다른 사람들은 여전히 시중을 들려고 대기하고 있었지만, 나는 그들의 절제된 얼굴에서 공포감이 빠져나가는 것을 느꼈다. 앨리스 컬리는 계속 손을 뻗어 더 빠르게 카드를 뒤집었다. 하지만 나는 그녀의 속도에 맞출 수 있었다. "글자는 'V', 이제 보니 아주 새것 같은 모양이네요." "글자는 'H', 두 손을 높이 들어 만들어보겠습니다."

카드 더미를 다 헤치우고 나자 그들이 모두 웃으며 손뼉을 치고 있었다. 구석의 남자는 코골이를 멈추고, 갑자기 웬 소란인지 알아보려 눈을 들었다. 갈채가 잦아들자 앨리스 컬리는 심술궂은 미소를 지으며 나를 보고 말했다. "또 뭘 할 줄 알지?"

나는 그녀를 잠시 바라보았다. 노역자가 상급자를 볼 수 있는 시간보다 긴 시간이었다. 그런 다음 고개를 끄덕였다. 나는 겨우 열세 살이었지만, 앞으로 벌어질 일에 대해서는 자신감으로 가득 차 있었다. 내가 거리에서 오래도록 연습해온 재주였다. 나는 손님들을 믿고, 그들에게 응접실 벽을 따라 늘어서라고 부탁했다. 그러고는 여자처럼 금발 곱슬머리를 귀 뒤로 쓸어 넘긴 에드워드 매클리에게 제일 먼저 다가가, 아내를 사랑한다는 걸 처음 깨달은 순간이 언제인지 말해달라고 했다. 그런 다음에는 앨리스의 사촌인 아마틴 컬리에게 세상에서 가장 좋아하는 장소가 어디냐고 묻고, 모리스 비첨에게 가서는 꿩을 처음으로 사냥한 순간에 대해 말해달라고 했다. 이런 식으로 줄 지어 선 사람들을 따라간 나는 머릿속에 이야기 뭉치를 움켜쥐게 되었다. 그런 이야기가 너무 많아서, 누가 무슨 말을 했고 그 자세한 내용이 무엇이었는지 아무도 기억할 수 없을 지경이었다. 오직 메이너드의 무뚝뚝한 가정교사 필즈 씨만 입을 다물었다. 하지만 내가 다시 줄을 따라가며, 내게 이야기를 들려줬던 사람들에게 자세한 내용까지 하나하나 그대로, 극적인 효과와 장식만 더해 그들이 말한 이야기를 되돌려주자 가정교사가 의자 가장자리로 몸을 당겨 앉는 게 보였다. 그의 눈도 다른 사람들처럼 빛나고 있었다. 저 아래 스트리트에서 노역하는 어른들의 빛나던 눈처럼.

이제는 시중드는 사람들까지 엄숙한 표정을 풀고 미소 지을 수밖에 없었다. 사실 일행 중 오직 필즈 씨만이 평소의 무뚝뚝한 모습을 유지했다. 그래봐야 가늘어진 눈은 빛나고 있었지만 말이다. 이제는 시간이 늦었다. 아버지는 그곳에 있는 손님 모두에게 구관 전체에 걸쳐 있는 방들로 돌아가달라고 했고, 우리를 보내 손님들이 모두 편안한지 확인했다. 모든 손님이 자리를 잡고 나자 우리는 기진맥진한 채 토끼굴로 물러났다. 겨우 몇 시간 후면 다시 노역이 시작될 터였다. 모든 손님이 아침밥이 준비되기를 기대할 테고, 깨자마자 기다리기 시작할 테니 말이다.

파티 다음 날, 월요일 아침에 나는 테나가 빨래 준비를 하는 것을 돕고 있었다. 그때 로스코가 나를 부르더니 아버지가 보조 응접실에서 부른다고 했다. 나는 일단 내 방으로 가서 몸을 씻고 실내복을 걸친 뒤 뒤쪽 계단을 올라가 중앙 복도로 나왔다. 그런 다음 그 복도를 따라가다가 서 있는 아버지를 보았다. 꼭 나를 기다리고 있던 것만 같았다. 아버지 뒤에서 메이너드가 책상에 앉아 글씨를 쓰고 한 신사가 그를 내려다보며 서 있었다. 그 신사는 일주일에 세 번씩 메이너드를 가르치는 필즈 씨였다. 필즈 씨는 짜증스럽고 답답한 표정이었고, 메이너드는 괴로워하는 표정이었다.

아버지는 나를 보고 미소 지었다. 하지만 이런 표현으로는 아버지의 표정을 전달할 수 없다. 아버지에게는 아주 다양한 미소가 있었으니 말이다. 불쾌한 미소, 무관심한 미소, 충격받은 미소, 놀란 미소. 사실 아버지는 너무 미소를 자주 지어서 속마음을 읽기 어려운 사람이었다. 그러나 그날 아침에 본 미소만큼은 내가 아는 미소였다. 겨우 몇 달 전, 거리 근처의 그 밭에서 아버지가 내게 구리 동전을 던져줄 때 지은 미소였으니까.

"좋은 아침이다, 하이람." 아버지가 말했다. "잘 지내냐?"

"네, 주인님." 내가 말했다.

"좋아, 좋아." 아버지가 말했다. "하이람, 난 네가 필즈 씨와 함께 시간을 보냈으면 좋겠구나. 그래줄 수 있겠느냐?"

"네, 주인님." 내가 말했다.

"고맙다, 하이람." 아버지가 말했다.

그 말을 끝으로, 아버지는 계속 미소 지으며 메이너드를 보고 말했다. "가자, 아들."

나는 공부를 그만두자마자 메이너드의 얼굴에 안도감이 번지는 것을 보았다. 메이너드는 아버지와 함께 방을 나섰고, 내 쪽을 돌아보지는 않았다. 우리는, 그러니까 메이너드와 나는 우리 인생의 순간순간에 서로 거리를 지켰다. 우리는 극히 시시한 이야기만 했고, 우리가 서로에게 어떤 존재인지 인정하지 않았다.

필즈 씨는 말투에 억양이 있었다. 나로서는 한 번도 들어본 적 없는 억양이었다. 듣자마자 그 말투가 어른들이 그토록 많이 얘기하는 나체스 말투일지 모른다는 생각이 들었다.

"지난번에." 필즈 씨가 말했다. "그 재주는 꽤 굉장하더구나." 나는 조용히 고개를 끄덕였다. 여전히 그의 의도를 알 수 없었기 때문이다. 글 읽는 법을 배운 노역자에게는 벌이 따르곤 했다. 문득 내 '재주'가 어떤 분노를 일으킬지 모른다는 생각이 들었다. 그러나 내 재주는 읽기와는 아무 상관이 없었다. 나는 읽을 줄 몰랐으니까. 그저 메이너드가 더듬거리는 말을 듣고, 그 말을 탁자에 흩어져 있던 카드와 짝 지었을 뿐이다. 하지만 필즈 씨는 그 기술에 대해 전혀 몰랐고, 나는 설명을 해야 하는지, 한다면 어떻게 해야 할지 고민했다.

필즈 씨는 잠시 나를 바라보더니 평범한 카드 한 벌을 꺼내 내게 건네주었다.

"살펴보거라."

나는 카드 더미에서 카드들을 한 장씩 뽑아 시간을 들여 살펴보며 이마를 찌푸렸다. 힘들어서라기보다는 힘들어하는 느낌을 전달하기 위해서였다. 내가 다 살펴보고 나자 필즈 씨는 말했다. "이제 카드를 전부 뒤집어서 탁자에 올려놓거라."

나는 카드를 열세 장씩 네 줄로 깔끔하게 늘어놓았다. 그러자 필즈 씨가 탁자에서 한 번에 한 장씩, 자기만 앞면을 볼 수 있도록 카드를 집어 들고 나더러 그 패를 맞히라고 했다. 나는 한 장 한 장 확인해주었다. 필즈 씨의 얼굴은 밝아지지 않았다.

이제 그는 가방에 손을 넣어 상자를 하나 꺼냈다. 그가 상자를 열었다. 그 상자는 조각을 모아둔 것이었다. 상아로 된 작은 원반의 겉면에 각기 동물이나 상징이 새겨져 있었다. 필즈 씨는 나더러 앞면을 위로 해 원반 조각 세 개를 탁자에 올려놓고 1분 동안 그것들을 살펴보라고 했다. 그런 다음 조각을 뒤집어 텅 빈 뒷면이 보이도록 했다. 필즈 씨는 나더러 코가 긴 노인이나 머리가 긴 예쁜 여자아이, 혹은 나뭇가지에 앉아 있는 새의 모습이 들어간 조각품을 찾으라고 했다. 내게는 필즈 씨가 원반을 전혀 뒤집지 않은 것이나 마찬가지였다. 그 원반들이 나를 똑바로 쳐다보는 듯했다.

마지막으로 필즈 씨가 가방에서 종이 한 장과 그림이 가득한 책 한 권을 꺼냈다. 그는 책을 넘겨 다리가 그려진 그림을 펼치더니, 나더러 집중해서 그 그림을 살펴보라고 했다. 1분 후, 그는 책을 덮고 내게 펜을 건네준 다음 직접 그 다리를 그려보라고 했다. 나는 이런 일은 한 번도 해본 적이 없었고 필즈 씨의 의도도 잘 알 수 없었다. 또한 아직 어리지만, 상급자들이 자신들에게 이익을 주지 않는 한 노역자들의 자긍심에 분노한다는 점을 이미 알고 있었다. 그래서 나는 그에게 어리둥절한 눈길을 던지며 이해가 안 된다는 시늉을 했다. 필즈 씨는 말을 되풀이한 다음, 내가 일단 조심스럽게 펜을 가져가 스케치를 시작하는 모습을 지켜보았다. 나는 힘들어하는 것처럼 보이려고 가끔 머릿속 그림을 떠올리려 애쓰듯 힐끗 눈을 들었다. 하지만 사실 뭔가를 떠올릴 필요는 없었다. 내게는 다리가 눈앞에, 바로 그 텅 빈 종이 위에 있는 것이나 다름없었고 내가 해야 할 일이라고는 그 윤곽선을 따라 그림으로써 다리의 모습을 드러내는 것뿐이었다. 그래서 나는 돌로 만들어진 아치와 오른쪽 끝의 작은 구멍, 다리 위쪽의 아치와 뒤쪽의 돌로 된 노두(露頭), 다리가 걸쳐져 있는, 나무가 빼곡한 산골짜기를 따라 그렸다. 그 모습을 본 필즈 씨의 눈이 휘둥그레졌다. 그는 일어서서 재킷 매무새를 다듬었다. 그런 다음 종이를 집어 들고 내게 기다리라고 말하더니 밖으로 나갔다.

필즈 씨가 아버지와 함께 돌아왔는데, 아버지는 미소 모음 중에서도 특히나 만족감을 드러내는 미소를 짓고 있었다.

"하이람." 아버지가 말했다. "정기적으로 필즈 씨와 공부하는 건 어떻겠느냐?" 나는 바닥을 내려다보며, 머릿속으로 그 질문을 곱씹어보는 척했다. 그래야만 했다. 눈앞에 길이 열리고 그리로 빛이 쏟아져 들어오는 것만 같은 기분이었으니까. 지나친 열의를 들키고 싶지 않았다. 아무리 그래도 라클리스는 버지니아였다. 심지어 버지니아의 전형이라고도 할 수 있었다. 아직 나는 그 순간이 드러내는 모든 징조를 인정할 수 없었다.

"하는 게 좋을까요, 주인님?" 내가 물었다.

"그래라, 하이람." 아버지가 말했다. "내 생각엔 그게 좋겠다."

"그럼 알겠습니다, 주인님." 내가 말했다. "공부하겠습니다."

수업―읽기, 산수, 웅변술 약간―은 그렇게 시작됐고, 내 세상도 그 수업과 함께 피어났다. 내 게걸스러운 기억력이 그림으로, 이제는 단어로 가득 차올랐다. 특히 단어는 내가 생각했던 것보다 훨씬 대단한 존재였다. 자기만의 형태와 박자, 색깔을 지닌 단어들. 그 자체로 그림인 단어들. 우리는 일주일에 세 번씩 한 시간 동안 만나 공부했다. 나는 언제나 메이너드 다음에 수업을 받았다. 필즈 씨가 티를 내지 않으려고 애쓰는 게 분명했지만, 메이너드가 떠나고 내가 들어올 때마다 그의 눈에 안도감이 떠올랐다. 그럴 때면 나는 자긍심뿐 아니라 조용히 비웃고 싶은 마음이 들었다. 나는 메이너드보다 받은 것이 훨씬 적은데도 훨씬 많은 것을 이루어냈다. 나는 메이너드보다 나은 사람이었다.

메이너드는 서툴렀다. 언제나 다음 디딜 발판을 찾듯이 계속 곁눈질을 해댔다. 태만하고 무례했다. 아버지는 손님들을 불러 차를 마시곤 했는데, 메이너드는 아무 생각 없이 그 자리에 뛰어들어 뭐든 그 순간에 자기 마음을 사로잡는 것을 이야기하곤 했다. 메이너드는 장난을 좋아했다. 그게 그나마 메이너드의 가장 좋은 점이었지만, 그런 성격조차도 그가 상급자의 어린 딸들에게 무신경한 농담을 던지게 만드는 단점으로 작용했다. 저녁 시간이면 메이너드는 롤빵을 집겠다고 식탁 저편으로 손을 뻗었고, 입에 음식을 가득 물고 말했다.

나는 아버지도 나와 똑같은 눈으로 이 사태를 바라볼 것이라 확신했고, 자신의 가장 좋은 면이 전혀 예상하지 못한 곳에서 나타나는 모습을 보는 게 얼마나 잘못된 일로 여겨질까 궁금해졌다. 사실 나 같은 사람에게서 아버지의 좋은 면들이 드러날 수 없다는 생각이 아버지가 가진 세계 전체의 밑바탕이었으니 말이다.

나는 거리를, 또 *그자들은 네 가족이 아니라던* 테나의 꾸짖음을 떠올리려 애썼다. 하지만 지금 같은 관점으로 우리 땅─여름이면 끝없이 펼쳐지는 푸른 언덕, 가을이면 빨간색과 황금색으로 피어나는 숲, 겨울이면 모든 것에 얼룩무늬를 찍어대는 눈─을 보면서, 그리고 아래층에 살기는 해도 라클리스 본관, 그러니까 그 저택 현관의 거대한 기둥과 채광창에 몸을 던지는 황혼 녘의 햇빛, 구불구불한 복도를 보면서, 그리고 내 눈을 그대로 간직한 내 할아버지와 할머니의 당당한 초상화를 보면서, 나는 조용한 순간마다 나 자신이 그들과 같은 서열이라고 상상하기 시작했다. 게다가 아버지가 있었다. 아버지는 나를 데려다가 아버지의 아버지인 존 워커, 그리고 노새 한 마리, 말 두 마리, 아내 주디스, 아들 둘, 노역자 열 명을 데리고 이곳에 왔던 아버지의 조상 아치볼드 워커까지 거슬러 올라가는 우리의 혈통에 관해 이야기해주곤 했다. 마치 이런 곁다리 이야기 속에 애태우듯 내 몫의 유산을 담아주는 것처럼. 그리고 나는 절대 잊지 않았다.

노역을 마치고 나면, 가끔 나는 저녁에 티머시그라스*와 클로버가 펼쳐진 곳을 지나 저택 부지의 동쪽 끝 경계선으로 정처 없이 걸어가곤 했다. 그렇게 라클리스가 될 첫 땅을 닦은 자리를 표시하는 석조 기념물 앞에 경의를 품고 서 있었다. 아버지가 아버지의 할아버지에게서 들은, 퓨마를 쫓아낸 이야기나 보이 나이프로 곰을 사냥한 이야기, 거대한 나무를 쓰러뜨리고 돌을 끄집어내고 계곡물의 방향을 바꾼 이야기, 또 아버지 자신의 손으로 지금 보이는 이 땅을 일궈낸 이야기를 해줄 때면 나는 이 땅, 강한 팔로 빚어낸 용기와 재치와 그 모든 영광을 내 유산이라고 주장하지 않을 수 없었다.

하지만 한편, 그 모든 상상에도 불구하고 라클리스의 진실이 저절로 모습을 드러내기 시작했다. 일단 피트와 엘라의 이야기, 그들에 얽힌 나체스와 배턴 루지 이야기가 있었다. 빅 존과 우리 어머니의 비극이 있었다. 게다가 나도 이 모든 이야기에 대해 나만의 일탈적인 해석을 더하기 시작했다. 아버지의 서재에 혼자 남아 담배 가격 하락에 대해 지겹도록 지껄여대는《드 보우 리뷰》**를 읽을 때면 그런 일

* 볏과의 여러해살이풀로 6~8월에 연푸른색의 꽃이삭이 핀다.
** 1846년부터 1884년까지 미국 남부에서 간행된 잡지. "노예들로부터 최대한의 이윤을 짜내는 방법"을 담고 있다고 광고했다.

이 벌어졌다. 마침내 나는 상급자들의 대화도 내 나름대로 해석하게 됐다. 라클리스의 축복, 사실상 엠 카운티의 축복을 가능하게 한 것은 담배였다. 그런데 매년 담배 생산량이 줄어들면서, 그에 따라 버지니아의 명망 높은 가문들의 상속 재산도 줄어들었다. 담뱃잎이 코끼리 귀만큼 크던 시절은 가버렸다. 최소한 엠 카운티에서는 그랬다. 작물을 쉬지 않고 재배하는 바람에 지력이 고갈된 것이다. 하지만 저 멀리 서쪽으로, 계곡과 산지를 지나서 미시시피 강 언저리, 나체스로 가면, 개간이 필요하고 개간을 감독할 주인들이 필요하며 수확하고 괭이질할 남자들, 라클리스의 쇠락해가는 들판에 있는 사람들과 똑같은 남자들이 필요한 땅이 있었다.

"예전에는 저놈들도 사람 파는 걸 부끄러워했어." 나는 주방에서 일하다가 피트가 말하는 것을 들었다.

"추수할 게 있고 먹고살 만하면 부끄러움을 느끼기도 쉽지." 엘라가 대답했다. "흙이나 파먹는 사람들한테 어디 부끄러움을 느껴보라고 해봐."

그게 내가 엘라에게서 들은 마지막 한마디였다. 일주일 뒤 그녀는 사라졌다.

나는 어린 시절에 이 모든 일을 독특한 방식으로 이해했다. 나는 진짜로 라클리스에 멸망을 가져다준 것은 땅이 아니라 그 땅을 관리하는 사람들이라고 생각했다. 메이너드를 그가 속한 계급 전체를 대표하는 터무니없는 예시로 보기 시작했다. 나는 그들이 부러웠다. 그들이 두려웠다.

저택에 대해 알게 되고, 글을 읽기 시작하고, 상급자들을 더 많이 보게 되면서 나는 밭과 밭에서 일하는 사람들이 만물의 엔진이듯 저택 자체도 그 안에서 일하는 사람들 없이는 존재하지 못했으리라는 걸 알게 됐다. 모든 주인이 그러듯 내 아버지도 이런 약점을, 자신들이 실제로 얼마나 피폐한 존재인지를 가려줄 장치를 통째로 만들어냈다. 노역자들은 내가 이 저택에 처음 들어올 때 썼던 굴만 출입구로 사용할 수 있었는데, 주인들이 거드름을 피우기 위해서만이 아니라 우리의 존재를 감추기 위해서이기도 했다. 그 굴은 라클리스를 지을 때 저택이 감지할 수 없는 어떤 힘에 의해 돌아가는 것처럼 보이게 만들려고 새겨 넣은 수많은 공학적 기적의 하나였다. 저택에는 사치스러운 저녁 식사가 허공에서 나타나도록 만드는 요리 운반용 엘리베이터가 있었으며, 저택의 배 속 깊은 곳에 숨겨진 딱 맞는 와인을 마법으로 가져오는 것처럼 보이게 하는 레버도 있었다. 숙소에는 캐노피가 달린 침대 밑에 간이침대가 숨겨져 있었다. 요강을 비우는 자들이 요강 자체보다도 감추어져야 했기에. 첫날 내 눈앞에서 미끄러지듯 열려 저택의 반짝이는 세계를 드러냈던 마법 벽은 라클리스의 엔진실인 토끼굴까지 이어지는 뒤쪽 계단을 감추고 있었다. 그 엔진실은 어떤 손님도 방문할 수 없었다. 그리고 우리가 야회처럼 집 안의 점잖은 구역에 모습을 드러내야 할 때가 오면, 우리는 노예가 아닌 신비한 장식품처럼, 저택에 걸린 마법의 일부처럼 아주 매력적인 옷을 입고 단정하게 나타나야 했다. 하지만 나는 진실을 알고 있었다. 메이너드의 어리석음은 불경스럽긴 해도 특별하지 않았다. 주인들은 물을 가져다 끓일 줄도 몰랐고, 말에 굴레를 씌울 줄도 몰랐으며, 우리가 없으면 속바지 끈 하나 매지 못했다. 우리가 그들보다 나았다. 그래야만 했다. 우리에게는 게으름이 문자 그대로 죽음을 뜻했지만, 주인들에게는 게으르게 사는 것만 한 인생의 목표도 없었으니 말이다.

그때 문득, 나는 나 자신의 지능조차 예외적인 것은 아니라는 생각이 들었다. 라클리스에서는 어디로 눈을 돌려도 라클리스를 만든 이의 천재성이 눈에 띄었다. 현관 기둥에 새겨진 조각에서 드러나는 천재성, 백인에게서조차 아주 깊은 기쁨과 슬픔을 이끌어내는 노래의 천재성, 현악기를 신음하며 떨게 만들던 춤의 천재성, 주방에서 맛의 향연을 펼쳐 대접하는 천재성, 우리가 잃어버린 모든 이들의 천재성, 빅 존의 천재성. 내 어머니의 천재성.

나는 내게 있는 상급자다운 특성이 언젠가는 인정받으리라고 상상했다. 그때가 되면 이 집이나 밭이 돌아가는 방식, 그리고 더 큰 세상의 넓이를 이해한 내가 라클리스의 진정하고 *정당한 후계자로* 인정받을지 모른다고 말이다. 나는 이 광범위한 지식으로 들판에 다시 꽃이 피도록 만들 것이고, 그렇게 우리 모두를 경매와 이별로부터 지킬 수 있을 터였다. 그러면 메이너드 지배 아래 나체스라는 암흑기를 맞이할 필요도 없을 테고, 나를 기다리는 유일한 미래인 무덤으로 들어갈 필요도 없을 것이다.

어느 날, 나는 필즈 씨에게 수업을 받으려고 뒤쪽 계단을 올라 서재로 향했다. 나는 천문학 공부를 시작한 참이라 신이 나 있었다. 우리는 별자리표의 작은곰자리를 배웠고, 다음 수업 때는 더 많은 별자리를 배우기로 한 터였다. 하지만 서재에 들어가보니 필즈 씨가 아니라 아버지가 혼자 앉아 있었다.

"하이람." 아버지가 말했다. "때가 됐다." 그 말에 죽을 듯한 공포가 나를 덮쳤다. 나는 그때까지 1년 동안 필즈 씨와 함께 공부해왔다. 어쩌면 이 수업이 나를 살찌우려는 수작이었을지 모른다는 생각이 들었다. 어쩌면 나는 팔려 간 엘라와 같은 길을 가게 될지도 몰랐다. 어쩌면 저들이 어떤 식으로든 내 생각을 듣거나 내 눈에서 안개 낀 반란의 꿈을 보았는지도 몰랐다. 어쩌면 주판을 두드려보고 내 교육의 결말은 쿠데타라는 것을 깨달았는지도 몰랐다.

"네, 주인님." 나는 무슨 때가 됐다는 건지 알지도 못하면서 대답했다. 입술로 앙다문 이를 감추고, 배 속에서 두근거리며 흘러나오는 공포를 애써 숨겼다.

"들판에서 너를 봤을 때나 네가 응접실에서 부린 재주를 봤을 때, 네 안에 뭔가가 있다는 걸 알았다, 얘야. 네게는 저 아래 사람들에게선 보이지 않는 뭔가가 있었어. 특별한 재능이 있었다. 난 그 재능이 쓸모 있을 거라고 생각했어. 지금은 전성기가 아니고, 우리에겐 이 저택에서 끌어낼 수 있는 모든 재능이 필요하니까."

나는 혼란스러운 마음을 감추며 멍하니 아버지를 바라보았다. 그저 고개를 끄덕이고, 눈앞의 모든 게 알아서 분명해지기를 기다렸다.

"이젠 네가 메이너드를 돌봐줄 때다. 내 시대는 영원하지 않을 테고, 메이너드에게는 훌륭한 하인이 필요하다. 너 같은 하인, 밭일이나 저택 일도 잘 알고 더 넓은 세상에 대해서도 아는 하인 말이다. 나는 너를 지켜봤단다, 얘야. 그리고 네가 무엇도 잊지 않는다는 걸 알게 됐지. 하이람 네게는 한 번만 말해주면 돼. 너 같은 사람은 많지 않다. 그런 특별한 능력을 가진 사람은 별로 없어."

그러더니 아버지가 나를 보았다. 아버지의 눈이 살짝 빛났다.

"이 지역 사람 대부분은 너 같은 아이를 경매대로 데려갈 거다. 뭐랄까, 넌 꽤 큰 돈이 될 테니까. 머리 좋은 유색인만큼 값진 건 없지.

하지만 난 달라. 나는 라클리스를 믿는다. 엠 카운티를 믿어. 버지니아를 믿는다. 우리에게는 우리 고장을 지켜야 할 의무가 있어. 이 고장은 네 증조부가 황야에서 일궈내셨지만, 황야로 되돌아가지는 않을 거다. 알겠느냐?"

"네, 주인님." 내가 대답했다.

"그게 우리 의무야. 우리 모두의 의무 말이다, 하이람. 그리고 그 의무는 바로 여기서 시작된다. 내겐 네가 필요하단다, 얘야. 메이너드의 곁에는 네가 있어야 해. 그 애의 곁을 지켜주는 건 네게도 크나큰 영광이다."

"감사합니다, 주인님."

"좋아." 아버지가 말했다. "내일 시작하자."

그렇게 내 수업은 목적이 드러나면서 끝나버렸다. 내게는 메이너드라는 노역이 맡겨졌다. 나는 그 후로 인생의 7년을 그의 개인 하인으로서 보내야 했다. 지금 와서는 이상하게 보일지 모르겠지만, 곧바로 이 일을 모욕으로 느끼지는 않았다. 모욕감은 메이너드가 일하는 모습을 지켜보며 몇 년에 걸쳐 천천히, 가차 없이 쌓여갔다. 그러나 저울의 반대편에 너무 많은 것이 올라 있었다. 내가 스트리트에 남겨두고 온 사람들과 반짝이며 무너져가는 궁전에 사는 우리의 목숨이 모두 올라 있었으니까. 이런 체제가 얼마나 불공평한지와는 무관하게, 그 모든 것은 메이너드가 유능한 관리자로 성장할 수 있느냐에 달려 있었다. 그러나 메이너드는 그럴 만한 인물이 아니었다.

운명적인 경마일 전 저녁, 마침내 모든 것이 내게 쏟아져 내렸다. 나는 열아홉 살이었다. 나는 아버지의 2층 서재에 서 있었다. 아버지의 편지들을 마호가니 책상 서랍에 정리해 넣은 터였다. 그때 아르강 등의 은빛 촛대 아래에서, 나는 나도 모르게 《드 보우 리뷰》 최신 호에 빠져들고 말았다. 그 잡지에 실린 오리건 카운티 이야기에서 경이감이 느껴졌다. 오리건은 내가 저택 전체에 걸쳐 별 이유 없이 걸려 있는 지도를 보고 우연히 알게 된 지역일 뿐이었다. 그러나 지금 읽는 이 잡지에서는 그곳이 일종의 낙원으로, 버지니아 전체를 몇 번이나 품어줄 수 있는 풍요로운 땅으로, 너무도 비옥해 사냥감은 물론 땅에서 펑펑 솟아날 정도의 검은 흙으로 가득한 언덕과 계곡과 숲이 있는 고장으로 생생히 살아 있었다.

내 마음을 흔들어놓은 구절을 지금까지도 정확히 기억한다. "세상 어딘가에 자유와 번영, 부가 머물 수밖에 없는 곳이 있다면, 그곳이 바로 오리건 카운티일 것이다." 나는 자리에서 일어났다. 잡지를 덮었다. 이리저리 서성였다. 창밖, 구스 강 너머 저 멀리 눈을 돌리자 남쪽에 있는 스리힐즈가 머나먼 곳의 검은 거인들처럼 어렴풋이 보였다. 나는 돌아서서, 벽에 새겨진 조각을 몇 분이나 바라보고 있었다. 조각은 사슬에 매인 에로스와 웃고 있는 아프로디테였다.

그리고 그때 나는 내 형 메이너드를 생각했다. 메이너드의 금발은 제멋대로 길게 자랐다. 턱수염은 이끼로 뒤덮인 조각보 같았다. 사회성과 우아함은 어른이 된 그에게도 깃들지 않았다. 메이너드는 도박을 했고 과음을 했다. 그럴 수 있었으니까. 메이너드는 길거리에서 싸웠다. 아무리 목이 졸려도, 지금 앉아 있는 왕좌에서 끌려 내려올 만큼 졸릴 리는 없었으니까. 메이너드는 창녀들의 품에서 엄청난 재산을 잃었다. 노역자들의 노동, 그리고 가끔은 노역자들의 몸값이 손실을 메워줄 테니까. 그때까지 엠 카운티에 남아 있던 가문들은 라클리스의 흥망성쇠에 따라 우리 저택에 들르기도 하고 들르지 않기도 했는데, 메이너드가 듣지 못하는 곳에서는 그의 이름을 들먹이며 욕하고 이 가문을 대신 운영해줄 다른 후계자를 찾아낼 온갖 책략을 꾸몄다. 사실, 그런 후계자는 없었다. 워커 가문의 혈통을 뒤져본 친척들은 메이너드 또래가 모두 땅이 비옥하고 꽃이 피는 곳으로 떠나버렸다는 사실만 발견했을 뿐이다. 버지니아는 낡았다. 버지니아는 과거였다. 땅이 죽어가고 담배가 시들어가는 곳이었다. 그리고 적절한 후계자가 없었으므로, 라클리스를 바라보는 워커 가문 주인들의 눈길에는 걱정이 가득했다.

아버지는 그 나름의 계획이 있었다. 메이너드에게 적당한 짝을 찾아줌으로써 다른 가문으로 하여금 라클리스를 구하는 고군분투에 참여시킨다는 것이었다. 놀랍게도 아버지는 그 역할을 해줄 코린 퀸이라는 여자를 찾아냈다. 코린 퀸은 돌아가신 부모님에게서 상당한 재산을 상속받았기에, 아마 당시 엠 카운티 전체에서 가장 부유한 여자였을 것이다. 노역자들 사이에는 이런 상속의 본질에 관한 소문이 떠돌았다. 코린 퀸의 부모가 어쩌다 죽음을 맞았는지에 관한 소문이었다. 하지만 상급자들에게는 코린 퀸이 어느 모로 보나 메이너드보다 우월해 보였다. 그리고 그녀에게는 남편이 필요했다. 버지니아는 아직도 신사의 법도에 따라 운영되기 때문이었다. 그 말은 아직도 그녀가 손댈 수 없는 것, 갈 수 없는 곳, 참여할 수 없는 거래가 있다는 뜻이었다. 그래서 둘은 서로가 필요했다. 메이너드는 그의 땅과 재산을 지켜줄 머리 좋은 짝이 필요했고, 코린은 자신의 이해관계를 대변해줄 신사가 필요했던 것이다.

그날 밤, 나는 마음이 산란하고 불안한 채로 서재에서 걸어 나와 집 안을 걸어 다니다가 어느 새 응접실 앞에 다다랐다. 벽난로의 불빛이 보였고 메이너드와 아버지가 대화하는 소리가 들렸다. 둘은 이 지역에서 가장 오래되고 사연이 깊은 집안의 가부장, 에드윈 콕스 얘기를 하고 있었다. 지난겨울, 에드윈 콕스는 자기 집에서 나왔다가 엄청난 눈 폭풍에 발목이 잡혔다. 그날 아침에 산을 넘어와 이 지역을 뒤덮은 눈보라였다. 에드윈 콕스는 길을 잃었고, 다음 날에 조상들의 저택으로부터 겨우 몇 미터 떨어진 곳에서 딱딱하게 언 채로 발견됐다. 나는 잠시 응접실 밖의 그림자 속에 서서 귀를 기울였다.

"말 상태를 살펴보러 나갔던 거라더구나." 아버지가 말했다. "그 빌어먹을 말을 참 좋아했거든. 하지만 일단 눈보라에 휘말리고 나니까 마구간과 훈연실을 구분할 수 없었던 모양이야. 나도 같은 날 현관에 나가봤는데, 바람이 얼마나 세차던지 눈앞의 내 손도 보이지 않았다."

"왜 애들을 대신 보내지 않고요?" 메이너드가 물었다.

"작년 여름에 전부 보내버렸거든. 볼티모어로. 거기에 친척이 있어서 말이다. 그리고 알아서 살게 놔뒀다는 거야. 그 가엾은 녀석들. 아마 일주일도 못 살았을 거다."

그때 메이너드가 문밖의 나를 발견했다.

"거기서 뭐 하나?" 그가 말했다. "와서 불 좀 쑤셔봐."

나는 들어가서 아버지를 보았고, 아버지는 그 시절 종종 그랬듯 나를 바라보았다. 두 가지 생각 사이에서 고민하고 있으며, 어떤 생각에 목소리를 빌려줘야 할지 모르겠다는 식으로. 아버지는 내게만 보여주는 특별한 미소를 짓기로 했다. 섬뜩하게 얼어붙은 절반의 미소. 나는 아버지의 의도가 그토록 불길해 보이는 미소를 짓는 건 아

니었으리라고 생각한다. 아마 별생각이 없었을 것이다. 하월 워커는
할아버지 시대의 혁명적 사상가들─프랭클린, 애덤스, 제퍼슨, 매디
슨─을 본받은 것처럼 보이고 싶어 하는 세대였기에 자신이 사색적
인 사람이라고 생각했을지 모르지만, 사실 스스로 생각하는 만큼 사
색적인 사람은 아니었다. 라클리스의 저택 전체에는 거대한 세계지
도, 정전기 발생 장치, 너무도 자주 내가 집으로 삼았던 도서관 등 과
학과 발견에 관련된 도구들이 있었다. 그러나 지도를 들여다보는 사
람은 거의 없었고, 다른 기구들은 대부분 파티에서 장난감으로 쓰였
으며, 책의 페이지들이 어떤 식으로든 닳았다면 그건 내 손길 탓이었
다. 아버지는 《드 보우 리뷰》, 《크리스천 인텔리젠서》, 《레지스터》와
같이 오직 실용적인 글만 읽었다. 아버지에게 책은 유행이었다. 흙바
닥 돼지우리에서, 혹은 보잘것없는 옥수수나 밀 농장의 주택에서 사
는 카운티의 하류층 백인과 자신을 구분해주는 족보와 위신의 상징
이었다. 노예인 내가 그 책들 사이에서 꿈꾸는 모습은 아버지에게 어
떤 의미였을까?

아버지는 보통 사람들보다 늦은 나이에 가족을 꾸렸고 일흔이 된
지금은 생기를 잃어가고 있었다. 언제나 강렬하고 호기심이 어려 있
던 아버지의 푸른 눈은 그 아래에 늘어진 눈 그림자와 뻗어 나온 잔
주름에 잡아먹혔다. 그 눈에는 한때 참 많은 것─번뜩이는 분노, 기
쁨의 온기, 고여 드는 슬픔─이 깃들어 있었지만, 아버지는 그 모든
것을 잃어버렸다. 아버지는 한때 잘생긴 남자였으리라. 어쩌면 그냥
내가 아버지를 그렇게 여기고 싶었는지도 모른다. 하지만 그 잃어버
린 눈빛을 제외하면, 그날에 대한 내 기억은 아버지의 얼굴에 새겨진
걱정 어린 주름과 쓸어 넘겨 흐트러진 머리카락, 사방으로 철사처럼

뻗친 턱수염뿐이다. 아버지는 여전히 상급자 신사의 위엄 있는 옷을 입고 있었다. 비단 스타킹과 셔츠, 조끼, 밝은 조끼, 검은 프록코트 등 층층이 이어지는 옷가지. 하지만 어떤 종의 마지막 남은 개체처럼, 죽음이 아버지의 온몸에 드리워 있었다.

"내일이 경마예요, 아빠." 메이너드가 말했다. "이번엔 내가 본때를 보여주려고요. 다이아몬드라는 말한테 큰돈을 걸고, 엄청나게 따서 돌아올 생각이에요."

"놈들에게 본때 같은 건 보여줄 필요 없다, 메이." 내 아버지가 말했다. "그들은 중요하지 않아. 정말로 중요한 건 전부 여기 있다."

"말도 안 되는 소리예요." 메이너드가 번쩍 분노를 내비치며 말했다. "그 자식이 나를 경마 클럽에서 내동댕이치더니 나한테 권총을 겨눴다고요. 내가 본때를 보여줄 거예요. 새 밀레니엄 마차를 타고 가서, 모두에게 다시 알려줄……."

"안 그러는 게 좋겠다. 그 모든 일을 피하는 게 더 좋을지도 몰라."

"갈 거예요. 그 자식들 다 엿이나 먹으라지. 워커 가문의 명예를 지키는 사람도 있어야죠."

아버지는 거의 들리지 않게 한숨을 쉬며 불 쪽을 돌아보았다.

"진짜예요." 메이너드가 말했다. "내일은 볼만할 거라고요."

나는 그림자 너머로 아버지를 보았다. 첫째 아들의 요구에 기진맥진해진 아버지는 고통스러운 듯 나를 곁눈질하더니 턱수염을 잡아당겼다. 나도 읽을 수 있는 동작이었다. *네 형을 지키거라.* 그 동작은 그렇게 말했고, 반평생 그 동작을 보아온 나는 그 의미를 알고 있었다.

"내일을 위한 준비를 시작하는 게 좋겠어요." 메이너드가 말했다. "하이, 가서 말 좀 살펴봐."

나는 계단을 내려가 토끼굴로 들어갔다가 터널로 나갔다. 나는 말들을 살펴본 다음 들어온 길을 되짚어 저택으로 돌아갔다. 메이너드는 떠나고 없었지만, 아버지는 여전히 불 앞에 앉아 있었다. 그렇게 잠드는 것이 아버지의 습관이었다. 가끔은 로스코가 아버지를 깨워 잠자리에 들 준비를 해줄 때까지 그렇게 잠들어 계시곤 했다. 로스코는 지금 근처에 없었다. 나는 불에 장작을 하나 더 넣으러 갔다.

"잦아들게 놔두거라, 하이람." 아버지가 말했다. "거의 다 됐다."

"네, 주인님." 내가 말했다. "뭐라도 좀 가져다드릴까요?"

"아니." 아버지가 말했다.

나는 로스코가 아직 아버지의 시중을 들고 있는지 물었다.

"아니다. 내가 일찍 들어가보라고 했다." 아버지가 말했다.

로스코에게는 저택에서 서쪽으로 16킬로미터 떨어진 곳에 사는 어린 아들이 둘 있었다. 그래서 기회가 될 때마다 아이들을 보러 갔다. 아버지는 가끔 기분이 내킬 때면 로스코가 일을 일찍 끝내고 아이들과 몇 시간 더 보내도록 해주었다.

"잠깐 함께 있지 그러냐." 아버지가 말했다.

그런 요청은 노역자에게 자주 들어오지 않았지만, 우리 사이에는 그리 드문 일이 아니었다. 둘밖에 없을 때라면 말이다. 우리에게는 매일 조금씩 이런 순간들이 있었다. 아버지는 작년에 주방에서 일하는 사람 절반을 팔아버렸다. 대장간과 목공소도 지금은 비어 있었다. 칼, 에마누엘, 테세우스와 한때 그곳에서 일했던 다른 모든 남자들이 나체스 쪽으로 보내졌다. 제빙소는 2년 동안 쉬고 있었다. 아이다라는 하녀 한 명이 저택 전체를 관리했는데, 그 말은 내가 기억하는 어린 시절의 질서가 더는 존재하지 않는다는 뜻이었다. 그보다 중요한 건 베스가 짓는 따뜻한 미소와 리의 웃음, 에바의 슬프면서도 공허한 눈이 더는 없다는 점이었다. 주방에는 루실이라는 소녀가 새로 왔는데, 그 애는 완전히 정신이 나간 것처럼 보였으며, 종종 메이너드가 터뜨리는 분통을 겪어내야 했다. 라클리스는 황량한 잿빛으로 느껴지기 시작했다. 라클리스만이 아니라 구스 강을 따라 늘어선 모든 대저택이 마찬가지였다. 이제는 이 나라의 중심부가 서쪽으로 이동했기에, 그 저택들에선 생기가 빨려나가고 말았다.

나는 메이너드가 버리고 간 바로 그 자리에 앉았고, 길게만 느껴지는 몇 분이 흘렀는데도 아버지는 아무 말도 하지 않았다. 아버지는 그냥 불만 들여다봤다. 불이 꺼져가고 있었으므로, 이제 보이는 것은 아버지의 얼굴에 비친, 잦아드는 노란빛의 흔적뿐이었다.

"네가 형을 돌봐주겠지?" 아버지가 말했다.

"네, 주인님." 내가 말했다.

"그래." 아버지가 말했다. "다행이다."

잠깐 침묵이 흐른 뒤에야 아버지가 입을 열었다.

"하이람, 나는 네게 뭐든 줄 수 있는 권한이 별로 없단다." 아버지가 말했다. "하지만 그 권한 안에서는 내가 너를 얼마나 높이 평가하는지 분명히 밝혔다고 생각한다. 공정하지는 않지. 나도 안다. 여기엔 공정한 점이 하나도 없어. 하지만 나는 저주를 받았어. 내 사람들이 저 다리 너머, 주님조차 모르는 땅으로 끌려가는 모습을 지켜봐야 하는 시절에 태어난 저주 말이다."

아버지는 다시 한번 말을 멈추고 고개를 젓더니 일어나서 벽난로로 걸어가 등불 밝기를 올렸다. 이제는 우리 조상의 창백한 초상화와 상아로 된 흉상들이 깜빡이는 그림자 속에서 빛났다.

"나는 늙었다." 아버지는 말을 이었다. "나 자신을 이 새로운 세상에 걸맞게 고칠 수가 없구나. 나는 이 버지니아와 함께 시들어갈 것이고, 이 골치 아픈 시대는 메이너드의 손에 들어가게 될 게다. 그 말은, 이 시대가 네 손에 넘어갈 거라는 뜻이야. 네가 메이너드를 지켜줘야 한다, 얘야. 네가 메이너드를 보호해야 해. 내일 경마만을 얘기하는 게 아니다. 앞으로 닥쳐올 일이 너무 많아. 우리 모두에게 닥칠 골칫거리가 너무 많다. 그리고 메이너드, 내가 무엇보다 사랑하는 그 아이는 준비되어 있지 않아. 그 애를 돌봐주거라, 얘야. 내 아들을 돌봐다오."

아버지는 잠시 말을 멈추고 나를 똑바로 바라보았다. "네 형을 돌봐주거라, 알았느냐?"

"네, 주인님." 내가 말했다.

그렇게 우리는 30분쯤 더 그 자리에 앉아 있었다. 그러다가 아버지가 이만 자러 가야겠다고 말했다. 나는 서재를 떠나 토끼굴의 내 방으로 내려갔다. 나는 침대 모퉁이에 앉아 아버지가 밭에서 나를 불러 올렸던 그날을 생각했다. 아버지가 미소를 지으며 내 쪽으로 구리 동전을 던졌던 그날을. 내 인생의 모든 것은 그 결정에서부터 흘러나왔다. 그 일이 내가 우리 삶의 가장 나쁜 조건을 보지 못하게 막았다. 라클리스의 노역자들은 대부분 기꺼이 나와 자신의 삶을 바꿀 터였다. 하지만 상급자들과 이토록 가깝게 지내는 데에는 무게가 따랐다. 테나가 내게 경고했던 무게 그 이상이었다. 상급자가 정말 어떻게 사는지, 얼마나 화려하게 사는지, 그들이 우리에게서 얼마나 많은 것을 빼앗아갔는지 볼 때면 억장이 무너졌다.

그날 밤, 나는 다시 노역자들과 함께 담배밭에 나가 있는 꿈을 꿨다. 우리 모두는 함께 사슬에 매여 있었고, 그 사슬은 하나의 긴 사슬에 연결되어 있었으며, 메이너드는 그 사슬 끝에 서서 한가롭게 생각에 잠겨 있었다. 그는 자신이 제 손바닥 안에 우리 모두를 쥐고 있다는 걸 거의 의식하지 못했다. 나는 주변을 둘러보고 나서 우리가 모두 늙어버렸고 나도 노인이 되었다는 것을 깨달았다. 뒤를 돌아보니 메이너드는 내가 아는 젊은 남자가 아니라 매끄러운 잔디밭을 기어다니는 아기였다. 나는 노역자들이 눈앞에서 천천히 사라지고 그들의 익숙한 얼굴과 몸이 하나하나씩 점점 희미해지는 모습을 보았다. 마침내 나 혼자만 남았다. 나는 아기에게 붙들리고 사슬에 매인 늙은이였다. 그러더니 모든 게 무너져 내렸다. 사슬도, 메이너드도, 담배밭 그 자체도. 나는 한밤의 어둠에 둘러싸여 있었다. 숲의 검은 가지들이 주위에서 불쑥 솟아났다. 나는 혼자였으며, 두려웠고 길을 잃은 채였다. 그러다가 눈을 들어보니 작은 달 조각이 보였고, 그다음에는 어둠 속에서 하늘이 깜빡였으며, 나는 그 사이에서 옛 신들을 감추어버린 신화 속 곰, 작은곰자리를 알아볼 수 있었다. 마지막으로 함께 한 날 필즈 씨가 내게 별자리표를 보여주었기 때문에 알 수 있었다. 나는 곰의 꼬리를 보다가 다른 무언가를 발견했다. 내 미래를 가리키는 표시였다. 그 표시는 밝고도 유령 같은 푸른색에 감싸여 있었다. 북극성이었다.

4

나는 그 꿈에 놀라 떨면서 깨어났다. 잠시 침대에 앉아 있다가 도로 누웠지만 더는 잘 수 없었다. 나는 방 구석에서 돌로 된 통을 가져다가 터널 밖, 어둑한 아침 속으로 나가 우물 쪽으로 내려간 다음 물을 퍼 올려 그릇을 채우고 다시 상쾌한 가을이 찾아온 토끼굴을 지나쳐왔다.

나는 그 꿈을 다시 떠올렸다. 나와 함께 묶여 있던 다른 사람들, 언젠가 내 가족까지 포함하게 될지 모를 사라진 사람들은 모두 메이너드의 헐렁한 손길에 사로잡힌 채 이쪽저쪽 끌려 다니거나, 그가 부리는 변덕에 넘어지곤 했다. 나는 그게 고통스러웠다. 나는 아내를 얻는 게 자연스러운 나이였지만, 그때쯤에는 노역하는 남자들에게 약속된 노역하는 여자들을 이미 보았고, 그런 '약속'이 어떻게 지켜지는지도 본 터였다. 이 젊은 부부들이 매일 아침 각자 다른 노역을 하러 떠나기 전 서로를 안던 모습과 밤이면 자기 집 계단에 앉아 손을 잡고 있던 모습, 싸우고 칼을 뽑고 서로를 죽이던 모습, 서로가 없는 삶을 살기도 전에 서로를 죽이던 모습을 기억한다. 나체스로 간다는 건 죽음보다도 나쁜, 살아 있는 죽음이었으니까. 그건 한때 가장 사랑했던 사람이 광활한 미국 어딘가에 떨어져서, 족쇄를 찬 이 타락한 세상에서는 그 사람을 다시 만날 수 없으리라는 걸 아는 데서 오는 고통이었다. 그게 노역자들의 사랑이었다. 메이너드를 돌봐야 할 시간이 왔을 때 내 머릿속을 차지하고 있던 것도 그 사랑이었다. 그림자 속에서 가족이 빠르게 만들어졌다가, 백인의 손길 한 번에 먼지로 변해버리는 그런 사랑.

나는 내 방에서 나와 토끼굴을 가로지르던 중 소피아의 방문 앞을 지났다. 문이 열려 있었기에, 소피아가 등불 빛에 비추어 뜨개질하는 게 보였다. 문간에 멈춰 서니 그녀의 옆얼굴이 보였다. 작은 코, 부드럽게 튀어나온 입, 머리를 감싼 천 아래로 비어져 나온 고불고불한 머리카락. 소피아는 등을 돌 벽처럼 곧게 펴고 등받이 없는 의자에 앉아 있었다. 등불이 그녀의 그림자를 바깥 복도로 드리웠다. 거미처럼 기다란 소피아의 팔이 두 바늘을 앞뒤로 움직이며 털실을 짜서 아직은 알아볼 수 없는 뭔가를 만들고 있었다.

"작별 인사 하러 왔구나." 소피아가 말했다. 나는 그 말에 조금 놀랐다. 뒤를 돌아보지도 않고 말했던 것이다. 그녀는 두 바늘 사이에 걸쳐져 있는 알아볼 수 없는 물건에 눈을 고정하고 있었다. 소피아가 나로서는 잘 알아듣지 못할 혼란스러운 말을 웅얼거렸다. 바로 그때 소피아가 고개를 돌렸다. 달맞이꽃 같은 그녀의 두 눈이 밝아지며 부드러운 입이 따뜻한 미소를 지었다. 소피아는 노역자들 가운데에서 눈에 띄었다. 겉보기에는 노역을 아예 하지 않는 것처럼 보였으니까. 소피아는 뜨개질을 무척 좋아했고, 그녀가 정원이나 과수원을 걸어다니며 뜨개질하는 모습이 자주 보였다. 그러니까 이 뜨개질이 그녀가 하는 단 하나의 노동일지도 몰랐다. 그러나 라클리스의 모든 사람이 사정을 잘 알고 있었다. 소피아는 내 삼촌, 그러니까 아버지의 동

생인 너대니얼 워커의 사람이었다. 그게 무슨 뜻인지 굳이 추측해야
만 하는 사람은 아무도 없었다. 다만 나는 그렇지 않을지도 모른다고
생각하곤 했다. 매주 주말마다 소피아를 너대니얼의 집에 태워다주고
데려오는 노역을 지시받을 때마다 그 의구심이 빠르게 잦아들었지만.

이런 '조치'는 그리 특별한 것도 아니었다. 사실은 상급자 남자들
의 관습이나 마찬가지였다. 하지만 너대니얼은 무슨 속셈인지 첩을
두면서도 그런 관습을 역겨워했다. 상급자들이 음식 배달용 엘리베
이터나 비밀 통로를 활용해 자신들의 도둑질을 위장했듯, 너대니얼
도 뭔가를 가져가면서 가져가지 않은 척하며 강도질을 자선으로 위
장할 수단을 궁리해냈다. 너대니얼은 소피아를 자기 형의 대농장에
있는 토끼굴에서 살게 했다. 소피아에게 자기 집을 방문할 때면 상급
자 숙녀처럼 옷을 차려입되, 부지에 들어올 때는 뒷길을 쓰라고 고집
했다. 그는 누가 소피아를 만났는지 계속 확인했으며 자신이 그러고
있다는 걸 토끼굴 공동체가 알도록 했다. 모든 노역자 남자를 쫓아버
리기 위해서였다. 어쩌다 보니 나만은 예외가 되었지만.

"작별 인사 하러 온 거야, 하이람?" 그녀가 다시 물었다.

"아니, 음, 그냥 좋은 아침이야." 나는 자세를 바로잡으며 말했다.

"아, 그러네. 좋은 아침이야." 소피아가 말했다. 그러더니 내게서
시선을 거둬 다시 뜨개질을 하기 시작했다.

"미안, 내가 거꾸로 생각했나 보네." 소피아가 말을 이었다. "재미
있는 건, 방금 너를 생각하고 있었다는 거야. 네가 지나가기 직전에.
너랑 도련님이랑 경마 가는 날을 생각하고 있었어. 경마에 가지 않아
도 돼서 얼마나 다행인지 생각했고, 그렇게 머릿속으로 너랑 한바탕
이야기를 나눴다니까. 꼭 네가 여기 있는 것처럼. 그래서 네가 문 앞

70

에 와 있는 걸 보고, 뭔가 끝나나 보다 생각한 거야."

"아아." 내가 말했다. 할 말을 생각해내기가 힘들었다. 무슨 말을 꺼내게 될지 두려웠다. 나는 지난밤 꿈을 떠올렸다. 우리는 나이가 드는데 메이너드는 계속 어린 채로 우리 모두를 사슬로 매어 잡고 있는 꿈을.

소피아는 스스로가 답답하다는 듯 세차게 한숨을 쉬더니 말했다. "나도 참, 무슨 소리를 하는 거야?"

그러더니 다시 눈을 들어 나를 보았다. 정신이 든다는 표정이 그녀의 얼굴에 스쳤다. 소피아가 말했다. "좋아, 이제 돌아왔어. 안녕, 기분은 좀 어때?"

"좋아." 내가 말했다. "그냥, 생각보다 괜찮아. 힘든 밤이었어."

"잠깐 얘기할래?" 소피아가 물었다. "앉아봐. 내가 늘 너랑 얘기하면서 너한테 내 사연이나 세상에 대한 의견을 가득 불어넣는다는 건 하나님도 아시는 일이니까."

"아냐." 내가 말했다. "도련님한테 가봐야 해. 난 괜찮아."

"안 괜찮아 보이는데." 그녀가 말했다.

"괜찮아." 내가 말했다.

"네가 괜찮은지 어떻게 알아?" 소피아는 그렇게 묻더니 웃었다.

"내가 어떻게 아는지가 문제는 아닐 것 같은데." 나는 마주 웃으며 말했다. "네가 어떻게 보이는지나 신경 쓰지그래?"

"오늘 아침엔 어때 보이는데?" 그녀가 물었다.

나는 복도로, 문에서 멀리 물러나며 말했다. "그럭저럭. 나쁘진 않아, 굳이 말하자면."

"고맙네." 그녀가 말했다. "뭐, 얘기할 기분이 아니라니까 해주고 싶은 말은, 토요일 즐겁게 보내라고. 도련님 때문에 골치 썩지 말고."

나는 고개를 끄덕인 다음 끔찍한 비밀이 어린 그 뒤쪽 계단을 올라 속박의 저택으로 들어갔다. 그리고 계단을 한 단 한 단 오를 때마다 내 노역의 논리가 아귀에 맞아들어가는 것을 느꼈다. 내가 라클리스를 한 뼘도 물려받을 수 없으리라는 사실만 문제인 건 아니었다. 절대 내가 내 노동의 결실을 거둘 수 없다는 것만도 아니었다. 노역이란 자연스러운 욕구를 병 속에 영원히 밀봉해야 한다는 것, 그 욕구를 두려워하며 살아가야 한다는 의미였다. 상급자에 대한 두려움을 품고 살아가는 것 이상으로 나 자신에 대한 두려움 속에서 살아가야만 한다는 것.

우리는 그날 아침 밀레니엄 마차를 타고 떠났다. 부지의 주요 도로에서 방향을 꺾어 과수원, 작업소, 밀밭을 지나 라클리스를 벗어난 다음, 웨스트 대로 쪽으로 돌아서 남아 있는 옛 저택들을 지나갔다. 앨트브룩, 로우리지, 벨뷰. 이 가문의 이름들은 전보와 엘리베이터가 등장하는 전기의 시대에 그저 바람 속 먼지가 되었지만, 당시만 해도 버지니아 전역에 이름을 날렸다. 메이너드는 가는 내내 떠들어댔는데, 새로운 이야기라고는 전혀 없었다. 그저 자기가 누구에게 어떻게 본때를 보여주겠다는, 평소에 늘 달고 사는 이야기였다. 나는 잠시 귀 기울이다가 그냥 나만의 생각으로 물러나 메이너드가 계속 이야기하도록 놔두었다.

그런 다음, 우리는 다리를 건너 스타펄로 방향을 꺾었다. 11월의 날씨가 너무도 아름답고 상쾌해서 서쪽으로는 숲이 꺾어지는 마지막 모퉁이까지 다 보였다. 산에서 주황색과 노란색 폭죽이 잔뜩 터지는 것 같았다. 우리는 말과 마차를 매어두고 마켓 스트리트로 걸어가다가 호화로운 버지니아식 행렬을 마주쳤다. 가면을 쓰고 옷을 차려입은 상급자 전부가 그곳에 나와 있었다. 여자들은 얼굴에 분을 발랐다. 유색인 여자아이들이 그 피부의 상앗빛을 지켜주려고 들고 있는 파라솔 밑에서 흰 장갑을 끼고 실크 스카프를 두른 채 가슴을 들썩이고 있었다. 남자들은 모두 똑같아 보였다. 허리를 죈 검은 코트, 회색 바지, 말총으로 만든 목깃, 높은 실크해트, 지팡이, 송아지 가죽으로 만든 웰링턴 부츠. 늘 그렇듯, 화려함의 극치는 코르셋과 보디스*에 묶인 채 동작 하나하나를 헤아리며 천천히 움직이는 여자들 몫이었다. 여자들의 동작을 보면 하늘거리는 목과 흔들리는 엉덩이에 춤기운이 어려 있었다. 나는 그들이 가정교사와 어머니에게서 평생 이렇게 걷는 법을 배운다는 사실을 알고 있었다. 상급자를 상급자답게 만드는 것은 의상이 아니라 여자들이 그 의상을 입는 방식이었다. 뉴햄프셔에서 온 북부 사람들과 파두카나 나체스에서 온 개척자들, 엠카운티의 하류층 백인들은 모두 상급자들과 함께 걸어 다녔지만, 함께 걷는다기보다는 상급자들을 구경하는 것처럼 보였다. 그렇게 그들은 이 아름답고 신적인 행렬도 버지니아도 절대 죽지 않으리라는 듯, 담배와 인간의 육신으로 만들어진 이 제국이 언덕 위 도시처럼 빛나리라는 듯, 그래서 온 세상이 왜 엠 카운티의 일류 가문들이 누리는 영원한 화려함에 끼어들지 못했는지 한탄하게 만들리라는 듯 스타펄의 큰길을 따라 나아갔다.

그중에는 아는 사람이 많았다. 몇몇은 알지만 소개받은 적은 없는

---

* 코르셋 위에 입는 여성 옷의 하나. 가슴과 허리 둘레가 몸에 꼭 맞게 되어 있다.

사람들이었다. 나는 그들이 무심코 하는 말이나 행동에서 그들을 기억해냈다. 그 안에는 꽤 잘 아는 사람, 이를테면 옛 가정교사인 필즈 씨 같은 사람도 있었다. 나는 필즈 씨가 행렬 속에서 혼자 걷는 모습을 발견했다. 그는 군중을 연구하는 듯했고, 나를 보자 작고 가느다란 미소를 짓더니 모자를 살짝 기울였다. 나는 여러 해 전 마지막 수업 이후로 그를 본 적이 없었다. 지금은 작은곰자리의 꼬리에서 끝나버린 우리의 수업이 그 자체로 일종의 상징이라고 여겼다. 나는 메이너드가 필즈 씨를 발견했는지 보려고 돌아보았으나 메이너드는 이미 화려함에 취해 꿈꾸는 사람처럼 눈을 휘둥그렇게 뜨고 이를 다 드러내며 온 얼굴에 미소를 짓고 있었다. 메이너드는 저들과 달랐다. 이 사태에 내가 끼친 영향을 생각하자 부끄러웠다. 나는 그날 아침 최선을 다해 메이너드를 치장해주었던 것이다. 그러나 메이너드의 신체 비율과, 조끼와 옷깃을 잡아당기는 습관 때문에 그 어떤 조합도 잘 어울리지 않았다. 그런데도 메이너드는 그 자리에 나와 매우 행복한 모양이었다. 그는 1년 내내 수모를 당하며 모욕감을 달래려 애써왔지만, 잘 노는 사람으로서의 장점을 발휘하면 무리로 돌아갈 수 있으리라고 기대했다. 그들은 메이너드의 백성이었다. 제왕의 혈통에 따라 그의 백성이 된 자들이었다. 그러므로 메이너드는 자기 위치를 판단할 힘도 없으면서 행렬 앞에 서 있었다. 그는 다시 옷깃을 잡아당기고 큰 소리로 웃더니, 인파를 헤치고 상급자들의 느린 행진 속에 섞여들었다. 모두가 경마장으로 향했다.

메이너드는 애들라인 존스를 봤다. 그녀는 메이너드가 한때 맹렬하게 구애했던 대상이었다. 애들라인은 엠 카운티는 물론 아예 버지니아를 떠나 북부에 사는 변호사와 결혼했다고 들었다. 그러나 경마가 애들라인을 불러들인 모양이었다. 옛 고향이 어떻게 변했는지 구경할 셈인가. 애들라인은 친절한 여자였고, 메이너드는 언제나 이런 친절을 애정의 약속으로 받아들였다. 메이너드는 방향을 틀더니 인파를 헤치고 모자를 휘두르며 애들라인에게 다가가 인사했다. "여, 애디! 잘 지냈어?"

애들라인은 뒤를 돌아보더니 메이너드에게 초조한 미소로 인사를 대신했다. 그들은 몇 분 동안 이야기를 나눈 다음 다시 행렬과 함께 걷기 시작했다. 애들라인은 불편해 보였고, 메이너드는 누군가에게 들러붙게 되어서 신이 났다. 나는 각자 맡은 사람을 쫓아가는 모든 노역자가 그러듯 길 가장자리를 따라 그들을 쫓아가면서, 대화를 나눌수록 메이너드가 점점 흥분하고 애들라인의 인내심이 바닥나 가는 모습을 지켜보았다. 하지만 애들라인은 잘 견뎌냈다. 상급자 여자들은 그렇게 훈련받기 때문이다. 애들라인의 실수는 그녀를 메이너드와의 대화로부터 보호해줄 신사를 대동하지 않고 이곳에 모습을 드러낸 것이었다. 메이너드의 말소리는 군중의 소란을 뚫고 내게까지 들릴 만큼 활기 넘쳤다. 메이너드는 라클리스의 번영과 매력에 대해서, 거기에 굴복하지 않은 애들라인의 실수에 대해서 떠들어댔다. 그 모든 이야기는 아주 살짝만 농담으로 위장한, 지루한 자랑이었다. 애들라인은 이 모든 것을 미소 하나로 버텨야 했다.

경마장에 이르렀을 때, 나는 애들라인이 마침내 지나가는 신사에게 구조되는 모습을 지켜보았다. 신사는 메이너드에게 손을 내밀었다가 일이 돌아가는 꼴을 재빨리 눈치채고 그녀를 서둘러 데려갔다. 메이너드는 정문에서 잠시 멈춰 서더니 경마 클럽이 있는 단상 위쪽을 올려다보았다. 이제 막 회원이 모여들기 시작한 그 경마 클럽은 한때 메이너드가 장광설을 늘어놓다가 인정사정없이 쫓겨난 곳이었다. 애들라인이 떠났으므로 나는 메이너드에게 가까이 다가간 뒤, 비켜서서 그를 지켜보았다. 메이너드는 이제 사람들이 자신을 카운티 신사들 사이에 오도록 환영해준, 아니 최소한 그 무리에 낄 수 있도록 내버려둔 지난 경마의 나날을 고통스럽게 추억하고 있었다. 그때, 메이너드의 눈이 남자들과 구분된 버지니아 아가씨들의 구역으로 움직였다. 그의 눈에 모욕감이 엉겼다. 그 구역은 아가씨들이 남자들의 도박이나 상스러운 말, 담배 때문에 괴로워하지 않아도 되도록 마련된 공간이었는데, 그 구역에 메이너드의 약혼자인 코린 퀸이 있었다. 그녀는 메이너드와의 관계 때문에 입지가 무너지지는 않은 듯했다. 메이너드는 더 이상 미소 짓지 않았다. 아내가 자신을 쥐고 흔든다고 느꼈던 것이다. 아내가 자신보다 높은 자리에 올라 있었으니까.

나는 그 여자를 더 잘 보려고 최대한 눈에 띄지 않게 여자들의 클럽을 들여다보았다. 코린 퀸은 다른 시대에서 온 것 같았다. 그녀는 행렬의 과시적 경쟁을 무시해버렸다. 엄청난 화려함과 대담함으로써 죽어가는 땅과 흩어져버린 노역자들의 가족과 줄어드는 담배 수확량과 만연한 몰락을 증언하는 그 옷들을 입지 않았다. 그녀는 캘리코*를 걸치고 장갑을 낀 채 단상에 서서, 다른 아가씨와 이야기하고 있었다. 메이너드는 그 모습을 경멸하듯 바라보더니 고개를 젓고 자기 자리로 걸어가버렸다. 신사들의 자리가 아니라 하류층 백인 남자들로 이루어진 어중이떠중이 무리로 말이다. 우리 사회에서 그 계급이 차

* 올을 촘촘하게 가로로 짠, 흰색 무명베 옷.

지하는 위치는 항상 놀랍게 느껴졌다. 상급자들은 할란 감독 같은 하류층 백인 남자들을 공식적으로는 참아주되 사적인 자리에서는 배척했다. 하류층 백인 남자의 이름은 술자리에서 아무렇게나 불렸고, 그들의 아이는 응접실에서 조롱당했으며, 그들의 아내와 딸은 유혹당하고 버려졌다. 그들은 상급자의 발길질을 견디는, 쇠락하고 탄압받는 족속이었다. 그들에게 남은 것은 노역자들에게 발길질할 권리뿐이었다.

내 자리는 유색인들 사이에 있었다. 그중 몇몇은 노역자였고 몇몇은 자유인이었는데, 자유인들은 가슴 높이까지 올라오는 나무 울타리에 앉아 있었다. 마구간에 바로 붙은 자리였다. 마구간에서는 다른 유색인 남자들이 경주마에게 먹이를 주거나 말의 건강을 돌보고 있었다. 내가 아는 이도 몇 있었다. 코린의 하인 호킨스도 그중 하나였다. 그는 다른 사람들과 함께 울타리에 걸터앉아 있었다. 나는 인사로 고개를 끄덕였다. 호킨스도 마주 고개를 끄덕였지만 미소 짓지는 않았다. 그게 호킨스의 방식이었다. 그에게는 뭔가 차갑고 거리감이 느껴지는 데가 있었다. 호킨스는 언제 봐도 어리석은 짓은 절대 저지르지 않을 것 같은 표정을 짓고 있었고, 자신이 바보들에게 둘러싸여 있다고 느끼는 듯했다. 나는 호킨스가 두려웠다. 호킨스는 왠지 거칠어 보였다. 태도만 봐도 그가 노역 중에서도 가장 끔찍하고 말조차 꺼내기 어려운 노역을 견뎌내왔다는 걸 알 수 있었다. 나는 울타리를 따라 선 유색인 남자들이 그때까지도 마구간에서 일하고 있던 사람들과 소리치며 웃는 모습을 지켜보았다. 그 모습을 언제나 그랬듯 조용히 지켜보면서 우리 사이의 연대에 경이감을 느꼈다. 우리는 우리만의 줄임말을 썼고, 가끔은 아예 한마디도 하지 않고도 이야기를 나누었다. 옥수수 껍질 벗기기나 허리케인에 관한 같은 기억에 대해서, 책에는 안 나오지만 우리의 이야기 속에는 살아 있는 영웅들에 대해서. 그건 그들에게는 감추어진 우리만의 세상이었다. 그리고 나는 그 세상의 일부가 된다는 것이 내 안에 있는 어떤 비밀에 가담한다는 것임을 그때 이미 느끼고 있었다. 우리 사이에는 상급자도 하류층도 없었고 쫓겨날 경마 클럽도 없었다. 우리 세계 자체가 또 하나의 미국, 그 나름의 장엄함이었다. 메이너드를 거부하는 미국. 이 세상의 질서 속에서 자신이 차지한 위치에 대해 끊임없이 투덜댈 수밖에 없는 메이너드를 거역하는 미국이었다.

때는 이른 오후였다. 아직 하늘에 구름 한 점 없었고 경마는 막 시작되려는 참이었다. 첫 번째 말들이 질주하기 시작했을 때 나는 그 녀석들이 아니라 메이너드를 보고 있었다. 메이너드는 모든 치욕과 모욕을 잊은 듯 하류층 백인들과 함께 웃으며 뻐기고 있었다. 메이너드는 어쩔 수 없이 동족을 찾은 것 같았다. 아니면 그들이 메이너드를 찾았든지. 고귀하게 태어난 워커 가문 사람이 신나서 자기들 사이에서 까부는 모습 덕분에 이 하류층 백인들도 그날의 화려함을 양껏 누릴 수 있었다. 이런 생각은 메이너드의 말이 달릴 차례가 되자 더 커졌다. 다른 말들은 엄청나게 크고 코와 다리로만 이루어진 밤색 구름떼처럼 보였고, 메이너드의 말 다이아몬드는 그 구름과 함께 달리기 시작하더니, 그 모두에게서 떨어져 나와 무리 앞으로 확 치고 나가서 결승선까지 그 자리를 지켰다. 메이너드는 미쳐 날뛰었다. 그는 탄성을 지르고 주변 모든 사람을 끌어안고 허공으로 두 팔을 쳐들더니, 경마 클럽이 있는 박스석을 가리키며 오만하고 무례한 말들을 외쳤다. 그러다가 숙녀석에 있는 코린을 발견하고는 똑같은 짓을 했다.

경마 클럽의 남자들은 근엄한 표정으로 제자리에 서 있었다. 상급자로 태어났으나 이길 때마다 게임 전체의 격을 떨어뜨리는 이 미련퉁이가 그들의 사랑스러운 스포츠를 망쳤기 때문이었다.

마지막 경기가 끝난 뒤, 나는 마켓 스트리트에서 좀 떨어진 곳에서 메이너드를 만났다. 메이너드가 짧은 인생을 살아가며 그렇게 행복해하는 모습은 한 번도 본 적이 없었다. 그는 활짝 미소 지으며 나를 보고 말했다. "제기랄, 하이람, 내가 뭐랬어? 오늘은 내가 왕이라고 했지?"

나는 고개를 끄덕이고 말했다. "그렇게 말씀하셨죠."

"그 녀석들한테도 말했어." 메이너드는 마차에 오르며 말했다. "그놈들 전부한테 말이야!"

"그러셨습니다." 내가 말했다.

그런 다음, 나는 아버지의 경고를 떠올리며 마차를 마을 밖으로 몰아 집으로 향했다.

"아니, 아니지! 뭐 하는 거야?" 메이너드가 외쳤다. "돌아가! 난 그녀석들을 보고 싶어. 놈들이 내 말을 귓등으로도 안 들었다고. 우린 놈들에게 보여줘야 해! 그놈들도 봐야지!"

그래서 나는 다시 말머리를 돌려 마을 중앙으로 향했다. 그때쯤 마을에서는 신사들이 거리에 늘어서서 작별 인사를 하기 전에 마지막 이야기를 나누는 중이었다. 하지만 우리가 밀레니엄 마차를 타고 지나가자, 상급자 남녀는 조금이라도 존중을 보이는 대신 우리 쪽을 힐끗 보고 미소조차 없이 고개를 끄덕이더니 다시 자기들끼리 대화하기 시작했다. 나는 메이너드가 정확히 뭘 원했는지, 또는 뭘 얻게 되리라고 기대했는지 모른다. 그가 왜 이번에야말로 자신의 핏줄에 깃든 훌륭함을 인정받으리라고, 혹은 왜 자신이 충동적으로 행동하고 감정을 제멋대로 분출해도 용서받으리라고 생각했는지 모른다. 하지만 어떤 식으로든 만족할 수 없으리라는 게 분명해지자 메이너드는 내게 마을 저 끄트머리로 말머리를 돌리라고 으르렁거리듯 명령했다. 나는 메이너드를 그곳 매음굴에 내려주고 한 시간 뒤에 데리러 오겠다고 했다.

이제 나는 혼자였다. 머릿속에서나마 사생활을 누릴 수 있어 감사했다. 나는 말을 끌고 마을을 돌아다니기 시작했다. 나는 최근의 사건들과 내 꿈, 노예제도의 밤은 끝나지 않는다는 깨달음, 소피아의 밝은 빛이 푸른 버지니아의 산 너머로 저무는 해처럼 흐려지던 것을 본 그날 아침 속으로 다시 빠져 들어갔다. 당시에 이미 소피아를 사랑하고 있었다고 말할 생각은 없다. 아마 사랑했으리라는 생각은 들지만. 그때 나는 어렸다. 내게 사랑은 풍요로운 정원이 아니라 불붙은 도화선 같은 것이었다. 사랑은 사랑하는 대상이나 그 대상이 원하는 것, 그 대상의 꿈을 깊이 이해하는 것과는 아무 관련이 없었고, 대체로는 그 대상이 있을 때 느껴지는 기쁨이나 없을 때 느껴지는 아픔과 관계되어 있었다. 소피아는 혼자 있을 때 나를 사랑했을까? 그랬을 것 같지는 않았다. 하지만 다른 세상, 노역이 없는 세상에서는 그럴지도 모른다는 생각이 들었다.

그런 세상으로 이어지는 길은 두 가지였다. 돈을 주고 자유를 사거나 도망치거나. 나는 첫 번째 길을 택한 자유로운 유색인 몇을 알고 있었다. 스타펄의 남쪽 귀퉁이에 사는 그들은 흙이 붉고 담배가 쏟아지던 시대에 임금을 조금씩 모아 자기 몸을 되산 사람들이었다. 하지만 내게는 그 길이 막혀 있었다. 버지니아는 변했다. 엠 카운티와 라클리스의 옛 땅이 쇠퇴해가는데도 그 땅의 노역자들 몸값은 높아져만 갔다. 노동으로 땅을 일궈 벌어들일 수 있는 돈은 줄었지만, 그들을 아직도 땅이 피어나는 나체스 쪽으로 웃돈을 붙여 팔아버림으로써 만회할 수 있었다. 그래서였다. 한때 노역자들은 노동을 통해 자유를 살 수 있었다. 그러나 이제 그들은 이곳에서 너무 값진 존재가 되었기 때문에 자신의 몸값을 치를 권리를 박탈당했다.

첫 번째 길이 막혔다면 두 번째 길은 생각조차 할 수 없었다. 내가 아는 한 라클리스에서 도망쳤던 사람들은 단 한 명의 예외도 없이 라일랜드의 사냥개라 부르는, 상급자의 명령을 집행하는 하류층 백인 순찰대에 잡혀 돌아오거나 용기를 잃고 스스로 돌아왔다. 어느 경우든 나는 버지니아 너머의 세계에 대해 너무도 완벽하게 무지했기에, 도망은 미친 짓으로 보였다. 단, 더 많은 사실을 알고 있다는 사람이 한 명 있었다.

엠 카운티에서 유색인과 백인을 막론하고 조지 파크스만큼 존경받는 사람은 없었다. 그는 시장이자 대사이자 꿈이었다. 그 꿈이라는 게 어디에서 보느냐에 따라 의미가 달라지기는 했지만 말이다. 조지가 노역자 신분이던 시절에 그는 들판에서 일했다. 조지는 빅 존과 비슷하게 모든 농업의 주기를 기이할 만큼 잘 이해하는 듯했다. 그는 밀밭을 걸어 다니면서 3년 후의 수확량을 말해주거나, 담배 언덕에 손을 얹고 땅의 심장 박동을 느껴본 다음 담뱃잎이 코끼리의 귀처럼 커질지 쥐의 귀처럼 작아질지 알려주곤 했다. 조지는 상급자들에게 그들이 담배라는 수확물의 사랑을 얻으려면 그런 방법으로는 어렵다고 경고했다. 상급자들이 귀담아듣지는 않더라도, 시간이 지나면 후회하며 조지 파크스를 긍정적으로 떠올릴 수 있도록 흘리듯 말하곤 했다. 하지만 조지에게는 찜찜한 그림자가 휘감겨 있었다. 그는 오랫동안 모습을 감춘 적도 있었고, 스타펄에 나와 있거나 아주 이상한 시간대에 숲에 있는 모습이 눈에 띄기도 했다. 우리는 이런 수수께끼를 나름대로 설명할 이야기를 찾아냈다. 조지가 언더그라운드에 발을 담그고 있다는 얘기였다.

언더그라운드란 무엇인가? 노역자들 사이에는 유색인으로 이루어진 비밀 모임이 버지니아의 늪지대 깊은 곳에 그들만의 독립된 세상을 건설했다는 얘기가 있었다. 어떤 힘이 그곳 사람들을 지켜주는지는 몰랐다. 내가 아는 것은 언더그라운드를 찾아내 뿌리 뽑기 위해 라일랜드 사냥개들이 파견되었고, 그들 중 몇몇은 죽고 나머지는 흉터가 생기고 기진맥진한 채로 돌아와 뱀이며 이상한 질병, 독, 악어와 퓨마 들을 싸움에 끌어들인 주술사들에 대해 증언했다는 이야기뿐이었다. 언더그라운드는 때때로 엠 카운티의 문명화된 노예제도보다는 늪지대의 거친 자유를 선호하는 사람을 신입으로 모집한다는 얘기도 있었다. 백인들에게 칭찬을 듣고 높은 평가를 받으며, 유색인들에게는 비밀스러운 삶을 사는 것처럼 보이는 고귀한 조지가 언더그라운드에 속해 있다는 얘기는 완벽하게 들어맞는 것 같았다.

문득 들려온 총성에 나는 조지에 대한 생각에서 빠져나왔다. 나는 마을 광장의 남쪽 끝에 있었다. 총성이 들린 곳으로 가던 중 어떤 신사를 봤는데, 그는 격식을 차린 검은 제복을 입고서 허공에 산탄총을 겨눈 채 배를 잡고 웃고 있었다. 낮의 분위기가 바뀌고 있었다. 이제는 하늘에 구름이 가득했다. 두 남자가 선술집에서 싸우며 비틀비틀 거리로 나오고 있었는데, 그중 한 명은 뺨에 긴 흉터가 있는 나이 든 사람이었다. 그는 자기가 질 것 같자 단번에 긴 칼을 꺼내 젊은 남자의 얼굴을 그었다. 그러자 다른 남자 두 명이 선술집에서 달려 나와 나이 든 사람에게 덤벼들었다. 그들이 나이 든 남자를 두들겨 패기 시작하기에 나는 서둘러 자리를 떴다. 다음 골목에서는 하류층 백인 여자가 네덜란드 여자애의 머리카락을 잡아채 뺨을 갈기는 것을 보았다. 그 여자의 애인이 웃으면서 술을 한 모금 마시더니, 남은 술을 네덜란드 여자애의 머리에 쏟았다. 나는 계속 걸어갔다. 이것이야말로 아버지가 내게 경고했던 소란이었다. 아버지는 메이너드를 다름 아닌 이런 소란과 거리를 두게 해달라는 것이었다. 하지만 그자들, 낄낄대는 앨리스 컬리 같은 자들은 늘 이런 식이었다. 라클리스의 파티에서처럼, 경마는 고급스럽고 화려한 행사로 시작되었다가 술판이 시작되고 축제의 분위기가 어두워지고 온갖 겉치레와 가정교육의 가면이 벗겨지면, 결국 고름이 흐르는 엠 카운티의 곰보투성이 얼굴을 드러냈다.

다른 유색인은 나와 있지 않았다. 모두들 다음에 무슨 일이 벌어질지 알고 있었으니까. 백인들에게 닥치는 불쾌감은 곧장 우리 유색인 쪽으로 방향을 튼다. 이상하게 들리겠지만, 그런 상황에서 가장 두려워해야 하는 사람들은 자유 유색인들이었다. 우리 같은 노역자들은 누군가에게 속해 있었다. 우리는 재산이었고, 우리에게 어떤 식으로든 손상을 가하려면 주인의 명령이 있어야 했다. 다른 사람의 말을 때려서는 안 되는 것처럼 다른 사람의 노예를 때려서도 안 되는 것이다. 하지만 비교적 안전하더라도 나 역시 불편하기는 마찬가지였다. 나는 그런 마음으로 광장에서 프리타운으로, 또 조지 파크스의 집으로 갔다.

그곳은 작은 공동체였다. 모두가 너무 가까이 모여 살아서 나는 그들을 전부 알았다. 예컨대 나는 카터 저택에서 철물을 다뤘으며 지금 마을의 대장장이 밑에서 비슷한 일을 하는 에드거 콤은 옛날에 열병이 돌았을 때 첫 남편을 잃은 페이션스와 결혼한 사이였다. 둘의 집 맞은편에는 팹과 그리스 형제가 살았고, 그 옆집이 조지 파크스의 집이었다. 나는 광장의 광기에서 빠져나와 마을의 남쪽 끝으로 갔고, 어쩌다 보니 스타펄의 자유 유색인 구역 초입을 표시하는 라일랜드의 감옥 앞에 와 있었다.

이런 동선은 애초에 계획 아래 만들어진 것이었다. 틀림없었다. 라일랜드 감옥은 범죄자들을 가두는 곳이 아니었다. 도시의 블록 두 개를 차지하는 라일랜드 감옥은 도망치다가 잡히거나 팔리기 전에 억류된 노역자들을 가두는 창고였다. 이 감옥은 자유인이든 아니든 스타펄의 유색인들은 어떤 경이로운 권력의 그림자 속에 있으며 그 권력이 마음만 바꾸면 유색인들에게 다시 사슬을 채울 수 있다는 사실을 매일 상기시켰다. 라일랜드 감옥은 하류층 백인이 운영했다. 이 사람들은 사람 장사로 부자가 되었지만, 최근에서야 이름을 알렸고 하는 일의 평판이 너무 나빠서 어느 지위 이상으로는 절대 올라갈 수 없었다. 그들에게 라일랜드의 사냥개라는 이름이 붙은 이유는 그 감옥을 먹여 살리고 감옥의 명령에 따르는 하류층 백인들과 그 감옥 간의 강력한 관계 때문이었다. 우리는 그들을 두려워하고 증오했다. 어쩌면 우리를 소유한 상급자들보다도 더. 그들과 우리는 모두 하류층이고 노역자였다. 하류층 백인들이 지금 가진 빵 부스러기를 버리고서라도 케이크 한 조각을 얻기 위해 싸우겠다고 결심한다면, 우리는 상급자들에게 대항해 단결하고 대오를 갖추었을지도 모른다.

조지의 아내 앰버는 문간에서 미소 지으며 나를 맞아들였다. "오늘 네가 이쪽으로 지나갈지도 모른다고 생각했단다." 앰버가 말했다. "시간도 딱 맞네, 막 저녁을 먹으려고 했는데. 배고프니, 하이람?" 나는 미소 지으며 앰버에게 인사한 다음 방 하나짜리 오두막에 들어갔다. 내가 지내는 토끼굴보다 딱히 나을 것도 없는 오두막이었다. 잿불로 구운 옥수수빵과 돼지고기 냄새가 풍겨왔고, 나는 정말이지 배가 고프다는 걸 깨달았다. 조지가 침대에 앉아 있었다. 옆에서 그의 갓난 아들이 허공을 손으로 움켜대고 있었다.

"이런, 이 녀석." 조지가 말했다. "로지 아들이 다 컸구나."

로지 아들. 스트리트 사람들은 나를 그렇게 불렀다. 이제는 나를 그런 식으로 기억하는 사람이 거의 남지 않아서, 누가 내게 이런 인사를 건넨 것도 꽤 오랜만이었다. 나는 조지를 끌어안고 안부를 물었다. 조지는 미소 짓고 말했다. "뭐, 아내가 있고, 이젠 아들도 있지." 그는 걸어가 아기의 배를 문질렀다. "그러니 잘 지내는 것 같구나."

"하이람 좀 밖에 데려가지그래." 앰버가 말했다.

우리는 조지가 텃밭을 가꾸고 닭장을 꾸리는 바깥의 작은 공간으로 나가 뒤집어놓은 통나무에 앉았다. 나는 주머니에 손을 넣어 조지의 아들에게 주려고 깎은 작은 나무 말을 꺼내 조지에게 건넸다.

"아이한테 주세요." 내가 말했다.

조지는 말을 받고 고맙다는 뜻으로 고개를 끄덕이더니 자기 주머니에 넣었다.

몇 분 후, 앰버가 옥수수빵과 튀긴 돼지고기가 담긴 그릇 두 개를 가지고 나와 하나는 내게, 하나는 조지에게 건네주었다. 나는 아무 말 없이 그 자리에 앉아 음식을 먹었다. 앰버는 다시 들어갔다가, 품에 옹알이하는 아들을 안고 돌아왔다. 이제는 늦은 오후였다.

"오늘 아무것도 못 먹었구나?" 조지가 함박웃음을 지으며 물었다. 그의 적갈색 머리카락이 늦은 가을 오후의 저물어가는 빛을 받아 불타오르는 것처럼 보였다.

"네, 그랬네요." 내가 말했다. "어쩌다 보니 밥 생각이 안 나서요."

"딴생각을 했나 보지?"

나는 조지를 올려다보고 입을 열려고 했다. 하지만 그때 문득 두려운 마음에 말문이 막혔다. 분명히 말을 하고 싶었는데도, 나는 통나무 옆에 그릇을 내려놓았다. 앰버는 다시 들어간 뒤였다. 나는 잠시 기다리다가, 벽 너머로 웃음소리와 아기가 내지르는 소리를 들었고, 앰버가 다른 손님들과 함께 노느라 앞문으로 나갔으리라고 생각했다.

"조지, 하월 주인님의 집에서 처음 떠났을 땐 기분이 어땠어요?"

조지는 음식을 한입 가득 삼키더니 잠시 뒤에야 입을 열었다. "남자가 된 것 같았지." 그가 말했다. 그런 다음 남은 음식을 씹어 삼켰다. "그전에 남자가 아니었다는 얘기는 아니지만, 정말로 그런 기분을 느껴본 적은 없었거든. 내 인생 전체가 그런 기분 없이 살아야 안전했으니 말이야. 너도 알지?"

"그럼요, 알죠." 내가 대답했다.

"이런 말을 굳이 해줄 필요는 없겠지만…… 아니, 해줘야 하나? 저 사람들은 늘 너를 특별한 방식으로 편애했으니까. 하지만 어쨌든 말해두마. 뭐든 느껴지는 대로 생각하면 돼. 지금 나는 원할 때 일어나고 원할 때 잠든단다. 내 성이 파크스인 건 내가 그렇게 정했기 때문이야. 내가 이름을 이렇게 지은 데는 아무 이유도 없어. 그냥 내 아들에게 줄 선물로 지어낸 거지. 이 이름에는 한 가지 의미밖에 없단다. 내가 선택했다는 의미. 의미가 행위에 담겨 있는 거지. 내 말 알겠니, 하이람?"

나는 고개를 끄덕이고 그가 말을 이어가기를 기다렸다.

"너한테 이런 말을 한 적이 있는지 모르겠다만, 하이람. 우리는 모두 너희 엄마 로지를 미친 듯이 사랑했단다."

나는 웃었다.

"아름다운 여자였어. 스트리트에는 아름다운 여자들이 아주 많지. 너도 알겠지만, 로즈뿐 아니라 로즈의 언니, 네 이모 에마도 아름다웠다. 아주 아름다운 아이들이었어." 에마라니, 어머니의 이름처럼 연기 속으로 사라진 또 하나의 이름이었다. 나는 에마가 내 이모라는 것도, 그녀가 한때 주방에서 일했으며 아름다운 춤꾼이었다는 것도 알고 있었지만 그뿐이었다. 에마 이모는 사람들의 밋밋한 말과 내 머릿속 안개로 사라져갔다. 하지만 조지에게는 그 모든 기억이 있었다. 조지의 눈앞에는 과거가 지도처럼 펼쳐져 있었다. 나는 조지가 산길과 도랑과 협곡을 넘어 떠났던 여행 이야기를 하면서 눈을 빛내는 모습을 바라보았다.

그가 말했다. "대단했지. 난 지금도 그 시절을 떠올리곤 해. 바닥을 쿵쿵 굴러대고. 엄청났지. 네 엄마와 에마는 그렇게 다를 수가 없었어. 로즈는 조용했고 에마는 시끄러웠지만, 디프 미팅에 갈 때만은 둘이 같은 핏줄이라는 걸 알 수 있었어. 정말이다. 내가 그 자리에 있었거든. 매주 토요일 밤이었지. 나는 짐이라는 멋진 친구와 짐의 아들 영 P와 함께 거기에 갔어. 우리는 밴조*랑 구금이랑 깽깽이를 계속 연주했단다. 냄비와 프라이팬으로 연주를 하고, 양의 뼈로 캐스터

* 재즈 음악 초창기에 흑인들에게 인기 있던 현악기.

네츠처럼 딱딱 소리를 냈지. 그러다가 분위기가 달아오르면 에마와 로즈가 춤을 추기 시작했어. 정말이지 대단했다. 머리에 물동이를 얹고, 두 항아리 중 하나에서 물이 흠뻑 쏟아질 때까지 앞뒤로 움직이는 거야. 그러고서는 둘이 미소 짓고 절을 했지. 그리고 둘 중 누구든 이긴 사람이 또 덤빌 사람 있느냐고 물어보곤 했어."

"하지만 아무도 도전하지 않았죠." 내 말에 조지는 크게 웃더니 물었다. "물의 춤을 춰본 적 있니?"

"아뇨." 내가 말했다. "저한텐 별로 안 맞을 것 같아요."

"아쉽네, 아쉬워." 조지가 말했다. "그런 아름다움을 가지고 있으면서 물려주지 않았다니 아쉽구나. 그 전에는 다들 정말이지 아름다웠어. 여자아이들도, 남자아이들도."

조지는 그때쯤 식사를 마친 뒤 그릇을 내려놓고는 길게 숨을 내쉬었다.

"난 가끔 그 모든 아름다움에 대해 생각하곤 한다. 그런 아름다움이 사슬에 매여 어떻게 시들어갔는지……. 정말이지 난 앰버랑 같이 살기로 하면서 앰버를 꺼내주기로 맹세했어. 무슨 대가를 치르든 상관없었다. 앰버를 빼낼 수만 있으면 사람도 죽일 수 있겠다고 생각했어, 하이람. 무슨 일이든, 앰버가 그렇게……."

조지는 거기에서 말을 멈췄다. 자기가 하는 말의 중요성을, 그 말이 내게 무슨 의미이며 내 엄마에게는 무슨 뜻인지를 깨달았기 때문인 것 같았다.

"그래서 나오셨잖아요." 내가 말했다. "해내셨어요. 나오셨죠."

조지는 조용히 웃더니 말했다. "나온 사람은 아무도 없다, 이 녀석아. 알겠니? 나간다는 건 없어. 모두가 노역을 해야 해. 라클리스의 딴 놈 밑에서 일하느니 여기서 일하는 게 좋긴 하지. 그건 장담하마. 하지만 나는 여전히 노역을 하고 있다. 이건 확실히 말할 수 있어."

우리는 몇 분 동안 조용히 그 자리에 앉아 있었다. 앞문 바깥에서 들려오던 목소리가 잦아들고 앞문이 닫히는 소리가 들리더니, 뒷문이 열렸다. 앰버가 나와서 조지의 그릇을 가져갔고 그다음에는 내 그릇을 가져갔다.

앰버는 나를 보며 눈썹을 치키더니 말했다. "조지가 또 거짓말을 한 거니?"

"글쎄요." 내가 말했다.

"그랬겠지." 앰버는 다시 집으로 들어가며 말했다. "그 사람 조심해라. 내 남편이지만, 조심해. 미꾸라지 같은 사람이니까."

조지의 집 뒤 텃밭에서는 구스 강 건너편이 보였다. 이제 태양이 하늘에 낮게 드리우고 구름이 모여들며 서늘해져갔다. 조금 있으면 시간이 된다. 메이너드가 떠날 준비를 마칠 것이다. 그래서 나는 내 인생을 바꿀 어떤 말을 조지 파크스에게 하기로 결심했다.

"조지, 전 떠나야 할 것만 같아요."

조지는 내 말을 알아들었지만 못 알아들은 척하기로 한 듯했다. "그러게. 다시 강을 건너야 하지?"

"아뇨." 내가 말했다. "제 말은요, 저는 나이를 먹어가고 사람들이 나체스 쪽으로 끌려가 사라지는 걸 보고 있어요. 이곳 전체가 무너져 내리는 게 보여요. 이 땅은 죽었어요, 조지. 흙이 모래로 변했고 사람들도 그걸 알고 있어요. 모두가요. 방금 여기로 걸어오다가도 웬 남자가 칼에 찔리고 어떤 여자아이가 길거리에서 구타당하는 걸 봤어요. 무법천지라고요. 한때는 법이 있었다고 믿고 싶네요. 어른들은 그런 시절이 있었다니까요. 제가 그 시절을 알지는 못하지만, 변화는 모조리 느껴져요. 한 남자가 제 안에서 피어나고 있어요, 조지. 그 남자한테 족쇄를 채울 수는 없어요. 그 남자는 너무 많은 걸 알거든요. 너무 많은 걸 이미 봤어요. 그는, 그 남자는 밖으로 나와야 해요. 아니면 살 수가 없어요. 맹세컨대, 전 앞으로 닥칠 일이 두려워요. 저 자신의 두 손이 두려워요."

조지가 무슨 말을 하려고 했지만 내가 말을 끊었다.

"사람들 말로는 아저씨가 많은 걸 안다던데요. 아저씨가 이 작고 자유로운 집 말고도 많은 것을 안대요. 그런 일을 하는 사람들과 연줄이 있대요. 저도 그 기차를 타고 싶어요, 조지. 그 기차를 타고 여기에서 빠져나가고 싶어요. 아저씨가 그런 일을 잘 안다고 들었어요."

이제 조지는 일어나서 입을 쓱 훔치고 두 손을 외투에 닦았다. 그러더니 나를 한 번도 보지 않고 다시 앉았다.

"하이람, 이제 집에 가거라." 그가 말했다. "네 안에서 피어나고 있는 남자 따위는 없어. 그 남자는 이미 피어났다. 지금 이게 너야. 이게 네 삶의 조건이고, 그걸 바꿀 생각이라면 내가 했던 방법으로 바꿔야 할 거다."

"그 방법은 이제 통하지 않아요." 내가 말했다. "노역자 중에 돈을 벌어 나체스에서 벗어날 수 있는 사람은 아무도 없다고요."

"그럼 그게 네 인생인 거야. 그리고 이런 말 해도 될지 모르겠다만, 네 인생은 썩 괜찮은 편이다. 네 일거리라고는 그 멍청한 형뿐이잖니. 가거라, 하이람. 가서 아내를 얻어. 그리고 행복하게 지내라."

나는 대답하지 않았다. 그가 다시 말했다. "집에 가거라."

그게 조지의 명령이었고, 나는 그 말을 따랐다. 하지만 당시 나는 조지가 거짓말을 했다고 생각했다. 조지의 정체는 사람들이 말하는 것처럼 자유라고, 어떤 다른 삶이라고, 유색인의 오리건 주에서 일하는 관료라고 생각했다. 조지 파크스가 그런 주장을 부인하지 않았기에 당시에는 문제가 간단해 보였다. 그에게 내가 누구인지, 또 어떤 존재인지 증명하기만 하면 된다고 생각했다. 내가 늦은 시간에 설득에 넘어가 뜻을 꺾을 사람이 아니며, 이 일을 해낼 수 있다는 확신을 품고 있다는 점을. 나는 광장을 지나 메이너드와 마차가 있는 곳으로 돌아가면서 조지가 나를 도와줄 거라고, 꺼내줄 거라고 확신했다. 여기에는 미래가 없었으니까. 폐기물 사이를 걸어가는 그 짧은 시간에도 그 점은 명백해 보였다. 거리에 온통 쓰레기가 널려 있었다. 옷차림으로 보아 상급자인 듯한 한 남자는 정신을 잃은 채 얼굴을 거름 더미에 처박고 쓰러져 있었고, 부끄럽게도 소매에 팔만 간신히 끼워 넣었을 뿐 셔츠를 벗어젖힌 일행들은 그를 비웃고 있었다. 한때 그들을 장식했던 찢어진 모자와 꽃이 보였다. 거리에 널브러진 하늘색 스카프도 여러 장 보였다. 나는 선술집 옆에서 주사위를 던져대는 사람들을 보았고, 그다음에는 그 선술집 앞에서 닭 두 마리를 싸움 붙이려고 준비하는 사람들을 보았다. 이게 그들의 문명이었다. 그 가면이 너무도 얇아, 나는 생전 처음으로 스트리트 시절의 내가 품었던 꿈, 기억력이라는 재주를 활용해 라클리스 파라오의 눈에 들고 싶어 했던 야망에 과연 무슨 의미가 있는지 궁금해졌다. 또 생전 처음은 아니지만, 내가 눈을 너무 낮췄다는 생각이 들었다. 토끼굴에 사는 우리는 상급자들과 함께 살았으며, 그들이 모든 사람과 마찬가지로 변소에 가고, 어릴 때는 멍청하고 늙어서는 약하다는 것을, 그들의 힘은 전부 허구임을 알고 있었다. 그들은 우리보다 나을 게 없었고, 많은 면에서 우리보다 못했다.

메이너드는 사창가 앞에 서서 여자와 함께 나를 기다리고 있었다. 나는 그들 옆에서 다시 코린의 하인 호킨스를 보았다. 메이너드는 무슨 농담에 웃고 있었고, 그동안 호킨스는 만취한 메이너드가 알아채기 어려운 조용한 혐오감을 실어 그를 바라보았다. 메이너드는 나를 발견하더니 더 크게 웃으며 내 쪽으로 다가오다가 비틀거리며 넘어졌고, 그러면서 여자도 함께 쓰러뜨렸다. 나는 여자가 일어나도록 도와주었고, 그동안 호킨스는 서둘러 메이너드를 일으키러 갔다. 메이너드의 반바지와 조끼는 이제 진흙으로 더러워져 있었다.

"제기랄, 하이람!" 그가 소리쳤다. "날 잡아줬어야지!" 사실이다. 나는 늘 그를 잡아주었다.

"이 여자는 오늘 밤 내 거야." 메이너드가 소리쳤다. "내 거라고, 젠장! 내가 그놈들한테도 말했지, 하이람? 모두에게 말했어! 여자들한테도!"

그러더니 메이너드는 혐오감을 느끼는 호킨스를 돌아보았다. "네 마님한테는 이 얘기 한마디도 하면 안 된다. 한마디도. 알았냐?"

"무슨 얘기 말씀이십니까?" 호킨스가 물었다.

메이너드가 잠시 째려보더니 다시 웃었다. "그렇지, 우린 참 잘 맞아, 너랑 나."

"가족인데 당연히 그래야죠." 호킨스가 말했다.

"가족이 당연히 그래야지!" 메이너드는 그렇게 소리치며 마차에 올랐다. 나는 여자가 마차에 타도록 도와준 다음 출발했다. 우리는 마을로 들어오며 지났던 길을 되짚어 나갔다. 하지만 그 순간, 대체 왜인지는 알 수 없지만 메이너드가 아주 잠깐 정신을 차렸다. 한평생 그를 찾아온 적 없던 수치심이 찾아들었다. 메이너드는 내게 다시 돌아가라고, 마을 광장에서 먼 쪽으로 돌아 덤실크 대로 쪽으로 나가라고 명령했다. 그래서 나는 그가 지시한 대로 스타펄을, 우리가 알았던 세상을 떠났다. 내가 마을 밖으로 마차를 몰던 그때, 건물들이 금색과 주황색이 번져가는 숲에 자리를 내주던 그때, 멀리서 까마귀 우는 소리가 들리고 코앞에서 말발굽이 다그닥거리고 얼굴에는 바람이 느껴지던 그때, 그 순간까지 내가 알았던 유일한 세상의 구석구석을 이미 다 봤다는 사실을 깨달았다. 나는 내 인생이 어떻게 끝날지 알고 있었다. 언젠가는 아버지가 이 땅을 떠날 테고, 남은 것은 전부 메이너드의 손에 떨어질 것이다. 그리고 그날이 오면, 나는 내 인생의 모든 길이 나체스로 통하리라는 것을 알고 있었다.

나는 지난 몇 시간 동안 느낀 것, 꿈과 공포, 분노, 끝나지 않는 밤, 산 너머로 흐려져가던 소피아의 태양, 사라져버린 어머니와 에마 이모에게 정신이 팔린 채 마차를 몰았다. 그때 내게 어떤 욕구가 일었다. 메이너드나 그가 주인이 되고 말 어두운 운명에서 탈출하고 싶다는 열망이. 그러다 그 탈출의 순간이 다가왔다.

구스 강이 보였고, 물에서 이상한 안개가 피어올랐다. 날이 저물어간다는 사실을 알리는 엷은 안개와 비. 솟아오른 푸른 안개가 다리 저편을 흐려놓았다. 그때였다. 아주 똑똑히 기억난다. 우리는 꽤 빠른 속도로 움직이고 있었기에 말발굽 소리가 꾸준하고도 빠르게 들려왔다. 그런데 그 소리가 흐려졌다. 바로 눈앞에서, 말이 우리를 끌어당기면서 아무런 소리도 내지 않았다. 나는 나한테 문제가 있나 보다고, 일시적으로 귀가 먹었거나 그랬으리라고 생각했다. 집에 가고 싫었기에, 남은 저녁만이라도 메이너드에게서 벗어나고 싶었기에 많은 생각을 하지는 않았다. 우리는 다리 위에 있었는데, 엷은 안개가 갑자기 갈라졌다. 내가 그녀를, 다리 위에서 물의 춤을 추는 어머니를 본 것은 바로 그 순간이었다. 어머니는 내 머릿속 암흑에서 물의 춤을 추며 나왔고 나는 말의 속도를 늦추려 했다. 그랬던 게 기억난다. 고삐를 당겼지만, 말은 계속 질주했다. 지금은 내가 실제로 고삐를 당기기는 했는지, 그 공간에 그 다리 위에 있기나 했는지 의문이다. 실제로 인도를 해낸 지금까지도 나는 본질적인 사실 하나를 제외하고는 인도 전체를 정말로 이해한다고 말할 수 없다. 그 단 한 가지 본질적인 사실이란, 기억해야 한다는 것이다.

5

나는 물속에 있었다. 그러다가 춤추는 어머니에게 이끌려 빛 속으로 떨어져 내렸다. 빛에 압도당했다. 그러다가 빛이 어두워지고 흐려지며 내 어머니도 사라졌고, 발밑에 땅이 느껴졌다. 밤이었다. 안개가 커튼처럼 걷혔다. 하늘이 맑아지고 별이 머리 위에서 깜빡거렸다. 방금 벗어난, 안개로 뒤덮인 강을 돌아보았을 때 눈에 들어온 것은 바람결에 까맣게 흔들리는 높은 풀뿐이었다. 나는 커다란 돌에 기대어 있었으며 들판 너머 멀리 어렴풋이 숲이 보였다. 나는 이곳을 알고 있었다. 이 돌에서 저 숲까지가 얼마나 먼지도 알았고, 이 풀밭도 알고 있었다. 이 풀밭은 라클리스의 휴경지였다. 이 돌은 아무렇게나 놓인 눈표가 아니라 우리의 조상, 그러니까 내 증조부인 아치볼드 워커의 동상이었다. 바람이 몰아치자 몸이 떨려왔다. 물을 잔뜩 머금은 내 투박한 단화가 발에 닿는 감촉이 꼭 얼음장 같았다. 나는 한 발짝 앞으로 나갔다가 획 돌아서 넘어졌고, 그 풀밭에서 자고 싶다는 강한 욕망을 느꼈다. 어쩌면 나는 일종의 연옥, 내가 아는 세상을 모형화한 연옥에 진입했는지도 몰랐다. 어떤 보상을 받을지 드러나기 전까지 그곳을 견뎌야만 하는지도 몰랐다. 그래서 나는 그 자리에 누운 채 몸을 떨며 전혀 움직이려고 노력하지 않았다. 나는 내가 어디든 가지고 다니는 동전을 만져보려고 주머니에 손을 넣어 동전의 거친 가장자리를 만져보았다. 그사이 어둠이 주변에 내려앉았다.

하지만 보상은 없었다. 최소한 저 아래 스트리트에서 어른들이 말하는 보상은 없었다. 나는 지금 무덤이 아닌 여기서 이야기를 전하고 있다. 아직은 그렇다. 이곳에서 다른 시간을 돌아보고 있다. 우리가 노역해야 했던 시절, 우리가 땅에 가까웠던 시절, 우리의 힘이 학자들에게는 당혹스럽고 상급자들에게는 곤란하게만 느껴졌던 시절을. 우리의 음악이나 춤이 그렇듯 그들에게는 이 힘도 파악하기 어렵다. 그들은 기억하지 못하기 때문이다.

그 어둠을 벗어날 때 나는 우리의 음악을 따라갔다. 그 어둠이란, 나중에 듣고 보니 삶과 죽음 사이의 경계선에 걸쳐 있던, 아무 뜻 없는 웅얼거림과 두려운 열병만 이어진 사흘이라는 시간이었다. 내가 의식한 첫 번째 음표는 누군가가 꼭 멀리에서 부드럽게 콧노래를 흥얼거리는 듯한 소리였다. 그렇게 흥얼거리는 멜로디가 알아서 반복되다 1분이나 2분쯤 잦아들었다가 다시 돌아왔다. 그러다가 내가 그 멜로디를 안다는 걸 어렴풋이 깨달았고, 나는 머릿속에서 노랫말을 맞추기 시작했다.

하늘의 모든 음악대가 빙빙 돌아가네
오브리가 엿보는데 소녀들이 빙빙 돌아가네

식초와 세탁용 소다 냄새가 났다. 코를 찌르는 냄새에서 맛이 느껴질 정도였다. 담요의 온기, 내 머리 밑에 괴어둔 베개의 부드러움도 느껴졌다. 그런 다음 두 눈을 깜빡여 뜨고서야 내가 햇빛으로 가득한 방에 있다는 것을 깨달았다. 움직일 수 없었다. 머리가 베개에 뉘여 한쪽으로 젖혀져 있었다. 나는 벽감 안의 침대에서 밖을 내다보았다. 커튼이 젖혀져 있었다. 방 저편에 책상이 있었고, 책상 위에는 조상의 흉상이 보였으며, 그 옆에는 마호가니 발받침이 있었다. 허리를 곧게 편 채 목을 길게 빼고 그 자리에 앉아 있는 사람은…… 소피아였다. 그녀는 실타래 사이로 코바늘 두 개를 움직이고 있었다. 그녀의 팔이 앞뒤로 흔들렸다. 나는 움직이려 했지만, 관절이 뻣뻣했다. 나는 두려움에 사로잡혔다. 내가 어떤 부상을 입어서 몸에 갇힌 죄수가 되었을까 봐 두려웠다. 나는 소피아가 봐주기를 바라며 절박하게 그녀를 지켜보았다. 그러나 소피아는 여전히 옛 멜로디를 흥얼거리며, 뜨개질을 하는 채로 자리에서 일어나더니 문을 나섰다.

그 어마어마한 공포 속에 얼마나 오래 누워 있었던 걸까? 내가 몸이라는 무덤에 묻혀버렸는지도 모른다고 생각하면서? 알 수 없었지만, 어쨌든 또 한번 어둠이 내렸다. 다시 깨어났을 때는 마비가 어느 정도 풀려 있었다. 발가락이 움직였다. 입을 열고 혀를 굴려볼 수도, 머리를 돌릴 수도 있었다. 두 팔의 감각도 돌아왔다. 덕분에 나는 애써 몸을 받치고 침대에 똑바로 일어나 앉을 수 있었다. 주위를 둘러보자, 다시 태양과 흉상과 빛이 보였고, 나는 내가 메이너드의 방에 있다는 걸 알게 되었다. 발받침 너머를 보니 메이너드의 옷장과 책상과 전날 아침까지만 해도 내가 메이너드에게 옷을 입혀주면서 앞에 서 있게 했던 거울이 보였다. 그리고 나는 물을 기억해냈다.

무슨 말을 하려고, 누군가를 부르려고 그 자리에 앉아 있었지만, 말이 내 안에 박혀버렸다. 소피아가 고개를 숙인 채 여전히 뜨개질을 하면서 다시 방에 들어왔다. 그녀는 내가 말을 해보려고 헐떡이는 소리를 듣자 눈을 들더니, 뜨개질감을 떨어뜨리고 달려와 그 길고 거미 같은 두 팔로 나를 끌어안았다. 그러고는 물러나 나를 보았다.

"잘 돌아왔어." 소피아가 말했다.

미소를 지으려고 했던 게 기억난다. 하지만 소피아에게서 모든 기쁨이 일순간 달아나버린 걸 보면 내 얼굴은 일그러지며 딱한 가면 같은 모습이 된 듯했다. 소피아는 손을 들어 입을 가렸다. 그녀는 내 어깨에 한 손을 올리고 다른 손은 등에 얹더니, 내가 다시 침대에 눕도록 도와주었다.

"어디 말을 하려고 해." 그녀가 말했다. "네가 구스 강에서 빠져나 왔다고 생각하겠지만, 아직 구스 강이 너한테서 빠져나온 건 아니야."

나는 도로 누웠고, 세상은 내게 찾아왔을 때와 똑같은 순서로 흐려졌다. 방의 빛이 사라졌고, 그다음에는 세탁 소다의 냄새가 사라졌으며, 마지막으로는 소피아가 사라졌다. 나는 이마에 닿는 그녀의 손길을 느낄 수 있었다. 그녀의 부드러운 콧노래가 계속 들려왔다. 그런 다음 잠이 들었다. 구스 강에 뛰어드는 꿈으로 다시 빨려 들어갔다. 이제는 그 장면 전체가 멀찍이서 구경하는 공연 같았다. 내 머리가 수면을 뚫고 불쑥 나와 근처를 훑어보며 죽을 때가 다가왔다고 생각하는 모습이 보였다. 메이너드도 거기에 있었다. 메이너드는 물에 맞서 몸부림치며 목숨을 구하려고 발버둥 쳤다. 푸른빛이 하늘을 가르며 내게 손을 뻗었다. 이번에는 내가 메이너드에게, 하나뿐인 형에게 손을 뻗어 그를 구하려 했지만, 그는 팔을 홱 빼내고 내게 욕하더니 깊은 어둠 속으로 흐려져갔다.

다음번 눈을 떴을 때는 여전히 두 팔이 아팠지만, 손에 감각이 돌아왔다. 유연해지고 덜 굳어 있었다. 방에 식초 냄새가 떠돌기는 했지만, 이제는 희미해져 있었다. 나는 거의 힘들이지 않고 일어나 앉았다. 벽감의 흰 커튼이 주변에 쳐져 있었다. 그 너머로 발받침에 외로운 보초병처럼 앉아 있는 누군가의 흐릿한 실루엣이 보였다. 지난번에 소피아가 그 자리에 있었다는 것을 떠올리자 이번에도 그럴지 모른다는 가능성에 맥박이 빨라졌다. 아침 새의 노랫소리가 들리고, 살아 있다는 사실에 엄청난 기쁨이 차올랐다. 하지만 커튼을 젖히고 보니, 그 실루엣은 두 다리에 팔꿈치를 얹은 채 두 손으로 얼굴을 가리고 앉아 있는 아버지였다. 아버지가 눈을 들어 나를 봤을 때, 그의 작은 두 눈은 무겁게 충혈되어 있었다.

"그 애를 잃었다." 아버지가 고개를 저으며 말했다. "우리 메이가 떠나버렸어. 이 커다란 저택 전체가, 엠 카운티 전체가 슬퍼하고 있단다." 아버지는 자리에서 일어나더니 내게 다가와 침대 모퉁이에 앉았다. 아버지는 손을 뻗어 내 어깨를 꽉 쥐었다. 내 눈은 나 자신의 몸을 훑어 내려갔다. 누군가가 내게 긴 잠옷을 입혀놓았다. 메이너드의 잠옷이었다. 다시 아버지를 올려다보자, 깨달음 같은 것이 아버지의 얼굴에 번져가는 게 보였다. 우리는 그 순간 오직 부모와 자식 간에만 가능한 일종의 비밀스러운 의사소통을 하고 있었다. 우리가 아무리 기괴한 부모 자식 사이라고 한들. 슬픔으로 붉어진 아버지의 작은 두 눈이 어떤 메시지를 이해하려는 듯, 대체 어쩌다가 자신이 남긴 것이라고는 눈앞의 노예뿐이게 되었는지 이해하려는 듯 가늘게 찡그려졌다. 마침내 그 사실을 온전히 깨달은 아버지는 물러나서 두 손에 얼굴을 묻고 일어서더니, 크게 흐느끼며 걸어 나갔다.

나는 일어서서 창가로 갔다. 맑은 날이었다. 라클리스 뒤쪽부터 언덕까지는 선명하게, 그보다 먼 곳은 아련하게 보였다. 나는 창가에서 몸을 돌렸다. 아버지가 다시 방으로 들어오고 있었다. 아버지 뒤를 오래전 스트리트에서 나를 데려온 로스코가 따랐다. 그의 나이 들고 주름진 얼굴 전체에 진중함과 염려가 배어 있었다. 나를 알고 사랑했던 사람들, 어른들, 내 노래와 장난을 즐기던 사람들이 존재했다는 사실이 떠올랐다. 로스코는 메이너드의 서랍에 옷을 몇 벌 넣었다. 내 옷이었다. 그런 다음 침대보를 벗기더니 뭉쳐서 팔 아래 끼고 나갔다. 아버지가 다시 발받침에 앉았다.

"강에서 그 애의 시신을 찾아봤다만, 물이……." 아버지의 말꼬리가 흐려졌다. 아버지는 떨고 있었다.

"내 아들이 그 강바닥에 있을 걸 생각하면……." 아버지가 말했다. "실은 그 생각밖에 나지 않는구나, 이해하겠니, 하이람? 그 애가 그놈의 강바닥에 갇혀 있을 것만 생각하면……. 용서해다오. 나는 네가 그곳에서 뭘 봤는지 그저 상상밖에 할 수 없다. 하지만 이건 고백해야겠구나. 달리 이런 말을 들어줄 만한 사람이 없으니까. 메이너드는 내가 그 애 엄마에게서 얻은 전부였다. 메이너드가 신나서 눈을 반짝일 때면 내게는 그 애 엄마의 눈동자가 보였어. 메이너드가 덤벙거릴 때면 그 애 엄마의 습관이 보이는 듯했다. 그 애가 늘 그랬듯 다른 이게 연민을 보일 때도 난 그 애 엄마를 보았다."

이제 아버지는 울고 있었다. "그런데 이제 그 애가 떠나버렸구나. 나는 두 번 사별한 셈이야."

로스코가 돌아왔다. 이번엔 수건과 물이 담긴 작은 대야, 좀 더 큰 빈 대야를 든 채였다. 그는 그것들을 전부 서랍장 위에 올려놓았다.

"그래, 그렇게 됐다, 얘야." 아버지가 말했다. "뭐든 조치를 해야겠지. 그 애의 몸이 어디 있든 그 애에 대한 기억은 사그라지지 않아.

네가 알아야 할 건, 네가 분명히 알고 있는 것은, 메이너드가 너를 사랑했다는 사실이다. 그리고 나는 메이너드가 너를 강에서 꺼내주려고 다름 아닌 자기 목숨을 내줬다고 믿어 의심치 않는다."

아버지가 떠나자 나는 수건과 물을 가져다가 몸을 씻었다. 아버지의 마지막 말에 담긴 광기를 어떻게든 이해해보려니 두 손이 떨렸다. *메이너드는 너를 사랑했다.* 이 생각, 메이너드가 그 누구라도 사랑했다는 생각, 굳이 내가 아니더라도 다른 누군가를 위해 메이너드가 자기 목숨을 내주었으리라는 생각은 충격적이었다. 하지만 그런 다음 옷을 입으며 다시 생각해보니 이해가 됐다. 아버지는 이런 미친 소리를 진심으로 믿고 있었다. 아버지는 그럴 수밖에 없었다. 메이너드는 아버지 자신이자 아버지의 아내였으니까. 그리고 이처럼 미화된 메이너드의 초상은 어째서인지 아버지가 늘 내게 전달했던 경고와 함께 맴돌았다. 메이너드를 늘 지켜봐야 한다는 경고, 메이너드에게는 그 자신의 목숨조차 믿고 맡겨놓을 수 없다는 그 경고 말이다. 뒷길로 계단을 내려가면서, 나는 아버지의 두 가지 말이 버지니아의 기이한 종교를 통해서만 조화를 이룰 수 있음을 깨달았다. 버지니아는 한 인종 전체가 사슬에 굴복하리라는 믿음이 건재한 곳이며, 바로 그 인종이 정확한 비율로 철을 주조하고 계산하여 대리석을 조각해낼 능력이 있다 해도 그들을 계속 짐승이라고 부르는 곳이었다. 남자가 한 여자를 사랑한다고 말한 다음 순간 그녀를 팔아버리는 곳이었다. 아아, 마음속으로 어리석은 아버지에게 얼마나 많은 욕설을 퍼부었던가. 사람들이 죄악의 옷을 화려하게 뽐내며 크리놀린*을 걸친 채 코

---

* 스커트를 부풀게 하기 위한 버팀대로, 종 모양이나 닭장 모양을 이룬다.

티용*을 추고, 노예들은 그 모든 것을 작동시키며 이런 뒷길 계단으로, 실제로나 정신적으로나 지하로만 다니던 이곳을 얼마나 탓했던가. 하지만 지금 나는 바로 그 계단을 지나 토끼굴로, 누구도 감히 진짜 이름을 부를 수 없을 만큼 거대한 제국 라클리스에 동력을 불어넣는 비밀의 도시인 토끼굴로 내려가고 있었다.

토끼굴로 돌아가자 테나가 자기 방 앞에 서 있었다. 어둑한 조명을 받으며 소피아와 이야기하고 있었다. 테나는 나를 뚫어지게 보았다. 내가 테나에게 미소 짓자, 그녀가 고개를 저으며 내게 걸어왔다. 그러더니 내 뺨에 손을 얹고 눈을 마주쳤다. 테나는 미소 짓지 않고 나를 그저 머리끝에서 발끝까지 살펴보기만 했다. 꼭 내 모든 부분이 제자리에 있는지 확인하는 것처럼.

"뭐." 테나가 말했다. "강에 빠졌던 꼬락서니는 아니구나."

테나, 내 또 다른 어머니는 따뜻한 여자가 아니었다. 사람들은 보통 테나가 욕을 퍼붓거나 쫓아내지 않으면 상대방에게 호감이 있는 거라고 해석했으며, 나는 나만의 조용한 애정으로 이런 호의에 보답하곤 했다. 거슬리는 부분은 전혀 없었다. 서로가 서로에게 어떤 존재인지 확인해줄 우리만의 언어가 있었던 것이다.

하지만 그날 나는 아무 생각 없이 다른 언어를 썼다. 살아 있다는 모든 기쁨을 쏟아내듯 테나를 꽉 끌어안았다. 테나가 표류물이고 나는 다시 구스 강에 돌아가 있는 것처럼 세게.

몇 초 뒤 테나는 물러나서 나를 한 번 더 위아래로 훑어보았다. 그

---

* 넷 또는 둘이 한 조가 되어 추는 프랑스의 궁정 무용.

런 다음 돌아서서 가버렸다.

소피아는 테나가 떠나는 모습을 지켜보다가, 테나가 모퉁이를 돌자 나를 보며 웃었다.

"저 할망구, 자기가 널 사랑한다는 걸 깨달은 거야."

나는 고개를 끄덕였다.

"진짜라니까. 원래 나하고 별로 얘기도 안 하는데, 네가 물에 빠진 뒤로 계속 이것저것 물어보더라고. 대놓고는 아니지만. 너에 대해서 들을 수 있는 얘기는 뭐든 듣고 싶어 했어."

"날 보러 오기도 했어?"

"전혀. 그래서 내가 저 할망구가 널 사랑한다고 생각하는 거야. 내가 널 보러 오지 않겠느냐고 물어봤더니 아주 당황하더라니까. 왜인지 나는 알지. 네가 그런 꼴로 있는 걸 볼 수가 없었던 거야. 힘든 일이거든, 하이람. 나한테도 힘든 일이었어. 난 널 사랑하기는커녕 별로 좋아하지도 않는데."

그 말을 하면서 소피아가 내 어깨를 탁 쳤고, 우리는 조용히 함께 웃었지만 내 가슴속에서는 심장이 두방망이질 쳤다.

"그래서, 좀 어때?" 소피아가 물었다.

"나아졌어." 내가 말했다. "내가 있던 자리로 돌아와서 기뻐."

"어쨌든 구스 강에 빠져서 위를 올려다보고 있지는 않다는 얘기지?" 소피아가 물었다.

"뭐, 대충." 내가 말했다.

우리 사이에 잠시 침묵이 흘렀다. 그 침묵은 불안하게, 그다음에는 무례하게 느껴졌다. 그래서 나는 소피아를 내 방으로 초대했다. 소피아는 내 초대를 받아들였다. 나는 소피아에게 의자를 꺼내주었고, 소피아는 자리에 앉더니 앞치마로 손을 뻗어 실타래와 바늘을 꺼내 도대체 뭔지 알 수 없을 그녀만의 물건을 뜨기 시작했다. 나는 침대에 앉았다. 이제 우리 둘의 무릎은 거의 닿아 있었다.

"네가 나아져서 다행이야." 그녀가 말했다.

"응, 좀 나아." 내가 말했다. "그 사람들, 날 메이너드의 방에서 쫓아낼 때는 아주 인정사정없더라. 그치?"

"그게 낫지 않아?" 그녀가 말했다. "나라면 죽은 사람 침대에 누워 있고 싶진 않을 것 같은데."

"그건 그래." 내가 말했다.

나는 본능적으로 동전이 들어 있어야 할 주머니에 손을 넣었지만, 동전은 그 자리에 없었다. 잃어버렸을 가능성이 컸고, 그 사실이 슬펐다. 그 동전은 스트리트에서 가져온, 나만의 마법 증표였다. 내 위대한 계획이 모두 수포로 돌아갔다 한들.

"날 어떻게 찾았어?" 내가 물었다.

"코린의 하인이 찾았어." 소피아가 계속 뜨개질하며 말했다. "그 사람 알아? 호킨스라고."

"호킨스?" 내가 말했다. "어디서 찾았대?"

"강가에서." 소피아가 말했다. "구스 강 건너에서 찾았대. 흙에 얼굴을 처박고 있었다던데. 네가 거기까지 어떻게 나왔는지 도저히 모르겠어. 물이 그렇게 차가웠는데. 누가 널 돌보나 봐."

"그럴지도 모르지." 내가 말했다. 하지만 나는 그곳에서 빠져나온 방법을 생각하고 있지 않았다. 나는 호킨스를 생각하고 있었다. 경마 날 그를 두 번 봤다는 사실과, 나를 발견한 사람이 그였다는 사실에 대해서.

"호킨스란 말이지?" 내가 다시 되물었다.

"응." 그녀가 말했다. "코린이랑 호킨스랑 코린이 데리고 다니는 에이미라는 애가 그날 이후로 거의 매일 여기 왔어. 호킨스한테 고맙다는 인사라도 하는 게 좋을 거야."

"그래야지." 내가 말했다. "그래야겠다."

소피아는 가려고 일어섰다. 소피아가 그렇게 할 때마다 나는 가벼운 아픔을 느꼈다.

소피아가 떠난 뒤, 나는 침대 가장자리에 앉아 일이 돌아가는 꼴을 깊이 생각했다. 뭔가 아귀가 맞지 않았다. 소피아는 호킨스가 나를 강변에서 발견했다고 말했다. 하지만 내게는 휴경지에 쓰러졌던 기억이 선명하게 남아 있었다. 나는 거기에서 동상을, 우리 조상 아치볼드 워커의 첫 작업을 기념하기 위해 남겨진 돌을 보았다. 하지만 휴경지는 강변과 3킬로미터나 떨어져 있었고, 나는 그 두 지점 사이를 걸어간 기억이 없었다. 어쩌면 그 모든 게 내 상상일지도 몰랐다. 죽음이 임박한 상태에서, 이 세상에 보내는 일종의 작별 인사로 내 조상에 대한 마지막 상상―춤추는 어머니와 조상의 동상―을 떠올린 것인지도.

나는 일어서서 방을 나섰다. 동상이 있는 휴경지로 가볼 생각이었다. 거기에서 호킨스의 이야기와 내 기억을 맞춰볼 뭔가를 찾을 수 있으면 좋겠다는 바람이었다. 나는 내가 사는 곳의 좁은 길로 들어가 테나의 방을 지난 다음, 밖으로 이어지는 굴로 들어갔다. 비쳐드는 햇빛에 눈이 멀 것 같았다. 나는 그곳에 서서 밖을 내다보며 왼손을 모자챙처럼 이마에 댔다. 일하는 남자들 한 무리가 크로스백과 삽을 들고 지나갔는데, 그중에 피트가 보였다. 피트도 테나처럼 자신만의 독창성을 발휘해 나체스에서 탈출한 나이 든 사람 중 한 명이었다.

"어이, 하이. 괜찮냐?" 피트는 나를 지나치면서 말했다.

"네, 괜찮아요." 내가 말했다.

"잘됐구나." 피트가 말했다. "쉬엄쉬엄해라, 알았지? 그리고 꼭……."

그는 말을 이어갔지만, 먼 거리와 내 속의 생각들이 그 말을 삼켜버렸다. 나는 그냥 서서 그를 비롯한 사람들이 눈이 멀 듯한 빛 속으로 사라지는 모습을 지켜보았다. 그 순간, 나는 알 수 없는 이유로 엄청난 공포에 사로잡혔다. 피트가 햇빛 속으로 그렇게 사라졌기에. 겨우 며칠 전, 나 자신도 바로 그런 방식으로 맹목과 무지 속으로 사라질 것 같다고 느꼈었다. 나는 그 두려움을 품은 채 내 방으로 서둘러 돌아왔고, 침대에 누워 있었다.

이번에도 나는 본능적으로 더는 그 자리에 없는 동전을 더듬으려고 주머니에 손을 넣었다. 나는 그날 내내 그 자리에 누워 있었다. 나를 강둑에서 발견했다는 호킨스의 이야기가 떠올랐다. 나는 분명히 웃자란 풀밭에 있었다. 그 기억은 분명했다. 넘어지기 전에 그 거대한 돌 동상을 봤던 게 기억났다. 그리고 내 기억은 한 번도 틀린 적이 없었다.

나는 가만히 누워서 노예제도가 비밀스럽게 작동하는 이 집의 소리를 들었다. 소리는 오후가 흘러가면서 커지다가 점점 잦아들었다. 저녁이 왔다는 뜻이었다. 사방이 조용해지자 나는 터널에서 나와 등불 빛을 지나 밤이 내린 실외로 나갔다. 엷게 흩뿌려져 있는 검은 구름 뒤로 달이 얼굴을 내밀었다. 그 모습이 꼭 별이라는 바늘로 여기

저기 구멍을 뚫어놓은 하늘에 환한 웅덩이가 번진 것처럼 보였다.

펼쳐진 초원의 가장자리에서, 나는 누군가가 낮은 풀밭을 가로지르는 모습을 지켜보았다. 가까워지고 나서 보니 그 사람은 소피아였다. 소피아는 머리부터 발끝까지 온몸을 긴 숄로 감싸고 있었다.

"네가 나와 있기에는 좀 늦은 시간인데." 소피아가 말했다. "네 상태를 생각하면 특히."

"온종일 침대에 누워 있었거든." 내가 말했다. "바람 좀 쐬려고."

나무들이 있는 강변에서 서쪽으로 바람이 부드럽게 불어오자 소피아는 숄을 더 단단히 여몄다. 그녀는 다른 뭔가에 사로잡힌 것처럼 길을 내려다보고 있었다.

"그럼 넌 그만 가봐." 내가 말했다. "난 좀 걸으려고."

"응?" 소피아가 이제 나를 힐끗 돌아보며 말했다. "미안, 버릇이야. 너도 분명 본 적 있겠지만 내가 가끔 어떤 생각에 정신이 팔려서 여기가 어딘지도 잊곤 해. 가끔은 쓸모가 있는 버릇이야, 확실히."

"무슨 생각이었어?" 내가 물었다.

소피아는 나를 돌아보고 고개를 젓더니 혼자 웃었다.

"산책 중이야?" 그녀가 물었다.

"응."

"같이 가도 돼?"

"나야 좋지."

나는 아무 일도 아니라는 듯 말했다. 하지만 그 순간 소피아가 내 표정을 봤다면 사실은 이 일이 내게 엄청난 의미라는 점을 알아챘을 것이다. 우리는 구불구불한 길을 조용히 걸어 마구간을 지나 스트리트로 향했다. 아주 오래전 내가 어머니를 찾아서 오래도록 달렸던 바로 그 길이었다. 그러다가 길이 탁 트였고, 한때 내 집이었던 박공지붕 오두막들이 길게 늘어선 모습이 보였다.

"너 예전엔 여기 살았지?" 소피아가 물었다.

"바로 저 오두막이었어." 내가 손가락으로 가리키며 말했다. "그러다가 테나랑 같이 살게 된 다음에는 저 아래쪽에 살았고."

"그리워?" 소피아가 물었다.

"가끔은 그런 것 같아." 내가 말했다. "하지만 솔직히 말하면, 난 출세하고 싶었어. 그 시절에는 꿈이 있었거든. 거창하고 멍청한 꿈. 이젠 다 끝나버렸지만."

"그럼 요즘엔 무슨 꿈을 꿔?" 소피아가 물었다.

"얼마 전 일을 겪고 난 다음에?" 내가 말했다. "숨 쉬는 꿈. 그냥 숨 쉬는 것만 꿈꿔."

우리는 오두막을 내려다보다가 그림자로밖에 보이지 않는 두 사람이 밖으로 나와 건물 바로 앞에 멈춰 서는 모습을 지켜보았다. 한 그림자가 다른 그림자를 가까이 당기더니 1분인가 2분쯤 그렇게 가만히 있었다. 그러다가 둘은 천천히 서로를 놓아주었고, 한 그림자가 안으로 돌아갔다. 다른 그림자는 오두막 뒤쪽으로 돌아가 사라지더니, 들판에 다시 나타나서는 저 멀리 숲으로 쏜살같이 달려갔다. 나는 지금 달려가는 그림자가 남자고 오두막으로 들어간 그림자는 그의 아내라고 확신했다. 당시에는 그런 광경이 흔했다. 너무 많은 결혼이 드넓은 카운티 전체를 가로질러 맺어졌기에. 어렸을 때 나는 왜 사람들이 그런 식으로 자기 자신을 다치게 하는지 궁금해하곤 했다. 하지만 지금 들판을 가로질러 달려가는 그림자를 지켜보며 소피아와 함께 서 있자니 그 마음을 이해할 것 같았다.

"내가 다른 곳에서 왔다는 건 알지." 소피아가 말했다. "이 모든 일이 벌어지기 전엔 나한테도 인생이 있었어. 내 사람들도 있었고."

"어떤 인생이었는데?"

"캐롤라이나에서의 인생." 소피아가 말했다. "난 거기서 태어났어. 너대니얼의 아내 헬렌이랑 같은 해에. 하지만 뭐랄까, 너대니얼도, 헬렌도 그렇게 중요하진 않아. 중요한 건 캐롤라이나에 살 때 내게 있었던 무엇이야."

"뭐가 있었는데?" 내가 물었다.

"뭐, 일단은 남자가 있었어. 좋은 남자였어. 크고, 강하고. 우린 뭐랄까, 춤을 추곤 했어. 토요일이면 사람들이랑 낡고 초라한 훈제장에 가서 바닥을 발로 쿵쿵 구르곤 했지."

소피아는 잠시 말을 멈추었다. 기억을 음미하는 것 같았다.

"너도 춤춰, 하이?" 그녀가 물었다.

"전혀." 내가 말했다. "사람들 말로는 엄마한테 그쪽으로 재능이 있었대. 하지만 그 재능 면에서는 내가 아빠 쪽을 닮았나 봐."

"춤은 재능이 아니야, 하이. 그냥 추는 거지. 재능이 있고 없고가 별로 중요하지 않다는 게 춤의 가장 좋은 점인걸. 춤꾼의 죄라고 해봐야 그 낡은 훈제장 벽에 기대서 혼자서 외롭게 하룻밤을 통째로 보내는 것뿐이라고."

"그런 건가." 내가 말했다.

"진짜야." 소피아가 말했다. "내가 그랬다는 얘기는 아니고. 난 요주의 인물이었어. 내가 몸을 한번 흔들 때마다 화목한 가정에서 마누라들이 뛰쳐나오곤 했다니까."

우리는 둘 다 웃었다.

"볼 기회가 없어서 아쉽네. 난 네가 춤추는 걸 한 번도 못 봤는데."
내가 말했다. "내가 저택으로 올라가고 나서 여긴 완전히 바뀌었잖
아. 난 어린애였을 때도 좀 달랐고, 지금도 약간 다른 사람이야."

"그래, 그건 맞아." 소피아가 말했다. "뭐랄까, 널 보면 나의 머큐
리가 생각나. 머큐리도 조용한 성격이었거든. 그래서 좋아했어. 난 무
슨 일이 벌어지더라도 우리 사이에 있는 무언가는 끊어지지 않을 거
라고 생각했어. 그게 계속될 수는 없다는 걸 알았어야 했는데. 그래
도 머큐리는 춤을 췄어. 와, 그 시절에는 밥도 안 먹고 춤을 췄다니까.
그놈의 훈제장을 무너뜨릴 뻔했어, 나의 머큐리는 비스킷만큼 두꺼
운 반바지를 입고서도 비둘기처럼 가볍게 춤을 췄어."

"그런데 무슨 일이 있었던 거야?" 내가 물었다.

"여기서 일어나는 일이랑 똑같지. 어디서든 일어나는 그 일이 일
어났어. 뭐랄까, 나한테는 친한 사람들이 있었거든. 캔자스, 밀러드,
서머……. 사람들, 알지? 뭐, 몰라도 이해는 할 거야."

"그래." 내가 말했다. "알아."

"하지만 나의 머큐리 같은 사람은 아무도 없었어." 그녀가 말했다.
"머큐리가 편안하게 살고 있다면 좋겠다. 어디서 괄괄한 미시시피
아내라도 구해서 살고 있으면 좋을 텐데."

이제 소피아는 아무 말 없이 돌아서서 걷기 시작했다.

"뭐 하자고 너한테 이런 얘기를 다 하나 몰라." 소피아가 말했다.
나는 고개를 끄덕이고 귀를 기울였다. 언제나 이런 식이었다. 사람들
은 내게 이야기를 했다. 자기들 얘기를 내가 보관하도록 넘겨주었다.
그러면 나는 귀 기울이고 기억하며 언제나 그들의 요청에 따랐다.

다음 날 아침, 나는 씻고 밖으로 나갔다. 태양이 나무 위로 막 올라

와 있었다. 나는 펼쳐진 풀밭과 피트와 그의 팀원들—이사야, 가브리엘, 와일드 잭—이 벌써 사과를 따서 삼베 자루에 집어넣고 있는 과수원을 지났다. 클로버로 뒤덮인 휴경지가 나오고 돌 동상이 보일 때까지 걸었다. 잠시 그곳에 서서 그 모든 기억—강, 안개, 웃자라 흔들리는 풀, 바람 속의 암흑, 그리고 조상의 돌 동상이 갑자기 나타났던 일—이 떠오를 때까지 가만히 있었다. 나는 동상을 한 번, 두 번 돌다가 아침 햇빛을 받아 반짝이는 무언가를 보았다. 허리를 숙이기도 전에, 그것을 집어 들거나 모서리를 만지거나 주머니에 집어넣기도 전에, 나는 알아차렸다. 동전이었다. 왕국으로 들어가는 내 증표였다. 비록 그 왕국이 내가 오랫동안 생각해온 곳은 아니었다고 해도.

6

나는 정말로 그 휴경지에 가 있었다. 내가 그 들판에 있었다면, 그 모든 강, 안개, 푸른빛 모두가 정말 있었던 일인 게 틀림없다. 나는 주머니에 동전을 넣고 티머시그라스와 클로버 사이에 우뚝 서 있었다. 머리가 깨질 것 같았다. 온 세상이 주변을 빙빙 빠르게 돌았다. 나는 웃자란 풀밭에 무릎을 꿇었다. 심장이 두근거리는 소리가 들렸다. 나는 조끼에서 손수건을 꺼내 이마에 갑자기 솟아난 땀방울을 훔쳤다. 눈을 감고 몇 차례 길게, 천천히 숨을 들이쉬었다.

"하이람?"

눈을 뜨자 테나가 서 있었다. 나는 허둥지둥 일어났다. 이제는 땀이 얼굴로 흘러내렸다.

"아니, 이런." 테나가 말하더니 내 이마에 손을 얹었다. "뭘 하는 거냐, 이 녀석아?"

나는 아찔했다. 아무 말도 할 수 없었다. 테나가 내 팔을 자기 어깨에 걸치고 나를 다시 들판으로 데려갔다. 나는 우리가 움직이고 있다는 건 알았지만, 열병 때문에 모든 것이 가을의 갈색과 붉은색으로 쏟아져내리는 듯 보였다. 라클리스의 냄새, 마구간의 악취, 타오르는 덤불을 지나 이제 발을 끌며 과수원을 지나고 있었다. 심지어 테나의 달콤한 땀 냄새도 갑자기 아주 강하게 느껴졌다. 토끼굴로 들어가는 터널이 눈앞에서 아지랑이처럼 펄럭였다. 다음 순간, 나는 허리를 숙이고 대야에 토했다. 테나는 내가 정신을 차리기를 기다렸다.

"괜찮으냐?"

"네, 괜찮아요." 내가 말했다.

방에 돌아가자 테나가 외투를 벗도록 도와주었다. 그런 다음, 내게 새 속옷을 한 벌 내주고 밖으로 나갔다. 테나가 돌아왔을 때 나는 어깨까지 담요를 끌어 올려 덮은 채 밧줄 침대에 누워 있었다. 테나는 내 벽난로 선반 위에 놓여 있던 돌그릇을 가지고 우물로 나갔다. 돌아와서는 그 그릇을 탁자에 올려놓고, 벽난로 선반에서 유리잔을 하나 꺼내 물을 따라 건넸다.

"넌 쉬어야 돼." 테나가 말했다.

"알아요." 내가 대답했다.

"알면, 거기 나가서 뭘 하고 있었던 거냐?"

"그냥요……. 절 어떻게 찾으셨어요?"

"하이람, 난 언제나 널 찾아낼 수 있다." 테나가 말했다. "이 옷은 가져가서 빨아야겠구나. 다음 주 월요일에 돌려주마."

테나는 일어나 문으로 걸어갔다.

"난 다시 가봐야 해." 테나가 말했다. "쉬어라. 바보 같은 짓 말고."

나는 빠르게 꿈속 세계로 빠져들었다. 기억 속 꿈이었다. 나는 다시 마구간에 나가 있었는데, 막 어머니를 잃은 참이었다. 나는 테네시 페이서의 눈을 들여다보았다. 그러다가 그 눈 안으로 빨려 들어가, 내가 풋내 나던 어린 시절 놀곤 했던 절벽으로 빠져나왔다.

다음 날 아침 로스코가 내 방에 왔다. "편히 쉬거라." 그가 말했다. "좀 지나면 힘든 일을 시킬 거야. 지금은 쉬도록 해."

하지만 누워 있자니 드는 생각이라고는 머릿속에서 덜그럭거리는 질문들과 신경증뿐이었다. 호킨스의 거짓말, 다리 위에서 춤추던 어머니. 오직 일만이 탈출구였다. 나는 옷을 입고 터널을 빠져나와 저택을 빙 돌았지만, 큰길을 따라 천천히 올라오는 코린 퀸의 마차와 마주치고 말았다. 메이너드가 죽은 뒤에 이런 일이 정기적으로 벌어졌다. 코린은 호킨스와 하녀 에이미를 데려와 아버지가 기도할 수 있도록 도우며 오후를 보냈다. 그 전까지 이 저택에는 독실한 구석이 전혀 없었다. 아버지는 뼛속까지 버지니아 사람이었다. 버지니아의 다른 모든 것이 의심의 대상이 될 때조차 신을 믿지 않는 태도는 버지니아의 옛 영광을 밝히는 마지막 증거처럼 남아 있었다. 그 태도는 혁명기의 조상들이 남긴 유물과 마찬가지였다. 하지만 지금의 아버지는 유일한 후계자, 이 세상에 남긴 자신의 유산을 잃은 터였다. 아버지에게는 기독교의 신만이 유일하게 남은 것 같았다. 나는 터널 속으로 조금 물러나 여주인과 하녀를 마차에서 내리도록 도와주는 호킨스를 지켜보았다. 셋은 저택으로 걸어 올라갔다. 당시에는 왜 그들이 그토록 으스스하게 느껴졌는지 모르겠다. 단지 그들이 있을 때면 성령보다 더 끔찍한 뭔가가 느껴지곤 했다.

나는 내가 필요할지도 모르는 곳에 끼어보려고 애쓰던 어린 시절로 돌아가기로 했다. 그러나 주방에서 훈제장으로, 훈제장에서 마구간으로, 마구간에서 과수원으로 걸어가는 동안 나를 맞아준 것은 비통해하는 눈길뿐이었고, 누군가—테나나 로스코나 혹은 둘 다—가 내게 일을 시키지 말라고 명령해둔 것이 분명했다. 그래서 나는 알아서 일을 찾아야겠다고 결심했다. 방으로 돌아가 실내복을 벗고 작업복과 반바지를 걸쳤다. 그런 다음 본관의 서쪽, 숲이 시작되는 부근에 지어진 벽돌 헛간으로 갔다. 아버지가 소파, 발받침, 일반 책상과 접이식 뚜껑이 달린 책상을 비롯해 수리해야 할 이런저런 가구를 모아둔 곳이었다. 늦은 아침이었다. 공기가 차갑고 축축했다. 낙엽이 엉덩이에 달라붙었다. 나는 헛간 문을 열었다. 빛 한 덩이가 작고 네모난 창문 너머로 들어와 가구들을 비추었다. 책장이 붙어 있는 애덤스 책상, 재생고무 소파, 새틴 나무로 된 모퉁이 의자, 마호가니 장롱, 그리고 라클리스만큼이나 오래된 다른 가구들. 나는 마음 가는 대로 마호가니 장롱을 고치기로 했다. 아버지가 한때 비밀스럽고 값진 물건들을 숨겨놓던 데였다. 메이너드가 일상적으로 이곳을 뒤지고, 자신이 찾아낸 것들에 대해 자세히 떠들어대기를 즐겼기 때문에 알고 있었다. 목표물을 정한 나는 토끼굴로 돌아갔다. 등잔을 들고 가 비품 찬장을 뒤진 끝에 밀랍 깡통 하나와 테레빈유 한 병, 흙그릇 하나를 발견했다. 나는 헛간 바로 앞에서 테레빈유와 밀랍을 그릇에 넣고 섞었다. 용액이 잘 가라앉게 놔두고, 꽤 힘들여 장롱을 꺼냈다. 현기증으로 기절할 만큼 머리가 아찔했다. 나는 허리를 굽혀 두 손으로 무릎을 짚고 서서 심호흡을 했다. 다시 올려다보니 테나가 잔디밭에서 숲 쪽을 내다보고 있었다.

"방으로 돌아와라!" 테나가 소리쳤다.

나는 미소 지으며 손을 흔들었다. 테나는 고개를 젓고 어슬렁거리며 가버렸다.

나는 장롱을 사포질하며 그날을 보냈다. 며칠 만에 누려보는 가장 큰 평화였다. 일종의 무심함이 찾아온 덕분이었다.

그날 밤 오랫동안 깊게, 꿈도 꾸지 않고 잤다. 깨어났을 때는 어제 하던 일을 재개해 그 무심한 집중력을 되찾아야겠다는 기대감으로 가득 차 있었다. 옷을 입고 헛간에 돌아가보니 테레빈유와 밀랍 용액이 준비되어 있었다. 장롱이 늦은 아침 햇빛을 받아 반짝거렸다. 나는 내 작품을 보려고 물러섰다. 다른 알맞은 목표물을 찾기 위해 다시 헛간으로 들어가려던 바로 그때, 호킨스가 풀밭을 가로질러 내 쪽으로 오는 게 보였다. 내가 일하는 동안 코린이 또 날 찾아온 게 분명했다.

"안녕, 하이." 호킨스가 말했다. "다들 널 그렇게 부르지?"

"그렇게 부르는 사람도 있죠." 내가 말했다.

그 말에 호킨스는 미소 지었다. 그러자 산뜻하고 뼈가 두드러진 얼굴 골격이 더욱 확연해졌다. 그는 피부가 팽팽한 물라토* 특유의 외모를 가진 날씬한 남자였다. 몇몇 군데에 푸르스름한 혈관의 윤곽선이 보였고, 두 눈은 양철 상자 속 보석처럼 얼굴 깊이 박혀 있었다.

"널 데려오라고 하시네." 그가 말했다. "코린 아가씨가 할 얘기가 있다셔."

나는 호킨스와 함께 저택으로 돌아온 뒤 내 방에서 반바지와 작업복을 벗고 정장에 슬리퍼를 신었다. 그런 다음 뒤쪽 계단실을 올라가 감춰진 문을 밀어 열고 응접실로 나갔다. 아버지가 체스터필드 가죽 소파에 앉아 있고 코린이 그 옆에 있었다. 양손으로 코린의 손을 쥔 아버지는 고통스러운 표정이었다. 아버지는 코린의 눈을 들여다보려는 것 같았지만, 애도의 의미로 쓴 검은 베일이 코린의 얼굴을 가리

* 라틴 아메리카에서 기원한 백인과 흑인의 혼혈 인종.

고 있어 아무 소용이 없었다. 호킨스와 에이미는 체스터필드 소파 양쪽에 적절한 거리를 두고 서서 명령을 기다렸다. 코린은 속삭이듯 아버지에게 말을 건넸으나, 기다란 방 건너편에서 오가는 대화의 조각을 알아들을 수 있는 정도는 되었다. 그들은 메이너드에 대해 이야기하고 있었다. 메이너드나 최소한 미화된 버전의 그에 대한 그리움을 나누는 중이었다. 하긴, 그들에게는 회개 직전의 죄인이나 마찬가지인 메이너드는 내가 아는 사람과는 달랐다. 아버지는 코린의 말에 고개를 끄덕이다가 내 쪽을 힐끗 보고 그녀의 손을 놓아주었다. 아버지는 일어서서 호킨스가 미닫이식 응접실 문을 열어주기를 기다렸다가, 여전히 괴로워하며 나를 마지막으로 한 번 보더니 걸어 나갔다. 호킨스는 문을 닫았고, 나는 내가 대화 내용을 오해한 건 아닌지 궁금해졌다. 대화 주제가 메이너드만은 아닌 듯한 불길한 느낌이 들었던 것이다.

그때 나는 모두가 검은 옷을 입고 있다는 걸 알아챘다. 호킨스는 검은 정장, 에이미는 검은 드레스를 입고 있었다. 에이미는 덜 장식적일 뿐 코린의 것과 똑같은 애도의 베일도 쓰고 있었다. 그곳에 서 있는 코린의 하인들은 그녀의 깊은 속마음을 확장한 존재처럼 보였다. 과부로서 코린이 느끼는 슬픔을 공기에 투사한 존재처럼.

"너도 내 하인들을 알 거야." 코린이 말했다. "그렇지?"

"아마 그럴 겁니다, 아씨." 호킨스가 미소 지으며 말했다. "하지만 지난번에 만났을 때 이 녀석은 자기가 살았는지 죽었는지도 모르는 것 같던데요."

"고맙다는 말씀을 드려야겠네요." 내가 말했다. "호킨스 씨가 강변에 있는 저를 발견하지 못했더라면 전 아마 죽었을 거라는 얘기를 들었습니다."

"어쩌다 그 근처에 있었거든." 호킨스가 말했다. "그러다가 커다란 수소가 쓰러져 있는 걸 봤지. 가보니까 그 수소가 사람이더라고. 하지만 나한테 고마워할 필요는 없어. 물에서 빠져나온 건 너 자신이니까. 대단한 일이야. 구스 강에 빠졌다고? 이봐, 그 강에 빠지면 죽은 목숨이야. 직접 물을 헤치고 나왔다니 대단하지. 대단한 사람이나 할 수 있는 일이라고. 구스 강은 엄청나게 강해. 지금 같은 계절에도 말이야. 그 강은 사람을 죽이는 강이야."

"그렇다고 해도 감사합니다." 내가 말했다.

"별일 아니에요." 에이미가 말했다. "호킨스는 가족이 될 사람에게라면 누구나 해줬을 법한 일을 했을 뿐이니까."

"우린 가족이 될 뻔했어." 코린이 말했다. "난 지금도 그래야 한다고 생각하지만. 비극이 있었다고 갈라서서는 안 되잖니? 일단 어떤 길을 걷기 시작한 사람은 다리에 홍수가 쏟아져도 가던 길을 기억해야 하는 법이야. 여자는 남자를 완성하기 위해서 만들어진 존재고." 코린은 말을 이었다. "하나님 아버지께서 그렇게 만드셨어. 남녀가 결혼을 통해 손을 잡으면, 아담의 갈비뼈가 제자리로 돌아가는 셈이야. 넌 영리한 아이지. 모두가 그걸 알고 있어. 네 아버지는 기적을 이야기하듯 네 얘기를 하신단다. 네 재능, 네 재주, 네가 읽은 책들에 관해서. 하지만 너무 큰 소리를 내지는 않으셔. 질투는 사람의 뼈를 삭히기 마련이거든. 카인도 질투 때문에 자기 동생을 죽였지. 야곱도 질투 때문에 자기 아버지를 속였고. 그러니 네 재능은 사람들이 보지 못하게 숨겨야 한단다. 하지만 난 알아. 알고말고."

응접실의 조명은 낮춰져 있었고, 장막이 반쯤 드리워져 있었다. 코린과 에이미는 얼굴의 윤곽선만 겨우 보였다. 코린의 말은 그 목소리 자체에 깔리기라도 한 것처럼 떨렸다. 꼭 세 가지 목소리가 동시에 떨리며 기이한 화음을 이루는 것 같았다. 뭔지 몰라도, 그 소리는 상복 베일 너머에 도사린 어둠에서 흘러나오는 것만 같았다.

그 목소리의 음역만이 아니라, 그녀가 한 말의 속성 자체가 비정상적으로 느껴졌다. 지금은 이해하기 어렵지만, 당시에는 그 시대만의 의례와 율동, 태도가 있어서 상급자니 노역자니 하류층 같은 계급과 계급 속 더 작은 계급들을 구분 지었다. 말로 전하는 것과 전하지 않는 것이 있었고, 서열 안에서 각 사람이 차지하는 위치를 나타내는 행동이 있었다. 예컨대 상급자는 자기 '사람들'의 내면이 어떻게 작동하는지 궁금해하지 않았다. 그들은 우리 이름을 알고 우리 부모가 누구인지도 알았지만 우리를 알지는 못했다. 모른다는 것이 그들 권력의 본질적인 부분이었기 때문이다. 어머니의 코앞에서 아이를 팔아버리려면 그 어머니를 가능한 한 얄팍하게 알아야 했다. 한 남자의 옷을 벗기고 매질하거나 산 채로 그의 피부를 벗긴 뒤 소금물을 뿌리라는 지시를 내리려면 자신에 대해 느끼는 것같이 그 사람을 느껴서는 안 됐다. 그 사람을 인간으로 생각해서는 안 됐다. 그 사람 안에서 자신을 볼 수 없어야 했다. 그러지 않으면 손이 나가지 않으니까. 그리고 손이 나가지 않는 일은 결코 없어야 한다. 그 순간 노역자들은 상급자가 자신을 본다는 것, 그러므로 자신 안에서 상급자 본인을 본다는 것을 알게 될 테니 말이다. 그토록 심오한 이해의 순간이 오면 상급자는 끝장난 것이다. 더는 필요한 만큼 통치할 수 없을 테니까. 더는 담배 더미가 기대만큼 높아지도록, 정확한 시간에 그 담배 포기를 나누도록, 부지런히 잡초를 뽑고 괭이질하도록, 수확물을 쌓고 알곡을 정리해 저장하도록, 담뱃잎은 줄기에 남아 있고 줄기는 곰 팡이가 슬지도 말라비틀어지지도 않을 만큼 적당한 간격으로 널도 록 할 수 없다. 그런 식으로는 버지니아의 황금을 보존할 수 없다. 그 리고 버지니아의 금을 보존할 수 없다면, 틀림없이 죽어갈 미천한 인 간을 상급자의 신전으로 끌어올릴 수 없다. 담배 농사에는 한 발 한 발이 중요하다. 한 걸음도 신중하게 밟아야 한다. 그리고 아무 대가 도 주지 않으면서 이런 절차를 신중히 따르게 하는 방법은 한 가지 밖에 없다. 그 방법이란 고문, 살인, 불구로 만들기, 아이 훔치기, 그 리고 공포인 것이다.

그러므로 코린이 내게 이런 식으로 말을 걸며 어떤 인간적인 연대 감을 끌어내려고 노력하는 모습은 괴이했고 두렵기도 했다. 나는 이 시도 자체가 더 시커먼 어떤 목적을 감추고 있는 것이라고 확신했다. 게다가 코린의 얼굴이 보이지 않아 그런 꿍꿍이의 징후조차 찾아볼 수 없었다. 난 알아. 코린은 그렇게 말했다. 알고말고. 호킨스가 했던 이야기와 실제로 일어난 일의 진실이 생각나자 그녀가 정확히 뭘 안 다는 것인지 궁금해졌다.

이제는 내가 더듬더듬 말문을 열었다. "메이너드는 매력이 있었습 니다, 마님." 그리고 당연하게도, 말문이 턱 막혔다.

"아니, 매력이 아니었어." 코린이 말했다. "메이너드는 유치했어. 그걸 부정하려고 하지는 마. 나한테 아부를 떨 필요는 없으니까."

"알겠습니다, 마님." 내가 말했다.

"나는 메이너드를 잘 알았어." 그녀가 말을 이었다. "메이너드에 겐 모험심이 전혀 없었어. 계획성도 없었고. 하지만 나는 메이너드를 사랑했어. 나는 치유자니까, 하이람."

코린은 여기에서 잠시 말을 멈추었다. 늦은 아침이었다. 초록색 베니션* 블라인드 너머로 태양이 깜빡거리며 들어왔고, 보통 때라면 노역자들의 노동으로 분주했을 저택에 부자연스러운 침묵이 흘렀다. 나는 헛간으로 돌아가 책장 달린 책상이나 모퉁이 의자 같은 것을 고치고 싶은 마음이 굴뚝같았다. 발밑에서 함정이 입을 벌리는 건 시간문제라는 느낌이 들었다.

"너도 알겠지만, 다들 우리를 비웃었지." 코린이 말했다. "사교계 모두가 낄낄댔어. 우리를 '공작부인과 어릿광대'라고 부르더구나. 어쩌면 너도 '사교계'에 대해서 조금은 알지 몰라. 세속적인 욕망이 있으면서, 그걸 경건함이나 혈통으로 감추는 남자들에 대해서 말이야. 하지만 메이너드는 몰랐어. 메이너드는 매력도 꾀도 없었거든. 왈츠도 못 추었는걸. 메이너드는 여름 사교계에 나온 촌뜨기였어. 하지만 진짜 촌뜨기, 나의 촌뜨기였지."

이 말을 할 때 코린의 목소리는 또 다른 방식으로 떨렸다. 이번에는 더 깊은 슬픔이 묻어났다.

"나는 마음이 너무 아파. 정말이야." 코린이 말했다. "마음이 아파." 상복 베일 너머로 그녀가 조용히 흐느끼는 소리가 들렸다. 코린에게 무슨 계략이 있는 것이 아닐지도 모른다는, 그녀가 보이는 그대로 슬퍼하는 젊은 과부일지도 모른다는 생각이 들었다. 내게 손을 뻗으려는 이 충동은 그저 메이너드와 가까웠던 사람과 연결되고 싶은 욕구일지 모른다. 나는 메이너드의 노예였지만 동생이기도 했기에 내 안에 메이너드의 모습이 조금은 들어 있을지도 모른다.

* 비스듬한 줄무늬를 빽빽하게 나타낸, 광택 있는 새틴의 일종.

"내 생각이지만, 너라면 마음이 아프다는 게 어떤 느낌일지 이해할 것 같구나." 코린이 말했다. "너는 메이너드의 오른팔이었으니까. 메이너드가 인도하고 보호해주지 않았더라면 넌 지금쯤 어떻게 됐을까? 도저히 모르겠어. 심술궂은 말을 하려는 게 아니야. 사람들은 네가 충동과 나쁜 짓으로부터 메이너드를 지켜주었다고 하지. 네가 어려운 시기에 메이너드에게 조언을 해줬다는 얘기도 있고. 네가 똑똑한 아이라는 얘기도 들었어. 바보들은 지혜와 가르침을 경멸하지. 하지만 메이너드는 너를 가르치는 사람이었어. 그렇지 않니? 그런데 이제 와서, 훌륭하신 하월 워커 씨가 내게 말씀하시는구나. 네가 이 땅을 헤매고 다니는 모습을 보게 될지도 모른다고 말이야. 누구의 가르침도 받지 않고 그저 일만 하게 됐다고.

너도 나만큼 헤어나지 못하는 걸까? 메이너드에게서 생각을 돌릴 수 있을까 싶어 뭐라도 하며 시간을 보내는 걸까? 있잖아, 여자라고 그리 다르지는 않단다. 모두 자기 역할이 있어. 그래서 네가 나처럼, 네가 하는 모든 일에서 메이너드를 보는 건 아닌지 궁금해. 메이너드는 내 주변 어디에나 있거든, 하이람. 구름 속에서도 땅에서도 꿈에서도 메이너드의 얼굴이 보여. 메이너드가 산속에서 길 잃은 모습이 보인단다. 그리고 메이너드가 그 끔찍한 마지막 순간에, 깊은 강물에서 빠져나오려는 고귀한 노력 속에 갇혀 있는 모습을 봐. 메이너드는 그런 사람 아니었니, 하이람?

메이너드를 마지막으로 보았고 그 마지막 이야기를 전해줄 수 있는 사람은 너뿐이야. 나는 메이너드가 떠났다는 사실 자체는 문제 삼지 않으려고 해. 나는 주님을 믿으니까. 메이너드의 죽음에도 한낱 인간인 내가 이해하지 못하는 어떤 뜻이 있으셨겠지. 하지만 아무것도 모르고 상상만 하자니 비참하구나. 메이너드가 자기 이름에 걸맞게, 자기 지위에 걸맞게 영광스럽게 죽었다고 말해줘. 메이너드가 지금껏 살아온 대로 자기 말을 지키면서 죽었다고."

"메이너드 도련님은 저를 살려주었습니다, 코린 아가씨. 그건 사실입니다." 내가 왜 그런 말을 했는지 모르겠다. 나는 코린 퀸과 직접 만나서 보낸 시간이 아주 적었고, 그녀의 모든 면이 불편했다. 나는 본능에 따라 말하고 있었으며, 본능이 내게 건넨 말은 그녀를 위로하고 최선을 다해 그 고통을 덜어주라는 것이었다. 나 자신을 위해서.

코린 퀸은 장갑 낀 손을 베일 밑으로 넣어 눈가로 가져갔다. 그녀의 침묵에 나는 어쩔 수 없이 다시 말했다.

"저는 가라앉고 있었습니다, 아가씨. 그래서 손을 뻗었습니다." 내가 말했다. "주변의 물이 커다란 칼자루들처럼 느껴졌고, 저는 끝장난 게 확실하다고 생각했습니다. 하지만 메이너드 도련님이 저를 끌어올리셨어요. 제가 제 힘으로 헤엄칠 만큼 기운을 차릴 때까지 말입니다. 마지막으로 봤을 때 메이너드 도련님은 제 바로 옆에 있었지만, 너무 추웠고 물의 흐름이 거셌습니다."

코린 퀸은 잠시 침묵을 지켰다. 다시 입을 열었을 때, 그녀의 떨리는 목소리는 쇠막대 같았다. "하월 주인님께는 이런 말을 한마디도 하지 않았니?" 그녀가 물었다.

"네, 아가씨." 내가 말했다. "자세한 내용은 말씀드리지 않았습니다. 떠나버린 아드님의 이름을 듣는 것만으로도 힘겨우실 테니까요. 이 이야기는 우리 모두에게 슬픈 이야기입니다. 제가 이제야 이 말씀을 드리는 까닭은 아가씨께서 진심으로 부탁하셨고, 이 이야기가 조금이나마 아가씨께 평온을 가져다드리면 좋겠다고 생각했기 때문입니다.”

“고맙구나.” 코린 퀸이 말했다. “네가 얼마나 명예로운 일을 했는지 너는 결코 모를 거야.”

이번에도 그녀는 잠시 아무 말도 하지 않았다. 나는 그녀의 다음 부탁을 기다리며 그 자리에 서 있었다. 다시 입을 열었을 때, 코린 퀸의 목소리는 높아져 있었다. “그럼, 네 주인이 너를 떠난 게로구나. 너는 아직 젊어. 하지만 내가 듣기로는 할 일이 없다던데. 이젠 무엇이 될 생각이니?”

“저는 어디든 부르시는 곳으로 갑니다, 아가씨.”

코린 퀸이 고개를 끄덕였다. “그럼 내 곁으로 불러야 할지도 모르겠구나. 메이너드는 너를 무척 사랑했어. 네 이름을 얘기할 때면 기대감으로 빛났단다. 나의 용사님이 너의 용사님이기도 한 거야. 메이너드는 너를 위해서 자기 목숨을 내놨어. 어쩌면, 너도 너 자신을 내놓아야 마땅한 일일지 몰라. 알겠니, 하이람?”

“네.” 내가 말했다.

나는 실제로 알고 있었다. 그 순간에는 아니었을지라도, 나중에 돌이켜 생각했을 때는 말이다. 그녀의 슬픔과 흐느낌이 진실한지는 몰라도 더욱 확실한 것은 그녀의 어두운 꿍꿍이였다. 그녀는 나를 라클리스에서 끄집어내 내 노역과 내 몸을 자기 것으로 만들 생각이었다. 이 글을 읽는 이는 내가 무엇이었는지 기억해야 한다. 나는 인간이 아니라 재산, 그것도 귀중한 재산이었다. 저택의 모든 기능과 작물에 대해 배웠고, 글을 읽을 줄 알며, 기억력을 활용한 재주로 사람들을 즐겁게 해줄 수도 있는 재산. 나는 성실하고 안정적이며 정직하다는 평가를 받았다. 내 소유권을 이전하기가 딱히 어려운 것도 아니었다.

코린 퀸은 메이너드와 결혼하기로 했으므로 나는 어쨌든 그녀의 몫으로 약속되어 있었다. 그녀는 단지 내 아버지에게 그 몫을 제자리에 놔두어달라고, 애도와 슬픔에 대한 보상으로 나를 넘기라고 호소했을 것이다. 그럼 나는 어디를 고향 삼아야 하나? 코린이 엠 카운티는 물론, 더 먼 서쪽에도 땅을 가지고 있다는 사실은 잘 알려져 있었다. 산 너머, 이 나라의 덜 개발된 지역 말이다. 이것이 코린이 가진 재산의 근본이었다. 그녀는 여러 수익—목재, 소금 광산, 대마—을 관리한 덕에 엠 카운티를 뒤덮은 몰락을 피했다는 얘기가 있었다. 어쨌든 나는 그 만남 이후로 내가 나체스가 아닌 새로운 위험, 여태 알았던 유일한 고향인 라클리스와의 작별을 마주하고 있다는 것을 알게 되었다.

메이너드의 시신은 영영 발견되지 않았다. 그래도 그해 크리스마스에 모일 수 있는 워커 가문의 먼 친척은 모두 라클리스에 모여 떠나버린 후계자에 대한 기억을 나누기로 했다. 우리는 꼬박 한 달 동안 그 행사를 준비했다. 메이너드의 어머니가 죽은 이후 몇 년 동안 쓰지 않은 위층 살롱을 쓸고 닦았다. 나는 헛간에 보관된 거울의 먼지를 털고, 밧줄 침대 두 대를 수리했으며, 작은 피아노와 함께 그 침대들을 저택 안으로 들여놓았다. 밤이면 로렌초, 버드, 렘, 프랭크와 함께 스트리트에서 일했다. 스트리트로 돌아가는 것은 좋은 일이었다. 어렸을 때는 그들이 내 소꿉친구였으니까. 우리는 노역자의 수가 줄어들면서 비어버린 오두막들을 수리했다. 지붕을 강화하고 새집을 치우고 요에 씌울 커버를 가지고 내려왔다. 워커 가문 사람뿐 아니라 그들과 함께 올 노역자들이 잘 곳도 필요하기 때문이다.

나는 노동으로 머리가 멍해지게 놔두었다. 노동이 친숙한 리듬을 타자 그 리듬이 너무 강하게 느껴졌다. 렘은 참지 못하고 소리쳤다.

커다란 저택의 농장으로 떠난다네
따뜻한 저택으로 올라간다네
당신이 나를 찾을 때면, 지나, 나는 여기 없을 거야

그러다가 그는 다시 큰 소리로 노래를 불렀는데, 이번에는 합창단을 위한 여백을 남겨두었다. 그 합창단이란 우리 모두였다. 우리는 한마디 한마디를 따라 불렀다. 그런 다음 차례대로 번갈아가며 다른 가락이나 온전히 스스로 생각해낸 소절을 덧붙여, 노래에 나오는 거대한 저택 같은 발라드를 한 구절 한 구절 지어나갔다. 내 차례가 되자 나는 소리쳤다.

커다란 저택의 농장으로 떠난다네
따뜻한 저택으로 올라가지만, 오래가지는 못하겠지
돌아와, 지나, 내 마음과 내 노래를 듣고.

그때 어른들이 우리도 잔치를 즐겨야 하며, 우리에게도 잔치에 어울리는 식탁을 하나 차려줘야 한다고 했다. 나무 한 그루를 쓰러뜨려 껍질을 벗기고 마감한 다음 다리를 달자 우리만의 잔치용 식탁이 생겼다. 힘든 일이었지만, 덕분에 내 머릿속 온갖 어렵고 까다로운 질문들이 밀려났다.

크리스마스이브 아침에 나는 저택 베란다에 서서 밖을 내다보고 있었다. 헐벗은 갈색으로 변한 산 너머로 태양이 고개를 내밀 때쯤 해돋이에 맞춰 도착한 워커 가문 사람들이 뱀처럼 긴 줄을 이루어 길을 따라 올라오는 것이 보였다. 세어보니 짐마차가 열 대였다. 나는 인사를 나누며 아래층으로 내려가, 이곳으로 올라온 노역자들과 함께 짐 내리는 것을 돕기 시작했다. 내 기억에 그 시간은 행복했다. 워커 가문 사람들로 이루어진 이 행렬에는 내 어린 시절과 어머니를 알고, 엄청난 애정을 담아 어머니에 대해 이야기하는 유색인들이 있었으니까.

당시의 명절 풍속에 맞게 우리는 모두 음식을 조금씩 더 받았다. 밀가루 두 펙,* 으깬 곡물 두 봉지, 평소의 세 배는 되는 라드와 염장한 돼지고기, 그리고 모두가 양껏 먹을 수 있는, 도살한 소 두 마리 분량의 고기도 있었다. 우리는 각자 텃밭에서 양배추와 콜라드를 가져왔고, 먹을 만한 닭은 모두 잡아 털을 뽑았다. 크리스마스 당일에는 무리를 나누어 반은 저택에 올라가 상급자들의 잔치를 준비했고, 나머지는 그날 밤 스트리트에서 열릴 우리의 잔치를 함께 준비했다. 나는 아침나절 대부분을 장작을 패고 끌어오며 보냈다. 요리에도 쓰고 모닥불을 피울 때도 쓸 나무였다. 그리고 오후에는 숲을 가로질러 올라가 럼주와 에일을 큰 병으로 열 개 가지고 돌아왔다. 초저녁이면 해가 떨어지고, 우리가 먹을 늦은 저녁 식사에서 군침 도는 냄새—튀긴 닭, 비스킷, 옥수수빵, 대마 차—가 스트리트에 풍겼다. 라클리스에 친척을 둔 스타펄 사람들이 디저트로 먹을 파이와 간식을 가지고 왔다. 조지와 그의 아내 앰버는 새로 구운 사과 케이크 두 개를 내

---

* 미국에서 약 8.8리터에 해당하는 단위.

밀며 미소 지었다. 나는 남자들이 겨우 며칠 전에 만든 기다란 벤치 여러 개를 꺼내는 것을 도왔는데, 사람이 많아서 자리가 모자랐다. 그래서 우리는 상자, 큰 통, 통나무, 돌, 눈에 띄는 건 뭐든 가져다 모닥불 주위에 놓았다. 부엌에서 일하는 사람들이 내려오자 다 같이 기도했고 우리는 식사했다.

그런 다음에는 모두들 옷 솔기가 터질 정도로 배불리 먹고 모닥불 빛을 받으며 라클리스의 유령들과 잃어버린 사람들, 사라진 사람들에 대한 이야기를 시작했다. 테네시로 떠났던 내 아버지의 사촌 제브는 내 어린 시절 친구이기도 한 하인 콘웨이, 그리고 콘웨이의 누이인 캣과 함께 돌아왔다. 그들은 내 삼촌 조사이어를 만났는데, 그가 지금은 새 아내와 어린 두 딸을 두었다고 얘기해주었다. 클레이와 실라도 보았다고 했다. 그 둘은 이 땅이 아닌 곳으로 팔려 갔지만, 믿을 수 없는 마법 덕분에 함께하게 된 데 위안 삼았다는 얘기였다. 그리고 필리파, 토머스, 브릭 얘기도 나왔다. 이들은 제브가 떠날 때 끌고 간 사람들로, 늙었지만 아직 살아 있었다. 그런 다음 메이너드 얘기가 이어졌다.

"메이 녀석, 살아서는 별로 사랑받지 못하더니 죽으니까 애도를 받네." 콘웨이가 말했다. 그는 불가에 앉아서 두 손을 뻗고 온기를 쐬고 있었다. "저 인간들한테는 거짓말이 꼭 복음처럼 느껴지나 봐. 아니, 진짜로. 메이가 꼭 자연의 실패작이라도 되는 듯이 얘기하곤 했잖아. 그런데 이제는 우리한테 메이 녀석이 부활한 그리스도라도 된다는 식으로 말하네."

"동창회 같은 거지, 뭐." 캣이 말했다. "안 그럼 메이가 저질렀던 죄를 하나하나 자세히 말하겠어?"

"그것도 나쁘지 않지." 소피아가 말했다. "나는 갈 때가 되면, 사람들이 내 시체를 놓고 거짓말을 하지는 않았으면 좋겠어. 사람들한테 내가 어떤 인간이었는지 처음부터 끝까지 말해주는 거지."

"우리야 그게 되지." 캣이 말했다. "'삽질이나 했다'는 것 말고 무슨 할 말이 있겠어?"

"어쨌든." 소피아가 말했다. "그냥 거짓말만 하지 말라는 거야. 포장하지 말라고. 나는 거칠게 태어나서 거칠게 살았고, 똑같이 죽을 거야. 그것 말고 별로 할 말은 없어."

"중요한 건 메이너드가 아니야." 콘웨이가 말했다. "메이너드를 떠나보내는 사람들이 중요한 거지. 자기들이 함부로 대하던 사람이 구스 강에 빠져 죽었으니 변명을 하려는 거야. 솔직히, 나도 조금은 그러고 싶은걸. 난 그 녀석한테 바보 같은 장난을 치곤 했거든. 한 번도 그 녀석을 다 큰 어른으로 여긴 적이 없었어. 듣기로는 메이너드가 별로 변한 게 없는 것 같던데. 정말 그랬다면, 장담하는데 저들은 죄책감이 무거운 나머지 그걸 나눌 수밖에 없는 거야."

"이런 검둥이들 같으니. 저놈들 말마따나 멍청하기 짝이 없네." 모닥불 근처에 서서 불꽃을 똑바로 들여다보던 테나가 말했다. "너희 모두 이게 메이너드 문제라고 생각하는 게냐?"

아무도 대답하지 않자 테나가 눈을 들어 청중을 훑어보았다. 진실은 모두가 그녀를 두려워했다는 것이다. 그러나 공포심에서 나온 그 침묵은 테나를 더욱 흥분시킬 뿐이었다.

"땅이야, 검둥이들아! 땅 문제라고! 여기, 바로 이 땅! 저놈들은 하월이라는 작자에게 아부를 떠는 거다." 테나가 말했다. 그녀는 말을 멈추고 주위를 둘러보았다. 나는 테나의 얼굴에서 춤추는 모닥불의 그림자와 그녀의 숨결이 뿜어내는 겨울 구름을 볼 만큼 가까이 있었다. "저놈들이 쫓는 건 하월의 유산이야. 토지 말이다, 검둥이들아! 땅과 우리들! 이 모든 게 게임이고, 승자가 이곳을 갖는 거야. 우리 모두를 갖겠지."

우리는 이미 알고 있었다. 하지만 이런 대화가 우리 나름의 작별 인사이기도 했다. 어쩌면 이번이 우리가 단체로 모일 마지막 기회인지도 몰랐다. 누구도 큰 소리로 그 사실을 떠들어대 지금 이 순간을 망치고 싶어 하지 않았다. 그러나 테나는 특유의 상처와 기질 때문에 미소 지을 수 없었고, 농담과 추억 속에 자신을 잠시 묻어둘 수도 없었다. 그래서 그녀는 고개를 젓고 혀를 차더니 길고 흰 숄을 두르고 쿵쿵거리며 가버렸다.

모두가 그 자리에 앉아 있었다. 다들 충격받은 채, 테나가 내려놓은 현실로 돌아와 눈을 내리깔았다. 나는 몇 분 기다리다가 스트리트의 저쪽 끝, 가장 먼 오두막으로 갔다. 다른 오두막들과 떨어진 곳이자, 테나가 한때 빗자루를 들고 서서 아이들을 쫓아내던 장소, 오래전 내가 이 특별한 여인만은 내 배신감을 이해할 거라고 믿고 찾아갔던 곳이었다. 그리고 나는 테나가 옛 오두막 앞에 서서 혼자만의 생각에 잠겨 있는 것을 보았다. 나는 테나에게 다가갔다. 내가 거기 있다는 사실을 테나가 알아챌 만큼 가까이 섰다. 테나는 몇 초간 나를 돌아보았고, 얼굴이 이제 부드러워져 있었다. 그런 다음 그녀는 다시 오두막 쪽으로 돌아섰다.

나는 잠시 함께 서 있다가, 테나가 생각에 잠기도록 놔둔 채 돌아갔다. 돌아가보니 대화는 이제 기억인지 신화인지 잘 분간되지 않는 깊은 과거 이야기에 다다라 있었다.

"그런 건 없어." 조지가 말했다.

"있다니까." 캣이 말했다.

"없다고." 조지가 말했다. "구스 강으로 내려갔다가 사라진 유색인이 한 명이라도 있었다면, 장담하는데 내가 알았을 거야."

그때 캣이 나를 발견하고 말했다. "넌 알지, 하이. 너희 할머니 말이야. 너희 할머니 산티 베스."

나는 고개를 젓고 말했다. "만나뵌 적 없어요. 저나 캣이나 아는 게 비슷할걸요."

조지는 캣에게 고개를 젓고 손사래를 치며 말했다. "저 녀석은 빼. 하이는 아무것도 몰라. 장담하는데, 여자 노예가 여기 라클리스를 떠나면서 우리 중 쉰몇 명을 데려갔다면 내가 알았을 거야. 이 얘기 듣는 것도 지친다. 매년 똑같은 레퍼토리야."

"네가 기억하는 것보다 더 전에 일어난 일이야." 캣이 말했다. "우리 엘마 고모가 이 근처에 살던 때니까. 고모는 첫 번째 남편이 산티 베스와 함께 구스 강으로 내려가는 바람에 남편을 잃었다고 했어. 남편이 고향으로 돌아갔다고 했어."

"매년 똑같은 소리." 조지는 고개를 저으며 말했다. "빌어먹을, 너희는 매년 똑같아. 하지만 분명히 말하는데, 뭔가 알 만한 사람이 있다면 나지 너희들이 아니야."

그 순간 사방이 조용해졌다. 사실은 모임 때마다 내 어머니의 어머니, 산티 베스와 그녀의 운명에 대한 말다툼이 벌어졌다. 신화에 따르면, 산티 베스는 엠 카운티의 연대기에 기록된 노역자들의 탈출 중 가장 규모가 거대한 마흔여덟 명의 탈출을 이끌었다. 그것도 단순한 탈출이 아니었다. 그들이 향했다는 장소가 중요했다. 그들은 다름 아닌 아프리카로 갔다고 했다. 전해지는 말로는 산티 베스가 사람들을 이끌고 구스 강 물속으로 내려갔고, 바다 반대편에서 다시 모습을 드러냈다고 했다.

터무니없는 얘기였다. 나는 늘 그렇게 생각했다. 그렇게 생각할 수밖에 없었다. 산티 베스 이야기는 소문과 속삭임이 뒤섞인 형태로 전해졌다. 게다가 산티 베스 세대 사람이나 그 뒷세대 사람들은 너무 많이 팔려 갔고, 내 시대가 됐을 때는 산티 베스를 직접 본 사람이 엠 카운티에 단 한 명도 남지 않은 터라 이 거짓말 같은 이야기는 더 심하게 가지를 쳤다.

나는 조지와 같은 생각이었다. 산티 베스가 정말 존재했는지조차 의문이었다. 하지만 모두를 조용하게 만든 것은 산티 베스에 대한 조지의 공격이 아니라 확신이었다. 그가 "난 알아"라고 말했으니까.

캣이 걸어가 조지 바로 앞에 서더니 미소를 지으며 말했다. "어떻게? 어떻게 안다는 거야, 조지?"

나는 조지 파크스를 뚫어지게 보았다. 해는 오래전에 떨어졌지만, 모닥불 빛에 불편하게 얼어붙은 그의 얼굴 전체가 드러났다.

이제는 앰버가 조지 곁으로 옆걸음질 쳐 왔다. "그러게, 조지." 앰버가 말했다. "어떻게 알아?"

조지는 주위를 힐끗 둘러보았다. 모두의 시선이 그에게 붙박여 있었다. "너희가 알아서 뭐 하게." 그가 말했다. "난, 알아."

신경질적인 웃음이 한바탕 터졌다. 그런 다음 대화는 다시 메이너드 이야기로, 또 우리가 지금 고향이라고 부르는 온갖 머나먼 곳에 대한 더 많은 소식으로 방향을 틀었다. 이제는 밤이 늦었지만, 아무도 떠나고 싶어 하지 않는 분위기였다. 나는 그때까지도 테나를 생각하느라고 어쩌다 혹은 언제 그런 일이 벌어졌는지 몰랐지만, 눈치챘을 때는 모든 게 이미 벌어지고 있었다. 뭔가를 두드리는 소리를 듣고도 내가 전혀 신경을 쓰지 않는 동안 어느새 몇 사람이 모닥불로부터 먼 쪽에 모여 있었다. 나는 그쪽으로 눈길을 돌렸다가 담배밭 일꾼 아메치가 집 바깥에서 의자 하나와 세숫대야, 막대들을 가지고 나오는 모습을 봤다. 그는 그 물건들로 어떤 신나고 기분 좋은 박자를 두드리고 있었다. 그런 다음에는 두 명, 또 세 명의 노역자들이 손뼉을 치고 무릎을 두드리기 시작했다. 그런 다음에는 정원사 피트가 밴조를 가지고 현을 뜯기 시작했다. 이 모든 것이 단숨에 일어난 일처럼 느껴졌다. 숟가락, 막대, 구금, 춤이 꼭 알아서 꽃을 피우듯이 다가왔다. 이제는 불가에서 살짝 떨어진 곳에 원이 그려져 있었으며, 한 소녀가 치마 끄트머리에 손을 얹고 박자에 따라 엉덩이를 흔들고 있었다. 소녀의 머리에 얹혀 있는 토기가 보였다. 소녀의 얼굴로 시선을 내리던 나는 그 애가 소피아임을 알았다.

나는 별이 총총하고 구름 한 점 없는 밤하늘을 올려다보았다. 하늘을 가로지르는 반달의 이동 경로로 보아 자정이 가까운 시간이었다. 불길이 높이 솟아올라 12월의 한기를 밀어냈다. 내가 미처 알아채기도 전에 모두들 스트리트에서 춤을 추고 있었다. 나는 천천히, 모든 광경이 보일 때까지 물러났다. 우리들 수십 명이, 민족 전체가 움직이고 있었다. 몇몇은 짝을 이루었고, 몇몇은 작은 반원을 그렸으며, 나머지 사람들은 혼자였다. 오두막 쪽을 보니 테나가 그중 한 오두막의 계단에 앉아 박자에 맞춰 고개를 끄덕이고 있었다.

나는 소피아를 지켜보았다. 그녀의 팔다리는 돌풍 같았지만 모든 것을 통제하고 있었으며, 항아리는 머리에 녹아들어 절대로 움직이지 않는 듯했다. 한 남자가 소피아에게 다가갔다. 소피아가 그 남자를 끌어당겨 뭐라고 속삭였다. 아마 무례한 말이었을 것이다. 남자는 그 자리에 멈춰 서더니 잠자코 떠났다. 그런 다음 소피아는 주위를 둘러보다가 자신을 지켜보는 나를 보고 미소 지으며 걸어왔다. 그러면서 물동이가 미끄러지도록 머리를 기울였다가 오른손을 위로 뻗어 목 부근까지 내려온 항아리를 잡았다. 이제 그녀는 내 앞에 서서 항아리를 기울여 그 안에 든 것을 한 모금 마시더니 내게 건넸다. 나는 항아리를 입으로 가져갔다가 그 맛에 움찔했다. 물인 줄로만 알았다. 소피아는 웃으며 말했다. "너무 센가?"

그때까지도 에일이 담긴 항아리를 들고 있던 나는 소피아를 보며 다시 항아리를 입으로 가져갔다. 소피아에게서 눈을 떼지 않은 채 들이켜고 들이켜고 또 들이켠 다음 빈 항아리를 돌려주었다. 대체 왜 그랬는지 모르겠다. 최소한 그 당시에는 몰랐다. 하지만 모른 척하려 해도 그 행동의 의미만큼은 잘 알았다. 소피아도 알고 있었다. 내게서 시선을 뗀 그녀는 항아리를 내려놓고, 식탁 저쪽 끝으로 가볍게 달려가더니 그림자들 사이로 사라졌다가 가득 찬 술병을 가지고 돌아와 내게 건넸다.

"걷자." 그녀가 말했다.

"좋아." 내가 말했다. "어디로 갈까?"

"네가 정해." 그녀가 말했다.

그래서 우리는 걸었다. 스트리트로부터 위로 올라가며, 등 뒤의 음악 소리가 잦아들게 놔두었다. 결국 우리는 다시 잔디밭 근처로, 라클리스의 대저택으로 돌아와 있었다. 옆에는 작은 정자가 있고 그 아래에는 얼음 저장고가 있었다. 우리는 앉아서 조용히 에일 항아리를 주고받았다. 그러다가 결국은 취기에 머리가 멍해졌다.

"그러니까, 음." 그녀가 침묵을 깨며 말했다. "테나 말이야."

"응." 내가 대답했다.

"사람들 말이 헛소리는 아니었네. 그치?"

"그러게."

"넌 테나한테 무슨 일이 일어난 건지 알아?"

"어쩌다가 테나가 저런 사람이 됐는지 아냐고? 응, 알아. 하지만 그건 테나가 얘기할 일인 것 같은데."

"하지만 너한테는 말해준 거지?" 소피아가 물었다. "테나는 너한테 항상 약하잖아."

"테나는 그 누구한테도 약하지 않아, 소피아. 그 일이 일어나기 전에도 테나는 동족 중 누구에게도 약한 모습을 보이지 않았을 거야."

"흠." 소피아가 물었다. "그럼 넌?"

"응?"

"너도 동족들에게는 강한 모습만 보여?"

"보통은 그러지." 내가 말했다. "하지만 물론, 그 동족이 누구냐에 따라 달라."

그런 다음 나는 항아리의 술을 한 모금 더 마시고 소피아에게 건네주었다. 이제는 소피아가 나를 바라보았다. 미소 짓지 않고 그저 골똘히. 나는 내가 구스 강으로 들어갔다가 반대편으로 나왔다는 걸 분명히 알고 있었다. 문득 내가 소피아 옆에 앉아 너대니얼의 집으로 가는 그 마차 여행을 어떻게 다 견뎠는지 궁금해졌고, 어떤 식으로든 눈이 멀어 있었던 게 아닌지 의아해졌다. 소피아는 너무도 사랑스러운 여자였다. 나는 다른 누구에게도 바란 적 없는 방식으로, 세월과 경험이 쌓이면 더 이상 불가능해지는 순수한 마음으로 소피아와 함께 있고 싶었다. 내가 소피아의 커피색 살결에서 갈색 눈까지, 부드러운 입에서 긴 두 팔까지, 낮은 목소리에서 심술궂은 웃음까지 모든 것을 원했다는 뜻이다. 나는 그 모든 것을 원했다. 그러나 그에 따르는 공포, 소피아의 삶을 삼켜버린 공포는 생각하지 않았다. 내가 생각한 건 내 몸속에서 춤추는 빛, 오직 그녀만이 들었으면 싶은 어떤 음악에 따라 춤추던 빛뿐이었다.

"흠." 소피아가 말했다. 그러더니 눈을 돌렸다. 소피아는 에일을 한 모금 더 마시더니 발치에 내려놓고 별이 총총한 하늘을 올려다보았다. 그녀의 눈길이 멀어지자 나는 하늘 자체에 질투심을 느꼈다. 그와 동시에 여러 생각이 연달아 떠올랐다. 나는 코린과 호킨스를, 지금 이 순간이 내가 라클리스에서 보내는 마지막 날일지도 모른다는 점을 생각했다. 나체스로 떠나는 건 아니지만, 어쨌든 떠난다는 점은 같았다. 나는 조지와 그가 알고 있을 모든 것을 생각했다. 소피아의 손이 내 팔을 따라 미끄러지는 게 느껴졌다. 그러다가 우리는 팔짱을 꼈다. 소피아는 내 어깨에 머리를 얹은 채 한숨을 쉬었고, 우리는 버지니아를 비추는 별들을 바라보며 앉아 있었다.

7

크리스마스가 지났고 우리는 마침내 작별을 고했다. 이 땅의 어느 작별보다도 마지막에 가까운 작별이었다. 새해 첫날이 찾아왔고, 그에 따라 우리의 숫자도 줄어들었다. 코린은 여전히 습관처럼 매일 라클리스에 들러 내 운명을 조용히 암시했다. 나는 코린이 아버지에게 행사하는 영향력을 생각했을 때 그 암시가 현실이 되기까지 얼마 남지 않았다는 것을 깨달았다. 내가 라클리스에서 보낼 날은 정해져 있었다.

아버지는 장롱이 수리된 것을 알아보고, 로스코를 통해 내게 낡은 가구를 부활시키는 노역을 하라고 전했다. 나는 아버지의 서재에서 그 가구를 만들거나 정확한 구입일이 적힌 서류를 읽었다. 가문의 시조 시절까지 거슬러 올라가는 것도 있었다. 이런 가구들은 내 혈통, 나로 끝나버릴 혈통의 이야기를 대변하게 되었다. 결국 이 혈통의 마지막은 내가 될 터였다. 이 땅을 지키지도 못한 나. 이 땅을 갈고닦아 번영하게 만들었지만, 바람 부는 대로 흩어지고 말, 지금도 사슬에 매여 있는 그 사람들을 지키지도 못하는 내가. 서류를 계속 읽으며 오래전 오리건 주에 대해 품었던 생각이 짙어졌다. 내가 라클리스를 구할 수는 없지만 다른 작전이 내 안에서 달아오르고 있었다. 반드시 라클리스에서 탈출해야만 한다면, 내가 원하는 방식으로 탈출할 수 있을지도 몰랐다. 그렇게 생각하자 조지 파크스가 정확히 무엇을 아는가에 관한 생각이 이어졌다.

금요일 이른 시각, 나는 소피아를 너대니얼의 집으로 데려다주는 의례적인 마차 운전을 하러 나왔다. 그때만 해도 조지 파크스에 관한 생각은 단상에 불과했다. 나는 마구간으로 걸어가 말 두 마리를 나들이용 마차에 맸다. 아직 어두웠지만, 전에도 이 일을 자주 했고 동트기 전에 일하는 데에도 워낙 익숙해서 꼭 필요한 일은 눈 감고도 할 수 있었다. 말을 막 매고 나서 눈을 드니 그녀가 보였다.

"안녕." 소피아가 인사했다.

"안녕." 내가 답했다.

소피아는 외투를 완전히 갖춰 입고 있었다. 보닛, 크리놀린 치마, 긴 코트. 나는 소피아가 이 모든 치장을 하기 위해 과연 몇 시에 일어나야 했을까 궁금해졌다. 그리고 내 도움을 받아 얌전히 마차에 오르는 소피아를 지켜보면서, 숙녀의 장신구를 걸칠 줄 아는 소피아의 능력은 우연히 자라난 게 아닐 거라는 생각이 문득 들었다. 소피아는 평생 작고한 너대니얼의 아내 헬렌 워커에게 옷을 입히고, 그녀가 크림을 바르고 손톱을 다듬고 코르셋과 보디스를 걸치는 까다로운 의식을 지키도록 이끌어왔다. 소피아는 헬렌 본인보다도 이런 의식에 대해 더 잘 알았다.

나는 마차를 타고 반쯤 가다가 뒤를 돌아보았다. 소피아는 혼자만의 생각에 잠겨 얼어붙은 나무들을 내다보고 있었다. 그녀는 평소에도 종종 그러곤 했다.

"무슨 생각 해?" 소피아가 물었다. 나는 소피아와 오래 함께 지냈기에 머릿속에서 시작한 대화를 큰 소리로 이어나가는 그녀의 습관이 익숙했다.

"네 생각이 맞을 거야." 나는 그렇게 말했다. 이제 소피아는 나를 마주 보았고, 그녀의 얼굴에 믿을 수 없다는 표정이 번졌다.

"내가 무슨 말을 하는지 전혀 모르잖아?" 소피아가 물었다.

"모르지." 내가 말했다.

소피아는 혼자 웃더니 말했다. "그럼 그냥 아는 시늉만 하면서 내가 말하게 놔둘 셈이었어?"

"그럼 안 돼?" 내가 말했다. "어차피 곧 알려줄 거잖아."

"네가 듣고 싶지 않은 얘기일지도 모르는데?"

"뭐, 어차피 듣기 전까지는 알 수 없다는 걸 감안하면 그 정도 위험은 감수해야지. 게다가 넌 이미 그 생각에 빠져 있잖아. 이제 와서 무를 수는 없어."

"그치." 소피아가 고개를 끄덕였다. "그런 것 같네. 하지만 이건 개인적인 일이야, 하이. 알겠어? 내가 라클리스에 오기 전까지 거슬러 올라가는 일이라고."

"캐롤라이나의 가족까지 거슬러 올라가는 얘기겠지."

"맞아. 나의 캐롤라이나." 소피아는 한 마디 한 마디에 숨결을 담아 조용히 말했다.

"그때 넌 너대니얼 부인의 하녀였지?" 내가 물었다.

"그냥 하녀는 아니었어." 소피아가 말했다. "나랑 헬렌은 친구였거든. 최소한 한때는 친구였지. 뭐랄까, 난 헬렌을 사랑했어. 그렇게 말할 수 있을 것 같아. 난 헬렌을 사랑했고, 헬렌을 떠올리면 아주 좋았던 시절밖에 떠오르지 않아."

소피아는 그렇게 말하며 생각에 잠겼다. 소피아 같은 소녀들에게 일이 어떻게 닥치는지 알 것 같았다. 어린 시절에 그녀와 같은 소녀들은 주인과 함께 논다. 피부색에는 전혀 신경 쓰지 않고, 여느 소꿉친구를 사랑하듯 그들을 사랑하라고 배운다. 두 소녀는 함께 자란다. 그러다가 놀이 시간이 줄어들고 의식(儀式)은 바뀐다. 둘 다 노예제도라는 이 사회의 종교, 별 이유 없이 둘 중 한 명은 궁전에서 살고 다른 한 명은 지하 감옥에 내던져져야 한다고 말하는 종교의 젖을 마시게 된다. 어린애들에게 저지르기에는 잔인한 일이다. 자매처럼 키운 아이들을 둘로 갈라 한 명은 여왕으로, 다른 한 명은 발판으로 만들고 둘을 맞서게 하는 짓 말이다.

"같이 놀다 보면 시간 가는 줄 몰랐어." 소피아가 말했다. "우린 커다란 드레스를 입은 화려한 아가씨가 된 척했거든. 캐롤라이나에서 살 때는 들판에서도 함께 놀았어. 한번은 내가 넘어져서 가시덤불로 굴러떨어졌어. 내가 정신 나간 사람처럼 소리를 질렀나 봐. 헬렌이 바로 와줬어. 나를 일으켜서 집으로 다시 데려다줬어. 내 기억 속에는 그 애가 강렬하게 남아 있어, 하이. 이제 가시덤불을 볼 때면 그때의 아픔이 아니라 그 애만 생각나."

소피아는 도로를 똑바로 보며 말했다.

"내 말은, 너대니얼의 것이 되기 전에 우리는 우리 자신이었다는 거야." 소피아가 말했다. "우리는 서로에게 어떤 의미가 있는 존재였어. 하지만 그 모든 게 이젠 한낱 연기가 됐지. 헬렌이 사랑한 남자가 날 원했어. 날 사랑했기 때문은 아니야, 하이람. 그 사람한테 나는 보석이었을 뿐이야. 난 그걸 알고 있었고. 그러다가 나의 헬렌이 죽어버렸어. 그 남자의 아기를 낳다가. 그때 얼마나 고통스럽고 큰 죄책감이 들었는지 말도 못 해."

소피아는 거기서 말을 멈추었고, 우리는 계속 마차를 타고 갔다. 들리는 소리라고는 말발굽과 마차 바퀴가 얼어붙은 길에 닿아 서걱거리는 소리뿐이었다. 이 여행이 어떤 끔찍한 폭로로 이어질지도 모르겠다는 예감이 들었다.

"있잖아, 아직도 꿈에서 그 애가 보여." 소피아가 말했다.

"그럴 만도 해." 내가 말했다. "나도 아직 메이너드가 보이거든. 솔직히 말해서, 내 기억에는 네 기억에 담긴 마법이 반도 없지만."

"그건 마법이 아니야." 소피아가 말했다. "가끔은 말이야, 하이. 가끔은…… 꼭 헬렌이 도망치면서 나한테 남겨준……."

이제 소피아는 숲에서 눈을 떼고 나를 바라보았다.

"너 대니얼은 내가 완전히 닳아 없어질 때까지 날 놓아주지 않을 거야, 그렇지? 그런 다음에는 나를 엠 카운티 바깥 어딘가로 보내버리고 자기 마음에 드는 다른 유색인 여자를 차지하겠지. 그놈들한테 우리는 한낱 보석일 뿐이야. 난 옛날부터 그 사실을 알았던 것 같아. 하지만 난 나이가 들어가고 있어, 하이. 뭔가를 머리로 안다는 건, 직접 보고 깨닫는 것과는 아주 다른 얘기야."

"시간이 좀 걸리겠지." 내가 말했다.

소피아는 잠시 다시 조용해졌고, 길을 따라 울리는 부드러운 말발굽 소리 외에 아무 소리도 들리지 않았다.

"앞으로의 인생을 그려본 적 있어?" 소피아가 말했다. "아이에 대해서 생각해본 적은? 저 바깥에서 너를 기다릴지 모를 어떤 인생에 대해서 말이야."

"요즘은," 내가 말했다. "모든 걸 생각해."

"난 언제나 아이 생각을 해." 소피아가 말했다. "누군가를, 어쩌면 꼬마 여자아이를, 이 모든 일에 끌어들인다는 게 무슨 의미일까 하고. 언젠가 그런 일이 닥칠 걸 알아. 내가 결정할 수 있는 일도 아니고. 그 일은 일어날 거야, 하이람. 누가 나를 차지했던 것처럼 내 딸을 차지하는 모습을 보게 되겠지……. 내가 하려는 말은, 이 모든 일 때문에 다른 무언가, 다른 인생, 구스 강 너머를 생각하게 됐다는 거야. 어쩌면 저 산 너머에……."

소피아는 말꼬리를 흐리며 다시 길가를 바라보았다. 나는 도주가 대체로 이렇게 시작되리라고 생각한다. 자신이 얼마나 엄청난 위험에 빠져 있는지 이해하는 순간, 도주에 대한 생각이 자리 잡는다. 사람을 붙잡아놓는 것은 단순한 노예제도가 아니라 일종의 사기다. 실제로는 노예제도의 실행자들이야말로 캐멀롯의 옷을 입고 있는 야만인, 모드레드, 용이지만,* 그 사기극은 상급자들을 아프리카의 야만성과 맞서 싸우는 성문의 파수꾼처럼 그려낸다. 그리고 그 사기가 폭로되고 모든 것이 이해되는 순간 도주는 단순한 생각이나 꿈이 아니라 불타는 집에서 도망치고 싶은 바람과 다를 것 없는 욕구가 된다.

"하이람." 소피아가 말했다. "왜 너한테 이런 얘기를 하게 됐는지 모르겠어. 내가 아는 건, 네가 옛날부터 보통 사람들보다 많은 것을 보고 더 많은 것을 알았다는 것뿐이야. 그러다가 넌 구스 강을 만나게 됐지. 우린 네가 죽었다고 생각했어. 나는 네가 죽음의 문턱에서 돌아서는 걸 지켜봤어. 그리고 죽었다가 살아 돌아온 사람이 전과 같

---

* 캐멀롯, 모드레드, 용 등은 앵글로색슨계의 대표적 설화인 아서왕 전설에 나오는 마법적 존재들이다. 이 대목은 영국인이나 그들을 조상으로 둔 미국의 백인들도 자신들의 문화 속에 원시적 요소를 담고 있으면서, 이성적이고 합리적인 존재로서 아프리카의 '야만성'을 계몽하는 역할을 자처하는 것에 대한 비판이다.

은 눈길로 세상을 볼 수 있을까 궁금해졌어."

"무슨 말인지 알겠어." 내가 말했다.

"난 그냥 사실을 말하는 거야." 그녀가 말했다.

"작별 인사를 하는 거구나." 내가 말했다. "하지만 어디로 가게? 대체 우리가 저 밖에서 어떻게 살 수 있다는 거야?"

소피아는 내 팔에 손을 얹었다. "네가 구스 강에서 어떻게 살아 나왔는지 생각해봐. 그렇게 살아 나왔는데 어떻게 아직 계속 여기서 살 수가 있어? 난 그냥 사실을 말하는 거야."

"뭘 하고 싶은지 제대로 말도 못 하면서." 내가 말했다.

"난 이 삶에 대해서든, 이 삶 다음에 이어질 모든 삶에 대해서든 얼마든지 얘기할 수 있어." 소피아가 말했다. "같이 가자, 하이. 넌 책도 많이 읽었고, 라클리스나 구스 강을 훌쩍 넘어서는 것들도 알고 있잖아. 너도 틀림없이 떠나고 싶을 텐데. 너도 모르게 탈출하는 꿈을 꾸고 있을걸. 가끔은 그 꿈에 사로잡힌 채 깨어났겠지. 틀림없이 네가, 우리가 여기에서 벗어나면 어떤 사람이 될지 전부 알고 싶을 거야."

나는 대답하지 않았다. 이제 너대니얼 워커의 집을 표시하는, 길가의 넓은 공터가 보였다. 나는 그 공터를 지나 마차를 몰다가 옆길로 방향을 틀었다. 우리는 평소에도 그 집에 갈 때마다 그 길을 이용했다. 나는 오솔길 끝에서 말을 세웠다. 숲 너머로 너대니얼 워커의 벽돌 저택이 보였다. 나는 옷을 잘 차려입은 노역자가 그 길을 따라 내려오는 모습을 지켜보았다. 그는 우리를 보자 고개를 끄덕이더니 아무 말 없이 소피아에게 손짓했다. 소피아가 마차에서 내려 다시 나를 보았다. 바로 그때, 나는 소피아가 전에는 한 번도 이런 적이 없다는 것을 깨달았다. 보통 그녀는 마중 온 사람과 함께 바로 떠났었다. 하지만 지금 소피아는 잠시 멈춰 뒤를 돌아보았으며, 그 침묵 속에서 소피아가 한 말은 단호하고 확신에 차 있었다. 나는 그때 소피아를 보면서 도망쳐야 한다는 것을 알았다.

너대니얼 워커의 집을 떠나며, 내 생각은 다시 조지 파크스에게로 향했다. 그를 찾아야 했다. 나는 평생 조지를 알아왔고, 그는 전쟁터로 떠나는 아들을 걱정하는 아버지처럼 나를 걱정하리라. 나는 그 점을 이해했다. 정말로 이해했다. 조지는 사람이 경매대로 끌려가 나체스 쪽으로 팔려 가는 모습을 너무 많이 봤다. 그에게 공감할 수도 있었다. 그래도 나는 도망쳐야 했다. 모든 것이 내게 도망치라고 말하는 듯했다. 서재에서 본 책, 계략을 꾸미는 코린과 수상한 호킨스, 언제나 위험하기는 했지만 이제는 후계자조차 없어진 라클리스의 끔찍한 운명 자체. 그리고 내 절망과, 세 언덕 너머 스타펄, 구스 강과 그 강에 놓인 수많은 다리, 버지니아 너머에 무엇이 있는지 보고 싶다는 욕구를 공유하는 듯한 소피아도. *너도 틀림없이 그러고 싶을 텐데.* 맞는 말이었다. 하지만 당시에 나는 조지 파크스가 비춘 빛을 따라 걷는 것 말고는 다른 방법이라고는 몰랐다.

다음 토요일 오후, 나는 체리나무 책상의 서랍을 수리했다. 서랍을 여닫기가 다시 쉬워졌다는 점에 만족하며 몸을 씻은 뒤 옷을 갈아입고 조지 파크스의 집으로 향했다. 스타펄에 접어든 지 얼마 안 돼서 여관 바로 앞에 서 있는 호킨스와 에이미를 보았다. 둘 다 여전히 검은 상복을 입고 있었다. 자기들끼리 대화를 나누느라 정신이 팔려 나를 보지도 못했기에 거리를 두고 잠시 그들을 지켜보다가 가던 길을 갔다. 그들과 대화하고 싶지 않았다. 내 인생과 의도에 대해 온갖 내용을 세세하게 파헤치는 그들의 습관을 더는 견딜 수 없었다. 그들이 던진 질문은 다른 질문에 전부 자리를 내준 터였다.

조지는 라일랜드 감옥에서 조금 걸어가면 나오는 자기 집 앞에 서 있었다. 나는 미소 지었다. 조지는 미소 짓지 않았다. 그는 내게 함께 걷자고 손짓했다. 우리는 잠시 도로를 따라 걷다가 마을이 황야에 자리를 내주기 시작하는 좀 더 작은 오솔길로 방향을 틀었고, 그다음에는 흙길을 따라갔다. 뒤엉킨 풀밭을 가로질러 이어지던 흙길은 작은 연못이 나오고서야 탁 트였다. 조지는 걷는 동안 아무 말도 하지 않다가 연못을 들여다보더니 입을 열었다.

"난 널 좋아한다, 하이람." 조지가 말했다. "정말이야. 만일 내가 운이 좋아서 네 또래 딸을 두었다면, 꼭 너를 내 사위로 삼았을 거다. 넌 똑똑해. 입을 다물어야 할 때를 잘 알고, 메이너드한테도 그런 녀석에게 어울리는 것보다 훨씬 나은 대접을 해줬지."

조지 파크스는 붉은 갈색 턱수염을 문지르더니 돌아서서 나무들을 올려다보았다. 이제 그는 내게 등을 돌리고 있었다. 나는 그의 이야기를 들었다. "그래서 너 같은 아이가 굳이 골칫거리를 찾아 우리 집에 온 이유를 도대체 이해할 수가 없어."

다시 나를 돌아보는 그의 깊은 갈색 눈은 부글부글 끓고 있었다. "너처럼 존경받을 만한 녀석이 뭐 하자고 이런 일을 벌이려는 게냐?" 그가 물었다. "또 대체 무슨 이유로 그 일을 도와줄 사람이 나라고 생각한 거야?"

"조지, 전 알고 있어요." 내가 말했다. "우리 모두가 알아요. 상급자들한테는 숨기셨을지 모르지만, 우리는 항상 그들보다 머리가 좋으니까요."

"넌 이 일의 반도 몰라, 이 녀석아. 전에 한 말을 그대로 해주마. 집으로 가. 아내를 얻어라. 그리고 행복하게 지내. 여긴 아무것도 없다."

"조지, 저는 떠날 거예요." 내가 그에게 말했다. "혼자 갈 것도 아니고요."

"뭐?"

"소피아가 저랑 같이 떠나요."

"너 대니얼 워커의 여자 말이냐? 너 제정신이야? 그 여자를 데려간다는 건 그놈에게 침을 뱉는 거나 다름없는 짓이다. 어느 백인 남자에게든 그건 심각한 명예 훼손이야."

"우린 떠날 거예요. 그리고 조지," 나는 내면의 분노를 아주 조금만 내비치며 말했다. "소피아는 그놈 것이 아니에요."

내 안에 있는 건 분노만이 아니었다. 나는 열아홉 살이었다. 이런 쪽으로는 아무것도 느끼지 못하도록 키워진, 감시당하는 열아홉 살. 내가 그녀를 사랑한다는 사실을 절실히 느낀 그 순간, 그 이유는 이성도 관습도 아니었다. 가족이나 가정을 꾸리고 싶은 마음도 아니었다. 오히려 나는 그런 것을 파괴하고 싶었다. 그렇게 나는 고삐가 풀렸다.

"자, 한 가지만 확인하자." 조지가 말했다. "소피아는 그놈의 여자야. 전부 그놈의 여자다. 알겠니? 앰버도 그놈의 여자고, 테나도 그놈의 여자다. 네 어머니도 그놈의 여……."

"말조심해요, 조지." 내가 말했다. "진심이에요."

"뭐, 말조심? 말조심이라고 했니? 네가 나한테 조심하라는 말을 하다니, 이 녀석아. 그들은 너를 소유하고 있어, 하이람. 너는 노예란 말이다. 난 네 아빠가 누군지 관심 없어. 넌 노예다. 내가 이런 식으로, 이 프리타운*에 나와 있다는 이유만으로 내가 노예가 아니라고는 생각하지 마라. 저들은 너를 소유하고 있는 만큼 소피아도 소유하고 있어. 그걸 알아야 해. 우리는 포로다. 잡혀 있단 말이야. 그게 전부다. 네가 여기서 뱉은 말이면 일주일 내내 라일랜드에 갇혀서 살려달라고 빌며 얻어맞을 수도 있다. 네 마음속에 감정이 있다는 건 존중해. 나도 느껴봤으니까. 어느 젊은이가 못 느껴봤겠니? 하지만 너는 죽을 뻔하고도 살아남았잖니, 하이람. 정말로 도망치면 차라리 그때 죽는 게 나았겠다고 생각하게 될 거다."

"조지, 분명히 말하는데 이건 선택의 문제가 아니에요. 전 여기 머무를 수가 없어요. 절 도와주셔야 해요."

"내가 네 생각 속 그 사람이라 하더라도, 난 널 돕지 않을 거다."

"이해를 못 하시네요." 내가 말했다. "전 떠날 거예요. 그냥 사실대로 말씀드리는 거예요. 아저씨한테 도와달라고 부탁하는 건 아저씨가 명예로운 길을 따르는 명예로운 사람이라고 생각하기 때문이고요. 부탁할게요, 조지. 하지만 도와주지 않으셔도 어쨌든 전 떠날 거예요."

조지는 잠시 어슬렁거리며 마음속으로 계산했다. 이제 그는 자신의 도움이 있든 없든 내가 떠날 것이며, 그것도 소피아와 함께 떠나리라는 사실을 알았다. 그러나 조지가 그 사실을 깨닫고 눈이 휘둥그레져 나를 바라볼 때조차 나는 그가 이런 행동의 결과를 이미 계산했으며 결론을 내렸다는 사실을 알아채지 못했다. 조지 파크스가 무

---

* 라클리스에 있는 자유인 마을. 돈을 지불하고 자신의 자유를 산 노예들이 모여 산다.

엇을 싫어하고 사랑하는지, 특히 그가 무엇을 사랑하는지와는 아무 관계 없이 앞으로 나아갈 유일한 길이 정해졌다는 사실도.

"일주일이다." 그가 말했다. "일주일 주마. 우리가 지금 서 있는 이 자리로, 네 여자를 데리고 찾아오너라. 네가 여기서 한 말이나 직접 품은 결심이 아니었더라면 내가 그런 일을 절대 하지 않으리라는 걸 명심하고."

내 장점은 언제나 기억력이지 판단력이 아니었다. 나는 혼자만의 의심에 사로잡힌 채 조지의 집을 떠났다. 내 의심 너머에서 이런저런 사실이 정말로 어떻게 돌아가는지는 전혀 생각하지 않았다. 에이미 와 호킨스를 한 번 더 만났고, 이번에는 잡화점 바로 앞에 선 그들이 나를 똑바로 주시하고 있었는데도, 나는 퍼즐 조각이 어떻게 맞아 들 어가는지 보지 못했다.

이번에는 그들을 피할 방법이 없었다. 조지와 소피아에 대한 생각 에 너무 깊이 빠져 있었기에 그들이 나를 발견하기 전에 그들을 보 지 못했다.

"잘 지내냐, 꼬마?" 호킨스가 말을 걸었다.

"그럼요, 잘 지내죠." 내가 말했다. 이른 저녁이었고, 마을에 땅거 미가 지기 시작한 터였다. 일을 보러 마을에 내려왔던 엠 카운티 사 람들은 이제 나들이용 마차나 일반 마차를 타고 흩어지고 있었다. 나 는 경계심을 늦추지 않은 채로 호킨스를 바라보며 가장 빨리 이 대 화에서 빠져나올 방법을 찾았다.

"마을에는 어쩐 일이야?" 호킨스는 그렇게 물으며 가느다란 입술 로 특유의 미소를 지었다. 나는 대답하지 않았다. 호킨스의 표정이 바뀌는 것을 보니, 그는 자기가 있지도 않은 친밀함을 꾸며냈다는 사실을 뒤늦게 깨달은 듯했다. 그래도 그는 아랑곳하지 않았다.

"아, 미안해." 호킨스가 말했다. "무슨 해를 끼치거나 기분 상하게 하려고 한 말은 아니야. 하지만 아가씨가 우리한테 가족처럼 지내라고 했잖아?"

"친구 만나고 왔어요." 내가 말했다.

"조지 파크스 같은 친구?"

버지니아에는 온갖 노역이 있었다. 들일이나 부엌일, 헛간 일이 아니라도 말이다. 어떤 노역은 그리 물질적이지 않았다. 오락거리를 제공하거나 지혜를 나누는 것도 노역의 일부였다. 그리고 더 음침한 노역도 있었다. 그들의 눈과 귀가 되는 일, 다른 노역자들과 함께 살면서 주인의 정보원이 되는 일. 누가 미소 지으며 등 뒤에서 코웃음을 치는지, 누가 도둑질을 하는지, 누가 헛간을 불태웠는지, 누가 독을 탔고 누가 음모를 꾸몄는지 주인들에게 알려주는 일. 이런 일의 결과로 노역자들 사이에는 일종의 경각심, 특히 잘 모르는 사람들에 대한 경계심이 커져갔다. 물론 이 효과는 반대 방향으로도 작용했다. 그래서 라클리스를 비롯한 이런 속박의 집에 새로 온 사람들은 일을 천천히 파악하면서, 타인의 사정에 궁금증을 던지거나 캐묻지 않았다. 그러지 않으면 주인의 눈과 귀 노릇을 하는 사람으로, 노역자들의 등 뒤를 캐는 노역자로 여겨질 수 있었다. 혹은 독살당하거나 음모의 대상이 될 수 있었다. 그런 자리는 위험했다. 하지만 호킨스는 그런 것을 전혀 개의치 않았다. 그래서 그의 질문은 불길하고 의미심장하게 느껴졌다.

"무슨 뜻이 있어서 물어본 건 아니야." 그가 말을 이었다. "우리

누나 에이미가 이쪽에서 사람들을 노역시키거든. 가끔 조지네 집에서 널 봤다고 하더라."

에이미가 우리 둘 모두를 지켜보고 있었다. 에이미는 곧 일어날 일이나 놓치고 싶지 않은 일 때문에 초조한 듯 보였다.

"네." 내가 여전히 불편한 마음으로 말했다. "조지랑 아는 사이거든요."

"그래." 그가 말했다. "조지는 대단한 친구지."

돌아보자 에이미는 더 이상 초조하게 시선을 움직이지 않고 한 골목 떨어진 곳을 보고 있었다. 그녀의 눈길을 따라가니 옛 가정교사 필즈 씨가 그녀에게 다가오는 게 보였다. 최근 세 달 사이 두 번째였다. 7년 동안 한 번도 그를 보지 못했는데, 세 달 동안 두 번이나 보다니. 더 이상한 것은 필즈 씨가 확실히 에이미 쪽으로 걸어오고 있다는 사실이었다. 마치 에이미와 호킨스를 만날 약속이라도 잡은 듯했다. 필즈 씨는 에이미에게 다다르기 전에 나를 보고 잠시 얼어붙었다. 계획이 틀어져 방향을 바꾸고 싶어 하는 듯했다. 그러나 필즈 씨는 세 달 전 경마 날에 그랬듯 다시 한번 모자를 벗어 보였다. 호킨스는 내 시선을 따라 필즈 씨를 보았는데, 그때쯤 필즈 씨는 에이미 옆에 서 있었다. 필즈 씨와 에이미는 나와 호킨스를 지켜보며 일종의 혼란에 빠져 있었다. 호킨스는 더 이상 미소 짓지 않았다. 사실 이쪽을 보는 필즈 씨와 에이미를 보고 상당히 불안해하는 듯했다. 그러나 나를 돌아보았을 때는 호킨스의 미소가 돌아와 있었다.

"뭐," 그가 말했다. "난 친구들이 불러서 가볼게."

"그런 것 같네요." 내가 말했다. 이번엔 내가 미소 지을 차례였다. 딱히 미소 지을 이유는 없었다. 호킨스가 내게 거짓말했다는, 나를 어디에서 발견했는지나 방금 질문을 던진 이유에 대해서 거짓말했다는 느낌이 들었을 뿐이다. 나는 마침내 무방비 상태의 그를 보았으며 그의 비밀스러운 책략 일부를 빛으로 끌어내는 데 성공했다고 느꼈다. 그리고 호킨스가 이 점을 불편해한다는 사실에 미소가 지어졌다. 나는 그 자리에 서서 호킨스가 에이미와 필즈 씨 쪽으로 걸어가는 것을 지켜본 다음, 멀어져가는 일행 전체에 다시 한번 모자를 기울였다.

나는 그날의 일에 대해 좀 더 생각했어야 했다. 노역자 두 명과 북부 출신 교양인이 왜 친하게 지내는지 의아하게 여겼어야 했다. 조지 파크스와 이들의 관계를 알아챘어야 했다. 하지만 나는 조지가 내 계획에 동의하면서 열어준 가능성의 바다에 정신이 팔려 있었다. 게다가 당시 나의 가장 큰 관심사는 다른 이들의 음모를 밝혀내는 것이 아니라, 나 자신의 비밀을 숨기는 것이었다.

다음 날, 나는 소피아를 데려오려고 너대니얼의 저택으로 다시 마차를 몰고 갔다. 15분쯤 마차를 몰아 집에서 그리 멀지 않은 곳에 이르렀을 때, 하류층 백인 순찰대인 라일랜드의 사냥개들이 나를 잡아세웠다. 놈들은 도망자를 찾아 숲을 어슬렁거리고 있었다. 나는 서류를 내밀었고, 그들은 하월의 이름이 적힌 서류를 보고 재빨리 내게 길을 터주었다. 하지만 나는 이 사건으로 놀랐다. 당시 나는 내면의 변화가 끝난 상태였으니 말이다. 나의 마음은 이미 노역자가 아니라 도망자였다. 나는 잘못 계산한 미소나 뜻밖의 태평함 따위로 놈들이 내 이런 변화를 알아챌까 봐 너무나 두려웠다. 하지만 라일랜드의 사냥개들은 하류층이더라도 백인은 백인이었으므로, 자신들의 권력에 눈이 멀어 있었다.

소피아와 나는 조용히 마차를 타고 돌아갔다. 우리는 아무 말도 하지 않았다. 그러나 라클리스에 도착하기 직전, 나는 마차를 세웠다. 늦은 아침이었고 날씨는 추웠다. 길에 아무도 없고 들리는 소리라고는 벌거벗은 나뭇가지를 후려치는 바람 소리와 두근거리는 내 심장 소리뿐이었다. 나는 소피아가 어떤 계략에 휘말린 건 아닌지 궁금했다. 유령들이 내 눈앞에서 나방처럼 파닥거렸고, 하웰, 너대니얼, 코린, 소피아, 심지어 메이너드까지 그 유령들이 한순간 어우러졌다. 메이너드는 죽지 않았다. 그는 내 꿈속 주인공이 되어 구스 강의 얼음장 같은 이빨에서 솟아나 내 죄악의 목록을 늘어놓았다. 하지만 뒤를 돌아보자 소피아가 보였다. 소피아는 평소에도 자주 그랬듯 숲을 내다보고 있었다. 마차가 잠시 멈춘 것조차 알아채지 못한, 세상일에 초연한 듯한 그녀의 두 갈색 눈을 보자 내 안에 감정이 고여들어 견딜 수가 없었다.

그리고 소피아가 입을 열었다.

"난 나가야 해, 하이." 소피아가 말했다. "관 속에 누워 가만히 늙어가지는 않을 거야. 이런 세상에 내 아이를 끌어들이지 않을 거야. 여기엔 사회라는 게 없어. 규칙도 금지된 것도 없고. 그런 건 사람들이 전부 켄터키와 미시시피와 테네시로 가져가버렸어. 남은 건 아무것도 없어. 모든 게 나체스 쪽으로 가버렸어."

소피아는 잠시 말을 멈추었다가 이번에는 더 천천히 말했다. "나는 나가야 해."

"그래." 내가 말했다. "그럼 나가자."

8

나는 그때보다 훨씬 나이가 들었다. 꼬여 있는 사건들이 풀려 단 하나의 가닥으로 드러날 수 있음을 이해할 만큼 충분히 늙었다. 내 자유가 달린 일들은 이런 식으로 전개됐다. 나는 라클리스에 머물면 핏줄로 묶인 그 자리에서 벗어날 수 없다는 걸 알고 있었다. 설령 그 자리에서 벗어난다 한들 라클리스가 무너져 과거의 영광과는 무관 해지리라는 것도 알고 있었다. 노예제도 시절의 위대한 가문들이 모 두 무너지고 있었으니까. 그렇게 되면 나는 자유로워지기는커녕 팔 려가거나 다른 사람에게 전달되리라. 그때쯤에는 내 재능이 나를 구 해주지 못할 것도 분명히 알았다. 사실 내 재능은 나를 그저 더 값진 상품으로 만들 뿐이었다. 코린은 내 재능을 매력적으로 느꼈을 것이 다. 코린이 거짓을 일삼는 하인들의 도움을 받아 수상쩍을 뿐 아니라 때 이른 권리 주장을 하는 이유가 바로 그것임이 틀림없었다. 그리고 코린의 이런 권리 주장을 비롯한 모든 일에 대한 내 시각은 구스 강 에서 걸어 나온 순간 바뀌었다. 내 지식, 내 운명, 죽음으로부터의 탈 출, 그 모든 게 가슴속에서 한데 합쳐져 폭탄으로 변했다. 소피아와 그녀의 목표는 내게 도화선이나 마찬가지였다. 당시에 나는 소피아 를 내 계획의 필수불가결한 종착점으로 여겼다. 내게는 모든 게 맞아

떨어졌다. 소피아가 자신만의 정신, 의도, 계획, 생각을 가진 여자임을 고려했다면 더 말이 되는 생각을 했겠지만.

소피아는 그 주 주말에 나를 찾아왔다. 나는 모퉁이 의자 몇 개를 고치고 있었다. 마음속 도화선이 타고 있던 나는 소피아를 보자 용기 같은 것이 솟아났다.

소피아는 걸음을 멈추고 미소 짓더니 모퉁이 의자를 보고 헛간으로 들어오려 했다.

"안 들어오는 게 나아." 내가 말했다. "숙녀가 있을 만한 곳은 아니거든."

"나 숙녀 아닌데." 소피아는 그렇게 말하며 들어왔다.

나는 소피아를 따라 안으로 들어갔다. 소피아는 거미줄을 닦아내더니, 한 번에 얼마나 많은 먼지를 모을 수 있는지 알아보려는 듯 가구에 대고 손가락을 문질렀다. 그녀는 가구 사이를 걸어 다니며 낮은 단풍나무 팔걸이 의자를 지나쳤고, 그다음에는 헤플화이트 양식의 탁자와 퀸 앤 시계를 지났다. 작은 창문으로 들어온 빛이 어둠을 가로질렀다.

"흠." 소피아가 돌아서서 나를 마주 보며 말했다. "전부 네 작품이야?"

"그럴걸."

"하월이 시켰어?"

"응. 로스코를 통해서 지시가 내려왔어. 하지만 사실은 누가 내게 뭔가 시키길 기다리면서 저 위에 누워 있기가 지겨워서 시작한 일이야. 난 어렸을 때도 그랬거든. 할 수 있는 일이 있기만 하면 끼어들었어. 어디든 내가 필요한 곳에서 일했지."

"지금이라도 들판에 일하러 나갈 수 있잖아." 소피아가 말했다. "들판에는 늘 일손이 부족하니까."

"들일은 충분히 한 것 같아, 제안은 고맙지만." 내가 말했다. "넌? 너도 들판에 나가봤어?"

"딱히." 소피아가 말했다.

소피아는 내게 가까워져 있었다. 그녀의 모든 게 보였기에 그 사실을 알아챌 수 있었다. 특히 그녀가 내게 정확한 거리를 유지하는 게 눈에 띄었다. 내 일부는 소피아가 내게 아무 관심이 없다면 결코 이런 일이 벌어질 리 없다고 생각했지만, 나는 그 일부를 믿지 않았다. 고작 동전 한 닢이 버지니아의 질서를 거역하고 뒤집어놓으리라고 믿었던 일부였으니까.

"들일도 그렇게 나쁘진 않아." 내가 말했다. "우리가 뭘 하는지 일일이 감시하는 사람은 없으니까."

소피아가 더 가까이 다가왔다.

"뭘 숨기고 싶은데?" 소피아가 더 가까이 다가오며 말했다. 균형 감각이 미끄러지듯 사라지는 것만 같았다. 나는 가구에 손을 짚었다. 어느 가구였는지는 기억나지 않는다.

소피아는 그냥 나를 바라보며 웃더니 헛간에서 나갔다.

"좀 더 얘기할래?" 그녀가 거의 속삭이듯 말했다. "뭐든."

"그래, 그러자." 내가 말했다.

"한 시간 뒤에 보자." 그녀가 말했다. "협곡에서, 어때?"

"좋아." 내가 대답했다.

그 만남 전에 어떤 일을 했는지 전혀 모르겠다. 그저 내내 소피아 생각만 했다. 노예제도란 매일매일의 갈망, 금지된 먹거리와 애만 태울 뿐 만질 수 없는 것들의 세계 속에서 태어나는 일이다. 주변의 땅, 꿰매는 옷가지, 굽는 비스킷, 그런 것에 대한 갈망이 어디로 이어질지 알기에 우리는 그런 갈망을 묻어둔다. 하지만 이제는 그 갈망이 다른 미래를 제시하고 있었다. 내 아이들이 무슨 고생을 하든 경매대에 오르는 일은 없을 그런 미래. 그 다른 미래를 훔쳐보고 나자 놀랍게도 온 세상이 새로 태어났다. 내 마음은 자유를 향해 내달리고 있었고 자유는 늪에 있었듯 내 가슴속에도 있었기에, 소피아와의 만남을 기다리며 나는 여태껏 보낸 시간 중 가장 부주의한 한 시간을 보냈다. 나는 도망치기 전부터 이미 라클리스를 떠나 있었다.

"그럼 이제 어떻게 되는 거야?" 소피아가 물었다. 우리는 협곡으로 내려와 거친 풀밭 너머 숲의 반대편을 바라보고 있었다.

"나도 잘 몰라." 내가 말했다.

소피아는 의심스럽다는 눈으로 나를 돌아봤다.

"모른다고?" 그녀가 물었다.

"나는 조지를 믿어." 내가 말했다. "내가 아는 건 그것뿐이야."

"조지?"

"응, 조지. 많은 걸 물어보지는 않았어. 너도 그 이유는 알 테고. 조지가 엮인 이 거래에서는 뭐랄까, 많은 말을 하지 않는 조건이 포함돼 있다는 생각이 들어. 내 생각은 간단해. 우린 정해진 시간에 정해진 장소로 가면 돼. 맨몸으로. 그리고 떠나는 거지."

"어디로 떠나?" 소피아가 물었다.

나는 잠시 그녀를 응시하다가 다시 협곡을 보았다.

"늪으로." 내가 말했다. "저 아래에 어떤 세상이 있어. 언더그라운드 전체 말이야. 남자가 남자답게 살 수 있는 곳이야."

"여자는?"

"그러게. 나도 그 생각을 해봤어. 어쩌면 숙녀한테 이상적인 곳은 아닐지 모르지만……."

소피아는 내 말을 자르고 말했다. "오늘 이미 한 번 말한 것 같은데, 하이. 나는 숙녀가 아니야."

나는 고개를 끄덕였다.

"난 까탈스럽게 굴지 않을 거야." 소피아가 말했다. "그냥 여기서 나가게만 해줘. 나머지는 알아서 할 테니까, 내가."

그 마지막 말―내가―이 공기 중에 맴돌았다.

"너 혼자서?" 내가 물었다.

소피아는 미소도 짓지 않고 나를 마주 보았다.

"있잖아, 하이람. 한 가지 알아줬으면 하는데. 난 널 좋아해. 정말이야." 소피아는 나를 뚫어지게 바라보았다. 그 눈길이 나를 파고드는 듯했다. 그녀의 말이 세상 가장 깊은 곳에서부터 나오는 것처럼 느껴졌다. "난 널 좋아해. 난 남자라고 다 좋아하지는 않아. 널 볼 때면 오래되고 익숙한 게 보여. 나의 머큐리와 함께 있을 때 느꼈던 그런 것 말이야. 하지만 네가 세운 계획이 언더그라운드라는 곳에 얽혀들어 너 자신을 또 다른 너대니얼로 만드는 거라면 난 너를 훨씬 덜 좋아하게 될 거야. 나한테 그건 자유가 아니거든. 알겠어? 여자한테 백인 남자를 유색인 남자로 바꾸는 건 자유가 아니야."

나는 그때 소피아의 손이 내 팔에 닿아 있다는 걸 알아챘다. 소피아는 그 손에 단단히 힘을 주고 있었다.

"네가 원하는 게, 생각하는 게 그런 거라면 지금 나한테 말해줘야 해. 나한테 족쇄를 채우고 날 그곳에 가두고 갓난아이를 잔뜩 낳게 하는 게 네 계획이라면 지금 말해줘. 내가 여기서 품위 있게 스스로 선택할 수 있도록. 넌 그들하고 다르잖아. 너는 내가 선택하게 해줘야 해. 그러니까 말해줘. 네 의도를 말이야."

그 순간 소피아가 보인 맹렬함이 기억난다. 너무도 평화로운 날의 늦은 오후였다. 곧 알게 되겠지만 밤이 길어 도망치기에는 완벽한 이 계절에 태양이 지고 있었다. 새 소리도, 벌레 소리도, 바람에 스치는 나뭇가지 소리도 들리지 않았으므로 내 감각은 소피아의 말에만 집중됐다. 당시에는 알 수 없던 어떤 이유로, 나는 소피아의 말을 어떤 그림과도 연결 짓지 않고 온전히 경험했다. 소피아는 뭔가를, 내 안에 있는 어떤 것을 끔찍이도 두려워하고 있었다. 그리고 내가 그녀에게 어떤 식으로든 너대니얼과 비슷한 존재가 될지 모른다는 생각이, 소피아가 너대니얼을 두려워했듯 나를 두려워하리라는 생각이 들자 걱정이 되는 동시에 수치스러워졌다.

"아니야." 내가 말했다. "절대 그런 일은 없어, 소피아. 나는 네가 자유롭기를 바라고, 우리 관계는 늘 네가 선택하는 것이길 원해."

소피아는 손아귀 힘을 풀었다. 움켜쥔 손길이 풀려 내 팔에 그대로 맞닿았다.

"거짓말은 못 하겠어." 내가 말했다. "어느 날엔가, 언젠가는 네가 저 밖에서 나를 선택해주기를 바라. 고백할게. 나는 꿈이 있어. 터무니없는 꿈이야."

"무슨 꿈인데?" 소피아가 물었다. 그녀의 손이 다시 내 팔을 꽉 쥐었다.

"나는 알아서 씻고 먹고 옷을 입을 수 있는 건강한 남자와 여자들이 나오는 꿈을 꿔. 정원을 가꾼 사람에게 장미 정원이 주어지는 세상을 꿈꿔." 내가 말했다. "그리고 감정이 생기는 여자에게 의지할 수 있는 나, 그 감정을 얘기하고 크게 소리칠 수 있는 나를 꿈꿔. 그 감정의 의미를 생각할 때 나와 그녀 외에 다른 생각은 하지 않아도 되는 꿈을."

우리는 그곳에 조금 더 서 있다가 함께 골짜기를 올라 숲을 벗어 났다. 그때쯤 라클리스에 태양이 지고 있었다. 우리는 숲 가장자리에 서 잠시 멈추었다. 소피아가 말했다. "나 혼자 갈게." 나는 고개를 끄덕이고 그녀가 사라지는 것을 지켜보았다. 그런 다음 숲을 빠져나와 저택으로 갔다. 토끼굴로 들어가는 아래쪽 터널이 보였다. 테나가 그 터널 안에 팔짱을 끼고 서 있었다.

내 시각이 바뀌자 테나도 변했다. 나는 도망자였다. 젊은 여자와 함께 도망치는 젊은 남자. 새로운 삶, 우리가 여태 누려보지 못한 진 정한 첫 인생, 늙은 유색인들은 감히 좇지 못하는 그 삶을 향해서 도 망치는 젊은이. 나는 한때 그들을 구하고 싶었다. 라클리스 전체를 구원하고 싶었다. 하지만 이제 지난 일이었다. 늙은 유색인들은 도살 만을 기다리는 어린 양이나 마찬가지였다. 어른들은 모두 무엇이 다 가오는지 알고 있었다. 그들은 땅이 속삭이는 말을 알고 있었다. 땅 을 일구는 사람만큼 그 땅과 가까이 사는 사람은 없으니까. 그들은 밤새 뜬눈으로 떠나버린 노역자들, 끌려간 자들의 신음하는 유령에 게 귀 기울였다. 그들은 무엇이 닥쳐올지 알면서도 기다리기만 했다. 나는 이 갑작스러운 수치심과 분노, 이런 일이 일어나도록 놔둔 이 들, 자신의 아이들이 끌려가는 꼴을 금욕적으로 지켜보던 자들에 대 한 격노와 울화를 모두 테나에게 쏟아부었다. 그래서였다. 테나가 팔짱을 낀 채 숲에서 내려오는 나를 보며 탐탁지 않은 표정을 짓는 모습을 보자 믿을 수 없을 만큼 화가 났다.

"안녕하세요." 내가 말했다. 테나는 대답 대신 눈알을 굴려댔다. 나는 터널로 들어가 내 방으로 향했다. 테나가 따라왔다. 방 안에 들어가자 테나가 난로 선반 위에 놓인 등을 켜고 문을 닫았다. 테나가 구석 의자에 앉자, 등잔의 불꽃이 그녀의 얼굴에 그림자를 드리웠다.

"너 이 녀석, 대체 어떻게 된 거냐?" 테나가 물었다.

"무슨 뜻인지 모르겠는데요."

"아직 열이라도 나는 거야?"

"테나…….."

"지난 몇 주 동안 너 아주 이상했어, 아주 이상했다. 그래서 뭐냐? 뭐에 꽂힌 거야?"

"무슨 말인지 모르겠다니까요."

"그래, 그럼 이렇게 물어보자. 세상천지에 대체 무슨 귀신에 씌었기에, 너대니얼 워커의 여자를 거느리고 라클리스를 돌아다녀?"

"누굴 거느리고 돌아다닌 게 아니에요. 같이 다닐 사람은 자기가 알아서 고르는 거죠. 여자나 저나."

"그게 네 생각이다, 이거냐?"

"네, 전 그렇게 생각해요."

"그럼 생긴 대로 멍청한 게지."

나는 테나를 마주 쏘아보았다. 부모에게 반항하는 아이들에게서 배운 행동이었다. 나는 어린애였다. 이제야 알겠다. 나는 감정으로 들끓는 소년, 엄청나고 어마어마한 상실에 좌절해버린 어린아이였다. 바로 그때 이름 모를 뭔가가 느껴졌다. 어머니가 기억의 블랙홀에 빠겼을 때 내가 잃어버린 모든 것. 나는 내 앞에 서 있는 사람을 또 한 번 잃어버리기로 작정한 것이다. 하지만 테나를 잃는다니, 테나의 눈을 들여다보며 내 계획을 고백하고, 내가 알았던 유일한 어머니를 잃는다니 견딜 수 없었다. 그래서 난 슬퍼하며 정직하게 털어놓는 대신 분노에 차서 정의롭다고 생각하는 대로 말했다.

"제가 아주머니한테 뭘 잘못했다고 그러세요?" 내가 물었다.

"뭐야?"

"대체 제가 아주머니한테 무슨 짓을 했다고 저한테 그딴 식으로 말하는 거냐고요?"

"그딴 식으로 말하다니?" 테나가 말했다. 거의 얼빠진 표정이었다. "내가 너한테 어떤 식으로 말하든 무슨 상관이냐? 넌 난데없이 나한테 떨어졌어. 내가 원하지도 않았는데. 그런데도 매일 저녁에, 이 인간들 때문에 허리 휘게 일하고 나서 내가 너한테 어떻게 해주든? 네게 베이컨과 옥수수빵을 구워준 사람이 누구냐? 그 계집애야? 이 인간들이 온갖 음모로 너를 진창에 빠뜨리려 할 때마다 널 지켜준 사람은 또 누구고? 그 대가로 내가 뭘 원하더냐, 하이람? 내가 뭘 달라던?"

"근데 왜 이제 와서 그러느냐고요." 내가 말했다. 나는 오랫동안 뚫어지게 테나를 바라보았다. 그 누구도 그렇게 봐서는 안 되는 거였다. 나를 사랑했던 그 어떤 여자에게도 어울리지 않고, 나를 그토록 신경 써준 여자에게는 더더욱 어울리지 않는 눈빛이었다.

테나는 내가 그녀를 총으로 쏘기라도 한 것처럼 나를 마주 보았다. 그러나 그 고통은 빠르게 지나갔다. 이 사악한 세상이 약간의 정의나 빛이라도 허락하리라는 테나의 마지막 희망이 그녀의 눈앞에서 사라졌다. 남은 거라고는 그녀가 그간 내내 예상해온 비틀린 종말뿐인 듯했다.

"언젠가는 이 모든 걸 후회하게 될 거다." 테나가 말했다. "그 계집애가 달고 올 모든 나쁜 일보다도 이 일을 더 후회하게 될 거야. 틀림없이 불행해질 거다, 내가 장담하마. 하지만 그 어느 때보다도 지금 이 순간, 네가 가장 약했을 때 너를 사랑해준 사람에게 그런 식으로 말한 이 순간을 후회하게 될 거야." 그러더니 테나는 문을 열고 뒤를 돌아보았다. 그녀가 한 말은 이것뿐이었다. "너 같은 놈은 말조심을 해야 해. 상대방에게 한 말 중 어떤 게 마지막 말이 될지는 아무도 모르니까."

테나가 장담한 후회는 그리 오래 지나지 않아 내 안에서 꽃을 피웠다. 하지만 그 순간에는 다른 마음이 그 후회를 누르고 있었다. 나는 오직 이 낡은 세계, 죽어가는 땅과 두려움에 떠는 노예, 저열하고 천박한 백인으로 이루어진 이 세계에서 도망칠 일만 생각하고 있었으니까. 이 모든 것을 버리고 언더그라운드의 자유를 찾아 떠날 생각이었다. 테나도 내가 버릴 것에서 예외는 아니었다.

남은 날들이 지나간 끝에 결국 조지가 약속한 운명적인 아침이 찾아왔다. 오래 걸렸지만 빠르게, 마치 삶 그 자체처럼 말이다. 나는 그날 불안에 떨며 깨어났다. 침대에 뜬눈으로 누워 그날 하루가 끝나지 않기를 바랐다. 그러나 토끼굴에서 사람들 발소리가 들렸다. 저택에서 콧노래 소리도 들려왔다. 이 끔찍한 음악이 그날도, 내가 한 약속도 엄연한 사실이며 물러날 방법은 없음을 선언했다. 그래서 나는 어둠 속에서 일어나 흙 그릇을 가지고 우물로 갔다. 가는 길에 피트를 봤는데, 그는 이미 옷을 다 갖춰 입고 정원으로 가는 길이었다. 이걸 기억하는 이유는 내가 피트를 본 게 그때가 마지막이었기 때문이다. 멀리 바깥에서 테나가 홀로 우물가에 서서 빨래할 물을 긷는 모습이 보였다. 빨래는 너무도 힘든 일이었다. 물을 길어 올리고, 나무를 때 불을 피우고, 옷을 두드리고, 비누를 준비해야 했으니까. 테나는 그 일을 전부 해냈다. 나는 테나에게 무슨 잘못을 저질렀는지 알면서도 거기 서서 그녀를 비웃고 무례에 무례를 더했다. 그러자 날카로운 수치심이 느껴졌지만, 분노와 '대체 자기가 뭐라도 된다고 생각하는 거야?'라는 생각으로 그 수치심을 눌렀던 게 기억난다. 나는 테나가 일을 마치기를 기다리며 그 늙은 유색인 여자가 혼자 물을 긷는 모습을 터널에서 지켜보았다. 그때도 내가 이 순간을 후회하리라는 걸, 테나와 거리를 두고 뱉었던 마지막 말들이 남은 평생 나를 따라다니리라는 걸 알고 있었다.

모든 장애물이 사라지자 나는 우물로 다가가 내 물그릇을 채운 다음, 돌아가 몸을 씻고 옷을 입었다. 터널 입구에서 태양이 라클리스 위로 떠오르는 모습을 지켜보았고, 묵직한 마지막 순간에는 내 앞에 가로놓인 한 걸음 한 걸음을 숙고했다. 바다에 대해서, 또 도서관에서 보낸 그 긴 여름의 일요일들에 읽었던 탐험가들에 대해서 생각했다. 그들은 땅에서 발을 떼고 갑판에 올라서며, 바다 너머와 미지의 영역에 이르기 전에 일단 건너야 하는 파도를 바라보며 무슨 기분을 느꼈을까? 공포에 사로잡혔을까? 자기 여자의 품으로 다시 달려가고 싶은, 어린 딸들에게 입 맞추고 그들과 함께 익숙한 세상에 머무르고 싶은 강한 충동을 느꼈을까? 아니면 그들도 나와 같았을까? 자신들이 사랑했던 세상은 불확실한 곳이며 심지어 생각보다 빨리 저물어갈 테고, 변화야말로 불변의 법칙이며 바다를 건너가지 않는다면 그 바다가 머잖아 자신들을 휩쓸어버릴 것임을 알고 있었을까? 나는 떠나야 했다. 내 세상은 사라지고 있었고, 아주 오래전부터 사라져왔으니. 구스 강에서 메이너드가 소리치고, 코린이 산에서 소리쳤으며, 그 모든 것 위로 나체스의 고함이 들려왔다.

나는 나 자신을 꾸짖어 몽상에서 빠져나온 뒤 계단을 올라가 아버지와 이야기를 나누었다. 아버지는 그때쯤 내게 줄 일감을 찾은 터였다. 내일부터 시중 드는 다른 사람들과 함께 주방에서 일하라는 지시였다. "마지막 자유의 날이로구나." 아버지가 말했다. 하지만 그 시기에 나는 그런 일에 전혀 관심이 없었다. 나는 그냥 고개를 끄덕인 다음, 아버지가 뭔가 눈치챈 기색이 있는지 살폈다. 하지만 아버지는 기분이 좋아 보였다. 몇 주 내내 봤던 어떤 때보다도 기분이 좋아 보였다. 아버지는 코린 퀸이 그 주 늦게 들르겠다고 한 약속에 대해서 말했고, 나는 그때쯤 내가 사라져 있으리라는 사실에 믿을 수 없을 만큼 안도했다.

나는 서고로 가 램지와 모턴의 오래된 책들을 후루룩 넘겨 보았다. 그런 다음 다시 내 방으로 내려갔다. 남은 하루 동안 나는 남들 눈에 띄지 않는 곳에 머물렀다. 도저히 음식을 먹을 수도 다른 사람을 볼 수도 없었다. 그때쯤에는 모든 추억과 환상에 질린 터였다. 무엇보다도 약속된 순간이 다가오기만 바랄 뿐이었다. 그리고 그 순간은 다가왔다. 분명히 말하지만, 그 순간은 왔다. 해가 지면서 긴 겨울밤이 함께 찾아왔고 저택은 조용해졌으며 낮의 소음이 잦아들어 남은 것이라고는 이따금 들려오는 삐걱거리는 소리뿐이었다. 나는 야망을 빼고는 아무것도 챙기지 않았다. 옷도, 먹을 것도, 책도, 심지어

내 동전도. 당시 나는 그 동전을 외투 주머니에서 꺼내 마지막으로 문질러보고 벽난로 선반 위에 올려놓았다. 나는 복숭아 숲 가장자리에서 소피아를 만났다. 우리는 방향을 잡느라 대로를 이용하기는 했지만, 길가의 숲속에 몸을 숨겼다. 순찰대에게 발견될 경우에 대비한 것이다. 우리는 평소처럼 태평하게 이야기를 나누고 웃었지만 목소리는 낮추었다. 그러다가 길이 굽어지면서 멀리 구스 강 다리가 눈에 들어왔다. 우리는 지금이 바로 그 순간임을, 그 누구도 감히 다시 돌아서지 못하는 지점에 왔음을 느끼고 조용해졌다. 두려움과 경외감에 입이 붙어버렸다. 우리는 다리를 내다보며 그곳에 서 있었다. 다리는 더 짙은 밤의 어둠 속에서 길고 어둡게만 보였다. 나는 땅속 소름 끼치는 것들이 서로를 향해 외쳐대는 소리를 들었다. 밤은 별 하나 없이 흐렸다.

"이제 자유네." 내가 말했다.

"자유야." 소피아가 말했다. "모 아니면 도. 더는 대충 때울 수 없어. 이제는 그저 그런 방법으로는 안 돼. 어차피 죽을 거라면, 일찍 죽는 게 나아."

그렇게 우리는 숲에서 나가 오솔길에 접어들었고, 나는 탁 트인 밤하늘 아래서 그녀의 손을 잡았다. 소피아의 손길은 굳건한데 내 손은 떨려서 신경 쓰였다. 우리는 조지 파크스를 믿고 목숨을 걸었다. 우리는 소문을, 언더그라운드를 믿었다. 우리는 강 건너를 돌아보지 않고 숲으로 향했다. 스타펄 반대쪽 숲을 향해 갔다. 나는 며칠 전 시간을 들여 뒷길을 살펴두었다. 조지와 만나기로 한 곳까지 빠르고 조심스럽게 갈 수 있는 길을 찾아둔 것이다. 조지와 내가 일주일 전에 서 있던 작은 연못에 도착했을 때 우리는 한숨을 돌렸다.

"도착하면 뭘 할 거야?" 내가 물었다.

"몰라." 소피아가 말했다. "늪에서 여자가 뭘 해야 하는지 모르겠어. 일을 하고 싶어. 나 자신을 위한 일 말이야. 그게 내가 가진 최고의 장래희망이야. 넌?"

"최대한 너한테서 멀어져야지."

우리는 둘 다 웃었다.

"너도 네가 정상이 아닌 건 알지?" 내가 말했다. "날 이리로 끌어내서 도망치게 하다니. 만약 우리가 성공하면…… 아니, 당연히 성공하겠지. 내 말은, 그때의 나는 네 꾀에 속아볼 만큼 속아본 사람일 거라는 얘기야."

"응, 그래. 나도 짐을 좀 덜고 싶다." 소피아가 말했다. "남자들이 짐을 얹어주지 않아도 난 골칫거리를 잔뜩 이고 있거든."

우리는 다시 웃었다. 나는 별 하나 없는 하늘을 올려다보다가 소피아를 돌아보았는데, 그녀는 뒤로 물러나며 연못으로 뒷걸음질 치고 있었다. 그때 나는 발소리, 그다음에는 말소리를 듣고 누군가 다가오고 있고 그가 혼자가 아니라는 걸 알아챘다. 숨어야겠다고 생각했지만 남자들의 목소리 사이에서 조지의 목소리가 들렸기에 그대로 머물렀다. 그러다가 목소리들이 조용해졌다. 들리는 소리라고는 땅의 자갈을 밟는 발소리뿐이었다. 나는 소피아의 손을 잡고 틈새로 숲 너머를 살폈다. 조지 파크스를 감싼 어둠이 보였다.

나는 미소 지었다. 그랬던 게 기억난다. 분명히 말하는데, 나는 늘 모든 걸 기억한다. 하지만 그곳에서만큼은 나 자신을 속였는지도 모르겠다. 그때는 별 하나 없는 밤이었고, 눈앞에 서 있는 소피아도 실루엣밖에 보이지 않았으니까. 그러나 나는 맹세코 조지 파크스의 얼굴을 보았다. 그의 얼굴에는 고통과 슬픔이 어려 있었다. 나는 그 이유를 알 수 없었다. 그러다가 다시 발소리가 들렸고, 백인 남자 다섯명이 한 명씩 어둠에서 나오는 모습이 보였다. 그중 한 사람은 두 손으로 밧줄을 잡고 있었다. 숲에서 나온 그들은 영원처럼 느껴지는 순간 동안 우리 앞에 서 있었고, 나는 소피아의 신음을 들었다. "안 돼, 안 돼, 안 돼……."

그다음 남자 중 한 명이 조지의 어깨를 치면서 말했다. "잘했어, 조지. 참 잘했어." 그 말에 조지는 우리를 등지고 다시 숲속으로 들어 갔고, 밧줄을 든 남자들은 우리에게로 돌아섰다.

"안 돼, 안 돼, 안 돼." 소피아가 신음했다.

분명히 말하건대, 백인 남자들은 밤을 배경으로 영혼처럼 빛나는 유령 같았다. 나는 그들의 윤곽선과 몸가짐을 보고 정체를 정확히 알아챘다.

9

라일랜드의 사냥개들은 권총을 겨눈 채 달도 별도 없는 밤과 손에 만져질 듯 빽빽한 어둠을 건너, 우리 손을 묶은 밧줄처럼 두꺼운 어둠 너머로 우리를 데려갔다. 문득 한기가 느껴졌고 바람이 칼처럼 살을 에는 것 같았다. 그때야 몸이 떨리기 시작했다. 우리를 포획한 자들은 이 점을 아주 재미있어했다. 나는 그들을 볼 수 없었지만, 그들이 나를 비웃고 조롱하는 소리―"떨 시기는 지났지, 꼬마야"―는 들을 수 있었다. 그들은 자기들이 저지를지도 모르는 짓 때문에 내가 두려워하는 줄로 알고 있었다. 라일랜드의 사냥개들이 두려운 존재인 것은 사실이었다. 또한 순전히 수치심, 분노, 충격 등 온갖 감정이 공포보다 먼저 달려들었기에 내가 온전히 겁에 질리지는 않은 것도 사실이었다. 이곳에서 놈들은 우리에게 무슨 짓이든 저지를 수 있었다. 내게도, 소피아에게도. 일반적으로 일은 그렇게 흘러가곤 했다. 사람을 재산으로 갖지 못한 하류층은 도망자들을 일시적 재산으로 삼아 온갖 끔찍한 정념을 쏟아내는 것을 꼭 필요한 권리처럼 여겼다. 조지가 사라지는 모습을 본 그 순간부터, 또 라일랜드의 사냥개들이 유령처럼 둥둥 떠서 다가오는 모습을 본 순간부터, 나는 그런 식의 분풀이가 반드시 닥칠 거라고 직감했다. 하지만 아니었다. 그들은 그냥 우리를 숲 밖 스타펄로 끌고 갔을 뿐이다. 우리는 감옥에 도착했고, 그들은 우리를 묶은 밧줄을 사슬로 갈아 끼우고 뜰에 내버려두었다. 우리가 자기들이 생각하는 바로 그 짐승이라는 듯 우리에게 차가운 쇠붙이를 채웠다. 그 쇳조각이 우리가 아는 한 이 땅에서 소피아와 내가 함께 보내는 마지막 순간을 위한 옷이었다.

나는 사슬의 육중한 무게를 기억한다. 가운데 줄이 내 목에 건 목걸이에서 뻗어 나와 양 손목에 두른 더 작은 사슬과 수갑으로 이어졌고, 발목에 채워진 사슬과 수갑을 통과했다. 그리고 차가운 쇠 격자가 감옥을 둘러싼 울타리의 맨 아래 난간에 감겼다. 허리를 펼 수도, 잠시 앉아 쉴 수도 없었으며, 그렇게 영원히 구부정한 자세로 굳어 있을 수밖에 없었다. 나는 평생 포로로 살아왔지만, 특별한 아버지를 둔 덕분에 이런 결박은 그때까지 일종의 표현이나 상징으로만 여겼었다. 그러나 지금 이 거대한 그물에는 상징적인 점이 하나도 없었다. 한쪽으로 목을 비틀 수는 있었지만, 그러면 다른 고통이 엄습했다. 소피아가 보였기 때문이다. 소피아도 나와 똑같이 묶여서 몇 미터쯤 떨어져 있었다. 나는 그 순간에 당연히 해야만 한다고 느껴지는 어떤 근본적인 말을 너무도 하고 싶었다. 소피아를 이처럼 깊디깊은 진짜 노예제도에 끌어들인 것에 대한 어마어마한 슬픔을 말하고 싶었다. 그녀가 당한 이 엄청난 배신을 내 책임으로 돌리고 싶었다. 하지만 입을 연 내게 남아 있는 것은 가장 빈약한 단어뿐이었다.

"내가…… 미안해." 나는 다시 고개를 땅으로 떨어뜨렸다. "너무 미안해."

소피아는 대답하지 않았다.

바로 그 순간 나에게는 칼이 절실했다. 칼날로 내 목을 긋고 싶었다. 내가 무슨 짓을 저질렀는지 알면서, 소피아에게 무얼 가져다주었는지 알면서 살 수는 없었다. 바깥은 너무도 추웠다. 두 손이 돌이 되고 두 귀가 밤 속으로 사라지는 것 같았다. 나는 내가 울고 있다는 걸 깨달았다. 소리 없는 눈물이 두 뺨에서 얼어붙는 것이 느껴졌기에.

그 순간 나는 수치심에 사로잡힌 채로 나지막하고 리드미컬한 드르륵 소리를 들었다. 한 번 그 소리가 들릴 때마다 울타리의 맨 아래쪽 난간이 조금씩 흔들렸다. 뒤를 돌아보니 소피아가 그 소리를 내고 있었다. 소피아는 무거운 사슬을 끌어당기며, 한 번에 한 발씩 가까이 미끄러져 오고 있었다. 왠지는 알 수 없었다. 어쩌면 태곳적의 저주를 내 귀에 속삭이려고 다가오는 걸지도 몰랐다. 아니면 이로 내 한쪽 귀를 물어뜯으려는 건지도. 소피아는 엄청난 힘으로 움직였고, 그녀가 위로 한 번 들썩일 때마다 난간도 따라 들썩였다. 나는 소피아가 이렇게 힘이 센 줄 몰랐다. 처음에 그녀는 느리게 움직였다. 한 번 미끄러질 때마다 잠깐씩 쉬었다. 하지만 다가올수록 들썩임은 빨라지고 폭도 커졌다. 그래서 나는 소피아가 난간 자체를 끊어버리고 그녀와 나의 사슬을 풀 계획인가 보다고 생각했다. 하지만 소피아는 내게 다다르자 기진맥진한 채 멈춰 섰다. 그녀는 엄청나게 힘을 쓴 탓에 헐떡이고 있었다. 그녀의 이목구비를 전부 볼 수 있을 만큼 우리는 가까워져 있었다. 그렇게 소피아는 나를 바라보았다. 처음에는 부드러운 눈길이었다. 너무 부드러워서, 최소한 그 순간만큼은 수치심도 달아났다. 그런 다음 사슬에 대고 힘을 쓰며 머리를 앞으로, 울타리 너머, 감옥 너머로 약간 기울였다. 보이지는 않았지만, 소피아가 가리키는 쪽이 프리타운임을 알 수 있었다. 소피아는 나를 돌아보았다. 그때 내가 본 것은 너무도 단호한 시선이었다. 그래서 나는 소피아도 칼을 원하고 있다는 걸 알았다. 단, 그녀가 그어버리고 싶어 하는 목은 자기 목이 아니었다. 소피아가 인상을 쓰며 이를 악물었다. 그녀는 마지막으로 한 번 들썩여 내 바로 옆으로 다가왔다. 너무 가까워서 뺨에 닿는 그녀의 숨결과 팔에 닿을 듯한 그녀의 팔을 느낄 수 있었다. 너무 가까워서, 그녀는 내게 예전에 그랬듯 기댈 수 있었다. 너무 가까워서, 소피아의 온기가 느껴졌다. 너무 가까워서, 그 얼음장 같은 어둠은 물러났고 나는 더 이상 떨지 않았다.

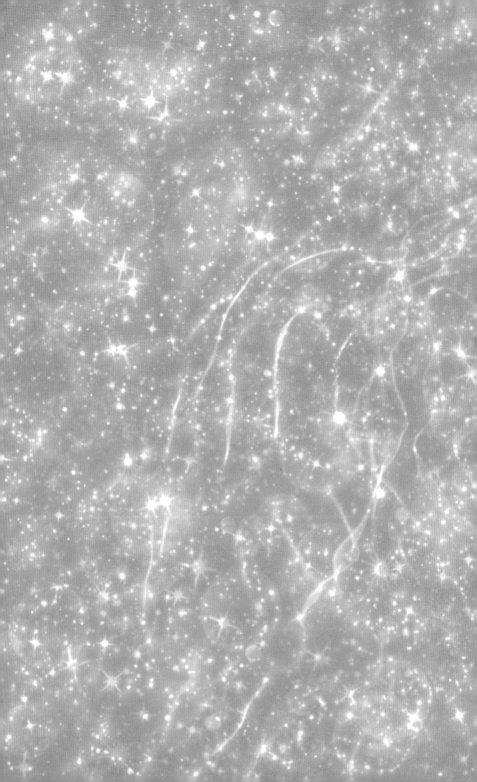

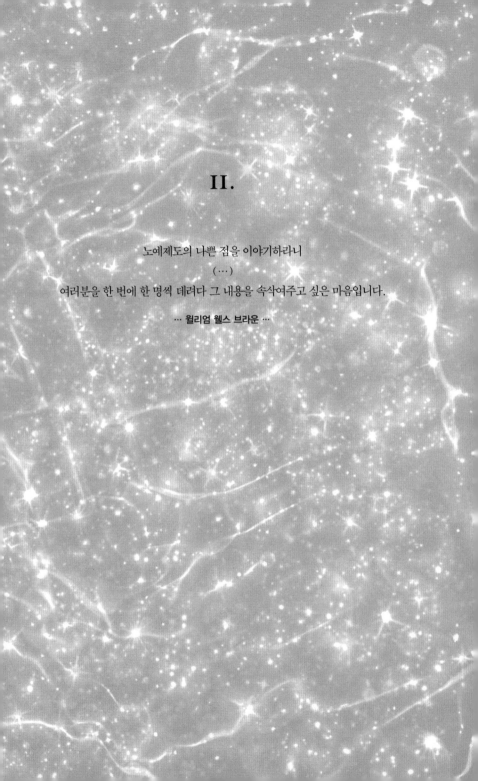

II.

노예제도의 나쁜 점을 이야기하라니

(…)

여러분을 한 번에 한 명씩 데려다 그 내용을 속삭여주고 싶은 마음입니다.

… 윌리엄 웰스 브라운 …

이제는 라일랜드의 감옥이 내 집이었다. 소피아는 다음 날 내게서 격리됐다. 어디로 갔는지는 알 수 없었다. 창녀를 인신매매하는 자들에게 팔려 갔을까? 너대니얼에게 돌려보내졌을까? 나체스로 갔을까? 남은 것은 소피아의 초상, 지금까지도 눈에 선한 그녀의 모습뿐이었다. 나와 잠깐이라도 연결되기 위해 사슬과 맞서던 모습. 증오에 찬 그 눈길을 내면으로 돌리지 않고, 나나 그녀 자신에게도 돌리지 않고, 조지 파크스의 저열한 배신 행위에 집중했던 그녀의 모습 말이다. 당시 나는 그 배신 행위의 뿌리가 얼마나 깊은지 몰랐다. 하지만 그때 안 것만으로도 겨울에 먹는 스튜처럼 진한 증오를 품을 수 있었다. 나중에, 아주 오랜 세월이 흐른 후에 나는 당시에 조지처럼 산다는 게 얼마나 불가능한 일이었는지 깨달았다. 상급자들은 조지가 가진 선택지를 계속 좁혀나갔고, 조지는 그 결과 오직 프리타운이라는 가느다랗고 위험한 갈대 위에서 살게 된 것이었다. 하지만 당시의 나는 조지 파크스를 증오했으며, 언젠가는 조지에게 분노를 쏟아부을 수 있으리라는 기적에 가까운 생각으로 자신을 달랬다.

나는 습기 어린 감방에 내동댕이쳐졌다. 그곳에는 침구 대신 더러운 담요와 짚 돗자리가 있었으며, 배변 용도의 들통이 하나 놓여 있었다. 나는 매일 아침 일찍 끌려 나가 강제로 운동한 다음 씻겨졌다. 머리에는 구두약이 발렸고 몸에는 기름이 발렸다. 그다음 다른 모두와 함께 실오라기 하나 걸치지 못한 채로 감옥 로비에 강제로 섰다. 인신매매범들, 나체스의 독수리들이 들어와 내게 할 일을 했다. 그들은 섬뜩한 모양새였다. 하류층 백인 중에서도 가장 낮은 계급이었다. 이들은 다른 하류층 백인들처럼 밑바닥 출신이었지만, 동족들과는 달리 인신매매를 통해 부를 쌓았다. 그럼에도 자신들의 천박한 뿌리를, 지저분한 옷과 듬성듬성한 이, 고약한 냄새, 아무 데나 멋대로 담배를 뱉어대는 습관 따위를 일종의 기이한 쇼처럼 왁자지껄하게 즐기는 듯했다. 상급자들은 그들을 피했다. 노예 무역은 여전히 명예롭지 못한 사업으로 여겨졌기 때문이다. 그들은 노예상을 자기 집에 묵지 못하게 했고 일요일 예배에도 초대하지 않았다. 황금이 사람 피보다 비싼 시절이 찾아온 것은 나중 일이었다. 그곳은 아직 옛 버지니아였다. 사람을 팔겠다고 내놓은 사람은 그 매매를 중개하는 사람보다 왠지 좀 더 명예로운 존재라고 주장하는 어떤 수상쩍은 신이 존재하던 버지니아 말이다.

이런 식으로 그들을 기피하는 분위기는 노예상들에게 엄청난 분노를 일으켰고, 그들은 그 분노를 우리에게 풀었다. 노예상들은 자신들의 작업에서 환희를 맛보았다. 로비에서 우리에게 다가오는 놈들의 발걸음은 꼭 춤추는 듯했고, 내 엉덩이가 얼마나 단단한지 움켜쥐어보는 손길에는 활기와 생기가 가득했다. 골상학적 관점에서 내 두개골을 평가해보겠다며 내 뺨을 비틀어 쥐고 빛에 비추어볼 때면 어김없이 조금쯤 미소를 지었다. 내 입에 손가락을 집어넣어 썩은 이를 더듬어보거나 오래된 상처가 있는지 찾겠다고 내 갈빗대를 후려갈 길 때는 혼자서 노랫가락을 흥얼거리곤 했다.

나는 이런 '검사'를 받을 때면 내면으로 빠져들었다. 꿈을 꾸면서 내 영혼이 육신을 떠나게 놔두는 것만이 그런 핍박에서 살아남는 유일한 방법임을 깨달았기 때문이다. 나는 라클리스의 다른 시간으로 내 영혼을 날려 보냈다. 노동요—"돌아와, 지나, 내 마음과 내 노래를 듣고"—를 소리 높여 불렀을 때나 앨리스 컬리 앞에 서서 그녀의 내력을 읊어주며 그녀가 눈을 빛내는 모습을 지켜보던 순간, 혹은 정자에 앉아 에일이 담긴 항아리를 건네며 내 모든 욕구와 욕망에 집중하던 그때로. 하지만 그 시간은 꿈일 뿐이었다. 사실 나는 이 끔찍한 현재에 존재하고 있었다. 인간을 고깃덩어리로 전락시킬 수 있는 권능을 자랑스럽게 여기는 남자들이 나를 다루고 있었다.

나는 밑바닥, 노예제도의 관 속에 들어 있었다. 이 일은 라클리스에서 내가 겪던 어떤 일과도 달랐고 앞으로 다가올 일과도 전혀 비슷하지 않았다. 그리고 나는 혼자가 아니었다. 내가 있는 감방에는 두 명이 더 있었다. 첫 번째는 밝은 갈색 머리카락을 지닌 소년이었는데, 내 생각에는 열두 살이나 될락 말락 했다. 그 애는 미소를 짓지도 않았고 한마디도 꺼내지 않았으며, 오랫동안 노역해온 사내처럼 표정이 늘 딱딱했다. 하지만 어린애였다. 그날 밤 그 애가 잠결에 두려워서 훌쩍거렸을 때나 아침에 작게 하품을 했을 때 그 사실이 여실히 드러났다. 매일 밤 음식 찌꺼기로 저녁을 때우고 나면 그 애 어머니가 그 애를 만나러 왔다. 나는 그 여자가 노역자들의 무거운 평직 옷보다 좋은 옷을 입은 걸 보고, 자유인이지만 왜인지 모를 이유로 자식을 빼앗겼나 보다고 추측했다. 그 여자는 감방 앞바닥에 앉아

창살 사이로 아이의 손을 잡았다. 그러고 나서 둘은 라일랜드의 사냥
개가 여자를 내보낼 때까지 조용히 손을 잡은 채 시간을 보내곤 했
다. 왠지 이런 의식은 가슴이 아릴 정도로 익숙했다. 옛날에 잊어버
린 내 일부가 이를 알아보았다. 마치 기억나지 않는 다른 삶에서 본
장면처럼.

　다른 감방 동료는 늙은 남자였다. 그의 얼굴에는 세월의 주름이
져 있었고, 바다처럼 넓은 등에는 라일랜드의 채찍이 수없이 지나간
항로가 보였다. 라일랜드의 감옥에서 보낸 그 시절 나도 고생하긴 했
지만, 내가 견뎌낸 일 중 이 늙은이에게 주어진 시련에 비할 것은 하
나도 없었다. 나와 아이는 놈들에게 이윤을 가져다줄 수 있었기에 보
호받았다. 하지만 사용 기간이 끝난 늙은이, 짜낼 것이 푼돈밖에 남
지 않은 이 노인은 개들에게 던져진 고깃덩이 신세였다. 놈들은 하루
중 아무 때나, 기분 내킬 때마다 노인을 끌어내 노래 부르고 춤추고
기어 다니고 짖고 닭 소리를 내라는 등 여러 모욕적인 행동을 강요
했다. 한 명이라도 공연에 만족하지 않으면 주먹질과 발길질을 퍼부
었다. 말고삐나 채찍으로 때리기도 했다. 문진이든 의자든 뭐든 손에
닿는 대로 집어던졌다. 나는 이 모습을 지켜보면서 날것 그대로의 수
치심을 느꼈다. 당시에는 몰랐지만, 그건 노인을 전혀 도와줄 수 없
는 나 자신에 대한 수치심이었다.

　영혼의 암흑기였다. 이 두 사람에 대한 내 연민은 바로 그 같은
어리석은 감정이 나를 이 순간으로 이끌었다는 생각에 빠르게 잠식
당했다. 내 정신은 의심으로 미칠 것만 같았다. 어쩌면 이 모든 게 음
모일지도 몰랐다. 어쩌면 소피아도 한 패일지 몰랐다. 어쩌면 테나가
놈들에게 찌른 걸지도 몰랐다. 어쩌면 그들 모두가 어딘가에 앉아서

코린 퀸과, 심지어 내 아버지와 함께 자유에 대한 내 어리석은 꿈을 비웃고 있을지도 몰랐다. 그처럼 수치와 연민은 냉정함에 빠르게 자리를 내주었고, 그 냉정함은 그 이후로 한 번도 나를 떠나지 않았다.

밤이었다. 나는 축축한 돌바닥에 누워 있었다. 아이 어머니는 떠난 뒤였다. 술에 취한 라일랜드의 사냥개들이 감방 앞에서 포커 치는 소리가 들렸다.

그날 밤에는 노인이 왠지 말하고 싶다는 욕구를 느꼈나 보다. 어둠 속에서 그의 목소리가 다가왔다. 처음에는 쉰 목소리로 나를 보니 자기 아들이 생각난다고 속삭였다. 나는 못 들은 체하고, 내 돗자리와 좀먹은 담요 사이로 파고들려 했다. 얻을 수 있는 온기란 온기는 뭐든 얻고 싶었다. 그러자 그는 다시 한번, 자기 나이에 따르는 특권을 실어 말했다.

"그럴 리가요." 내가 대답했다.

"네가 우리 아들이 아니라는 건 확실하지." 그가 말했다. "하지만 보아하니 내 아들하고 비슷한 나이라는 건 알겠구나. 내 아들한테 있을 게 분명한 어떤 얼룩이 너한테도 있다는 것 역시 알겠고. 우리는 서로 떨어져 있지만, 나는 밤이면 그 애가 나오는 꿈을 꾸곤 한단다. 그 애는 배신당한 사내의 모습으로 나와. 너와 아주 비슷한 표정을 짓고 있지."

나는 아무 말도 하지 않았다.

"어쩌다 여기 오게 됐느냐?" 그가 물었다.

"도망치다가요." 내가 대답했다. "노역하다가, 다른 남자의 애인을 데리고 도망쳤어요."

"그런데 저놈들이 널 죽이지 않았구나." 노인은 전혀 동요하지 않고 말했다. "아직 너한테서 뽑아낼 게 있는 모양이다. 네 이름도 네 오만한 죄도 알려지지 않은 다른 고장에 가면, 다들 네 말을 족쇄를 차고 고생하느라 약해진 자의 헛소리라고 생각할지 모르겠다만."

"저놈들, 아저씨한테는 왜 그렇게 심하게 구는 겁니까?" 내가 물었다.

"재미있어서겠지, 아마." 그가 말했다.

그는 이 말을 하고 어둠 속에서 낄낄거렸다.

"나는 죽을 때가 다 됐어." 그가 말했다. "보면 모르겠느냐?"

"우리하고 크게 다를 것도 없는데요." 내가 말했다.

"넌 아니야. 아직은 아니지. 저 녀석도 아니고." 그가 소년을 손으로 가리키며 말했다. "그래, 사실 귀향이란 내 사람들이 있는 곳으로 돌아가는 일이야. 나는 여기서 고통받으며 죽을 운명이라는 걸 알고 있다. 나는 가장 나쁜 죄를 걸치고 있거든."

그는 이제 자기 말에 빠져 있었다. 밤이었지만 노인이 일어나 앉아서 로비 쪽을 바라보는 모습이 보였다. 로비의 등불 빛이 다른 방에서 나온 그림자를 핥아댔고, 라일랜드의 사냥개들은 여전히 이따금 폭소를 터뜨렸다. 때로 소년의 작은 숨소리가 가벼운 코 고는 소리에 말려 들어갔다.

"난 본분에 맞게 살았다." 그가 말했다. "혼자 살지는 않아. 그러다가 저 밖에 나갔을 때, 진정한 법을 집행해줄 사회가 없는 곳에 마지막으로 남겨졌을 때는, 그만 떠날 시간이 왔다는 걸 알게 됐지.

세상은 움직이고 있다. 이 지역만이 움직이지 않을 뿐이야. 예전에는 엠 카운티가 주님께서 가장 사랑하는 외동아들 같았다. 한때는 이 고장이 사회의 정점이었고, 백인은 모두 호의호식하며 화려하게 지냈어. 멋진 무도회를 열고 뒷얘기를 나누고. 난 그 시절에도 여기 살았다. 주인과 함께 아주 자주 강으로 배를 타고 나가곤 했지. 그들이 어떻게 즐기고 노는지 봤어. 너는 이 몰락한 세월에 태어났지만, 나는 그자들이 잔치가 끝나자마자 또 잔치를 벌이던 그 시절을 기억한다. 훌륭한 빵과 꿩고기와 건포도 케이크, 클라레 포도주, 사과주, 그 외 온갖 맛있는 것들로 저들의 상다리가 휘청거리던 시절을 말이야.

그중 우리 것은 아무것도 없었어. 정말 그랬지. 하지만 우리에게도 나름의 선물이 있었다. 우리가 밟고 다니는 굳건한 땅. 그때는 선량한 사람이라면 가족을 꾸리고 자기 아이나 그 아이의 아이들까지도 볼 수 있는 시절이었어. 우리 할아버지는 그 모든 걸 보셨다. 그래, 보셨고말고. 그분은 아프리카에서 여기로 끌려오셨어. 그리고 주님을 만나셨어. 아내를 얻으셨고, 몇 세대의 자손을 보셨지. 그때가 우리의 전성기라고는 할 수 없을 거야. 그래도 아주 확실한 시절이었다. 아주 확실해서, 노역자라도 자기 미래의 발걸음을 헤아릴 수 있었어. 이런 이야기야 얼마든지 해줄 수 있단다, 애야. 인종이든, 이 땅이 신발을 벗고 날아가버린 날이든 얘기하지 못할 게 없지. 하지만 그런 건 신경 쓰지 마라. 왜 저들이 내게 이토록 가혹하게 구냐고 물었으니 그 얘기를 해주마."

전에도 그런 이야기를 들어본 적이 있었다. 지난 시절을 미화하고, 어머니가 누군지 안다거나 근처 저택에 사촌들이 산다는 사실과 지금도 기억에 깊이 남은, 명절날의 비교적 따뜻한 온기를 아름답게 포장하는 일은 일상적이었다. 하지만 그 위안은 자유가 아니다. 그런 상태에서는 뭔가를 확신할 수는 있을지언정 안전함을 느낄 수는 없다. 소피아를 너대니얼에게 내준 것도, 내가 태어난 것도 바로 그 확

실한 체제였다. 노예제도에는 평화가 없다. 타인의 지배를 받는 매일
은 전쟁이니까.

"성함이 뭐예요?" 내가 노인에게 물었다.

"그게 무슨 상관이냐?" 그가 말했다. "중요한 건 내가 한 여자를
사랑했고, 그 여자를 사랑하는 과정에서 내 이름을 잊었다는 거야.
그게 내 죄다. 내가 여기에 너와 이 아이와 함께 남아 이 비천한 백인
들의 자비에 몸을 맡기게 된 이유다."

그는 철창을 붙들고 일어나려 했다. 내가 도와주려고 일어났으나
그는 손을 내저었다. 그는 왼팔을 철창에 감아 간신히 몸을 지탱했다.

"나는 젊은 시절에 결혼해 남자와 여자가 꿈꿀 수 있는 모든 행복
을 누리며 아주 오랜 세월을 살았다. 뭐, 우리는 노역자로서 살았다
만, 그 사실이 우리 안에 똬리를 틀었던 적은 없어. 우리에게는 아들
이 있었다. 그 녀석은 올바른 기독교인으로 자랐어. 주변 모든 사람
이 그 녀석을 높이 샀지. 상급자든, 노역자든, 하류층이든. 그 녀석은
땅이 자기 것이라도 되는 듯이 일궜어. 주인들이 죽을 때쯤에는 감탄
하면서 자기한테 자유를 줄지도 모른다고 생각했지.

포부가 큰 녀석이었어. 모두 그걸 알고 있었다. 여자들이 그 애의
업적을 놓고 싸웠어. 그 녀석은 결혼하지 않으려 했다. 그 녀석은 명
예가 있는 사람을 구하려 했고, 제 어머니보다 못한 사람은 받아들이
지 않으려 했거든. 하지만 내 아내는, 내 온 마음은 죽어버렸어. 그래,
죽어버렸어. 열병이 아내를 내게서 앗아갔어. 아내가 남긴 마지막 당
부는 간단했다. '저 애를 지켜줘요. 땔감을 얻겠다고 자기가 이룬 것
들을 팔지 않게 해줘.'

나는 그 당부를 지켰다. 나는 내 아들을 진정한 법으로 다스렸어.

그 녀석이 아내를, 백인들의 취사장에서 일하던 한 여자를 얻었을 때는 마치 그 애 어머니의 영혼이 돌아온 것 같았다. 며느리는 명예를 아는 아이였고, 내 아들과 똑같은 정신으로 맡겨진 일을 해냈으니까.

세월이 지났다. 우리는 새로운 무언가, 또 하나의 가족으로 거듭났어. 내게는 축복과도 같은 세 손주가 생겼다. 그러나 그중 남자아이 하나만이 돌을 넘겼어. 손주들이 죽었을 때 우리는 깊이 슬퍼했다. 우리 모두에게는 마치 저 제임스 강과도 같은 강한 사랑이 흘렀어. 그리고 그 사랑의 전부가 살아남은 아이에게 주어졌다.

하지만 토지는 예전 같지 않았고, 상급자들은 새로운 장사를 시작했어. 우리를 거래하는 거였지. 우리는 매주 수를 세어볼 때마다 일손이 사라져가는 것을 보게 됐어.

그러다가 어느 날 저녁, 그렇게 세어본 이후 감독이 다가와서 내게만 말을 걸었다. 그가 말했지. '이 지역 사람들은 모두 오랫동안 자네가 좋은 사람이라고 느꼈네. 자네와 자네 가족은 우리에게 자식이나 다름없어. 우리 마음에 가까운 존재지. 하지만 자네도 들었다시피, 이 땅은 이제 죽음의 노래를 부르고 있네. 이런 말을 하자니 마음이 무너져 내리네만, 우리는 자네 아들과 헤어져야만 한다네. 미안하구먼. 모두를 위한 일이야. 자네에게 이 말을 누구보다 먼저 전해주려고 왔네. 그렇게라도 내 명예를 지키려고. 자네 아들을 조금이라도 편안하게 해줄 수 있는 일이라면 뭐든지 다 했네. 내가 할 수 있는 최선은 자네 아들을 보낼 때 아내와 아들을 함께 보내는 것뿐이야. 그게 내가 할 수 있는 전부일세.'"

이제는 나도 서 있었다. 나는 노인을 지켜보는 중이었다. 그가 쓰러질지도 모른다는 걱정 때문이었다. 로비 쪽 불빛이 계속 깜박였다.

웃음소리는 약간 낮아졌고, 들려오는 목소리의 수도 줄었다.

"놈들이 내게 그 말을 했을 때, 나는 아무것도 아니게 됐어." 그가 말했다. "나는 내 방으로 돌아가 몸을 떨었지. 눈앞이 어두워졌어. 주님께 말을 건네고자 숲으로 갔어. 하지만 말이 나오지 않았다. 나는 밖에서 그대로 잠을 잤고, 아침에 들판으로 돌아가지 않았어. 사람들은 내가 슬퍼한다고 생각했을 게 틀림없다. 감독이 나를 찾으러 오지 않았거든.

그날, 나는 오직 내 생각을 벗 삼아 근처를 돌아다녔다. 걸어 다녔고 절대 뛰지 않았어. 어떤 생각이 내 마음을 갉아냈다. 이들이 얼마나 저열한지 아버지를 외아들에게서 갈라놓는구나. 나는 내가 어떤 존재인지 알고 있었어. 내 인생 전체가 외상으로 산 것이라는 사실을. 나는 야생동물을 잡는 덫에서 태어난 셈이고, 그 덫에서 나갈 길은 없었지. 그게 내 인생이었다. 하지만 아무리 여러 번 그렇게 말해도 내 안의 강력한 부분은 그 말을 한 번도 믿지 않았다. 그러다가 놈들이 내 아들을 데려간 거야.

나는 그날 밤 돌아와 그 애를 마주 봤다. 그 애에게 놈들이 한 말을 전했다. 아들의 얼굴은 돌 같았어. 그래, 정말이다. 아무런 두려움도 드러나지 않았지. 그 애는 강했거든. 그 애의 힘이 나를 무너뜨렸기에 나는 흐느꼈다. '울지 마세요, 아빠.' 아들이 말했다. '어떤 식으로든 우린 성대한 파티를 열 거예요.'

이틀 후, 감독이 나를 마을로 보내 심부름을 시켰다. 하지만 나는 떠나기 전에 저택에 와 있는 익숙한 마차와 말 한 필을 봤다. 이윽고 그 마차에서 라일랜드 놈들이 내리더구나. 그래서 나는 우리가 헤어질 시간이 다가왔다는 걸 알았지. 나는 훌륭한 아내가 아들 곁을 지킬 테고, 그 둘은 자연스럽게 꽃을 피우리라는 생각을 위안 삼아 길을 떠났다.

하지만 돌아와보니 며느리는 여전히 그 자리에 있었고, 아들은 사라졌더구나. 나는 밤에 며느리를 찾아갔다. 내 안에서 분노가 자라고 있었어. 며느리는 라일랜드의 사냥개가 내 아들과 손주만 데려가고 모두를 데려가지는 않으려 했다고 말했다. 그러더니 그 애는 바로 그 자리에서, 내 눈앞에서 무너져 내렸다. 미친 듯 울부짖었어. 그 애가 정신을 차리고 일어섰을 때쯤, 내 눈에 들어온 건 그 애의 얼굴이 아니었다. 나는 내 아내의 유령을 보았어. 그리고 아내가 했던 당부를 떠올렸다. '저 애를 지켜줘요.' 내 시간이 거의 끝났음을 알게 된 건 그래서다. 아내가 죽어가면서 빈 소원을 들어주지 못하는 남자는 남자도 아니니까. 그런 인간은 살아 있다고 하기도 어렵지.

며느리는 못 살겠다더구나. 그 애에겐 다른 가족도 있었고, 그 가족이 그런 식으로 나체스로 가는 모습을 보며 살아왔다. 아무도 다음은 누구 차례일지 알 수 없었지. 대체 무슨 이유로 우리는 연락조차 못 하고 살아야 했던 걸까? 우리 가계도가 한 그루의 나무라면 그 나무는 갈라져버렸어. 가지는 이쪽에 있고, 뿌리는 저쪽에 있는 식으로 말이야. 목재를 얻자고 나무를 조각낸 거다.

우리는 슬픔에 미칠 것만 같았다. 며느리가 내 손을 잡았어. 그 애가 돌아서자 내겐 다시 아내의 얼굴이 보이는 듯했다. 그 애가 나를 밤 속으로 이끌고 취사장으로 걸어가기에, 나는 그 애가 무슨 생각을 하는지 알아차렸다. 놈들은 산 채로 우리 가죽을 벗겼을 거야. 나는 다시 그 애를 끌고 가 침대에 눕혔다. 아침이 오자 그 애는 다시 정신을 차렸고, 노역하는 우리 모두가 살기 위해 입어야 하는 바로 그 옷을 입었다."

나는 노인의 아들이 무슨 생각을 했을지 알고 있었다. 나는 한때 그와 같은 꿈을 꾸었다. 특출함을 증명하면 원하는 것을 달성할 수 있으리라고 생각한 나 자신을 그에게서 보았다. 별로 어렵지 않은 문제였다. 그러나 노역은 흥정하지 않고 타협하지 않는다. 그저 먹어치울 뿐이다.

"며느리가 내 지혜를 고맙게 여기는 때가 찾아왔다. 그걸 지혜라고 불러도 될지는 모르겠지만 말이다. 우리는 슬픔으로 하나가 되었다. 우리는 가족을 잃은 사람들이었어. 그리고 버지니아에서 홀로 산다는 건 도저히 견딜 수 없는 일이었다."

여기서 노인은 잠시 말을 멈추었고, 나는 그가 말하기도 전에 무슨 말을 하려는지 정확히 알 것 같은 끔찍한 느낌이 들었다.

"내가 그 애를 사랑한 건 자연스러운 일이었다. 남자와 여자가 가정을 꾸리는 건 자연스러운 일이야." 그가 말했다. "그렇게 엄청난 일이 있었으니, 우리 가족이 모두 저 멀리 보내졌으니, 우리가 함께 하는 건 자연스러웠어. 게다가 우리는 몇 년째 함께 지내고 있었다. 내게 책임이 있다는 점을 부인하지는 않으마. 그 애를 비난하지도 않겠다. 내가 하고 싶은 말은 내가 끔찍한 죄인들의 세계에서 죄를 지었다는 거야. 이 세상은 아들에게서 아버지를 떼어놓고 아들을 아내에게서 떼어놓도록 만들어졌고, 우리는 손에 쥔 칼날이 무엇이든 그걸로 반격해야 해.

어느 날, 오래전에 미시시피로 이주했던 백인 남자가 돌아왔다. 그곳의 야만적인 인간들과 도저히 화해할 수 없어 땅을 팔았다고 하더구나. 그자는 사람들을 데리고 돌아왔다. 그리고 나는 그중에 내 사랑하는 아들이 있다는 걸 알게 됐다.

바로 그때, 나는 더 이상 거기서 살 수 없다는 걸 알았다. 무덤에서 돌아온 사람이, 자기 아버지가 자기 아내를 취한 것을 보게 되다니. 내가 그런 자가 될 수는 없는 노릇이었어. 그날 밤, 나는 취사장으로 갔다. 내 며느리가, 내 새로운 아내가 한때 생각했던 곳이었지. 그리고 그곳에 불을 질렀다. 놈들이 내게 무슨 짓을 저지를지 알고 있었지만 해야만 했어. 놈들이 해버리기 전에, 내가 내 몫을 속죄할 생각이었다. 그러고 나서 반격하려 했어."

"그래서 저놈들이 아저씨 주인의 명령대로 아저씨를 때리는 건가요?" 내가 물었다.

"놈들이 나를 때리는 건 때릴 수 있기 때문이야." 그가 말했다. "난 늙었고, 값어치가 없으니까. 언젠가는 그 죄악의 유령도 나를 놓아줄 거다. 난 알고 있어. 아, 이다음에는 과연 누가 나를 맞아주겠느냐?"

이제 그는 감옥 창살에 몸을 기대어 미끄러지기 시작했다. 나는 흐느낌을 듣고 그에게 갔다. 노인이 내 품에 쓰러져 나를 올려다보며 물었다. "내 외아들의 어머니가 내게 뭐라고 할까? 내가 저지른 짓이 나로서는 최선이었다는 걸 그 사람도 알아줄까? 아니면 내게 그런 유언을, 유색인이라면 절대 해낼 수 없는 임무를 맡겨놓고서 영원히 나를 외면할까?"

나는 대답하지 않았다. 대답할 말이 없었다. 나는 그가 일어서도록 도와주었다. 그의 피부는 가까스로 뼈들을 담아둔 갈라진 가죽처럼 느껴졌다. 그를 그의 돗자리로 데려가 도로 눕혔다. 그가 조용히 흐느끼면서 계속해서 "아, 이다음에는 과연 누가 나를 맞아주겠느냐?"라고 말하는 소리가 들렸다. 나는 그가 잠들 때까지 귀 기울였고, 그가 잠든 뒤 따라 잠들어 몇 달 전 봤던 바로 그 들판 꿈을 꿨다. 나의 형 메이너드가 든 사슬에 내 사람들이 매인 채 서 있는 들판의 꿈을.

가장 먼저 떠난 건 아이였다. 나는 그 아이가 서쪽으로 가는 모습을 보았다. 그 애는 사슬에 묶인 유색인 한 무리와 함께 끌려갔다. 놈들이 가끔 우리를 데려가 또 한번의 평가와 검사를 견디게 하는 그 뒤뜰에서 그 애를 보았다. 그 애 어머니가 사슬에 매인 사람들 옆을 천천히 걸어가며 아들과 보조를 맞추었다. 그녀는 사슬에 매여 있지 않았다. 그녀는 조용했으며 온통 흰옷을 입고 있었고, 할 수 있을 때면 아이의 어깨를 어루만지거나 팔을 꽉 쥐거나 손을 잡아주었다. 행렬은 길 저편으로 사라졌다. 아침이었다. 날이 맑았다. 나는 여전히 뜰에 나와 있었다. 뜰에서 다루어지고, 학대당하고, 침해당하고, 강탈당하고 있었다. 내 정신 속으로 다시 빠져들려고, 그곳에 있지 않으려고 무진 애를 썼지만 행렬 속에서 길 저편으로 사라지는 아이와 그 애 어머니—어느 다른 생에서 본 듯 너무도 익숙한 그 모습—가 나를 현실로 끌어당겼다.

행렬이 사라진 지 30분이 지났을 때도 나는 여전히 뜰에 있었다. 그때 울부짖는 비명 소리가 들렸다. 돌아보자 돌아온 그 애의 어머니가 보였다. "아이를 죽이다니, 이 망할 것들!" 그 여자가 소리쳤다. "내 아들들을 죽여? 다 지옥에나 떨어져라! 지옥에나 떨어져! 정의로운 하나님께서 너희의 짐승 같은 뼈를 모두 흩어버리실 거다!"

그 울부짖음이 허공을 갈랐고, 뜰에 있던 사람 모두가 그 여자를 돌아보았다. 그녀는 우리를 향해 걸어오며 비명을 지르고, 라일랜드와 이 야만적인 거래에 참여하는 모든 사람을 욕하고 있었다. 저항하지 않고 품위와 존중을 지키며 떠나버린 수많은 우리 노역자들까지도. 나는 문득 도덕성을 전혀 기대할 수 없는 사람들에게 둘러싸인 채로 도덕성을 고수하는 일이 참 희한하다는 생각이 들었다. 그래서 그 여자가 도저히 위로할 수 없을 만큼 울부짖으며 신에게 분노를 요구하는 모습을 보자 기분이 좋아졌다. 그녀는 한 발 한 발 우리에게 다가오면서 점점 커지는 듯했고, 땅을 뒤흔드는 것만 같았다. 내가 보기에는 그랬다. 남부의 자칼들*조차 볼일을 잠시 멈추고 그녀를 쳐다보았다. 그녀는 길을 따라 내려갈 때만 해도 젊은 어머니였다. 그러나 돌아온 그녀는 다른 존재가 되어 있었다. 두 손이 맹금의 발톱 같았다. 머리카락은 살아서 불타오르는 듯했다. 라일랜드는 울타리에서 그녀를 맞아들였다. 그녀가 라일랜드의 눈을 할퀴었다. 놈의 귀를 물어뜯었다. 놈이 아파서 비명을 질렀다. 곧 다른 자들이 나와 그녀를 잡아 땅에 내동댕이치고 걷어차더니 침을 뱉었다. 나는 아무것도 하지 않았다. 내가 이 모든 것을 보고도 아무 짓도 하지 않았음을 용서하라. 나는 그자들이 아이들을 팔아버리고 어머니를 땅바닥에 패대기치는 모습을 보고도 아무것도 하지 않았다.

　놈들은 여자를 끌고 갔다. 여자의 팔 하나에 사냥개가 한 마리씩 붙었다. 여자의 흰옷은 이제 찢기고 더러워져 있었다. 놈들이 끌고 가는 동안, 그 여자가 박자와 곡조를 갖춘 옛 노동요처럼 "이 살인자들아! 내가 잃은 아이들을 전부 경매에 부친 놈들아! 라일랜드의 사냥개들아, 라일랜드의 사냥개들아! 정의로운 하느님께서 너희를 찢어발겨 벌레 먹이로 주시리라! 검은 불꽃이 더럽고 비뚤어진 뼈만

---

* 자칼은 하이에나처럼 약탈자를 상징하는 동물로, 여기서는 노역자들을 팔아넘기는 라일랜드의 사냥개들을 말한다.

남기고 네놈들을 모두 태워버리리라"라고 외쳤다.

　다음은 노인 차례였다. 놈들은 어느 날 밤 재미 삼아 노인을 데리고 나간 뒤 돌려보내지 않았다. 그는 내 앞에서 죄를 고백했고, 그런 일을 한 만큼 이제는 죽음이라는 보상을 받으러 간 것인지도 몰랐다.

　내 경우에는 일이 그리 간단치 않았다. 내 노역은 이제야 막 시작된 터였다. 나는 그곳에 3주 동안 있었다. 굶주렸고 목이 말랐다. 놈들은 우리를 딱 일할 수 있을 만큼만 살려두었고, 비참할 만큼 굶주리게 했다. 나는 다양한 일을 하도록 이 고장 전체에 임대됐다. 나는 얼어붙은 땅을 치웠다. 변소를 비우고 똥거름을 처리했다. 시체를 옮기고 무덤을 팠다. 그 몇 주 동안 엄청난 수의 유색인 남자, 여자, 아이가 끌려와서 팔려 가는 것을 보았다. 내가 그렇게 오랫동안 남아 있는 게 놀라웠다. 내가 어떤 특별한 고통의 순간을 겪도록 점찍어둔 건 아닌지 의심스러워졌다. 나는 어리고 힘이 셌기에, 며칠 만에도 상당한 값에 팔릴 수 있었다. 하지만 시간은 계속 지나갔고, 사람들도 계속 지나갔으며, 나는 남았다.

　마침내 봄의 첫 기미가 눈에 띄기 시작했을 때 구매자가 나타났다. 라일랜드는 나를 사슬에 매서 끌고 나왔다. 내게는 눈가리개가 씌워져 있었으며 재갈이 물려 있었다. 간수 중 한 사람이 말했다. "자, 친구. 그쪽이 꽤 큰 돈을 낸 건 알지만, 전체적으로 이 거래에서 이득을 본 건 당신이라고. 이 녀석은 어리고 건강해. 들판에 내놔도 열 사람 몫은 할 거야."

　잠시 침묵이 흘렀고, 다른 간수가 말했다. "우린 이 녀석을 오래 잡아놨어. 이렇게 오래 잡아두면 안 되는 거였는데. 루이지애나 사람들 거의 전부가 이 녀석을 찾는다니까. 빌어먹을, 캐롤라이나 사람까지 말이야." 내게 거친 손길이 닿았다. 누군가가 나를 검사하고 있었다. 나는 그때쯤 그런 일에 적응해 있었다. 적응이라니, 그건 그것대로 최악이었다. 사람이 침해받는 것을 자연스럽게 느끼다니. 하지만 이 상황은 적응되지 않았다. 눈가리개가 씌워져 있었고, 나는 구매 예정자를 볼 수도 없었으며 그자가 어디에 손을 댈지 예상할 수도 없었으니까.

"당신들이 쓴 시간이나 수고의 값은 충분히 치른 것 같은데." 구매자가 말했다. "그 따위의 태도나 말투에는 값을 치를 수 없겠군. 내가 산 물건이나 얌전히 넘기시오. 그러면 나도 당신들 일에 상관하지 않을 테니까."

"그냥 하는 소리요." 간수가 말했다. "친하게 좀 지내보잔 거잖소."

"그래달라고 부탁한 사람은 없는데." 남자가 말했다.

대화는 거기서 끊겼다. 나는 물건이었기에 물건처럼 끌려 나와 마차 뒤에 실렸다. 눈가리개 너머로 아무것도 보이지 않았다. 하지만 마차가 빠르게 말발굽 소리를 내며 움직이는 게 느껴졌다. 마차를 모는 사람은 몇 시간 동안 말하지도 속삭이지도 않았다. 그저 숲과 도로가 밑에서 굴러가는 소리만 아무렇게나 들렸다. 그러다가 어느 오솔길에 이르렀다. 마차가 속도를 늦추었다. 언덕을 오르내리는 느낌이 여러 번 났다. 그런 다음 마차는 멈추었다. 나는 끌려 나왔다. 손들이 내 포박을 풀었다. 두 팔도 자유로워졌다. 눈가리개도 풀렸다.

나는 땅에 쓰러져 있었다. 하늘을 보니 밤이었다. 그런 다음 나는 내 포획자를 보았다. 나는 그를 거인으로 상상했었다. 하지만 이제는 그가 평범한 체구에 별 특징이 없다는 걸 알게 됐다. 평범한 남자였다. 어둠이 너무 짙어서 이목구비를 전혀 알아볼 수 없었고, 설령 그렇지 않았다 한들 뭔가 살펴볼 시간도 없었다. 나는 일어서려 했지만 다리가 휘청거려 넘어졌다. 그런 다음 다시 일어났으나, 이번에는 포획자가 나를 슬쩍 미는 바람에 다시 쓰러졌다. 두 발이 닿아 있던 땅에 몸이 부딪힐 줄 알았는데 더 멀리 넘어졌다. 올려다보니, 내가 구덩이에 빠졌다는 걸 알 수 있었다. 떨어지면서 지나온 구덩이의 뚜껑이 닫히는 소리가 들렸다.

나는 다시 일어섰다. 두 발은 불안정했고 발밑 땅은 흔들렸다. 간신히 똑바로 서자 머리가 흙으로 된 단단한 천장에 닿았다. 나는 손을 뻗었다. 뿌리와 나무로 이루어진 벽이 있었다. 그 벽이 내 주변의 흙을 잡아두는 듯했다. 나는 내가 갇힌 지하 감옥을 헤아려보았다. 높이는 대략 내 키와 비슷했다. 아마 길이와 폭은 두 배쯤 되는 듯했다. 완전히 어두워서 눈가리개나 밤도 넘어설 정도였다. 아마 눈이 먼 상태 그 자체와도 같았을 것이다. 일종의 죽음. 나는 『마벨의 기적의 책』 중 대양이라는 표제어를 떠올렸다. 대양의 부피가 여러 대륙을 통째로 삼킬 정도라는 점과, 그 대륙들이 나 같은 것쯤이야 셀 수 없이 많이 삼킬 수 있다는 점을. 나는 서고 바닥에 누워 있는 나 자신을 보았다. 인지 능력의 한계로 머리가 욱신거릴 때까지 대양의 폭을 재보려고 온 힘을 끌어내는 어린애. 그때 죽음 같은 어둠 속에서 나는 내가 대양에 빠져 길을 잃고 엄청난 파도 속에 가라앉는 시체라고 느꼈다.

나는 오직 가장 거친 쾌락을 위해 유색인을 사는 백인 남자들 얘기를 들은 적이 있었다. 그냥 그럴 수 있다는 전율을 느끼려고 유색인들을 가둬두는 백인 남자, 살인의 쾌감을 위해 유색인을 사는 백인 남자, 실험이나 악마적인 과학 연구를 하겠다며 사람을 베어보려고 유색인을 사는 백인 남자들 이야기 말이다. 당시에 나는 내가 그런 백인 남자의 손아귀에 떨어졌다고 생각했다. 이제 나는 버지니아, 엠 카운티, 내 아버지, 그리고 어린 메이너드의 완벽한 복수에 굴복하게 되었다고.

II

시간은 모든 의미를 잃었다. 분과 시를 구분할 수 없었고, 해와 달, 낮과 밤도 마찬가지로 허구가 되었다. 처음에는 땅에서 풍기는 악취와 가끔 위에서 들리는 소리를 분간했지만 머잖아—정확히 언제인지 말하기는 어렵다—쓸모없는 소음이 되었다. 잠결과 생시를 갈라놓는 벽이 흐려지면서 정신을 홀리기 시작한 공상과 환영에서 꿈을 구분해낼 수도 없었다. 나는 그 아래에서 너무 많은 것, 너무 많은 사람을 보았다. 하지만 그 환영 중 하나가 특히 중요해졌다. 내게 다가온 그 모든 환영 중 이것만은 지어낸 것이 아니라 진짜 기억임이 곧 밝혀졌으니까.

우리는 어렸다. 내가 형을 모시게 된 첫해였다. 어느 여름의 기나긴 토요일이었다. 라클리스의 주인들은 지루해졌다. 그래서 평범한 착취에 참신함과 변덕이라는 요소를 더했다. 당시 어린아이던 메이너드는 토끼굴의 노역자들을 모두 잔디밭에 불러 모으겠다는 심술궂은 생각을 떠올렸다. 그는 내게 말을 전하라고 명령했다. 그래서 나는 시키는 대로 했고, 대략 30분 만에 모든 사람을 잔디밭으로 불러냈다. 그곳에서 메이너드는 모여 있는 노역자들에게—늙은이든, 젊은이든, 들판에서 막 일을 마치고 와 기진맥진한 사람이든, 저택 일을 하느라 오버코트를 입고 광나는 신발을 신은 사람이든—경주를 벌여 자기를 재미있게 하라고 했다. 백인들이 우리에게 얼마나 큰 모욕을 가할 수 있는지나, 당시 우리에게 주어졌던 모든 골칫거리를 생각해봤을 때 최악이라고 할 만한 일은 아니었다. 하지만 그 일은 *실제로* 모욕이었다. 특히 내게 그 모욕감이 갑절로 느껴졌던 이유는 당시만 해도 아직 이 모든 일에서 내가 차지하는 위치를 이해하지 못했기 때문이었다. 메이너드가 서로 경주할 무리들로 사람들을 묶는 걸 보고 있는데, 그가 소리쳤다. "넌 뭐 해, 하이? 너도 이리 내려와."

나는 이해가 되지 않아서 잠시 그를 바라보았다.

"이리 내려오라고." 메이너드가 다시 말했다. 나는 문득 그의 말을 깨달았다. 나도 경주에 참여해야 했다. 나는 그 해에 할 필즈 씨와의 수업을 어쩔 수 없이 막 끝내야 했던 터였다. 그날 모인 모든 사람의 시선이 내게 향했던 게 기억난다. 그들의 눈에서 내가 읽어낸 것은 나에 대한, 아마도 과분했을 연민과 메이너드에 대한 혐오감이었다. 그렇게 나는 다른 세 사람과 줄을 맞춰 섰고, 우리는 8월의 열기속에서 들판 끝까지 달려갔다. 되돌아 달려오려고 돌아섰을 때쯤 나는 모두를 제쳤다. 그들의 생각을 대변해주지는 못할망정 정말로, 정말로 열심히 달렸기 때문이다. 땅에서 솟아 나온 돌인지 오래된 나무 뿌리인지에 세게 걸려 땅에서 날아올라 곧장 들판에 처박힐 만큼. 나는 발을 절며 출발선으로 돌아왔다. 메이너드가 아주 기분이 좋아져 웃으며 다음 조를 짜는 것이 보였다. 다음 3주 동안 나는 저택을 절뚝절뚝 돌아다니면서 노역했다. 한 발을 내디딜 때마다 발목에서 느껴지는 날카로운 통증이 내 자리를 계속 상기시켰다.

그때의 일이 회전목마에라도 탄 것처럼 계속 저절로 재생됐다. 그 사이사이로 테나, 올드 피트, 렘, 그리고 다리에서 춤추는 여인인 어머니의 환영이 끼어들었다. 그러나 대체로는 어둠, 완전한 어둠이었다. 그러다가 내가 지하 감옥에 내려간 지 몇 시간, 며칠, 몇 주가 흐른 어느 시점에 한 조각 빛이 천장을 가로질러 들어왔다. 나는 쥐처럼 내가 담긴 상자의 가장 먼 구석을 허둥지둥 찾아갔다. 무슨 소리가 들렸다. 뭔가가 땅으로 떨어지는 소리와 내게 소리치는 목소리였다.

"나와." 머리 위 목소리가 말했다. "나와."

나는 걸어가서 사다리의 가로장을 만져보았다. 위를 보자 노을빛을 배경으로 나를 사 온 평범한 남자, 내 간수의 윤곽선이 보였다.

"나와." 그가 말했다.

나는 기어 올라갔다. 꼭대기에 이르렀을 때 나는 그 평범한 남자 앞에 섰다기보다 몸을 웅크리고 있었다. 우리는 숲속의 작은 공터에 있었다. 저 멀리 죽어가는 태양의 마지막 주황색 숨결이 손가락처럼 뻗은 어두운 숲 위로 흩어져나갔다. 내 포획자는 그 공터에 기이한 환영회를 준비해두었다. 나무 의자 두 개 사이에 탁자가 하나 있었다. 그가 의자 하나를 손짓했지만 나는 앉으려 들지 않았다. 평범한 남자가 돌아서서 다른 의자로 걸어가더니 다시 나를 돌아보고 내 쪽으로 꾸러미 하나를 던졌다. 나는 잡으려고 손을 뻗었다. 꾸러미가 손가락 사이로 미끄러져 되찾으려고 땅을 더듬었다. 종이에 싸인 빵 한 조각이었다. 나는 그 빵을 급하게 먹어치웠다. 그 순간 문득 나는 그 구덩이에 들어가기 전까지 내가 진짜 허기를 경험해본 적이 없었다는 걸 깨달았다. 얼마나 오래 음식 없이 지냈는지는 모르겠지만, 찌르는 듯한 허기의 고통이 희미해질 만큼 긴 시간이었다. 계속 문을 두드리다가 아무도 집에 없다는 걸 깨닫고 더 이상 노크하지 않게 된 손님처럼 내 허기도 잦아들었던 것이다. 그러나 그 빵 한 입이 내 허기를 되살렸다. 멈춰 서서 몸서리를 친 다음 탁자를 보니 더 많은 꾸러미는 물론 내게 꼭 필요한 한 가지가 놓여 있었다. 물 한 병이었다.

나는 허락을 구하지도 않았다. 허둥지둥 달려가 물을 마시고, 물이 목구멍과 입을 쓸고 내려간 뒤 목 줄기를 타고 흘러내려 입고 있던 긴 셔츠와 외투를 적시게 놔두었다. 그제야 내 옷에서 풍기는 자극적인 악취를 맡을 수 있었다. 감각의 세계가 돌아오기 시작했다. 배가 고팠고 끔찍하게 추웠다. 나는 다른 빵 조각이 담긴 꾸러미를 뜯어 재빨리 먹어치우고, 또 한 덩이를 먹어치웠으며, 또 한 덩이를 먹으려 했다. 바로 그때 평범한 남자가 조용히 말했다. "그 정도면 됐어."

나는 돌아섰다. 그자가 그리 멀지 않은 곳에 앉아 있었다. 해 질 녘이었는데도 어두워서 그의 얼굴이 온전히 보이지 않았다. 평범한 남자는 자기 의자에 앉아 아무 말도 하지 않았다. 나는 추위에 몸을 떨며 기다렸다. 그러다가 멀리서 어떤 빛이 점점 커지며 우리에게 다가왔다. 마차 바퀴가 도로를 밟는 으적거리는 소리가 들렸다. 마침내 포장을 씌운 커다란 마차와 말이 우리 앞에 멈춰 섰다. 마부 옆의 남자가 등불을 들고 있었다. 마부가 내려서 평범한 남자에게 고갯짓하자 남자는 내게 마차에 오르라고 신호했다. 나는 마차에 올랐고, 짐칸에는 다른 유색인 남자 몇 명이 타고 있었다. 그렇게 우리는 출발해 도로를 달렸다. 발밑에서 마차가 삐걱거리며 움직였다. 나는 모여 있는 다른 남자들을 살펴보고, 이제 어떤 파괴 행위가 나와 그들을 맞이할지 생각했다. 우리에게는 사슬조차 매여 있지 않았다. 그게

다 무슨 소용이겠는가? 내 옆사람들이 고개 숙인 모습을 보고 있노라면, 그들이 묶여 있는 정도가 아니라 완전히 망가져버렸다는 걸 알텐데 말이다. 나도 그들 중 한 명이었다. 나 역시 발을 헛디뎌 절망의 구덩이에 빠진 나머지, 서로 전혀 달랐던 모든 동기가 사라져 생존의 동기만 남은 상태였다. 나는 한 마리 동물로 전락했다. 그리고 사냥이 시작됐다.

우리는 한 시간 정도 마차를 타고 갔다. 그런 다음 놈들이 우리를 마차에서 몰아내 줄지어 세웠다. 우리는 보기 흉한 대열을 이루며 자리에 서 있었다. 평범한 남자는 장군이 신병을 사열하듯 우리를 살펴보았다. 이제 날이 더 어두워졌지만, 내 눈은 어둠에 익숙해져 있었다. 구덩이 아래에서 보낸 시간이 어떤 식으로든 나를 변화시켜, 달빛만 있어도 평범한 남자의 생김새를 충분히 가늠해볼 수 있게 된 것 같았다. 넓은 모자챙 아래로 보이는 그의 머리는 길고 지저분했으며, 얼굴에 돋아난 긴 잿빛 턱수염은 다듬지 않은 듯 거칠었다. 그 순간 우리는 그 남자보다 수가 많았다. 우리가 아무리 낙담하고 사기를 잃었더라도 그 점은 사실이었다. 하지만 우리는 그가 혼자가 아님을 알고 있었다. 버지니아의 백인 남자들이 정말로 혼자인 경우는 결코 없으니까.

곧 다른 자들이 도착했다. 그들은 멀리서 등불 빛과 말발굽 소리, 길을 따라 올라오며 삐걱거리는 바퀴 소리로 도착을 알렸다. 눈앞에 마차 세 대가 멈춰 섰다. 그 마차에서 백인 남자들이 손에 등불을 들고 내려섰다. 그 빛이 놈들에게 노랗고 창백한 빛을 드리웠다. 다른 시대에서 온 이세계의 생물—악마, 고르곤, 유령—처럼 보였다. 꼭 우리 각자에게 상급자의 복수를 퍼붓도록 소환된 존재 같았다. 그때 그들의 말소리가 들렸다. 특유의 억양 덕에 나는 내가 아직 버지니아에 있으며 이 '생물'들이 마법이 아니라 하류층 백인일 뿐임을 알 수 있었다. 그들의 말투는 거칠었다. 입고 있는 외투는 닳아빠졌다. 나는 가슴이 철렁했다. 새로운 공포의 물결이 덮쳐왔다. 내가 너무도 잘 아는 이자들보다는 차라리 신화 속 괴물이 나왔을 것이다. 하류층 백인들은 사회라는 절벽 표면에 발 디딜 자리가 아주 조금뿐인 자들이었다. 그들의 지위는 아무래도 불안정했다. 그리고 이 사실은 그들이 버지니아의 유색인을 볼 때마다 발휘하는 잔혹함을 강화했다. 이런 잔혹성은 상급자들이 하류층 백인에게 적선하듯 베풀어준 보상이자, 놈들이 단합하게 해주는 것이었다. 문득 나는 이게 우리 저녁 모임의 의미라는 생각이 들었다. 사로잡힌 우리가 희생 제물이 되는 잔혹한 의식 말이다.

평범한 남자가 하류층 백인들에게 짧은 인사를 건넨 다음 다시 한번 줄을 따라 걸어가며 우리를 평가했다. 그에게는 뭔가 연극적인 면모가 깃들어 있었다. 예전의 그는 엄숙하고 조심스러워 보였지만, 지금은 과시적이고 뻐기는 듯 보였다. 그는 코트로 손을 뻗어 멜빵을 잡아당겼다. 그는 멈춰 서서 한 사람을 평가하고 조롱하듯 고개를 저은 다음 혀를 차곤 했다.

그가 다시 한번 우리를 평가한 뒤 입을 열었다.

"버지니아의 악당들에게 말한다." 그가 큰 소리로 외쳤다. "이제 심판이 그 눈먼 시선을 너희들에게 돌렸다. 도둑들! 강도들! 살인자들! 우리의 법에서 달아나 거짓 이름으로 다른 땅에 흘러들려던 너희 죄를 묵인함으로써 그 죄를 더욱 곪게 했던 악당들아."

그는 다시 줄을 따라 걷다가 이번에는 내 왼쪽 멀리 선 한 남자 앞에 멈춰 섰다. "너, 잭슨은 네 주인의 살인에 대해 누설했지. 너무 많이 말했어! 너는 버려졌고, 이제 버지니아의 심판을 받아야 한다."

평범한 남자는 계속 나아갔다. "그리고 너, 앤드루는 주인의 면 작물을 조금쯤은 빼돌릴 수 있을 줄 알았겠지. 안 그런가? 그러다가 발각당하자 도주하기로 마음먹었고."

앤드루는 심각한 얼굴로 침묵을 지켰다. 평범한 남자는 계속 움직였다.

"데이비스와 빌리." 그는 이제 줄의 반대쪽 끝으로 걸어가며 말했다. "이런, 이런. 너희는 총애를 많이 받았다고 들었는데. 어쩌다 골목에서 선량한 사람을 살해하고 그의 재산을 강도질했느냐?"

"그 재산은 원래 우리 거였습니다." 둘 중 하나가 소리쳤다. "우리 삼촌이 광장으로 보내지기 전에 남긴 마지막 선물이었단 말입니다!"

노란 불빛을 받는 백인 남자 중 한 명이 그의 말을 끊었다. "네 재산은 무슨, 이 새끼가!"

"저주받을 거요." 줄에 서 있던 남자가 말했다. "그건 내 삼촌의 물건이었습니다! 그분의 이름을 더럽히지 마십시오!"

그 말에 그 옆에 서 있던 사람이 말했다. "그만해, 빌리. 이미 당할 만큼 당했잖아."

노란 불빛을 받는 다른 남자가 외쳤다. "걱정하지 않아도 된다. 예의는 우리가 충분히 가르쳐줄 테니까."

평범한 남자는 이제 줄 가운데로 걸어왔다.

"너희는 모두 도망치고자 했다." 그가 말했다. "글쎄, 분명히 말하지만 나는 상대가 설령 검둥이라고 해도 그 의지를 굳이 꺾지는 않는 사람이다."

평범한 남자는 다시 마차로 걸어가 좌석에 올라섰다. "이렇게 하지. 지금 너희들은 버지니아 신사들의 보살핌을 받고 있다. 그 신사들은 너희에게 달아날 시간을 주기로 했고. 오늘 저녁 내내 우리에게서 멀리 도망쳐라. 그러면 자유는 너희 차지가 되겠지. 하지만 잡히면, 인생 전체를 우리의 자비에 맡기게 될 거다. 너희는 탈출에 성공해 죄를 지울 수도 있다. 그보다는 한 시간도 못 돼서 심판받을 가능성이 크겠지만. 나야 어느 쪽이든 상관없지. 나는 내 일을 다 했다. 이젠 너희가 너희 몫을 할 시간이 왔다."

그러더니 그가 마차 자리에 앉아 고삐를 쥐었고, 마차는 덜그럭거리며 떠났다.

우리는 무슨 단서라도 찾기 위해 주변을 두리번거리면서 시커먼 밤과 서로를 바라보며 서 있었다. 어쩌면 옥죄는 공포 한가운데에서도 어떤 농담이 드러날지 모른다는 희망을 품고 기다렸는지도 모른다. 우리는 너무 놀라서 아예 움직이지 못했다. 나는 백인 남자들, 챙 넓은 모자를 쓴 유령들을 돌아보았다. 그들은 우리가 스스로 상황을 제대로 이해하기를 기다리며 서 있었다. 그러다가 인내심이 고갈됐는지, 백인 중 하나가 무리에서 떨어져 나와 우리의 엉성한 대열로 걸어왔다. 그는 곤봉을 들고 있었다. 그는 이 곤봉으로 노역자, 아니 낙인찍힌 변절자 중 한 명의 머리를 뭉개버렸다. 일이 벌어지는 동안 그 노역자는 이 상황을 도무지 믿지 못하는 듯했다. 그는 공격을 막으려는 어떤 시도도 하지 않았다. 하지만 공격이 실행되자 그는 비명을 질렀으며, 그다음에는 땅에 고꾸라졌다. 곤봉을 든 남자는 이제 줄 서 있는 나머지 사람들에게 돌아서서 말했다. "출발하는 게 좋을 거다, 이 새끼들아."

모두가 즉시 흩어졌다. 나도 도망쳤다. 단 한 번 쓰러진 남자를, 내 등 뒤로 고여 드는 더 큰 어둠에 감싸인 어두운 덩어리를 돌아보았을 뿐이다. 나는 혼자 도망쳤다. 아마 모두가 그랬을 것이다. 그곳에 모인 노역자들은 협동하려는 노력을 전혀 하지 않았고—어쩌면 데이비스와 빌리는 노력했을지도 모르겠다—그 사람이 곤봉에 맞았을 때 다른 사람들도 나만큼 충격받았다면, 공포에 짓눌렸다면 생각하거나 의리를 발휘할 틈은 없었을 가능성이 컸다.

그래서 나는 도망쳤다. 하지만 속도가 빠르지도 않았고, 나중에 밝혀진 바로는 멀리 도망치지도 못했다. 나는 허기로 의지가 약해졌다. 쥐가 나서 팔다리가 나무처럼 뻣뻣해졌다. 밤바람이 살을 에는 듯했고, 뛴다기보다는 깡충거리며 느낀 발아래 땅은 그리 굳지 않아 축축했다. 심지어 진흙이 부드럽게 당기는 느낌조차 걸음에 무게를 더하는 듯했다.

이제 와서 어디로 도망친단 말인가? 북쪽이라니, 그저 말뿐이지 않은가? 언더그라운드도 늪도 그저 조지 파크스라는 악당이 퍼뜨린 신화일 뿐 아닌가? 게다가 내가 이 포식자 무리를 따돌릴 가능성이 얼마나 되겠는가? 그러나 이런 공포와 절망 속에서도 길에 쓰러지거나 항복할 생각은 하지 않았다. 자유의 빛은 깜부기불로 전락하고서도 여전히 내 안에서 빛났으며, 공포의 바람이 불어오자 훅 타올랐다. 나는 계속 달렸다. 허리가 굽고 두 다리는 느리고 몸은 굳었지만, 어쨌거나 달렸다. 가슴 전체에 불이 붙은 듯했다.

눈이 어둠에 적응한 덕에 밤이 환히 보였다. 젖어 있는 겨울 숲이 눈앞에 완전히 펼쳐졌다. 한 발 내디딜 때마다 내 투박한 구두가 땅으로 가라앉고 잔가지들이 발밑에서 부러지는 소리가 들렸다. 멀리서 총소리가 들렸다. 놈들이 우리 중 한 명을 잡은 건지 죽인 건지 궁금했다. 가슴속 북이 점점 크게 울렸다. 나는 길을 가다가 쓰러진 나무의 삐삐 마른 줄기를 보았다. 달려가면서 그 줄기를 뛰어넘으라고 나 자신에게 명령했으나 내 몸은 이미 나를 버린 뒤였다. 나는 넘어졌고, 이제는 코에도 입에도 진흙이 잔뜩 묻어 있었다. 그때 문득 몸을 휩쓸었던 안도감이 기억난다. 마침내 모든 근육이 쉬게 된 데서 오는 안도감이었다. 하지만 그때 그 아래에서조차 나는 여전히 자유의 빛을 볼 수 있었다. 어슴푸레한 푸른빛이었다. 나는 어떤 목소리들을 들었고—비명과 고함이 뒤섞인 진창에서—머잖아 놈들이 덮쳐 오리라는 것을 알았다. 일어나. 나는 나 자신을 타일렀다. 일어나. 이제 나는 천천히 손가락으로 진흙을 움켜쥐었다. 손바닥이 진창으로 깊이 파고들었다. 그런 뒤 두 손과 무릎을 땅에 짚었다. 일어나. 그렇게 한쪽 무릎을 세우고, 다른쪽 무릎을 일으켰다. 그런 다음 다시 일어서려 했다.

그러나 내가 제대로 서기도 전에 곤봉이 내 등을 후려쳤다. 나는 쓰러졌다. 놈들이 다시 내게 달려들어 발길질하고 주먹질하고 침을 뱉고 욕과 모욕을 퍼부었다. 나는 맞서 싸우지 않았고 그들을 떨쳐내지도 않았다. 나는 내 몸을 떠나서 날아갔다. 아주 높이 날아갔다. 라클리스, 테나와 함께 지내던 스트리트, 올드 피트와 함께하던 정원, 소피아와 함께 있던 정자로. 그래서 놈들이 내 두 팔에 밧줄을 묶어 나를 끌고 가도, 발밑에서 마차 바퀴가 구르는 게 느껴져도 나는 딱히 신경 쓰지 않았다. 모든 게 기억나는 것만은 확실하다. 나는 모든 것을 기억한다. 내가 기억을 포기하고 내 몸을 떠나서 멀리 날아갔던 순간을 제외한 모든 것을 말이다.

놈들은 나를 다시 평범한 남자 앞으로 데려갔다. 나는 온통 밧줄에 묶여 있었다. 나는 그를 보지도 않았다. 놈들은 내게 눈가리개를 씌우고, 나를 또 다른 마차 뒤쪽에 던져 넣은 다음, 짧게 이동한 끝에 내 고난이 시작된 바로 그 구덩이에 다시 집어 던졌다.

이 사냥은 내 일과가 되었다. 놈들은 나를 구덩이에서 끄집어내 빵 약간과 물을 준 다음 배반자 무리와 함께 줄을 서게 했다. 그러고 나서는 그들이 지은 죄에 대한 연설이 이루어졌고, 놈들은 모두를 도망치게 했다. 나는 그 이름들을 기억한다. 그 평범한 남자가 낮고 걸걸한 목소리로 그 이름들을 읽었던 것을. 로스, 힐리, 댄, 에드거. 놈들은 매일 밤 우리를 도망치게 했다. 우리는 매일 밤 패배했다. 나는 매일 밤 내 구덩이로 돌아왔다. 그래서 죽었느냐고? 이게 우리 아버지가 말한 지옥이냐고? 어떤 밤에는 몇 시간이나 도망치기도 했다. 새벽의 약한 빛을 보았다고까지 맹세할 수 있다. 그 경계선이 손끝에 닿을 듯했다. 그런 다음에는 잡혀서 두들겨 맞고, 다시 바로 그 구덩이로 내팽개쳐졌다. 꿈과 환영의 회전목마가 그곳에서 나를 기다리고 있었다. 나는 소피아가 불가에서 물의 춤을 추는 장면을 지켜보고, 잭과 아라벨라가 구슬을 튕겨 고리에 넣는 장면을 보았으며, 메이너드를 위해 일하는 사람들을 모아들여 달리게 했다.

하지만 나는 강해졌다. 빨라졌다. 이 변화는 몸이 아니라 정신에서부터 시작됐다. 나는 정신이 맑으면 더 빠르게, 더 멀리 달린다는 사실을 알아냈고, 이 비틀린 게임에서 승리하려면 쓸 수 있는 모든 자산을 써야 한다는 것도 깨달았다. 그래서 나는 머릿속으로 렘과 함께 지난 명절에 주고받았던 바로 그 성가를 외기 시작했다.

커다란 저택의 농장으로 떠난다네
따뜻한 저택으로 올라간다네
당신이 나를 찾을 때면, 지나, 나는 여기 없을 거야

이 노래가 내게 힘을 주었다. 노래를 듣고 있으면 렘과 크리스마스, 테나와 소피아, 모두 함께 모여 있는 우리가 떠올랐다. 내 일부는 어둠 속에서조차 미소 지었다.

나는 도주의 밤마다 자유를 느꼈다. 짧은 자유이기는 했지만. 사냥당하면서도, 얼굴을 베는 차가운 바람 속에서도, 나뭇가지가 뺨을 할퀴는 가운데서도, 구두 밑에 진흙이 있어도, 숨결에서 열기가 뿜어져 나와도 자유로웠다. 그곳에는 내 발목을 잡는 메이너드가 없었다. 아버지의 속셈을 알아보려고 애쓸 필요도 없었다. 코린이 소름 끼칠 만큼 두렵지도 않았다. 이 밖에 나와 있으면 모든 것이 너무도 선명했다. 도망치면서, 나는 일종의 도전을 하고 있다고 느꼈다.

게다가 점점 요령이 생겼다. 밖에 나갔던 어느 날 밤이 기억난다. 틀림없이 나온 지 몇 시간은 됐을 것이다. 놈들이 나를 잡은 뒤 두들겨 패서 다시 평범한 남자에게 끌고 갔을 때 믿을 수 없는 무언가를 보았기 때문에 그 사실을 알 수 있었다. 해가 떠오르고 있었다. 푸른 빛이 보이는 언덕 위로. 자유를 주겠다던 놈들의 약속을 떠올렸고, 고지가 멀지 않음을 깨달았다. 나는 자취를 감추고 놈들의 진로를 역으로 밟아 놈들을 혼란에 빠뜨리는 법을 배웠으며, 놈들이 나를 추적하는 만큼 정확하게 나도 놈들을 추적할 수 있다는 사실도 알게 됐다. 또 내게는 쓸모 있는 재능, 즉 기억력이 있었다. 놈들의 패거리는 늘 같은 사람으로만 구성됐고 하는 짓도 독창적이지 않았다. 지형과 놈들의 습관을 암기하자 내게 갑자기 이점이 생겼다. 나는 놈들의 측면으로 가는 길을 찾아내곤 했다. 어느 날에는 놈들이 둘로 나뉘었다. 나는 한 놈을 쓰러뜨리고 다른 놈을 두들겨 팼다. 놈들은 그 일로 나를 더 호되게 구타했으며, 나는 내 작전의 한계를 인정할 수밖에 없었다. 나는 날아가야 했는데 도망치고 있었다. 머릿속뿐 아니라 이 세상으로부터, 이 하류층 백인들로부터 멀리 떠올라야 했다. 메이너드와 그 강을 뒤로하고 떠올랐듯이.

하지만 어떻게? 그 심연에서 나를 끌어냈던 힘은 무엇이었을까? 아이를 마구간에서 다락으로 끌어올렸던 그 힘은? 나는 사건들을 재구성하기 시작했다. 그 불가사의한 순간들은 둘 다 푸른빛을 내며 서로 다른 방식으로 나를 어머니에게 더 가까이 데려갔다. 아니, 나의 기억 속에서 어머니를 잃어버린 그 순간의 어두운 구멍으로 데려갔다고 해야 할까. 그 힘은 어머니와 어떻게든 관계가 있는 게 틀림없었다. 그리고 나는 그 힘이 필요했다. 나는 날아올라야 했다. 그러지 않으면 이 늑대들보다 빨리 달리려 애쓰다가 죽고 말 테니까.

아마도 그 힘은 어떤 식으로든 내 기억 속에 잠겨 있는 서랍 한 칸과 관계가 있을 것이다. 그 칸의 자물쇠를 풀면, 어쩌면 다른 칸의 자물쇠도 풀 수 있을 것이다. 그러므로 어머니에 대해 들은 내용과 구스 강에 빠졌던 순간 본 어머니의 모습을 구덩이에서 보내는 그 어둡고 영원한 시간 동안 재구성하는 일이 내 일과가 되었다. 세상 누구보다도 상냥한 로즈. 에마의 동생 로즈. 아름다운 로즈. 조용한 로즈. 물의 춤을 추는 로즈.

구름 한 점 없는 밤에, 나는 도망치고 있었다. 이제 봄이라는 게 느껴졌다. 더는 밤이 그렇게까지 사납게 굴지 않았다. 달려도 더는 심장이 가슴에 부딪혀 쿵쿵거리지 않았다. 두 다리는 유연해졌다. 놈들도 이 사실을 알았음이 틀림없다. 추격자 수를 늘린 게 눈에 띄었다. 게다가 예전에는 놈들이 줄지어 선 탈주자 전체를 쫓느라 무리를 나누었는데, 이제는 팀 전체가 다른 모두를 제쳐놓고 내게만 집중한다는 느낌이 들기 시작했다. 그날 밤에는 놈들이 다가드는 소리가 들렸다. 그러고 나서 숲이 탁 트이고 반짝이는 연못이 보였다. 넓고 어두운 연못이었다. 나는 물가를 돌아가느라 힘을 내야 했다. 등 뒤에서 남자들이 고함치고 환호성을 질렀다. 나는 할 수 있는 한 열심히 연못을 돌았고, 남자들의 목소리는 점점 가까워졌다. 나는 감히 뒤를 돌아보지 않았다. 그러다가 내 발이 잘은 모르겠지만 나뭇가지나 뿌리였을 뭔가에 걸렸고, 날카롭고 익숙한 통증이 발목에서 쏘아져 올라왔다. 내가 넘어지는 게 느껴졌다. 다음 순간 나는 늪에 빠져 있었다. 차가운 진흙탕이 얼굴에 닿았다. 나는 잠시 기어갔다. 통증이 심해 환각이 보일 지경이었다. 나는 사냥이 끝났음을 알고 소리를 질렀다. 단, 이번에는 머릿속으로 외친 것이 아니라 모두가 들을 수 있도록 크게 소리쳤다.

커다란 저택의 농장으로 떠난다네
따뜻한 저택으로 올라가지만, 오래가지는 못하겠지
돌아와, 지나, 내 마음과 내 노래를 듣고.

그 순간 나를 쫓던 남자들은 무엇을 보았을까? 내가 외치는 소리

를 듣기나 했을까? 그들은 나를 덮치기 일보 직전이었다. 내게 손을
대기 직전이었다. 어쩌면 실제로 그렇게 했는지도 모른다. 과연 그들
은 눈앞에서 공중에 구멍이 생기고, 우리의 모든 이야기 속 푸른빛이
세계를 가르며 그 밤을 밝히는 것을 보았을까? 내가 본 것은 숲이 스
스로를 밀어내며 접혀 들어가고 안개가 굴러가는 모습이었다. 그 안
개 밑으로 매끄러운 잔디밭이 보였다. 나는 그게 라클리스의 잔디밭
임을 즉시 알아보았다. 그게 내가 처음으로 한 생각이었다. 하지만
그때 그 광경이 내게 덮쳐왔고―내가 어떤 세계로 다가간다기보다
는 그 세계가 내게 다가오는 것처럼 느껴졌다―나는 그 라클리스가
내가 속한 시간의 라클리스가 아님을 알아보았다. 내가 알기로 더는
우리와 함께하지 않는 노역자들이 거기 있었기 때문이다. 그때 내 눈
에 들어온 사람은 기억 속 모습 그대로 생각 없이 웃으며 노역자들
을 지휘하고 있는 어린 메이였다. 메이너드는 뭐라고 고함을 지르며
뒤쪽 저택을 가리켰고, 그 방향으로 이끌려간 나는 그가 나에게 소리
치고 있다는 것을 알게 됐다. 위에서 둥둥 떠가는 내가 아니라 땅에
있는 나에게. 메이너드를 섬기기 시작한 첫해, 필즈 씨에게 교육받을
기회를 박탈당하긴 했지만 아직 내 분수를 모르던 그 순간의 나에게
소리치고 있었다.

　그 순간은 빙빙 도는 회전목마 같지 않았다. 오히려 완전히 새로
웠다. 마치 잠든 사람이 아주 이상한 사건을 겪으면서도 꿈속임을 절
대 깨닫지 못하는 것과 비슷했다. 논리와 예상의 본질 자체가 왜곡
됐다. 기이한 것이 정상적으로 다가왔다. 그래서 나는 그냥 나 자신
과　메이너드를 관찰했다. 지난 시절의 우리 모습 그대로를 말이다.
다른 노역자들과 함께 한쪽 구석으로 몰려 달리기를 하기 위해 줄을

서고, 달려가는 어린 시절의 나를 보면서, 다리가 움직이지는 않았으나 그들과 함께 달리는 나 자신이 느껴졌음에도, 나는 이해하지 못했다. 내가 다른 누구보다도 빠르게 줄에서 떨어져 나와 들판 끝을 찍고 돌아선 뒤, 비명을 지르며 쓰러져 발목을 잡는 게 보였다. 이 아이를, 다른 삶 속의 나를 달래주고 싶었다. 하지만 내가 다가가자 세상이 다시 한 꺼풀 벗겨졌고, 나는 현재 내가 속한 시간으로 돌아와 있었다.

그러나 장소만큼은 내가 원래 있던 곳이 아니었다. 발목에서 다시 통증이 쏘아져 올라왔다. 나는 땅에서 울부짖었다. 기어보려 했다. 그런 다음에는 일어서서 한 발을 디뎠다. 고통스러웠다. 나는 넘어졌다. 그리고 다시 한번, 아래로 미끄러지는 것을 느꼈다. 마지막으로 한번 올려다보자 남자들 중 하나가 나를 내려다보며 서 있었다.

아니, 이번엔 다른 사람이었다.

"조용히 해, 인마." 호킨스가 말했다. "그렇게 소리 지르다간 죽은 사람까지 깨우겠다."

12

발목의 통증 때문에 정신이 들었다. 이제는 날카롭게 찌르는 통증이 아니었고 뭉근하게 욱신거리는 통증이었다. 나는 눈을 뜨고 몇 주 동안 보지 못했던 아름다운 대낮의 빛이 울려 퍼지는 모습을 보았다. 그 빛은 시끄러운 호른처럼 세상 다른 모든 것을 흐리게 만들 만큼 창문에서 퍼져 나왔다. 내 눈이 천천히 움직였다. 눈부신 빛이 형태를 취하기 시작했다. 탁자와 거기에 놓인 배 모양 화병 속 파이프, 맞은편 선반에 놓인 커다란 시계, 머리 위의 캐노피와 젖혀진 주홍색 커튼. 내려다보자 누군가가 내 몸을 완전히 씻기고 내게 면 속바지와 실크로 된 잠옷을 입혀놓은 채였다. 나는 문득 내가 아직도 그 구덩이 밑에 있으며, 이 또한 회전목마가 또 한번 회전하면서 보이는 장면일지도 모른다고 생각했다. 아니면 나는 지하 감옥이라는 지옥에서 솟아나와 마침내 보상을 받으러 떠난 것일지도 몰랐다. 그러나 발목의 뭉근한 욱신거림이 내 주변 세상이 현실이라는 신호를 보냈다. 그리고 나는 혼자가 아니었다. 흐린 빛에서 형체로 변하기 시작한 다른 사람들이 있었다. 한 명은 호킨스였다. 그가 기적적으로 목숨을 건진 나를 발견한 게 이로써 두 번째였다. 호킨스는 의자에 앉아 있었고, 그 옆에는 더 이상 상복을 입지 않은, 신랑 메이너드를 잃은 신부 코린 퀸이 보였다.

"어서 와." 코린 퀸이 말했다.

그녀는 미소 짓고 있었다. 심지어 즐거워 보였다. 나는 코린이 그런 식으로 미소 짓는 모습을 한 번도 본 적이 없다는 것을 깨달았다. 코린은 마치 아주 오래전에 잃어버린 무언가, 어쩌면 열쇠나 오랫동안 그녀를 괴롭히고 답답하게 했던 퍼즐의 마지막 조각을 찾은 것만 같아 보였다. 하지만 그녀의 태도에는 그 이상의 무언가가 있었다. 그녀는 나를 보고 웃는 게 아니라, 내게 웃고 있었다. 코린 퀸의 태도는 언제나 이상했다. 상급자들에게서 본 어떤 태도와도 달랐다. 하지만 이번엔 더욱 이질적이었다. 지금 코린의 태도에는 능수능란하다거나 확신에 찬 데가 전혀 없었고, 권위도 없었다. 그저 깊은 즐거움, 보이지 않는 어떤 목표를 달성한 데서 오는 만족감만이 엿보였다.

"무슨 일이 일어났는지 알겠니?" 코린 퀸이 물었다. "여기가 어딘지 알겠어?"

봄 포푸리의 냄새가 났다. 박하, 백리향, 그리고 뭔가 다른 것이 섞여 코를 찌르는 달콤한 냄새. 아이 같은 냄새, 그런 향을 허락하지 않는 라클리스에서는 절대로 날 리가 없는 어떤 향기.

"얼마 동안 정신을 잃었었는지 아니?" 그녀가 물었다.

나는 아무 말도 하지 않았다.

"하이람." 그녀가 말했다. "내가 누군지 아니?"

"코린 아가씨요." 내가 대답했다.

"'아가씨'는 아냐." 코린 퀸이 말했다. 이제 즐거워하는 미소는 사라지고 뭔가를 확인하는 표정이 나타났다. "코린, 언제까지나 그냥 코린이라고만 해."

그 순간은 정말이지 부자연스러웠다. 뒤돌아보자 호킨스가 노역자에게 어울리는 태도로 대기하는 대신 허리를 똑바로 편 자세로 코린 바로 옆에 앉아 있었다.

코린이 다시 물었다. "여기가 어딘지 알아?"

"아뇨." 내가 대답했다. "얼마나 정신을 잃었었는지도 어디로 갔었는지도 모르겠어요. 그 이유조차 모르겠네요."

"하이람." 코린이 말했다. "하나 약속하자. 우린 서로 이해해야 해. 너한테는 사실만 말할게. 그 대가로, 너도 나한테 사실만을 말해줘."

이제 코린은 나를 골똘히 바라보았다.

"네가 멀리 보내진 이유는 잘 알 거야." 그녀가 말했다. "너는 다른 사람을 데리고 도망쳤어. 분명 지금쯤은 우리에게 너보다 정보가 많다는 걸 짐작했겠지. 난 네게 뭐든 말해줄 거야. 하지만 너도 나한테 똑같이 해줘야 해."

나는 침대에서 몸을 일으켜 앉았다. 등과 두 다리에 날카로운 통증이 느껴졌다. 두 발에 금이 간 듯 아팠다. 나는 얼굴을 더듬다가 왼쪽 눈 위를 꿰맨 자국을 발견했다. 그리고 내가 겪었던 밤의 시련, 구덩이에서 보낸 그 시간을 떠올렸다.

"어, 그건 미안. 확인할 수밖에 없었어." 이제는 호킨스가 잘못을 인정한다는 표정을 지으며 말했다. "너에게 초능력이 있다는 감은 왔지만, 확인하려면 널 죽을 위기에 빠뜨려야 했거든."

미안. 호킨스는 그렇게 말했다. 그 말은 노역자인 그가 여기서 무슨 힘을 가지고 있다는 암시였다. 이 방에서뿐만 아니라, 얼마나 지났을까, 한 달, 아니면 몇 달, 아무튼 내가 그동안 거쳐온 그 모든 지옥에서도 힘을 가지고 있었다는 뜻이었다.

"하이람." 코린이 말했다. "너는 메이너드와 함께 구스 강에 빠졌어. 아니, 네가 메이너드를 구스 강으로 데려갔지. 그 사건에서 메이너드는 선택의 여지가 없었으니까. 어쩌면 네가 무의식 중에 이런 일을 원했는지도 몰라. 하지만 원했든 아니든 너는 한 사람을 죽였고 그로써 우리가 오랫동안 세워온 계획을 물거품으로 만들었어. 네 충동과 욕망, 죄 때문에, 이제는 훌륭한 사람들이 인생 계획을 다시 세워야 해. 미국의 정의를 지키는 언더그라운드 군대가 전부 도망 다니고 있어. 넌 모르겠지. 하지만 난 네가 알아야 한다고 생각해. 구스 강에서의 네 거친 발버둥 속에는 어떤 계획이 있었고 그 계획이 우리계획보다도 위대했다는 게 내 생각이거든."

코린은 말하면서 왼손으로 화병에 걸려 있던 파이프를 집어 오른손으로 뚜껑을 열었다. 담배 냄새가 새어 나왔다. 코린은 파이프에불을 붙이더니 연기를 한 모금 빨아들였다가 뿜어냈다. 그런 다음 파이프를 호킨스에게 건넸고, 호킨스는 파이프에 불을 붙여 연기를 빨아들이더니 다시 그녀에게 건넸다. 흰 연기가 창가 햇빛에 먼지처럼 걸려 있었다. 나는 지난번 희미한 조명이 밝혀진 라클리스의 응접실에서 그들을 만났던 때가 떠올랐다. 그때 코린은 목소리가 떨렸었다. 생각해보면 그녀는 그때도 이상했고 예전부터 늘 이상했다. 현재의 버지니아를 버리고 옛 방식을 취하는 듯 보였던 그 모든 태도는 사실 눈에 띄게 어긋나는 것이었다. 하지만 이제는 진실이 보였다. 문득 예전에는 왜 한 번도 그 점을 눈치채지 못했는지 의아해졌다. 거짓말이었다. 모든 게 거짓말이었다. 버지니아의 전통도, 메이너드에 대한 애도도, 심지어 메이너드와의 결혼 자체까지도.

코린이 나를 보고 웃는 걸 보니 내가 정신을 잃으면서 속내를 감추는 능력도 모두 잃어버린 모양이었다. "내가 어떻게 그런 일을 할 수 있었는지 궁금하지?"

"네." 내가 말했다.

"그래, 그렇겠지. 이해해. 정말이야." 코린이 말했다. "하인들은 주인을 속일 수 있겠지만, 저택의 주인이나 안주인이 하인을 정말로 속여 넘기는 일은 거의 없으니까. 그런 식으로 엄청나게 기만당하고, 거짓말과 지어낸 이야기를 믿으며 살아가는 건 주인들만 누릴 수 있는 호사거든. 네 장래희망이 뭔지는 모르겠지만, 하이람, 네가 그런 사치를 누려본 적이 한 번도 없다는 것쯤은 알아. 너는 과학자야. 그럴 수밖에 없어.

하지만 이 멍청이들은 말이지, 제퍼슨이니 매디슨이니 워커니 하는 이 작자들은 모두 이론에만 눈이 멀었어. 글쎄, 난 미시시피에서 가장 비참한 곳에 사는 밭 일꾼조차도, 머리에 든 게 지나치게 많고 설교나 해대는 미국 철학자보다 세상에 대해 많이 알리라고 확신해.

그리고 이 나라의 주인 양반들은 그 사실을 알고 있어. 그래서 너희 민족의 춤과 노래에 그렇게까지 마음을 빼앗기는 거야. 너희의 춤과 노래야말로 이 비극적 세상에 대한 지식으로 가득 찬, 글자 없는 도서관이거든. 언어 자체를 부정할 정도로. 역설적이지만, 권력을 가진 사람은 오히려 노예가 되기 마련이야. 자신은 세상을 안다고 생각하겠지만, 사실은 그 세상에서 잘려나간 채 살아가니까. 하지만 나는 내 권력을 포기했어. 보이지? 포기했어. 그래서 이제야 비로소 세상을 제대로 보기 시작한 걸지도 몰라."

그녀는 손에 파이프를 쥐고 고개를 저었다. "그래, 네게도 보일 거야. 이해할 거야. 하지만 넌 아직 지혜롭지 못해. 이런 계획을 세우고 실행한 것도, 사실은 악당이었던 사람을 포섭하려 했던 것도……. 글쎄, 너한테 있는 그것 말이야. 너를 강에서 끌어낸 그 인도의 능력. 혹시 알고 있니? 그 능력을 지닌 사람이 네가 처음은 아니야. 너도 알지? 산티 베스와 유색인 마흔 여덟 명의 이야기……."

"실제로 일어난 적 없는 일이잖아요?" 내가 끼어들었다.

"실제로 일어났던 일이야." 코린이 말했다. "지금 네가 우리 앞에 있게 된 것도 그래서고. 산티 베스가 탈출하기 전에는 스타펄에 프리타운이 없었다는 거 알아? 조지의 배신 행위 전체가, 너를 해방시켜줄 것처럼 다가와 노예제도에 얽매는 그 소행이 사실 이곳 주인들의 짓이라는 것도 알고 있었니?"

조지의 이름이 언급되자 기억이 다시 흘러들어왔다. 가족 같았던 한 남자에 대한 오래된 기억들. 앰버와 두 사람의 아기에 대한 생각. 앰버도 알았을까? 나는 우리의 마지막 대화를 생각했다. 앰버는 나를 단념시키려고 했었다. 조지가 나를 넘기기로 작정한 순간이 정확히 언제일까? 그는 나를 넘기기 전에 다른 사람을 몇 명이나 넘겼을까?

"괜찮은 속임수야." 호킨스가 말했다. "그건 인정해줘야지. 주인 놈들은 조지와 그 친구들에게 머물 곳을 제공하고, 조지는 놈들에게 정보를 주면서 첩자 노릇을 하는 거야. 다음번 산티 베스가 나타날 때를 대비해서 조지가 잠복하고 있는 거지."

"하지만 그런 일은 벌어질 수 없어, 그치, 하이람?" 코린이 말했다. "산티는 다른 힘을 써서 그 일을 해낸 거거든. 너를 구스 강에서 꺼낸 바로 그 힘, 너를 우리 순찰대로부터 풀려나게 해준 그 힘 말이야."

이제 나는 방을 둘러보았다. 모든 것의 아귀가 맞기 시작했고, 일련의 질문이 천천히 만들어졌다. 하지만 내가 간신히 물을 수 있었던 건 한 가지뿐이었다.

"뭐가 어떻게 된 거예요?"

코린이 손을 뻗어 핸드백에서 종이를 한 장 꺼냈다.

"너는 나한테 증여됐어. 몸이든 영혼이든. 네 아버지에 의해서 말이야." 코린이 설명했다. "네 아버지가 널 나한테 넘긴 이유는, 네가 도망쳐서 가문의 위신이 떨어졌기 때문이야. 그 사건은 이미 메이너드를 잃어서 약해진 네 아버지의 가슴에 또 한번 타격을 입혔어. 그리고 네 아버지는 거기에 분노로 답했지. 네 아버지는 네 일에 전혀 관여하고 싶어 하지 않았어. 하지만 내가 그냥 잃기에는 네가 너무 값지다고 설득하니까 널 나한테 넘기더구나. 물론, 값은 꽤 비싸게 치렀어."

이제 코린은 자리에서 일어나 문으로 걸어갔다.

"하지만 넌 내 소유가 아니야." 코린이 그 말과 함께 문을 열었다. 계단과 난간 윗부분이 보였다. "너는 노예가 아니니까. 네 아버지의 노예도 아니고, 내 노예도 아니야. 넌 그 누구의 노예도 아니야. 뭐가 어떻게 된 거냐고 물었지? 넌 자유로워진 거야."

이 말을 듣고도 나는 기쁨으로 벅차오르지 않았다. 질문이 밀려들었다. 나는 어디에 있었던 걸까? 왜 그 구멍에 남겨졌을까? 그 아래에 얼마나 오래 있었던 걸까? 평범한 남자에게는 무슨 일이 일어난 걸까? 그리고 무엇보다도 소피아는 어떻게 된 걸까?

코린은 자기 자리로 돌아왔다. "하지만 진정한 자유는 사람의 주인이기도 해. 그 어떤 형편없는 노예 주인보다도 완고하고 끈기 있는 주인이지." 그녀가 말했다. "네가 지금 받아들여야 하는 건 우리 모두가 무언가에 매여 있다는 점이야. 어떤 사람은 사람을 재산으로 차지하고 거기서 나오는 모든 것에 자신을 속박시켜. 어떤 사람들은 정의에 매일 테지. 모두가 자신이 모실 주인을 골라야 해. 모두가 선택해야만 하는 거야.

호킨스랑 나는 이쪽을 선택했어. 우리의 자유란 비자유와의 투쟁에 참여하는 소명이라는 복음을 받아들였어. 우린 그런 사람들이야, 하이람. 언더그라운드. 네가 찾던 바로 그 사람들. 하지만 너는 조지 파크스를 먼저 찾아갔지. 그건 참 안됐어. 우린 엄청난 비용을 치르고 노출될 위험까지 감수하면서 널 되찾았어. 너 좋으라고 한 일이 아니라, 오래전부터 네 안에 있던 믿을 수 없을 만큼 값진 것을, 잃어버린 세상의 유물이자 이 기나긴 전쟁의 흐름을 바꿔놓을지도 모를 무기를 봤기 때문이야. 내가 뭘 얘기하는지 알지?"

나는 대답 대신 물었다. "소피아는 어디에 있죠? 어떻게 됐나요?"

"우리 힘에도 한계는 있어, 하이람." 코린이 말했다.

"하지만 언더그라운드라면서요." 내가 말했다. "그럼 왜 소피아를 풀어주지 않았죠? 왜 나를 그 감옥에 놔둔 거예요? 왜 나를 그 구멍에 놔뒀어요? 나한테 무슨 일이 일어났는 줄 알긴 해요?"

"아냐고?" 호킨스가 물었다. "우리가 너한테 그런 일이 벌어지도록 한 거야. 그건 우리 작품이었어. 그리고 네 자유에 관해서라면, 우리가 '오버그라운드'가 아닌 '언더그라운드'인 데에는 이유가 있다는 말밖에 못 하겠다. 지하조직이기 때문에 우리가 이렇게 오랫동안 싸울 수 있었던 거야. 우리한텐 규칙이 있어. 네가 우리보다 먼저 조지를 찾아간 것도 우연은 아니지."

"매일 밤 그놈들이 날 사냥했어요." 내가 말했다. 마음속에서 분노가 자라났다. "그런데 당신들은 그놈들을 그냥 놔뒀죠. 아니, 그보다

더한 짓을 했어요. 당신들이 그들에게 그런 짓을 시킨 건가요?"

"하이람." 코린이 말했다. "미안하지만, 그 사냥은 앞으로 펼쳐질 네 인생의 사전 연습일 뿐이야. 그 지하 감옥은 네가 실패했을 경우 치러야 할 대가를 맛보기로 보여준 것뿐이고. 네 옛 인생은 조지 파크스와 관계를 맺는 순간 끝났어. 널 예전 모습 그대로 내버려두는 게 좋았을 거라는 얘기니? 호킨스 말이 맞아. 우리는 확인해야 했어."

"뭘 확인해야 했는데요?" 내가 물었다.

"너한테 정말 산티 베스의 힘, 인도의 힘이 있는지." 코린이 말했다. "그런데 있더라. 우리는 지금까지 두 번째로 그 힘이 드러나는 걸 봤어. 확실히, 처음 그 힘이 발현됐을 때 호킨스가 널 발견한 건 하늘이 도우신 일이야. 그래서 조사 중에, 네가 아주 비슷한 일이 어렸을 때도 있었다고 미친 사람처럼 떠들어댔다는 얘기를 들었어. 우리는 그 일이 다시 일어나기를 기다려야 했어. 그 힘이 너를 어디로 보내줄지 계산했고, 네가 도착하기를 기다렸어."

"어디에 도착할 거라고 생각했는데요?" 내가 물었다.

"라클리스." 코린이 말했다. "네가 아는 유일한 집으로 돌아가려 할 거라는 게 우리 생각이었어. 우리는 요원들이 매일 밤 너를 지켜보도록 했어."

"그래서 네가 여기 있게 된 거지." 호킨스가 말했다.

"여기가 어디죠?" 내가 물었다.

"안전한 곳." 코린이 말했다. "우리의 명분을 지지하기로 한 신입 모두를 데려오는 곳이야."

그녀는 여기서 잠시 말을 멈추었다. 그녀의 얼굴에 드러난 연민의 기색을 보자, 그녀가 이 일을 전혀 즐기고 있지 않다는 걸 알 수 있었다. 그녀는 내 고통과 혼란을 어느 정도 이해하고 있었다.

"맞아, 네가 알아야 할 게 너무 많아. 우리가 설명해줄게. 약속할 수 있어. 하지만 넌 우리를 믿어야 해. 네가 우리를 믿어야 하는 이유는 돌아갈 길이 없기 때문이야. 지금 당장 이 세상에 다른 진실이란 없어. 머잖아 너도 우리 명분만큼 진실한 건 아무것도 없다는 걸 알게 될 거야."

그 말을 끝으로 코린과 호킨스가 일어섰다. "곧," 떠나며 코린이 말했다. "곧 너도 모두 이해하게 될 거야. 머잖아 누구보다도 잘 이해하게 될 거고 네 이해가 새롭게 우리를 결속할 거야. 그리고 그 결속과 고매한 의무 속에서 너는 네 진짜 본성을 찾게 될 거야."

이제 코린은 문에서 잠시 멈추어, 예언처럼 들리는 몇 마디를 내뱉었다.

"넌 노예가 아냐, 하이람 워커." 코린이 말했다. "하지만 가브리엘의 영혼을 걸고 말하는데, 넌 무언가를 섬겨야 해."

13

그날 저녁, 여전히 침대에 누워 있던 나는 아래층에서 들려오는 목소리들을 들었고 어떤 냄새를 맡았다. 그 냄새가 저녁밥 냄새였으면 좋겠다고 생각했다. 나는 라클리스에서 도망친 이래 제대로 된 식사를 한 번도 즐기지 못했다. 이 모든 것이 힘을 합쳐 나를 멍한 상태에서 빼냈다. 책상 위에 물이 담긴 세숫대야와 칫솔, 치약, 옷 한 벌이 놓여 있었다. 나는 씻고 옷을 갈아입은 다음 다리를 절며 아래층으로 내려갔다. 로비를 가로질러 열린 식당으로 들어갔다. 나는 거기서 코린, 호킨스, 에이미, 다른 유색인 세 명, 그리고 다름 아닌 필즈 씨를 보았다.

나는 필즈 씨가 나를 발견할 때까지 잠시 문간에 서 있었다. 그는 호킨스가 하는 무슨 얘기를 듣고 웃고 있었다. 하지만 나를 보자 그의 미소는 심각한 표정으로 변했다. 필즈 씨가 코린을 보자 코린이 나를 보았고, 그런 다음 식탁에 앉은 사람들 전체가 상상할 수 있는 가장 엄숙한 방식으로 나를 돌아보았다. 그들은 제대로 된 잔칫상에 앉아 있었지만, 흑인이든 백인이든, 남자든 여자든, 모두가 작업복을 입고 있었다.

"자, 하이람." 코린이 말했다. "함께하자."

나는 조심조심 들어가 끄트머리의 빈 의자에 앉았다. 에이미 옆자리이면서 필즈 씨 맞은편이었다. 우리는 끓인 오크라와 고구마를 먹었다. 푸른 채소와 구운 청어도 먹었다. 소금에 절인 돼지고기와 사과도 있었다. 쌀과 버섯을 가득 채운 어떤 새 요리도 있었다. 빵도 푸딩도 만두도 블랙 케이크도 에일도 있었다. 여태 내가 먹어본 것 중 가장 풍족한 식사였으나, 식사보다 믿을 수 없었던 것은 식사 후에 일어난 일이었다.

코린이 제일 먼저 일어났고 다른 사람들도 잇따라 일어났다. 그러더니 모두 함께 그릇을 치우고 식당을 정리하기 시작했다. 믿을 수 없는 광경이었다. 구분은 없었다. 모두 함께, 나를 제외한 모두가 함께 움직였다. 나도 도우려 했지만, 사람들이 거절했다. 청소가 끝나자 그들은 모두 응접실로 물러났고, 나는 그들이 밤늦게까지 까막잡기를 하는 모습을 지켜보았다. 그들이 즐거워하는 모습을 보고 별 뜻없이 흘리는 말들을 듣고 나는 문득 오늘이 평범한 저녁이 아니라는 생각이 들었다. 이렇게 축하할 만한 변화가 일어났으며, 그게 바로 나라는 생각이.

나는 그날 밤을 저택에서 보냈다. 알고 보니 그곳은 손님용 방이었다. 나는 오후까지 오랫동안 늦잠을 잤다. 그런 호사를 누려본 적은 한 번도 없었다. 명절 때도 마찬가지였다. 나는 몸을 씻고 옷을 입은 다음 아래층으로 내려갔다. 집은 조용했다. 주방 식탁 위 냄비에 호밀 머핀이 담겨 있고, 그 옆에는 마음껏 먹으라는 쪽지가 내 앞으로 남겨져 있었다. 나는 머핀 두 개를 걸신들린 사람처럼 먹어치운 뒤 그릇을 씻고 앞문으로 나가 현관에 앉았다. 밖에서 보니 집은 수수하고 예스러웠으며 흰 물막이 판자로 덮여 있었다. 집 앞쪽 정원에는 스노드롭과 블루벨이 가득 피어나 있었다. 정원을 지나면 강둑이 숲으로 이어졌고, 그 뒤로는 멀리 내가 서쪽 산이라고 알고 있는 산들의 웅장한 봉우리들이 보였다. 나는 버지니아의 경계선에 있을 가능성이 커 보였다. 코린의 가족이 산다는 브라이스턴일 확률이 가장 컸다. 그녀가 몇 달 전 나를 데려가겠다고 말했던 바로 그 목사관 말이다.

저 멀리 숲에서 두 사람이 나오고 있었다. 그들은 집 쪽으로 걸어왔고, 머잖아 그들이 백인임을 알아볼 수 있었다. 한 명은 나이가 있고 한 명은 젊었다. 아마 아버지와 아들인 것 같았다. 그들은 나를 보자 멈춰 섰다. 젊은 사람이 인사의 뜻으로 고개를 끄덕였지만, 나이 든 사람은 젊은이의 팔을 붙잡고 다시 숲으로 끌고 갔다. 나는 밖을 내다보며 거기에 한 시간 동안 앉아 있었고, 어느 시점엔가 몽상에 빠져들었다. 생각보다 더 피로했던지 그러다가 실제로 꿈에 빠져들었다. 나는 감옥에 돌아가 있었으나 이번에는 피트와 테나가 함께였다. 그 남자들이 나를 로비 앞으로 끌어내자 피트와 테나가 웃었으며, 남자들이 나를 검사하고 욕보이는 내내 그들의 웃음소리가 들렸다. 당시에는 그 행위가 나를 욕보이는 행위라는 것을 알지 못했다. 내가 당한 일을 직접적으로 말할 수 있기까지, 라일랜드의 감옥에서 보낸 시간을 있는 그대로 이야기하면서 나 자신의 남성성이 사라져 버렸다고 느끼지 않기까지는 시간이 걸렸다. 그 이야기가 사실은 내가 가진 가장 큰 힘임을 알기까지는 말이다. 당시 꿈에서 깨어났을 때 내가 느낀 것은 타오르는 분노뿐이었다. 나는 어린 시절에 한 번도 폭력적인 성향을 보인 적이 없었다. 그렇게 성질이 나쁘지도 않았다. 하지만 그 이후 몇 년 동안 나는 나도 모르는 사이 시도 때도 없

이 가장 파괴적인 생각과 감정으로 가득 차곤 했으며 그런 감정을
불러일으킨 원인을 알고는 있었지만, 내가 그런 일을 겪었다는 사실
은 결코 인정하고 싶지 않았다.

등 뒤에서 문이 닫히는 바람에 잠이 깼다. 뒤를 돌아보자 문을 닫
은 사람이 에이미라는 것을 알 수 있었다. 에이미는 밖으로 나와 현
관에 잠시 서서, 저물어가는 태양이 산으로 곤두박질치는 모습을 내
다보았다. 에이미는 상복도, 검은 베일도 걸치지 않고 흰 앞치마를
앞에 두른 회색 후프 드레스 차림에 머리카락은 뒤로 당겨 보닛을
쓰고 있었다.

"궁금한 게 있을 것 같은데." 에이미가 말했다.

맞는 말이었다. 많은 것이 궁금했다. 하지만 나는 어떤 질문도 던
지지 않았다. 이미 충분히 요구한 것만 같은 느낌이었다. 내가 그들
에게 이미 충분한 이야기를 전했다는 뜻이다. 나는 죽었다 살아나기
전, 첫 인생을 살면서 취조란 결코 일방적으로 이루어지지 않는다는
것을 알게 되었다. 결국 에이미가 말했다. "알겠어. 이해해. 나였더라
도 지금 당장은 별로 입을 떼고 싶지 않을 거라 생각해야겠지. 그래
도 난 말할게. 이곳에는, 이 새로운 인생에는 네가 알아야 할 것들이
있어."

에이미가 나를 보는 모습이 시야 가장자리에 들어왔다. 하지만 나
는 두 눈을 산과 산 사이로 다가가는 태양에서 떼지 않았다.

"아마 여기가 어딘지는 짐작했을 거야. 여긴 브라이스턴이야. 코
린의 집이지. 하지만 코린의 집이 사실은 어떤 곳인지는 짐작하지 못
했을 거야. 알 수도 없었을 테고. 그걸 내가 말해줄까 해. 너도 곧 보
게 되겠지만.

브라이스턴은 원래 코린 가족의 것이었어. 그들이 죽고 코린만 남자 이 땅이 코린에게 떨어졌지. 지금쯤은 너도 코린이 겉보기와는 다른 사람이라는 걸 알 거야. 아, 그래. 코린은 뼛속까지 버지니아 사람이야. 하지만 바로 이곳에서 본 것과 북부에서 얻은 어떤 지식 때문에, 코린은 뭐랄까, 노예제도라는 문제에 대해 다른 시각을 갖게 됐어. 그리고 코린의 시각은, 내 시각이기도 하고, 우리 오빠의 시각이기도 한데, 싸움을 좋아하고 화가 나 있는 시각이야."

여기서 에이미는 가볍게 웃고 잠시 말을 멈추었다가 다시 말했다. "웃으면 안 되는데. 웃긴 얘기는 아니거든. 웃길 때도 있지만. 그 웃길 때라는 게 나한테는 항상이라고 해야겠네. 여기에 있다는 건, 그들과 함께 전쟁에 참여한다는 건 축복이야. 이곳은 네가 지금 언더그라운드라고 알고 있는 그 군대의 전초기지야. 여기 사는 모두가 그 군대의 일원이고. 그런 티는 절대 낼 수 없지만 말이지. 나와 함께 걷다 보면, 겉으로 보이는 모습은 당연하고 뻔한 것들뿐이겠지. 꽃피는 과수원이나 무성한 들판 같은 것들. 또 우리가 너를 손님으로 대우해 주는 동안에는 우리 모두가 노래 부르며 행복하게 일하는 모습을 보게 될 거야. 하지만 네가 보게 될, 여기서 노래하며 일하는 사람들은 모두 우리 편이야. 모두가 자유의 빛을 매릴랜드, 버지니아, 켄터키, 심지어 테네시까지 퍼뜨리는 데 헌신하고 있어.

그 사람들 모두가 요원이야. 서로 다른 방식으로 일하기는 하지만 말이지. 어떤 사람은 집에서 일해. 그들은 네가 그렇듯 좀 배운 사람들이고, 그 능력을 활용하고 있어. 이 분야에서는 서류가 중요해. 자유에 관한 서류, 유언장과 증거 같은 것들 말이지. 그래, 이런 요원들은 집에서 일해. 하지만 분명히 말하는데, 이 가택 요원들은 거친 사람들이야. 이들은 언제나 땅에 한쪽 귀를 붙이고 있어. 공부하고, 뒷 얘기를 알고 있고, 주인의 비밀이 가득한 일기장들을 읽어봤고, 자기 지역에서 영향력 있는 모든 사람을 알고 있지만, 그 지역 사람 중 이 들의 진짜 정체를 아는 사람은 한 명도 없어. 그리고 다른 요원들도 있어."

에이미는 여기서 말을 잠시 멈추었다. 돌아보자 그녀의 입 한쪽에 반쪽짜리 미소가 피어오르는 것이 보였다. 이제는 그녀도 산 쪽을 내 다보면서, 그 산들이 태양의 마지막 조각을 삼키는 모습을 지켜보고 있었다.

"저기 저거 보여?" 에이미가 물었다. 나는 대답하지 않았다. "바로 저거야. 여기 앉아서, 나만의 시간에 해가 지는 모습을 보는 것. 내 위 에 올라선 사람도 없고, 명령하거나 채찍으로 때리겠다고 위협하는 사람도 없는 채로 말이지. 늘 이랬던 건 아니야. 나는 동생과 함께 이 세상에서 가장 비열한 인간에게 매여 있었거든. 그러다가 그 인간이 자기 딸 코린을 결혼시켰지. 그러다가 뭐랄까, 그 인간이 더는 우리 와 함께하지 않게 됐고 나는 지금처럼 소소하고 자연스러운 것들을 너와 함께 즐길 수 있게 된 거야.

한편 세상에는 다시 집에 갇힐 수 없는 사람들도 있어. 그들은 벽 이 점점 좁아진다고 느끼거든. 그들은 처음으로 도망쳤던 순간을 기 억하는 사람들이야. 여태껏 사람들이 해온 모든 말에 저항하면서 너 무도 영광스럽다고 느꼈던 사람들. 그들한테는 그게 살면서 느껴본 가장 큰 자유야. 그런 사람들은 자유를 좇게 돼. 그게 현장 요원이야. 현장 요원들은 달라. 농장으로 가서 노역자들을 데리고 나오지. 현장 요원들은 용감해. 사냥개들은 그들에게 살아 있음을 느끼게 할 뿐이야. 늪, 강, 가시덤불, 버려진 집, 다락, 오래된 헛간, 이끼, 북극성······.
그것들이 현장 요원의 존재 자체야.

그리고 우리에겐 서로가 필요해. 우리는 함께 일해. 같은 군대야,
하이람. 같은 군대."

그 말을 끝으로 그녀는 다시 조용해졌다. 우리는 저녁 하늘과 삐
죽 비친 별들을 바라보며 그 자리에 앉아 있었다.

"그럼 그쪽은 뭐예요?" 내가 물었다.

"응?"

"가택인가요, 현장인가요?" 내가 말했다. "어느 쪽이에요?"

에이미는 나를 보며 콧방귀를 뀌고 웃더니 말했다. "당연히 현장
요원이지."

그녀는 산을 돌아보았다. 이제 산은 멀리 보이는 짙푸른 잔해일
뿐이었다. "하이람, 나는 자유로워진 지금도 얼마든지 달릴 수 있어.
뭔가를 피해서 달리는 게 아니라, 바로 저 산들을 지나고 모든 강을
지나서, 모든 초원을 가로지르며 늪에서 자고 뿌리를 뜯어 먹을 수
있어. 그 모든 일을 한 다음에도 더 달릴 수 있는 거야."

그리하여 나는 요원이 되는 훈련을 받았다. 코린 가족의 집인 브
라이스턴의 산에서 언더그라운드가 모집한 다른 신입 요원들과 함
께. 동료 요원들에 대해서는 별다른 말을 하지 않는 걸 용서해주기
바란다. 이 책에 언급된 사람들은 지금까지 살아남아서 언급을 허락
해준 사람들이거나, 영혼의 위대한 식별자와 만나는 마지막 여행을
떠난 이들이다. 우리는 아직 정산과 복수가 이루어지는 시대를 지나
지 못했다. 그래서 우리 중 많은 수가 이 시대에조차 지하에, 언더그

라운드에 남아 있어야 한다.

이제 내 삶은 둘이 되었다. 한편으로는 평소 내가 품고 있던 목공과 가구 제작에 대한 관심이 되살아났다. 나는 늘 그랬듯 브라이스턴에서도 일꾼들을 도왔다. 단, 그들이 일하는 방식은 내가 보기에 대단히 이상했다. 어느 면에서든 노동에 구분은 없었다. 주방, 목장, 정비소에서 성별이나 피부색에 관계없이 모두가 함께 일했다. 코린 퀸도 바깥 업무가 없으면 농작물 사이를 돌아다니거나, 우리가 밤마다 모이는 간이 식당에서 호킨스와 함께 저녁을 준비하는 모습이 심심찮게 보였다.

저녁을 먹은 뒤 우리는 병영으로 돌아가 저녁 식사 때 입은 옷을 밤의 제복으로 갈아입었다. 플란넬 셔츠와 고무줄 바지, 그리고 가벼운 캔버스 신발로 말이다. 그런 다음 훈련의 첫 단계에 돌입했다. 우리는 매일 밤 한 시간 동안 달렸다. 내 추산으로는 10에서 11킬로미터는 달린 것 같다. 이렇게 달리는 사이사이에 팔 들기, 스트레칭, 제자리 뜀뛰기 등 온갖 체조로 이루어진 쉬는 시간이 끼어들었다. 달리기를 한 다음에도 사이드웨이 런지, 다리 들기, 무릎 굽히기 등 더 많은 훈련이 이어졌다. 이런 체조법은 옛 조국에서도 자유를 위해 싸웠으며 이곳 언더그라운드의 명분에 공감하던 독일의 48세대*에서 가져온 것이었다. 기원이야 어쨌든, 이 체조는 나를 더 강하게 만들어주었다. 가슴속 불타는 느낌이 아주 작은 불편함으로 줄어들었고, 어느새 쉬지 않고 넓은 지역을 달릴 수 있게 됐다.

교관 중에 노역자는 한 명도 없었다. 상급자와 하류층뿐이었다. 그

---

* 1848년 혁명을 지지한 유럽인들로 독일 통일과 민주정, 인권 보장 등을 요구했다. 유럽에서의 운동이 실패로 돌아간 뒤에 미국, 영국, 호주 등으로 이민해 활동 무대를 옮겼다.

중 몇 명이 한때 정기적으로 나를 사냥했던 사람이라는 생각이 들었다. 내가 그 점을 극복할 수 있었는지는 잘 모르겠다. 나 자신이 그들에게 언제든 쓰고 버릴 수 있는 존재처럼 느껴졌다. 적어도 버지니아의 이 지역에서는 그랬다. 그들은 내 생각에 광신도였다. 그들이 그렇게밖에 살 수 없다는 것을, 다른 방식으로는 존재할 수 없다는 것을 알면서도 우리 사이에는 어느 정도 거리가 있을 수밖에 없었다. 그들의 전쟁에서는 노역자들이 대상에 불과했지만, 내 전쟁은 바로 그 노역자들을 '위한' 것이었기 때문이다.

공교롭게도 예외가 하나 있었다. 지금에 와서는, 그가 예외가 될 수 있었던 게 버지니아가 아닌 북부 출신이었기 때문이 아닌가 싶다. 그는 바로 필즈 씨였다. 나는 일주일에 세 번씩 체조가 끝난 뒤 뚜껑문을 통해서만 출입할 수 있는 저택의 지하 2층에서 그와 만났다. 그리로 들어가는 뚜껑문은 바닥을 잘라낸 커다란 마호가니 혼수 서랍장을 지나야만 닿을 수 있었다. 계단을 두 층 내려가면 다른 문이 하나 있고, 그 뒤에는 사향 냄새가 나고 등불이 밝혀진 서재가 있었는데, 서재 양옆에 꽉 찬 책장이 이쪽 끝에서 저쪽 끝까지 두 줄로 늘어서 있었다. 방 한가운데에는 의자가 딸린 긴 탁자가 똑같은 거리를 두고 있었으며 자리마다 펜과 종이가 있었다.

가장 먼 구석에는 커다란 책장이 딸린 책상 두 개가 놓여 있었고, 각 책상은 언더그라운드에 관련된 다양한 서류로 가득 차 있었다. 나는 그 서류가 밤마다 긴 탁자에 앉아 조용히 비밀스러운 기술을 활용하는 가택 요원들의 도구라는 것을 알게 됐다. 나는 필즈 씨와 함께 그 탁자에 앉곤 했다. 그러면 필즈 씨는 우리 사이에 아무 일도 벌어진 적이 없다는 듯, 그 오랜 세월이 실제로는 없었던 듯 예전의 공부를 이어나갔다.

내 교과 과정은 확장되었다. 기쁜 일이었다. 기하학, 대수학, 그리스어와 라틴어 조금. 그런 다음 남는 한 시간은 자유 시간으로 주어졌다. 그럴 때면 나는 서재에 남아 원하는 책을 골라 볼 수 있었다. 지금 당신이 보고 있는 내 책이 바로 그 순간 그 도서관에서 시작됐다는 생각이 든다. 결과적으로 나는 읽기뿐 아니라 쓰기도 시작했다. 처음에는 그저 공부한 내용을 기록했을 뿐이다. 그러나 머잖아 기록의 대상이 내 생각으로까지 확장됐고, 생각에서 내가 받은 인상으로까지 번져나갔다. 지금 나는 머릿속 기록뿐 아니라 마음의 기록도 가지고 있다. 이런 생각은 어디에서 처음 시작되었을까? 아마 메이너드 덕분일 것이다. 메이너드가 아버지의 칸막이 책상에서 훔쳐온 책 중에 할아버지 존 워커가 쓴 오래된 일기장이 있었다. 존 워커는 자기 세대에 맞게, 자신이 이 세상의 얼굴을 바꿔놓을 위대한 전장에 있다고 믿었다. 내게는 그런 허위의식이 없었다. 그러나 어렴풋하게나마, 우연한 계기이긴 해도 나 자신이 작은 인생 너머의 유의미한 일에 말려들었다는 생각은 있었다.

나는 이런 한결같은 일과를 한 달 동안 계속했다. 그러던 어느 날 저녁 지하로 내려가보니 필즈 씨 대신 코린이 있었다.

"여기서 지내는 건 좀 어때?" 코린이 말했다.

"아주 이상해요." 내가 말했다. "다른 인생이네요."

코린은 조용히 하품하고 자리에 앉았다. 그녀는 책상에 팔을 괴고 턱을 손으로 받친 채 피로한 눈으로 나를 바라봤다. 검은 고수머리를 뒤로 넘겨 늘어뜨리고 있었다. 등불 빛이 그녀의 얼굴에 그림자를 드리웠다. 그녀는 나이가 나보다 그리 많지 않지만, 보기엔 꼭 조상님 같았다. 그녀가 메이너드와 함께 보낸 시간을 떠올리자, 나도 모르게 그녀가 그토록 완벽하게 눈속임을 할 수 있다는 점에 매혹됐다. 당시의 나는 그녀를 얼마나 몰랐던가? 그녀의 지능과 요령, 잔꾀를 말이다. 그 순간 공포와 충격이 온몸을 휘저었다. 상급자의 가면을 쓰고 있는 코린 퀸은 신비롭고 강력했다. 나는 그녀의 진짜 능력을 전혀 모르고 있었다.

"코린도요." 내가 말했다. "생각할 게 아주 많네요. 저는 그냥⋯⋯ 한 번도 상상 못 했거든요. 꿈에도."

"고마워." 코린이 말했다. 그러더니 웃었는데, 자신의 속임수가 미친 어마어마한 영향력을 기꺼워하는 게 분명했다. "글 쓰는 건 재미있어?"

"최근에 본 게 너무 많아서요." 내가 대답했다. "그걸 기록해야겠다고 생각했어요. 특히 여기서의 내 경험을요."

"그건 조심해야겠다." 코린이 말했다.

"알아요." 내가 말했다. "이 기록은 무덤까지 가져갈 거예요. 이곳에서 새어나가지 않을 거고요."

"흠." 이제는 코린이 눈을 빛내며 말했다. "너 아주 도서관에서 산다며?" 그녀가 말했다. "어떤 때는 밤이 깊어도 끌어내지 않으면 나오지 않는다던데."

"도서관에 있으면 집이 생각나거든요." 내가 말했다.

"돌아갈 수 있다면 갈 거야? 집에?" 코린이 물었다.

"아뇨. 절대로 안 가요." 내가 말했다.

코린은 잠시 나를 곰곰이 살펴보았다. 나로서는 이유를 알 수 없었다. 언더그라운드에서 사람들은 늘 나를 관찰했다. 느껴졌다. 심지어 훈련받는 동료 요원들조차 언제나 질문을 던져 나를 연구하고, 내가 보지 않는다고 생각할 때면 나를 지켜보는 것 같았다. 나는 최대한의 침묵으로 그들에게 응답했다. 하지만 코린에게는 입을 열 수밖에 없게 하는 뭔가가 있었다. 코린의 침묵에는 깊고도 특별한 외로움을 전달하는 뭔가가 있었고, 그녀의 이런 느낌이 어디서 기원했는지 직접 이야기해본 적은 없으나 그 감정은 내 감정과 친척 관계일 것 같았다.

"옛날에 라클리스에 있을 때요." 내가 말했다. "전 나름대로 자유로웠어요. 대부분의 사람들보다 자유를 많이 누린 셈이었죠. 하지만 그래도 전 다른 사람의 재산이었어요. 여기서 바로 지금 코린한테 그 얘기를 하는 것만으로도 비천해지는 기분이네요."

"그러게." 그녀가 말했다. "우리 중에는 로마 시절부터 저 밑바닥에 살았던 사람들도 있어. 이 사회에 태어나서는, 지식은 손닿지 않는 곳에 있는 게 당연하고, 바랄 수 있는 거라곤 귀여워 보일 정도의 무식함이 전부라는 얘기를 들어온 사람들 말이야."

그녀는 키득거리며 잠시 말을 멈추고, 내가 뜻을 알아듣기를 기다렸다. 그리고 내가 알아들었다는 게 명백해지자 말했다. "여성의 정신은 약하다, 그런 말이었지, 뭐. 그러더니 이제는 숙녀의 반열에 오르고 싶은 사람은 누구나 책을 어느 정도 읽어야 한다고 말한다니까. 그렇다고 너무 파고들면 안 된대. 진지한 공부를 해서는 안 된다는 거지. 섬세하고 소녀 같은 마음을 해칠지 모르는 공부는 안 된다는 거야. 소설. 이야기. 격언, 그런 것은 괜찮고. 논문은 안 되고. 정치학도 안 되고."

이제 코린은 일어서서 책상으로 걸어가 서랍에서 커다란 봉투를 꺼냈다.

"하지만 난 그놈들이 나한테 이래라 저래라 하게 놔두지 않았어, 하이람." 그녀가 봉투를 들고 말했다. "단순히 읽기만 한 것도 아냐. 나는 놈들의 언어와 관습을 배웠어. 특히 내 지위에서는 닿을 수 없는 곳에 있어야 한다고 말해지는 것들까지도 배웠어. 그런 걸 특히 많이 배웠지. 그리고 그게 내 자유의 씨앗이 되었어."

그녀는 다시 걸어와 꾸러미를 내 앞에 놓았다.

"열어봐." 그녀가 말했다.

나는 시키는 대로 했다. 봉투 안에는 한 남자의 인생이 들어 있었다. 가족에게 보내는 편지. 허가증 몇 장. 판매 면허증.

"일주일 동안 네가 가지고 있어." 그녀가 말했다. "우리가 영원히 이 사람의 소지품을 가지고 있을 수는 없으니까. 이건 선별한 물건들이야. 없어졌다 한들 아직은 그 주인이 경계심을 품지 않을 만큼만 임의적으로 골랐어."

"이걸로 뭘 해야 하는데요?" 내가 물었다.

"당연히 그 사람에 대해 배워야지." 그녀가 말했다. "이건 그놈들의 관습에 대한 수업이야. 네 지위를 넘어서는 곳에 있는 모든 걸 이해하는 한 가지 방법이지. 이자는 신사야. 교육도 좀 받았고 학교에도 다녔어. 이 나라의 위대한 노예 주인 중 많은 사람이 그러듯이."

내가 혼란스러운 표정을 지었는지 코린이 말했다. "그동안 언더그라운드에서 뭘 배웠다고 생각하는 거야?"

나는 아무 말도 하지 않았다. 그녀가 말을 이었다. "우리가 하는 일은 한가로운 훈련이 아니고, 기독교적인 개량 사업도 아냐. 일단은 놈들이 아는 걸 전반적으로 배우고, 그런 다음 놈들을 구체적으로 학습하는 거야. 놈들의 말과 솜씨에 대한 특수한 지식을 네 것으로 만들면 그 사람이 가진 수단을 차지할 수 있어. 그런 다음에는 놈들의 옷을 만들어 네 몸에 맞게 걸칠 수 있을 거야, 하이람."

나는 바로 다음 날부터 공부를 시작했다. 모든 서류를 같은 사람이 작성했다는 점이 빠르게 분명해졌다. 그 서류들을 자세히 살펴보자 어떤 초상이 떠오르기 시작했다. 글 쓴 사람의 인생에 담긴 유물—은행 잔고, 아내와의 대화, 누군가의 죽음에 대한 일기, 몇 년간 이어진 수확물 회계 장부—로부터 이 남자의 모든 특징과 기벽이 눈앞에 호출됐다. 그의 일상적인 습관과 일과와 고유한 철학을 알게 되었고, 마지막에는 그를 한 번도 만난 적이 없음에도 그의 특징을 거의 다 열거할 수 있었다.

일주일 후 코린이 다시 도서관으로 나를 찾아왔다. 나는 확신하게 된 모든 내용을 그녀에게 설명했고, 그녀의 엄격한 질문을 받으며 더 많은 내용을 전달했다. 그자의 아내가 가장 좋아하는 꽃은? 부부가 떨어져 지내는 빈도는? 자기 아버지를 사랑했을까? 이미 흰머리가 되었나? 사회에서의 지위는? 재산은 언제 물려받았나? 가끔 변덕스럽게 잔인함을 드러내나? 나는 모든 질문에 대답했다. 기억이라는 내 재능을 활용해 그 남자의 인생에 대한 모든 사실을 숨 쉬듯 말했다. 그러나 코린은 기억에서 유추할 수 있는 사실을 넘어서서 해석의 문제로까지 질문을 밀고 나갔다. 이 사람은 좋은 사람이었을까? 살면서 무엇을 추구했을까? 잘못인 줄 알면서도 즐기는 부류였을까? 다음 날 밤, 그녀는 이런 유의 질문을 이어가며 내가 조끼에서 풀려나온 마지막 실오라기에 이르기까지 그의 모든 것을 구성하도록 밀어붙였다. 다음 질문 날에는 더 많이 추측해야 하는 질문들도 쉽게 느껴졌다. 그리고 마지막 밤에는 그 질문들이 너무 쉬워서 내 인생에 대한 질문처럼 느껴졌다. 그렇게 되기 위해 이 모든 일을 한 거였다.

"이제," 코린이 말했다. "넌 이자에 대해서 충분히 알게 됐어. 이자가 가장 좋아하는 어떤 재산을 소유할 만큼 그를 알게 된 거야."

"기수 말이죠." 내가 대답했다. "레비티 윌리엄스요."

"맞아." 그녀가 말했다. "1일 도로 통행권이 필요할 거야. 만일을 대비해서 소개장도 한 장 있어야 하고, 마지막으로는 주인이 서명한 해방 서류가 필요하겠지. 네가 그것들을 만들어야 해."

코린이 상자에서 깡통을 하나 꺼내 내밀었다. 열어보니 멋진 펜이 들어 있었다. 나는 그 펜이 내 연구 대상이 너무도 자주 사용하던 펜과 무게가 같다는 걸 알게 됐다.

"하이람, 무대 의상은 꼭 맞아야 해." 그녀가 말했다. "1일 도로 통행권은 진짜와 똑같이 서둘러 대충 작성한 것이어야 하고, 소개장도 그 모든 공식적인 장식 서체를 띠어야 해. 해방 서류에는 이 더러운 인간들이 자기한테 그럴 권리가 있다는 듯이 뻐기는 오만한 태도가 배어 있어야 하고."

여전히 그의 서명과 필체를 베껴야 하는 현실적인 문제가 있었다. 하지만 여기에서 내 기억력과 흉내 내는 재능이 승리를 거두었다. 이 일은 오래전, 필즈 씨가 내게 다리 그림을 보여주며 따라 그리라고 했던 일과 전혀 다르지 않았다. 어려웠던 부분은 그자의 신념과 정념을 마치 나 자신의 것인 양 자신감 있고 태평하게 전달하는 일이었다. 하지만 그런 능력은 내가 변신해야 하는 존재이자 자물쇠를 따고 들여다본 그 존재가 되려면 꼭 필요했다.

나는 그 서류가 정말로 레비티 윌리엄스를 해방했는지 모른다. 우리가 한 모든 일은 너무도 비밀스럽게 진행됐기 때문이다. 그러나 서류를 위조하면서 내 내면에서 무언가 새로운 게 솟아났다. 내 오른팔에서 뻗어나가 펜으로 투사되고, 황야를 가로질러 우리에게 유죄 판결을 내린 자들의 심장을 곧장 꿰뚫는 힘이었다.

머잖아 서류 위조는 일상적 노동이 되었다. 몇 주에 한 번씩 코린은 내게 새로운 꾸러미를 내밀었고 나는 매주 나 자신에게 무대 의상을 입혔다. 일을 마칠 때쯤 가끔 어디까지가 나 자신이고 어디부터가 노역의 주인인지 확신할 수 없었다. 나는 그들을 알았다. 그들의 자녀와 아내, 적을 알았다. 그들의 인간성은 내게 상처가 됐다. 그들에게도 가족 간의 연대가 있었다. 구애하느라 녹초가 되어버린 젊은 연인들이 있었다. 백인들도 가끔은 자기들이 저지르는 노역이라는 죄를 슬프고 암울한 것으로 받아들이곤 했다. 그리고 그들에게도 공포가 있었다. 최종적 섭리에 따르면 그들 자신도 어떤 힘, 어떤 신, 옛세상 속 어떤 악마의 노예라는 두려움이었다. 그들은 그런 옛 악마들을 의도치 않게 새로운 세상에 풀어놓았다. 나는 그들과 사랑에 빠져야만 했다. 내 작업에는 그 사랑이 요구됐다. 내 구체적인 증오와 고통을 모두 넘어서는 곳까지 손을 뻗어 그들을 온전히 꿰뚫어 보아야했고, 그런 다음에는 내 펜으로 그들을 지우고 파괴해야 했다.

인간을 해방시키는 우리의 작업이 그들에게는 전부 공격이 되었다. 우리는 그보다도 훨씬 많은 일을 했다. 우리는 편집되고 늘어난 서류들을 원래의 자리로 돌려놓았다. 우리의 서류가 반목을 부추겼다. 우리는 조사 내용을 바꾸었다. 간음의 증거를 빌려주었다. 내 분노는 이제 자유롭게 풀려나 메이너드와 아버지를 넘어서까지 뻗어나가 버지니아 전체를 겨냥했다. 나는 등불을 켜놓고 긴 도서관 탁자에 앉아 매일 밤 그 분노를 충족시켰다.

일을 마치면 옷도 벗지 않고 잠자리에 들었다. 잠을 잘 때면 내가 매일 연구하던 사람들에게서 벗어나, 머나먼 어떤 곳을 꿈꾸었다. 작은 땅뙈기로 모든 골칫거리를 실어 나르는 강물 꿈을 꾸었다. 소피아 꿈을 꾸었다. 그런 날은 좋은 날이었다. 나쁜 날에는 꿈이 뜨겁게 달아올랐다. 그럴 때면 라일랜드의 감옥과 소년 꿈을 꾸었고, 그 애의 어머니가 라일랜드의 사냥개들에게 신의 분노를 퍼부었다. "라일랜드의 사냥개들아! 검은 불꽃이 더럽고 비뚤어진 뼈만 남기고 네놈들을 모두 태워버리리라." 나는 한 여자를 사랑했고 자신의 이름을 잃어버린 한 남자를 보았다. 그리고 내 모든 배신, 낄낄거림, 신음, 밧줄을 보았다. 그런 날이면 나는 여러 가지 특정하고 직접적인 느낌 속에서 깨어났다. 다시 조지 파크스와 우연히 만나게 된다면 하게 될 모든 일을 생각하면서 깨어났다.

하지만 내가 언더그라운드에 불려온 이유는 복수가 아니었다. 단순히 위조하기 위해서도 아니었다. 내가 이리로 불려온 것은 내게 있다는 힘 때문이었다. 그 힘을 발동시킬 방법, 통제하고 제어할 방법을 찾아내기 위해서였다. 세상에는 그 방법을 아는 사람이 한 명 있었다. 나와 비슷하지만 나와는 다르게 이 힘에 통달했던 사람이. 그녀가 살았던 고장에서 그녀는 환상적인 업적으로 너무도 큰 사랑을 받았고 엄청난 명성을 얻었다. 그래서 보스턴, 필라델피아, 뉴욕의 유색인들은 그녀에게 모세라는 이름을 붙여주었다. 그녀가 휘두른 힘은 '인도하는 힘'이라고 불렸다. '인도'란 코린이 내 힘을 설명하기 위해 쓴 바로 그 단어였다. 그 힘이 노역자들을 족쇄로 매인 남부의 들판에서 북부의 자유로운 땅으로 의지에 따라 인도하는 것처럼 보였기 때문이다. 하지만 모세라는 사람은 자신의 계획을 드러내지 않았다. 자신이 쓰는 방법을 언더그라운드 버지니아 지부에 알려달라는 요청을 거부했다. 그래서 나는 나만의 방법을 쓸 수밖에 없었다. 더 적절하게 표현하자면 나는 버지니아 지부의 방법을 따라야 했다.

우리는 실험을 하기로 했다. 일단 우리 모두는 그 힘을 촉발하기 위해서 내게 어떤 자극, 나아가 일종의 위협이나 고통이 필요하다는 데 동의했다. 나의 증언에 따라, 그 힘이 내 인생의 지울 수 없는 순간들과 이어져 있다는 추정도 이루어졌다. 나는 그 힘이 특히 어머니와 연결되어 있을지 모른다는 점을 떠올렸다. 그러나 그런 기억을 어떻게 불러와 활용해야 할까? 코린과 그녀의 부장(副將)들은 내 힘을 끌어내기 위한 온갖 꾀를 동원했다. 호킨스는 내게 족쇄를 채우고서 조지 파크스의 배신 행위에 대해 하나하나 자세히 말하라고 했다. 필즈 씨는 내게 눈가리개를 씌운 뒤 숲으로 데리고 나가, 구스 강으로 뛰어들었던 날에 대해 전부 자세히 말해달라고 했다. 에이미와는 마구간에서 만났다. 그곳에서 나는 아버지가 어머니에게 저지른 죄에 대해 알고 있는 대로 이야기했다. 어느 토요일, 나는 코린을 마차에 태우고 가다가 소피아를 데리고 삼촌을 만나러 가던 날의 느낌을 떠올렸다. 그러나 인도의 푸른빛은 나를 찾아올 기미조차 없었다. 내가 이야기를 마칠 때면 나를 초대한 이들은 내게서 눈을 떼지 못했고 내 심장은 그 기억들로 갈가리 찢겨 있었다. 그러나 나는 언제나 그 일을 시작했던 바로 그 장소에 그대로 머물러 있었다.

코린과 마차를 타고 간 다음 날 오후, 또 한번의 인도 시도를 중간에 그만둔 후 코린과 나는 함께 저택 본관으로 올라가 식사 공간으로 갔다. 필즈 씨와 호킨스가 커피를 마시고 있었다. 그들은 우리 둘에게 인사를 건넨 뒤 떠났다. 여름이 한창이라 날이 길었는데, 그 말은 우리의 예행연습을 감추기가 더 힘들었다는 뜻이었다. 내가 기억하기로는 그해에 땅이 깨어났으며 나는 그 땅과 함께 내 초월적 감각도 깨어나고 있다고 생각했다. 하지만 그래도 인도는 일어나지 않았다.

우리는 식탁에 앉아 대화를 계속했고 결국은 온갖 소소한 이야깃거리들이 고갈되고 말았다. 그때 코린이 말했다. "하이람, 다른 기준에서라면 넌 어느 모로 보나 훌륭한 요원으로 거듭났어. 우리한테는 아주 좋은 일이야. 네 능력에 한계가 없다면, 그만큼 우리는 너를 필요한 곳에 쓸 수 있으니까. 어쩌면 너한테는 아무 의미도 없을지 모르지만 그렇게 생각하면 안 돼. 뭐랄까, 아무나 여기까지 올 수 있는 건 아니거든."

사실 그 칭찬은 내게 정말로 의미가 있었다. 나는 평생 아버지와 형을 모시며 살아왔다. 한 걸음을 뗄 때마다, 내가 어떤 성취라도 거둘 때마다 그 성취는 만물의 적법한 질서에 대한 위협으로 받아들여졌다. 내 아버지가 가능하게 만들어준 성취라도 마찬가지였다. 이곳에서 나는 인생 처음으로 주변 세계와 일치를 이루었다.

하지만 여기까지 오지 못한 사람들은 어떻게 됐는지, 버지니아 언더그라운드의 모든 비밀을 맡길 만큼 신뢰받았으나 결국 약점이었음이 드러난 자들은 어떻게 됐는지 궁금했다. 나는 이제 아주 많은 것을 알고 있었다. 내 생각에는, 다시 세상에 풀려날 수 없을 만큼 많은 것을 아는 듯했다.

"사실, 우린 전혀 기대하지 않았어." 코린이 말을 이었다. "네가 책을 좀 읽었다는 사실은 알았고. 기억력이라는 네 재능도 알고 있었어. 네가 상류사회와 가까운 곳에서 양육됐다는 것도 알았지. 하지만 네가 이토록 쉽게 가면을 쓸 수 있을 거라고는 생각 못 했어. 우리는 네가 사냥당해 왔다는 걸 알았어. 하지만 저 밑 감옥에서 시간을 보내는 동안 네가 정말이지 그토록 많은 요령으로 사냥개들을 따돌릴 수 있을 줄은 결코 몰랐어."

코린은 잠시 말을 멈추었고, 나는 그녀가 더 어두운 대화를 시작하려는 걸 알아차렸다. 코린은 알맞은 단어를 찾으려고 애쓰며 시선을 내렸다. 그 순간, 한때 옛 라클리스에서, 아버지의 도서관에서 그녀가 보여주었던 능수능란함이 떠올랐다. 그런 솜씨가 하필 이 순간에 그녀에게서 달아나버린 걸까. 그러자 문득 노예제도의 모든 것이 사실은 환상이었으며 이 질서 전체가 공작이자 마법이라는 생각, 모든 게 정교한 과시와 의례, 경마, 화려한 구경거리와 행진, 분칠과 화장으로만 지탱되는 것이라는 생각이 들었다. 그건 전부 장치일 뿐이었다. 그 장치가 떨어져 나가자 우리는 사실 그냥 두 사람, 이곳에 앉은 한 남자와 한 여자일 뿐이었다. 갑자기 그녀가 명백하게 느끼는 불편함을 덜어주고 싶어졌다. 그래서 나는 지금껏 거부했던 행위를 했다. 입을 열었다.

"그걸로는 충분하지 않아요." 내가 말했다. "도망치기, 읽기, 쓰기……. 그건 내가 여기 불려온 이유가 아니잖아요. 그러니까 충분하지 않아요."

"그래." 코린이 말했다. "맞아. 하이람, 이 세상에는 쉽게 따돌릴 수 없는 적들이 있어. 그리고 노예제도의 관 깊은 곳에 붙들려 있는 우리 편 사람이 너무도 많아. 그 사람들은 우리로서는 손을 뻗을 수도 없을 만큼 깊은 곳에 있어. 잭슨, 몽고메리, 콜롬비아, 나체스 같은 곳에 말이야. 그런데 이 힘은, 이 '인도의 힘'은 일주일 걸릴 여행을 한순간으로 바꿔놓을지 모르는 기찻길이야. 그 힘이 없어도 우리는 적을 위협할 수 있지만 그 힘이 있으면, 거리가 아무것도 아니게 돼. 어디서든 적을 공격할 수 있을 거야. 간단히 말해서 우리한테는 네가 필요해, 하이람. 서류를 위조하는 하이람과 도망치는 하이람뿐만 아니라, 이 사람들을, 우리 사람을 모두 누려 마땅한 자유로 돌려보낼 수 있는 하이람 말이야."

나는 그녀의 말을 잘 이해할 수 있었다. 그러나 언더그라운드의 기대를 충족시키지 못한 사람들에 대해서도 계속 생각하고 있었다.

"제가 다시는 그 힘을 얻지 못한다면 어떻게 할 생각이에요?" 내가 물었다. "절 영원히 이곳에 붙잡아두고 서류를 위조하게 할 건가요? 다시 구멍으로 끌어내릴 거예요?"

"당연히 아니지." 코린이 말했다. "넌 자유야."

자유. 그녀가 이 말을 한 방식은 나를 사로잡았다. 이 말은 내 마음에 맺혔다. 당시에는 그 이유를 잘 알 수 없었지만 말이다.

"코린은 제가 '자유'라고 말하지만 전 섬기는 사람이 되겠죠. 코린이 직접 그렇게 말했잖아요. 거기다 전 코린이 판단하고 결정하는 대로 섬기는 사람이 되겠죠. 저는 코린이 원하는 일을 해요. 코린이 말하는 곳으로 가고."

"날 너무 대단하게 보는구나." 그녀가 말했다.

"또 누가 있나요?" 내가 물었다. "제가 여기에서 본 게 언더그라운드의 전부가 아니란 말인가요? 언더그라운드에서는 누굴 구조하고 있죠? 전 그들을 본 적이 없어요. 제 사람들은 어떻게 됐나요? 소피아는? 피트는? 테나는? 제 어머니는요?"

"우리한테는 규칙이 있어." 코린이 말했다.

"뭘 위한 규칙인데요?" 내가 말했다.

"누구를 빼낼 수 있는지, 또 어떻게 해야 하는지에 관한 규칙이야." 코린이 말했다.

"네." 내가 대답했다. "그럼 좀 보여주세요."

"규칙을?" 코린은 어리둥절해져 대답했다.

"아뇨." 내가 말했다. "행동을 보여달라고요. 우리가 데리고 나올 거라는 그 사람들을 보여줘요. 아니다, 그보다 훨씬 좋은 걸 말해야 겠네요. 코린 씨는 제가 기대를 넘어섰다고 했죠. 그럼 제가 직접 그 일을 하게 해주세요."

"하이람." 코린이 말했다. 이제 그녀의 목소리는 낮고 걱정으로 가득했다. 나는 그녀가 바로 그 자리에서 나를 잃을 수 있다는 사실을 깨달았다고 생각한다. 이게 전부 속임수가 아니라는 것을 입증하지 않으면 내가 사라져버릴 것이며, 인도에 대한 모든 희망도 함께 사라지리라는 사실을.

"알았어." 코린이 말했다. "네가 원한다면 보여줄게."

"농담 아니죠?" 내가 물었다. "진짜죠?"

"기대 이상일 거야." 그녀가 말했다.

14

그러나 코린은 언더그라운드의 가장 깊은 성역에 나를 들이기 전
에 내게서 절대 떠나지 않겠다는 서약을 받아내야 했다. 그녀는 언더
그라운드의 사명에 나를 영원히 매어둘 어떤 행동을 요구했다. 그것
은 조지 파크스의 파멸이었다.

나도 같은 일을 꿈꾼 적이 있다. 감옥에서, 구덩이에서, 그다음엔
이곳에서도. 나는 조지에게 쏟아부을 수 있는 모든 것을 오랫동안 숙
고했다. 그러나 그 꿈과 직면하게 된 이 순간, 내 손에 칼이 들어온
이 순간, 앞으로 틀림없이 이어질 사태의 전체적인 모양새를 마주 본
순간 나는 모든 분노가 희미해지는 것을 느낄 수 있었다.

"조지 파크스가 배신한 사람은 네가 처음이 아냐." 코린이 말했다.
"네가 마지막도 아니고. 조지 파크스는 지금 이 순간에도 스타필로
돌아가 그 의심스러운 사업을 부지런히 해나가고 있어." 늦은 밤이
었다. 나는 호킨스와 코린과 함께 도서관에 내려와 있었다. 방금 그
날 저녁 공부를 마친 터였다. 그들의 말을 듣고, 조지가 저지른 일이
어떤 의미인지 진정 이해할 시점은 아직 찾아오지 않았다는 것을 깨
달았다. 내 안의 일부는 여전히 그를 신화화된 형태로 보고 있었다.
자신의 자유를 얻어낸 노역자 조지 파크스. 그의 배신을 온전히 받아

들인다는 것은 우리에게 저질러진 일과 상급자들이 우리를 얼마나 철저하게 장악했는지 온전히 받아들인다는 뜻이었다. 상급자들은 우리의 영웅과 신화마저도 노역을 이어가기 위한 도구로 활용할 만큼 우리를 속속들이 장악하고 있었다.

코린과 호킨스가 설명해준 작전은 흉내 내고 속임수를 잘 쓰는 재능을 활용해 조지를 배신 행위에 끌어들인다는 것이었다. 노역자들을 배신하는 행위가 아니라, 조지가 모시는 주인을 배신하는 행위에.

"주인들이 조지 파크스한테 무슨 일을 저지를지 알잖아요." 내가 말했다.

"조지 파크스한테 운이 따라준다면, 목이 매달리는 정도로 끝나겠지." 호킨스가 말했다.

"운이 따라주지 않으면," 내가 말했다. "그들은 조지 파크스에게 사슬을 채울 거예요. 조지의 가족을 파괴할 거라고요. 나체스 쪽으로 보내겠죠. 조지가 아는 어떤 일보다 심한 일을 시킬 테고요. 조지가 그리로 가게 된 이유를 노역자들이 알게 되면 정말 끔찍한 일이 벌어지겠죠."

"주인 놈들이 일부러 흘릴 가능성이 크지." 호킨스가 말했다.

"우린 지금 선을 넘고 있어요." 내가 말했다. "아니, 두 사람은 이미 그 선을 넘었는지도 모르겠네요. 나한테는 그냥 따라오라고 하는 거고."

"난 그냥 바로 그놈을 죽였으면 하는데." 호킨스가 내 염려는 들은 체 만 체하고 말했다.

"그럴 수 없다는 거 알잖아." 코린이 말했다.

코린의 말이 맞았다. 그러나 도덕적 원칙 때문은 아니었다. 조지 파크스를 죽여버리는 건 너무 뻔한 짓이었기 때문이다. 상급자 놈들은 우리에게 보복하거나, 그게 아니라면 이 지역 모든 노역자를 족칠 게 틀림없었다. 그랬다. 누군가는 조지 파크스를 처리해야 했고, 그 일을 할 사람은 그의 주인이어야만 했다. 우리는 그저 적당히 부추기기만 할 것이다.

"그놈들은 내가 잘 알아." 코린이 고개를 저으며 말했다. "놈들이 조지와 무슨 합의를 했는지는 모르지만 한 가지 장담할 수 있는 건, 그들이 노예보다 자유인을 덜 신뢰한다는 거야. 게다가 조지는 사기꾼으로 유명해. 주인들한테도 마찬가지야. 조지는 권력 앞에 고개 숙이는 사람으로 알려져 있으니까. 조지 파크스가 또 다른 권력 앞에 엎드릴 거라고 의심하기가 과연 그렇게 어려울까?"

"또 다른 권력이라면, 언더그라운드를 말하는 거겠군요." 내가 말했다.

"그들이 언더그라운드라고 믿는 존재거나." 코린이 대답했다. "조지 파크스의 죄랄까, 이중 첩자질을 보여주는, 그가 족쇄는 차지 않았지만 언더그라운드의 노예가 되었음을 나타내는 어떤 표지가 특정한 집에서 발견된다면 어떻게 될까? 위조된 통행권, 해방 서류, 노예제도 폐지에 관한 글, 북쪽으로 가는 여행길을 표시한 편지 따위가 담긴 꾸러미가 조지의 집이나 몸에서 발견된다면?"

"우리가 조지를 죽이는 셈이 될 거예요." 내가 말했다.

"그렇다니까." 호킨스가 말했다.

"밧줄을 쓰든, 사슬을 쓰든." 내가 말했다. "우리는 그 사람을 죽일 계획을 세우고 있는 거라고요."

"그자는 널 죽이려고 했어." 코린이 말했다. 그녀의 잿빛 눈이 잔잔한 분노로 차오르고 있었다. "그자가 너를 죽이려고 했다고, 하이람. 전에도 많은 사람을 죽였고, 우리가 아무것도 하지 않는다면 계속 사람들을 죽일 거야. 놈은 자유의 마지막 희망을 가져다 연료로 태워버리는 인간이야. 어린 여자애든, 노인이든, 온 가족이든 다 태워버린다고. 남부 깊은 곳에 들어가본 적 있어? 나는 있어. 거긴 지옥이야. 들리는 얘기보다도 훨씬 끔찍해. 끝없는 노동에 끝없는 모욕뿐이야. 어떤 사람도 그런 일을 당해서는 안 돼. 하지만 누군가 그런 일을 당해야 한다면, 일단은 노예 주인이 당해야 하고 그다음은 조지 파크스 같은 인간들이 당해야겠지."

모든 논리가 선명했다. 하지만 나는 나도 모르게 좀 더 깊은 생각에 미끄러져 들어가고 있었다. 소피아와 함께 길을 나섰던 그날 내가 혼자 상상했던 낭만을 훨씬 넘어서는 어떤 생각으로. 노역은 함정 그 자체였다. 조지조차 함정에 빠져 있었다. 대체 코린 퀸이 뭐라고 그런 사람을 심판한단 말인가? 내 정열과 목숨을 구하려 했을 뿐 고매한 목적 따위는 없이 도망친 나는 또 뭐라고 그를 심판할 수 있을까? 이제야 나는 언더그라운드의 전쟁을 이해했다. 이 전쟁은 양쪽 군대가 전장의 양끝에 모여들었다가 싸우는 그런 오래되고 영예로운 전쟁이 아니었다. 요원 한 명마다 상대해야 할 상급자 백 명이 있었고, 상급자 한 명마다 그들에게 봉사하기로 맹세한 하류층 백인이 천 명쯤 있었다. 가젤은 사자와 발톱을 겨루지 않는다. 도망친다. 하지만 우리는 도망치는 일 이상을 했다. 우리는 작전을 세웠다. 우리는 선동했다. 우리는 태업했다. 우리는 독살했다. 우리는 파괴했다.

"이건 우리한테 달린 일이야." 호킨스가 말했다. "우리한테 달린 일이라는 건 알지? 조지 파크스 놈은 저 밖에서 사람들의 가족을 파괴하고 있어. 감옥으로, 경매대로 보내고 있다고. 그것도 우리 언더그 라운드의 이름을 걸고."

"우리도 원해서 하는 일은 아니야, 하이람." 코린이 말했다. "네 말이 맞아. 이건 우리가 평소에 하는 일은 아니지. 근데 그래서 어쩌자고? 우리가 아직 생각하지 못한 다른 방법이라도 있는 거니?"

그런 방법은 없었다.

이제 코린은 다른 서류철을 꺼내 내 앞 탁자에 내려놓았고, 나는 그 안에 든 것이 무엇인지 알고 있었다. 내가 상급자의 마음속에 들어가 엿보는 데 도움을 줄, 평소와 같이 훔친 서류들이었다. 그런 다음 코린은 나를 봤다. 그 시선은 연민이나 슬픔이 아니라 불길을 담고 있었다.

한 달 뒤, 나는 플란넬 셔츠를 입고 내 방에서 나와 저녁 일과를 시작했다. 이제는 완연한 여름이었다. 밤이 짧아졌고 낮은 7월의 기지개를 켜기 시작했다. 방에서 나가는 길에 호킨스가 필즈 씨와 함께 다가오는 것을 보았다. 둘 다 낮에 입는 옷을 입고 있었다. 호킨스가 잡담을 건넸고, 필즈 씨의 눈은 이쪽저쪽을 빠르게 오갔다. 나는 무슨 일이 일어날 것 같다는 느낌을 받았다. 호킨스가 나를 위아래로 훑어보고 말했다. "오늘 밤은 일이 없어. 내일도. 좀 쉬어."

나는 내가 그의 말을 제대로 알아들은 건지 확인하느라 그를 조금 더 오래 바라보았다.

"일이 하나 생겼어." 호킨스가 말했다.

하지만 나는 쉬지 않았다. 그날 저녁과 밤에도, 다음 날 아침에도. 나는 언더그라운드가 현장에서 쓰는 방법을 아주 모호하게만 알기에 내 생각은 상상 속에서 뱅뱅 돌았다. 다음 날 저녁, 그들은 바깥에서 나를 맞아주었다. 나는 모자를 쓰고 도망칠 때 입었던 바로 그 반바지와 편안한 셔츠를 입고 있었다. 흥분을 감추려고 최선을 다했지만, 그때 호킨스와 눈이 마주쳤고 호킨스가 웃었다.

"왜요?" 내가 물었다.

"아냐." 호킨스가 말했다. "그냥 네가 다시는 전으로 돌아갈 수 없을 것 같아서. 넌 빠져나갈 수 없어. 너도 알지?"

"빠져나갈 단계는 한참 전에 지났죠." 내가 말했다.

"그렇지." 호킨스가 말했다. "우리가 너한테 얼마나 큰 짐을 지우는 건지 알아. 널 보고 있으려니까 네가 지금 당장 그리고 머잖아 느끼게 될 모든 게 보이기도 하고. 사람들이 나를 처음 이 모든 일에 끌어들였을 때도 생각나. 너도 금방 알게 될 거야."

"하이람이 더 알게 될 리가 없지." 필즈 씨가 말했다. "더 알 게 뭐 있어야지."

우리는 방에서 나와 브라이스턴의 본관으로 올라간 다음 옆 건물 중 하나에 들어가 모였다.

탁자에 컵 세 개와 유리병 하나가 놓여 있었다. 호킨스가 사과주가 담긴 그 병에서 세 잔을 따랐다. 그는 술을 한 모금 마시고 공기를 한소끔 빨아들이더니 말했다. "어떤 면에서는 쉬운 일이야. 여기서 남쪽으로 하루 정도 가면 돼. 그런 다음, 하루에 걸쳐 돌아오면 되는 거야. 사람은 한 명뿐이고."

"어떤 면에서는 쉽다니, 다른 면에서는요?" 내가 물었다.

"우리가 가져오려는 게 사람이라는 점이지. 진짜 사람." 그가 말했다. "이건 뜀뛰기도 달리기도 아니야. 저 아래 도서관에서 하는 글쓰기도 아니고. 이건 진짜 정찰이야. 우릴 죽이는 것 말고는 아무것도 원하지 않는 진짜 사냥개들이 저 바깥에 있어."

호킨스가 두 손으로 머리를 쓸어 넘기고 고개를 저었다. 나 자신보다도 그가 나를 더 걱정하는 것 같았다.

"좋아, 잘 들어." 그가 말했다. "놈의 이름은 파넬 존스야. 이 지역 노역자들의 눈 밖에 날 일을 저질렀지. 속임수로 사업을 해왔거든. 주인의 물건을 훔쳐다가 하류층 백인들에게 팔았다는 얘기야. 놈의 주인은 뭔가 잘못됐다는 걸 알았지만, 정확히 어디서 잘못됐는지는 알아내지 못했어."

"그래서 모두에게 분풀이한 거군요." 내가 말했다.

"맞아." 필즈 씨가 말했다. "분풀이뿐만 아니라 이윤도 톡톡히 챙겼어. 도둑맞은 걸 되찾겠다면서 농장 노역자 모두에게 일을 두 배로 시켰거든. 목표를 못 맞추는 사람을 때려가면서."

"존스는 계속 도둑질을 했고요?" 내가 물었다.

"아니, 그만뒀다." 필즈가 말했다. "하지만 그게 중요한 게 아냐. 존스의 주인은 그래도 처벌을 계속했어. 지금은 그게 고향의 새로운 법칙이 됐다."

"주인은 노역자에게 화풀이하고……." 호킨스가 말했다.

"……노역자들은 존스에게 화풀이하고요." 내가 말했다.

"가중처벌까지 붙여서 말이야. 이제 존스에게는 자기편이 없어. 앞마당이 더는 앞마당이 아닌 거지." 호킨스가 말했다. "존스는 탈출하고 싶어 해."

"좀 이상하네요." 내가 고개를 저으며 말했다. "노역자 중에 존스보다 정의로운 대접을 받을 자격이 있는 사람이 많을 텐데요."

"당연하지." 호킨스가 말했다. "하지만 우리가 정의롭게 대하려는
건 존스가 아니야. 존스의 주인이지."

"네?" 내가 말했다.

"그게 말이야, 존스는 비겁할지는 몰라도 들판에서는 엄청난 일꾼
이거든." 호킨스가 말했다. "그 이상이지. 천재적이랄까. 존스는 바이
올린을 켤 줄 알아. 심지어 너처럼 목재도 잘 다루고."

"그게 자유랑 무슨 상관이에요?" 내가 물었다.

"아무런 상관도 없어." 호킨스가 말했다. "이건 자유의 문제가 아
니야. 전쟁 문제지."

나는 잠시 말을 멈추고 필즈 씨와 호킨스를 돌아보았다.

"아니, 그러지 마." 호킨스가 말했다. "또 생각을 시작하지는 말거
라. 지난번에 머리를 굴렸던 대가가 뭔지는 기억하지? 여기에는 더
큰 문제가 걸려 있어. 더 높은 계획이 걸려 있다고."

"무슨 계획요?" 내가 물었다.

"하이람." 필즈 씨가 말했다. "너 자신을 위해서나 우리 모두를 위
해서나 네게 전부 알려주는 건 바람직하지 않아. 이 문제에 대해서는
그냥 우리를 믿어다오."

필즈 씨는 잠시 말을 멈추고 내가 이해하는지 살피더니 말했다.
"신뢰는 어렵지. 이해한다. 하지만 정말이야, 믿어다오. 우리가 처음
만난 이래 네가 마주쳐온 건 모두 거짓말이었어. 그건 미안하다. 나
도 언제나 영예로운 인생을 살아온 건 아니야. 그러니까 네게 진실을
조금이나마 알려준다면 아마 도움이 될 테지. 오늘 밤의 우리 여행
과는 관계없는 진실이라도 말이야. 내 진짜 이름을 알려주고 싶구나,
하이람. 내 이름은 이사야 필즈가 아니야. 미카야 블랜드다. '필즈 씨'

는 버지니아에서 일하기 위해 쓰는 가명이야. 여기 내려와 있는 동안에는 필즈 씨라고 불러주면 고맙겠다만, 그 이름은 내가 태어나면서 받은 이름이 아니다.

지금 나는 너를 믿고 내게 가장 소중한 것을 털어놓은 셈이야. 이 일로 나는 죽을 수도 있어. 이제 우리를 믿어주겠니?"

우리의 여행, 호킨스와 나와 미카야 블랜드의 여행은 그렇게 시작됐다. 우리는 달리지 않았다. 그토록 많은 체력 훈련을 받았지만, 그냥 걷기만 했다. 그러나 주요 도로를 피해가며 꽤 속도를 올리기는 했다. 그렇게 오솔길조차 없는 오지를 지나고 언덕을 넘은 끝에 숲이 평평해졌다. 그 사실과 별에 비추어본 우리 각자의 방향감각을 통해 우리가 틀림없이 동쪽으로 가고 있음을 알게 됐다. 토지는 메말랐고 밤은 따뜻했다. 그때쯤 나는 이 계절이 작전을 수행하기에 가장 나쁜 계절이라는 걸 알게 됐다. 이 시기에는 해가 길어 길을 나아갈 수 있는 밤 시간이 짧았다. 현장 요원의 전성기는 겨울이었다. 여름에는 시간이 모자라는 만큼 도착과 출발 시간을 정확히 지키는 것이 대단히 중요했다. 우리는 여섯 시간 정도 남동쪽으로 걸어갔다.

존스는 있어야 할 바로 그곳에 있었다. 숲의 두 오솔길이 교차하고 오른쪽 끝에 있는 나무 더미로 표시된 곳에 말이다. 우리는 숲속에 서서 그가 초조하게 어슬렁거리는 모습을 보았다. 그게 내 첫 임무였다. 그와 접촉하는 역할이 내게 맡겨졌다. 우리는 팀을 이루어 일했지만, 처음에는 한 사람만 표적과 접촉했다. 그래야 배신당하더라도 오직 한 명만 잃을 수 있었다.

나는 나무 뒤에서 그에게 다가갔다. 존스는 어슬렁거리기를 멈추었다. 그는 지시받은 모습 그대로 짐도 다른 소지품도 없는 채로 왔다. 손에는 오직 라일랜드의 사냥개를 만났을 때를 대비해 위조한 서류만 들려 있었다. 그를 살펴볼 때 혼란스러웠다는 점은 고백하겠다. 존스 같은 사람들은 옛날부터 있었다. 자신의 이득을 위해 노역자 집단 전체에 위협을 가하는 사람들. 우리 할머니인 산티 베스 시절에는 그런 인간들을 처리하는 방식이 있었다. 숲속에서 우연히 추락한다거나 말이 갑자기 놀라서 날뛴다거나 미국 자리공*에 찔린다거나 하는 사고가 우연히 일어나는 식으로. 그런데 이제 나는 그런 악당을 해방시키기 위해 애써야 하는 것이다. 선량한 남녀와 아이들이 저 아래에 파묻혀 있는데도.

난 그를 노려보며 말했다. "오늘 밤엔 호수에 달이 뜨지 않았네."

그가 말했다. "그야 호수가 햇빛으로 맘껏 배를 채웠기 때문이지."

"갑시다." 내가 말했다. 파넬 존스는 잠시 멈추어 숲을 보더니 손짓했다. 그러자 머리를 묶어서 두건으로 가리고 들일을 할 때 입는 작업복을 걸친 열일곱 살쯤 된 소녀가 나왔다. 이게 바로 파넬 존스 같은 자들을 미국 자리공에다 던져주는 이유다. 사람들이 일반적인 연민을 보이면 그들은 그걸 전부 어떻게 해볼 기회로 받아들였다. 송아지 한 마리를 내주면 소떼를 내놓으라고 하는 식이다. 나는 둘을 바로 그 자리에 남겨두고 떠날지 잠시 생각했지만 이는 나보다 높은 사람들이 결정할 문제였다. 그래서 나는 아무 말 않고 그들을 다시 호킨스와 블랜드가 기다리고 있는 숲속 좁은 공간으로 데려갔다.

"이 여자는 대체 뭐야?" 호킨스가 말했다.

"나랑 같이 갈 겁니다." 존스가 말했다.

* 독성이 있는 풀.

"무슨 개소리지?" 호킨스가 말했다. "화물은 하나만 가져가기로 약속했는데, 인제 와서 더 떨구겠다는 건가?"

"내 딸 루시예요." 파넬 존스가 말했다.

"네 엄마라도 상관없어." 호킨스가 말했다. "계획이 뭔지 알 텐데. 대체 무슨 짓이야?"

"이 애 없이는 아무 데도 안 갑니다." 존스가 말했다.

"괜찮아." 블랜드가 말했다. "괜찮아." 호킨스와 블랜드는 친구 사이였다. 호킨스가 블랜드를 웃게 했기 때문에 나는 그 사실을 눈치 챘다. 그냥 낄낄거리는 게 아니라 폭소하게 했기에. 미카야 블랜드는 웃음이 그리 헤픈 사람이 아니었다.

호킨스가 답답한 듯 고개를 젓더니 존스를 보고 말했다. "라일랜드 놈들이 코빼기라도 비치면 너희 둘 다 버리고 간다. 알았어? 우린 북쪽으로 가는 길을 알지만 너희는 모르지. 조금이라도 이상한 낌새가 보이면 너희를 여기 사냥개들 앞에 남겨둘 거야."

하지만 이상한 일은 전혀 일어나지 않았다. 적어도 호킨스가 의심한 일은 말이다. 우리는 남은 밤 동안 괜찮은 속도로 나아갔고, 동 틀 녘쯤에는 꽤 멀리까지 왔다. 호킨스와 블랜드가 그 땅을 잘 정찰해둔 덕이었다. 그들은 중간 지점에 쉴 만한 동굴을 찾아놓았고, 우리는 태양이 언덕 위로 떠오르는 바로 그 시각에 그 동굴에 도착했다. 우리는 번갈아가며 잠을 자고 화물을 감시했다. 호킨스의 말과 달리 우리는 그들을 떠날 수 없었다. 우리가 어떤 방법으로 일하는지 정보가 새는 위험을 감수할 수는 없었으니까. 나는 이들이 우리에게 너무 큰 짐이 될 경우 무슨 일이 벌어질지 두려웠다.

우리는 세 시간씩 교대했다. 내가 마지막 차례였다. 밤이 오기 전

늦은 오후였다. 나와 루시를 제외하면 모두가 잠들어 있었다. 루시는 시차 적응에 어려움을 겪는 중이었다. 나는 루시가 동굴 밖 탁 트인 곳으로 나가는 모습을 지켜보았다. 나는 그녀를 불러 세우지 않고 바로 뒤에서 따라갔다. 루시는 존스의 딸이 아니었다. 그 사실만은 나도 알 수 있었다. 둘은 닮은 구석이 하나도 없었다. 존스는 피부가 황갈색이었으나, 루시는 아프리카 그 자체만큼이나 검었다. 하지만 그보다는 둘이 걸을 때 손을 잡고 서로 속삭이는 모습이 많은 것을 말해주었다.

"왜 거짓말을 했는지 모르겠어." 루시가 말했다.

"긴장해서겠지." 내가 말했다. 우리는 동굴 바로 앞에 있었다. 나는 루시 바로 뒤의 그루터기에 앉았다. 루시는 서쪽으로 가라앉기 시작한 태양을 지켜보았다.

"존스가 원해서 한 일이 아니야." 루시가 말했다. "존스를 탓하지 마. 다 내 탓이니까. 존스한테 가족이 있다는 건 알지? 진짜 가족, 다른 곳에 사는 여자와 두 딸 말이야."

대체 내 어떤 점 때문에 사람들이 내게 마음속 짐을 털어놓고 싶어 하는지는 모르겠다. 하지만 파넬 존스 가족에 대한 루시의 말을 통해 나는 우리 대화의 목적지가 어딘지 알게 되었다. 그렇게 우리는 나아갔다.

"우리를 소유한 히스 주인님한테는 예전에 어린 아내가 있었어." 루시가 말했다. "지옥같이 잔인한 여자였어. 내가 알아. 난 그 여자 시종이었거든. 그 여자는 비가 세차게 내린다거나 우유가 뜨겁다는 이유로 채찍을 휘두르는 그런 여자였어. 못된 성질만큼이나 얼굴은 예뻤고, 마을의 모든 남자가 그 점을 알고 있었지. 히스 주인은 그 여자를 잃을까 봐 집착했어. 주인은 질투심이 많은 사람이었거든. 그러던 어느 날 그 어린 아내가 종교에 푹 빠졌어. 내가 보기에 진지한 종교라고는 할 수 없었어. 하지만 그런 종교도 세상의 일부를 보는 한 가지 방법이라고 할 수 있겠지.

그 여자는 웬 늙은 목사랑 친해졌어. 매일 와서 좋은 말씀을 들려주곤 하던 사람인데, 내가 보기에는—히스 주인이 보기엔 안 그랬는지 몰라도—그 사람이 베풀어주는 게 비단 좋은 말씀만은 아니라는 게 아주 확실해 보이더라."

여기에서 루시는 자기가 암시한 내용에 웃더니, 내가 알아들었는지 살펴보려고 나를 돌아보았다. 알아듣긴 했지만, 사실 별로 와닿지는 않았다. 그게 어쩐지 루시를 더욱 웃게 했다. 그녀가 말했다. "그러다 둘이 떠나버린 거야. 그냥 그렇게 도망쳤어. 다시 시작한 거지. 새 출발. 난 그 여자가 정말로 싫었어. 분명히 말하는데 다른 세상에서라면 내가 채찍을 쥐고 그 여자가 내 밑에 서게 될 거야. 하지만 그래도 그 일만은 참 재미지더라니까?

우린 그 도망 얘기를 했어." 루시가 말했다. "그 일을 언제나 꿈꿨어. 정말이지 그런 일은 강렬한 인상을 남기거든. 하지만 우리 두 사람은 절대 그럴 수 없다는 건 알고 있었어. 우리는 노역자니까."

이제 루시는 고개를 돌렸다. 그녀가 조용히 우는 소리가 들렸다.

"그러다가 그 일이 벌어진 거야." 루시가 말했다. "있잖아, 난 겉보기에는 어려도 그렇게 어리지 않아. 전에도 남자가 나를 두고 떠난 적이 있었어. 난 그 표정을 알아. 그 얼굴을 안다고. 존스가 그 표정을 하고서 나를 찾아왔더라. 한마디도 하기 전에 무너져 내리더니 울음을 터뜨렸어. 존스가 사라지리라는 걸 내가 알았고, 내가 안다는 걸 존스도 알았어. 그 사람을 탓하지는 마. 그는 어디로 간다고 말하지 않았어. 어떻게 가는지조차 말하지 않았고. 그냥 다음 날 아침에 사라졌어. 나 없이 어딘가로 가고 있었던 거야.

사람들은 파넬이 악당이라고 해. 뭐, 나도 같은 생각이야. 하지만 파넬은 내 악당이야. 파넬이 죄를 지었다면, 그냥 그런 식으로는 살고 싶어 하지 않았다는 것뿐이야. 어떤 남자가 그러고 싶겠어? 온 집 안이 망가졌는데? 사람들은 히스 주인이 자기들한테 하는 짓이 파넬 탓이라고 하지. 하지만 나는 그건 히스 주인 탓이라고 생각해.

내가 어젯밤에 파넬을 따라갔어. 오솔길에서 따라잡았지. 파넬이 너희가 있는 곳에 도착하기 조금 전에 말이야. 그리고 나를 데려가지 않으면 돌아가서 모두에게 파넬이 도망친다고 일러바치겠다고 했어. 절대 그러지는 않았겠지만. 난 천성이 그렇지가 못해, 하지만…… 내가 이 말을 하는 이유는, 내 탓이라는 거야. 파넬은 날 두고 떠나기에는 너무 약한 사람이야."

"정당화하려 들지 마." 내가 말했다.

"정당하든 말든 내가 신경이나 쓸까 봐?" 루시가 말했다. "내가 너나 너희 쪽 사람들한테 관심이나 있을 것 같아? 주인들이 뒤에서 우리한테 무슨 짓을 저질렀는지 알잖아. 벌써 잊어버린 거야? 놈들이 노역자 여자들한테 무슨 짓을 저지르는지 기억 안 나냐고. 게다가 일단 그런 짓을 저지르고 나면 놈들이 우리 발목을 잡게 돼. 아기로 발목을 잡는 거야. 다름 아닌 피붙이로 사람을 땅에 매어놓는다고. 그러면 사람들은 놓아버리기엔 너무 많은 게 생겨서 떠날 수 없게 돼. 글쎄. 나도 파넬만큼 도망칠 권리가 있어. 너나 다른 누구한테도 뒤지지 않는 권리가."

루시는 더 이상 울지 않았다. 짐을 덜어놓은 그녀는 다른 사람들이 막 깨어나는 동굴로 돌아갔다. 호킨스가 내게 경계하는 눈빛을 던졌다. 나는 호킨스를 보았지만 신경 쓰지 않았다. 나는 루시에게 집중했다. 그때쯤 루시는 미소 짓는 파넬 존스에게 다가가 웃으며 그를 끌어안았다.

우리는 그날 밤을 즐겁게 보냈다. 자정쯤에는 달이 높이 떠 있었고, 저 멀리 산이 보였다. 브라이스턴에 가까워진 거였다. 우리는 브라이스턴을 곧장 지나쳐 계속 나아갔다. 한두 시간이 지나자 작은 오두막에 이르렀다. 오두막 굴뚝에서 연기가 피어오르고 창문에서 난로 불빛이 깜빡였다.

호킨스가 휘파람을 불고 기다렸다가 다시 휘파람을 불었다. 다시 기다렸다. 그리고 마지막으로 한번 휘파람을 불었다. 안에서 불이 꺼졌다. 우리는 몇 분 더 기다렸다. 그런 다음 호킨스를 따라 집 뒤쪽으로 돌아갔다. 문이 열리고 백인 노파가 나왔다. 그녀가 우리에게 다가와 말했다. "2시 50분이라더니 한 주 내내 늦네."

호킨스가 말했다. "아뇨. 일정이 바뀐 것 같아요."

그 말에 여자가 말했다. "사람도 하나뿐이라더니."

"그건 맞아요." 호킨스가 말했다. "우리 생각대로 안 됐어요. 이 사람들한테 뭐든 원하는 대로 하세요."

여자가 잠시 사람들을 톺아보더니 말했다. "좋아, 다들 빨리 들어오기나 해."

우리는 안으로 들어갔고, 노파가 다시 불을 피우는 것을 도와주었다. 호킨스가 그녀와 함께 밖으로 나가 몇 분간 이야기하다 돌아왔다. 호킨스가 말했다. "이제 우린 집에 갈 시간인 것 같다."

미카야 블랜드가 파넬 존스를 보며 말했다. 불빛에 비친 그 얼굴에 다정함이 엿보였다. "걱정하지 마세요. 괜찮을 겁니다."

존스가 고개를 끄덕인 다음, 우리가 걸어 나갈 때 말했다. "안전해지면 아버지한테 연락드려도 될까요?"

호킨스가 혼자 웃더니 돌아섰다. "당연히 해도 되지." 그가 말했다. "하지만 언더그라운드가 그 사실을 알게 되면, 그 연락이 생애 마지막 말이 될 거야."

임무도 완료했겠다, 조지 파크스에 대한 작업도 끝냈겠다, 코린과 사람들은 내게 언더그라운드의 작업을 좀 더 보여주고 나를 노예제도의 고장이 아닌 북부로 여행시킬 때가 되었다고 판단했다. 필라델피아가 내 새로운 고향이 될 터였다.

나는 며칠 전에야 겨우 그 소식을 들었다. 그 정도 말미가 주어진 것만도 행운이었다. 언더그라운드는 내게 고려해볼 기회를 주지 않았다. 우리 모두 북쪽으로 가는 꿈을 꾸기는 했지만, 꿈이 현실로 다가올 때는 온갖 공포가 사람을 압도할 수 있기 때문이다. 우리 안에는 늘 승리하고 싶지 않은 마음, 바짝 몸을 낮추고 익숙한 곳에 머무르고 싶은 마음이 있다. 하지만 내게는 고민하며 내 안의 겁쟁이에게 굴복할 시간조차 없었다. 나는 상의하고 사색하며 마지막 며칠을 보냈다. 앞으로 벌어질 일에 관해 미카야 블랜드와 이야기를 나누었다. 숲속을 걸어 다니며, 내가 한때 당연하다고 느꼈으나 머잖아 없이 지내게 된 모든 것을 생각했다.

우리 중 새로운 곳에서 일하게 될 사람은 새로운 신분을 만들고 서류를 갖추어야 했다. 가택 요원이 자기 신분을 직접 위조하는 일은 결코 없었다. 가택 요원의 서류는 다른 지부의 다른 가택 요원이 갖춰주었다. 그 누구도 자기 인생을 직접 지어낼 수 없다는 생각 때문이었다. 그들은 내 신분의 뿌리가 될 내 직업부터 작업하기 시작했다. 나는 지역 회사에서 일하는 목수로 위장하고 언더그라운드의 작전에 참여하기로 했다. 나는 몸값을 치르고 자유를 사서, 남부 자유 유색인의 권리를 질식시키던 최근의 몇몇 법을 피해 도망친 사람으로 행세할 예정이었다. 내게는 작업복 두 벌과 교회에 갈 때 입을 옷 한 벌이 주어졌다. 내 이름은 워커라는 성씨가 덧붙었을 뿐 하이람으로 유지됐다.

정확히 어떻게 북부로 가느냐 하는 문제는 여전히 남아 있었다. 라일랜드의 사냥개들이 대로와 항구, 기찻길을 샅샅이 훑어댔다. 나에 대한 도망자 신고가 없어 내 인상착의에 맞는 사람을 찾아다니는 라일랜드가 없으리라는 사실은 도움이 됐다. 나는 호킨스와 미카야 블랜드와 함께 가기로 했다. 계획은 단순했다. 나는 자유인이었다. 호킨스는 블랜드라는 백인이 소유한 노예였다. 만약 어느 순간 누군가 내 서류에 의문을 제기하면 블랜드가 내 신분에 대해 증언해주기로 했다.

"자유인처럼 행동해." 호킨스가 충고했다. "고개 들고. 눈을 똑바로 봐. 너무 오래 보지는 않아야겠지만. 넌 여전히 유색인이니까 말이야. 숙녀 앞에서는 고개를 숙여. 네가 그렇게 좋아하는 책도 몇 권 꼭 들고 다녀. 기억해. 당당하게 굴지 않으면 놈들이 네 정체를 꿰뚫어볼 거야."

떠나는 날, 나는 이 생각에 빠져 있었다. 그러자 배짱이 생겼고, 표를 받을 때나 짐꾼 아이에게 여행 가방을 실으라고 건네줄 때, 기차가 출발하여 남부와 내가 알던 모든 세계가 멀어져갈 때도, 나는 자유라는 사실이 내 진실이 되어야 한다고 나 자신을 타일렀다.

15

나는 내 이름으로 된 소지품이랄 것도 딱히 없는 데다 진짜라고 할 만한 작별 인사도 하지 못한 채 떠났다. 마지막 날 저녁에는 코린도 에이미도 보지 못했다. 그들 나름의 무슨 작전에 엮여 있으리라고만 생각했다. 나는 브라이스턴에 도착한 지 4개월 만인 더운 여름 월요일 아침에 떠났다. 우리, 그러니까 호킨스, 블랜드, 그리고 나는 그날 대부분을 걸으며 보냈다. 그날 밤은 우리 명분에 공감하는 나이든 홀아비의 작은 농가에서 보냈다. 그 주 화요일, 우리는 클라크스버그로 각자 출발했다. 그 마을에서 다시 만나 긴 여행의 첫 단계를 시작할 생각이었다. 작전은 북서부 버지니아 기찻길을 통해 버지니아를 가로지른 다음, 메릴랜드 서부에서 볼티모어와 오하이오의 변경을 따라 동쪽으로 계속 가다가 북쪽의 자유로운 땅 펜실베이니아로 올라간 뒤 필라델피아라는 목적지에 도착하는 것이었다. 북쪽으로 가는 더 짧은 길도 있었지만, 그쪽 기찻길에는 최근 라일랜드의 사냥개들과 관련된 말썽이 있었다. 또 볼티모어의 노예 항구를 그대로 가로질러 가는 이런 직접적이고 대담한 접근이 놈들의 허를 찌를 것 같았다.

나는 클라크스버그 역에 도착해 호킨스와 블랜드가 붉은 차양 밑에 앉아 있는 모습을 보았다. 호킨스는 모자로 부채질을 하고 있었다. 블랜드는 기차가 다가오는 반대 방향의 기찻길을 내려다보고 있었다. 찌르레기 한 무리가 차양에 내려앉았다. 승차장에는 보닛을 쓰고 푸른색 후프 드레스를 입은 백인 여자가 옷을 잘 차려입은 돌쟁이 두 명의 손을 잡고 서 있었다. 조금 떨어진 곳, 차양의 그늘이 미치지 않는 곳에는 소지품 전부를 여행용 손가방에 담아 든 듯한 하류층 백인 한 명이 담배를 피우고 있었다. 나는 옆으로 비켜섰다. 건방지게 시원한 그늘 아래에 서 있다가 의심을 불러일으키고 싶지 않았다. 하류층 백인은 담배를 다 피우더니 여자에게 인사했다. 찌르레기들이 차양에서 날아오를 때도 그들은 계속 얘기하고 있었다. 그때 모퉁이에서 거대한 쇠로 만든 사자가 울부짖으며 다가왔다. 기차는 온통 새까만 연기와 귀를 찢는 철커덕 소리로 이루어져 있었다. 나는 바퀴들이 점점 느려지다가 끼익 소리를 내며 멈추는 모습을 지켜보았다. 책에서뿐 아니라 그 어디에서도 비슷한 것을 본 적이 없었다. 나는 머뭇거리며 표와 서류를 차장에게 내밀었다. 차장은 거의 쳐다보지도 않았다. 지금은 믿기 어려울지 모르겠지만, 그 어두운 시절에는 '검둥이 칸'이 없었다. 왜 그런 게 필요하겠는가? 상급자들은 숙녀가 목발을 곁에 두듯 노역자들을 바로 곁에 두었다. 아니, 그보다 더 가까이 둘 수도 있다. 역사 속 그 시절에는 미국에서 사람이 가질 수 있는 가장 값진 것은 다른 사람이었으니까. 나는 좌석 두 열 사이 복도를 걸어 뒤쪽으로 향했다. 기차는 몇 분간 지체했다. 나는 긴장한 기색을 드러내지 않으려 애썼다. 차장의 고함 소리와 거대한 사자가 다시 포효하는 소리를 듣자 온몸에서 긴장이 풀리는 느낌이 들었다.

　여행은 통틀어 이틀이 걸렸으므로 나는 목요일 아침에야 스카일러킬 강을 내려다보는 그레이스 페리 역에 도착했다. 나는 기차에서 내려 친구와 가족들을 찾는 사람들 사이로 들어갔다. 기차에서 내리자마자 호킨스와 블랜드를 보았지만, 그들은 나와 거리를 유지했다. 이곳 도시에서조차 라일랜드가 탈주자들을 찾아 어슬렁거린다는 사실은 잘 알려져 있었다. 나는 나를 마중하러 올 사람이 어떻게 생겼는지 전혀 설명을 듣지 못했다. 그냥 기다리라는 지시만 있었다. 길 건너에 말 여러 필이 끄는 승합마차가 한 대 있었다. 기차에서 내린 승객 몇 명이 그 마차에 올랐다.

"워커 씨?"

나는 뒤를 돌아보고, 눈앞에 서 있는 양복 입은 유색인을 보았다.

"네." 내가 대답했다.

"레이먼드 화이트입니다." 그가 손을 내밀며 말했다. 그는 미소 짓지 않았다.

"이쪽이오." 우리는 승합마차에 올라탔다. 기사가 마차용 채찍을 후려치며 강 반대편으로 출발했다. 우리는 마차를 타고 가는 동안 별 말을 나누지 않았다. 우리가 모인 이유를 생각하면 그럴 만했다. 그럼에도 나는 이 레이먼드 화이트라는 사람에 대해 짐작해볼 수 있었다. 그의 복장에는 빈틈이 없었다. 그는 어깨에서 허리로 이어지는 완벽하게 마름질한 회색 정장을 입고 허리끈을 단단히 매고 있었다. 머리카락은 깔끔하게 나뉘었고 얼굴은 돌에 이목구비를 새겨놓은 것 같았다. 마차를 타고 가는 내내 그 이목구비에는 고통이나 짜증, 기쁨, 장난기, 기타 그 밖의 어떤 관심사도 드러나지 않았다. 그러나 나는 레이먼드의 눈에서―절제된 우아함에도 불구하고―어떤 슬픈 이야기가 전달된다고 생각했다. 그의 인생이 어떤 식으로든 노역에 매여 있다는 것을 알 수 있었다. 나는 그 슬픔을 보고 그의 태도와 상급자다움이 타고난 게 아니라 노력하고 애쓴 결과이리라고 생각했다.

승합마차는 강에서 멀어져 도시 중심부로 들어갔다. 거리에 사람천지였다. 창밖으로 너무도 많은 사람이 보였다. 경마 행사가 백배는커진 것 같았다. 온 세상 사람이 이곳에 모여, 작업장과 모피상과 약제사 사이를 비집고 다니고, 판석이 깔린 거리를 걸어 다니고, 매캐한 공기를 들이마시는 듯했다. 온갖 환경에서 온갖 서열을 차지한 사람들, 부모와 아이, 부자와 빈자, 흑인과 백인이 있었다. 그리고 대체로 부자는 백인이며 빈자는 대체로 흑인이지만, 이쪽 계급이든 저쪽계급이든 모두 두 인종이 섞여 있다는 사실도 알게 되었다. 그 모습을직접 보니 충격적이었다. 이곳에서도 권력을 쥔 쪽은 백인이지만, 그렇다 한들 오직 그들만이 독점적으로 권력을 쥔 것은 아닌 듯했기 때문이다. 게다가 장담하는데, 나는 백인 중 내가 그날 본 만큼 비참한부류도, 유색인 중 그보다 화려한 부류도 본 적이 없었다. 이곳의 유색인들은 스타펄에서와 달리 단지 살아 있기만 한 것이 아니라 가끔은 내가 본 아버지의 어떤 모습보다도 우아한 옷을 걸치고 있었다. 부유한 유색인들은 정신없이 돌아가는 이 도시에서 모자와 장갑을 끼고, 여자들에게 파라솔을 씌워 데리고 다니면서 왕족처럼 움직였다.

이처럼 깜짝 놀랄 광경이 인간에게 알려진 것 중 가장 불쾌한 악취를 배경으로 펼쳐졌다. 나는 이 도시의 공기를 코로 맡았다기보다는 몸으로 느꼈다. 하수구에서 태어난 그 악취는 솟아올라 거리의 죽은 말들과 섞이고, 마침내는 제조와 생산의 연기와 섞여든 끝에 도시전체에 걸린 보이지 않는 안개가 되고 말았다. 썩게 내버려둔 과수원같았다. 그전에도 가축이 뿜는 온갖 고약한 악취에 익숙해져 있었지만, 그래봐야 정원과 딸기 덤불, 숲 옆에서 그 냄새를 맡았을 뿐이었다. 그러나 필라델피아의 냄새에는 그런 균형이 없었다. 악취는 사방에, 모든 거리와 작업장과 선술집에 감돌았고, 나는 조심하지 않으면 그 냄새가 집과 침실에도 들이닥치리라는 것을 알았다.

우리는 20분쯤 지나 승합마차에서 내린 뒤 구석의 벽돌 연립주택에 들어갔다. 블랜드와 호킨스가 이미 와 있었다. 그들은 로비 바로 옆에 딸린 작은 응접실에서 옷을 잘 차려입은 다른 흑인과 함께 커피를 마시고 있었다. 우리를 보자 일행 모두가 미소 지으며 눈길을 들었다. 모르는 남자가 일어서서 내게 성큼성큼 다가오더니 세게 악수하고 크게 미소 지었다. 그의 얼굴을 보고 그가 레이먼드 화이트와 친척임을 알 수 있었다. 그의 얼굴 역시 돌처럼 굳어 있었지만, 레이먼드 화이트만큼 금욕적인 표정은 아니었다.

"난 오다 화이트." 그가 자신을 소개했다. "기차에선 문제없었지?"

"그런 것 같아요." 내가 말했다.

"자, 여기 앉아." 오다가 말했다. "커피 한 잔씩 줄게."

나는 레이먼드와 블랜드가 잡담하는 동안 앉아 있었다. 오다가 커피를 가지고 돌아왔고, 회의가 시작됐다.

"이 친구 조심하라고, 알았지?" 호킨스가 커피를 마시며 말했다. "대단한 물건이니까. 그냥 하는 소리가 아니야. 이 친구가 강바닥에 파묻혔다가 그 강을 혼자 돌파해 나오는 걸 내가 봤어. 우리가 던진 온갖 고난을 겪고도 여전히 버티고 있지. 뭔가 느껴지지?"

호킨스가 나를 두고 했던 말 중 가장 상냥한 것이었다.

"제 결심은 아시잖습니까?" 레이먼드가 말했다. "전 평생을 이 일에 바쳤습니다. 이분이 우리 사업에 주실 도움을 기꺼이 환영합니다."

"정말이지 우리한테 큰 도움이 될 거야." 오다가 말했다. "하이람 워커, 난 너를 잘 몰라. 나도 여기 출신은 아니야. 내가 아는 건 다 배워서 아는 거란 얘기지. 너도 그렇게 될 거야."

호킨스가 고개를 끄덕이며 커피를 한 모금 마셨다. 호킨스는 북부의 생명체인 레이먼드보다는 노예제도 안에서 태어난 오다와 있을 때 편해 보였다. 오랜 세월이라는 렌즈에 비추어보면, 그 점이 우리가 일하는 방식의 문제점이었던 것 같다. 버지니아에서 우리는 무법자들이었다. 무법자로 산다는 건 우리의 명예였다. 우리는 도덕이라는 것이 악마적인 법의 기반이라고 생각했고, 그 도덕을 넘어서는 데서 기쁨을 느꼈다. 우리는 기독교인이 아니었다. 그러나 북부에서는 언더그라운드가 너무 강력했다. 북부에서는 '지하'를 의미하는 언더그라운드라는 이름이 그 조직에 전혀 어울리지 않았다. 이곳에서 열심히 일하는 요원들은 기독교인이었다. 수많은 밤, 필라델피아의 술집에 앉아 있으면 겨우 며칠 전 인도된 사람들이 도주 경험담을 자세히 늘어놓는 소리가 들려오곤 했다. 필라델피아의 모든 골목이 도망자로 넘쳐났고, 이런 도주자들이 교회의 신도석을 가득 채웠다. 그들은 그 신도석에서 서로를 지켜주고 라일랜드를 경계하는 민병대를 조직했다. 북부에서는 언더그라운드의 요원들이 무법자가 아니었다. 사실은 거의 그들 나름의 법체계를 이루고 있었다. 언더그라운드 요원들은 감옥을 습격하고 연방 보안관을 공격하고 라일랜드의 사냥개와 총격전을 벌였다. 호킨스와 같은 사람은 그림자 속에서 일을 해나갔지만 레이먼드와 같은 이들은 마을 광장에서 큰 소리로 외쳤다.

그러나 오다는 레이먼드와 좀 달랐다. 오다에게는 뭔가가 있었다. 은근슬쩍 자기 뿌리를 내비치는 행동도 그랬고 거친 태도도 그랬다.

그래서 호킨스도 오다를 존경할 수밖에 없었다. 호킨스는 그 존경심을 아주 깊이 묻어두고 인정하지 않았지만. 그야 호킨스는 영혼을 구하는 사람이지 들여다보는 사람은 아니고, 자신의 영혼을 들여다보는 취미는 더더욱 없었으니까. 나는 코린이 변신하기 전 브라이스턴에서 노예들에게 벌어진 잔혹 행위에 대해 충분히 알고 있었기에 호킨스에게 '영혼을 들여다본다'는 것이 사치임을 알고 있었다.

"좋아." 호킨스가 자리에서 일어나며 말했다. "이 녀석은 아무것도 몰라. 믿고 맡길 테니까, 이 녀석에게 모든 걸 알려주도록 해. 우리 역할은 끝났어. 이 녀석이 남부에서처럼 여기서도 우리 사명을 충실히 섬기길 바라야지."

호킨스는 자리에서 일어나는 나를 돌아보고 악수하며 말했다. "조만간 서로 다시 만날 일은 없을 것 같다. 다시 만날 수 있을지조차 모르겠고. 내가 할 수 있는 말은 잘 지내라는 것뿐이야."

나는 고개를 끄덕였다. 호킨스는 블랜드를 포함한 다른 사람들과도 악수했다. 블랜드도 그 나름의 일 때문에 필라델피아에 몇 주 머물기로 한 터였다. 호킨스가 떠난 뒤 오다가 나를 위층의 방으로 데려갔고, 그동안 레이먼드와 블랜드는 아래층에 남아 이야기를 나누었다. 내 방은 작은 방이었다. 하지만 공동생활을 몇 달간 하고 난 뒤였고, 그전에는 구멍 속에서 지냈으며 그전에는 감옥에서 지냈기에 나는 그곳이 천국처럼 느껴졌다. 오다가 떠난 뒤 나는 침대에 누웠다. 블랜드와 레이먼드의 이야기가 아래층에서 웅얼웅얼 흘러나왔다. 왁자지껄한 웃음 비슷한 소리도 들렸다. 나는 나중에 동네 술집에서 오다와 함께 저녁을 먹었다. 오다는 도시에 익숙해지려면 그 주 주말을 꽤 바쁘게 보내야 할 거라고 충고했다. 나는 이튿날에 탐험해볼 생각으로 곧장 집으로 돌아와 잠을 잤다. 오다도 내 방 옆 침실에서 잤다. 레이먼드는 자기 아내와 아이들과 함께 도시 밖에 살았다.

다음 날 아침 일찍 눈을 떴다. 필라델피아가 눈에 들어왔다. 나는 베인브리지 스트리트로 나갔다. 베인브리지 스트리트는 이 도시에서 가장 큰 도로 중 하나로 9번가의 우리 사무실과 맞붙어 있었다. 그곳에는 아주 다양한 인간의 삶이, 소망과 욕구와 의도로 가득 찬 동물원이 거리에 흘러넘치고 있었다. 겨우 오전 7시였다. 거리 맞은편에 빵집이 보였고, 빵집 창 너머로 유색인이 일하고 있었다. 빵집에 들어가자 달콤한 냄새가 나를 맞았다. 도시의 안개에 대한 완벽한 해독제였다. 카운터의 누런 종이 위에 온갖 종류의 케이크, 튀김, 만두 등 간식거리가 보기 좋게 놓여 있었다. 카운터 뒤에는 더 많은 것이 쟁반에 차곡차곡 쌓여 일자형 선반에 놓여 있었다.

"여긴 처음이신가?"

눈을 드니 내게 미소 짓는 유색인 남자가 보였다. 나보다 열 살 정도 많아 보이는 그 남자는 순전한 친절을 담아 나를 바라보았다. 내가 그의 질문에 움찔했는지, 그는 "괜히 참견하려는 건 아니야. 사실 참견할 생각은 전혀 없어. 새로 온 사람들은 티가 나거든. 아주 작은 것에도 아찔함을 느끼는 티 말이야. 괜찮아, 친구. 처음인 건 전혀 잘못이 아니니까. 아찔해하는 것도 전혀 잘못이 아니고."

나는 아무 말도 하지 않았다.

"내 이름은 마스야." 남자가 말했다. "여긴 내 가게고. 나랑 우리 해나랑 같이 하는 가게지. 9번가 쪽에서 왔지? 거기 사는 오다랑 같이 지내나? 레이먼드랑 오다, 둘 다 내 사촌이야. 우리 사랑하는 해나랑은 한 핏줄이고. 그 친구들과 함께 있으니, 너도 내겐 가족이야."

그래도 나는 아무 말도 하지 않았다. 당시 나는 너무도 무례했고 너무 많은 것을 의심했다.

"이러면 어떨까?" 마스가 말했다. 그는 뒤로 손을 뻗어 두루마리에 말린 누런 종이를 찢더니 가게 뒤쪽으로 갔다. 그는 종이에 뭔가를 싸가지고 나왔다. 그가 건네준 꾸러미는 따뜻했다.

"자." 그가 말했다. "먹어봐."

종이를 펼치자 생강 향기가 흘러나왔다. 그 냄새가 일순간에 어떤 슬프고도 달콤한 감정을 일으켰다. 내 마음속 구불구불하고 안개 낀 오솔길 어딘가에 도사린 듯한, 어느 잃어버린 기억에 연결된 느낌이었다.

"얼마죠?" 내가 물었다.

"얼마냐고?" 마스가 말했다. "우린 가족이랬잖아? 북부에서는 모두가 가족이라고."

나는 고개를 끄덕이며 간신히 고맙다는 표시를 한 뒤 빵집에서 돌아 나왔다. 나는 잠시 베인브리지에 서서 도시를 지켜보았고, 종이로 싸놓은 생강빵이 여전히 따뜻한 채로 내 손에 쥐어 있었다. 나는 떠나기 전에 미소를 지을 걸 그랬다고 생각했다. 그의 친절에 보답할 만한 말을 했으면 좋았을 뻔했다. 그러나 나는 버지니아라는 구덩이에서 막 나온 터였다. 조지 파크스가 여전히 내 머릿속에 있었으며 소피아는 여전히 내게 잃어버린 사람이었다. 나는 베인브리지를 건너 북서쪽으로 향하는 거리들을 건넜다. 그러면서 골목이 너무 많아 붙일 이름도 모자랄 것 같은 그 도시의 터무니없는 크기에 대해 생각했다. 나는 부두에 도착할 때까지 걸었다. 부두에서는 유색인과 백인이 한데 섞여 짐을 내리고 뱃일을 하고 있었다.

나는 안쪽으로 휘었다가 다시 밖으로 돌아나가는 강을 따라 걸어 갔다. 강둑은 작업장과 작은 공장과 간선거*로 북적거렸다. 시원한 강바람 덕에 사람을 짓누르는 도시의 냄새가 조금은 누그러졌다. 이제 나는 산책로에 이르렀다. 도보로 나뉜 커다란 잔디밭이 있고 도보 양옆에는 벤치들이 놓여 있었다. 나는 그 벤치에 앉았다. 오전 9시쯤이었다. 평일의 마지막인 금요일. 날씨는 맑고 푸르렀다. 산책로는 온갖 피부색의 온갖 필라델피아 사람들로 가득했다. 밀짚모자를 쓴 신사들이 숙녀들을 안내했다. 학생들이 풀밭에 둥그렇게 둘러앉아 교사의 말에 집중하고 있었다. 한 남자가 외발자전거를 타고 웃으며 지나갔다. 바로 그때 갑자기, 이 순간이 내가 살면서 경험해본 가장 자유로운 순간이라는 생각이 들었다. 내가 바로 그 순간, 그곳에서 떠날 수 있으며 언더그라운드를 버리고 이 도시, 이 거대한 경마장 속으로 도망칠 수 있다는 것도, 그 독기 어린 공기 속에 둥둥 떠 갈 수 있다는 것도.

나는 종이를 펼쳐 생강빵을 입으로 가져갔다. 그걸 먹자 누가 시킨 것도 아닌데 내 안의 뭔가가 쫙 갈라져 열렸다. 마스의 빵집에서 생강 향 때문에 떠올랐던 그 길이 눈앞에 나타났다. 하지만 이번에는 안개가 없었다. 사실 그곳은 길도 아니었다. 그저 어떤 장소였을 뿐. 그곳은 주방이었다. 나는 그곳이 라클리스의 주방임을 즉시 알아차렸다. 나는 더 이상 벤치에 앉아 있지도 않았고, 심지어 산책로 근처에 있지도 않았다. 나는 그 주방에 서 있었다. 쿠키와 페이스트리와

---

* 대규모의 하수관 망 안에서, 여러 개의 작은 도랑이 연결되어 중심이 되는 큰 도랑.

온갖 단것이 갈색 종이에 싸인 채 카운터 위의 줄지은 쟁반에 놓여 있었다. 마스의 빵집에서와 똑같았다. 그리고 그 조리대와 붙은 다른 조리대도 있었는데, 그 뒤로 유색인 여자가 보였다. 그녀는 혼자 조용히 노래를 부르며 반죽을 이기다가 나를 보자 미소 지으며 말했다. "넌 왜 늘 그렇게 조용하니, 하이?"

그러더니 그녀는 다시 반죽을 하며 노래 부르기 시작했다. 얼마간 시간이 흐르자 그녀가 눈을 들어 다시 나를 보고 웃었다. "하월 주인님의 생강 쿠키를 눈여겨보고 있구나." 그녀가 말했다. "조용할진 몰라도, 넌 날 엄청 곤란한 처지에 빠뜨릴 궁리를 하고 있는 거야."

그녀는 고개를 젓더니 혼자 웃었다. 하지만 잠시 후, 나는 그녀의 얼굴에 떠오른 경계하는 표정을 보았다. 그녀는 검지를 길게 뻗어 꽉 다문 입술로 가져갔다. 문간으로 다가가 밖을 내다보더니, 간식으로 가득 찬 다른 조리대로 걸어가서 생강 쿠키 두 개를 종이에서 떼어냈다.

"가족은 서로 뒤를 봐주는 거란다." 그녀가 쿠키를 내게 건네며 말했다. "그리고 무엇보다, 내가 보기엔 어쨌든 이 모든 건 네 거야."

나는 그녀의 손에서 쿠키 두 개를 받아 들었다. 나는 무슨 일이 벌어지는 건지 알았던 게 틀림없다. 내 상상 속 장소가 어디든, 그곳이 현재의 라클리스는 아니라는 것을 분명히 깨달았다. 심지어 과거의 라클리스조차 아니었을지 모른다. 마치 꿈속에 있는 것 같았다. 나는 눈앞에 있는 여자의 이름을 몰랐다. 하지만 그녀를 알아보았고 그 이상의 어떤 상실감 때문에 찌르는 듯한 아픔이 느껴졌다. 그 느낌이 너무도 강렬해서 왼손에 생강 쿠키를 쥔 채 그녀에게 달려가 그녀를 끌어안았다. 오래도록, 세게. 그리고 내가 물러섰을 때 그녀는 마스가 그날 아침 내게 지었던 큼지막한 미소를 대낮처럼 밝게 짓고 있었다.

"잊지 말아라." 그녀가 말했다. "가족이야."

그런 다음 안개가 사방에서 돌아와 주방으로 둥실둥실 밀려들었다. 조리대가 눈앞에서 사라졌고, 쟁반들도 여자도 사라졌다. 그녀는 내 시야에서 흐려져가며 말했다. "계속 가렴."

나는 다시 벤치에 앉아 있었다. 피곤했다. 손은 비어 있었다. 위를 올려다보고 산책로 너머 강 건너를 보았다. 외발자전거를 탄 남자가 다시 지나갔다. 그가 손을 흔들었다. 나는 왼쪽 벤치를, 그다음에는 오른쪽 벤치를 보았다. 벤치들은 별 차이 없이 양쪽에 일렬로 늘어서 있었는데, 단 한 가지 다른 점이 있었다. 세 칸 떨어진 벤치 위에 반쯤 먹은 생강빵 한 조각이 놓여 있고, 풀밭에는 그 생강빵을 쌌던 갈색 종이가 여름 산들바람에 가만히 흔들리고 있었던 것이다.

16

이제야 알았다. 인도였다. 인도의 힘은 여전히 내 안에 있었다. 그 힘을 어떻게 불러낼지 제대로 이해하지 못했는데도 말이다. 나는 기진맥진한 몸을 끌고 우리 사무실로 갔고, 내 방에 들어가자마자 잠들었다. 아직 해가 떠 있었는데도. 그렇게 나는 다음 날 이른 아침까지 깨어나지 않았다. 그 힘에 다시 접근해볼까도 생각했으나 이제는 인도를 할 때마다 피로와 병이 뒤따른다는 것을 알게 됐고, 그래서 마음이 내키지 않았다. 대신 마스의 빵집에 다시 들러 무례했던 태도를 사과하기로 했다. 어쩌면 그런 다음 도시를 좀 더 산책하며 새로 얻은 자유를 누려볼 수 있을지도 몰랐다. 어쩌면 이번에는 동쪽의 델라웨어 강, 심지어 그 강 너머 레이먼드와 그의 가족이 사는 캠든의 작은 마을까지 갈 수 있을지도 몰랐다. 하지만 반바지를 입자마자 침실 문을 노크하는 소리에 이어 오다의 목소리가 들렸다.

"하이람, 안에 있어?"

나는 문을 열었다. 오다가 이미 계단을 내려가고 있었다. 그는 계속 계단을 내려가며 나를 올려다보고 말했다. "가야 돼."

오다를 따라 계단을 내려가 응접실에 들어가니 레이먼드가 손에 편지 한 통을 쥐고 어슬렁거리고 있었다. 레이먼드는 우리를 보더니 문간으로 가 자기 모자를 집어 들고 아무 말 없이 서둘러 나갔다. 우리는 그를 따라 9번가로 간 다음 베인브리지로 향했는데, 그때쯤 베인브리지는 이미 필라델피아의 불쾌한 공기에서 풍기는 악취로 홍수를 이루고 있었다.

"우리 주의 법은 꽤 분명합니다." 우리가 따라잡자 레이먼드가 말했다. "그 어떤 남녀도 구속당해서는 안 된다는 것이죠. 비록 묶인 채 이곳으로 끌려왔다고 하더라도 말입니다. 일단 누군가가 요청하면, 반드시 피난처가 주어져야 합니다. 하지만 일단은 요청이 있어야 해요. 사람들을 설득해서 자유로워지게 할 수는 없습니다. 사람들에게 자유를 원하라고 구애할 수는 없어요."

"하지만 주인들은," 오다가 나를 보며 말했다. "그 법을 감춰. 자기 아랫사람에게 거짓말을 하고 겁을 준다고. 그들의 가족과 친구들을 위협하는 거야."

"그러나 자기 의지를 명백히 선언하는 사람이 생기면" 레이먼드가 말했다. "그 의지가 반드시 존중받도록 해줄 권한이 우리에게 생깁니다. 브론슨이라는 여자가 그런 요청을 했습니다. 브론슨을 억류한 자는 그 요청을 망신스러워하고요. 이렇게 서둘러서 미안하지만, 시간이 모자랍니다. 이자가 법을 존중하게 하려면 지금 즉시 실행해야 해요."

우리는 내가 아침 일찍 가볼까 했던 바로 그 길을 따라 동쪽으로 나아가고 있었다. 얼마 지나지 않아서 부두에 이르렀다. 델라웨어 강이 뱃전에 부드럽게 철썩였다. 토요일이었다. 날은 더 더워졌다. 이 도시는 버지니아에서 내가 경험했던 어떤 날씨보다도 더웠다. 여기서는 그늘이 아무 의미가 없었다. 열기가 악취만큼 확실하게 사람을 따라다녔고, 도시에서 유일하게 한숨 돌릴 곳은 도시의 강변인 이곳 뿐이었다. 우리는 남쪽을 향해 부두 몇 곳을 지나간 끝에 강배의 건 널 판자 앞에 섰다. 우리는 빠르게 배에 올라탔다. 레이먼드가 승객 들을 훑어보았지만, 그가 말했던 브론슨이라는 여자의 인상착의에 걸맞은 인물은 찾지 못했다. 그때 어떤 유색인 남자가 말했다. "저 아 래 있어요, 화이트 씨."

우리는 배 뒤로 걸어가 아래로 이어지는 계단을 발견했다. 그리고 계단 아래 우묵한 부분에서 다른 한 무리의 승객을 보았다. 나는 레이 먼드보다 먼저 '브론슨이라는 여자'를 알아보았다. 인상착의는 필요 없었다. 이곳에서 보낸 겨우 이틀 동안 나는 노역자들을 볼 만큼 보았 다. 노역자들은 이곳의 자유 유색인만큼 옷을 잘 차려입고 있었다. 어 쩌면 더 잘 차려입었다고도 할 수 있었다. 그들의 포획자들이 노역자 와 자유인 사이의 연결 고리를 감추려고 애쓰기라도 하는 것처럼. 하 지만 충분히 오랫동안 보고 있으면 노역자인 사람들의 태도와 처신 하는 방식에서 뭔가 다른 힘이 그들을 쥐고 있다는 걸 알 수 있었다. 이 브론슨이라는 여자는 잘 차려입고 있었다. 심지어 소피아가 너대 니얼을 위해 그랬듯 의상을 갖춰 입었다고도 할 수 있었다. 그러나 나 는 그녀의 팔이 키가 크고 홀쭉한 백인 남자에게 꽉 잡혀 있고, 그녀 가 다른 손으로는 그 남자보다도 센 손길로 기껏해야 여섯 살 남짓일 남자아이를 잡고 있는 모습을 보았다. 그녀의 눈이 레이먼드를 발견 했다. 레이먼드는 여전히 그녀를 찾고 있었다. 그때, 그녀와 나의 눈 이 마주쳤다. 그러고 나서 그녀는 시선을 자기 아들에게 돌렸다.

그때쯤에는 레이먼드도 눈치를 챘다. 그가 다가가 말했다. "메리 브론슨, 요청하신 것으로 알고 있습니다. 저희는 주의 법에 따라 그 요청을 실행하기 위해 이곳에 왔습니다. 우리 주의 법은," 레이먼드는 키가 크고 홀쭉한 남자에게 시선을 고정했다. "구속의 관습을 존중하지도, 인정하지도 않습니다."

나는 버지니아가 아닌 곳에 있었다. 언더그라운드의 일이 은밀하게 일어나야만 하는 세상에서 잘려 나와 있었다. 버지니아에서 나는 존중해야 하는 관습을 파괴하려는 범죄자였다. 그러나 지금은 필라델피아에서 언더그라운드 요원이 공개적으로 활동하는 모습을 지켜보는 중이었다. 어떤 연출도 분장도 없었다. 레이먼드의 말은 마치 폭탄처럼 터졌다. 메리 브론슨을 잡은 남자도 그것을 느낀 모양이었다.

"개소리." 백인 남자가 메리 브론슨의 손을 당기며 말했다. 그러자 메리 브론슨은 균형을 잃고 약간 휘청거렸다. "난 내 재산을 가지고 고향으로 돌아갈 생각이다."

레이먼드는 그 말을 무시했다.

"어떤 명령에도 복종할 필요가 없습니다." 그가 메리 브론슨에게 말했다. "제가 여기에 서 있는 동안 저자는 당신을 억류할 수 없으며, 저와 함께 가시겠다면 주의 법이 제 노력에 힘을 보태줄 것임을 보증합니다."

"빌어먹을, 이 여자는 내 거야!" 남자가 말했다. 그는 이 말을 엄청난 소리로 내뱉었다. 하지만 나는 그가 더는 메리의 팔을 잡지 않은 것을 보았다. 메리가 팔을 은근슬쩍 빼냈는지, 아니면 그가 레이먼드에게 분노를 쏟아내느라 잊어버린 건지는 알 수 없었다. 그때쯤 근처에 몇몇 사람들이 모여들었다. 몇몇은 힘을 보태려고 온 것이었고 몇몇은 웬 소란인지 살피러 온 것이었다. 그들은 서로 자세한 내막을 전하고 웅성거리며 남자에게 손가락질했다. 남자는 자신이 가진 얼마 안 되는 권력이 주변에서 시들어가는 것을 인지하지 못하는 듯했다. 그러나 메리는 그 모든 것을 알아챘다. 군중이 그녀에게 용기를 주었다. 그녀가 아이의 손을 잡고 레이먼드에게 걸어갔다. 남자가 씩씩거리며 메리에게 돌아오라고 소리쳤지만, 메리는 무시하고 레이먼드 뒤로 가서 아이를 자기 등 뒤에 숨겼다.

"이 자식." 남자가 레이먼드에게 눈을 부라리며 말했다. "여기가 내 고향이었다면 네놈에게 분수를 알려주고 널 제대로 손봐줬을 거다." 이 말에 사람들이 웅성거리던 소리가 점점 커지며 조롱하고 외치고 위협하는 소리로 바뀌었다.

몇몇 축복받은 유색인은 폭풍 같은 인생을 살면서 깨달음의 순간을 겪는다. 하늘이 열리고 구름이 갈라지고 햇빛 한 줄기가 꿰뚫고 내려와 위로부터 어떤 무한한 지혜를 전달해주는 순간이다. 그 순간은 기독교라는 종교가 아니라 유색인 남자가 백인 남자에게 말하는 장면을 보는 데서부터 온다. 레이먼드 화이트가 돌아서서 백인 남자에게 말한 것처럼.

"그런데 여긴 당신 고향이 아니죠."

그러더니 레이먼드가 군중을 돌아보았다. 눈으로 레이먼드를 좇던 남자는 자신이 처한 위기를 깨닫기 시작했다. 그에게서 분노와 단호함이 사라졌다. 공포와 두려움이 다가들었다. 홀쭉한 백인 남자는 1초가 다르게 점점 더 창백해지고 홀쭉해지는 것 같았다. 그 남자의 위협에 불쾌감을 느낀 군중이 이제는 뭘 해야 할지를 놓고 서로 웅얼거리고 있었다.

배가 물살을 헤치고 가는 것을 보고 나서, 오다와 나는 메리 브론슨과 그녀의 아들과 함께 9번가의 집으로 돌아와 앉았다. 레이먼드는 메리에게 집을 구해주러 떠난 터였고, 가능하다면 곧 일자리까지 구해줄 생각이었다. 필라델피아에서는 필라델피아 역을 지난 모든 사람의 고난을 배려해주는 것이 관습이었다. 그 역시 버지니아에서는 전혀 상상할 수 없는 또 하나의 생각이었다. 버지니아에서는 누가 그런 고난을 겪고 있으면 도망쳐서 벌을 받은 게 아닌가 의심할 테니까. 레이먼드는 자신이 역사의 한복판에 있다고 생각했고, 그와 관련된 모든 사건이 제대로 기록되어야 한다고 강하게 느꼈다.

오다는 커피를 탔고 메리의 아들에게 여러 장난감을 가져다주었다. 나무로 깎은 소와 말, 농장 동물 여러 마리였다. 짬을 내서 마스의 빵집에 들렀는데, 마스가 나를 자신의 아내인 해나에게 소개해주었다. 나는 그녀를 만나자마자 간신히 미소를 지어 보이고 어제의 태도에 대해 최선을 다해 사과했다. 마스가 내게 따뜻한 빵 두 덩이를 건네며 말했다. "사과할 거 없어. 말했지만, 우린 가족이야."

집으로 돌아와보니 메리가 응접실 바닥에 앉아 아들과 놀고 있었다. 나는 빵을 들고 주방으로 가서 칼과 앞접시로 쓸 큰 접시를 찾았다. 조리대 위에 설탕 절임이 담긴 유리병 하나가 치즈 한 덩이와 함께 놓여 있었다. 나는 이것들로 스프레드를 만들어 식당 식탁 위에 놓았다. 오다가 모두가 마실 커피를 내온 뒤 메리와 그녀의 아들을 식탁으로 데려왔다. 그 식사에는 안도감은 물론 축하하는 분위기까지도 부드럽게 어려 있었다.

식사를 마친 뒤 메리는 우리가 청소하는 것을 도와주었다. 그런 다음 우리는 면접을 보기 위해 거실로 자리를 옮겼다. 메리의 아들이 나무 병정을 한 손에 하나씩 들고 위협적인 표정을 짓더니, "쉬익!"

하고 큰 소리를 내며 말 두 마리를 서로 들이받게 했다.

"아이 이름이 뭔가요?" 내가 물었다.

"옥타비우스요." 메리가 말했다. "이유는 묻지 마세요, 제가 지은 이름이 아니니까요. 다른 모든 것도 그렇지만, 이 애 이름도 제 옛 주인이 결정한 거예요."

오다가 메리에게 소파에 앉으라고 권했다. 나는 내 방으로 올라가 종이와 연필 두 자루를 가지고 왔다. 그런 다음 식탁에 앉았다. 오다가 질문을 던지고 내가 기록할 예정이었다.

"제 이름은 메리 브론슨이에요." 메리가 오다에게 말했다. "노예로 태어났고요."

"하지만 더는 노예가 아니죠." 오다가 말했다.

"더는 아니죠." 메리가 그 말을 되풀이했다. "그 점에 대해서 여러분 모두에게 감사드리고 싶어요. 제가, 우리 모두가 남부에서 대체 무슨 일을 겪었는지 전혀 모르실 거예요. 전 그 남자에게서 벗어나려고 모든 짓을 다 해봤어요. 방법은 잘 몰랐지만요. 아시다시피 도시에 나온 게 이번이 처음은 아니에요. 도망쳐야겠다는 생각을 품은 것도 처음이 아니고요. 왜 진작 도망치지 않았는지 모르겠어요."

"어디 출신이죠, 메리?" 오다가 물었다.

"지옥이죠." 그녀가 말했다. "난 지옥에서 그대로 솟아나왔어요, 오다."

"왜 그렇게 말씀하시는 건가요?" 오다가 물었다.

"저한테는 여기 옥타비우스 말고도 아들 둘이 더 있어요. 아들 둘에 남편도 있었죠. 남편은 저처럼 요리사였어요. 가족들 모두가 제가 하는 일을 무척 좋아했어요."

"당신도 당신 일이 좋았나요?"

"뭘 좋아하고 말고 할 처지가 아니었죠. 하지만 뭐랄까, 전 좀 달랐어요. 사실은, 옛 주인하고 어떤 합의가 되어 있었거든요. 요리를 했지만, 주방에 나 혼자만 있는 건 아니었어요. 가끔은 옛 주인이 내 요리를 팔아 벌어들인 돈을 나랑 나눴어요. 그 돈을 충분히 모아서 내 몸값을 치르고 가족들을 데리고 나갈 계획이었죠. 일단은 나부터 자유로워질 생각이었어요. 더는 무엇도 나눌 필요가 없도록 말이죠. 그런 다음 우리 아저씨 프레드를 데리고 나갈 생각이었고요. 그게 남편 이름이거든요. 프레드를 데리고 나와서 일손을 하나 더 얻을 생각이었죠. 그런 다음에 우리가 같이 어린 것들을 데려오기로 했어요."

"그런데요?"

"주인이 죽었어요. 가문이 쪼개졌고, 하류층 백인 중 하나, 방금 여러분이 본 그 남자가 우리를 물려받았죠. 난 그런 다음부터 내 일이 별로 마음에 들지 않게 됐어요. 그자가 모든 돈을 독차지했거든요. 옛 주인과 내 합의나 내 저축에 대해서는 전혀 모른다면서. 그래서 나는 꾀를 냈어요. 일을 천천히, 서툴게 하기 시작했죠. 하지만 그자가 눈치를 채더군요."

메리 브론슨은 잠시 말을 멈추었다. 그녀는 자세를 가다듬고, 다시 말을 이으려고 숨을 골랐다.

"그때부터 구타가 시작됐어요. 그자는 일주일 치 목표량을 정해놓고 그 목표를 맞추지 못하면 내 살가죽에 분풀이하겠다고 했어요. 남편과 내 아들 모두를 팔아버리겠다고 위협했어요. 나는 할 수 있는 한 열심히 일했어요, 오다. 그런데도 그자는 내 가족들을 팔아버렸어요. 막내아들만 남기고."그녀는 여전히 바닥에 앉아 나무 동물을 가지고 노는 어린 남자애를 고갯짓했다. "날 불쌍하게 여기거나 걱정해서가 아니었어요. 나한테 짐을 지운 거예요. 나한테 늘 뭔가 잃어버릴 게 남아 있도록 저 애를 인질로 잡아둔 거죠."

"그자가 왜 메리를 도시로 데려온 건가요?" 오다가 물었다.

"여기에 그자의 가족이 있거든요." 메리가 말했다. "그자가 자기 가족들한테 내 일솜씨를 자랑했어요. 나더러 자기 누이의 주방에서 일하라고 했죠."

"여기, 이 위쪽 지방에서요?"

"네, 맞아요. 하지만 내가 본때를 보여준 거죠. 아닌가요?"

"그럼요, 본때를 보여주셨습니다."

"사슬이란 강력하고도 강력한 물건이에요, 오다. 난 북쪽으로 왔는데도 도망치지 않았던 모든 시간을 생각하고 있었어요. 놈들이 날 얼마나 꽉 잡고 있었는지도요. 난 저 아이가 1년쯤 뒤에는 밭일을 하게 되리라는 걸, 놈들이 저 아이까지 차지하리라는 걸 알고 있었어요."

메리가 두 손으로 얼굴을 가리고 조용히 흐느꼈다. 오다가 다가가 메리 브론슨 곁에 앉았다. 그런 다음 그녀를 끌어당겨 안고, 부드럽게 등을 두드려주었다. 그러자 메리 브론슨은 울부짖었고, 나는 그 울음소리에서 남편과 아들들, 그녀가 잃어버린 모든 것을 위한 노래를 들었다.

나는 지금의 오다처럼 해주는 요원을 한 번도 본 적이 없었다. 도망 노예가 아닌 자유로운 여성에게 합당한 존엄성을 가지고 위로하는 사람을 말이다. 오다는 메리를 품에 안고 그녀가 안정될 때까지 달래준 다음 일어서서 말했다. "메리와 아드님이 지낼 장소를 며칠 안에 구해드리겠습니다. 레이먼드가 그런 일을 전부 도맡으려고 간 거예요. 메리와 아드님은 모든 게 마련될 때까지 얼마든지 여기 머무셔도 됩니다."

메리 브론슨이 고개를 끄덕였다.

"여긴 좋은 도시입니다, 메리." 오다가 말했다. "그리고 이곳에선 우리가 강합니다. 하지만 여기서 지내고 싶지 않다고 하셔도 이해합니다. 어느 쪽이든 우리는 가능한 방법으로 당신을 도울 겁니다. 머잖아 알게 되시겠지만, 자유를 찾는 것은 시작일 뿐입니다. 자유롭게 사는 것은 완전히 다른 문제죠."

잠시 침묵이 흘렀다. 나는 면접이 끝났다고 생각하고 기록을 멈춘 터였다. 메리 브론슨도 이제는 울음을 멈추었다. 메리가 오다의 손수건으로 얼굴을 닦았다. 그런 다음 눈을 들어 말했다. "아들들과 함께 살지 못하면 자유롭게 사는 게 아니에요."

이제 메리는 평정심을 되찾았다. 그녀의 고통과 두려움은 다른 무언가로 바뀌었다. "당신들의 교회 얘기는 듣고 싶지 않아요. 당신들 도시 얘기도 듣고 싶지 않고. 나한테 필요한 도시는 그 애들뿐이에요. 지금 여러분은 나와 옥타비우스를 빼낼 방법을 찾아내셨죠. 주님께 맹세컨대, 그 점은 고마워요. 난 똑바로 교육받고 컸으니까요. 고맙습니다. 하지만 잃어버린 내 다른 아들들이 나한테는 가장 큰 관심사예요."

"브론슨 부인." 오다가 말했다. "우린 그런 활동은 하지 않습니다. 우리에겐 그럴 힘이 없어요."

"그럼 여러분에게는 자유가 없는 거예요." 그녀가 말했다. "놈들이 어머니와 아들을, 자연이 맺어준 남편과 아내를 갈라놓지 못하게 막을 수 없다면, 여러분에게는 아무것도 없는 거예요. 저기 저 아이가 내 전부예요. 나는 저 아이 때문에 도망쳤어요. 저 애가 다른 세상을 알 수 있도록요. 나 혼자였다면, 태어난 모습 그대로 노예로 죽었을 거예요. 그러니까 저 아이가 나를 해방해준 거지요. 나는 저 아이에게 그만큼 큰 빚을 지고 있어요. 그리고 무엇보다도 저 애 아빠와 형들에게 빚을 지고 있어요. 놈들이 이렇게 우리를 떼어놓지 못하게 막을 수 없다면, 우리가 다시 함께하도록 할 수 없다면, 여러분의 자유는 얄팍한 것이고 여러분의 교회나 도시도 나한테는 아무 의미가 없어요."

이어지는 월요일, 나는 목공소에서 일을 시작했다. 목공소는 스카일러킬 부두 바로 옆, 23번가와 로커스트 거리가 만나는 모퉁이에 있었다. 주인은 레이먼드 화이트의 지인이었고, 그곳에서 일하는 사람 중 여럿이 도망자였다. 나는 일주일에 사흘씩 그곳에서 일했고, 사흘은 언더그라운드 일을 봤다.

일이 끝나면 나는 보통 혼자 도시를 걸어 다니며 소리와 악취, 감각이 빚어낸 이 믿을 수 없는 연금술을 이해해보곤 했다. 그 모든 것이 밤늦게까지 이어졌다. 하지만 결국 사람들로 이루어진 그 믿을 수 없는 혼합물 속에서 나는 왠지 혼자가 된 기분이었다. 메리 브론슨 때문이었다. 그녀의 열망, 핏줄 구석구석에 뻗친 자유에 대한 굶주림. 가장 소중한 사람들이 여전히 노역자로 남아 있는데, 이런 도시에서 자유로워진다는 게 무슨 의미가 있을까? 소피아 없는 나, 어머니 없는 나, 테나 없는 나는 대체 뭘까? *테나. 너 같은 놈은 말조심을 해야 해.* 그녀는 그렇게 말했었다. *상대방에게 한 말 중 어떤 게 마지막 말이 될지는 아무도 모르니까.* 그 말을 마음에 새겼어야 했다. 당시에도 알고 있었다. 하지만 나는 살아온 세월보다 빠르게 나이 들고 있었다. 테나의 말은 내 나이 스물보다 훨씬 나이 든 남자의 슬픔으로 커져만 갔다. 내가 그녀에게 한 짓은 짧은 인생을 살아오면서 했던 행동 중 최악이었다. 지금의 나는 그때의 내가 꿈을 탐하던 아이일 뿐이었음을 알고 있다. 게다가 이제는 그 꿈조차 사라져버렸다. 메리 브론슨의 아들들이 언더그라운드가 무슨 수를 쓴다 한들 되찾을 수 없는 깊고 먼 곳으로 끌려가버린 것처럼.

어느 금요일 아침, 일하러 가려는데 오다가 다가와 내게 말했다. "남자는 가족 없이 너무 오래 지내면 안 돼."

나는 뒤를 돌아보았지만 아무 말도 하지 않았다.

그가 미소 지었다. "그래도 신경 써주는 사람들과 지내는 건 괜찮을 수 있지, 하이람. 오늘 밤 우리 엄마 집에서 저녁 어때? 괜찮아? 우리 가족 모두가 올 거야. 좋은 사람들이라고, 진짜야. 다들 널 가족처럼 환영해줄걸."

"좋아요, 오다." 내가 말했다.

"좋아. 아주 좋아." 그는 집으로 가는 길을 알려주고 말했다. "오늘 밤에 봐."

화이트 가족의 집은 델라웨어 강 건너편에 있었다. 나는 그날 저녁 페리를 타고, 그다음에는 자갈이 깔린 길이 점토로, 그다음에는 먼지가 날리는 흙으로 변할 때까지 걸었다. 도시의 열기, 축축하고도 텁텁한 공기가 등 뒤로 흐려졌고 상쾌한 산들바람이 도로에서 소용돌이치며 올라왔다. 밖에 나오니 좋았다. 나는 도시에 도착한 이후 처음으로 시골 비슷한 곳에 와 있었으며, 남부의 옛집에 대해 그리워하던 모든 것, 들판의 바람과 나무들 사이로 밀고 올라오는 태양, 길게 이어지는 오후를 느꼈다. 필라델피아에서는 모든 일이 단번에 일어났다. 인생의 모든 것이 감각들의 터무니없는 충돌 속에 일어났다.

레이먼드와 오다의 부모는 사방에 발코니가 둘러져 있고 앞에는 연못이 있는 큰 집에 살았다. 나는 그 발코니에 잠시 서서 앞문을 바라보았다. 안에서 아이들과 어머니들, 아버지들, 형제들의 소리가 들려왔다. 행복감이 섞인 그들의 말과 웃음소리가 나를 스트리트에서 보냈던 크리스마스로 데려갔다. 집 안에 발을 들여놓기 전부터 쌓여온 그 감정이 뿜어져 나왔다. 비슷한 감정을 전에도 느낀 적이 있었다. 구스 강 밑에서였다. 내가 기억도 못 하는 어머니와 다시 만났을 때. 사촌들과 호나스와 영 P를 보았을 때. 그 느낌이 다시 떠오르지마자 모든 기억이 돌아왔다. 여름 산들바람이 싸늘해졌다. 나는 몸을 떨었다. 눈앞의 모든 것이 파랗게 변했다. 화이트의 집으로 들어가는 문이 늘어나더니 일제히 줄지어 서 있는 여러 개의 문으로 변했고, 풀무*라도 되는 양 서로 멀어졌다. 나는 나 자신이 저 멀리 떨어지는 것을 느꼈다. 문 하나가 열렸다. 안을 들여다보았다. 어머니의 손이 연기 속에서 뻗어 나왔다. 어머니는 내 손을 잡으려고 손을 뻗으며 걸어왔다. 어머니가 내 손을 잡자 푸른빛이 희미해지고 그 여름 오후의 노란 열기가 돌아왔다. 그리고 문간에서 어떤 여자를 보았다. 어머니가 아니었다. 하지만 어머니가 살아 있었다면 아마 여자와 비슷한 나이일 것이다. 그녀의 바로 뒤에 오다가 있었다. 오다는 나를 보자 서서 손을 흔들며 미소 지었다.

"하이람이니?" 여자가 물었다. 그러고는 내가 대답할 틈도 없이

---

* 불을 피울 때 바람을 일으키는 도구.

말했다. "하이람 맞구나. 꼭 도깨비라도 본 것 같은 얼굴이네."

그녀가 내 손을 꼭 잡고 내 눈을 들여다보았다. "그럼 그렇지. 배고프면 그렇게 되기 마련이야. 레이먼드랑 오다가 밥은 주고 일을 시키는지 모르겠네. 아니 아니, 거기 서 있을 게 아니라 들어오렴!"

나는 몇 발자국 따라 들어갔고, 여자가 멈춰 서서 말했다. "나는 바이올라 화이트란다. 레이먼드와 오다의 엄마야. 하지만 그냥 바이올라 이모라고 부르렴. 너한테 난 이모나 마찬가지니까. 오다나 레이먼드와 함께 일하는 사람은 누구든 내 가족이야."

나는 바이올라 화이트를 따라—'바이올라 이모'에 익숙해지는 데는 시간이 좀 걸릴 터였다—앞쪽 응접실로 가, 오다의 사촌들과 이모들이 한데 모여 있는 것을 보았다. 레이먼드가 벽난로 가에 서서 나이 든 사람과 이야기하고 있었다. 빵집 주인 마스가 내게 달려와 와글와글 모여 있는 가족들에게로 나를 끌며 소개해주고 일전의 생강빵의 효과에 관해서 이야기했다.

"저 녀석, 태연한 척하려고 했다니까. 푹 빠지지 않은 것처럼." 마스가 아내 해나에게 말했다. "하지만 저 녀석이 종이에 얼굴을 처박은 순간, 저 녀석이 내 차지가 됐다는 걸 알았지."

해나가 웃었고, 스스로도 놀라운 일이었지만 나 역시 웃었다. 무슨 일인가 일어나고 있었다. 내가 저 아래 스트리트에서 세웠던 벽이 무너지고 있었다. 그 벽이란 다름 아닌 침묵과 경계심이었다. 분명히 말하지만 스트리트에도 사랑은 있었다. 여태 보았던 것 중 가장 깊고도 단단한 사랑이었다. 하지만 스트리트는 잔혹했고 변덕스러웠다. 정념이 분노로 폭발하고 폭력으로 변모했다. 심지어 우리끼리도 그랬다. 그러나 라클리스에서 내게 쓸모 있었던 태도는 화이트 가족

사이에서는 잔인하고 불필요해 보였으므로, 나는 어색하고 머뭇거리기는 했으나 나도 모르게 미소 짓거나 그 무엇보다도 이야기를 하게 되었다.

저녁을 먹은 뒤 우리는 뒤쪽 살롱에서 커피와 차를 마셨다. 살롱에는 피아노가 있었고, 여자아이 중 한 명이 피아노에 앉아 연주하기 시작했다. 내게 어떤 기교보다도 기억에 남은 점은 그 아이의 재능을 보는 화이트 가족 모두의 눈에서 빛나던 자긍심이었다. 그리고 나 역시 어린 시절 재능이 있었으나, 아버지는 모든 재능이 어린 메이에게 있기를 바랐다는 점이 기억났다. 나는 그저 오락거리, 우스갯거리였다. 자기 행동을 격려받고, 재능에 대해 보상받는 저 작은 여자아이를 보고 있자니—우리 모두 그런 재능이 어느 정도 있기 마련인데—내가 빼앗긴 모든 것, 노역자로 태어난 유색인 아이 수백만 명이 너무도 일상적으로 빼앗긴 모든 것이 보였다. 더 나아가 난생처음으로 메리 브론슨이 열망하던 진정한 자유, 내가 도시를 거닐며 굶주려했던 그 자유, 구스 강 밑에서 힐끗 보았던 자유를 누리는 유색인들이 보였다.

대화 내내 '리디아'와 '램버트'라는 이름이 들렸다. 사람들이 그 이름을 말하는 걸 보아하니 이 둘은 아직도 노역에 매여 있는 가족의 일원인 모양이었다. 여자아이의 연주회가 끝난 뒤, 나는 오다가 큰 발코니에 앉아 길 건너 여름 석양 속 무성하고 푸른 숲을 들여다보는 것을 보았다. 나도 자리에 앉아 말했다. "초대해줘서 고마워요, 오다. 뜻깊은 시간이었어요."

오다는 나를 보고 미소 지었다. "별것도 아닌데, 뭐. 와줘서 고마워, 하이람. 가끔은 우리 일이 아주 부담스럽잖아."

"어머니 말인데요." 나는 안쪽을 돌아보며 말했다. "제가 보기엔 언더그라운드 일에 대해 아시는 것 같던데."

"다들 알아. 물론 애들은 조금밖에 모르지만. 하긴 어떻게 모르겠어? 애초에 우리가 이 일을 시작한 게 저들 때문인데."

"아무튼 훌륭한 가족을 두셨네요." 내가 말했다.

그 말에 오다는 잠시 침묵을 지키다가 숲으로 다시 시선을 돌렸다.

"오다." 내가 물었다. "램버트와 리디아는 누구예요?"

"램버트는 우리 형이야." 오다가 말했다. "리디아는 내 아내고. 램버트는 내가 남부에 있었을 때 죽었어. 리디아는 아직 그곳에 있고. 몇 년째 못 봤지."

"아이들은요?"

"있어. 딸 둘에 아들 하나. 넌?"

나는 잠시 말을 멈췄다.

"아, 전 그냥 혼자예요."

"흠, 난 애들이 없으면 어떻게 살았을지 모르겠어. 내가 어떤 사람이 됐을지 모르겠더라. 이 모든 게, 언더그라운드가 내 아이들과 함께 시작된 거야."

오다는 일어서서 문 너머 집 안을 들여다보았다. 접시가 달그락거리는 부드러운 소리와 웅얼거리는 소리, 가끔 아이들이 낄낄거리는 소리에 끊기는 우울한 대화 소리가 들렸다. 그런 다음 오다는 걸어가 발코니 옆 나무 난간에 몸을 기대고 앉았다.

"난 가족들하고는 달라. 여기에서 자라지 않았거든." 그가 말했다. "우리 아버지는 이제 나이도 많고 허리도 굽었지만, 한창때는 대단한 사람이었어. 노역자로 태어났지만 스물한 살 되던 해에 주인에게 다가가 바로 이렇게 말했다는 거야. '전 이제 다 컸습니다. 멍에를 쓰느니 차라리 죽겠습니다.' 그랬더니 주인이 하루 동안 생각해봤대. 다음번에 아빠와 마주했을 때는 주인이 한손에 엽총을, 다른 손에는 아빠의 서류를 들고 있었다더라. 그리고 아빠를 보면서, 아빠가 자기 한테 그랬듯 직설적으로 얘기한 거야. '자유가 바로 멍에다, 이 녀석 아. 너도 곧 알게 될 거다.' 그러더니 아빠한테 서류를 건네주고 말했 대. '이젠 내 땅에서 떠나라. 다음번에 너와 내가 만날 때는 우리 중 한 사람만 살아서 떠날 수 있을 테니까.'"

오다는 그 말을 하고 웃었다. "하지만 거기에 한 여자가 있었던 거지. 바이올라, 그러니까 우리 엄마도 그곳에서 일하고 있었거든. 그때 우리 형제는 둘이었어. 나랑 형 램버트. 아빠는 북부로 가서 일자리를 얻은 다음 우리의 자유를 사야겠다고 생각했대. 처음에는 부두 일로 시작해서, 우리를 빼내기 위해 매일 돈을 아껴 저금을 했지. 하지만 엄마한테도 나름대로 생각이 있었어. 엄마가 나랑 램버트를 데리고 도망친 거야. 당시의 언더그라운드를 이용한 거지. 엄마가 도시의 부두에 나타났을 때 아빠는 놀라서 죽을 뻔했대.

두 분은 정식으로 결혼했고, 아이가 둘 더 태어났어. 그게 레이먼드와 팻시야. 피아노를 친 건 팻시의 딸이고. 새처럼 노래를 잘하지. 주인은 아버지를 풀어줬어. 이유야 나도 모르지. 백인들 속셈을 대체 누가 알겠어? 하지만 어머니가 여자 몸으로 자기 인생을 그런 식으로 주도한다는 게 뭐랄까, 너무 큰일이었던 거야. 어쩌면 그래서 해내신 걸지도 몰라. 그냥 박차고 떠난 거지. 아니면 우리 때문일지도 모르고. 엄마는 거위였어. 우리는 황금 알이었고.

그자가 도시로 사냥개들을 올려 보냈어. 사냥개들이 나랑 램버트,

엄마, 레이먼드, 팻시를 잡았지. 아빠를 빼놓고 가족 전부를 말이야. 우리는 다시 끌려갔어. 그곳에 도착하자 엄마는 이 탈출이 전부 아빠의 생각이었던 것처럼 굴었대. 도망치는 데 전혀 협조하고 싶지 않았다고 주인한테 말했다는 거야. 주인이 자기 자신을 착한 백인이라고 믿도록 아부한 거지. 내 생각에는 옛 주인이 엄마 말을 믿었던 것 같아. 어쩌면 믿을 필요가 있었을지도 모르고. 자기가 뭔가 착한 일을 하고 있다고 생각해야만 했던 거지. 한 가족을 쪼개고 그들을 붙잡아두려면 말이야.

아무튼 얼마 지나지 않아서 엄마는 다시 도망쳤어. 하지만 이번에는 달랐지. 엄마가 한밤중에 나를 깨웠어. 내가 여섯 살쯤 됐던 때였을 거야. 램버트는 여덟 살쯤이고. 지금도 그때가 눈에 선해. 마치 모든 일이 눈앞에서 펼쳐지는 것만 같아. 기억이 도끼날처럼 날카롭다고. 그 얘기를 할 때 엄마는 우리 침대맡에 서 있었어. '아가, 엄마는 가야 해. 레이먼드를 위해서도 가야 하고, 팻시를 위해서도 가야 해. 여기서라면 그 애들은 죽고 말 거야. 너무 미안하다, 아가. 하지만 엄마 가야 해.'

지금은 엄마가 왜 그랬는지 알아. 당시에도 알았지. 하지만 내 안에서 낮고 무거운 증오심이 타올랐어. 자기 어머니를 증오하다니, 상상이나 돼, 하이람? 그 후로 주인은 우리를 남부에 팔아버렸어. 잃어버린 두 아이가 저 깊은 곳으로 보내진 거야. 엄마한테 벌을 주려고 한 짓이었지. 어머니가 나와 램버트를 되찾으러 돌아오기 위해 무슨 계획을 세우든 그 계획이 끝장났다는 걸 보여주려고 말이야. 나는 저 아래에서 완전히 다른 인생을 살았어. 한 여자, 나의 리디아를 만났고, 우리는 가족을 꾸렸지. 열심히 일했어. 나는 노예제도 안에서 좋은 평가를 받는 남자였어. 다시 말해 아예 남자 취급을 못 받았다는 말이야.

램버트는 알고 있었어. 어쩌면 나보다 나이가 많아서일지도 몰라. 램버트는 우리가 뭘 빼앗겼는지 알고 있었어. 그리고 램버트의 증오심은 너무도 강해서 램버트를 먹어치웠어. 그래서 램버트는…… 집과 낳아준 어머니와 키워준 아버지와 멀리 떨어진 저 아래 남부에서 죽고 말았어."

오다는 잠시 말을 멈추었다. 얼굴이 보이지는 않았지만, 목소리에서 망설이는 기색이 느껴졌고 그의 사방에서 고통의 후광이 타오르는 것 같았다.

"내 안에는 구멍이 너무 많아. 잘려나간 조각이 너무 많아. 잃어버린 세월, 어머니, 아버지, 레이먼드와 팻시, 아내와 아이들. 전부 내가 잃어버린 것들이야.

뭐, 나는 빠져나왔어. 나를 붙잡고 있기보단 돈을 받는 게 내 주인에게는 나았고, 사람들이 친절을 베풀어준 덕분이기도 했지. 나는 가족을 찾아서 이 도시로 올라왔어. 가족들이 어디로 갔는지 소문은 들었으니까. 그리고 머잖아 유색인들한테서, 가족을 찾고 있다면 레이먼드 화이트라는 남자를 알고 지내는 게 좋다는 얘기를 들었어. 난 그 사람을 찾아다녔어."

"두 분이 서로 알아보셨어요?" 내가 물었다.

"전혀. 거기다 나는 성씨도 없었거든. 레이먼드와 나는 마주 보고 앉았어. 우리가 몇 주 전 메리 브론슨과 함께 앉았던 것처럼. 난 레이먼드한테 내 사연을 전부 들려줬어. 나중에 레이먼드는 자세한 이야기를 하나하나 들을 때마다 몸이 떨렸다고 하더라. 하지만 너도 레이먼드를 알지. 그 녀석은 돌덩이거든. 그래서 나는 거기에 앉아서 내가 아는 전부를 말해줬어. 그 녀석이 어떻게 받아들였는지 궁금했지. 녀석은 내내 정말 조용했으니까. 그런데 그 녀석이 다음 날 같은 시간에 다시 찾아왔더라고.

다음 날 레이먼드가 돌아왔을 땐 그분이 있었어, 하이람. 나는 바로 알아봤지. 기억을 뒤져보거나 생각해볼 필요도 없더라니까. 엄마였어. 그러고 나서 엄마가 나한테 이 돌덩이가 내 동생이라고 말해줬어. 레이먼드의 눈에 눈물이 고이는 걸 본 건 그때뿐이야.

어렸을 때 램버트와 나는 빠져나가기 위한 온갖 계략을 꾸미곤 했어. 식구들이 저 바깥 어딘가에서 자유인으로 살고 있다는 걸 알고 있었거든. 하지만 모든 계획이 무너져 내리고 난 뒤에는 절망이 그림자처럼 우리를 덮었지. 그게 말이지, 우리는 네 경우랑은 다르거든. 우리는 어머니가 사라진 그날부터 우리가 자유라는 권리를 타고 태어났음을 알고 있었어. 자유가 어머니의 권리이고, 아버지의 권리이기도 하다면, 어떤 식으로든 우리 권리이기도 할 수밖에."

"제 생각에는 모두가 그렇게 생각하고 있는 것 같아요." 내가 말했다. "몇몇 사람들은 그 생각을 그냥 더 깊은 곳에 묻어두고 있는 거죠."

"하지만 우리는 그 생각을 한 번도 묻어둔 적이 없었어. 램버트는 엄마가 떠난 마지막 밤 이후의 모든 일을 기억하고 있었다고. 엄마가 이마를 쓸어주던 그 마지막 손길을 기억한 거지. 램버트가 죽었을 때, 하이람, 나는 그렇게 죽을 수는 없다는 걸 알았어. 어떤 식으로든 살아남아 다시 탈출해야 한다는 걸 깨달은 거야. 그 과정에서 분노해 봤자 전부 소용없다는 것도 알았고. 어머니가 떠나던 날 밤에 했던 말이 떠올랐어. 언더그라운드에서 일하면서도 내내 떠올랐고, '레이먼드를 위해서도 가야 하고, 팻시를 위해서도 가야 해.' 엄마는 그렇게 말했어. '너무 미안하다, 아가. 하지만 엄만 가야 해.' 나는 어리기도 했고 엄마를 사랑했으니까 이렇게 말했어. '엄마, 왜 우리는 같이 가면 안 돼요?' 그랬더니 엄마가…… 이렇게 말하더라. '엄마가 데려갈 수 있는 숫자가 그 정도밖에 안 되거든. 그 애들도 겨우 그곳까지밖에 데려갈 수 없어.'"

17

인도는 더 자주 일어났다. 세계가 갑자기 아무렇게나 무너져 내렸고, 그러면 나는 잠시 후 뒷골목이나 지하실, 탁 트인 들판, 창고에 처박혀 있었다. 모든 인도는 기억을 통해 활성화되는 것 같았다. 어떤 기억은 완전했고, 어떤 기억은 내게 생강 쿠키를 몰래 주었던 여자처럼 단편적이었다. 하지만 저 아래 스트리트에서 주고받았던 이야기를 접착제 삼아 대강의 그림을 이어붙일 수 있었다. 생강 쿠키를 슬쩍 건네준 여자는 에마 이모였다. 라클리스의 주방에서 에마 이모가 탁월한 솜씨를 발휘했다는 이야기들이 떠올랐다. 이 에마 이모가 어머니의 언니이자 어머니와 함께 숲으로 나가 물의 춤을 추곤 하던 바로 그 이모라고 해도 오해는 아니라고 생각했다.

나는 무언가가 모습을 드러내려 한다는 느낌이 들기 시작했다. 오래전 갇혀버린 내 정신의 일부가 이제 해방되려 애쓰는 것 같았다. 어쩌면 그 수수께끼와 새로운 정보가 펼쳐지는 데에 안도감을 느끼며 반겨야 했을지도 모른다. 그러나 인도는 꼭 뼈를 부러뜨렸다가 다시 맞추는 것처럼 느껴졌다. 한번 일어날 때마다 피로해졌고, 인도가 일어나기 전보다 어쩐지 더 깊은 상실감이 느껴졌다. 그래서 계속해서 낮게 울려대는 고통에, 다음 날 아침 침대에서 일어날 힘조차 모조리 빨아들일 정도로 깊은 우울에 빠지곤 했다. 한번 인도가 일어날 때마다 나는 며칠 동안 대단히 시무룩한 기분으로 일하곤 했다. 인도는 자유처럼 느껴지지 않았다. 더 이상은.

그래서 어느 날 나는 필라델피아와 언더그라운드를 떠나야겠다는 생각, 나를 우울증에 빠뜨리는 기억을 촉발하려고 노력하는 일에서 벗어나겠다는 생각으로 9번가의 사무실을 나섰다. 나는 깊이 생각하고 결정하지 않았다. 소지품도 전혀 챙기지 않았다. 그냥 돌아오겠다는 생각 없이 문을 나섰다. 사무실에서 나가는 첫 행위는 그 누구에게도 경계심을 일으키지 않으리라고 생각했다. 내가 도시 산책을 즐긴다는 건 잘 알려져 있었으니 말이다. 하지만 그러고 나서도 나는 그냥 계속 걸어갔다.

사무실을 등지고 스카일러킬 부두 쪽으로 갔다. 선원들은 도시에서 본 모든 사람 중 가장 자유로워 보였다. 그들은 서로를 제외한 그 무엇에도 매여 있지 않았고, 늘 한바탕 웃음을 일으키는 소년 같은 말과 점잖지 못한 조롱으로 서로 이어져 있었다. 이 사내들은 가끔 싸우기도 했다. 하지만 무슨 말다툼을 하든 형제처럼 보였다. 자유를 누리고 있는데도 왠지 집이 생각나게 했다. 어쩌면 선원들의 괄괄하고 검은 얼굴, 거친 두 손, 구부러진 손가락, 멍들고 닳아빠진 손톱 때문인지도 몰랐다. 그들이 노래 부르는 방식 때문인지도 몰랐다. 노역자들처럼 노래했으니 말이다.

나는 그들이 일하는 모습을 지켜보며 부두에 서서, 그중 한 명이 나를 소리쳐 불러줄지도 모른다고, 어쩌면 내게 일을 도와달라고 할지도 모른다고 생각했다. 하지만 아무도 그러지 않았다. 그래서 나는 떠났고, 온종일 헤매고 다녔다. 강을 건너고 묘지와 웬 기찻길을 지낮으며, 어떤 빈민구호소 앞에 멈춰 서서 도시의 가난한 이들이 모이는 모습을 지켜보았다. 좀 더 걷다가 콥스 개천과 도시 남서쪽 후미진 숲 앞에 섰다. 늦은 시각이었다. 나는 아무 계획이 없었고 날이 어두워지고 있었다. 정말이지 빠져나갈 길이, 언더그라운드와 기억의 속박에서 벗어날 길이 전혀 없었다. 그래서 돌아섰다. 9번가로, 나의 운명으로 돌아가는 동안 머릿속을 흐리게 한 것도 그런 생각들이었다. 그 생각들이 방해하는 바람에 나는 훈련받은 대로 주변을 경계하지 못했다. 문득 나는 캄캄한 어둠 속에서 갑자기 튀어나온 것 같은 한 백인 남자와 얼굴을 맞대고 있었다. 그가 뭐라고 물었으나 듣지 못했다. 나는 그에게 가까이 몸을 숙이고 다시 말해달라고 했다. 그런 다음 날카로운 타격이 내 뒤통수를 후려쳤다. 밝은 빛이 번쩍였다. 또 한번의 타격. 그리고 아무것도 없었다.

눈을 떴을 때, 나는 다시 한번 사슬에 묶이고 눈이 가려진 채 재갈을 물고 있었다. 내 몸이 수레 뒷자리에 실려 있고 아래에서 땅이 움직였다. 정신이 맑아지자 내게 무슨 일이 닥쳤는지 정확히 알 수 있었다. 그런 이야기를 들은 적이 있었다. 나를 잡은 이들은 유괴자―북부에 있는 라일랜드의 사냥개―였다. 그들은 길거리에서 무턱대고 유색인들을 잡아다가 값을 받고 남부로 보내버린다고 알려져 있었다. 자유인이든, 노역자로서 도망친 사람이든 상관하지 않는다고 했다.

그들이 웃는 소리가 들렸다. 틀림없이 노획품의 수를 헤아리는 듯했다. 수레에는 나 혼자가 아니었다. 근처에서 누군가가 조용히 흐느끼고 있었다. 소녀였다. 하지만 나는 조용히 있었다. 나는 언더그라운드에서 벗어나고 싶었고, 이제 그렇게 되었다. 내 안의 작은 부분은 안도감을 느꼈다. 최소한 내가 아는 곳으로 돌아가고 있었으니 말이다.

우리는 몇 시간 동안 수레를 타고서 오지의 길을 건넜다. 내 생각에 라일랜드는 마을과 유료 도로, 페리를 피하고 싶어 할 것 같았다. 우리가 라일랜드를 두려워하듯이 그들도 언더그라운드의 동맹인 민병대를 확실히 두려워했으니까. 민병대는 자유인을 아래 지방으로 끌고 가려는 유괴자들을 막았다. 우리는 멈춰서 야영을 했는데, 나는 거친 손이 팔에 와닿는 것을 느꼈다. 그렇게 잠시 끌려가다가 바닥에 내동댕이쳐졌다. "조심해, 디킨스." 그들 중 누군가가 말했다. "그 녀석을 망가뜨리면 내가 너를 망가뜨릴 테니까." 디킨스라는 남자가 나를 나무에 기대놓았다. 나는 손가락밖에 움직일 수 없었다. 그들의 목소리에 귀를 기울이며 그 숫자를 헤아려보려는데, 눈가리개 너머로 빛이 보였다. 모닥불이었다. 남자들이 모여 앉아 잡담을 주고받는 중이었다. 그때까지 들린 목소리로 보아 놈들은 네 명이며, 대화와 일반적인 소음을 듣자니 뭔가를 먹고 있다는 게 분명해졌다. 그리고 그게 놈들의 마지막 식사였다.

나는 그가 다가오는 소리를 전혀 듣지 못했고, 라일랜드도 마찬가지였던 게 틀림없었다. 권총이 발사되는 탕 소리가 두 차례 들렸고, 비명과 허둥대는 소리가 들리더니 두 번 더 총성이 났다. 그런 다음 어린애가 칭얼거리는 듯한 소리가 잠깐 들렸으나, 마차에서 들었던 어린애의 목소리는 아니었다. 또 한번 총성이 났고, 잠시 아무 소리도 들리지 않았다. 그런 뒤 누군가가 뭔가를 찾아 뒤지는 소리가 들렸다. 나는 다시 한번 내게 와닿는 손길을 느꼈다. 자물쇠가 찰칵하더니 내 손을 묶은 사슬이 느슨해졌다. 충격적인 감격과 함께, 나는 손길도 손길의 주인도 떠밀어버리고 눈가리개와 재갈을 잡아당겨 풀었다. 그리고 불빛에 비친 그를 보았다. 필즈 씨, 미카야 블랜드가, 그보다 무신경하고 무감동할 수 없는 얼굴로 나를 보고 있었다.

나는 일어서서 진정하려고 나무에 몸을 기댔다. 두 사람이 더 있었는데 그들도 나처럼 묶여서 수갑을 차고 있었다. 블랜드가 그들 사이를 돌아다니며 빠르게 손을 썼다. 나는 시선을 돌렸고, 땅에 쓰러진 네 구의 시체를 보았다. 그 순간 일어난 일을 어떻게 설명할 수 있을까? 그때 내가 느낀, 눈이 멀 것 같은 무의식적인 분노를. 나는 몸밖으로 들어 올려져 그 장면을 바라보는 것 같았다. 내가 본 것은, 끌어낼 수 있는 모든 힘을 다해 시체 중 하나에 발길질을 하는 나 자신이었다. 블랜드가 나를 막으려고 다가왔고 나는 그를 다시 밀친 다음 죽은 자를—아마 디킨스였으리라—계속 발길질했다. 블랜드도 이번에는 나를 막지 않았다. 그 순간, 어머니에서부터 메이너드와 소피아와 테나와 코린에까지 이르는 분노, 거짓말과 상실, 놈들이 감옥 로비에서 내게 저지른 일과 모욕, 감방의 남자아이, 며느리와 사랑에 빠진 노인, 숲속에서 놈들에게 추적당한 며칠 동안 아무것도 하지 못했던 내 무능, 그 모든 것이 그곳에서 솟아올라 죽은 자에게 퍼부어졌다.

마침내 지친 나는 무릎을 잡고 몸을 숙였다. 이제는 불이 낮게 타오르고 있었다. 블랜드가 한 소녀와 남자들을 데리고 그곳에 서 있었고, 남자는 내 분노로부터 아이를 지키기 위해 아이 앞에 서 있었다. 문득 그 남자가 아이의 아버지이리라는 생각이 들었다.

"끝났나?" 미카야 블랜드가 물었다.

"아뇨." 내가 말했다. "절대 안 끝날 겁니다."

우리는 모두 자신과 분열되어 있다. 가끔은 우리의 일부가 몇 년이 흘러서도 이해하지 못할 이성적인 이야기를 하기 시작한다. 내게 언더그라운드를 떠나라고 했던 목소리는 내 안의 익숙하고도 오래된 목소리였다. 스트리트를 떠나 저택으로 올라가라고 공모한 그 목소리였다. 내 어머니를 '저 아래'로 보내버린 그 목소리였다. 테나에게 그런 식으로 말하고, 그토록 냉담하게 그녀를 남겨놓고 떠나라고 한 목소리였다. 그것은 차가운 버지니아식 자유의 목소리였다. 나 자신과 내가 선택한 사람들을 위한 자유의 목소리. 하지만 이제는 새로운 목소리가 솟아오르고 있었다. 그건 바이올라 화이트의 집에 감돌던 온기로 풍요로워진 목소리였다. 마음속 깊은 곳 어딘가에서 에마 이모의 유령이 나를 꾸짖었다. 잊지 말거라, 가족이야.

우리는 숲을 가로지른 끝에 블랜드가 말과 마차, 수레 한 대를 두고 온 마을에 이르렀다. 이제 나는 앞서 머리를 맞았다는 걸 의식하고 있었다. 머리가 계속 욱신거렸기 때문이다. 한 발을 내디딜 때마다 통증이 발걸음과 보조를 맞추는 것 같았다. 나는 여자아이와 그 애의 아버지와 함께 수레에 앉았다. 수평선 위로 주황색과 푸른색의 부채꼴을 그리며 아침이 막 밝아오고 있었다. 멈추었을 때, 우리는 이미 몇 킬로미터를 이동한 뒤였다. 고개를 돌리자 블랜드가 길에 서 있는 왜소한 여자와 이야기하는 게 보였다. 그녀는 온몸을 숄로 감싸 가리고 있었다. 그런 다음 그 여자가 돌아서서 수레 뒤로 걸어오기 시작했다. 그녀는 충분히 가까워지자 내 뺨에 손을 얹었고, 그다음에는 내 이마에, 내 뒤통수에 손을 댔다. 손길이 닿자 뒤통수가 쓰렸다. 겉보기에 그녀는 나보다 겨우 몇 살 많아 보일 뿐이었다. 그러나 태도와 자신감, 위엄에서는 훨씬 나이 많은 누군가가 느껴졌다.

"놈들은 잡았지요?" 그녀가 여전히 내 얼굴에 손을 댄 채 블랜드에게 소리쳤다.

"네." 블랜드가 말했다. "이 멍청이들이 그렇게 멀리 가지도 못했으면서, 잠시 멈춰서 잔치를 벌이기로 했더군요."

여자가 블랜드를 돌아보고 말했다. "잘됐네요." 그러더니 다시 나를 돌아보고 작은 목소리로 말했다. "하지만 그쪽은 뭘 하고 있었던 거죠? 대체 무슨 요원이 넋 놓고 있다가 사냥개들한테 그런 식으로 당하나요? 안 되지, 안 돼. 놈들이 당신을 죽일 뻔했어요."

나는 아무 말도 하지 않았지만, 얼굴이 달아오르는 게 느껴졌다. 여자는 웃으며 손을 뗐다.

"괜찮아요." 그녀가 블랜드에게 말했다. "다들 가보시죠."

말들이 움직이면서 수레가 삐걱거리기 시작했다. 여자는 우리에게 손을 흔들더니 뒤의 숲속으로 떠났다. 나는 이제 그 수레 안에서 어떤 흥분을 느꼈다. 남자와 소녀가 서로 수다를 떨기 시작했다. 내가 끼어들지 않자 남자가 내 쪽으로 몸을 기울이며 말했다. "저 사람 누구였는지 모릅니까?"

"글쎄요." 내가 말했다.

"모세입니다." 그가 말했다. 그는 자기가 한 말에 충격을 받은 듯, 정신을 차리려고 잠시 뜸을 들였다.

"세상에……." 그가 다시 말을 멈추었다. "저 사람이 모세였어."

그녀는 전설만큼이나 이름이 많은 것 같았다. 장군, 밤, 사라지는 자, 물가의 모세, 안개를 불러내고 강을 가르는 자. 코린과 호킨스가 말했던 바로 그 사람, 살아 있는 인도의 달인. 그 순간에 이 모든 것을 이해하지 못했다. 너무 많은 일이 일어났고, 내게 닥친 모든 일로 충격에 빠져 있었다.

한 시간 뒤에 소녀는 아버지의 무릎에서 잠들었다. 블랜드가 수레를 세우고 나를 불러 같이 마부석에 타자고 했다. 우리는 조용히 몇 분 더 수레를 타고 갔다. 내가 질문을 던져 침묵을 깼다.

"날 어떻게 찾았어요?"

그가 콧방귀를 뀌며 웃었다. "우리는 다 감시당하고 있어, 하이람."

"지켜보고 있었다면," 내가 말했다. "놈들이 날 두들겨 패서 도시 밖으로 끌고 가도록 내버려둔 이유는 뭐예요?"

블랜드가 고개를 저었다. "너를 잡은 그놈들은 필라델피아에서 꽤 오래 일해왔어. 놈들은 자유 유색인들을 잡아먹고 산다. 특히 아이들을 귀하게 여기지. 우린 사실상 놈들을 막을 수 없어. 하지만 가끔은 유괴 사업이 실제로 얼마나 위험한지 메시지를 보낼 기회가 생겨."

"그래서 이 모든 걸 계획했다는 건가요?" 내가 물었다.

"아니, 왜 그놈들을 막지 않았느냐고 물었잖니. 이게 그 이유야. 경고의 메시지를 보내는 거지. 놈들이 자기 일의 위험성을 이해하도록. 도시의 경계선 안에서는 그런 메시지를 보낼 수가 없지. 하지만 이렇게 탁 트인 도시 밖 시골, 아무도 보는 사람이 없을 때는……."

"살인이에요." 내가 말했다.

"살인? 놈들이 네게 무슨 짓을 하려던 건지는 아니?"

"네, 알아요." 내가 말했다. 그리고 그 순간, 나는 그 끔찍한 밤으로 돌아가 있었다. 곁에 소피아가 있고 나는 울타리에 사슬로 매여 있던 그 밤으로. 모든 것에 백기를 들고 싶은 마음이 얼마나 강했던가. 얼마나 그 자리에서 바로 죽고 싶었던가. 소피아가 나를 일으켜 세우고 입을 열지 않은 채 내게 말을 건넸던 것도 기억났다. 내게 그 어느 때보다도 소피아가 필요했을 때 소피아는 얼마나 강했던가. 소피아가 나를 필요로 했을 때 나는 얼마나 어리석었던가. 그런데 지금 소피아는 사라졌다. 놈들이, 라일랜드의 사냥개들이 그녀에게 무슨 짓을 저질렀는지는 오직 신만이 아실 일이다.

내가 말했다. "선생님은 제 이야기를 절반밖에 모르세요. 선생님은 소피아를 아시죠? 제가 함께 도망쳤던 여자요. 하지만 제가 소피아한테 어떤 감정을 품고 있었는지 정말로는 모르세요. 여기 올라와서 자유의 공기를 마시고 있는 지금도 놈들이 소피아를 차지하고 있다는 게 제게 얼마나 아픈 일인지도 모르신다고요. 제가 아는 거라고는 소피아가 저보다 나은 사람이라는 것뿐이에요. 사실, 가끔은 요원을 잘못 뽑으셨다는 생각이 들어요. 소피아가 요원이 됐어야 하는 건데."

나는 흐느끼기 시작했다. 부드럽게, 조용히, 그러나 울음을 그치고 나면 자세를 가다듬을 수밖에 없을 만큼 충분히 울었다.

"소피아는 제 안에서 많은 걸 봤어요." 내가 말했다. "하지만 저는 넘어졌어요. 소피아도 저랑 같이 쓰러졌고요. 그런데 저는 여기 이 위에, 북부에 와 있고 소피아는……. 소피아가 어디에 있는지조차 모르겠어요. 제가 아는 건 소피아가 저보다 나은 대우를 받아야 한다는 것뿐이에요. 소피아는 그 애를 라일랜드의 입속에 처넣은 남자보다 훨씬 나은 대접을 받아 마땅한 사람이라고요."

나는 이 말을 하면서 전혀 자제하지 않았다. 이제는 대놓고 흐느꼈다. 모두 쏟아냈다. 나는 내가 사랑했던 한 여자를 구렁텅이에 처박았다. 그리고 이 일이 내게 지운 짐이 만천하에 드러났다. 블랜드는 나를 달래려고 노력하지 않았다. 그는 길에 시선을 주었다. 그리고 내가 흐느낌을 멈추자 입을 열었다.

"소피아라는 여자에게 느꼈던 감정을 아냐고?" 그가 물었다. "소피아가 어떻게 됐을지 걱정하느라 네 마음이 찢어발겨지는 걸 아느냐고? 그때 다른 행동을 했다면 어땠을까 후회하느라 잃어버린 시간들을 전부 아느냐고? 소피아가 살아 있는지조차 몰라 걱정하며 지새운 그 모든 밤을 아느냐고? 하이람, 그건 억압당하는 한 민족 전체가 느끼는 감정의 특징이야. 한 나라 전체가 아버지와 아들을, 어머니와 딸을, 사촌과 조카와 친구와 연인을 걱정하느라 위를 쳐다보고 있어.

넌 내가 아까 그놈들을 죽인 게 살인이라고 했지. 하지만 너한테 해줄 말은, 내가 한 일은 누군지도 모를 수없이 많은 사람의 목숨을 구하는 일이었다는 거다. 너를 살해할 사람들, 너를 가족과 친구로부터 떼어놓을 사람들, 그러고도 전혀 기억하지 못할 사람들. 하지만 이제부터 그자들은 두려워하고 불안해하며 살아갈 수밖에 없을 거다. 네가 그걸 살인이라고 부르겠다면, 기꺼이 그 주장을 받아들이마."

우리는 잠시 침묵 속에 수레를 타고 갔다.

"고마워요." 내가 말했다. "가장 먼저 했어야 하는 말인데. 감사합니다."

"나한테 고마워할 필요는 없어, 하이람. 이 전쟁은 내 삶의 의미야. 이 전쟁이 없었으면 내가 무엇이 됐을지 모르겠단다. 그리고 네가 이일을 해보면, 너도 그 의미를 찾을 거라고 말할 수밖에 없구나……"

블랜드가 계속 말했지만, 모든 것을 압도하는 두통 때문에 곧 세계가 흐려졌고 나는 의식을 잃었다. 무척 다행스러운 일이었다.

다음 날 늦게, 나는 온몸에 뭉근한 통증을 느끼며 깨어났다. 옷을 입고 아래층으로 내려가니 레이먼드와 오다, 블랜드가 모두 모여 회의를 하고 있었다. 그들이 불러들여서 나는 그들 앞에 앉았다. 그들의 얼굴을 훑어본 나는 어떤 이유에선지 부끄러워하고 있다는 느낌을 받았다. 아마 놈들에게 잡힌 내 멍청함 때문인 것 같았다. 그들에게는 끔찍하지만 필요한 무슨 일로 호출되었다는 생각이 들었다.

"하이람." 레이먼드가 말했다. "블랜드는 제 오랜 친구입니다. 나는 블랜드를 내 가족처럼 믿고, 솔직히 말하자면 가족보다 믿을 때도 있어요. 하이람도 잘 알다시피 블랜드는 필라델피아 지부에만 속한 요원이 아닙니다. 블랜드는 언더그라운드 전체에 걸쳐 관계자가 있고, 그들과 일하면서 가끔 제 승인을 받지 않은 몇 가지 계획에 참여하기도 했어요. 저는 당신이 그런 계획 중 하나였다는 걸 알게 됐습니다."

나는 주변 온도가 달라지는 것을 느끼기 시작했다.

"코린 퀸의 방법이나 명성에 대해서는 잘 알고 있어요. 저는 그런 방법을 쓰지 않습니다, 하이람. 목표가 무엇이든 간에."

레이먼드는 이제 고개를 젓고 땅을 보았다. "버지니아에서처럼 의례적으로 사람을 묻고 사냥하고 추적하는 이 모든 것이 저는 혐오스럽습니다. 그래서 당신에게 사과해야만 한다는 생각이 들어요. 당신에게 벌어진 일은, 목표가 무엇이든 옳지 않았다고 느껴집니다."

"레이먼드 씨가 한 일도 아니잖아요." 내가 말했다.

"그래요, 하지만 제 명분에 따라서 일어난 일입니다. 제 군대가 한 짓이죠. 코린의 빚을 제가 갚아줄 수는 없지만, 제 빚은 제가 처리할 수 있습니다. 잘못된 일이었어요. 코린 입장에서만이 아니라 우리 사명에 비춰서도." 레이먼드는 잠시 말을 멈추었다가 다시 나를 보았다. "당신 가슴속에 어떤 힘이 깃들어 있든 상관없습니다."

"알겠어요." 내가 말했다. "괜찮아요. 이해합니다."

이제는 레이먼드가 심호흡했다. "아뇨, 하이람." 그가 말했다. "정말로 이해했다고 생각되지는 않는군요."

"난 네 생각보다 많은 걸 알고 있단다, 하이람." 블랜드가 말했다.

"무슨 뜻이에요?" 내가 물었다.

"내 말은, 다 알고 있었다는 거야. 소피아에 대해서도, 네 감정에 대해서도 다 알고 있었다. 그런 걸 아는 게 내 일이니까. 당시의 네 감정이나 지금 네 감정, 그리고 그 이상을 아는 것도 그래서야. 나는 소피아가 정확히 어디에 억류되어 있는지 알고 있단다."

"뭐라고요?" 내가 말했다. 내 머리는 어젯밤과 비슷할 정도로 세게 욱신거렸다.

"우린 알 수밖에 없어." 블랜드가 말했다. "네가 정확히 누구와 도망쳤는지, 그 사람이 어떻게 됐는지 모르는 요원이 대체 무슨 요원이겠느냐?"

"코린한테 물어봤는데요." 내가 말했다. "코린은 그게 자기 능력을 벗어난 문제라고 했어요."

"안다, 하이람. 나도 알아. 잘못된 일이었다. 변명의 여지가 없어. 내가 할 수 있는 말은 네가 이미 알고 있을 게 틀림없는 것들뿐이야. 네가 코린 퀸과 함께 선 너머에서 활동할 때는 손익계산이 다르게 이루어진다는 것. 그럴 수밖에 없다. 네가 그 계산의 일부였으니까."

나는 두통을 틀어막고 말했다. "소피아는 어디 있나요?"

"네 아버지의 땅 라클리스에 있어. 코린이 소피아를 되찾아 오라고 네 아버지를 설득했다."

"그런데 선생님은 소피아를 데리고 나오지 않은 건가요? 선생님의 언더그라운드에 이렇게 큰 힘이 있는데도……."

"버지니아에는 나름의 법칙이 있어. 우리는 그들에게서 빼앗을 수 있는 것을 빼앗았다. 전부를 취할 수는 없었어."

"그래서 그게 다라는 거예요?" 내가 말했다. "소피아를 그냥 그렇게 내버려두겠다고요?"

"아니야." 오다가 말했다. "우리는 절대 누구도 그냥 그렇게 내버려두지 않아. 절대로. 놈들에게는 그들의 법칙이 있지. 그리고 신께 맹세하는데, 우리에게는 우리의 법칙이 있어."

"하이람." 레이먼드가 말했다. "우린 사과만 하려는 게 아닙니다. 우리는 말뿐 아니라, 그 말에 어울리는 행동을 해요."

"그게 말이지, 우리는 소피아가 어디에 있는지만 아는 게 아니다." 블랜드가 말했다. "우린 소피아를 데리고 나올 방법을 정확히 알고 있어."

18

다음 며칠 동안, 필라델피아 거리를 걸어 다니거나 끌과 선반을 가지고 일하면서, 편지와 통행권을 위조하면서, 나는 소피아를 제외한 다른 것은 거의 생각하지 않았다. 불가에서 물의 춤을 추던 그녀. 정자에 앉아 에일이 담긴 항아리를 주고받던 우리가 눈에 선했다. 그녀의 긴 손가락이 작업장의 먼지 낀 가구 표면을 쓸던 모습이 떠올랐다. 협곡에 내려갔을 때, 그녀를 너무도 끌어안고 싶었던 것을 떠올렸다. 그리고 북부에서 누린 삶의 모든 가능성—가족을 꾸리는 일이나 생강빵, 저녁 식사 후 노래 부르는 딸들, 스카일러킬 강변에서의 오랜 산책에 대해 생각했다. 나는 이 세상을 소피아에게 너무도 보여주고 싶었고, 그녀가 이 모든 것, 기차와 수많은 사람들, 승합마차를 어떻게 느낄지 궁금했다. 나는 그 모든 것에 하루가 다르게 점점 익숙해지고 있었다.

나는 유괴범에게 납치된 지 2주가 지난 뒤, 강 건너 레이먼드의 집으로 불려갔다. 레이먼드가 발코니에서 나를 맞았다. 그는 혼자 있다고 했다. 아내와 아이들은 도시에 있다고 했다. 그의 얼굴에 떠오른 표정을 보고 나는 그게 계획한 일임을 알 수 있었다. 이곳에는 언제나 비밀이 너무 많았다.

나는 안으로 들어가 2층으로 올라갔다. 레이먼드는 손을 위로 뻗어 쇠고리 하나를 잡았다. 천장의 나무 홈 안에 경첩으로 매단 고리였다. 고리를 가볍게 당기자 천장이 열리고 사다리가 미끄러지듯 내려왔다. 그런 다음 우리는 사다리를 기어올라 다락으로 들어갔다. 레이먼드가 걸어간 구석에 작은 나무 상자가 몇 개 있었다. 레이먼드는 그중 두 개를 골랐다. 우리는 그 상자를 들고 다락에서 돌아 나온 뒤 다시 천장을 닫고 상자들을 거실까지 끌고 갔다.

레이먼드가 상자들을 열고 말했다. "한번 봐요, 하이람."

안을 뒤져보니 한 뭉치의 서류, 도망자들과 주고받은 서신이 있었다. 그 편지들은 상냥한 말과 가족의 안부, 라일랜드의 사냥개들의 움직임에 관한 심각한 제보, 노역자 권력의 작전과 음모로 가득했다. 가장 많은 것은 친척들을 해방해달라는 요청이었다. 레이먼드가 이미 받아들였거나 앞으로 받아들일 만한 요청에 표시해놓은 것이 보였다. 레이먼드에게는 엄청난 가치를 지닌 이런 서류가 몇 상자나 있었다. 그의 서류에는 적의 행동에 관한 정보도 많이 담겨 있었지만, 적이 이 서류들을 손에 넣을 경우 우리에 대해 알아낼 내용도 많았다. 엉뚱한 손에 들어가면 무수한 요원들이 노출될 터였다.

"여기 있는 이야기들은 누구도 생각해보지 못한 것들입니다. 실제로 이 일에 참여하고 있는 우리조차 말이죠." 레이먼드가 말했다. 나는 여전히 서류를 넘겨보면서, 서류의 양이 그토록 많다는 데 놀랐다. 그 안에는 노역자 신분으로 도망쳐 필라델피아 지부에 의해 구조된 모든 사람의 증언이 들어 있는 것만 같았다. 문득 내가 직접 기록한 메리 브론슨과의 면접 내용도 있을 가능성이 크겠다는 생각이 들었다. "우리가 왜 이 일을 하는지 기억하는 건 좋은 일입니다. 저는 온갖 신념을 가진 요원들과 일해봤습니다만, 그들이 아주 순수한 동기에 따라서만 움직인다고는 말 못 하겠군요."

"우리 중 순수한 사람은 아무도 없을지 몰라요." 내가 말했다. "모두 어떤 이유가 있어서 지금 이 일을 하는 거겠죠."

"맞습니다." 레이먼드가 말했다. "이 일이 내 가족과 관계가 없었대도 지금 내가 여기 있을까요? 지금처럼 깊이 발을 담갔을까요? 당연히 아닙니다. 우린 하이람에게 가족을 꾸리게 해주겠다고 약속했습니다. 그렇지요? 하이람이 사랑하는 소피아, 함께 도망쳤던 소피아, 내 서류철에 담겨 있는 이야기들과 그리 다르지 않은 방식으로 도망쳤던 소피아는, 사실 제 부모님과도 그리 다르지 않습니다."

"조금은 다르죠." 내가 말했다. "저와 소피아는 상황을 제대로 파악하는 경지에 결코 이르지 못했으니까요. 우리는 아주 어렸어요. 이상한 말인 줄 저도 알아요. 제가 잡힌 지 아직 1년도 채 지나지 않았으니까요. 하지만 소피아와 제게는 뭔가가 있었어요. 우리가 함께 돌보던 뭔가요. 저는 그게 꽃을 피워 가족이 될 수 있었다고 믿어요. 아닐지도 모르죠. 어쩌면 저 혼자만의 상상인지도."

"뭐," 그가 말했다. "최소한 그걸 알아볼 기회는 있어야겠죠."

"그런 것 같네요."

"아주 간단한 일은 아닙니다, 소피아 문제는. 하지만 당신은 극심하게 농락당했어요. 그래서 저는 당신과 관련된 얘기를 곧이곧대로 해주고, 나머지는 기회가 될 때 이어서 전해줄 생각입니다."

나는 마음의 준비를 하며 심호흡을 했다.

"우린 아직 소피아와 연락하지 못했습니다. 미묘한 문제거든요, 당신도 상상할 수 있겠지만. 어느 정도 시간이 필요한 문제예요. 하지만 블랜드가 소피아를 데려올 계획을 세웠습니다. 사실, 블랜드가 이 문제를 처리하겠다고 자원했어요. 하지만 여기서 문제가 복잡해집니다. 소피아가 아니라 우리 쪽 문제예요. 당신이 우리에게 온 때가 좀 특수했거든요. 그때 우리는 다른 작전으로 한창 바빴습니다." 그가 말했다. "오다가 자기 아내 얘기를 해줬지요?"

"리디아요?" 내가 물었다.

"그래요, 리디아. 리디아뿐만 아니라 둘의 아이들도요. 그 아이들은…… 제 조카와 조카딸이기도 합니다. 우리는 오래전부터 그들을 빼내 올 계획을 세웠어요. 오다는 마치 꿈처럼 우리 앞에 나타났어요. 당시 우린 오다를 잃었다고 생각하고 있었습니다. 하지만 운도 따르고 신께서 자비를 베풀어주신 덕분에 오다가 우리에게 돌아온 겁니다. 오다는 우리와 함께하게 되어 기뻐했고, 우리도 오다와 함께하게 되어 기뻤지만 우리는 온전하지 않았습니다.

리디아는 앨라배마에 있어요. 리디아의 주인은 몸값을 치르고 리디아의 자유를 사겠다는 우리의 간청을 모두 거절했습니다. 더 나쁜 건, 그 간청이 그저 놈의 의심을 북돋고 경계심을 키웠을 뿐이라는 점이에요. 리디아와 아이들은 정말이지 관 속에 있는 거나 다름없습니다, 하이람. 그리고 매일매일 그 관이 조금씩 닫히고 있어요."

"알겠어요." 내가 말했다. "모두를 구해야 하지만…… 모두에게 각자의 때가 있다는 거죠."

"맞아요." 레이먼드가 말했다. "모두에게 각자의 때가 있습니다. 하지만 그래서만은 아니에요. 이 작전은 제게 개인적으로 의미 있을 뿐 아니라 비용이 많이 드는 것이기도 해요. 우리한테는 블랜드를 도와서 적절한 시간에 그가 앨라배마로 떠나게 해줄 사람이 필요합니다."

"그렇겠죠. 그래서 제가 여기 있는 거고요."

"아니요, 저는 지금 개인적인 부탁을 드리는 겁니다. 이건 당신이 생각하는 언더그라운드 일이 아니고, 코린 일은 확실히 아니에요. 다른 의견을 가진 사람들이 있지만, 이 점을 꼭 이해해줬으면 해요. 이건 당신이 자유의지로 하는 일이어야 합니다. 맹세컨대 당신이 이 작전을 도와줄 수 없다고 해도 우리는 당신 가족을 구출할 거예요. 전에도 말했지만, 저는 당신이 정당한 수준 이상의 일을 견뎌왔다고 생각합니다. 우리는 그 빚을 갚으려고 당신의 가족을 구출하려는 거예요. 코린이야 어떻게 느끼든 말입니다."

"네, 알겠어요." 내가 말했다. "정말로 코린이 할 만한 거래는 아니네요. 전 코린이 좋은 사람이라고 생각해요. 그들이 훌륭한 싸움에 참여하고 있는 것도 틀림없고요. 하지만 제가 북부에서 보았던 건, 레이먼드 씨의 엄마와 사촌들, 삼촌들에게서 보았던 건 전쟁만이 아니었어요. 전 미래를 봤어요. 우리가 싸우는 이유를 봤어요. 코린에게는 고마워요. 코린이 벌이는 싸움도 고맙고요. 하지만 가장 고마운 건, 제게 앞으로 다가올 모든 것을 보게 해줬다는 점이에요."

그리고 그때 나는 아주 이상한 일을 했다. 숨김없고 너그러운 미소를 지은 것이다. 나로서는 경험해본 적이 거의 없는 어떤 기쁨으로부터 솟아난 미소. 앞으로 닥칠 일을 생각하자 기뻤다. 그 일에서 내가 어떤 역할을 하게 된다는 점도.

"함께할게요, 레이먼드." 내가 말했다. "무슨 의미든 간에, 함께할 거예요."

"다행이군요." 레이먼드가 미소 짓고 말했다. "얼마든지 여기 머물면서 이 서류들을 읽어도 좋습니다. 보면 알겠지만, 위층에 더 있어요. 제 아내가 곧 돌아올 테고 아이들은 오후에 오겠지만, 그렇다고 그만두지는 마세요. 필요한 만큼 살펴보십시오. 왜 우리가 이런 일을 하는지 절대 잊지 마세요, 하이람."

나는 레이먼드의 서류철에 파묻혀 그날 남은 시간을 보냈다. 그 서류철들은 《아이반호》나 《롭 로이》만큼이나 짜릿했다. 저녁에 나는 가족들과 함께 저녁을 먹고, 자고 가라는 초대를 받아들인 뒤 등불에 비춰가며 계속 그 서류들을 읽었다. 다음 날, 나는 아침을 간단히 먹고 떠났다. 너무도 빠르게 모든 걸 써버려서 균형을 잃은 기분이었다. 나는 그때서야 그 서류철을 통해서 언더그라운드가 수행하는 작전의 엄청난 규모와, 노역에서 벗어나기 위해 언더그라운드의 의뢰인들이 얼마나 많은 일을 해냈는지 이해하게 되었다. 내 안의 그 서류철에서 '박스' 브라운의 부활 이야기나 엘렌 크래프트의 영웅담, 잠 로그의 도주 전설이 살아났다. 도무지 믿기지 않는 이야기들이었다. 이런 이야기들을 한데 모아보니 왜 레이먼드와 오다가 감히 앨라배마의 관에서 사람을 해방하려드는지 조금 이해됐다. 그들은 이미 너무 많은 위험을 감수했다. 버지니아에서는 즉각적으로, 눈에 띄지 않고 작전을 펼치는 게 중요했다. 레이먼드도 당장 이 서류가 세상에 공개되기를 바라지는 않았지만, 안전한 자유주에 있다 보니 대담해졌다. 그에게 중요한 것은 자유였다. 자유는 그의 복음이자 빵이었다.

서류를 한 장 한 장 넘길 때마다 사연들이 눈앞에서 살아나는 것 같았다. 내가 바로 이야기 속 현장에 있는 것만 같았다. 그래서 페리를 타러 갈 때도, 페리를 타고 있을 때도, 그다음으로 필라델피아 역으로 가는 길 내내 수많은 유색인 군단과 그들의 위대한 탈출을 그린 파노라마가 땅에 겹쳐 보였다. 그런 식으로 모든 이야기가 눈앞에 펼쳐졌다. 그들이 리치먼드와 윌리엄스버그, 피터스버그와 해거스타운, 롱그린과 다비, 노퍽과 엠에서 올라오는 것이, 퀸다로에서 날아오르고, 그랜빌에서 도망치고, 샌더스키에서 잠을 자고, 버드 인 핸드의 바로 서쪽에서, 밀러스빌과 그리 멀지 않은 곳에서, 세다르로 가는 작은 길에서 기뻐하는 모습이 보였다.

또 그들이 아일랜드 소녀들과 함께, 잃어버린 아이들의 추억이 깃든 물건을 가지고 도망치는 것을 보았다. 소금에 절인 돼지고기와 크래커, 비스킷, 쇠고기를 가지고 도망치고, 주인의 마지막 테라핀 수프 냄새를 들이마시고 주인의 자메이카 럼주를 마시고서, 겨울 속으로, 아무 묘안도 없고 신발도 신지 않은 채로 자유를 향해 달려가는 것을 보았다. 흑인 하녀들이 성스러운 결혼을 꿈꾸며 2연발 권총과 칼을 들고 도망쳤고, 사냥개들과 마주치면 그 총을 뽑아 들고 "쏴라! 쏴!" 라고 소리쳤다. 그들은 꾸벅꾸벅 조는 어린아이들과 함께, 발을 질질 끌며 서리 내린 곳으로 나가는 노인들과 함께 도망쳤다. 그리고 그 노인들은 입술에 "사람은 우리를 노예로 삼았지만 신께서는 우리가 자유로워지기를 바라셨다"라는 말을 머금고서 숲에서 얼어 죽었다.

그 모든 말, 그 모든 이야기 안에서, 나는 구스 강에서 보았던 마법, 나를 그 깊은 곳에서 나오게 한 마법만큼이나 확실하게 인도된 영혼들을 보았다. 그들이 기차, 큰 배, 강배, 소형 보트, 뇌물을 주고 얻어 탄 마차를 타고 올라오는 것을 보았다. 말을 타고 눈밭을 건너, 얼음이 녹는 3월을 건너. 그들은 여자 옷을 입고 올라왔고, 신사복을 입고 올라왔으며, 이가 아픈 사람처럼 얼굴을 동여매고 올라왔고, 깁스를 하고 올라왔고, 빨래하는 사람이 굳이 빨 가치도 없는 넝마를 걸치고도 어쨌든 올라왔다. 그들은 하류층 백인들에게 뇌물을 주고 말을 훔쳤다. 바람이 불어도 폭풍이 몰아쳐도 어둠 속에서도 포토맥 강을 건넜다. 상급자들의 성욕을 거역하는 대단한 범죄를 저질렀다는 이유로 내가 그랬듯 남부로 팔려간 어머니와 아내 들을 기억하며 그 기억에 이끌려 올라왔다. 서리에 물어뜯긴 채로 올라왔다. 채찍을 휘두르면서 즐거워하는 만취한 주정뱅이와 감시자에 대한 이야기를 가지고 올라왔다. 커피 자루라도 되는 듯이 보트에 실려서, 테레빈유를 뒤집어쓰고 소금물 세례에 흉터가 생기고 화상을 입어가며 올라왔다. 채찍질 앞에 허리를 숙여야 했기에, 형제가 채찍을 맞는데도 아무것도 하지 못한 자신에 대한 죄책감에 시달리면서.

그날의 이야기에서 나는 그들이 숲속으로 달려가며 브뤼셀 여행 가방을 꽉 쥐고 "난 절대 잡히지 않을 거야!"라고 소리치는 것을 보았다. 그들이 페리에 오르며 낮은 목소리로 자신에게만 들리게 노래 부르는 모습을 보았다.

하나님은 그들을 새들과 푸른 나무로 만드셨다네
모두에게 짝이 있지만, 마음이 병든 나만은 아니라네

나는 그날 필라델피아 부두에서 그들이 "너희는 쫓겨난 자들을 숨기며 도망한 자들을 발각되게 하지 말며"*라고 기도하는 모습을 보았다. 그들이 베인브리지를 떠돌아다니며 죽어버린 모든 이를 위해, 누구도 돌아오지 않는 마지막 항구에서 배를 탄 자들을 위해 우는 모습도 보았다. 모두가 내게 다가왔다. 서류와 기억에서부터, 만신

---

* 이사야서 16장 3절.

전으로부터, 노예제도로부터, 끔찍한 아가리로부터, 엄청난 바퀴 아래서, 언더그라운드의 마법 앞에 노래하며 내게 다가왔다.

　다음 날 저녁, 나는 미카야 블랜드에게 갔다. 이 도시의 거리에서 납치당한 경험 때문에 여전히 불안했다. 나는 멀리서 모든 사람을 관찰하고 분석했다. 사람이 등 뒤로 바짝 다가오면 멈춰 서서 지나가게 했다. 특정한 스타일의 복장을 한 하류층 백인은 특히 수상해 보였다. 사냥개들은 자신과 같은 계급에서 동맹을 구하는 경우가 많았으니 말이다. 그리고 필라델피아 전체에 걸쳐 하류층 백인들이 있었다. 사실, 그들 계급이 대다수를 차지했다. 그들은 특히 블랜드의 집과 가까운 스카일러킬 부두 근처에서 발견됐다. 유색인들도 있었다. 나는 블랜드의 집을 비스듬히 바라보며 10분을 꽉 채워 서 있었다. 초라한 옷을 입은 유색인 남자가 블랜드의 옆집 연립주택에서 빠르게 달려 나오는 게 보였다. 그는 서둘러 뜨거운 거리를 따라 움직였다. 유색인 여자가 그를 따라가며 온갖 상스러운 말로 고함을 질렀다. 그 뒤로는 또 나이 든 흑인 여자가 소리 지르며 앞의 여자를 따라갔다. 마지막으로 유색인 소녀 둘이 문간에 서서 울어댔다. 나는 뭔가 해야 할지도 모르겠다고 생각했다. 그때 아마도 소녀들의 할머니일 나이 든 여자가 다시 돌아와서 여자아이들을 집 안으로 들여보냈다. 문은 여전히 열려 있었다.

　나는 이런 유색인들 이야기를 들은 적이 있었다. 레이먼드나 그의 가족과 달리 하루 벌어 하루 사는 사람들, '백인의 일자리'라고 여겨지는 일자리에 감히 지원했다는 이유만으로 두들겨 맞고 쫓겨나는 사람들 말이다. 처음에는 그들이 눈에 띄지 않았다. 내게 충격을 준 것은 다른 유색인들의 상대적인 호화로움이었으니까. 하지만 그곳 길 건너에서 지켜보고 있으려니, 오다가 이런 운명을 겪는 언더그라운드의 고객들에 대해 했던 경고가 떠올랐다. 이런 유색인들은 보통 도망자였고, 남자든 여자든 어떤 조직이나 교회에도 속해 있지 않았기에 무엇도 그들을 지켜주지 않았다. 그래서 이들은 자유를 가혹하게 느꼈다. 문득 내가 느꼈던 그 공포를 그들은 평생 더 심하게 겪으리라는 생각이 들었다. 내가 모든 얼굴을 톺아보았듯 그들도 평생 다른 사람의 얼굴을 유심히 살펴야 할 터였다. 사냥개에게 잡힌다 한들 그 어떤 블랜드도 그들을 도와주지 않을 테니까.

블랜드에 대해서 말하자면, 그는 집에서 나를 기다리고 있었다. 어떤 젊은 여자가 내게 문을 열어주고 미소 짓더니 블랜드를 소리쳐 불렀다. 여자는 자신이 블랜드의 누이 로라라고 소개했다. 수수한 집이었다. 이 지역에서는 괜찮은 편에 속했지만, 강 건너편에 있는 레이먼드나 오다 화이트 가족의 집만큼 좋은 집은 아니었다. 하지만 깨끗하고 잘 정돈되어 있었다.

우리는 악수를 나눴다. 일상적인 인사가 오갔다. 나는 괴롭힘당하지 않고 블랜드의 집으로 걸어오는 작은 임무를 완수한 것만으로 깊은 안도감을 느꼈다. 일단 그 일을 해냈으니, 이제는 리디아에게 자유를 가져다주고 그 대가로 소피아의 자유를, 내 소피아의 자유를 얻어내는 일을 시작하고 싶다는 조바심이 들었다. 그 조바심이 내 몸을 갉아왔다. 소피아는 내 머릿속에서 자기만의 생각과 이념을 가진 인물이 아니라 이념과 생각 그 자체로 존재했다. 그래서 *내* 소피아에 대해 생각한다는 것은 내가 진실하고 진지한 감정을 품은 여자를 생각한다는 뜻이기도 했지만, *내 꿈과 내 구원*에 대해 생각한다는 뜻이기도 했다. 이건 중요한 얘기다. 내가 *그녀의 꿈, 그녀의 구원*에 대해서는 아는 게 거의 없었다는 점을 깨달았어야 했다는 이야기다. 지금의 나는 소피아가 내게 뭔가 말하려 했다는 것을 알고 있다. 경청할 줄 안다는 점을 그토록 자랑스럽게 여긴 내가 그 말을 듣지 못했다는 것도 알고 있다.

좌우간 미카야 블랜드에게 갔을 때 나는 그런 불안과 조급증을 느끼고 있었다. 그래서 자리에 앉은 지 5분도 채 지나지 않아 대놓고 불쑥 물었다. "그래서 어떻게 할 건가요?"

"소피아에게 어떻게 갈 거냐고?" 블랜드가 물었다.

"뭐, 리디아랑 아이들 얘기였어요. 하지만 선생님이 원하신다면 소피아 얘기부터 해도 돼요."

"소피아 일은 쉬워. 내가 코린을 설득해야 할 테고 몇 가지 자원이 필요하겠지만, 어쨌든 그 일은 성사될 거다."

"코린은……." 그녀의 이름을 말하는 내 목소리가 흐려졌다. "소피아를 그곳에 남겨둔 사람이 바로 코린이잖아요."

"코린은 그 지부를 운영하고 있다, 하이람. 우리 계획을 코린에게 미리 알려주는 건 당연한 일이야. 나아가 코린과 상의해야겠지."

"코린은……." 나는 고개를 저었다.

"너, 코린의 사연을 전부 알고 있니?"

"아뇨." 내가 말했다. "코린이 소피아를 그 관 속에 내버려두고 왔다는 것밖에 몰라요."

그때 무슨 일인가가 일어났다. 당시에는 그게 뭔지 인식하지 못했다. 뭔가에 홀렸던 걸지도 모르겠다. 하지만 그때 내면에서 솟아나는 분노를 느낀 건 분명하다. 나와 관련된 분노, 내가 겪은 모욕과 감옥과 내게 저질러진 일에 대한 분노였다. 하지만 그것은 내 분노가 아니었다. 그때 입을 연 것도 내 목소리가 아니라 최근에 내게 새겨진 목소리였다. 그 목소리가 말했다. *넌 저들이 뒤에서 우리한테 무슨 짓을 저질렀는지 알잖아. 벌써 잊어버린 거야? 놈들이 노역자 여자들한테 무슨 짓을 저지르는지 기억 안 나냐고. 게다가 일단 그런 짓을 저지르고 나면 놈들이 우리 발목을 잡게 돼. 아기로 발목을 잡는 거야. 다름 아닌 자기 피붙이로 사람을 땅에 매어놓는다고.*

그 순간 평소 블랜드의 얼굴에 감돌던 침착한 평정심이 깨지고, 한 번도 본 적 없고 이후로도 다시는 보지 못한 내면의 무언가가 드러났다. 두려움이었다. 그러다가 사방의 벽이 무너져 내렸다. 벽이 있던 자리에 거대하고 경계 없는 무(無)가 있었다. 식탁과 의자는 블랜드와 함께 여전히 그곳에 있었다. 이제는 익숙해진 푸른빛에 둘러싸인 채로. 나는 나 자신을 느꼈으며, 깊은 분노도 느꼈다. 그러나 무엇보다 목 뒷부분에서 울리는 낮은 통증을 느꼈다. 메이너드를 깊은 강에 남겨두고 떠나온 날 이후로 내게 머물러 있던 그 분노였다. 가장 중요한 점은, 내가 처음으로 그 일을 있는 그대로 정확히 인지했다는 것이다. 그래서 나는 이 능력을 조종하고 지휘하려고 했다. 꿈을 이끌어가듯이 말이다. 하지만 그러자마자, 주변에 직접 영향을 미치려고 시도하자마자, 세계가 본래 모습으로 돌아왔다. 거대한 무(無)가 아른거리다가 벽의 윤곽선이 돌아왔다. 푸른빛은 희미해졌다. 우리는 다시 앉아 있었다. 단, 우리의 자리가 바뀌었다. 나는 블랜드의 의자에, 블랜드는 내 의자에 앉아 있었다. 나는 일어서서 벽을 만져보았다. 방에서 나가 비틀거리며 현관으로 들어갔다가 벽에 몸을 기댔다. 방향감각을 잃어버린 익숙한 느낌. 다만 피로는 덜했다. 나는 응접실로 돌아와 내 자리에 앉았다.

"이거, 맞죠?" 내가 말했다. "코린이 원하는 게 이거였어요."

"그래, 맞다." 블랜드가 말했다.

"전에도 보신 적 있어요?"

"그래." 그가 말했다. "하지만 이런 식은 아니었어."

길고 긴 몇 분이 흐르는 동안 나는 아무 말도 하지 않았다. 이제는 블랜드가 일어나 방을 나섰다. 배려로 느껴졌다. 그는 내가 정신을 추스를 시간이 필요하다는 걸 아는 듯했다. 블랜드가 돌아왔을 때는 그의 여동생 로라와 함께였다. 로라는 곧 저녁 시간이라며 내게 밥을 먹고 가라고 했다.

"밥 먹고 가라, 하이람." 미카야 블랜드가 말했다. "꼭."

나는 그러겠다고 했다.

식사 후 우리는 함께 산책했다. 조용히 저녁의 필라델피아 거리를 어슬렁거렸다. 그러다가 마침내 내가 물었다. "또 누가 하는 걸 보셨어요? 모세?"

블랜드가 고개를 끄덕였다.

"그날 밤에 봤던 사람이 모세였죠?"

"맞아."

"그렇게 우리를 구해주신 거예요?"

"아니야. 그놈들을 처리하는 데 다른 세상에 속한 힘까지는 필요 없다."

"블랜드, 모세가 이런 일을 해낼 수 있다면 왜 오다의 가족에게 모세를 보내지 않는 거죠?"

"모세는 예수가 아니라 모세니까. 모세는 자기 나름대로 지켜야 할 약속들이 있다. 모든 일에는 한계가 있어. 나는 코린을 존중한다. 코린이 너를 데리고 하고 싶어 했던 일을 존중해. 하지만 코린은 그 힘을 진정으로 이해하지도 못하고, 그 힘이 작동하는 방식도 모른다."

우리는 아무 말 없이 좀 더 걸었다. 등 뒤로 해가 지고 있었다. 라일랜드의 사냥개들에게 부두 근처에서 기습당한 이래로 나는 저녁 산책을 하지 않았다. 하지만 미카야 블랜드와 있으니 왠지 안전하게 느껴졌다. 사실, 그는 언더그라운드에서 가장 오래된 내 친구였다. 언더그라운드에 내 친구가 한 명이라도 있다면 말이지만. 게다가 블랜드는 그만의 독특한 방식으로 내 안에 뭔가가 정말 있다고 생각했다.

"코린한테는 어떻게 포섭되신 거예요?" 내가 물었다.

"거꾸로 알고 있구나." 블랜드가 말했다. "내가 코린을 처음 만났을 때 코린은 학생이었다. 뉴욕의 교육기관에 다니는 소녀였지. 특정 계급의 버지니아 사람들이 딸을 보내 숙녀가 되도록 교육하는 곳이었어. 프랑스어라든가 집안일, 미술, 독서도 조금 가르쳤지. 그러나 코린은 조숙했고, 그 도시에 매혹됐다. 종종 몰래 빠져나가서 노예제도 폐지론자들의 강연을 들었지. 코린과 나는 그렇게 만난 거야.

너도 알겠지만, 당시 언더그라운드에는 오래전부터 우리 전쟁을 남부로까지 확장해야 한다고 느껴온 사람들이 있었다. 코린은 쉽게 우리에게 합류했고, 그런 뒤에는 노예제도라는 악마의 심장을 찌를 주된 무기로 육성됐어. 정말이지 코린은 무기였다. 다름 아닌 놈들의 단아한 남부 아가씨가, 놈들 문명의 장식품이 놈들에게 등을 돌린 거야. 코린은 거듭해서 능력을 입증해 보였다, 하이람. 코린이 얼마나 큰 희생을 치렀는지 넌 상상도 못 해."

"코린은 자기 부모님까지 희생했죠." 내가 말했다.

"그런 희생이 한두 번이 아니었다, 하이람." 그가 말했다. "엄청나게 많은 희생이 있었어. 레이먼드와 오다, 심지어 우리의 모세조차 절대 승인하지 않을 희생이었지. 나로서도 절대 그들에게 승인해달라고 요청하지 못할 희생이었어. 너를 만난 게 그때쯤 일이다. 당시에 나는 필즈로 위장하고 정찰하는 임무를 맡고 있었어. 산티 베스 이야기를 처음으로 들은 게 바로 그때 라클리스에서였다. 하지만 그때도 상대할 자가 없는 기억력을 갖춘 너라는 소년과 인도 능력 사이의 관련성을 전혀 알아채지 못했어. 라클리스는 코린이 표적 삼은 오래된 가문 중 하나였지만, 그중 쉽게 속일 수 있을 법한 후계자를 세운 유일한 가문이기도 했지. 코린이 라클리스에 접근하다가 버지니아 지부가 유서 깊은 엠 카운티 저택뿐만 아니라 엄청난 힘을 다스리게 해줄 사람을 얻었다는 사실을 알게 된 거야."

"하지만 이미 모세가 있었잖아요." 내가 말했다.

"아니, 하이람." 그가 말했다. "모세는 누구에게도 속해 있지 않아. 코린에게 속한 건 확실히 아니지. 모세가 충성을 바치는 곳이 있다면 그 충성심은 바로 이곳 필라델피아 지부에 가장 강력히 매여 있다. 코린은 모세의 것에 상응하는 힘을 추구했지만, 버지니아에 속해 있었고."

"그래서 모두가 결백하다는 건가요? 탓할 사람은 아무도 없다?" 내가 말했다.

"아니지, 하이람. 코린이 결백하다는 말이 아니야. 코린은 옳은 거다. 코린이 정체를 들키면 놈들이 코린에게 무슨 짓을 할지 생각해본 적 있니? 놈들이 그런 여자에게, 자신들의 가장 신성한 원칙을 조롱하고 삶의 방식 전체를 파괴하고자 하는 여자에게 구체적으로 무슨 짓을 할지 알고 있어?"

그때쯤 우리는 내가 사는 집, 9번가의 사무실 앞으로 돌아와 있었다. 그때야 비로소 감정에서 벗어난 나는 문득 블랜드가 부러 나를 집까지 바래다줬다는 생각이 들었다. 나는 그를 향해 조용히 웃은 뒤 고개를 저었다.

"왜 그러니?" 그가 말했다. "네가 다시 뒤통수를 얻어맞고 끌려가도록 놔둘 수는 없지."

나는 이번에는 좀 더 큰 소리로 웃었다. 블랜드는 내 어깨에 팔을 두르고 나와 함께 웃었다.

19

나는 블랜드의 집에서 일으켰던 작은 인도를 되새겨보느라 그날 밤을 지새웠다. 인도의 힘은 내 안에 있었지만, 내가 그 힘을 다룬다 기보다는 그 힘이 나를 다루고 있었다. 힘이 모습을 드러낼 때, 푸른 빛이 다가오고 안개의 장막이 내릴 때, 나는 내 몸에 탄 승객에 불과했다. 나는 그 힘을 이해해야 했고, 그러기 위해서는 이미 이해한 다른 사람이 필요했다. 그 능력을 이미 이해한 사람은 모세뿐이었다.

그러나 리디아 화이트와 아이들의 운명이 먼저였다. 다음 날 나는 미카야, 오다, 레이먼드와 함께 응접실에 앉아 그들을 데리고 나올 다양한 수단을 의논했다.

"통행증이 여러 장 필요해." 블랜드가 설명했다. "전부 대니얼 매키넌이라는 이름으로 발급돼야 한다. 하이람, 한때 오다를 붙잡아뒀고 지금은 오다의 가족을 붙잡고 있는 사람은 매키넌이야. 최대한 정확하게 만들어야 해. 갈 길이 멀고, 우리 요원들은 아주 사소한 문제로도 실패하곤 하니까. 별로 명확하지 않은 법이 금지하는 시간에 돌아다닌다든지, 지역 페리의 도착 시각을 헷갈린다든지, 그냥 운이 나빴다든지 하는 이유로 말이야."

"통행증은 위조할 수 있어요." 내가 말했다. "하지만 매키넌의 원래 스타일을 볼 수 있는 견본이 필요해요. 최대한 많이요. 오다의 해방 서류를 견본으로 쓰면 어떨까요?"

"아니." 오다가 말했다. "그건 안 통할 거야. 난 매키넌한테서 벗어날 때 다른 사람의 도움을 받았거든. 나한테 서류를 만들어준 게 그 사람이었어."

"다른 방법도 있습니다." 레이먼드가 말했다. "그리 멀지 않은 과거에는 바로 강 건너에서도 사람을 소유하는 것이 합법이었어요. 어떤 의미에서는 지금도 그렇고요. 하지만 노예제도로 가장 큰 이득을 본 사람 중 우리 가족에게 특히 의미 있는 사람이 있어요. 제디키아 심슨이라는 놈이죠. 심슨은 나와 내 어머니, 아버지, 오다를 소유했었습니다."

"레이먼드의 어머니가 그 사람한테서 도망친 건가요?" 내가 물었다. "오다를 남부로 팔아버린 사람이 심슨이에요?"

"맞습니다." 레이먼드가 말했다. "제디키아 심슨은 죽은 지 오래됐어요. 하지만 놈의 아들이 옛 땅을 차지했죠. 그 아들놈은 이 도시에도 집을 소유하고 있어요. 워싱턴 광장 바로 북쪽입니다. 일론 심슨은 그 재산 덕에 이 도시의 가장 존경받는 사람들 사이에서 신사로 통해요. 하지만 우리는 놈이 전혀 존경받을 만한 인물이 아니라는 걸 알고 있습니다. 가령 그자는 노예를 더 먼 남부에 팔아버리는 식으로 노예제도에 투자하고 있죠."

"놈을 만나보셨어요?" 내가 물었다.

"아뇨, 아직은." 레이먼드가 말했다.

"하지만 놈을 지켜보고 있어." 오다가 말했다. "이 도시에서도 그렇고, 저 아래 남부에 있는, 놈의 땅에서도 그렇고. 그런 감시를 통해서 우리는 일론 심슨이 여전히 대니얼 매키넌과 사업을 벌이고 있다는 걸 알고 있지."

모두가 잠시 침묵을 지켰다. 내가 아직 작전을 눈치채지 못했는지 알아보느라 기다리는 것이었다. 하지만 그럴 필요는 없었다. 그들이 말하는 사이에 작전은 저절로 형태를 갖추었다. 그래서 나는 이해했다는 사실을 확인해주려고 오다를 향해 고개를 끄덕였다.

"편지든 영수증이든, 뭐든 좋아요." 내가 말했다. "심슨과 매키넌 사이에 주고받은 서신 몇 통만 있으면 돼요. 살짝 빼 오면 되겠죠?"

"아뇨." 레이먼드가 말했다. "블랜드한테 더 교묘한 방법이 있습니다."

이제 셋 모두가 비밀을 지키는 아이들처럼 미소 짓고 있었다.

"얘기해주세요." 내가 말했다.

"직접 보여주는 건 어떨까?" 블랜드가 말했다.

그래서 그날 밤, 나는 블랜드와 함께 어떤 골목에 서서 가스등 불빛에 비친 거리를 지켜보았다. 우리는 거리에서는 보이지 않는 곳에 자리 잡고 일론 심슨의 집에 시선을 고정했다. 워싱턴 광장과 맞붙은 이 구역은 창문에 셔터가 달리고 잘 정비된 브라운스톤 주택들이 특징적인 곳으로, 이 나라가 탄생한 시점을 상기시키는 공원이 딸려 있었다. 이 도시에 사는 상급자들의 동네였다. 우리 쪽 죽은 자들의 자리이기도 했고.

그때쯤 나는 필라델피아에 대해 읽을 만큼 읽은 터라, 다른 시절, 그러니까 이곳 펜실베이니아에도 노역이 존재했던 시절 이 도시에 열병이 유행해 희생을 치러야 했다는 사실을 알고 있었다. 그 열병과 싸운 사람 중에는 벤저민 러시라는 유명한 의사도 있었다. 벤저민 러시는, 그가 이 도시를 지키느라 내세웠던 이론을 생각하면 지지하기 어려운 인물이었다. 그는 필라델피아 시민들에게 유색인이 열병에 면역이 있으며, 그뿐 아니라 그들의 존재 자체로 공기를 바꾸어 재앙을 빨아들일 수 있다고, 악취가 진동하는 검은 신체에 그 재앙을 붙들어놓을 수 있다고 말했다. 그래서 수백 명의 노역자들이 신체에 깃들어 있다는 검은 마법 때문에 끌려왔다. 그들은 모두 죽었다. 도시가 노역자들의 시체로 가득 차기 시작하고 이들의 시신으로 질병을 막겠다는 계획이 성공하는 것처럼 보이자 도시의 주인들은 이미 병에 걸린 백인들에게서 멀리 도망친 다음, 아무도 살지 않는 땅뙈기를 골라 유색인들의 시신을 그곳 구덩이에 던져 넣었다. 몇 년 후 열병은 잊혔고 전쟁으로 새로운 나라가 탄생했다. 그 뒤 필라델피아의 주인들은 그렇게 묻힌 사람들 바로 위에 잘 정비된 집을 줄줄이 세우고 광장에는 해방자 역할을 했던 장군 워싱턴의 이름을 붙였다. 이곳 자유로운 북부에서조차 세상의 사치가 우리 유색인들 위에 세워졌다니 충격적이었다.

"어쩌다 이렇게 되신 거예요?" 내가 물었다. 블랜드와 나는 그곳에 몇 시간째 서서 저택을 지켜보고 있었다.

"백인이 어쩌다 언더그라운드에 개입하게 됐냐는 거냐?"

"아뇨. 백인이 아니라 선생님요. 어쩌다 이렇게 되셨어요?"

"아버지는 내가 어렸을 때 돌아가셨고, 어머니는 우리를 돌보지 못했다. 나는 할 수 있는 일이면 뭐든 했어. 주어진 일이면 뭐든 다 했지, 그 나이 때부터 말이야. 하지만 로라와 나는 헤어질 수밖에 없었다. 충분히 나이가 들자마자 집에서 최대한 멀리 떠났거든. 나는 모험을 찾는 젊은이였어. 남부로 가서 세미놀 전쟁에 참전했고 완전히 다른 사람이 되었다. 나는 사람들이 인디언 야영지를 불태우고 무고한 사람들을 쏘아 죽이고 아이들을 납치하는 걸 봤어. 나 자신의 투쟁은 더 큰 싸움 앞에서 난쟁이처럼 작아진다는 걸 깨달았다.

나는 사람들이 싸우는 이유에 대해 아는 것이 부족했다. 늘 세상에 호기심을 느꼈지만, 교육받을 기회는 얻지 못했어. 그때 우리 어머니가 돌아가셨고, 나는 로라를 돌보러 집에 돌아왔다. 나는 부두에서 일하면서 시간이 날 때마다 도시의 공부방에 들르곤 했지. 그곳에서 노예제도 폐지의 명분을 알게 됐고, 결국은 언더그라운드도 알게 됐다. 나는 이 나라 전역에서 활동했어. 오하이오, 인디애나, 매사추세츠, 또 뉴욕에서까지 말이다. 그리고 뉴욕이 나를 코린 퀸에게, 그다음에는 라클리스로 이끌었다."

블랜드가 뭔가를 더 말하려는 참이었는데, 마침내 우리가 경계를 서던 이유가 눈앞에 모습을 드러냈다. 백인 남자 한 명이 일론 심슨의 집에서 나오더니 인도에 서서 뭔가를 기다렸다. 그 모습을 본 블랜드는 코트에서 시가를 꺼내 불을 붙였다. 그는 시가를 한 모금 빨아들이더니 나를 돌아보았고, 시가의 작은 불빛 덕에 나는 그의 미소를 볼 수 있었다. 블랜드는 골목에서 걸어 나가 거리에 섰다. 남자가 블랜드에게 빠르게 다가왔다. 블랜드가 다시 골목으로 돌아서자 남자가 따라왔다.

"혼자일 거라고 했는데." 남자가 말했다. "빠르게, 쉽게 진행될 거라고."

나는 이 사람이 일론 심슨 본인인지 잠시 궁금했지만, 어둠 속에서도 그가 신사의 옷차림을 갖추고 있지 않다는 걸 알 수 있었다.

"인생에 빠르고 쉬운 건 없소, 차머스." 블랜드가 말했다. "최소한 중요한 일들 중에는."

"뭐, 그래. 난 내 역할을 했소." 그는 그렇게 말하며 블랜드에게 꾸러미를 하나 건넸다.

"일단 한번 살펴봐야겠소." 블랜드가 말했다. "들어갑시다."

"개소리." 차머스가 말했다. "빠르게, 쉽게. 당신네 사람들이 했던 말이오. 저자를 데려오는 것만으로도 당신은 이미 나한테 잘못을 저질렀소. 그런데 이제는……."

"우리를 안으로 안내해주면 좋겠군." 블랜드가 말했다. "정말이지 간단한 일이오. 당신은 어떤 사람에게 전달될 서류를 전해주겠다고 약속했소. 나는 이 서류가 당신이 주장하는 바로 그 서류인지 확인해야 하고. 그러려면 서류를 읽어볼 수 있어야겠지. 읽으려면 빛이 필요하고, 가장 가까운 불빛이 당신 주인의 집 안에 있는 것 같은데."

"심슨은 내 주인이 아니야." 차머스가 화를 내며 말했다.

"그래, 그자는 주인이 아니오. 내가 주인이지. 우리를 안으로 들여보내 이 서류들을 확인하게 해주시오. 그러지 않으면 일론 심슨이라는, 당신 주인이 아닌 자에게 우리 서류를 보낼 테니까. 그 서류를 보면 심슨도 자기 여동생이 이 도시에 들를 때마다 다른 사람 없이 오직 당신과 함께 습관적으로 나갔던 산책들의 정확한 속성을 다 알게 되겠지. 장담하는데, 심슨은 당신이 자기 가문의 추문을 일과로 삼았다는 얘기를 들으면 아주 즐거워할 거요."

어두워서 차머스의 표정을 살피기는 어려웠지만, 그가 한 걸음 물러나는 게 보였다. 나는 바로 그 순간 차머스가 느낄 법한 감정을 상상했다. 도망치고 싶은 충동이 아니었을까? 어쩌면 그는 짐을 다 꾸려놓았을지도 모른다. 심슨의 여동생이라는 사람에게까지 이미 경고해두었는지도. 아니, 여동생에게는 경고하지 않았을 수도 있다. 여자가 이런 제보의 결과를 감내하도록 놔두고 그냥 떠날 수도 있을 테니까. 어쩌면 차머스를 더 먼 북쪽에 있는 가족의 자비로운 품으로 데려가줄 마차가 기다리고 있는지도 몰랐다. 그것도 아니면 차머스는 위험을 감수하며 내 상상 속 오리건으로 가거나, 내가 사랑하는 자유로운 선원 무리에 합류할지도 몰랐다.

"신중하게 생각하시오, 차머스." 미카야 블랜드가 말했다. "엄청난 자원을 가진 신사 심슨과 운을 한번 겨뤄볼 수도 있겠지. 아니면 우리를 들여보내주거나. 다른 사람한테 알릴 필요도 없잖소? 이 모든 건 그저 꿈에서 일어난 일이 될 수 있소. 다시 말하지만, 아무도 알 필요가 없소. 우리뿐이오. 우리는 이 일을 지금 당장 끝낼 수 있소. 빠르게, 쉽게."

차머스는 잠시 망설이더니 뒤돌아 집 쪽으로 걷기 시작했다. 우리는 그를 따라 위층으로, 그다음에는 현관으로 들어간 다음, 살롱을 지나서 일론 심슨의 서재 역할을 하는 뒷방으로 들어갔다. 차머스가 등불 빛을 돋우었고 블랜드는 책상에 앉아 서류를 읽었다. 꾸러미 안에 서류가 몇 종류 더 있었다. 블랜드는 그것들을 빠르게 넘겨 보았다.

"아니." 그가 말했다. "이 중에 쓸 만한 건 하나도 없소. 단 하나도."

"그자들은 당신한테 필요한 게 심슨의 서류 몇 장이라고 하던데." 차머스가 말했다. "그것들만 전해주면 난 자유라고 했소."

"글쎄, 내 생각에는 그들이 당신한테 훨씬 많은 이야기를 했을 듯하오만." 블랜드가 대답했다. "이 서류의 수신인을 확인해봤소?"

"놈들은 당신에게 서류를 전달하랬소. 나는 서류를 가져왔고."

328

"흠." 블랜드가 내게 시선을 두고 말했다. "이것보다는 더 필요할 것 같은데."

블랜드는 내 쪽을 보며 고개를 끄덕이고 일어서더니, 등불 빛의 도움을 받아 방을 조사하기 시작했다. 내 역할을 알고 있던 나는 책상에 앉아 서랍을 뒤지기 시작했다. 일기장을 휙휙 넘겨 보고 지인들에게 보낸 편지를 훑어보았으며 몇몇 초대장을 살펴보았지만, 보내는 주소나 받는 주소에 매키넌의 이름이 적힌 것은 단 하나도 찾지 못했다. 그러나 다시 눈을 들어보니 블랜드가 이제는 구석의 작은 오크 상자에 주의를 기울이는 모습이 눈에 띄었다. 그는 무릎을 꿇고 앉아 철 자물쇠를 손으로 쓸어보았다. 그런 다음 다시 일어섰다. 블랜드는 주머니에 손을 넣어 작은 주머니를 꺼냈고, 그 주머니에서 철사를 꺼냈다. 나는 블랜드가 자물쇠를 따는 것을 보았고, 그다음에는 차머스를 돌아보았다. 이제 차머스는 등받이가 높은 안락의자에 앉아 초조한 듯 안절부절못하고 있었다. 블랜드는 1~2분쯤 자물쇠를 만지작거리더니 차머스를 돌아보고, 상자 뚜껑이 삐걱거리며 열리자 미소 지었다.

안으로 손을 넣은 블랜드는 깔끔하게 개봉된, 차곡차곡 많이도 쌓여 있는 봉투 더미를 꺼내 책상에 올려놓았다. 살펴보니 이 편지들이 다른 종류의 의사소통 수단이었다는 것이 명백해졌다. 거래 기록이었다. 관리되고 구매되고 판매된 사람들에 대한 장부. 사업은 활발하게 이루어졌다. 사람들에게 붙여진 번호는 이 거래가 일론 심슨이 누리는 부의 뿌리임을 여실히 드러냈다. 나는 심슨을 한 번도 만나보지 못했지만 북부의 상급자들과 어울려 살아가는 일론 심슨이 좋은 교육을 받고 명망 있는 연줄을 지녔으며 존경받을 만한 사업을 하는 사교계 인물로 행세하고 있다는 상상 밖에는 할 수 없었다. 그러나 세탁되지 않은 그의 인생, 엄청난 범죄의 증거가 트렁크에 감춰져 있었다. 그것은 심슨이 다름 아닌 넓디넓은 묘지 위에 살고 있으며, 노예 없는 이 도시의 심장부에 세워진 이 호화로운 저택의 돈줄이 어둠의 세계에 뿌리를 두고 있다는 증거였다.

매키넌이 심슨에게 보낸 편지가 몇 통 있어서 나는 전부 챙겼다. 견본이야 많을수록 좋았다.

"심슨 씨가 그 서류가 없어졌다는 걸 알아챌 거요." 차머스가 항의했다.

"당신이 귀뜸해준다면야." 블랜드가 말했다.

차머스는 문까지 우리를 따라왔다.

"다음 주에 연락이 갈 거요. 우리는 당신의 주인은 아닌 심슨 씨가 그 전에 돌아오지 않으리라는 믿을 만한 정보를 들었소. 편지는 돌려줄 테니 다시 상자에 넣고 닫아두시오." 블랜드가 말했다. "그럼 우리와 볼일은 끝날 거요. 빠르게, 쉽게."

내가 통행증을 작성하는 데는 겨우 며칠밖에 걸리지 않았다. 나는 블랜드가 거쳐 온 좀 더 위험한 지역에 대한 그의 이야기를 뒷받침해줄 편지를 몇 통 썼다. 우리는 하루 뒤 차머스에게 서류를 돌려주었고, 그 뒤로는 그의 소식을 듣지 못했다. 일이 진행된 뒤에도 레이먼드든 오다든 우리 지부의 다른 누구든 추적당한 바는 없었다. 블랜드는 얼마 지나지 않아 앨라배마로 향했다. 나는 그와 작별 인사를 할 기회도 없었다. 내게는 작별 인사를 할 권리가 너무 드물게 주어졌다. 하지만 레이먼드가 모든 계획을 설명해주자 이번 일이 더욱 의미심장해 보였다.

레이먼드가 말한 작전은 필라델피아에서 누구도 해본 적 없을 대담한 구출이었다. 작전에 따라 블랜드는 서쪽으로 파견되어, 신시내티에 있는 한층 유능한 요원 한 명과 은신처를 구하기로 했다. 블랜드는 오하이오 강을 정찰하고, 인디애나와 일리노이 중 한 곳에 적절한 상륙 지점을 구할 예정이었다. 그렇게 안전한 상륙지점을 구하자마자 블랜드는 노예제도가 살아 있는 주 깊은 곳으로, 관의 한가운데인 플로렌스와 앨라배마로 들어가는 위험을 감수할 터였다. 아직도 매키넌의 땅에 사는 오다의 믿음직스러운 옛 친구 행크 피어슨과 접촉하기 위해서였다. 그런 뒤에 행크가 리디아를 데려올 테고, 리디아는 자신을 기억하라며 오다에게 주었던 숄을 보고 블랜드를 알아볼 터였다. 그런 다음, 블랜드가 리디아 가족의 주인으로 행세하면서 그들을 데리고 나올 것이다. 서로 헤어지는 일이 생기면 통행증이 리디아와 그녀의 아이들에게 길을 나설 권리를 증명해줄 것이다. 이 작전은 한 단계 한 단계가 대담할 뿐 아니라 타이밍도 대담했다. 때는 이른 8월이었다. 언더그라운드 요원에게 엄청난 은신처를 제공해주는, 끝없는 겨울밤이 찾아오려면 아직 먼 시기였다. 하지만 그때밖에 기회가 없었다. 매키넌이 경제적 어려움을 겪고 있으며, 언제든지 일거리가 없는 사람들을 팔아치울 수 있다는 얘기가 돌았기 때문이었다. 그렇게 되면 우리의 정보와 계획은 쓸모가 없어질 터였다.

20

때는 여름이 끝날 무렵, 구출 작전이 늦어지는 계절이었다. 우리
는 블랜드의 임무에 대한 소식을 기다리는 것 말고는 할 일이 별로
없었다. 하지만 다행히도 그 시기가 노예제도에 대한 합법적이고 공
개적인 전쟁을 벌이는 모든 이들의 연례 행사가 열리는 시기와 우연
히 겹쳤다. 이들 중에는 글과 연설, 투표로 노예제도 폐지를 위해 싸
우는 시민들이 있었다. 언더그라운드 중에서도 우리는 은밀하게, 신
비롭게, 폭력적으로, 비밀스러운 전쟁에서 싸웠으나 공개적으로 활
동하는 이들과도 조용히 동맹을 맺고 있었다. 8월은 언더그라운드의
전국구 분파인 버지니아 지부와 필라델피아 지부가 만날 수 있는 유
일한 시기였다. 버지니아 그리고 코린과 다시 만난다는 생각에 나는
극도로 불안해졌다. 블랜드가 떠난 뒤 우리는 그 모임에 참석할 준
비를 시작했다. 2주 뒤에 레이먼드와 오다, 그리고 내가 전세 마차를
타고 출발했다. 그러니까 블랜드가 남쪽으로 가는 동안 우리는 더 북
쪽으로, 뉴욕의 산간지방으로 가기로 한 셈이었다.

나는 레이먼드와 오다가 이 전쟁의 두 전선 모두에서 싸우고 있음
을 알게 되었다. 두 사람은 내가 말려든 좀 더 어두운 사업에도 손대
고 있으면서, 한편으로는 노예제도 폐지론자들 사이에서 앞장서서

빛을 비추고 있었다. 미시시피 동쪽에 있는 어떤 언더그라운드 지부도 필라델피아 지부보다 많은 수의 유색인들을 자유로 인도하지 못했다. 가족 없이 홀로 앨라배마 깊은 곳에 남겨졌다가 탈출해 기다리던 가족의 품으로 돌아온 오다의 기나긴 모험 이야기가 이런 명성을 더해주었다. 그러나 우리는 마차를 타고 가던 두 번째 밤에 우리 모두의 명성을 능가하는 사람과 합류했다. 모세였다.

그때 나는 모세를 전설 속 존재로서뿐만 아니라 레이먼드의 서류철에 자세히 기록된 수많은 업적을 통해서도 알고 있었다. 그렇지만 그녀가 살면서 겪어온 모험들을 휘감은 채 마차에 발을 들였을 때는 너무도 정신이 아찔해 인사조차 못 할 지경이었다. 모세는 레이먼드와 따뜻하게 안부를 주고받았고 오다에게 고개를 끄덕여 보이더니 내게 시선을 두었다.

"어떻게 지내나요, 친구?" 모세가 물었다. 나는 잠시 후에야 지난번 그녀를 만났을 때 내가 라일랜드의 공격에서 회복하던 중이었음을 떠올렸다.

"잘 지냅니다." 내가 말했다.

모세는 지팡이를 들고 있었다. 도시 바깥 숲에서 그녀를 보았던 그날처럼. 대낮인 지금은 그 지팡이 전체에 조각들과 상형문자가 새겨져 있는 게 보였다. 모세는 내가 그 물건을 자세히 들여다보는 걸 보더니 말했다. "내 믿음직스러운 지팡이랍니다. 조록나무에서 뜯어낸 가지예요. 어디를 가든 나와 함께죠."

마차는 계속 굴러갔다. 그녀를 뚫어지게 바라보지 않기가 믿을 수 없을 만큼 어려웠다. 모세는 인도의 힘이 없다 하더라도 언더그라운드에서 가장 대담한 요원이었다. 나는 세상에 대해서도 충분히 알았고, 레이먼드의 서류도 충분히 읽었기에 모세의 영혼이 최악의 노예제도 때문에 다치기는 했지만 망가지지는 않았다는 사실을 알고 있었다. 나는 구덩이에 묻혔던 일과 감옥에서 보낸 시간, 사냥감이 되어 쫓기던 밤들을 다시 떠올렸다. 어쩌면 내게는 그런 일이 필요했는지도 모른다. 노예제도가 얼마나 저열하고 사악해질 수 있는지 직접 알기 위해서는 그 모든 일을 목격해야 했는지도 몰랐다. 레이먼드는 모세를 해리엇이라고 불렀는데, 해리엇은 모세가 가장 좋아하는 호칭이었다. 그러면서도 레이먼드는 위대한 장군에게 병사가 가져야 마땅한 존경을 바쳤고, 모세의 질문에 빠짐없이 대답하면서도 그 대가로 질문을 던지는 경우는 거의 없었다. 또 레이먼드는 모세가 뭔가를 요구하는 경우가 거의 없었음에도 계속해서 그녀의 지시를 기다렸다.

하루 뒤 우리는 대회 장소에 도착했다. 그곳은 캐나다 접경지대와 그리 멀지 않은 곳, 소개(疏開)된 들판에 자리 잡은 야영지였다. 부지는 언더그라운드를 후원하는 어느 큰손의 땅으로, 소문에 따르면 그에게는 이곳에 오직 스스로를 위해 일하는 유색인 공동체를 건설할 계획이었다. 도착하기 하루 전에 비가 내렸기에 우리는 반바지를 입은 채 물을 첨벙거리며 마차에서 내렸다. 우리 셋은 더 높은 지대로 올라가는 야영지 외곽 한 구역을 차지한 뒤 각자의 길로 흩어졌다.

밖에는 숲 가장자리까지 이어진 진흙투성이 천막들이 보였다. 나는 그 천막 사이를 걸어 다니다가 물오른 토론을 벌이는 대회 참가자들을 보았고, 그런 다음에는 더 큰 천막들 안에서 임시 단상 위에 올라 제 신념을 설파하는 개혁의 연설자들을 보았다. 그들은 화려함을 좋아했고, 자신의 주장을 지지하는 추종자들을 모아들이려고 우열을 다투는 듯했다. 나는 줄지어 선 관중을 헤집고 나가다가 캘리코 반바지를 입고 중산모를 쓴 백인 남자 앞에 잠시 멈춰 섰다. 공교롭게도 그는 그 순간 자제력을 잃은 채 코트 소매에 대고 흐느끼고 있었다. 그는 눈물을 흘리는 사이사이 이야기를 전했는데, 청중의 몰입을 이끌어낸 그 이야기는 그가 럼주와 라거에 홀려 집과 가족을 빼앗겼으며, 남은 것이라고는 지금 입은 옷밖에 없다는 내용이었다. 그는 이제 정신을 차렸으며, 이 땅에서 악령들의 저주가 청산될 때까지 그 옷을 입고 지낼 결심이라고 했다.

나는 더 걸어갔다. 그러다 군중 앞에 멈춰 서서, 작업복을 입고 머리를 민 여자 두 명이 여자도 남자와 똑같은 영역에서 남자처럼 완전히 자유롭게 활약할 권리가 있다고 열변을 토하는 모습을 지켜보았다. 그렇게 이야기를 계속하는 동안 여자들의 목소리는 점점 높아지고 커졌다. 마침내 군중마저 그들의 공격 대상이 되었다. 그녀들이 지금 당장 이 자리에서 여성 참정권이라는 대의명분을 지지하기로 결심하지 않는 사람은 세상의 절반을 약탈하는 엄청난 음모에 공모하는 셈이라고 주장했던 것이다.

나는 또 다른 천막으로 이동하면서 그 약탈이라는 것이 다른 방면으로도 계속된다는 것을 알게 되었다. 그 천막에서는 백인 남자가 전통 의상을 입은 조용한 인디언 곁에 서서 자신이 보아온 엄청난 파괴 행위와 조지아와 캐롤라이나와 버지니아의 인간들이 토지를 명분으로 얼마나 사악한 일을 기꺼이 저지르는지에 대해 말하고 있었다. 당시 나는 그 땅에 무슨 조치가 취해지는지와, 땅을 훔친 죄가 그 땅의 사람들을 구속한 죄로 인해 더욱 불어난다는 점을 잘 알고 있었다.

계속 나아간 끝에, 나는 이 나라의 공장에 대해 격분하는 남자 뒤에 어린아이들이 줄지어 서 있는 것을 보았다. 그 아이들의 부모는 더 이상 자식을 먹여 살릴 수 없게 되자 아이들을 팔아버렸고, 아이들은 고된 노동을 하게 되었다. 아이들은 남자가 대표하는 자선단체가 구해주기 전까지 계속 노동을 해왔다. 오직 자선단체의 노력으로만 아이들이 학교에 가고 자본의 해악으로부터 구조될 터였다. 더 멀리 가던 나는 이 주장이 노동조합 활동가의 다른 주장과 친척 관계임을 알게 됐는데, 그 활동가는 공장과 관련된 모든 권리를 공장주들에게서 박탈해 힘들게 일하는 공장 노동자들에게 주어야 한다고 주장했다.

더 나아가자 관련된 주장이 하나 더 들려왔다. 모든 공장을 아예 거부해야 한다는 주장, 사회 자체가 사문화*되어야 하며 남녀 모두 함께 일하고 모든 것을 공동 소유하는 새로운 공동체가 생겨나야 한다는 주장이었다. 이조차도 그 대회에서 나온 급진주의의 정점은 아니었다. 야영지에서 가장 먼 곳에서, 나는 그 자체로 일종의 재산제도이자 노예제도인 결혼이라는 결합을 모든 사람이 거부해야 하며 모두가 '자유연애'의 교설에 협력해야 한다고 주장하는 독신 여성을 발견했다.

늦은 아침이었다. 구름 한 점 없는 8월 하늘에 태양이 쨍쨍 내리쬐고 있었다. 나는 재킷 소매로 이마를 훔치고, 대회 참석자들과 천막들이 경쟁하듯 뽐내는 곳에서 멀리 떨어진 나무 그루터기에 잠시 앉았다. 모든 게 지나쳤다. 대학교 하나가 그 풀밭에 통째로 나와 있는 것 같았다. 새로운 존재 방식, 해방에 관한 새로운 사상들이 나를

---

* 死文化. 법령이나 규칙 따위가 실제적인 효력을 잃어버리거나 잃어버리도록 하는 것.

침범했다. 겨우 1년 전만 해도 나는 그 모든 것을 거부했을 터다. 그러나 당시 나는 너무 많은 것을, 아버지의 책에서 본 것을 다 합친 것보다 훨씬 많은 것을 본 터였다. 끝이 어디일까? 알 수 없었다. 그 사실이 나를 고통스럽게 하는 동시에 기쁨으로 가득 채웠다.

눈을 들어보니, 나보다 몇 살 많은 여자가 내가 방금 떠나온 야영장 가장자리에 서서 나를 자세히 살펴보고 있었다. 그녀는 나와 눈이 마주치자 미소 짓더니 곧장 다가왔다. 그녀의 밝은 갈색 얼굴은 선이 고왔으며 숱 많은 검은 머리카락이 두 뺨을 타고 어깨까지 흘러내려 얼굴을 감싸고 있었다.

나는 존중을 표하기 위해 일어섰다. 그러자 그녀의 미소가 사라졌다. 그녀는 나를 머리끝에서 발끝까지 마치 무언가를 확인하듯 살펴보더니 전혀 예상하지 못한 한마디를 던졌다.

"잘 지내, 하이?"

다른 곳, 다른 상황에서 이 말을 들었더라면 나는 안도감을 느꼈을 것이다. 그 말이 고향 생각으로 나를 가득 채웠을 테니까. 하지만 그 순간에는 곧바로 한 무더기의 질문이 떠올랐다. 그중 1순위 질문은 이 여자가 어떻게 내 이름을 아느냐는 것이었다.

"괜찮아." 그녀가 말했다. "이젠 다 괜찮아질 거야." 그녀는 손을 내밀고 말했다. "난 케시아야."

나는 인사를 거절했지만, 그녀는 이를 전혀 모욕적으로 느끼지 않았는지 말을 이었다.

"나도 너와 고향이 같아. 버지니아의 엠 카운티. 라클리스. 나 기억 안 나지? 모든 걸 기억하지만, 나를 기억하지는 못하는구나. 괜찮아. 네가 아기였을 때, 내가 널 돌봐주곤 했어. 사정이 여의치 않을 때 너를 나한테 맡기곤 했거든……."

"누가요?"

"너희 엄마 말이야. 우리는 마마 로즈라고 불렀어. 너도 우리 엄마를 안다면서? 테나가 우리 엄마 이름이야. 엄마는 몇 년 전에 자식들을 잃으셨어. 다섯 아이가 모두 스타펄의 경마장에서 팔려 아무도 모르는 곳으로 보내졌지. 나는 지금 여기 언더그라운드에 있어. 그런데 나랑 똑같은 곳에서 올라온 사람이 있다는 얘기를 들었어. 그 사람이 너라는 얘기도."

"산책 좀 할까요?" 내가 물었다.

"좋아." 케시아가 말했다.

나는 케시아를 대회장에서 멀리, 더 높은 잔디밭 외곽으로 데려갔다. 우리 일행이 마차를 매고 텐트를 펼쳐놓은 곳이었다. 나는 케시아가 마차에 오르도록 돕고, 나도 마차에 올라 그녀 옆에 앉았다.

"내 얘기는 진짜야." 케시아가 앞을 똑바로 보며 말했다. "전부 사실이야. 원한다면 어떻게 그런 일이 일어났는지도 말해줄 수 있어."

"꼭 말해주셨으면 해요." 내가 말했다.

"뭐, 말한 그대로 아니겠어? 나는 테나의 딸이야. 내가 맏이였어. 우리는 스트리트에 살았고, 나에게 그 시절은 좋은 기억으로 남아 있어. 우리 아빠는 그 시절 대단한 사람이었어. 담배 팀의 수장이었지. 노역자 중에서는 가장 거물이었다는 뜻이야.

스트리트 끝에 우리만 사는 집이 있었어. 다른 집들과 떨어져 있고 크기도 더 컸지. 난 그게 아빠 덕분이었다고 생각해. 상급자들이 아빠를 높이 평가한 덕분이었다고 말이야. 아빠는 거친 사람이었어. 아빠가 말하는 모습은 별로 기억나지 않지만, 상급자들이 아빠한테 뭔가 말하려고 내려올 때면 다른 노역자에게는 절대 쓰지 않는, 일종의 존중이 담긴 말투로 말했던 게 기억나."

케시아는 잠시 말을 멈추었다. 그녀의 얼굴에 뭔가 깨달은 표정이 떠올랐다. 그러더니 그녀가 말했다. "아니, 어쩌면 원하는 대로 기억하는 아이들처럼 모든 건 내 머릿속에서 일어난 일인지도 모르지. 모르겠어. 하지만 내 기억이 그렇다는 것만은 사실이야. 아빠랑 같이 하던 구슬 치기와 공놀이와 실뜨기도 기억나고. '휘파람 부는 기사' 놀이도. 하지만 엄마가 가장 많이 기억나. 엄마는 내가 알았던 사람 중 가장 따뜻하고 사랑스러운 여자였어. 일요일이면 우리 다섯 남매는 엄마 품에 새끼 고양이처럼 그저 누워 있었지. 아빠는 거친 사람이었지만, 그때도 나는 아빠의 어떤 부분이 우리를 지켜주고 있다는 걸, 아빠가 우리를 지켜주려고 뭔가 하고 있거나 이미 했다는 걸 알았던 것 같아. 우리 모두가 끄트머리에 따로 떨어져 있는 그 오두막을 가질 수 있도록 말이야. 집 뒤에는 우리만의 정원도 있었고, 우리만의 동백나무도 있었어. 그게 내 인생이었어."

케시아는 회상에 젖은 채 우리가 방금 떠나온 천막을 내다보았다. 나도 내 생각에 빠져 오래전 테나가 파이프를 뻐끔거리며 자신이 사랑했던 남자 빅 존을 그리워하던 모습을 떠올렸다. 이 케시아라는 여자가 그들의 딸이라는 게, 다른 곳도 아닌 이곳에 있다는 걸 믿을 수가 없었다.

"하지만 나는 자랐고, 곧 일하게 됐어. 처음에는 들판에서 일하는 사람들에게 물을 날라다주었지만, 그다음에는 들판에서 일하게 됐지. 하지만 난 신경 쓰지 않았어. 친구들도 모두 들판에 있었고, 아빠랑 가까이 있을 수 있었으니까. 고된 노동이기는 했지, 그건 알고 있었어. 하지만 나는 옛날부터 힘든 일에 마음이 끌렸어. 그래서 여기 언더그라운드에도 들어온 거야. 당시 내 세상은 들판과 스트리트로 이루어져 있었어. 내가 너를 아는 건 스트리트 때문이야, 하이. 네 엄마와 에마 이모를 아는 이유이기도 하고. 주말이면 어른들은 숲으로 내려가서 작은 무도회를 열고 나한테 아기들을 맡기곤 했어. 네가 그 아기 중 한 명이었지. 널 여기서 보고도 난 별로 놀라지 않았어. 넌 항상 남달랐거든. 너는 그냥 모든 것을 지켜보기만 하더라. 여기서 보고 난 네가 하나도 바뀌지 않았다고 생각했어. 그냥 지켜만 보는 그 모습이 말이야. 널 찾다니, 노역과는 아주 멀리 떨어진 이곳에 나와서 다시 너를 만나게 되다니 참 축복받은 일이지.

그 시절은 너무도 다른 시간이었어. 그 시절이 행복했다고 말한다면 그건 나로서도 놀라운 일일 거야. 거의 수치스러운 일이지. 하지만 정말로 잠깐은 행복했던 것 같아. 그리고 그 행복이 다른 걸로 바뀐 순간도 기억나. 아빠가 쓰러졌을 때였어. 너도 알겠지만, 열병 때문이었지. 엄마는 큰 충격을 받았어. 예전처럼 따뜻했지만, 너무 슬퍼하셨어. 매일 밤 울면서 우리를 부르곤 하셨어. '와서 엄마랑 같이 쉬자.' 엄마가 그렇게 말하면 우리는 새끼 고양이처럼 엄마랑 함께 그자리에 누워 있곤 했어. 그러면 엄마는 우셨고, 우리 모두 함께 울곤 했지. 하지만 분명히 말하는데, 하이, 그 후에 닥칠 일에 비하면 그건 아무것도 아니었어. 아빠가 돌아가셨을 때 우리에겐 최소한 서로가 있었어. 하지만 뭐라 해야 할까, 머잖아 서로조차 잃었어. 마치 모두가 서로에게 저세상 사람이 된 듯이. 우리가 전부 죽어서 서로 다른 지옥으로 떨어진 듯이."

이제 케시아가 나를 돌아보며 말했다. "네가 우리 엄마랑 잘 아는 사이라며.”

나는 고개를 끄덕였지만 더 말할 생각은 없었다. 아직 그 이야기를 완전히 받아들일 마음의 준비가 되지 않았다. 하지만 케시아가 기대 어린 눈으로 나를 보고 있었다. 너무도 잘 아는 기대감이었다.

“당신의 묘사와 정확히 똑같은 분은 아니었어요.” 내가 말했다. “하지만 본질은 같은 분이었다고 생각해요. 변하신 이유가 있었을 테고요. 저는 테나를 잘 알았거든요. 하지만 테나가 변했고 안 변했고는 중요한 문제가 아니에요. 중요한 건 테나가 저한테 잘해줬다는 거예요. 저에게 라클리스에서 가장 좋았던 점은 테나였어요.”

케시아가 두 손을 오므려 코와 입을 가리더니 가만히, 또 조용히 울었다.

그러다가 그녀가 말했다. “그럼 경마장에 대해서도 알아?”

“네.” 내가 말했다.

“상상해봐. 내 남동생과 여동생들이 그리로 끌려 나가서 팔려 간 거야. 내가 그 애들을 다시는 보지 못했다는 거 아니? 찾으려고 얼마나 열심히 노력했던지. 하지만 사라진 사람이 너무 많았어, 하이. 사람들이 손가락 사이로 빠져나가는 물처럼 사라졌어.”

“전…… 저도 알아요.” 내가 말했다. “전에는 몰랐지만 이제는 알아요. 당신의 어머니가 저한테 말해주려 했어요. 예전에는 그런 식으로 다루어진다는 게 무슨 의미인지 몰랐어요. 이제는 알지만.”

“아버지가 백인이라며?”

“맞아요.” 내가 말했다.

“그래도 별 소용없었구나?”

“네. 우리 중 누구한테도 소용없었죠.”

"그래, 맞아. 내가 지금 네 앞에 있는 것도 그냥 우연일 뿐이야. 우리 가족은 대부분 나체스 쪽으로 끌려갔지만, 나는 메릴랜드로 끌려가서 벌목장 일을 하게 됐어. 그러다 얼마 지나지 않아 엘리아스라는 사람을 만났고, 서로 좋아하게 됐지. 엘리아스는 임금을 받고 일하는 자유인이었어. 그가 나도 자유롭게 살도록 내 자유를 사려는 계획을 세웠어.

벌목은 고된 노동이었지만 나한테는 어쨌든 또 다른 가족이 생겼어. 나는 새로운 삶에 맞게 나 자신을 바꾸었어. 그 남자를 중심으로 나를 만들었지. 그러니까 행복 비슷한 뭔가에 가까워지더라. 나는 다시는 어린아이가 될 수 없다는 걸 알고 있었어. 앞서 닥친 일에서 아주 심한 상처가 생겼다는 것도 알고 있었고. 하지만 어쨌든 삶에서 뭔가를 발견했지. 그리고 그걸 발견한 바로 그 순간, 하이, 놈들이 나를 다시 경매대에 올리려 들었어. 하지만 이번에는 나도 당하고만 있지 않을 생각이었어. 나는 결혼을 통해 특별한 가족의 일원이 됐고, 그들 중에 네가 모세라는 이름으로 알고 있는 사람이 있었거든."

이제 케시아는 혼자 웃고 있었다. "너도 봤어야 하는데. 나랑 엘리아스는 작별 인사를 나눴어. 너무 힘들었어. 그리고 경매 당일 엘리아스가 경매장에서 입찰을 시작했어. 입찰에 나선 사람이 엘리아스와 저 먼 텍사스에서 온 어떤 남자였기 때문에 나는 가슴이 두근거렸어. 엘리아스와 남자는 서로 호가를 올려댔어. 결국 나의 엘리아스가 너무도 슬픈 눈으로 나를 바라봤지. 나는 엘리아스가 지고 텍사스가 이겼다는 걸 알았어. 그렇게 텍사스가 돈을 치르고 나를 감방에 처넣었어. 놈이 한 말을 너도 들었어야 하는데. 그놈은 높고 강했어. '해가 뜨면 떠날 거다.' 하! '해가 뜨면'이라니. 놈은 몰랐던 거야. 태양이야 당연히 떴지. 하지만 모세가 더 빨랐어."

모세라, 나는 생각했다. 인도였군.

케시아가 나를 보았다. "그게 다 계획이었던 거야. 엘리아스는 최대한 비싼 값으로 입찰했어. 그런 식으로 놈이 돈을 지불하게 한 다음 나를 빼낸 거야. 세상에! 모세가 놈들한테 한 일을 보고 나서는 예전의 인생으로 돌아갈 수가 없더라. 나는 놈들이 나한테 준 지옥과 그 지옥을 넉넉히 되갚아주면 얼마나 기분 좋을지 생각했어. 내가 겪은 고통과 나 같은 사람이 얼마나 많은지 생각했지. 그 후로 내 바람은 이 언더그라운드에 속하는 것밖에 없었어.

이후로 나는 죽 모세와 함께하고 있어. 그래서 네 얘기를 들을 수 있었던 거야, 하이. 어떤 남자애가 버지니아 엠 카운티에서 올라왔다는 얘기가 들리더라. 우리 카운티에서 말이야. 그래서 소문을 확인하다가 네 이름을 들었어. 도저히 믿을 수 없었지만, 세상에, 너였어. 네가 여기저기 돌아다니며 구경하는 걸 보자마자 알아봤어."

그 말을 끝으로 케시아가 몸을 던져 나를 끌어안았다. 그 순간 나는 놀랍게도 온기를 느꼈다. 나는 집에서 너무 오래 떠나 있었다. 그런데 지금은 집에 대한 기억이, 같은 여정을 거쳐 온 누군가가 나와 함께 있었다. 시간이 늦었기에 우리는 각자 일행을 찾아야 했다. 우리는 일어나서 다시 서로를 끌어안았다. 그녀가 말했다. "너랑 나는 더 많은 시간을 함께 보낼 거야. 여기서 며칠 더 지낼 테니까."

그러더니 케시아는 말했다. "세상에, 어쩌다가 이것도 잊고 못 물어봤는지 모르겠네. 너무 내 얘기만 했나 봐. 마마 로즈는 잘 지내셔? 너희 어머니 말이야."

나는 다시 천막 사이를 걸었다. 훈계는 잦아들고 즐거움이 그 자리를 대신하고 있었다. 서로 과일과 병을 던져대는 곡예사들이 보였다. 높은 나무 두 그루 사이에 가느다란 선을 매어놓고 한차례 건넌 다음, 노래 부르면서 춤추듯 돌아오는 무모한 사람들도 있었다. 구르고 몸을 꼬고 허공으로 뛰어오르는 곡예사들도 있었다.

우리 어머니는? 마마 로즈는 어떻게 지내냐고? 나는 여전히 어머니를 기억하지 못한다. 내게는 그저 어머니를 알았던 케시아 같은 사람들에게서 모은 이야기만 있을 뿐이다. 어머니에 대한 기억은 소피아나 테나에 대한 기억과는 달리 고대 신화 속 스케치 같다. 다른 어떤 순간보다 케시아와 함께한 그 순간에 테나가 더욱 생생하게 느껴졌다. 테나의 딸의 기억이 나의 기억과 섞이던 그 순간에 말이다. 나는 이제 아주 많은 것을 이해한 기분이었다. 테나가 내게 그토록 엄하게 굴었던 이유를 알 것만 같았다. 테나는 말했었다. *저 사람들은 네 가족이 아니다. 말을 탄 그 백인 남자가 네 아버지라기보다는, 지금 바로 여기에 서 있는 내가 네 어머니라고 하는 편이 맞을 거다.*

오다, 레이먼드, 케시아, 모세, 그리고 나는 다 함께 모여 저녁을 먹었다. 그러다가 태양이 하늘에 낮게 걸려 있을 때 유색인 한 무리가 모닥불 주변에 모였다. 그들은 대단히 느리고 여운이 남는 목소리로, 오직 저 아래 관 속에서나 부를 만한 노래들을 부르기 시작했다. 버지니아를 떠난 이후로 그 노래들을 들어본 적이 없었다. 인제 와서 들으니 노래가 나를 잡아당기는 듯, 내가 8월의 열기 속에 흔들리는 듯 느껴졌다. 감당하기 벅찼다. 나는 그 자리를 떠나 생각에 잠긴 채로 줄지어 늘어선 천막 사이의 진흙길을 헤매기 시작했다.

나는 천막들 바로 뒤 마른 풀밭에 앉았다. 그곳에서도 여전히 내 일행이 멀리서 노래 부르는 소리가 들렸다. 나는 그날 겪은 일로 휘청거렸다. 케시아와의 만남, 테나와 빅 존에 대한 기억, 여자와 아이, 노동, 토지, 가족, 부에 관한 여러 주장과 이념들. 노역을 돌이켜보면 버지니아라는 나의 옛 세계에만 존재하는 특유의 악이 드러날 뿐 아니라 완전히 새로운 세계가 절실히 필요하다는 점을 문득 깨닫게 되었다. 노예제도는 모든 투쟁의 근원이었다. 사람들은 공장이 아이들을 노예화한다고 했고, 임신이 여성의 신체를 노예화한다고 했으며, 럼주가 사람의 영혼을 노예화한다고 했다. 그 순간 나는 소용돌이치는 이념들 속에서, 이 비밀스러운 전쟁에서 우리가 싸워야 할 적이 버지니아의 노예 주인들만이 아니라는 점을 이해했다. 우리는 단순히 세상을 개선하려는 것이 아니라 새로 만들려는 중이었다.

근처에서 돌아다니던 어떤 남자 때문에 나는 생각에서 빠져나왔다. 말을 전달하러 온 그는 내게 인사하고 봉인된 소포를 내밀었다. 나는 그 봉인이 미카야 블랜드의 표시임을 즉시 알아볼 수 있었다. 가슴이 철렁했다. 그때 편지를 뜯어보고 싶다는 충동이 강하게 찾아왔다. 하지만 이건 오다의 가족 문제였다. 가족의 운명을 가장 먼저 알아야 하는 사람도 오다였다. 나는 레이먼드와 함께 있던 오다를 찾았다. 형제는 그때까지도 장작불 근처에서 울려 퍼지는 노예의 노래에 황홀해하고 있었다. 나는 편지를 레이먼드에게 건넸다. 레이먼드가 글을 더 잘 읽었기 때문이다. 모닥불 빛을 받아 빛나는 오다의 얼굴에 예상할 수 있는 모든 두려움이 어려 있었다. 하지만 그때 레이먼드가 미소 지으며 말했다. "미카야 블랜드가 리디아와 아이들을 확보했어. 앨라배마에서 나왔대. 이 편지를 보낼 때는 인디애나를 여행 중이었다는데."

"세상에." 오다가 말했다. "세상에."

오다가 나를 돌아보고 말했다. "정말 되려나 봐. 그렇게 오랜 세월이 지났는데, 나의 리디아, 내 아들들, 모두가……. 아, 주여. 램버트가 살아서 이 모습을 봤으면 좋았을걸."

그러더니 오다는 레이먼드를 돌아보고 울음을 터뜨렸다. 레이먼드는 평소의 엄숙한 가면을 벗고 오다를 꽉 끌어안은 채 함께 울었다. 나는 둘만의 시간이 필요하겠다고 생각하고 눈을 돌렸다. 헤아릴 수조차 없이 많은 기적으로 가득한 하루에 가슴이 북받쳤다.

21

꿈을 꿨다. 옛날에는 아버지가 그랬듯 나도 라클리스를 다스리겠다는 꿈을 꾸었다. 이 사실을 인정하는 건 쉽지 않은 일이고, 아주 깊이 생각해본 꿈도 아니었지만, 그래도 그게 나의 꿈이었다. 어쨌든 나는 언더그라운드를 찾아냈다. 혹은 언더그라운드가 나를 발견했다. 덕분에 마침내 행복해졌다. 나는 언더그라운드에서 의미를 발견했다. 레이먼드 화이트, 오다, 미카야에게서 가족을 발견했다. 그리고 이제는 케시아에게서 잃어버린 내 일부마저 발견한 듯했다.

다음 날 저녁, 또 하루 동안 훈계와 오락이 이어졌고 나는 숲을 지나 들판 위 높은 언덕에 가기로 했다. 그리고 바로 그곳에서 모세가 커다란 바위에 가부좌를 틀고 앉아 있는 모습을 보았다. 그녀는 고요했고 평화로웠다. 나는 그녀가 혼자 생각하도록 내버려둬야 할지도 모르겠다고 생각했다. 그러나 내가 멀어지자 모세의 목소리가 조용한 밤공기를 갈랐다.

"좋은 저녁이네요."

나는 돌아섰다. 모세가 이미 내게 걸어오고 있었다. 그녀의 두 눈이 내 머리에 고정되어 있었다. 충분히 가까워지자 모세는 손을 내밀어 내가 라일랜드에게 맞았던 자리를 만졌다. 그런 다음 물러나서 미소 지으며 말했다. "서로 이야기할 시간이 생기리라는 건 알고 있었어요. 사람들에게서 멀리 떨어져 얘기하니 좋군요. 당신 얘기는 많이 들었어요." 그녀가 말했다. "어제 케시아가 좀 더 얘기해줬고요."

"네." 내가 말했다. "알고 보니 케시아와 제가 고향이 같더라고요."

"네, 케시아도 그렇게 말했답니다. 고향 사람을 만난다는 건 좋은 일이죠? 뿌리를 어느 정도 알게 되니까요. 뿌리에서 이토록 멀리 떨어져 있으니 틀림없이 힘들 거예요."

"다들 그렇지 않나요?" 내가 물었다.

"아뇨." 모세가 말했다. "나는 꽤 자주 고향에 들른답니다. 주인들은 별로 좋아하지 않지만요. 나는 주로 일하는 곳이 있어요. 내가 가장 잘 아는 곳이죠. 메릴랜드 저쪽 강변이 내 고향이에요. 언젠가는 그리로 돌아가 영원히 머물겠죠. 지금처럼 요원으로서가 아니라요. 난 밝고 정직한 햇빛을 받으며 그곳으로 돌아갈 거예요. 하지만 지금도 자주 고향에 들르고 있어요. 고향으로 돌아간다는 건 좋은 일이에요. 고향을 기억한다는 것도 그렇고."

"전 많은 걸 기억합니다." 내가 말했다.

"알아요. 듣자니 당신은 재능이 뛰어나서 버지니아의 들판에서처럼 필라델피아의 집에서도 일하고 있다더군요. 당신이 그 이상을 해낼지도 모른다는 속삭임도 들었고요."

"저도 들었어요." 내가 말했다. "하지만 말이 있으면 뭘 하나요? 안장이 없는데."

"흠." 그녀가 말했다. "그건 두고 봐야죠."

"제가 어떻게 할 수 있는 일은 아닌 것 같아요. 전 제 사람들을 빼내고 싶지만 너무 많은 사람들이 보이더라고요. 지금은 그들이 모두 보여요."

"아, 당신이 그렇게 말하니 반갑네요." 모세가 말했다. 그녀는 장난스럽게 미소 지었다. 그 순간 나는 어떤 수업에 등록한 것 같은 기분이 들었다. 아니, 실은 정말 그렇다는 사실을 분명히 깨달았다고 해야겠다. "사실은 이래요, 친구. 나는 단독으로만 일한답니다. 내 시간과 특유의 경계심에 따라서만 움직이죠. 하지만 이번 일에는 글 솜씨만큼이나 달리기 솜씨도 뛰어난 사람이 필요하죠. 그리고 당신이 그런 자격을 갖춘, 언더그라운드의 몇 안 되는 요원이라는 얘기를 들었어요."

"왜 제 도움이 필요하신지 모르겠는데요. 사람들이 당신을 모세라고 부른다는 걸 알고 있어요. 당신이 가진 위대한 힘 때문에 그런 이름이 붙은 것 아닌가요?"

"위대하다라." 그녀가 말했다. "이렇게 간단한 일에 붙이기에는 거창한 단어네요."

"하지만 사람들이 그러던데요." 내가 말했다. "사람들이 뭐라고 말하는지 알고 있어요. 모세는 어린아이였을 때 수소를 길들였고, 성인 남자처럼 들판을 일궜다. 모세는 늑대들과 이야기한다. 모세가 땅에 구름을 몰고 왔다. 모세의 옷에 닿으면 칼도 녹는다. 채찍은 노예 주인들의 손에서 재로 변한다."

그녀가 웃었다. "그렇게들 말하나요?"

"이외에도 많아요."

"글쎄요, 내가 하고 싶은 말은 이거예요." 모세가 말했다. "내 방법은 공개할 수 있는 것이 아니랍니다. 우린 언더그라운드, 지상이 아니라 지하의 존재니까요. 이건 쇼가 아니에요. 나는 박스 브라운처럼 광고하지 않아요. 사람들은 자기가 이해하지 못하는 것을 맞닥뜨리면 떠들어대고 싶어 해요. 실제로 본 것보다 거창한 걸 만들어내고 싶어 할 때도 있고요. 어떤 얘기가 나오든 나한테서 나온 얘기는 아니라는 점을 꼭 알아두세요. 나는 필요 이상 떠벌리지 않는답니다. 사람들이 자기 나름의 색깔로 온갖 얘기를 하도록 내버려두죠. 그리고 이름 얘기가 나와서 말인데, 내가 대답하는 이름은 하나뿐이에요. 해리엇."

"그럼 인도라는 능력은 없다는 건가요?" 내가 물었다.

"거창한 단어네요." 그녀가 말했다. "내가 알고 싶은 건 당신이 일할 준비가 됐느냐는 것뿐이에요. 나는 고향으로 돌아갈 생각이에요. 당신이 한 사람 몫을 잘 해낼 사람이라고 추천받았고요. 그래서 말인데, 이 일을 하고 싶은 건가요? 아니면 나한테 질문을 던지며 시간을 보내고 싶은 건가요?"

"당연히 일하고 싶죠. 언제 떠나죠? 쫓는 사람은 누구고요?"

나는 그때야 내 목소리에 깃든 열정을 알아차렸다. 그동안 들어온 많은 이야기의 주인공인 이 여자와 함께 일하고 싶은 강한 열망이 들었다.

"죄송해요." 내가 말했다. "전 언제든 준비돼 있어요."

"야영지로 돌아가세요." 그녀가 말했다. "쇼를 즐겨요."

모세는 바위로 돌아가 나를 향해 돌아서며 말했다. "우린 곧 움직일 거예요. 당신에게 안장까지 구해줄 수 있을지 모르겠네요."

다음 날 아침, 나는 천막 밖에서 들려오는 엄청난 소음에 깼다. 히스테리 발작을 일으킨 듯한 오다의 목소리가 들렸다. 그다음에는 레이먼드와 내가 모르는 다른 몇 사람의 목소리도 들렸다. 그들은 오다를 진정시키려 했다. 그 순간 바로 알아차렸어야 했다. 오다는 아무리 곤란한 일이 생겨도 절대 그런 소동을 일으킬 사람이 아니었으니까. 뭔지 모르지만 정말로 끔찍한 일이 닥친 게 틀림없었다. 나는 텐트에서 나갔다. 아직 동이 틀락 말락 했으나, 오다의 머리가 동생의 어깨에 파묻혀 있는 모습이 분명히 보였다. 오다는 서 있지도 못하고 휘청거렸다.

레이먼드가 먼저 나를 봤다. 그는 눈을 휘둥그렇게 뜨며 고개를 저었다. 오다가 내 존재를 느꼈는지, 동생에게서 떨어져 나와 나를 돌아보았다. 그의 얼굴에 장례식 그 자체가 보였다.

"들었어?" 오다가 내게 물었다. "놈들이 무슨 짓을 했는지?"

나는 대답하지 않았다.

"하이람." 레이먼드가 말했다. "나중에 다 설명해줄게요. 일단은 해야 할 일이……." 그렇게 말한 레이먼드는 믿을 수 없다는 듯 그저 고개를 젓더니 오다를 다른 곳으로 데려가려 했다. "가자, 오다." 그가 말했다. "가자……."

"어디로 가자는 거야?" 오다가 말했다. "어디로 가, 레이먼드? 뭘 하러 가게? 다 끝났어. 다 끝났다고. 모르겠어? 놈들이 리디아를 관 속에 넣었어. 우리가 가면 어디로 가? 미카야 블랜드가 죽었어. 그런데 대체 우리가 어딜 가느냔 말이야!"

오다가 나를 돌아보았다. "들었어, 하이람?" 그가 물었다. 그의 표정이 고통에서 분노로 바뀌었다. "놈들이 무슨 짓을 했는지 들었냐니까? 놈들이 블랜드를 죽였어. 블랜드의 몸을 사슬로 묶고, 머리를 뭉개버렸다고. 블랜드를 강에 처넣었어."

오다는 이 말을 하면서 눈물을 터뜨렸고, 레이먼드와 몇몇 남자들이 그를 천막에서 멀리 데려갔다. 처음에 오다는 그들과 난투극을 벌이려 했다. 고함을 지르고 비명을 지르고 발길질을 했다. 그러다가 레이먼드가 그를 붙잡았다. 그들은 오다를 데리고, 아니, 끌고 갔다. 나는 오다가 내내 고함치는 소리를 들었다. "놈들이 무슨 짓을 했는지 들었어? 미카야 블랜드가 물속에 있어! 그런데 우리가 뭘 어쩌겠느냐고?"

나는 그들이 더는 보이지 않을 때까지 뿌리박힌 듯 서 있었다. 그 뒤로도 오랫동안, 충격을 받아 완전히 멍해진 채로. 그 상태에서 벗어나자 사방에서 일어나는 소동이 보였다. 블랜드의 소식이 야영지 전체에 퍼져나가고 있었다. 사람들이 무리 지어 이야기하고 있었다. 미카야 블랜드의 운명에 관한 온갖 소문과 정보를 공유하려고 다른 사람에게 다가가기도 했다. 내려다보니 오다와 레이먼드가 서 있던 자리에서 그리 멀지 않은 곳에 가방이 하나 놓여 있었다. 본능적으로 가방에 손을 뻗어 내 천막으로 가져왔다. 열어보니 미카야 블랜드와 리디아 화이트에 대한 구체적인 기사가 실린 신문 묶음이 있었다. 첫 번째 기사에 자세한 이야기가 적혀 있었다. "도망친 검둥이들, 잡히다." 두 번째 신문은 그게 정말로 오다 화이트의 가족임을 확인해주었다. 세 번째 기사를 넘기는 손이 떨려왔다. "검둥이 도둑이 앨라배마에 돌아오다." 마지막은 인디애나 지부의 요원이 보낸 특전이었다. 그 요원은 지극한 슬픔을 담아 소식을 전했다. 미카야 블랜드의 시신이 그날 아침 강변으로 떠밀려왔다는 것이었다. 블랜드는 머리가 뭉개지고 등 뒤로는 두 손이 사슬에 묶여 있었다.

당시 나는 비참함을 싸매 한쪽으로 치워두는 훈련을 마친 터였다.

그래서 그 순간 내가 생각한 것은 미카야 블랜드가 아니라, 그 서류를 다시 레이먼드와 오다에게 가져다주는 간단한 임무였다. 나는 사람들 사이를 비집고 움직였다. 내가 필라델피아 지부에 속해 있음을 아는 몇몇 사람이 나를 막아서며 내가 뭘 알고 있는지 물어보려 했다. 나는 그들을 무시했고, 사람들이 오다를 어디로 데려갔을지 단서를 찾아 천막들을 훑어보았다. 서부 언더그라운드 요원 몇이 한 천막 앞에 있었다. 그중 하나가 내게 손짓하며 말했다. "여기야." 다른 한 사람이 출입구를 열어주었다. 나는 안으로 들어갔다. 오다가 레이먼드와 함께 앉아 있었다. 오다는 이제 조금 진정한 상태였다. 아직 부글부글 끓고 있기는 했지만 말이다. 언더그라운드의 지도 체계가 느슨하기는 했지만, 그 안에서 확실히 계급이 높아 보이는 사람도 몇 있었다. 해리엇도 있었고, 대단히 충격적이게도 코린 퀸 또한 침착하게 앉아 있었다.

코린의 존재감을 맛볼 시간은 별로 없었다. 내가 들어가자 대화가 잠시 끊겼다.

"죄송합니다." 내가 레이먼드에게 다가가며 말했다. "이게 필요하실지도 모른다고 생각해서요."

레이먼드가 내게 고맙다고 인사했고, 나는 회의가 계속될 수 있도록 자리를 떴다. 야영지를 지나 어제 해리엇을 만났던 숲으로 돌아갔다. 나는 해리엇이 앉았던 바로 그 자리에 앉았다. 이 숲속에서 문을 열 수만 있다면, 앨라배마의 목화밭을 뉴욕의 숲으로 끌어낼 수만 있다면. 하지만 내게는 아무 힘도 없었다. 내 안에는 어떤 힘이 있었지만, 그 힘에 접근하거나 통제할 방법은 전혀 떠오르지 않았다.

돌아가보니 야영지 전체가 여전히 슬픔에 잠겨 있었다. 때는 오후였다. 나는 내 천막으로 가서 누웠다. 눈을 떠보니 오다가 내 옆 의자에 앉아 있었다. 오다는 감정에 솔직한 사람이었지만, 정열을 거칠게 표현하거나 분노를 노골적으로 드러낸 적은 한 번도 없었다. 나는 그가 이틀 전처럼 기뻐하는 모습도, 그날 아침처럼 괴로워하는 모습도 한 번도 보지 못했다.

"오다." 내가 말했다. "유감이에요. 난…… 뭐라고 해야 할지 모르겠네요. 리디아도, 오다의 아이들도 만나본 적 없지만, 얘기를 하도 많이 들어서 다들 내 가족처럼 느껴져요."

"그는 내 형제였어, 하이람." 오다가 말했다. "미카야 블랜드는 나와 피 한 방울 안 섞였지만, 내 형제나 마찬가지였어. 나나 내 가족을 위해 죽을 수도 있는 사람이었다고. 내게 이런 일은 처음이 아니야. 난 핏줄들과 떨어져 살아왔으니까. 어디에서든 새로운 형제들을 사귀었고 서로 떨어질 때마다 슬퍼했어. 우린 늘 떨어지게 됐으니까. 하지만 난 한순간도 그런 연결을, 사랑을 외면한 적이 없어.

아침에 화내서 미안해. 레이먼드는 그런 취급을 받을 녀석이 아닌데. 그런 모습을 너한테 보여서 미안하다."

"괜찮아요, 오다."

오다는 잠시 침묵을 지켰다. 나는 그 시간이 오다의 시간이라 생각하고 아무 말도 하지 않았다.

"너한테 꿈 얘기를 하고 싶어. 특별히 너한테 들려주고 싶은 이유는, 네가 네 자리를 찾기 위해, 네 안에 있다고 말해지는 그 힘과 접촉하기 위해 애쓰고 있다는 걸 알기 때문이야. 이런 고통 속에서 너한테 뭔가를 줄 수 있다면, 나한테도 위로가 될 거야."

나는 돗자리에서 일어나 앉아 귀를 기울였다.

"나는 램버트가 죽은 지 얼마 지나지 않아서 아내 리디아를 만났어. 램버트는 나보다 나이도 많고, 힘도 세고, 더 용감했지. 램버트는 내 심장이자 신앙이었어. 내가 절망할 때마다 램버트의 지칠 줄 모르는 신념이 나를 바로 세웠지. 그러다가 램버트가 그렇게 쓰러지는 걸 보고, 우리는 절대로 집에 돌아가지 못하리라고, 신께서 정말로 진실로 우리를 망쳐버리셨다고 느낀 거야. 추한 폭풍이 날 덮쳐왔어. 나는 네가 오늘 아침에 본 바로 그 상태로 여러 밤을 보냈어. 아마 너도 알겠지, 밤처럼 심장으로 쏟아져 내리고 손을 뻗어오는 그 고통을 말이야.

내 상처를 치료해줄 연고는 오직 일뿐이었어. 비록 내가 노역자였대도 말이야. 마음은 두 손 안으로 사라졌고, 나는 들판에서 위로받았어. 백인들은 그게 내 훌륭한 도덕성이라고 생각했지. 내가 채찍을 맞으면서도 품위를 지킨다고 생각했어. 하지만 나는 그들을 증오했어, 하이람. 나를 요람에서 뜯어냈듯 놈들은 형을 살해한 게 분명했으니까.

그런 상태에서 리디아를 만났어. 아마 리디아는 앨라배마에서 태어났기 때문에 속박당하는 인생의 부담을 더 잘 알았을 거야. 그 엄청난 부담을 지는 솜씨도 나았을 테고. 나는 화를 내고 리디아는 웃곤 했지. 그러다가 머잖아 나도 그녀와 함께 웃게 됐어. 그럴 때면 나는 리디아가 나를 그저 허허실실 웃기나 하는 사람으로 만들었다는 데 화를 내곤 했지. 그런 다음에는 모든 일에 대해서 다시 웃곤 했던 거야. 우리는 결혼하기로 했고, 나는 이 세상에 정착한 느낌이 들었어. 뭐랄까, 어딘가에 매이게 됐으니까.

결혼하기 며칠 전에, 리디아를 만나러 갔다가 리디아의 등에서 상처를 봤어. 상급자들은 리디아를 좋아했고 높이 평가했어. 그래서 리디아는 한 번도 채찍형을 선고받은 적이 없었어. 리디아는 주인이 고용한 감독에게 매를 맞았다고 했어. 그자가 몸이 달아서 리디아를 쫓아다녔다는 거야. 리디아는 굴하지 않았고. 그래서 놈이 리디아를 채찍으로 때렸대. 리디아가 자기한테 건방지게 굴었다면서.

그 말을 들으니까 피가 거꾸로 솟더라. 나는 말 한마디 없이 일어나 나가려고 했어. 리디아는 뭘 하려는 거냐고 물었지. 내가 말했어. '놈을 죽이려고.'

'감히 그러지 마.' 리디아가 말했어.

'안 될 건 뭔데?' 내가 물었지.

'그럼 놈들이 널 쏴버릴 거야. 너도 알잖아.' 리디아가 말했어.

'그건 그때 가서 볼 일이고.' 내가 말했어. '하지만 나도 남자야. 이번 일은 바로잡아야겠어.'

'남자 같은 소리! 그 백인놈 머리통의 털끝 하나라도 건드리면, 당신 몸 구석구석이 다 지옥에 떨어질 거야.'

'하지만 넌 내 거야, 리디아.' 내가 말했어. '널 지키는 게 내 의무야.'

'내가 죽어도 날 보호해줄 거야?' 리디아가 물었어. '내가 널 고른 데는 이유가 있어. 너는 네 얘기를 해줬고, 나는 네가 여기를 벗어난 어떤 곳을 생각하고 있다는 걸 알아. 오다, 이것보다는 나은 뭔가가 있어야 해. 분노 이상, 남자다움 이상의 뭔가가 있어야 한다고. 우리한테는, 너랑 나한테는 계획이 있잖아. 이건 우리의 끝이 아니야. 너랑 나는 이렇게 죽을 게 아니라고.'

그 말은 한 번도 나를 떠나지 않았어. 너도 알지, 하이람. 나는 지금도 그때 꿈을 꿔. 이건 우리의 *끝이 아니야.* 리디아가 그렇게 말해.

너랑 나는 이렇게 죽을 게 아니라고. 리디아는 채찍을 맞았어. 하지만 상처받았다고 징징댄 사람은 나였지. 나는 리디아를 사랑하기로 했지만 내가 실제로 사랑한 건 내 평판뿐이었던 거야.

우리가 결혼생활에서 어떤 공포를 느꼈는지 상상할 수 있겠지. 지금 이 순간에도 리디아와 내 아이들이 여전히 보고 있을 게 틀림없는 그 공포를 말이야. 내가 지키려는 게 뭔지 알아줬으면 해. 블랜드가 남부로 떠난 이유 말이야. 리디아와 내가 함께 꾸린 건 그게 전부거든. 우리만 아는 농담, 우리의 자랑인 아이들, 너무도 깊어서 이 대륙 전체에 울리는 감정 말이야. 리디아는 내 목숨을 구했어, 하이람. 리디아의 삶을 구하기 위해서라면 나는 뭐든 내줄 거야.

미카야 블랜드는 전부 알고 있었어. 놈들이 그래서 미카야를 죽인 거야. 나는 네 짐작보다도 훨씬 더 슬퍼."

이제 오다는 자리에서 일어나, 천막 입구를 들어 올린 채로 서 있었다.

"나의 리디아는 자유로워질 거야." 그가 말했다. "우린 이렇게 죽지 않아. 나의 리디아는 자유로워질 거야."

22

다음 날 아침, 야영지를 철거할 시간이 왔다. 나는 소지품을 여행 가방에 챙긴 뒤 들판을 돌아다녔다. 새로운 이념과 비전과 해방의 미래와 남자와 여자로 이루어진 이 기적적인 도시가 들판에 불쑥 솟아났다가 무너져 아무것도 아니게 되는 모습을 지켜보았다. 나는 숲속을 산책했다. 도시의 연기와 오물 속으로 내려가기 전에 마지막으로 시골의 공기를 즐기기 위해서였다. 돌아왔을 때는 레이먼드와 오다, 해리엇 모두 준비를 마친 뒤였다. 케시아가 근처에서 여행가방 끈을 조이고 있었다. 나를 본 케시아는 손으로 입을 가리고 다가오더니, 나를 꽉 끌어안고 말했다. "정말 유감이야, 하이. 너무 안됐어."

"고마워요." 내가 말했다. "하지만 걱정할 사람은 내가 아니에요. 가족을 잃은 건 오다니까요."

"나도 알아. 하지만 미카야 블랜드는 너한테 의미 있는 사람이었잖아." 그녀가 말했다. 그러더니 어머니가 아이의 팔을 쥐듯 내 팔을 꽉 쥐었다.

"케시아가 나타나기 전까지는," 내가 말했다. "블랜드가 고향과 나 사이에 존재하는 가장 가까운 연결고리였어요. 그러기를 바랐던 건 절대로 아니지만, 블랜드가 떠난 바로 그때 케시아가 온 건 정말

의미 있는 일이에요."

"그러게." 케시아가 말했다. "어쩌면 누가 널 돌봐주는지도 몰라."

그녀는 미소 지었고, 나는 온기를 느꼈다. 겨우 사흘 전에 케시아를 만났지만, 이미 그녀에게 마음이 열린 터였다. 케시아는 내가 한 번도 필요하다고 생각해본 적 없는 누나이자, 나로서는 존재하는지도 몰랐던 구멍에 꼭 들어맞는 마개였다.

"고마워요, 케시아." 내가 말했다. "곧 만났으면 좋겠어요. 사실, 시간이 있다면 편지를 좀 써주면 좋겠어요."

"나도 꼭 그러고 싶어." 케시아가 말했다. "하지만 난 현장 요원이라 너처럼 유창하게 편지를 쓸 수 있을지는 모르겠어. 어쨌든 필라델피아까지는 너와 함께 여행할 거야. 해리엇도 같이. 미카야가 그런 식으로 떠났으니 많은 게 변해버렸어. 우리도 변해야 해."

우리는 다시 끌어안았다. 나는 아래로 손을 뻗어 케시아의 가방을 들고 마차로 가져다가 실어주었다. 뒤를 돌아보니 코린 그리고 놀랍게도 호킨스와 에이미가 레이먼드와 오다와 해리엇에게 합류해 있었다. 그들은 대화에 깊이 빠져 있었으며 오다에게 포옹과 애정 어린 말을 건넸다. 나는 그들이 서로에게 그토록 여리게 구는 것을 본 적이 없었다. 하긴, 그렇게 따지면 언더그라운드가 구성원을 위해 애도하는 모습도 처음이었다. 코린은 평소와 달라 보였다. 그녀는 버지니아에서 쓰던 가면을 쓰고 왔다. 머리카락이 어깨까지 흘러 내려왔다. 상아색 드레스는 수수했다. 분이나 립스틱을 바르지도 않았다. 호킨스가 나를 보더니 고개를 끄덕이며 최선을 다해 걱정하는 눈길을 보냈다.

우리는 마차 세 대로 행렬을 이루어 갔다. 오다와 레이먼드 그리고 내가 첫 번째 마차에 탔고 코린과 호킨스, 에이미가 두 번째 마차에 탔으며 마지막 마차에는 해리엇, 케시아 그리고 해리엇이 최근에 인도하여 충성을 바치기로 맹세받은 젊은 남자가 마부로 올라탔다. 우리는 그날 밤 맨해튼 섬 북쪽으로 마차를 타고 한 시간쯤 가면 나오는 작은 여관에서 묵었다. 하지만 잠은 눈곱만큼의 평화도 가져다주지 못했다. 눈을 감자마자 나는 어느새 유독한 악몽 속에 들어가 있었다. 구스 강에 빠져 파도 밖으로 불쑥불쑥 몸을 내밀고 있었다. 수면으로 떠올랐을 때는 메이가 내 앞에서 물에 빠져 죽는 모습이 처음부터 재생됐다. 나는 내가 그곳으로 돌아갔다고 상상했다. 푸른 빛이 이미 주위에 몰려들고 있었고, 그 힘이 내 안에 있음을 알았으며, 이번은 다르리라고 판단했다. 하지만 손을 뻗었을 때 메이는 고개를 돌렸고, 나는 그게 메이가 아니라 미카야 블랜드라는 것을 깨달았다.

나는 끔찍한 생각에 차서 깨어났다. 내가 통행권을 만들고 소개장을 위조해왔다. 일이 잘못된 건 전부 내 탓일 게 틀림없었다. 나는 심슨과 매키넌을 생각했다. 차머스를 생각했다. 그날 밤 있었던 모든 사건을 훑었다. 이후 며칠과 내가 연습했던 모든 위조를 생각했다. 그리고 가끔은 가택 요원의 완벽함 때문에, 통행권이 너무 잘 갖추어져 있고 너무 잘 연습되어 있어서 의심을 불러일으킨다는 점을 떠올렸다. 내가 문제였던 게 틀림없었다. 확실했다.

내가 미카야 블랜드를 죽였다. 내가 소피아를 죽일 뻔했다. 어쩌면 어떤 식으로든 내가 어머니를 파멸로 이끌었을지도 모르며, 내가 그 사건을 기억하지 못하는 것도 그 때문일지 모른다. 가슴이 죄어들었다. 숨을 쉴 수가 없었다. 나는 침대에서 일어나 옷을 입은 뒤 비틀거리며 밖으로 나갔다. 뒤쪽 발코니에 앉아 허리를 굽힌 채 숨을 쉬고 쉬고 또 쉬었다. 몸을 일으켜 앉아서 뒤쪽 정원을 보았다. 아직 늦은 저녁이었다. 나는 정원을 가로지르면서 익숙한 목소리를 들었다. 호킨스, 코린, 에이미가 둥글게 놓인 벤치에 앉아 있었다. 그들은 저마다 시가를 피우고 있었다. 짧은 인사를 나누고 나도 자리에 앉았다. 코린이 기다란 연기를 들이마시고 내쉬는 모습이 달빛에 비쳤다. 하염없이 길게 느껴지는 몇 분 동안, 그곳에 존재하는 거라고는 곤충들이 연주하는 밤의 음악뿐이었다. 그런 뒤 코린이 도맡아 우리 모두의 생각을 입 밖에 냈다.

"평범하지 않은 사람이었어요." 그녀가 말했다. "난 블랜드를 잘 알았어요. 아는 것보다 훨씬 더 많이 좋아했고요. 너무도 드문 사람이었어요. 아주 오래전에 나를 찾아내 구해줬어요. 그는 내가 훔쳐본 적도 없는 세상을 보여줬어요. 블랜드가 없었다면 나도 여기 없었을 거예요."

더 깊은 침묵이 흘렀고, 얼굴들이 담배 불빛을 받아 빛났다. 나는 죄책감에 사로잡혀 말했다. "블랜드는 저도 구해줬어요. 저를 라일랜드에게서 구해줬습니다. 늪에 대한 멍청한 생각으로부터 구해줬어요. 책의 세계를 처음 알려준 것도 블랜드였어요. 저는 상상할 수 있는 것 이상으로 블랜드에게 큰 빚을 지고 있어요."

에이미가 고개를 끄덕이더니 가방에 손을 집어넣어 담배를 한 대 권했다. 나는 담배를 받아 들고 고개를 끄덕여 고맙다는 인사를 전한 다음 손가락으로 담배를 굴려댔다. 그러다가 호킨스에게로 허리를 숙였다. 그가 불을 붙여주었다. 나는 깊이 숨을 들이쉬고 말했다. "하지만 전 배웠어요. 분명히 뭔가를 배웠다고 말할 수 있어요."

"우리 모두 알고 있어, 하이람." 호킨스가 말했다. "모세하고 같이 메릴랜드 쪽으로 간다면서. 사람들 말이 그렇다던데."

"지금도 모세가 저를 데려가겠다면요."

"아, 데려갈 거야." 호킨스가 말했다. "모세가 블랜드 때문에 멈추는 일은 없을 테니까. 블랜드도 모세 때문에 멈추지 않았을 테고. 조금 기다릴 수는 있지만, 모세는 갈 거야. 블랜드 일은 정말이지 끔찍한 비극이지만 그가 원한 그대로이기도 했어. 코린 말대로 그는 비범한 사람이었으니까. 블랜드는 모두가 떠나고 싶어 하는 방식으로 떠난 거야."

나는 그 순간 역겨움을 느꼈다. 꿈이 떠올랐다. 내가 말했다. "그게 무슨 방식인데요?"

"몰라서 물어?" 에이미가 물었다. 에이미는 부드럽게 말했는데, 어쩐지 그래서 더욱 충격이 컸다. 하지만 나는 정말로 알고 싶었다. 가능한 한 많이. 죄책감이 내 모든 가식을 벗겨냈다. 연기를 빨아들이자 목이 막혀 기침이 나왔다. 그러자 호킨스가 엄청나게 웃어댔다. 그다음에는 일행 모두가 함께 웃었다. 나는 다들 진정하고 침묵할 때까지 그들이 웃는 모습을 지켜보았다. 그들이 진정하자 내가 침착하게 말했다. "서류요. 제가 서류 작업을 했어요. 블랜드를 죽인 건 저라고 생각해요."

이는 다시 웃음을 불러왔는데, 이번에는 호킨스와 에이미만이 웃었다.

"제가 서류 작업을 했어요." 내가 다시 말했다. "그게 아니라면 블랜드 같은 사람이 잡혔을 리 없어요. 제 솜씨 때문이 아니라면요."

"잡혔을 리 없다니 무슨 뜻이냐?" 호킨스가 물었다. "잡히는 이유는 엄청나게 많아."

"앨라배마에서는 특히." 에이미가 말했다.

"서류요." 내가 말했다. "서류 때문에 잡힌 거예요."

"아니야. 그런 건 전혀 아니었어." 코린이 말했다. "서류랑은 아무 상관도 없었어."

"그럼 뭔데요?" 내가 물었다.

"블랜드는 아슬아슬하게 실패했어." 코린이 말했다. "너무 아깝게. 블랜드는 몇 주 내내 오하이오 강변을 정찰하다가 완벽한 상륙지점을 발견했어. 정확히 어떻게인지는 모르지만, 블랜드는 아들들을 데리고 있는 리디아를 발견하고 그들의 주인 행세를 하면서 노를 저어 테네시를 통과했어. 인디애나의 자유로운 땅에 도착할 때까지 말이야. 하지만 내가 듣기로는 그때 아이 중 하나가 병에 걸렸대. 그래서 밤에 여행하기가 힘들어졌어."

"그러다가 따라잡힌 거야." 호킨스가 말했다. "백인 남자가 그들을 멈춰 세우고 심문했어. 블랜드의 이야기가 말도 안 된다고 생각하고 그들을 동네 감옥으로 데려갔지. 도망자에 대한 소식이 있는지 기다려보겠다면서."

"그런데 소식이 있었던 거야." 에이미가 말했다.

"블랜드는 거기서 그냥 떠날 수도 있었어." 호킨스가 말했다. "블랜드한테는 아무 혐의가 없었거든. 하지만 신문이나 그 지역 요원들의 특보에 따르면, 블랜드가 리디아와 아이들에게 계속 접촉하려 했대. 그러다가 놈들이 블랜드도 가둔 거야."

"블랜드가 결과적으로 어떻게 살해당했는지는 몰라." 코린이 말했다. "하지만 블랜드가 어떤 사람인지는 알지. 아마 계속 탈출할 방법을 찾았을 거야. 그리고 내 생각에, 블랜드를 잡은 놈들은 검둥이를 잡아온 대가를 요구하려면 그 검둥이들을 빼내려고 작정한 요원이 없어야 일이 쉬워지리라는 점을 깨달은 거지."

"세상에. 그럴 수가요." 내가 신음했다.

"블랜드를 그리로 보내다니, 너희들 모두 엿이나 처먹어." 호킨스가 말했다. "앨라배마? 거긴 잡힐 위험이 엄청나게 많은 곳이야. 애들 몇 건지자고 블랜드를 관에 들여보내?"

호킨스에게 내가 아는 이야기를 말할 수도 있었다. 오다 화이트에 대해서, 생강빵에 대해서 말할 수도 있었다. 테나와 케시아에 대해 말할 수도 있었다. 언더그라운드에 걸려 있는 어떤 것은 너무도 커서 숫자나 계산도 넘어서는 것임을, 그 어떤 사회운동도 넘어서는 것임을 말할 수 있었다.

그러나 나는 호킨스가 그 나름의 방식으로 애도하고 있음을 알았었다. 그때는 그 사실이 더욱 깊이 느껴졌다. 깊은 슬픔과 상실이 그제야 재현되기 시작했으니까. 소피아, 미카야 블랜드, 조지, 어머니. 나는 화조차 나지 않았다. 그때쯤 나는 상실을 받아들이는 것이 내 일의 일부임을 알았다. 하지만 그 상실을 계속 받아들이지는 않을 작정이었다.

23

필라델피아에 돌아온 나는 다시 일과를 시작했다. 목공과 언더그라운드 일을 번갈아 했다. 애도할 시간은 별로 없었다. 9월이었고, 인도하기 가장 좋은 계절이 곧 닥쳐올 터였다. 우리는 블랜드가 어떤 식으로든 배신당했을 가능성을 우려했다. 우리는 시스템 전체를 점검하고 암호를 바꾸었다. 이동 방법도 변경했다. 몇몇 요원이 감시 대상이 됐다. 서부 언더그라운드와의 관계는 결코 예전 같지 않아졌다. 그들이 의도했든 의도하지 않았든 블랜드의 파멸에 어느 정도 역할을 했으리라 생각됐기 때문이었다.

나는 그 달에 케시아를 꽤 여러 번 만났다. 그 시절의 유일하게 좋은 점이었다. 정말이지 케시아를 만난 일은 오래전에 잃어버린 친척을 찾은 것과 비슷했다. 10월 초에는 해리엇이 나를 만나러 왔다. 해리엇은 도시를 산책하자고 제안했다. 그래서 우리는 스카일러킬 부두 쪽으로 간 다음 사우스 스트리트 다리를 건너 도시의 서쪽 경계로 갔다.

시원하고 상쾌한 오후였다. 나뭇잎이 물들기 시작했고, 사람들은 긴 검은색 코트와 모직 스카프로 몸을 감싸기 시작했다. 해리엇은 긴 갈색 드레스를 입고, 허리에는 면직물로 된 래퍼를 둘렀으며, 가방을 하나 걸치고 있었다. 처음 20분 정도 우리는 별 뜻 없는 대화만 했다. 그러고 나서 마을에서 멀어져 인적이 드물어지기 시작하자 진짜 목적지로 방향을 틀었다.

"잘 지내나요, 친구?" 해리엇이 물었다.

"별로요." 내가 말했다. "다들 이런 일을 어떻게 버티는지 모르겠어요. 블랜드가 처음은 아니었잖아요? 제 말은, 당신이 잃어버린 첫 번째 요원이 블랜드는 아닐 거라고요."

"그래요, 친구. 블랜드가 처음은 아니에요." 해리엇이 대답했다. "그리고 마지막이 되지도 않겠죠. 그걸 알아두는 게 좋아요."

"알고 있어요." 내가 말했다.

"아니, 모를 거예요." 해리엇이 반박했다. "이건 전쟁이에요. 군인은 온갖 이유로 전쟁에서 싸우지만, 지금 이대로의 세상에서는 도저히 살 수 없기에 죽는 거죠. 내가 아는 미카야 블랜드도 바로 그런 입장이었어요. 여기서 이런 식으로는 살 수 없었겠죠. 블랜드는 언더그라운드의 노선에 모든 것을 걸었어요. 목숨, 인간관계, 여동생의 마음도 말이에요. 이 노선이야말로 남은 사람들 전부가 살아가야 하는 노선임을 알았으니까."

우리는 여기서 잠시 걸음을 멈추었다.

"이해 못 하는 거 알아요." 해리엇이 말했다. "하지만 곧 적응하게 될 거예요. 그래야만 하고. 더 많은 이들이 죽어갈 테니까요. 다음은 당신일 수도 있어요. 나일 수도 있고."

"아뇨, 해리엇은 절대 아닐 거예요." 내가 이제는 미소 지으며 말했다.

"언젠가는 내가 될 거예요." 해리엇이 말했다. "그저 나를 사냥할 사냥개들은 주님의 사냥개들이길 바랄 뿐이랍니다."

이야기는 빠르게 당면한 문제로 돌아갔다.

"그래서, 나와 함께하기로 했군요, 친구." 해리엇이 말했다. "메릴랜드가 관 속은 아니에요. 그건 사실이죠. 하지만 여전히 파라오의 땅이에요. 사람들이 나에 대해 뭐라고 말하는지 알지만, 내가 나에 대해 그렇게 말하는 일은 결코 없다는 걸 알아두세요. 사냥개가 냄새를 맡으면 우리는 모두 똑같아져요. 놈들의 도끼가 휘둘러지면 어떤 인간이든 목재가 되고 말아요. 그렇게 되면 내가 아는 모든 건 아무것도 아니게 되죠. 기나긴 길에 깔린 먼지가 되고 말아요. 그때는 당신도 나 자신이 일으킬 기적보다 언더그라운드의 가장 엄격한 원칙을 신뢰하는 모습을 보게 될 거예요."

해리엇은 부드럽게 미소 짓고 말했다. "하지만 세상에는 너무도 많은 기적이 있어요. 인도만이 아니에요. 혼자 힘으로 부활하고, 얼음장에서 빠져나오고, 사냥개들에게 쫓기던 도중에 집을 너무도 갈망한 나머지 눈 깜빡할 사이에 그 집에 가고 만 사람도 있다더군요."

"사람들이 그러던가요?" 내가 물었다.

"그렇게 말하던데요." 그녀가 말했다. "내가 무슨 일을 겪었는지 직접 말해준 적은 한 번도 없죠?"

"본인 얘기는 거의 안 하시잖아요. 이야기를 나눠주는 일에는 취미가 없으신 거죠, 말씀하셨다시피."

"그래요. 그렇게 말했죠. 그 얘기는 나중에 해요. 어쨌거나 그렇게 중요한 얘기도 아니니까. 내가 부탁하고 싶은 건, 당신의 실패보다는 나를 좀 더 믿어달라는 거예요."

우리는 뒤로 돌아 베인브리지 거리로 돌아가기 시작했다. 이번에도 거의 침묵 속에서 걸었다. 우리는 집에 도착해서 앞쪽 응접실에 앉았다.

"그래서, 메릴랜드는요?" 내가 말했다.

"메릴랜드라." 해리엇이 가방에 손을 넣어 편지가 든 서류철을 꺼냈다.

"두 가지가 필요해요. 하나는 이 글씨를 따라 그린 통행증이에요. 두 사람분."

나는 메모를 휘갈기기 시작했다.

"그리고 노예의 손으로 쓰인 편지가 한 통 필요해요. 포플러 넥의 제이크 잭슨이라는 사람에게 보내는 편지로요. 주소는 메릴랜드의 도체스터고, 제이크 잭슨의 형인 헨리 잭슨이 보내는 것으로. 헨리 잭슨의 주소는 보스턴 비컨 힐입니다. 형제가 전할 만한 온갖 사랑의 소식을 전해주고, 뭐든 떠오르는 대로 쓰면 돼요. 하지만 이 부분은 꼭 적어주세요. 형제들에게 기도에 귀 기울이라고, 시온의 훌륭한 배가 도착할 때는 그 배에 오를 준비를 해두라고 전해다오."

나는 계속해서 휘갈겨 쓰며 고개를 끄덕였다.

"내일 우편으로 그 편지를 보내세요. 편지가 도착해서 효과를 나타낼 시간을 줘야 합니다. 그런 다음 우리도 출발할 거예요. 우리가 떠나는 시간은 2주 후. 여행은 하룻밤 거리예요."

나는 잠시 멈추어 아리송한 눈길을 던졌다.

"잠깐만요." 내가 말했다. "하룻밤이라뇨? 메릴랜드까지 가기에는 부족한 시간인데요."

해리엇은 그냥 돌아보며 미소 지었다.

"도저히 말이 안 되는데." 내가 말했다.

하지만 2주 후 한밤중, 나는 9번가의 언더그라운드 지부에서 나와 모두가 잠든 마켓 스트리트를 따라 걸어간 다음, 델라웨어 강 부두에서 해리엇을 만났다. 우리는 석탄 창고를 지나 남쪽으로, 레드 뱅크 페리가 정박한 채 까닥이고 있는 사우스 스트리트 부두를 지나 걸어갔다. 이윽고 밤처럼 검은 강에서 흔들리며 신음하듯 삐걱거리는, 썩은 나뭇조각이라고밖에 할 수 없는 한층 낡고 닳아빠진 부두들이 모여 있는 곳 앞에 섰다. 부두 건너편을 보니 이 그림자 어린 폐허가 점점 줄어들어 물에서 뻗어 나온 단순한 말뚝으로 변하는 것 같았다.

10월의 바람이 강에서 불어 올라왔다. 위를 보니 종종 우리를 안내해주는 별과 달을 구름이 흐려놓고 있었다. 안개가 모습을 드러냈다. 해리엇이 부두에 서서 짙은 밤안개 너머 캠든의 보이지 않는 강둑을 내다보았다. 하지만 사실 그녀는 그 너머 훨씬 먼 곳을 보고 있었다. 그녀는 믿음직스러운 지팡이에 몸을 기댔다. 뉴욕으로 가던 길에 들고 있던 바로 그 지팡이였다. 그녀가 말했다. "미카야 블랜드를 위하여." 그러더니 해리엇은 눈앞에 펼쳐진 부서진 부두에서 곧장 강 위로 걸어가기 시작했다.

내가 그녀를 따라가면서 아무런 의문도 품지 않았던 걸 보면 당시 해리엇을 얼마나 신뢰했는지 정확히 알 수 있다. 그녀는 우리의 모세였으며, 나는 두려워하면서도 그녀가 어떤 식으로든 우리 앞의 바다를 가를 것이라고 믿었다. 그래서 나는 걸어갔다.

해리엇의 목소리가 들렸다. "돌아올 수 없는 항구를 향해 배를 타고 떠나간 모든 이를 위하여."

부두의 젖은 나무가 내 몸무게에 신음하는 소리가 났으나, 내 발밑의 널빤지는 단단했다. 나는 뒤를 돌아보았다. 그러나 사방을 감싼 안개가 너무도 짙어 등 뒤의 도시가 더는 보이지 않았다. 앞을 보자 해리엇이 여전히 걸어 나가고 있었다.

"우리는, 당신과 나는 아무것도 잊지 않아요." 해리엇이 말했다. "잊어버린다는 것은 진정으로 노예가 된다는 뜻이죠. 잊는다는 것은 죽는다는 뜻이에요."

그 말을 하며 해리엇은 발걸음을 멈추었다. 이제는 어둠 속에서 빛이 점점 자라났다. 처음에는 해리엇이 등불을 켰다고 생각했다. 그 빛이 희미했기 때문이다. 그다음에는 그 빛이 노란색이 아니라 창백하고 유령 같은 초록색이며, 해리엇의 손에 들려 있는 것이 아니라 몸 안에 있다는 것을 알게 되었다.

해리엇은 나를 돌아보았다. 밤 속에서 자라난 그 초록색 불빛이 그녀의 눈에도 어려 있었다.

"기억을 위하여." 그녀가 말했다. "친구여, 기억력은 마차이며 길이고 노예제도라는 저주에서 자유라는 은혜로 건너게 하는 교량입니다."

바로 그때 나는 우리가 물속에 있음을 깨달았다. 아니, 물속이 아니라 물 위였다. 우리는 물에 빠졌어야 했다. 부두가 사라졌고 발밑에는 이 세상의 것이 더는 아무것도 없었다. 델라웨어 강은 증기선이 정박할 만큼 깊었지만 지금은 그 물이 내 장화에 간신히 찰싹거렸다.

"나와 함께 있어요, 친구." 해리엇이 말했다. "어떤 노력도 필요 없답니다. 그저 춤추는 거나 마찬가지예요. 소리 그리고 이야기와 함께 머물면 괜찮아요. 이야기는 내가 말한 그대로, 악마의 나락에 내던져진 모든 사람을 위해 바쳐진 것이죠. 우리는 평생 그런 이야기를 봐

왔답니다. 그래요, 틀림없이 봤어요. 아주 희미한 감각밖에 없던 어린 시절부터, 어쩌면 그때조차도 이 세상이 잘못되었다고 어느 정도 느꼈는지 몰라요. 나는 확실히 그랬답니다."

그때 일어난 일은 일종의 영적 교감이었다. 기억의 사슬이 우리 둘을 이어, 지금 내가 당신에게 건넬 수 있는 어떤 말보다 많은 것을 전달했다. 그 사슬은 에마 이모와 어머니와 위대한 힘이 살았던 공간으로 들어가더니, 잃어버린 모든 이들이 철야 집회를 벌이는, 해리엇 안의 바로 그 공간으로 이어졌다. 나는 밖을 보았다. 구스 강에서의 불길했던 날처럼 너울거리는 유령들이 보였다. 나는 그 유령들이 무엇이며, 해리엇에게 어떤 의미인지 정확히 알았다.

그래서였다. 우리 옆 안개 속에서 나와서 유령 같은 초록색 빛으로 감싸인, 기껏해야 열두 살밖에 안 된 소년을 보았을 때, 나는 그가 에이브이며 나체스 쪽 '이름 없는 강' 너머로 보내진 사람 중 하나라는 것을 깨달았다. 이제는 사슬이 깊이 뿌리박은 그곳에서 해리엇의 목소리가 다시 들려왔다.

"당신은 에이브라는 이 아이를 모르죠." 그녀가 말했다. "하지만 인도의 빛 덕분에 이 아이를 아주 잘 알게 될 거예요. 아쉽지만 이 아이는 돌아가는 길에 우리와 함께하지 않을 거랍니다. 나를 언더그라운드로 보낸 것이 바로 에이브에 대한 회한이지요."

이제는 해리엇의 빛이 어쩐지 환하게 열렸다. 우리 앞에 길이 놓여 있었다. 이제는 물이 아니라 물을 건너는 길이 보였다. 저 멀리 부두는 없었으나 어둠 안팎으로 해리엇의 기억 속 유령들이 보였다. 그들은 해리엇과 알던 시절에 그랬을 법하게 춤추고 있었다. 하나하나 지나자 유령들은 물러나 사라졌다.

"당신은 나를 잘 알죠, 친구." 해리엇이 말했다. "나는 채찍을 맞으며 자라난 사람이에요. 주인 브로더스가 해충과 쥐를 잡으라며 늪으로 보냈을 때 나는 겨우 일곱 살이었어요. 그곳에서 팔다리 하나를 잃을 수도 있었지만 온전한 몸으로 돌아왔습니다. 나는 정글이 아니라 철창에서 벗어났어요. 아홉 살 때는 그들이 나를 큰 집으로 불러 올렸어요. 내게 응접실을 관리하는 일이 통째로 주어졌답니다. 나는 실수를 자주 저질렀어요. 여주인은 매일매일 밧줄로 나를 때렸고요. 나는 이게 신의 계획이라고 생각하기 시작했어요. 그자들이 생각하듯 정말로 내가 철면피고, 학대 그 이상을 받을 자격은 없는 존재라고 말이에요.

그토록 모욕당했지만, 사실 다행스럽게도 지옥의 몇몇 구석에는 초대받지 못했답니다. 이제 이름 없는 강을 건너는 일과 나체스로 이어지는 기나긴 길, 배턴 루지로의 슬픈 행진에 대해서 이야기하려 해요. 나는 그 모든 걸 봤어요, 친구. 어째서 나의 삼촌 하크가 이름 없는 강을 생각했다는 이유만으로, 백인 남자들이 그저 삼촌을 좀 지나치게 자세히 살펴봤다는 이유만으로 팔 절반을 잃었는지에 대해서 생각했죠. 어느 날 아침 삼촌은 자리에서 일어나, 장애인을 파는 것이 얼마나 힘들지 생각했어요. 그리고 한 손으로 도끼를 들고 다른 손을 주님께 바쳤습니다. '몸은 불구가 될지 모르지.' 하크는 그렇게 말했어요. '하지만 나는 분리되지 않을 거야.'

하크는 비범한 사람이었어요. 대부분 사람은 그냥 그 길을 떠났죠. 떠나는 길에 울부짖는 아내들과 상심한 남편들, 고아들을 남겨놓고서. 그 고아 중에 우리의 에이브도 있었어요. 그 아이의 큼직하고도 잘생긴 얼굴이 지금 이 순간도 눈앞에 선해요. 다른 삶에서 보았던 것만큼이나 쉽게 떠오른답니다. 시키는 대로만 하던, 품행이 바른 아이였어요. 그 애 엄마는 아이를 낳다가 죽었고, 아빠는 팔려 갔죠. 이런 이별에서 느꼈을 고통을 그 아이는 하나도 표현하지 않았어요. 그저 어린애가 할 법한 말만 했지요. 그것도 어른들이 유도할 때만요. 그리고 어른들은 아무리 숨긴다 한들 그 애의 아픔을 알았기에 부드럽게 대해주었어요.

그러나 채찍을 숭배하는 가혹했던 자들에게 에이브는 경계 대상이었어요. 분명히 말하지만, 친구, 그 아이는 붙들어놓을 수 없는 존재였거든요. 에이브는 엄청난 요원이 됐을 거예요. 사자의 폐를 지닌 듯이 달렸으니까. 주인 브로더스가 에이브의 행동을 교정해야겠다는 생각을 품자마자 그 아이는 날아가곤 했어요.

가끔은 감독이 우리를 불러서 그 애를 잡는 걸 도와달라고 했죠. 우리는 시키는 대로 하는 시늉을 했지만, 마음속으로는 에이브와 한편이었답니다. 어떤 식이었는지 당신도 잘 알 거예요. 노역자들은 기회가 있을 때마다 승리를 거머쥐어야 하죠. 당신도 에이브가 밀밭을 가로지르며 불이라도 낼 것처럼 달리거나 키 큰 옥수수 사이로 돌진하는 모습을 봤다면, 우리가 말하지 못한 가장 깊은 속마음을 알았을 거예요. 자유 말이에요, 친구, 자유. 그렇게 달리는 순간 에이브는 자유로웠어요. 이별의 짐도 지지 않았고, 채찍에 망가지지도 않았죠. 나는 그 애를 지켜보면서 아주 작은 탈출 안에도 존재하는 위대한 인도의 첫맛을 보았답니다."

해리엇은 잠시 말을 멈추었고, 우리는 다시 조용히 움직였다. 나는 해리엇의 이야기에 몰입해 사건들이 눈앞에 펼쳐지는 장면을 볼 수 있었다. 그녀에게서 뿜어져 나오는 빛이 너무도 환한 나머지 길이 전부 초록색 부조로 보였다.

"나는 마을 시장에 서서 내 일을 보고 있었어요. 그때 번개처럼, 어린 에이브가 쏜살같이 지나갔죠. 그 애는 벤치를 뛰어넘고, 마차 밑으로 쏘듯이 지나가고, 자세를 바로잡더니 그대로 날아갔어요. 에이브 바로 뒤로 늙은 갤러웨이가 비틀거리더군요. 그자는 한번 발을 내디딜 때마다 헐떡였지요.

갤러웨이가 노역자에게 소리쳤어요. '거기, 너! 와서 이놈을 묶어라.' 놈들은 에이브를 구석으로 몰았지만, 차라리 공기를 구석으로 모는 게 쉬웠을 거예요. 에이브는 재빨리 빠져나가 갤러웨이의 두 다리 사이로 미끄러져 나갔어요. 배가 다리 밑을 지나가듯이 쉽게. 갤러웨이는 자기 손에 욕설을 퍼부으며 고함을 쳤죠. 나는 그냥 지나쳤어야 했지만, 눈앞에서 펼쳐지는 일에 빠져들었어요. 그 일은 오래 이어졌고 많은 사람이 왔답니다. 그러다가 노역자들과 하류층, 갤러웨이가 모두 허리를 반으로 접다시피 하고 헐떡이며, 치욕으로 고개를 숙인 걸 봤어요.

갤러웨이는 모든 것을 포기하고 싶었겠지만, 이제는 사람들이 모여 있어서 자존심 때문에라도 떠나지 못했어요. 그 어떤 노예 주인도 자기 검둥이가 반항하게 놔둘 수는 없으니까요. 그래서 갤러웨이는 자세를 가다듬고 계속 뛰어다녔죠. 나는 그들이 춤추는 모습을 좀 더 지켜봤어요. 그때 에이브가 내 쪽으로 돌아서더군요. 그때 노예제도에 대한 내 감정은 아직 완전히 특별해지지 않았어요. 내 시간을 마음대로 다루는 여자가 되고 싶었던 것만은 분명해요. 하지만 나는 어렸어요. 나는 종교가 없었지만, 도망치는 에이브가 환희로 느껴졌답니다.

그렇게 에이브는 내 쪽으로 쏜살같이 달려왔어요. 그런 다음 갤러웨이가 다른 모든 사람에게 소리쳤듯 내게 소리쳤죠. '그 녀석을 묶어!' 나는 그럴 수 없었어요. 그리고 싶지도 않았고. 나는 누구의 감독도 아니었으니까요. 설령 감독이었다 하더라도 에이브 같은 아이를 잡아서 놈들에게 잘 보이려는 바보 같은 짓은 하지 않았을 거예요. 에이브는 풀려나 달렸고, 그런 다음 다시 내 쪽으로 돌아왔어요. 갤러웨이는 아무 생각 없이 답답한 마음에 무거운 뭔가를 에이브에게 집어던졌어요. 어쩌자고 그랬는지 모르겠네요. 에이브는 뒤통수에도 눈이 있었는데.

하지만 어린 해리엇에게는 그런 행운이 따라주지 않았죠."

그때쯤 해리엇은 등불 스무 개를 켜놓은 것처럼 밝게 타오르고 있었으며, 창백한 초록빛은 뻗어 나와 완전한 흰빛이 되었다. 물은 없었다. 나는 내 다리를 느낄 수 없었다. 실은 내 몸의 그 어떤 부분도 진정으로 느낄 수 없었다. 나는 이제 그저 어떤 목소리를 따라가는 정기일 뿐이었다.

"그 묵직한 것이 에이브를 곧장 지나 내 머리를 맞히고 두개골을 깨뜨려버렸죠. 그런 다음, 주님의 기나긴 밤이 온통 내게 내렸습니다.

나는 도체스터가 아닌 다른 어떤 시간에 깨어났어요. 나는 에이브가 땅을 가로질러 달리고 그 애의 발걸음이 나무에 불을 지르는 모습을 보았어요. 숲이 불타서 그 재가 땅에 내렸죠. 그런 다음 재가 바람에 솟아올라, 푸른 옷을 입고 어깨에 엽총을 걸친 수많은 흑인 남자 집단으로 변했어요. 나는 그들과 함께 있었어요, 하이람. 우리는 숫자가 아주 많았답니다. 눈앞에 모인 이 군대의 눈에서, 노예제도의 치욕이 불처럼 타오르는 게 보였어요. 그 남자들은 하나하나 어린 에이브의 얼굴을 하고 있었죠.

나는 높은 벼랑 위에 섰고, 병사들이 내 주위에 늘어서 있었어요. 아래로는 족쇄를 찬 우리의 드넓은 나라가 보였죠. 사람의 살에 뿌리 내리고 피라는 물로 자라난 그 땅의 작물들도 보였고요. 그때 어떤 노래가 사람들 사이에서, 에이브들의 군대가 줄지어 서 있는 가운데 솟아올랐어요. 그 노래에는 찬송가에 따르는 그 오래된 감정이 깃들 어 있었어요. 내 손짓에 우리는 이 죄악으로 가득 찬 나라를 덮쳤습 니다. 우리가 터뜨린 전쟁의 함성은 높고 낮은 계곡을 넘어 인도하는 거대한 강처럼 힘찼어요.

나는 깨어났어요. 엄마가 울고 있었어요. 내가 여러 달 동안 쓰러 져 있었다더군요. 모두 내가 죽었다고 생각했죠. 내가 구원받았다는 것을 아는 사람은 아무도 없었어요. 내 몸은 그해에 걸쳐 조금씩 회 복됐습니다. 몇 주가 지났고 나는 말하지 않으려 했지만 머릿속에 아 주 많은 말이 들렸어요. 그리고 그 어린 나이에도 나는 언젠가 도주 의 계절이 지나가면 우리가 원하는 대로, 주어진 대로가 아니라 원하 는 대로 승리하리라는 걸 알았습니다. 우리는 이름 없는 강 너머로 끌려간 모든 사람의 영혼과 함께 이 땅을 덮칠 거예요. 우리가 나체 스를 채찍질할 거예요. 우리가 배턴 루지를 불태울 테죠."

이제는 해리엇의 빛이 어두워지기 시작했다. 솟아날 때처럼 천천 히. 그리고 내 몸의 감각이 천천히 돌아왔다. 뛰는 심장, 들썩이는 허 파, 두 손, 두 다리, 두 발, 모든 것이 이제는 물이 아니라 단단한 땅에 내려서고 있었다.

"어린 에이브, 나는 너를 잊지 않았단다. 언더그라운드와 인도의 힘이 존재하기 전에도, 요원들과 고아들이 존재하기 전에도, 미카야 블랜드가 존재하기 전에도, 내가 그저 어린 소녀고 네가 처음으로 나에게 자유로워진다는 게 어떤 의미인지 알려주었을 때도. 나는 놈들이 엘리어스 크리크에서 그리 멀지 않은 햄튼스 마크에서 너를 잡았다는 말을 들었어. 넌 마침내 지치고 말았지만, 그래도 너를 기습하려고 온 마을이 달려들어야 했다더구나. 나는 놈들의 말을 믿지 않아. 너를 본 사람이라면 누구든 진실을 알 거야. 네 몸이 불구가 됐을지는 모르지만, 네 마음은 결코 그러지 않았을 거야."

이제는 빛이 아주 희미한 초록색으로 잦아들었다. 눈이 회복되었다. 밖을 내다보았다. 부두와 강, 잔교는 모두 사라졌고, 눈을 들어 보니 한때 구름이 있었던 곳에 맑은 하늘과 깜빡이는 북극성이 있었다. 나는 숲이 있는 야트막한 강둑을 뒤로하고 벼랑에 올라와 있었으며, 눈앞의 발밑에는 널따랗고 텅 빈 들판이 있었다. 나는 온 방향을 보려고 되돌았으나 그곳에는 오직 숲만이 있었다. 해리엇이 신음하며 지팡이에 몸을 기대고 있었다. 그녀가 떨리는 목소리로 말했다. "말과…… 안장."

해리엇이 한 발 물러서 비틀거리며 땅으로 쓰러졌다. 나는 달려가서 그녀의 머리를 받쳤다. 해리엇의 눈이 뒤집혔다. 그녀는 조용히 신음했다. 그때 나팔 소리가 들렸다. 나는 해리엇을 부드럽게 땅에 눕히고 돌아서서 들판 건너편을 내다보았다. 오직 그림자로 보이기는 했지만 사람들이 있었다. 노역자들이 다가오고 있었다. 나는 우리가 더는 필라델피아에 있지 않다는 사실을 깨달았다. 문이 열린 것이다. 땅이 옷가지처럼 접혔다. 인도, 인도, 우리는 인도되었다.

24

나는 새로운 나무와 새로운 냄새와 새로운 새들의 땅에 와 있었다. 그 순간 해가 뜨고 모든 것이 살아나는 모습이 보였다. 길로 나갈수는 없었다. 그 길은 라일랜드에게 감시되고 있을 테니까. 아주 오래전부터 모세의 머리에 걸려 있는 엄청난 현상금을 차지하고 싶어하는, 누구에게 충성하는지 확실하지 않은 노역자들이 있었다. 나는잠시 벼랑에 서서 아래를 내려다보았다. 태양이 막 지평선 너머로 노란빛을 뿜어내기 시작했다. 나는 해리엇을 일으켜 할 수 있는 한 부드럽게 한쪽 어깨에 걸쳤다. 그런 다음 쭈그리고 앉아서 그녀의 지팡이를 집어 들었다. 지팡이로 나뭇가지와 덤불을 치우면서 느리지만신중하게 숲속을 질러 갔고, 그다음에는 내가 덤불을 치워놓은 공간으로 들어갔다. 그렇게 한 시간이 지나고, 잠깐 쉬다가 어떤 덤불 아래에서 마른 도랑을 발견했다. 딱 해리엇을 눕힐 만한 공간이었다.나까지 들어가기에는 충분하지 않았다. 가장 중요한 것은 그녀의 안전이었다. 나야 운에 맡기면 됐다. 나는 더 깊은 숲으로 들어가면서꼭 잡혀야 한다면 나 혼자 잡혀야겠다고 생각했다. 해리엇에게는 밤이 오면 돌아가기로 했다. 그때쯤이면 그녀가 알아서 몸을 일으키기를 바랐다.

이른 오후, 근처의 벌목장에서 나무꾼들이 정찰하러 오는 소리가 들렸다. 나는 꼼짝 않고 가만히 있었다. 버지니아의 무덤 속에 갇혀서 보낸 시간에 비하면 그쯤이야 아무것도 아니었다. 나중에는 하류층 백인 두 명과 그들의 사냥개가 사냥을 나왔다. 그러나 나는 무덤의 흙을 사방에 뿌려둔 뒤였다. 그것이 내 자취를 감춰주리라. 또 몇몇은 상급자였고 몇몇은 노역자인 한 무리의 아이들이 놀러 나왔다. 그 애들이 내 은신처를 차지할지 모른다는 생각이 들었지만, 그 애들은 계속 달려갔다. 그런 뒤에야 내 생애 가장 긴 날이 저물었다. 밤의 그늘이 땅에 드리우는 게 기뻤다. 긴장한 내 마음속에서도, 창공에서도 달이 높이 솟아올랐다.

도랑으로 돌아가 덤불을 젖히자 해리엇이 아직 그곳에 내가 뉘어놓은 그대로 지팡이를 가슴에 올려놓고 누워 있었다. 무덤 속 파라오 같았다. 손을 뻗어 그녀의 얼굴을 건드려보았다. 그녀가 자주 내 얼굴을 만졌듯이. 차가웠다. 내려다보니 그녀의 폐가 세게 들썩이고 있었다. 다시 얼굴을 보았을 때 그녀는 눈을 뜨고 있었다. 그녀가 미소 지으며 말했다. "좋은 저녁이에요, 친구."

몇 분 후 그녀가 일어났다. 마치 그저 낮잠을 자고 일어난 것 같았다. 우리는 흙길을 따라 잠시 걸었지만, 숲을 떠나지는 않았다. 순찰대가 우리를 보기 한참 전에 먼저 그들을 발견하려면 그렇게 해야 했다.

"미안해요, 친구. 그런 발작 없이도 해낼 만큼 기운이 있는 줄 알았는데." 해리엇이 말했다. "도약은 이야기의 힘을 통해 이루어진답니다. 도약은 우리의 특별한 역사, 우리의 모든 사랑과 상실에서 힘을 얻죠. 감정이 소환되면, 기억의 힘에 따라 이동하는 거예요. 가끔은 평소보다 더 큰 힘이 필요하죠. 그런 경우에는, 글쎄, 당신이 봤던 일이 벌어져요. 하지만 예전에도 이런 도약은 많이 해봤는데 왜 이번 도약에서 이렇게까지 큰 타격을 입었는지 모르겠네요."

우리는 걸었다. 숲이 트이며 벌목장에서 나온 남자들이 작업하던 공터로 이어졌다. 들판 너머 오두막이 한 채 보였고, 창문 너머로 벽난로 불빛이 깜빡이고 있었다.

"저기가 우리가 갈 곳입니다." 그녀가 말했다. "하지만 당신에게도 몇 가지 질문이 있을 듯한데요. 이다음부터는 시간이 별로 없을 테니, 지금 물어보는 게 좋겠어요." 우리는 한 쌍의 나무 그루터기에 앉았다. 밤은 시원했다. 가벼운 바람이 숲에서부터 들판을 건너 불어왔다.

스트리트에서 우리는 이야기와 전설, 불길한 사람들과 공개적인 주술, 금기의 세계를 살았다. 달이 떴을 때는 절대 돼지를 도살하지 않았고, 한쪽 신발만 신은 채로 마룻바닥을 걷지 않았다. 나는 그 세계를 믿지 않았다. 내게 일어난 일과 테나에게 맡겨진 경위와 구스 강에서 어떻게 나오게 됐는지 알면서도, 나는 그 능력이 책으로 설명하고 이해할 수 있는 것이라고만 생각했다. 그런데 이 모든 것을 누군가 설명해줄 수 있을지 모른다. 지금이 바로 그 책을 읽는 순간일지 모른다. 어쨌든 인도를 경험하면서 주변 세계와 그 세계에 깃든 기적과 힘에 대한 나의 시각은 극적인 변화를 맞았다.

"제 할머니는 순혈 아프리카인이었어요. 산티 베스라는 이름으로 통했죠." 내가 말했다. "그분이 아프리카 이야기를 너무 잘 풀어내서, 가끔은 첫서리가 대초원의 열기처럼 느껴지는 일도 있었대요."

그루터기에 앉은 해리엇은 아무 말도 하지 않았다.

"이야기꾼 베스의 재능은 아주 소중하게 여겨졌대요. 그래서 상급자들이 모임 때 베스를 데려가곤 했죠. 그러면 베스가 자기 이야기를 그들이 한 번도 들어본 적 없는 노래와 리듬에 녹여냈대요. 주인들은 즐거워하며 동전을 던져주곤 했어요. 베스는 미소 지으며 앞치마에 동전을 긁어모으곤 했죠. 한 번도 그 동전을 보관하지는 않았어요. 숙소에 있는 아이들에게 나눠줬죠. 자기한테는 필요 없다면서. 이젠 저도 그 이유를 알 것 같아요.

이야기에 따르면, 베스가 어느 날 밤 우리 엄마를 찾아와서 엄마가 따라올 수 없는 곳으로 가야 한다고 말했대요. 엄마와 자신이 서로 다른 두 개의 세상에서 태어났다면서요. 엄마의 세상은 이곳이지만, 할머니의 세상은 멀리 사라져버렸다고. 자기가 아는 가장 오래된 이야기를 해야 한댔어요. 시간 자체를 뒤집을 이야기, 베스의 아버지들이 명예롭게 묻혀 있고 어머니들은 자기 곡식을 모아들이는 곳으로 베스를 다시 데려갈 이야기 말이죠. 그날 밤 베스는 한겨울의 강으로 걸어 내려가더니 사라졌어요.

혼자 사라진 것도 아니었죠. 같은 날 밤 노역자 마흔여덟 명이 대농장에서 걸어 나와 다시는 발견되지 않았어요. 그들 모두가 순혈이었대요, 산티 베스처럼.

전 이 이야기에서 어떤 감정을 느껴야 할지 잘 모르겠더라고요, 해리엇. 우리 엄마는 베스와 연락이 닿지 않게 됐어요. 엄마의 아버지는 팔려 갔고요. 그런 다음에는 엄마도 팔려 갔죠. 저는 그런 일은 전부 끝났다고 생각했어요. 저는 엄마 얼굴도 모르는 거나 마찬가지예요. 이제는 엄마에 대한 기억이 없거든요. 하지만 그 이야기와 산티 베스라는 사람은……." 나는 말꼬리를 흐렸다. 어떤 말이 목에 맺혔다가 움츠리며 물러났다. 나는 충격을 받아 해리엇을 돌아보았다. "어떻게 해내신 거죠?"

"이미 알고 있는 것 같은데요, 친구." 해리엇이 말했다. "거대한 강의 섬들을 상상해보세요. 보통 사람은 이 섬에서 저 섬으로 헤엄쳐 다녀야 한답니다. 그들한테는 그게 유일한 방법이니까요. 하지만 친구여, 당신은 다르답니다. 왜냐하면 당신은 다른 사람들과는 달리 그 강을 건너는 다리를 볼 수 있으니까요. 심지어 모든 섬을 서로 이어주는 여러 개의 다리를 볼 수 있죠. 수많은 다리가 각기 다른 이야기로 만들어져 있고, 당신은 그 다리들을 볼 뿐 아니라 걸어서, 마차를 타고, 인도를 통해서 건널 수 있어요. 승객들을 거느리고, 기관사가 기차를 이끌듯이 말이죠. 그게 인도예요. 수많은 다리들. 수많은 이야기들. 강을 건너는 방법.

인도는 나이 든 사람들 사이에는 잘 알려진 관습이었어요. 노예선에서조차 사람들이 파도로 뛰어들어 옛 아프리카의 집으로 다시 인도되었다는 이야기도 들었답니다." 해리엇이 한숨을 쉬고 고개를 젓더니 말했다. "하지만 지금 우리는 여기 있어요. 옛 노래들과 우리 이야기를 너무 많이 잊어버렸죠."

"제가 기억하지 못하는 것들이 너무 많아요." 내가 말했다.

"내가 보기엔 꽤 많이 기억하는 것 같은데요." 해리엇이 말했다.

"맞아요. 저는 모든 걸 기억할 줄 알아요. 아주 작은 것까지 전부다. 하지만 제 안에는 어머니가 있어야 할 곳에 깊은 상처가 있어요. 그때를 생각하면 당장 눈앞에서 어린 시절이 무대 위 공연처럼 상연되지만, 다만 주연 배우가 안개인 거죠."

"흠." 그녀가 말했다. 그러더니 지팡이에 의지해 일어났다. "사실은 당신이 보고 싶어 하지 않는 거라고 생각해본 적은 없나요?"

"없어요." 내가 말했다. "딱히요. 사실은 그 반대예요. 너무 보고 싶다는 압박감을 느끼는 것 같아요."

해리엇이 고개를 끄덕이더니 내게 지팡이를 건넸다. 나는 그 지팡이를 돌려보며 양옆에 새겨진 상형문자들을 살폈다.

"그 표시들은 당신에게 아무 의미도 없을 거예요. 오직 내게만 들리는 언어로 적혀 있거든요. 그리고 중요한 건 표시가 아니라 지팡이 자체랍니다. 조록나무에서 뜯어온 거예요. 놈들이 나를 벌목장에 보내 일하게 했던 날들은 내 인생 최악의 시절이었죠. 하지만 그 나날이 지금의 나를 만들기도 했어요. 가끔 그 바깥에서 일어났던 모든 일을 생각하면 주저앉아 울고 싶어져요. 놈들이 우리에게 저지른 일은 고통스럽죠. 내 안에는 잊어버리고 싶은 부분도 있어요. 하지만 그 조록나무 가지를 쥐고 있으면, 어쩔 수 없이 기억하게 돼요.

나는 당신에게 무슨 일이 일어났는지 몰라요, 하이람. 하지만 감히 추측해본다면, 당신 안에는 잊어버리고 싶은 부분, 온 힘을 다해서 잊으려는 부분이 있는 것 같아요. 당신에게 필요한 것은 당신을 벗어난 무언가, 당신을 넘어선 무언가, 당신이 틀어막아버린 무언가를 해방할 지렛대예요. 그게 무엇인지는 오직 당신만이 알겠죠. 하지만 나는 당신이 그 지렛대를 찾아낸다면 어머니를 찾을 수 있을 테고, 어머니를 찾으면 그 다리를 찾아낼 거라고 생각해요."

"당신은 그런 식으로 할 수 있게 된 건가요? 그 조록나무 가지에 두 손을 올려놓으니까 모든 게 나타났나요?"

"아뇨. 그런 식으로 되지는 않았어요. 하지만 당신과 나는 달라요. 케시아가 내게 말하더군요. 우리는 둘 다 노역을 했지만, 똑같은 노역을 한 건 아니에요. 뭐랄까, 그 깊은 잠에서 깨어났을 때 나는 기억할 뿐 아니라 색깔을 듣고 노래를 보고 세상의 온갖 악취를 느꼈어요. 목소리들이 사방에서 나를 공격했고, 조상처럼 오래된 기억들이 흐려지는 게 아니라 횃불처럼 밝게 타올랐죠. 나는 기억들이 내 앞에서 상연되는 것을 지켜보곤 했고, 당신이 말했듯 어디를 가든 기억으로 이루어진 무대 전체가 나와 함께 있었어요.

사람들은 내가 정신이 나갔다고 말했죠. 그래서 나는 그 힘을 다스리는 방법을, 몇몇 목소리를 불러내고 다른 목소리는 줄이는 방법을 배웠어요. 가끔은 어젯밤처럼 그 목소리들이 너무도 강력해서 휘청거리기도 했죠. 하지만 그러다가 눈을 떠보면 다른 땅에 있었어요. 그게 다리였어요, 하이람." 해리엇이 말했다.

"마법으로 다리를 만들어낸 건가요?" 내가 물었다.

"아니요." 해리엇이 말했다. "이야기는 언제나 사실이었어요. 내가 지어낸 게 아니고요. 사람들이 지어냈으면 모를까. 그런 이야기들이 마치 교량의 기단처럼 몇몇 지점에 들어맞았죠. 그 기단은 나도 산티도 당신도 바꿀 수 없어요."

"모르겠어요." 내가 말했다. "제게는 불확실하게만 느껴져요. 마치 이게 저를 아무 데로나 마구 데리고 갈 것만 같아요. 마구간으로든, 실제 다리로든, 들판으로든, 어디로든요."

"마구간에 있던 게 여물통이었나요?" 해리엇이 물었다.

"네, 확실해요." 내가 말했다. "물로 가득 차 있었어요. 저를 그 안으로 빨아들인 것 같았죠."

"분명 그랬을 거예요." 그녀가 말했다. "의심스러운 점은 하나도 없어요."

"무슨 말씀이신지 모르겠는데요."

"모르겠어요, 친구? 당신이 그 다리의 경사로에 서 있었던 거예요. 강으로 들어간 산티든, 구스 강에서 나온 당신이든, 잔교에 서 있던 우리든 그런 이야기에는 모두……."

나는 멍하니 그 자리에 앉아 있었다.

내가 여전히 이해하지 못하는 걸 본 해리엇이 웃었다.

"물이에요, 하이람. 물요. 인도에는 물이 필요해요."

해리엇이 더 활짝 웃는 걸 보니 내 입이 쩍 벌어졌던 게 틀림없다. 하긴 우스운 일이었다. 이제야 뻔해 보였다. 뭔가가 잡아당긴다고 느낄 때마다, 인도의 강이 몰아친다고 느낄 때마다, 마구간의 물통, 메이너드와 나를 다리에서 끌어당겼던 구스 강, 블랜드의 집 근처 스카일러킬 강. 늘 손닿는 곳에 물이 있었다. 그 힘에 접근하려는 코린의 기이한 온갖 노력에도 불구하고 이제는 너무도 뻔한 그 요소를 우리는 한 번도 눈치채지 못했다.

"왜 리디아를 위해서는 그 힘을 쓰지 않으셨나요?" 내가 물었다. 이제 우리는 오두막을 향해 걷고 있었다.

"이야기를 전하기 위해서는 그 이야기가 어떻게 끝나는지 알아야 하니까요." 해리엇이 말했다. "나는 앨라배마에 가본 적이 한 번도 없어요. 본 적도 없는 결말로 비약해버릴 수는 없죠. 그리고 처음과 끝을 안다 해도, 사람들을 데려가려면 내가 인도하는 자가 누구인지 조금이라도 알아야 해요. 보통은 그런 호사를 누리지 못하지요. 그래서 나도 평소에는 다른 요원들과 같은 방법을 쓰는 거예요. 하지만 이번에 인도할 사람들은 내가 아는 사람들이랍니다."

오두막으로 가보니 그 사람들이 있었다. 우리가 다가가자 문이 열렸고, 온기가 훅 끼쳐왔다. 깊은 밤이었지만 오두막에는 모든 것이 충분했다. 우리는 각기 다른 남자 네 명의 환영을 받았는데, 모두 작업복을 입고 있었다. 그중 둘은 해리엇과 닮아서 나는 그들이 친척임을 알아챘다. 세 번째 남자는 내가 창문 너머로 보았던 불꽃을 살피고 있었다. 내 시선은 네 번째 남자에게 머물렀다. 그에게는 뭔가가 빠져 있었다. 그런 다음에야 나는 그가 머리를 바짝 깎은 여자라는 것을 깨달았다. 나는 대회에서 전 영역의 평등을 설교하던 두 백인 여자를 생각했으나 이번 탈출 계획은 다른 종류의 작전임을 알고 있었다.

"하이람, 이쪽은 체이스 피어스예요." 해리엇이 불을 살피던 남자를 가리키며 말했다. "피어스는 우리를 맞아준 이 집의 주인이에요. 그가 이 일에 참여해준 건 참 고마운 일이에요."

그런 다음 해리엇은 내가 그녀의 친척이라고 생각한 다른 두 남자에게 미소 지으면서 말했다. "이 두 망나니에게는 그렇게 친절하게 말해줄 필요가 없겠죠." 그러더니 그녀는 둘을 끌어안았고 그들은 모두 웃었다.

해리엇이 말했다. "이쪽은 내 동생 벤과 헨리예요. 이제야 이 녀석들도 강단이 좀 생겼답니다. 아주 오래 걸렸죠. 하긴, 이런 식으로 여기 머물지 않았더라면 헨리는 절대 아내를 만나지 못했을 거예요."

그러더니 해리엇은 머리를 깎은 여자에게로 다가가 그녀의 둥근 계란 같은 머리를 문지르며 웃었다.

"이 모든 게 당신 작품이잖아요, 실오라기 하나까지도." 여자는 미소 지으면서도 짜증을 내며 말했다. "휴, 주님이 우리를 관에서 끌어

올리시고 있는 게 틀림없어요. 다른 사슬에 묶어놓자고 제 풍성한 머리카락을 포기하게 하시지는 않았을 테니까."

"통했죠?" 해리엇이 말했다.

여자는 조금 덜 짜증 난 기색으로 고개를 끄덕이고 미소 지었다.

"이쪽은 제인이에요." 해리엇이 말했다. "헨리의 아내."

제인이 내게 미소 지었다. 머리카락이 없다는 점이 그녀의 놀라운 얼굴에 초점을 맞추게 했다. 예리한 두 뺨의 각도나 작은 눈과 큰 귀. 또 그녀에게는 활기 넘치는 신념과 벽난로 앞에 모여 있는 모두가 공유하는 어떤 느낌이 있었다. 그때쯤 나는 수많은 구조 작전에 참여해봤기에 이 상황이 일반적인 일은 아님을 알고 있었다. 보통 사람들은 두려워하고 귓속말했다. 하지만 이 집단은 이미 북부에 와 있는 것처럼 웃었다. 버지니아나 심지어 필라델피아 지부를 통해 구조된 어떤 사람들과도 달랐다. 그 차이는 해리엇에게서 비롯한 것이었다. 그녀의 인도 방법과 전설이 엮여, 그녀는 노역과 특히 그녀를 이런 사람으로 만들어버린 카운티에 대항해 여자 혼자서 벌이는 전쟁 그 자체가 되어 있었다. 이 점을 알고 나서, 나는 인도의 불완전함을 경험한 이후였는데도 해리엇에 관한 전설이 전부 사실이 틀림없다고 생각하게 됐다. 해리엇은 정말로 그 겁쟁이에게 권총을 겨누었으리라. 정말로 겨울에 강을 가로질러 사람들을 인도했으리라. 채찍이 정말로 감독의 손을 녹였으리라. 그녀는 구조작전에 실패한 적도, 승객을 잃어버린 적도 전혀 없는 유일한 요원이었다. 그건 그냥 이야기였지만, 그 순간 그 오두막의 온기 속에 옹송그린 사람들 사이에도 잘 알려져 용기를 불어넣었다. 그들은 앞으로의 여정이 마치 신적인 권리라도 되는 듯 이야기했다. 그들은 예언이 실현되기 일보 직전이라고 생각했다. 눈앞의 예언자 모세가 그들에게 확신을 채워 넣고 있었다.

이제 해리엇이 계획을 털어놓았다. "구조작전은 단순하게, 작은 규모로 펼치는 게 전통이에요. 전통일 뿐만 아니라 현명한 일이기도 하죠." 그녀가 말했다. "하지만 여러분은 모두 내 지인이에요. 또 나는 여러분의 조건에 동의했고, 여러분도 내 조건에 동의했습니다. 간단한 조건이죠. 누구도 뒤를 돌아보면 안 된다."

나는 그 순간 어쩌면 인도 자체보다 해리엇이 직접 일군 일들이야말로 그녀에게 수많은 별명이 붙은 이유일지 모른다고 생각했다. 침착하고 단호한 그 태도면 충분했을 것이다. 중요한 건 그녀가 타인에게 끼치는 영향이었다. 아무도 입을 열지 않았다. 마치 밤 자체가 얼어붙은 것 같았고, 해리엇만이 우리의 주의를 끌었다. 그녀가 반포한 칙령—누구도 뒤를 돌아보면 안 된다—은 우리를 공포로 채우지 않았다. 이는 위협이 아니라 예언이었다.

"제인과 헨리, 두 사람은 여기 체이스의 집에 머물도록 해요. 내일 밤까지는 실내에만 있어야 합니다. 내일이 일요일이라는 점을 생각하면, 두 사람이 짐을 싸서 떠났다는 걸 사람들이 알기까지는 꽤 시간이 걸릴 거예요. 벤, 네가 노역하러 가지 않는다는 건 알지만, 부탁이니 사람들에게 모습을 드러내주렴. 만일을 대비해서야. 사방에 그물을 치기 전까지는 브로더스와 그자의 사람들이 실타래를 볼 수 없어야 해. 내일 밤 이때쯤, 우리는 아버지 집에서 만나 잠깐 쉬었다가 떠날 거야."

그녀는 잠시 말을 멈추고 몸을 뒤로 젖혔다가 지팡이의 도움을 받아 일어섰다.

"자, 여기부터가 복잡한 문제예요. 하이람, 지금 이 자리에 없는 사람이 있거든요. 내 동생 로버트한테 아이가 태어날 예정이에요. 그래서 로버트는 전혀 떠나고 싶어 하지 않아요. 하지만 브로더스가 그 애를 경매대에 올리기 직전이라 어쩔 수 없이 떠나야 해요. 로버트는 도망쳐야 하지만, 할 수 있는 한 마지막 순간까지 아내와 함께 남고 싶다고 했어요. 나도 그렇게 두고 싶지는 않지만, 가족이란 마음을 사로잡고 비틀어대는 존재죠. 가족에 얽힌 일에서 우린 종종 현명하지 않고요.

나는 우리 계획 전체를 모르는 척해 달라는 조건을 걸고 로버트에게 동의해주었어요. 일단 로버트가 내 눈에 들어오기만 하면, 그때는 여러분에게 한 말을 로버트에게도 해줄 겁니다. 우리는 로버트를 데려와야 해요. 하이람 당신이 그 아이를 확보해야 합니다, 친구."

전혀 예상치 못한 것은 아니었으나 새로운 임무였다. 해리엇은 우리가 마주한 일을 설명할 때 일부러 에둘러 말했다. 아마 내가 너무 많은 생각을 하고 불안해하는 걸 막기 위해서였을 것이다. 이곳은 버지니아가 아니고, 나는 혼자서 일을 처리하게 될 터였다.

"내가 직접 가고 싶지만," 그녀가 말했다. "로버트는 내 고향의 대농장에 있고, 그곳에서 내 활동은 크게 의심받고 있어요. 놈들이 나를 찾아다닐 거예요. 당신은 의심받을 가능성이 덜하죠. 의심받더라도 통행권이 당신과 로버트에게 길을 나설 권리를 줄 테고요."

나는 고개를 끄덕였다. "그럼 언제 떠나야 하나요?"

"지금 당장요, 친구. 지금 당장 떠나야 해요." 그녀가 말했다. "날이 밝기 전에 로버트가 있는 곳에 가야 해요. 그런 다음 기다리세요. 거리를 두고 기다리다가, 밤이 오는 대로 로버트와 함께 우리 아버지의 집으로 오면 됩니다. 로버트가 길을 알 거예요."

"네, 제가 데려갈게요." 내가 말했다.

"하나 더요, 하이람." 해리엇이 체이스 피어스를 돌아보며 말했다. "체이스, 하이람에게 그걸 가져다주세요."

체이스가 작은 벽장으로 들어가 천에 싸인 뭔가를 꺼내 해리엇에게 건네주었고, 그녀는 천을 풀었다. 해리엇은 불빛을 받아 반짝이는 권총을 집어 들고 있었다. "이걸 가져가세요." 그녀가 총을 내게 건네며 말했다. "놈들을 위한 거지만 그보다는 당신을 위한 물건입니다. 이걸 꼭 써야만 한다면, 때가 너무 늦었을지도 몰라요. 로버트와 당신 모두를 위해 사용하고 싶어질 겁니다."

그렇게 나는 다시 숲으로 걸어 나가, 지시받은 대로 움직였다. 숲에는 길을 안내하는 비밀 표시들이 있었다. 밤이었지만 그 표시들이 달빛에 비쳤다. 무엇을 찾아야 할지 알고 있었기에 더 잘 보였다. 검은 오크의 껍질에 새겨진 별, 모두 땅에 묶여 있으며 그중 둘은 동쪽을 가리키는 다섯 개의 쓰러진 나뭇가지, 꼭대기에 초승달이 그려져 있고 밑에는 삽이 그려진 커다란 돌. 나는 이런 표시를 몇 개 놓치는 바람에 길을 돌아가게 됐다. 하지만 어쨌든 해가 뜨기 전에 로버트의 집에 이르렀고 덕분에 시간이 남았다. 브로더스 대농장은 라클리스만큼 풍요롭지 않았고, 숙소라고 해봐야 숲속에 임시로 마련한 가축 우리보다 나을 게 없었다. 브로더스는 주변의 나무조차 굳이 베어내지 않았다. 이 혼란스러운 상태가 이곳에 내려와 노역하는 의미를 조금이라도 나타낸다면, 해리엇이 그 기억을 잊고 싶어 하는 이유를 알 만했다.

그날은 일요일 아침이었다. 그 말은 일이 없다는 뜻이었다. 그리고 일이 없다는 것은 점호도 없으리라는 뜻이므로, 감독은 다음 날까지 로버트가 떠난 줄 눈치채지 못할 터였다. 다음 날이 되면 우리는 이미 필라델피아에서 레이먼드와 오다와 함께 캐나다나 뉴욕으로 가는 다음 단계를 계획하고 있을 테고. 내가 알기로는, 로버트가 해 뜨기 전에 숙소에서 나와 한 차례 휘파람을 분 다음 우리가 만나기로 되어 있는 숲까지 걸어 나오는 것이 작전이었다. 로버트가 다가오자마자 나는 그에게 내 의도를 알려줄 문구를 말하도록 되어 있었고, 그 역시 그의 암호로 대답할 터였다. 이 중 하나라도 실패하면, 나는 뭔가가 잘못되었음을 알고 즉시 체이스 피어스의 오두막으로 떠날 예정이었다. 조금 거리를 두고 기다리자 어두운 그림자가 밖으로 나와, 주위를 둘러보았다. 나는 휘파람 소리를 듣고 그 그림자가 오두막에서 나와 숲으로 들어가는 모습을 지켜보았다. 나는 그림자에게 다가가 말했다. "시온의 기차가 도착했습니다."

"타고 싶습니다." 로버트가 말했다. 그는 보통 체격의 남자로, 해리엇의 가족들이 보여준 기쁨이나 자신감은 전혀 깃들지 않은 슬픈 얼굴의 소유자였다. 그는 짐을 진 듯했다. 나는 구조를 기다리면서 그렇게 슬퍼하는 사람은 본 적이 없었다.

"밤이 오면 출발합니다." 내가 말했다. "준비를 마치고 여기에서 저와 만나십시오."

로버트는 다시 고개를 끄덕이고 자기 오두막으로 돌아갔다.

나는 더 깊은 숲속으로 물러났다. 오늘은 노역이 없겠지만, 사람들의 주의를 조금도 끌고 싶지 않았다. 그래서 숲이 경사지는 곳까지 걸어가 언덕을 오른 후 동굴을 찾아서 날이 어두워질 때까지 조용히 기다렸다. 그런 다음 약속 시간이 다가오자 돌아갔다. 그러나 로버트는 나타나지 않았다. 나는 더 기다렸고, 로버트가 모습을 드러내지 않자 그가 엉뚱한 시간에 기다렸던 것은 아닐지 궁금해졌다. 나는 제시간에 나온 게 확실했으니 말이다. 나는 그를 내버려두고 떠날까 생각했다. 해리엇이라면 예외를 두지 않았을 테고, 이곳이 버지니아였다면 나라도 그렇게 했을 테니까. 그러나 몇 달의 세월이 나를 바꿔놓았다. 나는 뉴욕 대회 이후 며칠 동안 종종 미카야 블랜드의 죽음과 그가 과연 리디아를 내버려두고 돌아올 수 있었을지에 대해 생각했다. 블랜드는 그런 짓을 하고 이번 생에 오다를 다시 만나느니 차라리 다음 생에 그를 만나는 편을 택했으리라. 게다가 내게는 필요할 경우 쓸 수 있는 통행증이 아직 있었다. 그래서 나는 그곳에서 해리엇의 동생 로버트를 데리고 돌아가거나 아예 돌아가지 않겠다는 결정을 혼자 내렸다. 나는 로버트의 오두막을 확인해보러 숲을 나섰다.

오두막으로 다가가자 어떤 여자가 고함치는 소리가 들렸다. 열린 문을 통해 그 여자가 이리저리 걸어 다니는 모습과 로버트가 침대에 앉아 두 손에 머리를 묻은 모습이 보였다. 나는 잠시 밖에 서서 그 여자가 분노와 아픔이 섞인 목소리로 로버트를 끔찍하게 비난하는 모습을 지켜보았다.

"당신은 제닝스라는 여자와 만나려고 날 여기에 두고 떠나려는 거야. 난 알아." 여자가 말했다. "난 당신을 알아, 로버트 로스. 당신이 날 떠나려 하는 거 알고 있어. 차라리 당신도 그 점을 인정하고 남자로서 명예를 지키는 편이 나을 거야."

"메리, 말한 그대로라니까. 나는 형이랑 어머니, 아버지를 만나러 가는 거야." 로버트가 말했다. "평범한 일요일이잖아. 당신도 잘 알듯이. 봐, 저기 제이콥이 와 있어." 이 말을 하며 로버트는 문밖의 나를 가리켰다. "제이콥 얘기 했었지? 해리슨네 집에서 온 녀석이야. 해리슨은 그쪽에도 사람을 두고 있거든. 맞지, 제이콥?"

메리는 밖에 서 있는 나를 돌아보고 눈알을 굴려댔다.

"제이콥이라는 사람은 본 적도 없는데." 그녀가 말했다.

"바로 저기 있잖아." 로버트가 말했다.

"예전에는 산책하는 데 친구 따위는 필요 없었잖아." 그녀가 말했다. "지금은 뭐가 달라진 건데? 난 저 사람 본 적 없어. 저 사람이 이 지역 출신이 아니라는 것도 알아. 저 사람 대신 내가 당신하고 같이 산책하면 어떨까? 당신 꿍꿍이 알아, 로버트 로스. 그 제닝스라는 여자 일을 전부 알고 있어."

나는 숙소의 문간에 서 있다가 안으로 들어갔다. 그러자 메리의 모습이 온전히 보였다. 그녀는 온몸에 정당한 분노를 두른 왜소한 여자였다. 그녀는 로버트가 어디로 가려는지는 몰랐지만, 정말이지 그를 잘 알았다. 그녀는 다시 나를 돌아보고 말했다. "제이콥이라고? 내가 제닝스네 집에 가서 네 녀석에 대해 물어볼까?"

"우리 이러지 맙시다." 내가 말했다.

"'우리'는 무슨 우리. 나 혼자 갈 거야, 지금 당장."

"아뇨. 그렇게 둘 수는 없습니다."

"그러셔? 그럼 날 막겠다는 거네?"

"제가 원하는 건요, 부인." 내가 말했다. "부인이 알아서 멈추시는 겁니다."

메리는 의심의 눈초리를 내게 던졌다. 나는 빨리 행동해야 했다.

"부인 말씀이 맞습니다." 내가 말했다. "제이콥이라는 사람은 없어요. 하지만 방금 말한 대로 행동하시겠다면, 로버트가 어떤 여자와 함께 몰래 돌아다니는 꼴을 보는 것보다 훨씬 더한 고통이 부인과 부인이 사랑하는 사람들에게 찾아올 겁니다."

등 뒤에서 로버트가 신음하며 말했다.

"자기야……."

"메리 부인." 내가 말했다. "보아하니 완전한 설명을 듣지 못하신 게 분명하군요. 부인 말씀이 맞습니다. 로버트는 도망치려 합니다. 도망쳐야만 해요. 부인이 거기에 맞서는 어떤 행동도 하지 않으셨으면 좋겠습니다."

"어떤 일도 하지 않기는, 개뿔." 그녀가 말했다.

"아뇨, 부인." 내가 말했다. "정말로 그러시면 안 됩니다. 로버트가 부인께 솔직하지 않았다는 건 알겠습니다만, 직설적으로 말씀드리죠. 브로더스가 로버트를 경매대에 올리려 하고 있습니다. 그렇게 되면, 살아서 남편을 다시 볼 가능성보다는 차라리 물 위를 걸을 가능성이 더 클 겁니다."

"로버트는 지금까지 1년 동안 이곳 사업을 운영해왔어." 그녀가 말했다. "브로더스는 아무 일도 하지 않았고, 놈들이 팔아버리기엔 로버트가 너무 열심히 일하고 있다고."

"로버트가 열심히 일한다는 사실이 그를 팔아버리는 첫 번째 이유입니다. 저렇게 건장한 사람은 돈이 되거든요. 대체 누가 열심히 일한다는 이유로 검둥이를 아껴놓는다는 겁니까? 그 인간들을 그렇게 믿으세요? 여길 살펴봤습니다. 여기는 불안해요. 저는 이런 농장을 많이 봐왔습니다. 놈들이 사람을 파는 건 그 방법밖에 없기 때문이에요. 이런 일은 숱하게 봐왔죠. 솔직하게 말씀드리는데, 부인의 남편 로버트에게는 분명 두 가지 선택지밖에 없어요. 브로더스와 함께 경매장으로 가거나, 저와 함께 도망치거나."

언더그라운드에 공식 규율이 있다면, 나는 그 규율의 가장 중요한 조항을 어기는 셈이었다. 요원들은 오직 인도하는 대상에게만 모습을 드러내려 노력했다. 그때조차 자신의 진짜 사연은 절대로 드러내지 않고, 이야기를 아주 많이 지어내는 편을 선호했다. 하지만 나는 전부 털어놓았다. 시간이 갈수록 입장이 불리해지는 만큼 메리를 설득해 우리를 보내주도록 할 생각이었다.

"언더그라운드에서 두 분께 다시 만날 기회를 드릴 겁니다." 내가 말했다. "저도 두 분을 떼어놓기 싫습니다. 그게 어떤 의미인지 아니까요. 분명히 말씀드리지만, 저도 알아요. 저도 헤어진 사람이 있어요. 매일, 매 시간, 매 분마다 생각하는 여자가 저 아래 버지니아에 있습니다. 저는 그 여자와 강제로 떨어졌어요. 하지만 노예제도의 관 속더 깊은 곳으로 억지로 들어가느니, 언더그라운드에 잡혀 억지로 북쪽으로 가는 편이 낫죠. 이게 유일한 방법입니다. 분명히 말씀드리죠.

두 분이 새로 아이를 낳으셨다는 얘기도 들었습니다. 지금 부인이 어떤 부담감을 느끼실지도 압니다. 저도 고아였습니다, 메리 부인. 어머니는 팔려 갔고, 아버지는 아무 쓸모가 없었어요. 아이가 아빠 없이 태어날까 봐 걱정하신다는 건 잘 압니다. 그 점에 대해서 부인이 생각하시는 것보다 깊이 공감하고 있어요.

하지만 이 일은 해야만 합니다, 부인. 남편 로버트가 팔려 갈 거예요. 우리에 의해서든, 놈들에 의해서든 어쨌든 잡혀 갈 겁니다. 저희가 누구인지, 무슨 일을 하는지 아시죠. 그리고 우리의 상징도 아실 겁니다. 우리는 명예로운 사람들입니다, 부인. 맹세코 부인과 부인의 남편 로버트가 다시 만날 날까지 결코 쉬지 않을 겁니다."

그녀는 현기증을 느끼는 듯 뒤로 한 발짝 휘청했다. 그녀가 신음했다. "안 돼, 안 돼." 그러더니 고개를 저었다. 그 순간, 사냥개들이 가까워졌을 때 소피아가 신음하던 모습이 떠올랐다. 하지만 다른 생각도 똑같이 빠르게 떠올랐다. 버지니아의 브라이스턴에서 파넬 존스를 구출하러 떠나기 전에 내가 모든 것을 얼마나 불신했던가. 이사야 필즈가 미카야 블랜드가 되어 보여준 신뢰 덕분에 이후의 모든 일에 신뢰가 생겼다. 그 순간 나도 바로 그런 용기를 냈다.

"제 이름은," 내가 말했다. "제 이름은 하이람입니다, 부인. 부인의 남편 로버트 로스는 제 승객이고, 제가 그의 인도자입니다. 부인, 저는 목숨을 걸고 로버트를 잃어버리지 않을 겁니다. 부인도 마찬가지고요."

조용한 눈물이 메리의 뺨을 따라 흘러내렸다. 그녀는 잠시 후에야 정신을 가다듬고 나를 지나쳐 갔다. "맹세하는데, 로버트, 이게 여자 문제라면 난 당신을 찾아낼 거야. 그리고 분명히 말하는데, 그때는 이 하이람이라는 남자가 아무리 고귀한 소리를 해도 당신을 구해주지 못할 거야."

나는 고개를 돌려야겠다고 느꼈다. 그들은 잠시 함께할 자격이 있었다. 꽤 오랜 시간 동안 그럴 시간이 다시 없을 테니. 하지만 나는 내가 한 말들과 버지니아와 소피아를 떠올리느라 움직일 수 없었다.

로버트가 메리를 끌어당겨 따뜻하고 부드럽게 입을 맞췄다. "난 다른 여자한테 도망치는 게 아냐, 메리." 그가 말했다. "나는 어떤 여자를 위해서 도망치는 거고, 그 여자는 당신이야."

로버트와 메리의 싸움 때문에 시간이 지체됐다. 그 싸움이 없었더라면 우리는 험한 길을 가로질러도 출발할 시간에 한참 앞서 해리엇의 부모님 집에 도착했을 것이다. 하지만 이제는 대로를 이용해야 했다. 이상적인 상황은 아니었다. 해리엇은 예언자로서 이 상황을 예지했다. 내게는 통행권이 있었다. 그러니 대로를 이용하기로 했다. 나는 로버트를 믿었고, 그는 이제 자기 어머니와 아버지, 마마 리트와 파파 로스의 집으로 나를 안내했다. 해리엇은 이 작전의 모든 부분을 각기 다른 상자에 담아, 우리 중 한 명이 잡힌다 한들 그 누구도—아무리 두들겨 맞거나 채찍으로 맞아도—완전한 그림을 그릴 수 없도록 해두었다.

로버트는 여행의 초반부에는 침묵을 지키며, 길을 안내할 때만 빼놓고 말을 아꼈다. 나도 로버트를 그냥 내버려두었다. 내 호기심을 보태지 않아도 이별은 충분히 힘든 일이었다. 로버트에게 그 이별을 견디고 다시 살아내라고 요구할 생각은 전혀 없었다. 그러다가, 일은 내게 항상 닥치는 방식대로 벌어졌다. 어느 순간 로버트가 자연스럽게 입을 열었던 것이다.

"메리를 두고 가는 게 작전이었다는 건 아시죠?" 로버트가 말했다.

"네. 정확히 그렇게 됐고요." 내가 대답했다.

"제 말뜻은 그게 아닙니다." 로버트가 말했다. "제 작전은 메리를 영원히 떠나는 거였어요. 저 혼자 떠나서, 북부에서 새로운 삶을 찾는 거였습니다."

"그럼 아이는요?"

"아이는 없어요. 적어도 제 아이는 없습니다. 그건 확실해요. 메리도 그 점을 알고 있습니다."

우리는 잠시 침묵을 지켰다.

"브로더스군요." 내가 말했다.

"아뇨, 브로더스의 아들놈입니다." 로버트가 말했다. "그자와 메리의 나이가 거의 같거든요. 어렸을 때는 둘이 같이 놀았죠. 그러다가 모두들 그러듯 그 둘도 헤어지게 됐어요. 내 생각에는, 그 시절부터 놈이 메리에게 마음을 품었던 것 같습니다. 그러다가 성인 남자가 되니까, 그런 감정을 이어나가야겠다고 생각한 거죠. 메리가 아무리 단호하고 정직한 여자라도 말입니다. 하긴, 어쩌면 메리도 똑같이 느꼈을지 모르죠. 메리가 그자를 막지 않은 건 분명하니까."

"메리한테 어떻게 그런 일을 할 수 있다는 겁니까?" 내가 물었다.

"글쎄요, 모르겠네요." 로버트가 답답한 듯 말했다. "노역자 신분으로 살면서 누가 뭘 어떻게 하는지 대체 무슨 수로 알겠어요? 하지만 분명히 말씀드리는데, 난 웬 백인 남자의 아이를 키우느니 차라리 뒈지고 말 겁니다."

"그래서 도망치는 거군요."

"그래서 도망치는 겁니다."

"브로더스가 당신을 팔려던 건 아니고요?"

"팔려던 것도 맞아요. 언젠지는 몰라도 팔려고 했습니다. 그러면 나도 한숨 돌릴 수 있을지 모르겠다는 생각이 잠깐은 들더군요. 나체스를 보고 싶은 마음은 전혀 없지만, 메리와 내 치욕을 잊는 데 도움이 된다면 그게 가장 좋은 방법일지도 모른다는 생각이 들었어요."

"사람이 팔려 간다는 건 절대로 가장 좋은 방법이 될 수 없습니다."

"네, 알아요." 로버트가 말했다. "해리엇과 가족들이 와서 저를 절망에서 끌어냈습니다. 다른 삶이 북부에서 저를 기다릴 거라더군요. 가족들은 메리와 아기에 대해서도 당연히 물어봤습니다. 저는 해리엇에게 다른 남자의 아이를 키우는 일은 절대 없을 거라고 말했고요. 해리엇은 조금도 좋아하지 않았어요. 눈곱만큼도요. 하지만 저는 해리엇에게 완전히 새로운 삶을 시작하거나, 그냥 브로더스 밑에 머물며 운을 시험해보겠다고 말했습니다.

하지만 떠날 시간이 되자, 나의 메리를 떠난다는 게 무슨 의미인지 정말로 직면할 때가 되자, 저는…… 잘 모르겠네요. 최대한 설명해보자면, 제가 나약해져서 어쩌면 옛것의 일부는 그리 나쁘지 않을지도 모른다고 생각하기 시작했다는 겁니다. 그러다가 당신이 들어와서 메리에게 약속했어요……."

"죄송합니다. 제 생각에는……."

"미안해하실 건 전혀 없습니다. 사실 당신의 말은 제가 바란 바였어요. 저는 메리 없이 살 수 없습니다. 메리와 함께 가는 게 아니라면 자유를 원하지 않아요……. 그냥 다른 남자의 아이를 키운다는 게 걸립니다. 그건 뭐랄까, 남자를 갉아먹는 일이라……."

"네, 그렇죠." 내가 말했다. 정말로 그를 이해했다. 하지만 나는 그 이상의 무언가도 이해하기 시작했다. 나와 나의 소피아, 혹은 로버트와 메리만을 생각하는 게 아니었다. 나는 북부에서 케시아를 만난 그날을 생각하고 있었다. 수많은 노예제도와 노역에 대해 가르치는 위대한 대학, 작업복을 입은 여자들과 인류의 절반을 약탈하려는 엄청난 음모를 떠올리고 있었다. 나는 그 약탈에서 내가 수행하고 있는 역할, 내 꿈, 내가 머릿속에서 세웠던 라클리스, 대체로는 *나의* 소피아를 재료로 세운 그 라클리스를 생각하고 있었다.

"우린 순수한 것을 가질 수 없습니다." 로버트가 말했다. "순수는 늘 불편하게 느껴지죠. 기사와 아가씨가 나오는, 그런 이야기는 우리를 위한 게 아닙니다. 우리는 그렇게 순수한 걸 얻지 못해요. 우리는 깨끗한 것을 하나도 얻지 못합니다."

"네." 내가 말했다. "하지만 그건 주인들쪽도 마찬가지입니다. 자기 아들, 자기 딸을 노역시킨다는 건 꽤 추잡하고 더러운 일이니까요. 제가 보기에는 어디에도 순수란 존재하지 않아요. 축복받은 건 오히려 우리 쪽입니다. 최소한 우리는 순수란 없다는 사실을 알고 있으니까요."

"축복받았다고요?"

"축복받았죠. 우리는 순수한 존재처럼 굴어야 할 부담이 없으니까요. 저도 이 점을 이해하기까지 시간이 좀 걸렸다는 건 인정하겠습니다. 몇 사람을 잃고, 그들을 잃는다는 게 무슨 의미인지 진정으로 이해해야 했죠. 하지만 저는 남부에 살아봤고 북부에 사는 사람들도 볼 만큼 봤습니다. 그래서 드리는 말씀인데, 로버트 로스, 저는 차라리 그 상실 한가운데, 상실의 진창 속에 살겠습니다. 자기 나름의 진창 속에 살면서도 눈이 멀어 그것을 순수하다고 생각하는 주인들 사이에서 사느니 말입니다. 그들은 순수하지 않아요, 로버트. 깨끗하지 않습니다."

25

우리는 밤이 되어서야 작은 오솔길에 도착했다. 그 길은 공터로, 그다음에는 로스 가족의 집으로 이어졌다. 집이 한 채 보였고, 집 뒤의 마구간도 보였다. 해리엇의 부모는 자유인이지만 그들의 아이들은 자유인이 아니라는 점이 떠올랐다.

"엄마를 만날 수는 없어요." 로버트가 말했다.

"왜요?" 내가 물었다.

"엄마는 속을 감추지 못하는 편이거든요. 나를 보고 무슨 일인지 알게 되면 아기처럼 소리 지를 거예요. 그러다가 백인들이 무슨 일이냐고 물어보면 절대 거짓말을 못 할 테고요. 해리엇은 10년 전에 이곳을 떠났어요. 나는 그동안 해리엇을 종종 만났지만, 해리엇도 엄마와는 이야기하지 않으려고 해요. 엄마랑 얘기하고 싶더라도, 어떻게 할 수 있겠어요?"

그 말을 하고 로버트는 휘파람을 불었다. 몇 분 후, 내가 보기에는 그의 아버지로 짐작되는 나이 든 남자가 걸어 나왔다. 로버트는 그를 파파 로스라고 불렀다. 그는 딱히 어느 쪽을 보지 않은 채 집 뒤쪽을 향해 손짓했다. 우리는 주변의 숲을 헤치며 집 뒤로 돌아갔다. 반쯤 갔을 때 창문 너머로 로버트의 어머니인 마마 리트가 바닥을 쓰는 모습이 보였다. 로버트가 잠시 멈추었다. 문득 그녀를 다시는 보지 못할지도 모른다는 사실을 깨달았던 것이다. 이어 그는 계속 길을 나아갔다. 집 뒤 마구간을 열고 들어가자 일행 전부가 그 안에 조용히 앉아 있었다. 우리는 입을 열지 않았다. 해리엇이 구석에서 나왔다. 그녀의 두 눈은 로버트에게 붙박여 있었다. 그녀는 로버트의 옷깃을 잡아 흔들더니, 그를 끌어당겨 온 힘을 다해 꽉 끌어안았다. 그러고 나서 우리는 마구간에 앉아, 밤 중에서도 가장 깊고 안전한 밤이 도래하기를 기다렸다. 몇몇은 다락으로 올라가 잠을 잤다. 파파로스가 우리에게 음식을 가져다줬지만 그는 문을 열면서도 안을 들여다보지 않았다. 그냥 고개를 돌린 채 오른팔을 뻗어 누구든 쟁반을 받아 가기만 기다렸다.

나는 늙은 여자가 길 입구에서 나와 저 먼 곳을 내다보다가 그만 돌아가는 모습을 두 차례 보았다. 로버트가 온다는 걸 그녀가 어떤 식으로든 알고 있지는 않은지 궁금했다.

이제는 비가 내리기 시작했다. 벤과 로버트가 마구간 틈새로 밖을 내다보았다. 틈새로 보면 집 본채 뒷면 창문이 보였고, 그 창문 너머에서 마마 리트가 불가에 앉아 난로 불빛을 받으며 사라진 아이들의 황량한 무게를 온 얼굴에 새긴 채 파이프를 피우고 있었다. 해리엇은 몇 년 동안 어머니를 본 적이 없었고, 지금 와서 보고 싶어 하지도 않았다. 해리엇은 틈새를 내다보지 않았다. 멀리서나마 작별 인사를 하는 위험은 감수하지 않으려는 듯했다.

마지막으로 마마 리트가 불을 끄고 자러 갔다. 밖을 내다보니 짙은 안개가 끼어 있었다. 이제 해리엇이 우리를 한 명 한 명 살폈다. 때가 됐다. 우리는 밖으로 나갔다. 나는 눈가리개를 하고 문간에 서 있는 파파 로스를 보았다.

"놈들이 너희를 보았느냐고 물으면," 그가 말했다. "나는 신께 맹세코 못 봤다고 대답할 거다."

우리는 안개 속으로 걸어 나갔다. 제인이 노인의 한 팔을 잡고 헨리가 다른 팔을 잡았다. 그렇게 우리는 진흙탕이 된 숲속으로 떨어져 내렸다. 걸어가는 동안 해리엇의 아버지는 혼자서 조용히 콧노래를 부르다가 익숙한 작별의 노래로 가락을 바꾸었고, 다른 사람들도 한 명씩 노래를 이어받았다. 그 노래가 일행 모두에게 낮고도 조용한 웅얼거림으로 전해졌다.

커다란 농가로 올라간다네
올라간다네, 그들이 나를 그르쳤기에
날이 너무 짧구나, 지나. 밤은 너무도 길고.

곧 숲이 트였다. 우리는 넓은 연못에 도착했다. 연못은 안개와 어둠 너머를 가늠할 수 없을 만큼 넓게 펼쳐져 있었다. 목소리가 잦아들었다. 들리는 소리라고는 머리 위 잎사귀에 떨어지는 빗방울 소리와, 고요한 수면에 떨어져 물결을 일으키는 물방울 소리뿐이었다.

"자, 아버지." 해리엇이 아버지를 돌아보며 말했다. "이젠 제가 이어받을 차례예요."

나는 그들 모두가 앞으로 일어날 일에 대해 어느 정도 이해하고 있었다고 생각한다. 해리엇이 그 말을 하자마자 제인과 헨리가 포옹을 풀었고, 모두가 물속으로 들어갔기 때문이다. 헨리, 로버트, 벤이 맨 앞에서 연못을 내다보며 한 줄로 섰다. 제인이 내 손을 잡아 그들

바로 뒤로 끌어당겨졌다. 돌아보니 파파 로스가 안대를 쓴 채 그 자리에 서 있었다. 해리엇이 파파 로스에게로 다가가, 마치 그의 온몸을 기억에 담으려는 것처럼 한 바퀴 빙 돌더니 그의 이마에 부드럽게 입을 맞춘 다음 뺨을 어루만졌다. 인도의 초록색 빛이 그녀의 손에서 뿜어져 나오는 게 보였다. 그 빛이 파파 로스의 뺨에 흘러내리는 눈물을 비추었다.

그들은 그렇게 몇 초 동안 서 있었다. 그런 다음 해리엇이 돌아서서 동생들 앞의 자기 자리에 서더니 깊은 곳으로 걸어가기 시작했다. 해리엇의 동생들이 조용히 그 뒤를 따랐으며, 제인과 내가 그 뒤를 따랐다. 오직 나만이 뒤를 돌아보았다. 파파 로스가 여전히 눈가리개를 쓴 채 그 자리에 서 있었다. 연못 깊은 곳으로 걸어 들어가며, 나는 그가 우리에게서 천천히 미끄러지듯 멀어지는 것을, 가끔 기억이 그러듯 어둠과 안개 속으로 사라지는 것을 지켜보았다.

우리가 물속으로 들어갔을 때는, 앞서 그랬던 것처럼 물이 더는 물이 아니었다. 그때쯤 해리엇은 은은하게 빛을 내뿜고 있었다. 그녀는 동생들 너머 나를 돌아보며 말했다. "마법을 두려워하지 말아요. 이번에는 내게 합창대가 있답니다. 합창대에겐 내가 있고요."

한 발 한 발 나아갈 때마다 그녀는 점점 더 밝게 타올랐다. 그렇게 바다를 가르는 배의 뱃머리처럼 우리 앞의 안개를 갈랐다. 그러다가 멈춰 섰고, 그녀를 뒤따르던 작은 행렬도 멈추었다. 해리엇이 말했다. "이곳에서의 여행은 모두 존 터브먼 덕분에 일어난 것입니다."

"존 터브먼." 벤이 소리쳤다.

"나로서는 영원토록 가슴 아픈 일이지만, 그는 우리와 함께할 수 없습니다. 파파 로스와 마마 리트를 위해서. 난 두 분이 머잖아 우리와 함께하게 되리라는 걸 잘 알고 있습니다."

"곧 때가 온다!" 벤이 소리쳤다. "곧 때가 온다!"

"우리는 기찻길 위에 서 있네요."

"곧 때가 온다!"

"우리의 인생이 기찻길이 되고, 이야기가 선로가 되며, 내가 기관사가 됩니다. 내가 기관사로서 이번 인도를 안내합니다."

"인도의 힘이여!" 그가 외쳤다.

"하지만 이건 씁쓸한 이야기가 아니에요."

"계속해요, 해리엇. 계속해."

"나는 오래전에 애도를 마쳤으니까."

이제는 해리엇의 다른 동생들이 후렴을 이어받았다.

"계속해요. 계속해." 그들이 외쳤다.

"내 첫사랑 존 터브먼, 내가 따라도 되겠다고 느꼈던 유일한 남자."

"그렇지."

"내 이름을 걸고 말합니다. 그 유일한 남자는 터브먼이었어요."

"그렇지! 그렇지!"

"내가 덩치는 작아도 한이 깊은 아이였을 때 시작된 일입니다. 노예제도는 어린 내 손을 맷돌로 만들어버렸지요."

"가혹해요, 해리엇! 가혹해!"

"홍역이 스쳐가며 하마터면 나를 쓰러뜨릴 뻔했습니다."

"가혹해요! 가혹해!"

"그 무게가 나를 부쉈습니다. 그리고 경계심이 찾아왔어요."

"인도의 힘이여!"

"나는 숲속으로 걸어갔습니다. 증언했습니다. 길을 보았습니다."

"인도의 힘이여!"

"하지만 완전히 자라 어른이 되기 전엔 길을 걸을 수 없었어요."

"곧 때가 온다! 곧 때가 온다!"

"나는 남자들의 일을 했습니다."

"자, 계속해요, 해리엇, 계속해!"

"수소처럼 일했어요."

"해리엇이 수소의 힘을 얻었다네!"

"바깥에서도 일을 구했습니다. 밭을 갈았습니다."

"해리엇이 수소의 힘을 얻었다네! 해리엇이 땅을 갈랐다네!"

"주님께서 내 앞에 시련을 두셨지요. 파라오 앞에 선 모세처럼 나를 단단하게 만드셨습니다."

"계속해요, 모세, 계속해!"

"하지만 나는 존 터브먼에 대해 노래하나니."

"터브먼!"

"남자는 여자의 빛에 눌리기를 원하지 않는다지요."

"모세가 땅을 갈랐다네!"

"하지만 존 터브먼은 그런 사람이 아니었어요."

"그렇지!"

"터브먼은 나의 힘을 명예로 여겼습니다. 내가 노동하는 것을 보면, 그는 내 앞에서 부드러운 사람이 되었어요."

"계속해요, 모세! 계속해!"

"내가 그를 사랑한 건, 여자는 자신을 사랑하는 사람을 사랑해야 한다는 걸 알았기 때문입니다."

"모세가 크고 대단한 수소를 얻었다네!"

"존 터브먼은 내 힘을 사랑했어요. 내 노동을 사랑했죠."

"강하도다, 모세! 강하도다!"

"그래서 나는 그가 나를 사랑한다는 걸 알았어요."

"존 터브먼이여!"

"우리는 느리고 꾸준한 노동이라는 맷돌을 돌리며 자유를 계획했습니다."

"가혹해요, 모세! 가혹해!"

"우리는 계획이 있었습니다. 우리 땅, 우리 아이들, 나의 수소와 함께할 계획이."

"모세가 수소를 얻었네!"

"하지만 존 터브먼보다도 나를 사랑한 사람이 있었어요."

"그렇지! 그렇지!"

"주님께서 내게 경계심을 주셨습니다. 주님께서 길을 밝히시나니."

"인도의 힘이여!"

"주님께서 나를 필라델피아로 부르셨나이다."

"인도의 힘이여!"

"하지만 나의 존은 가지 않으려 했어요."

"가혹하다! 가혹해!"

"나는 북부에서 활동했습니다. 새로운 것들을 보았습니다."

"모세가 수소를 얻었네!"

"그리고 고향으로 돌아간 나는 그때의 그 소녀가 아니었어요."

"모세가 땅을 가른다!"

"하지만 나는 내가 한 말을 꼭 지킨답니다."

"강하다, 모세여."

"그래서 나는 나의 존을 찾으러 돌아갔어요."

"그래, 그랬지!"

"그리고 존이 다른 여자와 함께 사는 것을 봤지요."

"가혹해요, 모세! 가혹해!"

"나는 속이 부글부글 끓었어요. 둘 다 찾아내 망가뜨려야겠다고 생각했어요."

"모세가 수소를 얻었다네!"

"나는 내가 얼마나 요란하게 굴었는지 신경도 쓰지 않았지요. 브로더스가 단단히 화난 내 목소리를 들어도 신경 쓰지 않았어요."

"존 터브먼이여!"

"다시 노예제도의 사슬에 매인대도 상관없었습니다."

"가혹하다! 가혹해!"

"하지만 한 남자가 나를 막았지요."

"강하다, 모세여!"

"우리 아빠, 빅 벤 로스였어요. 아빠가 나를 잡고, 해리엇은 해리엇을 사랑하는 사람을 사랑해야 한다고 말했어요."

"계속해요, 파파 로스! 계속해!"

"그리고 형제들이여, 나는 여러분에게도 파파 로스가 해준 말을 전하고자 합니다. 여러분은 여러분을 사랑하는 사람을 사랑해야 하나니."

"계속해요, 계속해!"

"나를 언제나 가장 사랑하셨던 분은 나의 주님이라네."

"계속해요, 계속해!"

"나의 존은 나를 떠났습니다, 형제들이여. 하지만 나는 그 사람을 먼저 떠난 사람이 나라는 걸 알고 있어요."

"존 터브먼이여!"

"내 영혼은 주님의 포로였어요. 처음부터 끝까지, 나를 가장 사랑
하신 분은 그분이셨기에."

"모세가 수소를 얻었다네!"

"존 터브먼이여!"

"강하다, 모세여!"

"어디에 있든."

"강하도다, 모세여! 강하도다!"

"나는 여러분의 마음을 알고 여러분은 내 마음을 알지요."

"강하도다, 모세여!"

"그 어떤 악덕도 여러분에게 닥치지 않기를. 여러분의 밤이 평안
하기를."

"강하도다!"

"여러분이 평화를 찾기를, 설령 관 속에 들어가더라도."

"곧 때가 온다!"

"여러분을 사랑하는 이를 찾기를, 이렇게 족쇄를 찬 시절이라도."

"옳거니!"

26

우리는 다음 날 아침 일찍 해가 뜨기 전에 델라웨어 강가의 부두에, 인도의 힘이 이끈 목적지에 와 있었다. 물에서 안개가 일어나 도시의 모습을 흐렸다. 나는 일행을 돌아보고, 약해진 해리엇이 헨리와 로버트의 어깨에 팔을 두른 것을 보았다. 내가 지휘를 맡아 그들을 약속 장소까지 안내했다. 우리가 도착한 곳에서 걸어서 겨우 2분 거리에 있는 창고였다. 그곳에서 우리를 기다리던 오다와 케시아를 만났다. 헨리와 로버트가 해리엇을 한 줄로 늘어놓은 상자 위에 내려놓았다. 그녀가 말했다. "나 때문에 소란 떨 것 없다니까요. 내 사람들이 있는 한 괜찮을 거라고 했잖아요. 도움이 되지 않았나요?"

"아름다웠어요, 해리엇." 내가 말했다. "그런 장면은 한 번도 본 적이 없어요."

"다시 보게 될 거예요, 친구." 그녀가 내게 눈을 고정한 채 말했다. "다시 보게 될 거예요."

케시아가 해리엇의 이마를 잠시 부드럽게 쓸어준 다음 나를 돌아보았다. 케시아는 조용히 미소 지으며 고개를 끄덕였고, 그 순간 내가 방금 본 일의 중요성이 엄청난 슬픔과 기쁨의 파도를 일으키며 나를 쓸어내렸다. 내가 오랫동안 찾아온 무언가, 느끼기는 했으나 이름 붙이지 못했던 어떤 욕구가 이제는 선명하게 보였다. 해리엇과 그녀의 형제들, 아버지, 그런 식으로 존재하기 위해 전쟁을 벌이고 있는 가족 전체. 이보다 신성하고 정당한 전쟁은 존재할 수 없었다. 그리고 버지니아와 어머니와 테나에게로 돌아가는 나의 다리였던 케시아를 보자 그녀가 너무도 가족처럼 느껴졌다. 그 순간 내가 한 행동도 자연스럽게만 느껴질 만큼. 나는 케시아의 어깨를 잡고 꽉 끌어안았으며, 그녀의 머리에서 나는 꽃향기를 들이마시고 내 뺨에 닿는 그녀 뺨의 부드러움을 느꼈다. 모든 것이 너무도 새로웠다. 나도 아주 새로워졌다. 내가 지고 있던 짐이 벗겨진 것만 같았다. 그 짐은 노역이라는 현실에서 나오는 것이었다. 노역이 힘들고 그 환경이 가혹해서만은 아니었다. 그 짐은 노역을 떠받친 신화에서 나온 것이기도 했다. 내 아버지가 나를 구원해줄 것이라는 생각, 작전을 세워 실행하면 스트리트를 떠날 수 있을 것이라는 환상, 나의 특별한 손길로 라클리스를 구원할 수 있으리라는 망상 같은 신화들. 이렇듯 나의 짐은 현실을 망각하고 신화를 믿었기에 나온 것이었다. 나는 어머니를 잊었고, 그런 다음 어머니가 애초에 없었던 사람처럼 라클리스의 저택으로 떠났다. 그런 후에야 인도되었다. 관에서 건져졌고, 노예제도에서 건져졌다. 그 오래된 피부 같은 거짓말을 벗어던지자 좀 더 진실하고 반짝이는 하이람이 나타나는 것 같았다.

케시아가 말했다. "괜찮아, 하이. 전부 괜찮아질 거야." 그녀가 마치 어린아이를 달래듯이 내 등을 다독이고 쓸어주었다. 마치 어린아이를 달래듯이 말이다. 나는 내 입술에서 소금기를 맛보았고, 내가 울고 있다는 것을 깨달았다. 나는 그녀의 품에서 흐느끼고 있었다. 그 사실을 깨닫자 부끄러워졌다. 하지만 눈을 들어보니 주변의 모든 사람이, 해리엇이 데려온 일행과 오다와 케시아 전부가 부둥켜안고 흐느끼고 있었다.

우리는 일행을 나누어 말과 마차를 타고 9번가의 사무실로 갔다. 지나친 관심을 끌지 않기 위해서였다. 동틀 녘에는 모두가 그곳에 모여 있었다. 모든 타이밍이 완벽하게 맞았다. 레이먼드가 커피를 부어주고 마스의 빵집에서 가져온 호밀 머핀과 갈색 찐빵, 사과 타르트를 내왔다. 우리는 다들 배가 고팠기에 예의를 지키려고 최선을 다하면서도 양껏 먹었다.

"그러니까 이런 거군요?" 로버트가 말했다. 그는 응접실 구석 창가에 떨어져 서서 음식을 먹는 사람들을 지켜보고 있었다.

"이런 것도 있고, 다른 것도 있고요." 내가 말했다. "좋은 것도 있고, 나쁜 것도 있고."

"하지만 전반적으로는 잡혀 있는 것보다 낫지 않나요?"

"전반적으로는, 맞아요." 내가 말했다. "그래도 저는 이곳에서 삶에는 벗어날 수 없는 부분이 있고, 우리 모두가 결국은 어떤 식으로든 무언가에 억류되어 있다는 걸 배웠어요. 다만 북부에서는 누구에 의해, 무엇에 의해 억류될지 선택할 수 있죠."

"그건 괜찮겠네요." 로버트가 말했다. "솔직히, 난 나의 메리에게 다시 구속당하고 싶다는 생각까지 하고 있어요."

"나를 사랑하는 사람을 사랑해야죠." 내가 말했다.

"그러게요."

"해리엇과는 얘기해봤어요?"

"아뇨. 어떻게 물어봐야 할지……."

"제가 물어볼게요. 메리에게 약속한 사람이 저니까요."

레이먼드는 승객 모두를 데려다 면접했다. 그 일에만 온종일이 걸렸다. 밤에는 모두 도시나 저 바깥 캠든에 있는 서로 다른 집에 보내졌다. 그들은 집 안에만 머무르라는 지시를 받았다. 지금쯤은 그들의 탈출이 알려졌을 테고, 해리엇이 주요 용의자가 되었을 테니 말이다. 주말쯤에는 라일랜드의 사냥개들이 필라델피아를 배회할 테지만, 그때쯤 승객들은 훨씬 더 북쪽으로 향하고 있을 터였다. 그날 저녁 나는 응접실에 자리를 잡았다. 해리엇은 9번가의 사무실에 도착한 이래 내내 위층 내 방에서 깊이 잠들어 있었다.

레이먼드가 나와 함께 제인과 헨리를 숙소로 안전하게 데려다주려는 참이었다. 그는 떠나기 직전에 내게 말했다. "돌아오실 때까지 이걸 아껴둬야겠다고 생각했습니다." 그러더니 레이먼드는 내게 편지 한 통을 건네주었다. "하이람, 당신은 그 누구에게도 더 이상 빚이 없다는 걸 알아줬으면 합니다. 내게도. 코린에게도."

나는 편지를 들고서 응접실에 앉았다. 그 편지에 버지니아 지부의 표시가 붙어 있었으므로, 편지를 열어보기도 전에 그 내용을 눈치챘다. 나는 진창으로 다시 불려 갈 판이었다. 레이먼드가 해준 말은 고마웠지만, 돌아가지 않을 방법은 없었다. 그때쯤 나는 내가 정말로 언더그라운드에 속해 있다고 느꼈다. 언더그라운드가 나 자신이었고, 언더그라운드 없이 어떻게 살아갈지 전혀 알 수가 없었다. 겨우 1년 전에 받아낸 약속도 있었다. 그 1년이 10년처럼 느껴지긴 했지만. 그건 소피아를 데리고 나오겠다는 약속이었다. 블랜드는 떠나버렸지만, 나에게는 그 약속을 실현시킬 방법이 보이기 시작했다.

레이먼드가 떠난 지 한 시간쯤 흐르고 나서 해리엇이 지팡이를 짚고 계단을 느릿느릿 내려왔다. 그녀는 소파에 앉아서 깊이 숨을 들이마셨다.

"그럼 이제 대충 마무리된 건가요?" 내가 물었다.

"그래요." 그녀가 말했다. "대충 다 됐어요."

"흠, 완전히 끝나진 않은 것 같아요."

"무슨 뜻인가요?"

"당신한테는 말하지 않았지만, 동생분 로버트를 데리고 나오느라 약속을 하나 해야 했어요. 메리 문제예요. 메리가 로버트를 보내주지 않으려고 했거든요. 제가 메리한테 모든 걸 얘기했어요."

"모든 걸?"

"저도 알아요. 똑똑한 행동은 아니었어요."

"그러게요. 정말 똑똑한 행동은 아니었군요." 해리엇이 말했다. 그러더니 내게서 눈을 돌리고 깊이 숨을 내쉬었다. 우리는 잠시 조용히 앉아 있었다.

"하지만 그곳에 있었던 사람은 내가 아니니까요. 난 당신에게 임무를 내렸어요. 그 일을 해낼 방법은 당신에게 맡겼고. 고마워요. 그게 로버트가 원하는 바인가요?"

"네."

"큰일 날 녀석이네."

"다른 문제도 있어요."

"이젠 또 뭘 원하나요? 메릴랜드 주 전체를 인도하고 싶어요?"

나는 웃음 짓고 나서 말했다. "아뇨. 제가 떠난다고 알리고 싶었어요. 해리엇, 저는 고향으로 가요."

"흠, 그렇군요. 그렇게 될 줄 알았어요. 당신이 그 힘을 보고 난 지금은 특히 당신이 필요하겠죠."

"그런 게 아니에요. 아직 저한테는 그 힘이 전혀 없기도 하고요."

"그 정도면 충분해요. 이 얘기를 해줘야겠네요. 내가 이 사실을 이야기해준 사람은 오직 당신뿐이라는 점을 기억하세요. 이 이야기를 하는 이유는 오직 당신만이 그 힘을 가진 사람이기 때문이에요. 잊지 말아요. 일단 그 기차의 운영 방법에 대해 이래라저래라 하는 온갖 사람이 생겨날 거예요. 내 말이 무슨 뜻인지 알죠? 나는 버지니아 지부를 사랑합니다. 그들의 마음은 진정으로 주님을 바라보고 있으니까요. 하지만 그들이 당신을 자기들의 음모에 끌어들이도록 놔두지는 마세요, 하이람. 그들은 당신을 온갖 종류의 해적선으로 끌어들이려 하겠지만, 거기에는 언제나 대가가 있다는 걸 기억하세요. 메릴랜드에 내려갔을 때 내가 그 대가를 치르는 걸 봤을 거예요. 심지어는 오늘도 봤고요. 사람이 뭔가를 잊어버리는 데는 이유가 있어요. 그리고 우리처럼 기억하는 사람은, 글쎄요, 기억은 가혹하죠. 기억은 우리를 기진맥진하게 만들어요. 오늘도 나는 형제들의 도움을 받아서야 인도를 해낼 수 있었어요.

이 문제에 관해서 이야기해야겠다는 생각이 들면, 조금이라도 확신이 서지 않는 일이 생기면, 케시아에게 편지를 보내세요. 나는 절대 케시아와 멀리 떨어지지 않으니까요. 당신이 인도의 힘 아래 놓이게 되면, 혼자서 다뤄보려 하기 전에 뭐든 필요한 걸 나한테 말하세요. 저 밖에서는 사람을 잃을 수 있어요. 이야기가 어디로 이어질지는 아무도 몰라요. 나를 부르세요, 하이람. 알겠나요?"

나는 고개를 끄덕이고 물러나 앉았다. 우리는 해리엇이 지칠 때까지 조금 더 잡담을 나누었다. 그런 뒤에 해리엇은 다시 위층으로 올라갔다. 나는 소파에서 잠들었다. 다음 날, 나는 사람들이 매우 기뻐하는 소리를 듣고 깼다. 응접실로 들어가보니 오다, 레이먼드, 케시아가 식탁에 앉아 있었다.

"방금 이게 왔어." 오다가 매우 기뻐하며 말했다. 리디아가 잡히고 블랜드가 죽은 이후로 가장 희망찬 모습이었다.

"뭔데요?" 내가 물었다.

"리디아와 아이들 소식이야, 하이람." 오다가 대답했다. "방법이 생긴 것 같아."

"어떻게요?" 내가 물었다.

"매키넌." 레이먼드가 말했다. "팔고 싶대. 우리가 중개업자 편으로 놈에게 연락했거든."

케시아가 여행 가방에 손을 넣어 작은 책을 한 권 꺼냈다.

"우리 스타일은 아니야." 케시아가 말했다. "하지만 우리도 우리 이야기를 해야 하니까."

케시아는 내게 책을 건넸고, 나는 표지의 글귀를 읽었다. 『납치당한 사람들, 몸값이 붙은 사람들』. 나는 책을 넘겨보다가, 그것이 자유를 찾아 도망친 오다 화이트의 이야기라는 것을 알게 되었다.

"엄청난데요." 나는 책을 다시 케시아에게 건네주며 말했다. "그래서, 계획이 뭐예요?"

"오다랑 몇 사람이 북부로 여행을 떠날 거야." 레이먼드가 말했다. "그 책을 노예제도 폐지론자인 청중한테 팔아서, 그 수익금으로 리디아와 가족들을 살 거야."

"매키넌이 그때까지 기다려준대요?" 내가 물었다. "우리가 하려던 짓이 있는데?"

"그놈이 우리에게 하려던 짓이 있는 거겠지." 오다가 말했다. "블랜드가 죽었어. 진짜 관 속에 들어 있어. 우리는 리디아를 포기하지 않을 거야. 매키넌도 그 사실을 알아. 글쎄, 나도 몸값을 치르고 내 식구들을 사 오기는 싫어. 하지만 지금은 자존심을 내세울 때가 아닌 것 같다."

"그럼." 케시아가 말했다. "아니고말고. 리디아와 아이들을 데리고 나올 방법이 있다면, 오다, 그렇게 해. 네 손을 깨끗이 털고 정의는 주님께 맡겨."

"그렇군요." 내가 말을 꺼냈다. "그런 의미에서 저도 할 말이 있는데……."

"돌아갈 때가 온 거지?" 오다가 말했다.

"네." 내가 말했다. "저는…… 저는 달라졌어요."

그들이 이해했는지는 모르겠다. 어쩌면 케시아는 이해했을지도 모른다. 하지만 그들이 이해하지 못하더라도 그 말을 하고 싶었다. 내가 필라델피아로 인해, 마스와 오다와 메리 브론슨과 그들 모두로 인해서 변화했다는 걸. 내가 그들을 이해했다는 걸 그들이 알기를 바랐다. 그러나 나는 너무 오랫동안 나의 내면에만 매달려왔고, 말하기보다는 귀를 기울이는 데 익숙해져 있었다. 그래서 이런 느낌으로부터 내가 끌어낸 말이라곤 이것뿐이었다. "난 예전의 내가 아니에요. 난 예전의 내가 아니에요."

"알아." 오다가 일어나 나를 끌어안으며 말했다.

27

나는 관으로 돌아가기 전에 지켜야 할 약속들이 있었다. 상쾌한 11월의 일요일, 어쩌다 보니 나는 케시아와 함께 스카일러킬 강을 따라 난 산책로를 걷고 있었다. 바람이 부스럭거리며 베인브리지에서부터 이 사랑스러운 거리를 따라 불어 올라왔다. 그래, 사랑스러웠다. 나는 그 점을 믿게 되었다. 한때는 혼란스러웠지만, 지금의 나는 이 도시와 골목에 사는 낮은 존재들과 혐오스러운 악취 속에서, 벽돌로 지은 가축우리에서 쏟아져 나와 버스에 차곡차곡 쌓여 들어가거나 백랍 가게로 밀려 들어가고 남성복 전문점에서 말다툼을 벌이고 식료품을 놓고 승강이하는 무수히 다양한 사람들 속에서 잘 어우러진 교향곡을 듣게 되었다.

우리는 골목 번호를 헤아린 끝에 강에 도착했고 강변을 따라 산책로까지 걸어갔다. 아침이라 산책로에 사람이 별로 없었다. 케시아가 어깨에 두른 숄을 단단히 여미고 말했다. "있지, 우리는 여기에 어울리는 사람들이 아니야. 우리는 열대 민족이라고. 사람들 말이 그래."

"지금이 내가 제일 좋아하는 계절인데." 내가 말했다. "이맘때는 세상이 너무 아름답잖아요. 모든 것에 평화가 깃든달까. 심지어 이곳에까지요. 마치 여름은 세상 전부를 닳아빠지게 하고, 10월쯤에는 모두가 낮잠을 잘 준비를 하는 것 같아요."

"글쎄다." 케시아는 고개를 저으며 가볍게 웃더니 숄을 더 세게 여몄다. "지금 강에서 이런 바람이 불어오는데? 난 봄이 왔으면 좋겠어. 푸른 들판이 그리워. 꽃이 피었으면 좋겠다."

"봄은 생명의 계절이다, 이거죠?" 내가 말했다. "아니, 나는 이런 상실의 계절, 죽음의 계절이 좋아요. 이때의 세상이 가장 진실한 것 같아서."

우리는 그곳에 잠시 조용히 앉아 있었다. 케시아가 내 손을 꼭 잡고, 아주 가까이 미끄러져 오더니 내 뺨에 입을 맞췄다.

"좀 어때, 하이?" 그녀가 말했다.

"많은 걸 느껴요." 내가 말했다.

"그래, 그렇겠다." 그녀가 말했다. "그렇게 오고 또다시 가다니, 세상에. 나는 고향의 엘리아스를 떠나올 때마다 심장이 뜯겨 나가는 기분이거든."

"그 사람은 어때요?"

"엘리아스? 글쎄, 내가 떠나는 걸 너무 기뻐하지나 않았으면 좋겠네. 물어보지는 않았어. 내가 예전부터 어디에 묶어두기 어려운 여자였다는 점을 기억해봐. 이런 성격에 대처할 수 있는 남자는 아주 적어. 하지만 나의 엘리아스는 달랐어. 아마 해리엇 덕분이겠지. 해리엇과 나는 생각이 비슷하니까. 엘리아스는 나한테 푹 빠지고 나서도 내 태도를 그리 이상하다고 느끼지 않았어. 엘리아스가 그런 식으로 나한테 빠진 이유가 전부 그래서일지도 몰라. 나는 엘리아스가 아는 존재였던 거지. 여자라면 마땅히 되어야 하는 존재.

그래도 고향에는 도움이 필요해. 일거리가 엄청나게 많거든. 사실,

난 그 일을 돕지 않고 있어. 엘리아스는 계속 여자를 얻겠다고 해. 나는 그러고 싶다면 그래도 되지만, 여자 하나를 잃게 될 거라고도 말해주지."

우리는 이 말에 잠시 웃었다. 내가 말했다. "어쩌면 아닐지도요."

"분명히 말하는데 잃게 될 거야." 그녀가 말했다. "'자유연애'니 뭐니 하는 대회의 얘기에 넘어가지 말라고."

"자유연애 얘기가 아니에요. 누나의 엄마 얘기를 하는 거지."

케시아는 강을 내다보며 아무 말도 하지 않았다.

"옳지 않아요." 내가 말했다. "여기서 일어난 일은 잘못된 거예요."

"누구에게도 옳은 일은 없어, 하이." 케시아가 말했다. "버지니아와도 전쟁을 치를 생각인 거야?" 그녀가 말했다.

"전에 약속을 하나 했어요." 내가 말했다. "블랜드가 죽기 전에."

"테나를 위해서 한 약속은 아니었지."

"네. 테나를 위한 약속은 아니었어요. 철저하게 생각한 뒤 한 약속은 아니라서요. 하지만 갚아야 할 빚이 있다는 생각은 들어요. 난 언더그라운드의 일원이 되어서, 이 모든 일이 일어났다는 게 좋아요. 하지만 원해서 이 일을 하게 된 게 아니에요. 어쩌다 흘러든 거지. 아주 오래전 나를 살려준 여자를 풀어달라고 버지니아에 요구하는 게 그리 과하지는 않은 것 같아요."

"그래, 과하지는 않아. 만일 여기 북부에서라면 레이먼드와 오다, 심지어 해리엇과 메릴랜드가 있으니 가능하겠지. 하지만 버지니아는…… 거기 사람들은 달라."

"나도 알아요." 내가 말했다. "평생의 절반 정도를 어떤 식으로든 그들과 얽혀서 보냈으니까요. 하지만 확실히 말하는데, 난 테나를 빼올 거예요. 방법은 말해줄 수 없어요. 언젠지도 말할 수 없고. 하지만 난 테나를 데리고 나올 거예요."

케시아는 물러나 앉아 강을 내다보았다. 그때 참새 떼가 숲에서 날아올랐다. 개구리매가 곤두박질쳐 그 참새들 사이로 몸을 던지는 모습이 보였다.

"뭐, 테나와 함께하는 게 반갑지 않다고는 못하겠어." 케시아가 말했다. "하지만 내가 그러기 위해 목숨을 바치지는 않는대도 이해해줘. 나는 오래전에 직별 인사를 했이, 하이. 그리고 이미니한데 직별 인사를 한다는 건 충분히 힘든 일이야. 아니?"

"알아요." 내가 말했다.

"네가 테나를 다시 이리로 데려올 방법을 찾아내면, 글쎄…… 우린 테나가 지낼 장소를 마련해줄 수 있을 거야. 서쪽 랭커스터 쪽에 멋진 농장이 있거든. 정말 풍경이 멋져, 그건 인정해야 해. 그 농장이 테나를 기다리고 있을 거야."

다음 날 아침, 나는 이 도시에서 보았던, 자기 처지보다 깔끔하게 차려 입은 노역자처럼 옷을 입었다. 멋진 바지와 다마스크 조끼를 갖춰 입고 높은 중산모를 쓴 것이다. 해가 뜨기 직전의 이른 시각이었지만 내려와보니 레이먼드, 오다, 케시아가 있었다. 우리는 함께 앉아 잠시 기분 좋은 대화를 나누었다. 레이먼드가 우리를 그레이의 페리 항으로 데려갈 전세 마차를 구해놓았다. 일행 전체가 나를 바래다주겠다고 우겼기 때문이다. 마차는 곧 도착했고, 우리는 마차에 타서 베인브리지를 따라가는 여행을 준비했다. 하지만 그때 마스가 소리치면서 우리에게 달려왔다. 그는 한 손에 가방을 들고 다른 손은 거칠게 젓고 있었다.

"어이!" 그가 다가오며 말했고, 나는 미소 지으며 모자를 살짝 벗어 인사했다.

"꽤 오랫동안 우리를 떠나 있을 거라고 들었는데." 그가 말했다. "작게나마 뭔가를 전해주고 싶었어."

그는 내게 가방을 건넸다. 열어보니 럼주 한 병과 종이에 싸인 생강빵이 있었다.

"기억해." 그가 말했다. "가족이야."

"기억할게요." 내가 말했다. "잘 있어요, 마스."

역에 도착해보니 기차가 기다리고 있었다. 승객들은 탑승 전 마지막 준비를 하는 참이었다. 군중을 훑어본 나는 내 연락책을 발견했다. 뭔가 일이 잘못 돌아가면 내 주장을 뒷받침해줄 백인 요원이었다. 나는 모두를 돌아보며 말했다. "음, 이게 제 기차인 것 같네요." 그런 다음 그들을 한 명 한 명 끌어안았다. 나는 아래로 내려가 밀려드는 군중에 합류했다. 표를 내고 기차에 탄 다음 자리를 잡았다. 내 새로운 가족이 더는 보이지 않을 만큼 먼 자리였다. 그들이 어쩔 수 없이 내게서 점점 흐려지는 모습을 보면 어떤 느낌일지 두려웠다. 그때 소피아가 떠올랐다. 그녀를 데려와 이들에게 소개하고, 이들의 거친 모험담을 들려주고, 산책로 옆에서 생강빵을 먹고, 백인 남자들이 외발자전거를 타는 모습을 보여주는 상상을 했다. 내가 그 일을 얼마나 원하는지 생각했다. 잠시 후 차장이 외치는 소리와 기차가 사자처럼 포효하는 소리가 들렸다. 남부의 구렁으로 내려가는 나의 여행이 시작됐다.

주 경계를 넘기 한참 전, 볼티모어에 이르기 전, 차장이 복도를 걸어 다니며 모든 유색인을 자세히 살펴보기 전, 서부 메릴랜드의 산이 갈라져 버지니아가 보이기 전부터 나는 변화를 느꼈다. 노역을 한다는 것은 가면을 쓰는 것이다. 지금 보이는 모습은 확실히 필라델피아에는 없을 것들이었다. 독한 연기로 가득한 필라델피아에서, 나는 가장 진실한 나로 존재했다. 그때의 나는 다른 이의 욕망이나 사회적 의례에 굴하지 않았다. 반면 불시에 나를 덮친 지금의 변화는—나는 가슴이 죄어왔고, 시신이 낮아졌으며, 펼친 두 손에는 힘이 빠졌다. 내 온몸이 좌석 안에서 구부러졌다—일종의 전면적인 자기부정, 완전한 거짓말이었다. 클라크스버그 역에 도착해 기차에서 내렸을 때, 나는 손목에 족쇄가 채워지고 죔쇠가 목을 조여오는 느낌이 들었다. 나 자신답게 살아봤기에, 자유를 맛본 적이 있기에, 유색인종이면서도 자유로운 사람들의 사회를 통째로 맛보았기에, 고향으로 돌아가는 부담은 내가 알았던 어떤 부담도 능가했다.

나는 다음 날인 화요일 저녁쯤 브라이스턴에 도착해 옛 오두막에 짐을 풀었다. 코린은 내게 혼자만을 위해 하루를 보내라고 제안했다. 나는 그 하루 동안 숲속을 거닐며, 필라델피아를 걷는 나 자신을 상상했다. 필라델피아에서는 산책을 그렇게 자주 했는데. 나는 소피아를 얼마나 그곳으로 데려가고 싶은지 다시 생각했다. 테나까지 데려가고 싶은 마음이 얼마나 굴뚝같은지도. 문득, 그런 날이 오면 기꺼이 필라델피아로 돌아갈 수 있겠다는 생각이 들었다. 그 둘이 사슬에 매여 있는 상태로는 자유의 공기를 다시 들이마시고 싶지 않았다.

블랜드는 코린을 설득해 소피아를 구해내겠다고 약속했었다. 그러나 블랜드는 죽었다. 그러므로 어떤 식으로든 내 힘으로 코린을 설득해 두 사람을 해방해야 했다. 여기에는 블랜드의 죽음 이상의 장애물이 있었다. 소피아는 너대니얼 워커의 재산이며 소유물이었으므로 어떤 구출 작전이든 그의 분노를 불러일으키고 의심을 받을 터였다. 테나는 나이가 너무 많아서 언더그라운드 버지니아 지부에서 구조 작전을 반대할 가능성이 컸다. 자유로운 삶은 일단 그 삶을 최대한 활용할 수 있는 사람에게 주어야 한다는 것이 그들의 생각인 까닭이다. 하지만 나는 케시아에게 약속했고 약속을 지킬 작정이었다.

다음 날 아침 일찍 나는 본관의 응접실에서 코린과 호킨스를 만났다. 그 집 문을 지나는 동안 지난날 브라이스턴에 처음 왔을 때 그 믿을 수 없는 비밀을 목격했던 기억이 충격적으로 다가왔다. 나의 옛 가정교사, 나의 필즈 씨, 나의 미카야 블랜드가 무슨 얘기를 하는 호킨스에게 웃는 모습이 눈에 선했다. 그가 상상할 수 있는 가장 진지한 표정으로 나를 돌아보는 모습도 눈에 선했다. 그의 눈에서 머잖아 내게 닥칠 모든 끔찍한 깨달음이 보였다.

"하이람." 각자 의자에 앉자 코린이 말했다. "네가 메이너드와 함께 강으로 굴러떨어졌을 때, 나는 두 가지 감정을 느꼈어. 첫 번째는 안도감이었지. 너는 그런 인간과 결혼하는 일과 그 일에 뒤따르리라 상상되는 모든 끔찍한 일로부터 나를 구한 거야. 고마워."

"좋아서 한 일은 아니었어요." 내가 말했다. "하지만 최소한 코린 씨한테는 큰 도움이 됐죠."

"두 가지라고 했지, 이 녀석아." 호킨스가 말했다. "두 가지 감정이라잖아."

"불행하게도," 코린이 말했다. "너는 내게서 엠 카운티 사교계의 가장 높은 집단에 들어갈 수 있는 지위를 앗아갔어."

"메이너드는 어느 모로 보나 지위가 높은 사람이 아니었어요." 내가 말했다.

"그래. 근데 내 말은 그런 뜻이 아니야." 그녀가 말했다. "지금 나는 독신으로 살라는 선고를 받은 셈이라고. 난 그 동네 사교계 여성들과 연줄이 끊겼어. 메이너드와의 결혼했다면, 그 연줄을 이용해 언더그라운드의 힘과 정보력을 키울 수 있었을 거야. 이젠 너도 알 거라고 생각해."

"싫아요."

"메이너드의 죽음으로 우리는 투자한 것을 잃은 셈이야. 여러 달 동안 계획해온 일이 물거품이 됐고, 어쩔 수 없이 남은 것으로 이럭저럭 꾸려나가야 했어."

"남은 것이라는 게 바로 너야." 호킨스가 유감스럽다는 듯 말했다. "우린 너를 어떻게든 해야 했어."

"너는 메이너드에게 기대했던 방식은 아니지만, 네 몫은 해주었어. 네가 필라델피아와 메릴랜드에서 한 업무를 알아. 1년 전에는 애매하게만 인지했던 그 힘, 이젠 잘 알게 됐니?"

나는 아무 말도 하지 않았다. 실제로 그 힘을 어느 정도 알게 되었으나, 여전히 무언가가 빠져 있었다. 내 의지에 따라 깊은 기억을 봉인에서 해제하고, 원하는 대로 길을 따라 기차를 인도해줄 무언가가. 하긴, 모든 것을 이해했다 한들 나는 여전히 해리엇의 경고를 기억하고 있었으며 그 힘은 내 것이지 이들 것이 아니라던 그녀의 말을 믿었다.

"우린 고마움을 모르거나 감탄할 줄 모르는 사람들이 아니야, 하이람. 하지만 지금까지 한 일들만으로 네 빚이 다 갚아졌다고 보기는 어려워."

"저는 여기 있을 거예요." 내가 말했다. "자발적으로 최대한 참여할게요. 뭐가 필요한지 저한테 요구하세요. 그렇게 할게요."

"그래, 알았어." 코린이 말했다. "너희 아버지의 하인, 로스코 기억나니?"

"당연하죠." 내가 말했다. "절 북부로 데려간 사람인데요."

"음, 로스코가 죽었어. 때가 돼서."

"유감이네요." 내가 말했다.

"로스코의 상태가 나빠지기 시작하자마자," 호킨스가 말했다. "네 아버지 하월이 코린에게 편지를 한 통 보냈다. 너를 로스코의 자리에 다시 데려오고 싶어 하더라."

"내가 메이너드와 결혼함으로써 얻어냈어야 하는 정보, 기억나지?" 코린이 말했다. "네가 그 정보원이 되어주면 좋겠어. 네 아버지의 상황과 라클리스의 전망에 관한 정보를 얻고 싶어. 도와줄래?"

"네." 내가 말했다. 내가 불쑥 답하자 그들은 놀라고 말았다. 내가 아버지이기도 하지만, 어쨌든 주인이었던 남자에게 돌아가겠다고 약속한 셈이니 말이다. "하지만 저도 두 분한테 바라는 게 있어요."

"얼마든지 말해보라고 해야겠지?" 코린이 말했다.

"주제넘는 부탁은 아니에요." 내가 말했다.

코린은 이제 나를 보며 미소 짓고 고개를 끄덕였다. "그래." 그녀가 말했다. "뭘 원하는데?"

"라클리스에 아직 두 사람이 있어요. 여자 한 명과, 그보다 어린 여자 한 명이요." 내가 말했다. "그들을 데리고 나오고 싶어요."

"어린 여자라면 너와 함께 도망친 소피아일 테고." 코린이 말했다.

"다른 여자는 네가 처음 저택에서 지낼 때 널 돌봐준 테나겠구나."

"네, 그들이에요." 내가 말했다. "9번가 지부의 레이먼드 화이트를 통해 그 사람들을 필라델피아로 인도하고 싶어요."

"집어치워." 호킨스가 말했다. "그래 봐야 라일랜드를 끌어들일 뿐이야. 아마 놈들이 우리에게 바로 들이닥칠 가능성이 크지. 너랑 도망쳤던 젊은 여자가, 네가 돌아오자마자 다시 사라진다? 너한테 어머니와 다름없는 여자와 함께? 말도 안 돼."

"그리고 그 테나라는 여자 말인데." 코린이 말했다. "그 여자는 그런 여행을 할 정당한 나이를 지났어."

"저도 위험이나 문제점에 대해서는 알고 있어요." 내가 말했다. "꼭 지금 당장 할 필요는 없어요. 하지만 일단 장부에 달아놓고 싶어요. 때가 되면 그들을 꺼내주겠다고 약속하셨으면 해요. 보세요, 전 예전의 제가 아니에요. 이 전쟁이 무슨 의미인지 알고, 당신들과 같이 전쟁에 참여하고 있어요. 하지만 저는 어떤 사명만을 위해서, 실제 사람이 아닌 상징만을 구조하지는 못하겠어요. 그들은 제 가족이에요. 저한테 유일한 가족요. 그들을 빼내고 싶어요. 그들이 탈출하기 전까지는 편히 잘 수 없어요."

코린이 잠시 나를 살펴보다 말했다. "알겠어. 그렇게 할게. 적당한 때가 되어야겠지만, 어쨌든 그렇게 할게. 지금은 마음의 준비를 해둬. 내일 떠나야 할 테니까. 네 아버지한테는 이미 네가 갈 거라고 알려뒀어."

그래서 나는 다음 날 일찍 일어나서 몸을 씻고 옛날에 입던 노역자의 옷을 걸쳤다. 그 옷의 거친 실오리가 피부를 쓸자 검은 대문이 철커덕거리며 눈앞에서 닫히는 모습이 보이는 듯했다. 그래, 이거였지. 나는 이제 정말로 다시 밑에 깔리게 되었다. 그 사실에 묘한 안도감이 느껴졌다. 살갗을 쓰는 그 옷이 나를 노역에 쓸려나가는 모든 사람과 연결해주었다. 나는 코린이 내 영혼을 속박하는 노예 증서에 불을 질렀다는 걸 알고 있었다. 그러나 온 사회가 나를 노예라고 생각하는 곳에서 그건 의미 없는 일이었다. 그때 문득 조지 파크스가 생각났다. 조지 파크스는 자신처럼 높이 솟아오르려는 다른 모든 유색인들을 체포함으로써 자신의 불안한 자유를 유지했다. 나는 조지가 아니었다. 나는 노역 그 자체가 불에 타 사라지기 전까지는 나를 구속하는 노예 증서에 정말로 불을 붙일 수 없었다.

나는 마구간에서 호킨스를 만나 말들을 본관으로 데려갔다. 그곳에서 조용히 코린을 기다렸으며, 그녀가 에이미와 함께 걸어 나왔을 때 나는 버지니아 지부가 언더그라운드에서 얼마나 엄청난 노력을 기울인 곳인지 진정으로 이해했다. 나는 코린의 두 가지 모습을 모두 보았다. 도무지 같은 사람으로 보이지 않을 만큼 다른 모습이었다. 한편에는 언더그라운드 버지니아 지부와 뉴욕 대회에서의 코린, 어깨까지 머리를 늘어뜨리고 거칠고 자유롭게 웃는 코린이 있었다. 그런가 하면 한편에는 지금처럼 단정한 코린, 틈 하나 없는 화장으로 얼굴을 가리고 상급자 여성 모두가 추구하는 장밋빛을 두른 채 왕족처럼 우리 앞을 걸어 다니는 코린이 있었다. 그녀는 여전히 상복을 입고 있었다. 다만 이제는 옷이 더욱 정교해져 검은 치마받이가 등 뒤로 끌렸고, 검은 베일은 너무 길어서 들어 올려 뒤로 젖히면 허리까지 내려왔다. 코린은 내 놀란 기색을 알아챈 게 틀림없었다. 그녀는 참지 못하고 키득거렸다. 그런 다음 에이미의 도움을 받아 애도의 베일을 덮어썼다. 그렇게 게임은 시작됐다.

우스운 일이었다. 이런 관점으로 내가 가끔 뛰어다니던 숲과 엄격한 훈련을 받으며 탐험했던 고장의 모든 지형을 다시 본다는 것 말이다. 자작나무와 강철나무와 붉은 오크가 아름다운 부채꼴을 이룬 모습이 보였다. 산은 우리 바로 뒤에 존재했다. 산에는 세계가 열리고 이 치명적인 계절의 풍성함이 몇 킬로미터에 걸쳐 드넓게 보이는 낭떠러지와 공터가 있었다. 하지만 마음속으로는 내가 노예의 고장으로 다시 돌아왔고, 세상이 나를 지켜보고 있다는 생각에 두려웠다.

늦은 오후 스타펄에 도착하자마자 내가 떠나던 당시에 시작된 쇠락이 속도를 더욱 올렸음을 알게 되었다. 사방이 너무 조용했다. 목요일이고 일하는 날이었지만 중심가를 오르며 마을로 말을 몰아가는 동안 우리가 받은 인사라고는 나뭇잎들을 채찍으로 후려쳐대는 바람의 인사뿐이었다. 마을 광장도 지나쳤다. 광장은 한때 온갖 활동이 벌어지던 곳이었으나, 지금은 상급자 중에서도 가장 높은 남자들이 마을 사람을 상대로 연설하곤 했던 나무 단상이 부서져 썩은 채고치지 않고 그대로 남아 있었다. 한때 모피상과 수레바퀴 제조자, 큰 상점들의 광고가 붙어 있던 건물들은 이제 텅 비어 있었다. 우리는 경마장을 지나쳐 말을 몰았고, 내가 한때 서서 경마를 보던 소나무 울타리는 무너졌으며 초록색 들판이 잔디밭을 침범하기 시작하고 있었다.

나는 내 옆에 앉아서 마차를 몰던 호킨스에게 말했다. "경마는요?"

"올해는 안 해." 그가 말했다. "아마 영원히 안 할지도 모르고."

우리는 말을 마구간에 집어넣은 뒤 길 건너 여관으로 갔다. 안으로 들어갔을 때 백인 열 명으로 가득 찬 커다란 방이 눈에 들어왔다.

겉모습으로 미루어보아 하류층인 듯한 그들은 방 전체에 걸쳐 앉아 있었다. 아무도 서로 대화하지 않았다. 혼자 맥주를 마시거나 생각에 잠기는 게 더 좋은 듯했다. 장부를 보는 점원은 오른쪽 구석의 작은 대기실에 꼭꼭 숨어 있었다. 그 누구도 우리가 도착한 줄 알지 못했다. 나로서는 알 수 없는 뭔가 이상한 일이 벌어지는 듯했다. 나는 코린을 따라 점원에게 갔다. 점원은 아예 고개를 들지 않았다.

코린이 말했다. "켄터키 혜성은?"

점원은 그제야 눈을 들고, 잠시 기다렸다가 말했다. "오늘 아침에 탈선했습니다."

그 말에 코린이 호킨스를 돌아보고 고개를 끄덕였다. 호킨스는 재빨리 문 쪽으로 가서 문을 잠갔다. 탁자에 앉은 남자 둘이 그제야 맥주에서 눈을 들고 일어나더니 창가로 가 베니션 블라인드를 쳤다. 그때 나는 하루 만에 두 번째로 코린 퀸의 천재성을 보았다. 분명히 말하건대, 나는 인생의 특별한 시기를 지나고 있었고 워낙 많은 것을 보았기에 코린 퀸이 직접 버지니아의 담배밭을 초토화했대도 믿을 판이었다. 주위를 둘러보니 이 하류층 백인 남자들의 얼굴은 전혀 낯설지 않았다. 알고 보니 그들은 브라이스턴에서 훈련 기간에 만났던 사람들이었다. 나는 정확히 일이 어떻게 된 건지 이해할 수 있었다. 한때 전설이던 엠 카운티의 한복판에, 코린 퀸이 스타펄 지부를 만든 것이다.

한 시간이 채 지나기도 전에 전원이 회의에 참석했다. 내일 아침 시작되는 내 나름의 임무가 있었으므로 나는 회의 참석을 면제받았다. 나는 여관 뒤로 나가 건물을 빙 돌아간 끝에 함께 들어왔던 바로 그 길에 섰다. 코트 깃을 뺨까지 세우고 모자를 낮게 눌러 썼다. 바로 몇 분 전부터 나는 광적인 호기심에 사로잡혔다. 프리타운은 어떻게 됐을까? 에드거와 페이션스는? 팹과 그리스는? 앰버와 앰버의 아기는 어떻게 됐지? 호킨스나 에이미에게 물어봤다면 쉽게 알 수 있었겠지만, 그들이 무슨 말을 할지 알 것 같았다. 내 마음속 깊은 곳에서는 닥쳐온 일들에 관해 아무 신비감도 혼란도 품지 않았다. 나는 우리가 조지 파크스에게 뒤집어씌운 일의 대가를 잘 알고 있었다.

그때 예상했던 바로 그 광경이 눈에 들어왔다. 라일랜드 감옥의 그림자 속에는 망가진 프리타운이 있었다. 이 감옥 자체가 스타펄에 남은 사람 목숨의 절반을 담고 있었던 것이다. 프리타운은 스타펄의 나머지 지역과는 다르게 무너졌다. 판잣집은 거의 파괴되었고, 남은 것이라고는 타다 만 검은 널빤지와 재뿐이었다. 그 가운데 경첩에서 뜯겨 나간 문이 아직까지 서 있었다. 뭔가가 엄청난 힘으로 부딪쳐 문이 부서진 것 같았다. 조지 파크스의 집은 그런 몰골이었다. 안으로 들어가보니 모든 것이 박살 나 있었다. 침대는 반으로 쪼개졌고, 서랍장 가운데는 도끼에 찍혔으며, 도자기와 안경은 산산조각 났다. 나는 잠시 그곳에 서서 내가 한 일의 결실을, 언더그라운드가 한 끔찍한 복수의 수확물을 바라보았다. 언더그라운드는 조지 파크스만이 아니라 프리타운 전체에 복수심을 쏟아냈다. 나는 깊고도 넓은 수치심을 느꼈다. 바로 그때, 구석에 떨어진 작은 말 장난감이 보였다. 내가 아기에게 주라며 조지에게 건넨 물건이었다. 나는 허리를 숙여 말을 집어 들고 다시 밖으로 나왔다. 이른 저녁이었다. 라일랜드의 감옥이 돌처럼 침묵을 지키며 한 골목 떨어진 곳에 서 있었다. 멀리 숲 위로 해가 지고 있었다. 버려진 거리에서 잿빛 악의가 불어오는 게 느껴졌다. 나는 장난감 말을 외투 주머니에 넣고 계속 걸어갔다.

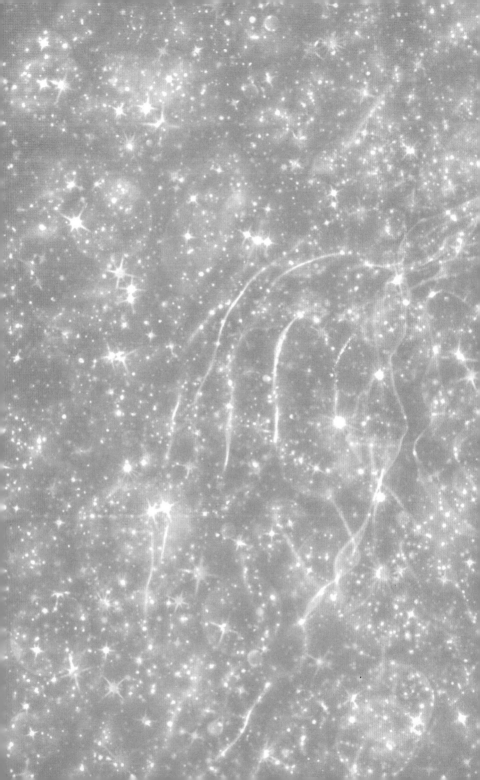

Ⅲ.

한편, 떠나버린 검둥이들은 파도 사이에서 계속해서 춤추며 온 힘을 다해 고함쳤다.
내가 듣기에는 승리의 노래였다…….

… 알렉산더 팰컨프리지 …

28

다음 날 오후, 나는 마구간에서 말과 마차를 내와 스타펄을 나선 뒤 돌다리와 덤실크 대로, 펄링크리크 유료 고속도로 반대쪽으로 방향을 잡았다. 라클리스로 돌아가기에 적당한 길이었다. 나는 피처럼 흐르는 감정 속에 빠져 죽을 것만 같았다. 그중 피를 가장 심하게 흘리는 것은 아버지와의 예정된 만남도, 테나에게 내가 마지막으로 했던 말에 대한 부끄러움도, 심지어 소피아도 아니었다. 그 모든 것이 피를 흘렸지만, 그 감정들을 높이서 다스리는 감정은 지금 눈에 보이는, 엠 카운티를 쓸어버린 부패가 어떤 식으로든 나의 라클리스만은 남겨놓았으리라는 뿌리 깊고 유치한 희망이었다.

과연 누가 알겠는가? 우리는 자신이 하는 일을 왜 사랑하며, 대체 왜 자기 자신인가? 분명히 말하건대, 나는 당시 언더그라운드에 저당잡혀 있었다. 진정한 인간성이나 충성과 명예에 대해서는 작년에 전부 배웠다. 나는 케시아와 해리엇과 레이먼드와 오다와 마스의 세계를 믿었다. 그럼에도 내 안의 소년은 죽지 않았다. 나는 나였으며 아무리 가족이 나를 거부한다 한들, 그 가족이 되지 않기로 선택할 수는 없었다. 국가도 우리를 거부했지만, 그렇다고 국가를 선택할 수는 없는 것과 마찬가지였다.

하지만 웨스트 대로로 방향을 틀어 라클리스로 향하자마자, 나는 내 소원이 이루어지지 않으리라는 것을 깨달았다. 경마장이 그랬듯 큰길도 무성해지는 숲에 자리를 내주기 시작했다. 더 멀리, 들판을 지나서 말을 몰다 보니 평소보다 작업팀 수가 줄어든 것도 눈에 띄었다. 그들을 살폈지만 아는 사람은 한 명도 없었다.

본관과 가까운 사과 과수원에서는 약간의 희망을 엿볼 수 있었다. 과수원만큼은 완벽하게 유지되는 듯했으며, 남은 과실이 땅에서 썩어가는 냄새도 나지 않았다. 본관 바로 앞, 늦은 과꽃이 열린 정원은 사과 과수원보다도 나았다. 나는 마구간으로 마차를 몰고 가 말을 묶었다. 마구간에는 내가 방금 몰고 온 말을 제외하면 말이 한 마리밖에 없었다. 내 말은 갈증으로 헐떡였다. 나는 여물통을 물가로 가져가 물을 채운 뒤 마구간에 내려놓았는데, 들여다보니 물이 약간 반짝이고 있었다. 나를 위해 반짝이는 것 같았다. 나는 '곧 올게'라고 속으로 말한 뒤 라클리스의 하얀 궁전으로 향했다.

나는 그가 나를 보기 전에 그를 봤다. 나는 길 끝 본관 바로 앞에 서 있었다. 그는 현관 방충망 뒤에 사냥용 옷을 입고 앉아 있었다. 한쪽 옆에는 엽총을 끼고, 반대쪽에는 오후마다 마시는 코디얼을 든 채로. 내 손에는 코린이 보낸 선물 상자가 들려 있었다. 저녁이 다 된 시각이었다. 가을 해가 막 지기 시작했다. 나는 그 자리에 서서 잠시 지켜보다가 소리쳤다. "안녕하세요, 주인님." 아버지가 깨어나 눈을 깜빡였다. 상황을 이해한 아버지의 눈은 보름달처럼 휘둥그레졌다. 아버지는 공기가 물이라도 되는 듯이 팔을 허우적거리면서 터무니없이 방종해 보이는 동작으로, 달린다기보다는 헤엄치듯이 길에 들어섰다. 아버지가 나를 끌어당겼다. 그토록 훤히 트인 곳에서 나를 끌어안았다. 그에게서 익숙한 날것의 냄새가 온몸으로 훅 끼쳤다.

"내 아들." 그가 말했다. 그는 물러나 내 어깨를 꽉 잡고 나를 살펴보았다. 여린 눈물이 그의 얼굴에 흘러내리고 있었다. "내 아들이구나." 그는 고개를 저으며 다시 말했다.

나는 집으로 돌아오면서도 아버지가 나를 어떤 식으로 맞아줄지는 잘 몰랐다. 내 강점은 상상력이 아니라 기억력이었으니까. 하지만 그 자리에 있는 사람은 다름 아닌 나의 아버지였다. 그는 나를 저택 앞 현관으로 데려갔고 우리는 자리에 앉았다. 나는 그제서야 아버지를 살펴볼 수 있었다. 아버지는 스타펄의 미니어처 같았다. 내가 떠난 지 겨우 1년이 지났는데 열 살은 늙은 듯했다. 그는 약해져 있었다. 엄격한 얼굴은 여려졌고 온몸이 의자 속에 파묻힌 듯했다. 눈 밑에는 살이 늘어져 있었으며 얼굴색은 바래고 곰보가 펴 있었다. 그의 심장이 한 번 뛸 때마다 헐떡이는 게 느껴졌다.

하지만 그게 전부는 아니었다. 그에게서는 내가 돌아왔다는 사실에 대한 일종의 기쁨, 오래전 내가 한 번도 시선을 떼지 않고 빙글빙글 날아오는 동전을 잡았을 때 언뜻 보였던 기쁨이 보였다.

"세상에." 그가 나를 돌아보며 말했다. "이보다 훨씬 좋은 옷을 입혀줘야겠구나. 품위가 있지, 이 녀석아. 로스코를 기억하니? 로스코는 피아노처럼 윤이 났어. 주님께서 그 슬픈 영혼에게 안식을 주셨으면 좋겠구나."

"네, 기억납니다." 내가 말했다.

"만나서 반갑다, 아들아. 시간이 너무 많이 흘렀지. 너무 많은 시간이 흘렀어."

"네, 주인님."

"코린 양의 집은 어떻더냐?"

"괜찮았습니다."

"그렇게까지 좋지는 않았으면 했는데."

"예?"

"코린이 말해주지 않았니? 너는 여기 라클리스로 돌아온 거야. 기분이 어떠냐?"

"아주 좋습니다."

"좋다, 좋아. 뭘 가져왔는지 좀 보자꾸나."

나는 코린이 보낸 선물들을 그가 뒤지도록 도와주었다. 간식거리와 사탕 한 묶음, 그리고 월터 스콧의 책을 포함한 이런저런 잡동사니였다. 이제 저녁 시간이었으므로, 나는 아버지가 위층으로 올라가 저녁 식사용 옷으로 갈아입도록 도와주었다.

"아주 좋다. 아주 좋아." 그가 말했다. "타고났구나. 하지만 옷은 갈아입도록 해라. 로스코가 너보다 작았던 것 같은데. 메이너드가 입던 옷 중에 네게도 맞는 것이 있을 게다. 그 녀석은 좋은 옷이 다 입지도 못할 만큼 많았어. 그 애가 그립구나. 정말이야. 제기랄, 그 녀석은 골칫덩어리였는데."

"메이너드는 좋은 분이었습니다, 주인님."

"그래, 맞아. 하지만 유행 지난 옷은 아무 짝에도 쓸데가 없지. 위층에서 눈에 띄는 옷을 챙겨 입거라. 예전에 네 형이 쓰던 방을 써도 될 거다. 토끼굴이 아니라, 집에 있는 방 말이야."

"네, 주인님."

"그리고 한 가지. 네가 떠난 뒤로 이곳은 너무 많이 바뀌어버렸다. 더는 예전의 그 모습이 아니야. 우리는 아주 많은 사람을 잃었다. 나는 할 만큼 했지만, 어쩔 수 없는 부분은 어찌할 도리가 없더구나. 아들아, 난 늙었다. 지금은 이곳과 우리 식구를 위해 괜찮은 후계자를 확보해야겠다는 생각밖에 들지 않는구나. 그게 내 각별한 관심사라는 걸 알아줬으면 한다. 알겠니?"

"네, 주인님."

"너를 떠나보낸 건 잘못이었어. 당시 나는 슬픔에 빠져 있었다. 그리고 그 코린이라는 애가, 뭐랄까, 나를 구슬리는 바람에 널 챙기지 못했어. 하지만 네가 떠난 다음에 너를 데려오려고 코린을 찾아갔다. 네가 틀림없이 여기 있고 싶어 할 거라고 생각했으니까. 세상에, 내가 그 일을 해내다니. 네가 여기 오다니. 네가 로스코의 빈자리를 잘 채워주리라는 걸 알고 있단다. 나의 작은 메이의 자리를 채워줬듯이 말이야. 하지만 나는 네가 그 이상의 존재가 되어줬으면 해. 너는 한때 내 손이었다, 아들아. 지금처럼만 해줘도 충분해. 내게 지금 필요한 건 네 눈이다. 모든 게 정돈되어 있어야 해. 그 점에 관해서는 너를 믿어도 되겠지?"

"네, 주인님." 내가 대답했다.

"좋아. 좋아. 나는 고민이 많은 사람이다. 어쩔 수가 없구나. 나는 살면서 두 번의 실수를 저질렀어. 첫 번째 실수는 네 엄마를 떠나보낸 것이다. 두 번째는 널 떠나보낸 것이고, 둘 모두 잠깐 지독하게 정신이 나가서 저지른 짓이었어. 그뿐이다. 나는 늙은이지만, 새로 태어난 사람이기도 하단다."

그래서 그날 저녁 나는 죽은 형의 방에 짐을 풀고 죽은 형의 옷을 입었다. 저녁 식사 시간이 되자 부엌으로 갔지만, 일하는 사람 중 아는 사람은 한 명도 없었다. 주방 인원은 다섯에서 둘로 줄어 있었다. 둘 다 늙은이였는데, 그 자체가 현재 라클리스가 어떤 곤경을 헤쳐나가고 있는지 전해주었다. 늙은 노예는 아이를 낳지도 못하고 일할 세월도 많이 남지 않았으므로 값이 가장 쌌다. 그들도 나름의 정보원이 있어서 '라일랜드 일'을 들어 알고 있었다. 그들은 아버지가 나를 보고 기뻐하는 모습을 보며 이상할 만큼 좋아했으며, 내가 도망쳤는데도 아버지가 나에 대해 자긍심과 후회를 품었다는 얘기를 길게 늘어놓았다. 지금 와서야 나는 그들이 나를 이 집을 안정시킬 어떤 수단이 되리라고 생각했거나, 그렇게 되기를 기도했다는 걸 알게 되었다.

나는 저녁으로 테라핀 수프와 촙 스테이크를 내왔고 일꾼들과 함께 청소한 다음, 아버지를 서재로 데려가 저녁 코디얼을 전해드렸다. 그러고 나서야 결국 내 부끄러운 과거를 마주 볼 시간이 왔다. 나는 아버지가 셔츠에 체크무늬 조끼만 입은 채 라클리스의 전성기에 관한 꿈에 빠져 앉아 있도록 내버려두고, 서재 벽 뒤로 슬쩍 빠져나가 토끼굴로 내려가는 비밀 계단실로 들어갔다. 이제는 너무 많은 사람이 떠나버렸고, 한때 생기 있었던 방들은 문이 열린 채 세숫대야, 구슬, 안경 등 온갖 잡동사니와 함께 버려져 있었으며, 그곳에는 공허와 머릿속을 떠나지 않는 환각만이 남아 있었다. 나는 토끼굴을 걸어다니며 등불로 방 안을 비추어 보고 내가 알던 사람들, 카시우스, 엘라, 피트의 방 문틀에 처진 거미줄을 손으로 쓸어보았다. 그리고 엄청난 분노를 느꼈다. 그들이 팔려갔음을 알았기 때문만은 아니다. 나는 그들이 어떤 식으로 팔려갔을지, 어떤 이별을 맞이했을지도 알았고 내가 이토록 비극적인 이별 안에서 태어나고 자랐다는 점도 알았다. 내가 이 범죄의 모든 차원을 이해했다는 사실만은 전보다 나은 점이었다. 나는 이 도둑질 전부에, 내 아버지 같은 남자들이 신처럼 살 수 있도록 우리가 짧은 순간순간의 부드러움, 사소한 말다툼과 훈육을 모두 도둑맞았음을 알았기에 분노했다.

내 옛 방은 떠나온 모습 그대로였다. 세숫대야, 유리병 여러 개, 침대 하나. 하지만 자세히 살펴볼 기분이 아니었다. 바로 옆방에서 한 여자가 콧노래를 부르는 소리가 들렸다. 아는 목소리였다. 나는 천천히 방에서 나와 옆방으로 갔다. 약간 열려 있던 문을 밀어젖히자 홀로 콧노래를 부르는 테나가 보였다. 테나는 이 사이에 핀 두 개를 물고, 무릎에 올려놓은 옷가지에 수를 놓고 있었다. 나는 테나가 내게 알은체하기를 잠시 서서 기다렸고, 테나가 계속 모른 체하자 걸어가 그녀가 앉아 있던 침대 맞은편에 의자를 꺼내놓고 앉았다.

"테나." 내가 말했다.

테나는 계속 콧노래를 부를 뿐 눈을 들지 않았다. 나는 내 침묵의 가격을, 내 마음을 지킬 방패랍시고 했던 내 잔인한 말의 대가를 이미 알고 있었다. 나는 깊이 사랑하는 누군가가 떠나버려 그들이 내게 어떤 의미였는지 영영 말해줄 수 없게 된다는 게 어떤 느낌인지 알았다. 그러나 잃어버린 줄만 알았던 테나, 케시아를 만난 덕에 크기도 색깔도 더욱 증폭된 그녀와 함께 앉아 있자니 두 번째 기회를 얻은 느낌이 들었다. 나는 그 기회를 낭비하지 않기로 했다.

"제가 틀렸어요." 내가 불쑥 말했다. 가식 따위는 없었다. 달리 어찌해야 할지 알 수가 없었다. 지난 1년 동안 느낀 감정은 전부 너무도 새로웠다. 나는 여전히 많은 면에서 그런 감정들을 어떻게 견뎌야 할지 모르는 소년이었다. 다만, 말로 표현하지 않으면 너무 많은 것이 사라진다는 사실만은 알았다. 우리가 함께 보낸 시간이 앞으로도 으레 있으리라고 더는 생각할 수 없었다.

"지난번에 제가 얼마나 못되게 말했는지, 얼마나 테나를 형편없이 대했는지 사과하러 왔어요. 당신은 제 유일한 가족인데. 이 집에 살았던 그 누구보다 제 가족인데 말이에요."

이 말에 테나가 잠시 눈을 들었다가, 계속 콧노래를 흥얼거리며 다시 아래를 보았다. 그녀의 눈에는 연민이 없었다. 사실 테나는 얼음처럼 차가웠다. 하지만 내게는 그녀의 회의적인 시선조차 일종의 진전으로 보였다.

"이런 말이 쉽지는 않아요. 테나는 내 평생을 아는 사람이에요. 그러니까 테나도 내가 이런 말을 하기가 쉽지 않음을 알 거예요. 미안해요. 너무 오랫동안 그때 했던 말이 테나한테 한 마지막 말이 될까 봐 두려웠어요. 그런데 여기서 이렇게 다시 테나를 보니까…… 제 말을 들어주세요. 제가 잘못했어요. 죄송해요."

테나가 콧노래를 멈췄다. 그녀는 다시 눈을 들어 옷가지를 침대에 내려놓았다. 인제 보니 그건 바지였다. 테나는 내 오른손을 두 손으로 꽉 잡았다. 그러는 내내 내게서 눈을 돌리고 있었다. 테나가 깊이 숨을 들이쉬었다가 다시 내쉬었다. 그런 뒤에야 내 손을 놓고 옷을 집어 들더니 말했다. "저 코듀로이 천 좀 다오."

나는 서랍장으로 걸어가 천 조각을 집어다가 그녀에게 건넸다. 내 안에서 무언가가 바로잡히는 게 느껴졌다. 어머니는 내게 사라진 사람이었다. 그건 사실이었다. 하지만 지금 내 눈앞에는 나와 같은 상실을 겪은 사람이 있었다. 그 상실을 통해, 그 결핍을 통해 나와 맺어진 사람. 라클리스에서 내 유일한 가족이자 틀림없는 가족이 될 사람. 그녀가 말했던 그대로였다. 내 말 때문에 그녀가 나를 미워할지 모른다고 걱정했지만, 그녀의 모순적이기 그지없는 동작 속에서 내가 안전하게 돌아와서 기뻐하는 그녀의 마음을 보았다. 내게는 그녀의 미소가 필요하지 않았다. 웃음도 필요하지 않았다. 나를 사랑한다는 말도 필요 없었다. 알고 보니 내게 필요한 건 오직 테나가 내 손을 잡아주는 일뿐이었다.

"음, 저는 이제 위층에서 지내요." 내가 말했다. "메이너드가 쓰던 방이에요. 마음에는 안 들지만 하월 주인님이 그렇게 하래요. 제가 필요하면 소리를 치세요."

이 정보에 대한 테나의 유일한 대답은 이번에도 콧노래뿐이었다. 하지만 내가 문을 나설 때 테나가 말했다. "저녁을 놓쳤네."

나는 돌아서서 말했다. "그보다 많은 걸 놓쳤지요."

나는 옛날 내 방으로 돌아가 소지품 몇 가지를 챙겼다. 물병과 책, 옛날에 입던 옷, 그렇게나 믿음직스러웠던 나의 옛 동전까지도 벽난로 선반 위에 손닿은 흔적 없이 놓여 있었다. 나는 그것들을 세숫대야에 집어넣고, 뒤의 비밀 계단실을 올라 서재로 들어갔다. 아버지가 조용히 졸고 있었다. 나는 내 소지품을 메이너드가 쓰던 방으로 가지고 올라갔다가 서재로 돌아왔다. 그런 다음 내 팔로 아버지의 팔을 받쳐 아버지를 방으로 모셔다드리고, 아버지가 옷을 갈아입고 잠자리에 들도록 도와드린 다음 잘 자라는 인사를 건넸다.

다음 날 아침, 나는 옷을 입고 다시 아버지를 돌본 다음 마차를 타고 코린, 에이미, 호킨스를 데리러 갔다. 코린과 아버지는 함께 점심을 먹고 단둘이 부지를 거닐었다. 그들은 한 시간 뒤에 돌아왔고 우리는 차를 내갔다. 저녁에는 손님 일행이 떠난 뒤 내가 아버지에게 저녁 식사를 대접한 다음 토끼굴로 테나를 보러 내려갔다.

다른 시절에는 토끼굴에 정이 넘쳤다. 노역자들의 손이 서로의 사이를 움직였으며 저들만의 노래를 부르고, 저들만의 이야기를 주고받고, 저들만의 불만을 쏟아부었다. 그렇게 노역자들은 자신들만의 세계를 이루었으며, 원한다면, 노력한다면, 붙잡혀 있다는 사실을 잊을 수도 있었다. 하지만 지금은 초기의 모든 인간적 온기가 빨려나갔고, 토끼굴은 옛날 그대로의 정체를 드러냈다. 그곳은 성채 아래의 축축한 잿빛 지하 감옥이었다. 등불들이 파손되어 길게 뻗은 토끼굴이 어둠 속에 남겨지는 바람에 그런 분위기는 더욱 고조됐다.

도착했을 때 테나는 자리에 없었다. 나는 앉아서 기다리기로 했다. 몇 분 뒤 테나가 도착해 내게 말했다. "안녕."

"안녕하세요." 내가 말했다.

"밥은 먹었냐?"

"아뇨."

우리는 푸른 채소와 돼지비계, 옥수수빵을 먹었다. 어렸을 때 늘 그랬던 것처럼 조용히. 나는 그릇을 치운 다음 테나에게 잘 자라는 인사를 하고 내 방으로 돌아갔다. 우리는 이런 일과를 일주일 동안 계속했다. 그러다가 계절에 어울리지 않게 따뜻하던 어느 날 저녁, 내 제안에 따라 우리는 토끼굴 끝으로 그릇을 가지고 나갔다. 아주 오래전, 내가 테나와 함께 토끼굴로 들어왔던 바로 그 입구였다. 우리는 그 자리에 앉아 밥을 먹으며 태양이 시골 풍경 위로 지는 모습을 지켜보았다.

테나가 말했다. "그래서 소피아는 본 거냐?"

"아직요." 내가 말했다. "이젠 거의 너대니얼 집에서 지내나 봐요."

"아냐." 테나가 말했다. "소피아는 바로 저 아래 스트리트에 있다. 요즘은 너대니얼이 테네시에 있거든. 그러니까 소피아가 여기에 올 이유가 별로 없지. 하지만 너대니얼과 하월과 코린이 소피아 일을 어떻게든 처리한 모양이야. 잘은 모르겠다만, 그 사람들은 소피아를 가만 놔두기로 한 것 같다."

"가만히 놔두다뇨?" 내가 물었다.

"아마 소피아를 어떻게 처리할지 생각해낼 때까지만이겠지. 그놈들은 이런 문제를 나하고 이야기하지 않아, 너도 알겠지만."

"소피아를 만나봐야겠어요." 내가 말했다.

"준비가 됐을 때 만나거라." 테나가 말했다. "그런 일은 서두르지 않는 게 최선이야. 이 아래는 많은 것이 바뀌었어."

이튿날은 일요일, 나의 날이었다. 나는 오후까지 참다가 어차피 언젠가는 그녀를 봐야 한다는 걸 깨닫고, 또 내가 준비되는 날은 영영 오지 않으리라는 생각에 내가 태어난 스트리트로 걸어 내려갔다. 예상대로, 스트리트도 손보지 않은 채로 쇠락해 있었다. 닭들도 돌아다니지 않았고, 옛 정원들에는 잡초가 무성했다. 이게 버지니아를 기원으로 삼은 거대한 남부 제국의 마지막 나날이었다. 사람들은 이런 몰락이 사실상 주인들의 잘못 때문이라고 했다. 상급자들이 옛 시절의 신성한 미덕을 고수했다면 이런 제국이 천년은 더 지속될 수 있었으리라고 했다. 하지만 그 몰락은 아주 오래전부터 정해져 있었다. 노예제도는 사람을 사치하게 만들고, 나태 속에서 인생을 허비하게 만들기 때문이다. 메이너드의 상스러움은 메이너드의 엄청난 죄였지만 사실 메이너드는 상급자라는 계급 자체를 너무도 투명하게 비추는 거울이기도 했다. 그에게는 그 사실을 감출 속임수가 없었을 뿐이다.

겨울 공기의 첫 이빨이 엠 카운티를 뒤덮었다. 여름의 일요일도, 친구들이 전부 구슬치기나 술래잡기 같은 어릴 적 놀이를 하러 나오곤 했던 어린 시절도 점점 그리워졌다. 테나의 말대로라면, 소피아는 내 어머니가 떠난 이후 내가 테나와 함께 살던 스트리트 끝 오두막에 살고 있었다. 집들이 늘어선 강둑을 내려다보던 나는 작은 아이를 업고 나온 한 여자를 보았다. 그 여자는 아이를 몇 번 퉁겨 올리더니 위를 보고 나를 발견했다. 그녀는 나를 취조하듯 아리송한 눈길을 던지다가 알겠다는 듯이 고개를 끄덕이더니 다시 안으로 들어갔다. 나는 그곳에 잠깐 더 서서 기다렸고, 여자가 다시 오두막에서 나왔다. 이번에는 아기가 없었다. 그때서야 그 여자가 소피아라는 생각이 문득 들었다.

다시 밖으로 나온 소피아는 달라져 있었다. 그녀는 몇 미터 떨어진 그 거리의 저쪽 끝에 서 있었다. 소피아가, 나의 소피아가 미소도 짓지 않고 있었다. 나는 그 의미를 전혀 알 수 없었다. 자신을 라일랜드에게 데려다준 내게 화가 난 걸까? 우리가 함께 계곡에 갔던 그 저녁의 일은 전부 내 꿈일까? 우리 사이에 오간 모든 것은 유치한 추파 던지기에 불과했을까? 이제 소피아는 다른 사람을 사랑하는 걸까? 저 아기는 누구지?

"하루 종일 거기 서 있을 거야?" 소피아가 내게 소리치더니 다시 안으로 들어갔다. 나는 테나의 옛 오두막 앞까지 따라갔다. 먹을거리만 가지고 테나 앞에 나타났던 나 자신이 생각나 감정이 북받쳤다. 하지만 시간이 별로 없었다. 안을 들여다보니 나는 소피아가 아기를 다시 업고서, 밖에서처럼 노래를 부르며 아기를 퉁겨 올리고 있었다.

"안녕." 내가 말했다.

"음, 안녕, 하이람." 소피아가 말했다. 그녀는 우쭐한 표정이었는데, 그녀가 평소처럼 나를 놀리려는 건지 아니면 좀 더 심오한 뜻에서 그런 표정을 짓는 건지 알 수 없었다. 그녀는 창가 의자에 앉더니, 내게 침대에 앉으라고 권했다. 아기는 피부가 갈색이었고 나와 이목구비가 닮았으며, 소피아의 품에 안겨 조용히 옹알거리고 있었다. 나는 그제서야 비로소 모든 것을 따져보기 시작했다. 너무 많은 것이 바뀌었다. 내가 눈치챘다는 티가 난 게 분명했다. 아마 눈썹이 치켜 올라갔거나 눈이 휘둥그레졌을 것이다. 소피아가 혀를 차며 눈을 굴리고 말했다. "걱정 마. 네 딸 아니니까."

"걱정하는 거 아냐." 내가 말했다. "더는 무엇도 걱정하지 않아."

그렇게 말하자 소피아가 조금 긴장을 풀었다. 내가 처음 도착했을 때 보여준 태연한 태도를 똑같이 유지하려 애쓰는 듯했다. 그녀는 아이를 안은 채로 일어서서 창가로 갔다.

"이름이 뭐야?" 내가 물었다.

"캐럴라인." 그녀가 여전히 창밖을 보며 대답했다.

"이름 예쁘다."

"나는 캐리라고 불러."

"그것도 예쁘네." 내가 말했다.

이제 소피아는 내 맞은편에 앉았지만, 나와 눈을 마주치지는 않았다. 소피아는 아기에게 집중했지만, 그녀의 태도에서 나는 아이는 내쪽을 보지 않기 위한 구실임을 알게 되었다.

"네가 돌아올 줄은 몰랐어." 그녀가 말했다. "여기로 돌아오는 사람은 아무도 없으니까. 코린 퀸이 너를 잡았다는 얘기를 들었는데. 누가 너는 북쪽 산 어딘가에 있다고 했어. 사람들 말로는 소금 광산에 팔려 갔다던걸."

"'사람들'이 누구야?" 나는 조용히 웃으며 물었다.

"안 웃겨." 그녀가 말했다. "난 네가 걱정됐어, 하이람. 분명히 말하지만, 끔찍하게 겁이 났어."

"뭐, 난 광산 근처에도 안 갔어. 산에 있었던 건 사실이지만." 내가 말했다. "브라이스턴에 있었지만 광산 일로 간 건 아니야. 사실, 전혀 나쁘지 않았어. 저 위는 꽤 아름답거든. 너도 언젠가 가봐야 해."

이제는 소피아가 웃더니 말했다. "아주 익살꾼이 돼서 돌아왔다?"

"웃어야 해, 소피아." 내가 말했다. "이런 삶을 살려면 웃어야 한다는 걸 배웠어."

"그래, 맞아." 소피아가 말했다. "매일 웃기가 점점 어려워지지만 말이야. 좋은 것들과 나왔던 시절이 생각나거든. 내가 네 얘기를 들려준다는 거 알아, 하이?"

"누구한테 내 얘기를 해?"

"우리 캐리한테. 나는 캐리한테 모든 걸 말해."

"흠." 내가 말했다. "하긴 그 외엔 별로 할 이야기가 없을 것 같네. 이젠 여기가 너무 비어버려서."

"응." 소피아가 말했다. "너무 많은 사람을 잃었어. 너무 많은 사람이 떠났어. 나체스로 잡혀갔지. 투스칼루사. 카이로. 그 거대한 허무 속으로 사람들이 끌려갔어. 매일 상황이 나빠져. 2주 전만 해도 맥이스터 플레이스에서 온 롱 제리가 여기 있었어. 제리는 놈들이 데려가기에 나이가 많다고 생각했는데. 롱 제리는 바로 여기에 살았어. 얌이나 송어, 사과를 내주곤 했지. 테나가 이리 내려오기까지 했다니까. 우린 그걸 튀겨 함께 멋진 저녁 식사를 했어. 그게 겨우 2주 전이야.

그런데 지금은 롱 제리가 사라졌어.

그런 사람들이 너무 많아, 하이. 너무 많았어. 놈들이 이곳을 어떻게 계속 운영하는지조차 모르겠어. 몇 달 전에 여기 왔던 밀리라는 아름다운 여자애가 있었어. 그게 단점이었지. 겨우 일주일밖에 못 버텼거든. 나체스로 갔어, 몸 팔러."

"그런데 넌 아직 여기 있네." 내가 말했다.

"그러게 말이야." 그녀가 말했다. 캐럴라인이 꼼지락거리며 엄마 품에서 몸을 비틀기 시작했다. 그러더니 고개를 돌리고, 나를 한참 똑바로 쳐다봤다. 아기는 아주 깊은 의도가 담긴 눈길로 나를 그 자리에 붙들어두었다. 모르는 사람 앞에 데려다놨을 때 갓난아기들이 흔히 그러듯 나를 바라봤다. 나는 그런 시선을 받으면 뭘 해야 할지 전혀 감이 오지 않았다. 불편했다. 하지만 그게 전부가 아니었다. 캐럴라인의 그 강렬한 눈길은 엄마에게서 물려받은 것이었다. 내가 소피아의 얼굴과 그 구체적인 특징들을 떠올리고 재구성하며 보낸 모든 시간이 그 눈 속에 들어 있는 것만 같았다. 캐럴라인의 눈은 엄마처럼 달맞이꽃을 닮았지만, 범상치 않은 그 회녹색은 다른 어디선가 물려받은 것이었다. 내 눈도 같은 색깔이었기 때문에 알았다. 그 색깔은 워커 가의 유산이었다. 나만이 아니라 내 삼촌 너대니얼에게도 물려진 유산.

이번에도 내 눈빛에서 마음이 드러난 모양이었다. 소피아가 혀를 차고 캐럴라인을 바짝 끌어안더니 일어나 돌아섰다.

"아까 말했잖아." 소피아가 말했다. "네 딸 아냐."

지금의 나는 느낄 권리가 없는 감정을 느낀다는 게 어떤 의미인지 알고 있다. 어떻게 설명해야 할지는 몰랐지만, 그 시절에도 알긴 했다. 내 절반은 소피아에게서 도망쳐 그녀와 다시는 말을 섞지 않고, 언더그라운드 내부로 사라져 나의 소피아가 되지 않을 그 여자와 인연을 끊고 싶어 했다는 점을, 나는 기억한다. 그리고 어머니가 겪은 시련에서 잉태되고 언더그라운드에서 양육되었으며 북부의 '대학'에서 현기증을 느끼고, 로버트에게 순수한 것이라고는 하나도 없다고 알려줄 만큼 지혜로웠던 내 절반은 그 분노가 여전히 내 안에 얼어붙어 있다는 사실에 깜짝 놀랐다.

나는 소피아가 아기를 보는 모습을 잠시 지켜본 뒤, 돌아서서 말했다. "그래서 우리 중 떠난 사람은 몇이나 돼?"

"몰라." 소피아가 말했다. "애초에 몇이나 있었는지도 모르겠어. 정신건강을 위해서라도 떠난 사람을 더는 헤아리지 않거든. 라클리스가 최후의 나날을 맞이한 건 확실해. 놈들이 우리를 죽이고 있어, 하이. 여기서만이 아니야. 엠 카운티 전체에서 놈들이 우리를 죽이고 있어."

그녀는 캐럴라인과 함께 다시 앉았다.

"하지만 네가 돌아왔지." 그녀가 말했다. "잘 지내는 것 같네. 네가 우리에게 돌아오고, 한 번 사는 인생에서 두 번이나 다시 태어나는 걸 보게 되다니 나한테는 행운이야. 처음에는 구스 강에서 살아 나오더니, 이번에는 라일랜드의 아가리에서 살아 나오고. 뭔가 강력한 의미가 있는 게 틀림없어. 우리는 나체스가 아니라 여기 서로 앞에 있으니까. 어떤 의미가 있는 거야. 어떤 강하고, 강력한 의미."

그러나 그 의미를 발견하기까지는 좀 더 기다려야 했다. 나는 그날 저녁 저택으로 돌아가서 아버지가 저녁 식사를 하도록 도왔다. 그런 다음 토끼굴로 내려가 테나와 함께 저녁 식사를 했다. 문밖에서든, 위층의 저택에서든 다른 활동은 벌어지지 않았다. 우리는 세상 저편에 단둘이 있는 것만 같았다. 조상과 그가 데려온 노역자들만 있을 뿐 주변의 자연이 밀려들어오던 라클리스의 초창기가 어땠을지 알 것 같았다.

저녁 식사를 마친 뒤 우리는 밖으로 나가 토끼굴 끝에 앉았다.

테나가 나를 돌아보며 말했다. "그래서, 그 애를 보러 갔구나."

나는 땅을 보며 고개를 저었다.

테나는 혼자 웃었다.

"말해주시지 그랬어요." 내가 말했다.

"누가 누구더러 말을 해주라는 거냐?"

"그때는 상황이 달랐잖아요." 내가 말했다.

"아니, 같았어. 너는 나와는 상관없는 일이라고 생각했던 거다. 나는 거기에 동의하지 않았고. 하지만 그 애가 생과부가 됐다는 걸 너한테 말하는 일이 뒷소문 말고 뭐가 될지, 생각해봐도 잘 모르겠구나. 너희 둘 사이에는 나와는 관계없는 일들이 있으니까."

테나 말이 맞았다. 나는 도망치기 전 마지막으로 테나에게 한 내 잔인한 말을 떠올렸다. 내가 준 상처를 사과할 수는 있을지언정 그때의 단절은 지워지지 않았다. 아이는 집을 떠났다. 일단 떠나면, 다시 돌아올 수는 없다.

"걔한테 화가 나지는 않아요." 내가 말했다. "소피아가 언제 제 것이었던 것도 아니고요."

"그렇지."

캐럴라인은, 내 눈에는 아마 6개월쯤 되어 보였다. 그 말은 나와 함께 도망쳤을 때 소피아가 이미 그 아이를 배고 있었다는 뜻이다. 소피아가 머리가 좋고 독립적이라는 점과 우리가 나눈 대화를 생각해본 나는 그녀가 나와 함께 도망칠 때 단지 임신 중이었을 뿐만 아니라, 오히려 임신을 했기에 도망쳤을 가능성이 크다는 사실을 깨달았다.

"테나, 소피아는 도망쳐야 할 이유가 있었던 것 같아요. 저하고는 공유하지 않으려고 했던 이유요."

"맞아."

"그래서…… 여러 감정이 느껴져요. 꼭 소피아 앞에서 벗은 몸을 드러낸 것만 같아요. 저는 도망치면서 제 마음을 전부 털어놨거든요. 남김없이 솔직하게요."

"남김없이 솔직하게?"

"네."

"좋아, 그럼. 잘 들어라. 분명히 말하는데, 누구도 남김없이 솔직할 수는 없어, 하이. 최소한 너희 둘처럼 젊은 애들은 그렇지. 젊은 애들은 서로를 뜨겁게 쫓아다니니까. 네가 그랬듯이 말이다."

"전 거짓말 안 했어요." 내가 말했다.

"그래? '남김없이 솔직하게'라." 테나가 고개를 저으며 말했다. "확실해? 정말 모든 걸 말했다고? 글쎄, 이 말은 해야겠구나. 어쨌든 난 모든 이야기를 듣지 못한 것 같은 기분이 든다. 소피아도 마찬가지일 거라는 데 다음 주 끼니를 모두 걸 수도 있다."

29

가을이 가고 겨울이 되었다. 낮은 점점 잿빛으로 시원해졌으며, 밤은 외롭고 푸르게 변해갔다. 돌아온 지 얼마 안 된 그 시절 나는 한 때 로스코가 했던 일을 했다. 다만 일의 부담은 대접할 손님들의 수가 줄면서 로스코 때보다 가벼워졌다. 엠 카운티 왕족의 옛 나날, 파라솔과 화장한 얼굴, 레이디 케이크와 카드 게임으로 이루어져 있었으며 내가 기억력이라는 마법으로 일동을 놀라게 했던 옛 시절은 사라졌다. 가끔은 아버지만큼 나이가 많은 옛 친구들이 그를 보러 오곤 했다. 그들은 젊은 상급자들이 끝없는 서쪽 땅 이야기에 정신이 팔려 타고난 버지니아인의 권리를 버렸다고 몇 시간 동안 비난했다. 내 삼촌 너대니얼 워커는 아직 남아 있었다. 그는 여전히 소피아를 잡고 있었으며 어떻게인지는 몰라도 가진 땅 전부를 보존했다. 그러나 그가 거느리던 노역자들은 저택을 유지 보수할 소수만 남고 모두 서쪽으로 보내졌다. 할란은 여전히 라클리스에서 지내며, 죽어가는 땅에서 뽑아낼 수 있는 모든 걸 뽑아내기 위해 노역자들을 몰아붙이고 있었다. 하지만 그의 아내인 데지는 더 이상 저택을 관리하지 않았다. 저택이 너무 쇠락하여 데지의 일손이 필요 없었던 것이다. 아버지의 가장 꾸준한 동료는 코린이었다. 아버지는 메이너드가 죽은 후에도 코린을 가져본 적 없는 딸처럼 여겼다. 코린은 완벽한 상복 차림으로 오곤 했다. 마차는 호킨스가 몰았다. 그녀는 내 아버지를 위로했고, 아버지가 땅을 놀리기 전의 다른 시절, 담배가 넘쳐흘러 재산이 되던 그 시절을 마음껏 음미하게 해주었다.

하지만 매일 아버지의 곁을 지키는 일은 대체로 내 차지였다. 나는 매일 아버지의 저녁 식사를 준비하고 테나와 함께 저녁을 먹은 다음 응접실의 불을 살피고 따뜻한 사과주를 내간 뒤 라클리스 최후의 진정한 주인이 늘어놓는 회한에 귀 기울였다. 우리는 대단히 이상한 관계, 어린 시절에 내가 비밀리에 소망했던 그런 관계가 되었다. 나는 아버지를 위해 일했지만 관계의 성격은 판이해졌다. 그런 푸른 저녁이면 아버지는 아르강 등불이 오래된 가문의 흉상들에 긴 그림자를 드리우는 가운데 나더러 같이 앉아 술을 마시자고 했다. 그런 순간에는 온 세상이 흩어지거나 나체스의 구렁텅이로 떨어지고 나 혼자 남아 그 모습을 목격하는 느낌이 들었다. 그런 저녁이면, 아버지는 자기도 모르게 사과주에 흠뻑 취했다가 무엇보다도 극심한 후회의 대상인 메이너드 워커에 대해 이야기하곤 했다.

처음에 아버지는 아무 생각 없이 말을 꺼낸 것 같았으나, 그다음에는 자신의 말에 몰입하기 시작했고 메이너드 자체보다 그 말 때문에 더 커다란 슬픔이 나왔다.

"내 아버지는 한 번도 나를 사랑하지 않으셨다." 아버지가 말했다. "그 시절은 지금과 달랐거든. 어린애들이 마음을 열고 즐겁게 뛰어 노는 요즘과는 딴판이었어. 아버지의 유일한 관심사는 지위였다. 내 행동은 전부 가문을 빛내기 위한 것이어야 했어. 물론 나는 훌륭한 아가씨와 결혼했다. 주님께서 아내의 영혼을 돌보아주시길. 아내는 충분히 예쁜 여자였지. 하지만 그녀는 내가 마음을 불태우던 상대는 아니었고, 아내도 그걸 알고 있었어. 그래서 메이너드가 태어났을 때, 나는 절대로 메이너드를 나와 같은 상황에 빠뜨리지는 않기로 결심했다.

나는 메이너드가 타고난 성품 그대로 자라나길 바랐어. 그래서 그애에게 많은 재량권을 줬다. 알고 보니 지나치게 많이 준 모양이더구나. 그 애는 자제력이 없었어. 사교계에 맞지 않는 녀석이었다. 사교계를 좋아한 적 없는 건 나 역시 마찬가지였기에, 나는 그 녀석의 사회성을 키우려는 노력을 전혀 하지 않았다. 그러다가 그 애 어머니가 죽고 나니까, 뭐랄까…… 그 애는 내 아들이었어."

그는 잠시 말을 멈추고 두 손에 얼굴을 묻었다. 나는 아버지가 무너져 내려 흐느끼지 않으려고 최선을 다하고 있다고 느꼈다. 그는 두손을 치우더니 오랫동안 불을 들여다보았다.

그가 말했다. "꼭 누군가가 메이를 그 애의 비참한 삶에서 끌어내준 것만 같은 기분이다. 나는 그 삶에서 끌려 나와 다행이었거든. 이런 식으로 말하다니 끔찍한 일이지. 하지만 라클리스에는 메이를 위한 게 아무것도 없었어. 안 그러냐? 나는 메이를 상류사회의 삶에 어울리는 아이로 키우지 않았다. 나조차 이걸 감당할 만한 사람이라고 하기 어려워. 게다가 젊은 애들은 이제 모두 서쪽으로 떠났다. 메이가 떠났다면 인디언에게 살가죽이 벗겨지거나 사기꾼에게 모든 걸 잃었을 거야. 나도 안다. 그 녀석은 준비되어 있지 않았고, 그건 내 잘못이다.

나는 좋은 사람이 아니다, 하이람. 너도 그들 중 한 명이니 잘 알겠지. 나는 네가 당한 일을 잊지 않았다."

아버지가 이 말을 하면서도 계속 불을 들여다보던 게 기억난다. 아버지는 최선을 다해 자기 잘못을 인정하고 사과하려 했다. 내가 알고는 있으나 당시에는 인식하지 못했던 일에 대해서 말이다. 우리는 사과주를 손에 들고 그곳에 함께 있었다. 버지니아의 여느 상급자와 노역자보다도 가까이 앉아 있었다. 그러나 그때조차 아버지는 나를 바라보면서 말하지 못했다. 메이너드가 주인의식을 가질 준비가 되어 있지 않았듯 아버지도 회개할 준비가 되어 있지 않았다. 버지니아라는 아버지의 세계는 거짓말의 토대 위에 세워졌다. 아버지의 나이에 그 자리에서 모든 것을 무너뜨렸다면 아버지는 아마 죽었을지도 모른다.

"토지에도 검둥이 관리에도 특별한 손길이 필요해." 아버지가 말했다. "나한테는 늘 벅찬 일이었다. 이상한 건, 그런 능력이 있는 사람이 바로 너라는 생각이 오래전부터 들었다는 거야. 너는 우리 모두보다 냉정했다. 메이너드보다도 나보다도 냉정했지. 아마 그런 일을 당했기 때문일 거야. 하지만 너는 소질이 있었어. 지금이 다른 어떤 시절이었다면, 나뉘어 있는 우리의 입장이 바뀌어서 내가 유색인이되고 네가 백인이 되었을지도 모른다고 생각한다."

노인이 어린 시절의 짝사랑한테서 흘러간 세월 동안 느낀 진짜 감정에 대한 이야기를 듣듯, 나는 아버지의 말을 들었다. 사소한 기억과 향수가 뒤섞인 듯한, 아주 오래된 상처가 비를 맞아 다시 벌어진 듯한 감정의 환영. 한때는 마음 깊이 품었으나 지금은 꼭 전생처럼 느껴지는 시간으로부터 정처 없이 흘러나온 기억일 뿐인 환영 같았다.

나는 전생이 아닌 이번 생에서 눈을 들었다. 아버지가 꾸벅꾸벅 조는 모습이 보였다. 그때까지도 사과주로 반쯤 차 있던 내 유리잔을 가지고 아버지의 2층 서재로 들어갔다. 구석에 마호가니 서랍장이 있었다. 내가 1년 전에 고쳤던 바로 그 물건이었다. 나는 사과주를 한 모금 마시고 잔을 창틀에 올려놓은 다음 서랍장을 열었다. 안에서 두껍게 장정한 장부 세 권을 발견했다. 나는 한 시간 동안 천천히 그 장부들을 읽고 외웠다. 한곳에 모아놓고 보니 그 장부들은 어떤 어두운 그림을 이루었다. 코린의 말에 따르면 그 장부가 내 임무를 완수하고 라클리스의 상황을 확인하는 데 도움을 줄 터였다.

나는 다 외운 장부를 덮어 서랍장에 다시 넣어두었다. 나는 메이너드를 생각했다. 어린 시절에 아버지의 물건을 뒤지던 그를. 나는 혼자 웃다 말고 두 번째 서랍을 열었다. 그 안에 작지만 정교한 나무 상자가 있었다. 나는 상자를 꺼내 열려고 했지만, 그때 다시 메이너드가 떠올랐다. 메이너드가 아버지의 물건을 좀도둑질할 때마다 얼마나 부끄러웠는지도. 그래서 나는 서랍을 닫고 다시 아래층으로 내려갔다. 아버지가 가볍게 코를 골고 있었다. 나는 위층 침대로 데려가려고 아버지를 깨웠다.

아버지가 말했다. "너에 대해서 세워둔 계획이 있다, 얘야. 계획이 있어."

나는 고개를 끄덕이고 아버지가 의자에서 일어나도록 도왔다. 하지만 아버지는 사형선고라도 받은 사람처럼, 잠들면 다시는 일어나지 못할까 봐 걱정하는 사람처럼 나를 보았다.

"이야기를 하나 해다오." 그가 말했다. "부탁이다. 아무 이야기든."

그래서 나는 물러나 내 의자에 앉아 등받이에 몸을 기댔고, 문득 내가 바로 그 자리에서 늙어가고 있다고 느꼈다. 한때 내게 이야기를 해달라고, 노래를 부르라고 요구하던 컬리, 매클리, 비첨 가문을 비롯한 상급자들의 유령이 눈앞에 살아나 방을 가득 채웠다. 아니야, 나는 생각했다. 그렇게 가까운 과거 이야기는 안 돼. 나는 내 이야기를 통해 아버지의 두 손을 과거로 이끌었다. 들판에 서 있는 돌 동상, 보이 나이프, 퓨마와 곰들, 돌을 끌어오고 시내를 가르는 노역자들, 우리 조상의 시대로 이끌었다.

다음 날, 호킨스가 평소처럼 스타펄에서 코린을 태우고 왔다. 코린이 스타펄에 자리 잡은 지도 벌써 꽤 시간이 흘렀다. 브라이스턴은 대체로 에이미나 위장을 유지할 수 있는 다른 몇몇 요원들에게 맡겨졌다. 코린이 이런 식으로 방문할 때마다 나는 호킨스와 이야기를 나누고 내가 알아낸 모든 정보를 전했다. 그날도 마찬가지였다. 우리는 스트리트로 걸어 내려갔다. 그곳 오두막들이 대체로 버려져 있는 만큼 원하는 대로 비밀리에 이야기할 수 있으리라는 생각에서였다. 나는 여전히 소피아를 보게 될지 모른다는 희망을 품고 있었다. 소피아와 어느 정도 거리를 두기는 했지만 말이다. 내 마음은 둘로 갈라졌다. 겨우 1년 전의 강렬한 감정은 무뎌지기는커녕 더 자라났다. 그래서 그녀가 바로 그곳 라클리스에 있으나 나와 함께하지 않는다는 사실을 인정하자니 속이 메스꺼웠다. 그리고 그 메스꺼움이 두려웠다. 이제 내 행복의 일부는 소피아의 손에 맡겨져 있었고, 소피아는 자신만의 비밀과 동기와 계획을 간직한 타인이었기에.

"어때 보이더냐?" 호킨스가 물었다.

우리는 저택 본관과 가장 가깝고 소피아의 오두막에서는 가장 먼 버려진 오두막에 앉아 있었다. 담배밭이 보였지만, 대체로 휴경지가 되어 있었다.

"별것 없네요." 내가 말했다. "정말 별것 없어요."

"그래, 그렇지." 호킨스는 밭을 바라보며 말했다. "이 동네는 꼭 죽은 것 같아."

"이 카운티 전체가 죽은 것처럼 느껴져요. 아무도 아버지를 보러 오지 않던데요. 오후에 차를 마시지도 않고. 성대한 저녁 식사를 하지도 않고. 사교 모임도 없고요."

"맞아. 코린이 대체 왜 여기가 뭐든 될 거라고 생각하는지 잘 모르겠어. 코린이 그 녀석과 결혼하지 않은 건 잘된 일인지도 몰라."

"분명히 말씀드리지만, 메이너드와 결혼했다면 코린은 빚더미랑 결혼하는 셈이었을 거예요."

호킨스가 나를 돌아보았다. "빚이 얼마나 있는데?" 그가 물었다.

"글쎄요. 사교 모임이 열리지 않으니까, 그런 모임에서 얻어낼 수 있는 정보는 별로 없어요." 내가 말했다. "하지만 어젯밤에 장부를 들여다봤어요. 빚은 감당하기 어려운 수준이에요. 이 땅 대부분에 이자가 매겨져 있어요. 아버지는 어떤 식으로든 숨통이 트이길 바라면서 시간만 끌고 있고요."

"그렇단 말이지?" 호킨스가 말했다. "말은 되네. 이 땅이 돈이었는데, 그 땅이 먼지가 되어버렸으니. 우리 아버지는 나한테 땅 얘기를 해주곤 했어. 땅이 얼마나 붉었는지 말이야. 하지만 저자들이 있는 대로 담배를 심어 이 땅을 뜯어먹었잖아. 안타까운 일임은 분명해. 그자들은 할 수 있는 한 이 카운티를 뽑아먹고, 모든 걸 뽑아먹고 난 다음에는 단체로 서쪽으로 떠나버렸어."

"노역자들도 데리고요." 내가 말했다.

"그렇지."

"그 사람 동생은? 너대니얼 말이야. 그자도 도움을 주고 있나?"

"장부를 봐서는 사람을 몇 명 빌려준 것 같아요. 하월은 아무것도 갚지 않았어요. 악성 채무를 먼저 갚고 가족 돈은 나중에 갚겠다는 거겠죠."

"흠." 호킨스가 말했다. "너대니얼은 영리해. 이런 일을 하는 사람 치고는 매우 영리하지. 지금은 테네시로 나가 있고. 움직일 만할 때 움직인 거야. 그게 요점이라고, 알지? 땅을 먹어치운 다음 계속 다른 데로 나아가는 것. 언젠가는 땅이 다 없어질 텐데, 그때는 놈들이 어떻게 할지 모르겠네."

우리는 코린을 만나러 다시 저택으로 올라갔다. 호킨스는 대로 바로 앞에서 멈춰 섰다.

"아까 저기서 네가 했던 말이 내 머릿속을 떠나지 않는데." 그가 말했다. "하월의 동생이 저자를 저대로 내버려뒀다 이거지?"

"그런 것 같아요."

"그 장부 계속 살펴봐. 뭔가 있을지도 모르겠다."

하지만 이런 새로운 생활에서 전혀 뜻밖의 방법으로 이익을 본 사람도 있었다. 테나는 요즘 직접 일거리를 구했다. 라클리스만이 아니라 자기 집 세탁부들을 팔아버린 오래된 여러 이웃 저택에서도 빨랫감을 구해온 것이다. 그리고 테나는 내 아버지와도 거래했다. 자기가 받을 돈을 그와 나눌 테니 언젠가는 자기 자유를 사게 해달라는 것이었다.

"어디 가시게요?" 내가 물었다. 나는 테나와 함께 마구간으로 가는 중이었다. 나는 이 새로운 동업에 참여하는 마부였다.

"너보다 멀리." 테나는 비웃듯 미소 지으며 말했다.

우리는 낡은 마차 한 대에 몸을 실었다. 튼튼하긴 하지만 아버지의 젊은 시절까지 거슬러 올라가는 마차였다. 그렇게 우리는 진입로를 따라 내려갔다. 저택으로 가는 주요 도로의 교차로에 소피아가 머리에서부터 숄을 두르고 서 있었다. 캐리의 작은 머리가 밖을 내다보고 있었다. 테나는 차를 세우라고 말했고, 마차를 세우자마자 내렸다.

"소피아도 가는 거예요?" 내가 테나에게 말했다.

"너무 좋아하지 마." 소피아가 말했다.

"계속 같이 다녔어." 테나가 소피아에게서 캐리를 받아들었고, 소피아는 누가 도와주기를 기다리지 않고 뒷자리에 올라탔다. 나는 내 자리에 다시 앉아서 말을 움직이려고 고삐를 잡아당겼다가 물었다. "두 사람 다 얼마나 오랫동안 이 일을 한 거예요?"

"네가 떠나 있는 동안 꽤 오래 했어." 소피아가 말했다. "돌아왔을 때 예전과는 달리 쓸모 있는 사람이 되어야 한다고 느꼈거든. 테나의 세탁 일을 돕기 시작했는데, 그러다가 캐럴라인이 나한테 가장 큰일이 돼서 그다음부터는 누굴 도와줄 손이 없었어."

"이것저것 바로잡았다." 테나가 말했다. "얘기도 할 만큼 했고."

"뭐에 대해서요?" 내가 말했다.

"너에 대해서." 테나가 말했다.

나는 고개를 젓고, 모르겠다는 식으로 이 사이로 한숨을 흘렸다. 사방이 잠시 조용해졌다. 그런 끝에 우리는 후크스타운 대로로 방향을 틀었다. 테나는 옛 기억이 불쑥불쑥 솟아나는 모양이었다.

"예전에는 이 동네 전체에 내 가족들이 있었다." 그녀가 말했다. "삼촌에, 이모에, 사촌에. 누구랑은 결혼해도 되고 누구랑은 결혼하면 안 되는지 알아야 했지. 친척이 너무 많았거든. 옛날 어른들이 그 기억을 간직했어. 누가 친척이고 아닌지 알고 있었지.”

“어른들이야 그러라고 있는 거잖아요.” 소피아가 말했다. “이야기를 간직하고 피를 깨끗하게 유지하고.”

“하지만 이제는 전부 사라졌어.” 테나가 말했다. “뭘 아는 사람들은 다 사라지고, 우리는 코나 눈썹이나 특이한 태도를 놓고 누가 핏줄일지 짐작하는 처지가 됐다. 내 생각엔 그런 건 별로 중요하지 않아. 남은 사람이 너무 적어서, 이런 식으로 1년만 더 있다가는 엠 카운티가 먼지가 될 거다.”

우리는 더 멀리 마차를 몰아가다가 잠깐씩 멈춰 오래된 모든 저택에서 세탁물을 수거했다. 나무들은 모두 뿌리 뽑혀 갈색 이불을 덮고 숲 바닥에 드러누워 있었다. 계절이 옛 저택들에 유령 같은 빛을 드리웠다. 겨우 1년 전만 해도 마지막 남은 에너지와 특유의 분위기로 들썩이던 저택들이었다. 그런 저택은 대부분 라클리스와 비슷해서, 최소한의 인원만 남겨놓고 발가벗겨졌다. 나는 그때 겨울이 버지니아뿐 아니라 특히 엠 카운티에 닥쳐오고 있으며, 영영 떠나지 않으리라는 것을 느꼈다.

뒤쪽에서 캐리가 점점 안달하는 소리가 들렸다. 테나가 마차를 세우라고 했고, 나는 소피아가 캐리를 품에 안아 통통 튕기고 노래를 부르며 근처 밭으로 데려가는 모습을 지켜보았다. 테나가 소금에 절인 돼지고기의 포장을 벗겨 내게 나눠주었다.

소피아가 여전히 아기를 튕기고 노래하며 돌아왔다.

내가 떠난 뒤로 여기엔 누가 있었을까?

파란 드레스를 걸친 예쁜 여자아이가 있었지.

우리는 계속 마차를 몰았고, 테나는 추억에 잠겼다.

"이 길은 피니 저택으로 곧장 이어지던 길이야." 그녀가 말했다. "여기에도 내 식구들이 한가득 있었다. 우리 이모가 다름 아닌 피니 1세에게 요리를 해줬지. 시간이 좀 지나서 너희 모두가 성가신 꼬맹 이들이 되었을 때는 사람들이 숙소에서 엄청나게 화려한 모임을 열 곤 했어."

"들었어요." 내가 말했다. "제 또래 사이에 피니 2세는 무엇보다 성격이 못된 걸로 유명했어요. 그놈이 팝 윌리스를 샀다던데요. 교정 에 따르지 않는다는 이유로 그를 갈기갈기 찢어났대요."

"누구한테 들었냐?" 테나가 물었다.

"크레온 삼촌요." 내가 말했다.

우리는 마차를 타고 가며 잠시 침묵을 지켰다. 늦은 오후였다. 그 랜슨의 집에 들러 빨래를 수거한 뒤 라클리스로 돌아갈 차례였다.

"크레온이 네 삼촌이었냐?" 테나가 물었다.

"그럼요." 내가 말했다.

"크레온은 밤이면 스트리트로 내려오곤 했어. 너희 엄마 집 근처 에 어슬렁거리면서 뭐든 음식 부스러기를 얻어가려 했지. 그때가 크 레온의 전성기라고 할 수는 없다만. 기억나는구나."

"저도 기억나요." 내가 말했다. "하지만 그 시절에 기억나는 사람 은 크레온 삼촌뿐이에요. 크레온 삼촌이 문에 서 있는 모습은 눈에 선한데, 다른 건 전부 안개 같아요."

"좋은 일인지도 몰라." 소피아가 말했다. "그 안개 너머에 뭐가 도

사리고 있을지는 모르는 거니까."

"좋을 거 하나 없겠지." 내가 말했다.

우리는 그랜슨 저택에 멈춰 섰다. 캐럴라인은 이제 잠들었고, 소피아는 자기 숄을 캐럴라인에게 둘러주고, 이불보로 묶인 세탁물 사이에 누울 자리를 만들었다. 소피아는 손을 뻗어 땅에 놓인 꾸러미를 마차로 끌어 올리려 했다.

"내가 할게." 내가 말했다.

"도와주고 싶어서 그래." 소피아가 말했다.

"이미 충분히 도와줬어." 나는 의도했던 것보다 열을 내며 말했다. 소피아는 눈이 휘둥그레졌지만 아무 말도 하지 않았다. 그녀는 다시 마차로 들어갔고, 우리는 계속 빨랫감을 실었다.

우리는 해가 숲 바로 위에 걸렸을 때 돌아왔다. 소피아가 내려서 테나에게 작별 인사를 하더니 나를 돌아보았다. 나는 그제야 비로소 뭔가 잘못되었다는 걸 알아차렸다.

"그래서, 이게 다야?" 소피아가 말했다. 그녀는 숄을 포대기로 삼아 캐리를 업고 있었다.

"뭐가?" 내가 화가 나서 말했다.

"너 이런 사람이야? 이런 사람이 돼서 돌아온 거야?"

"무슨 소리인지 모르겠……."

"누구 앞이라고 거짓말을 해. 감히 거짓말하지 마, 이런 식으로 돌아온 주제에 감히 거짓말하지 말라고. 너는 더 나은 사람이어야 했어. 내가 너한테 더 나은 사람이 되라고 했잖아. 나는 백인 남자를 유색인 남자로 바꾸지 않을 거라고 말했어. 그런데 지금 널 봐, 네 것이 아닌 나를 가지고 속을 끓이고 있잖아. 그 누구도 소유하려고 해서는 안 되는 것에 대해서. 너는 그보다 나은 사람이 되어야 했어."

소피아는 어느새 길을 따라 내려가고 있었다. 걸어가면서 흔들리는 품을 보니 그녀의 분노가 분명히 드러났다.

저택으로 돌아온 나는 세탁물을 마차에서 내렸고, 그러는 동안 테나가 저녁을 차리기 시작했다. 나는 부엌으로 가서 식사를 챙겨 아버지에게 가져갔다. 아버지는 저녁을 먹는 동안 같이 있어줄 사람을 원했기에 내가 그 자리에 서 있었다. 아버지는 하루 동안 뭘 했느냐고 캐물었고, 나는 그가 밥 먹는 모습을 지켜보며 내 얼굴이 비굴한 가면으로 변할 때까지 깊숙한 내면으로 물러났다. 그러고 나서야 걸어 나와 비밀 계단을 통해 테나의 방으로 내려갔다. 우리는 테나의 식탁에 앉아 늘 그랬듯 조용히 식사했다. 식사를 마치자 테나가 나를 보며 말했다. "넌 그 애를 벌주고 있어."

"저는······."

테나가 내 말을 잘랐다. "넌 그 애를 벌주고 있는 거야."

나는 다시 위층으로 올라갔다. 아버지가 도서관에서 책 한 권을 획획 넘기고 있었다. 나는 식당으로 가서 아버지의 식기를 치웠다. 그런 다음 사과주를 데워 아버지에게 가져다주고, 위층 내 방으로 물러났다. 내가 조지의 아들에게 주려고 깎았던 낡은 장난감 말이 벽난로 선반 위에 놓여 있었다. 그것을 집어 들고 손가락으로 쓸어보았다. 소피아의 말에 대해서, *나아지라는* 명령에 대해서 생각했다. 나는 방에서 나와, 아버지가 곯아떨어진 도서관을 지나 토끼굴을 통과해 나왔다. 과수원을 지나는 긴 길을 따라 숲으로 들어간 끝에 스트리트에 도착했다. 나는 그 길 끝에서 소피아를 발견했다. 그녀는 혼자 계단에 나와 앉아 있었다.

소피아는 상상할 수 있는 가장 차가운 눈길을 내게 던지더니 안으로 들어갔다. 나는 문으로 가서 안을 들여다보았다. 캐리가 침대에 잠들어 있었다. 소피아는 내게서 눈을 돌리고 있었다. 나는 그녀의 곁에 앉았다.

"미안해." 내가 말했다. "끔찍할 만큼 미안해. 내가 너한테 지운 그 모든 짐에 대해서 정말 깊이 미안해."

나는 소피아의 손가락 사이에 내 손가락을 미끄러뜨려 넣었다. 그녀를 꿈꾸며 보냈던 나날들, 그녀가 저 바깥 어딘가로 사라져버린 건 아닌지 걱정했던 시간과 그녀가 바로 이곳에 있음을 알았을 때의 놀라움, 그리고 이곳에서 소피아가 어떤 사람이 되었을 것이며 누구를 사랑하고 누가 그녀를 사랑했을지에 관한 궁금증이, 꿈과 유령과 푸른 귓속말로 이루어진 그 모든 시간이 이제는 현실이 되어 내 손가락 사이에 있었다.

"난 나아지고 싶어." 내가 말했다. "나아지려고 노력하고 있어."

그러자 소피아가 내 손을 가져가 입을 맞추더니 나를 돌아보며 말했다. "넌 내가 네 것이 되었으면 하지. 나도 알아. 예전부터 알고 있었어. 하지만 내가 네 것이 되려면 절대 네 것이어서는 안 된다는 걸 알아둬. 무슨 뜻인지 알아? 나는 그 어떤 남자의 것도 아니어야 해."

소피아, 나의 소피아. 내가 품었던 생각, 그녀와 함께 꾸려나갈 수 있을지 모른다고 생각했던 인생, 그저 내 머릿속에만 있었던 생각과 삶. 그건 전부 나 혼자만의 외로운 장래희망을 토대로 지어진 것들이었다. 나는 그곳에 앉아 달맞이꽃 같은 그녀의 커다란 눈을 들여다보았다. 그녀는 너무도 아름다웠다. 사람들이 말하는 내 어머니만큼이나 아름다웠다. 나는 그녀를 바라보면서 그런 생각과 인생이, 한 번도 소피아 자신이 아는 소피아를 염두에 두지 않았다는 것을 깨달았다. 그동안 *나의* 소피아는 내게 한 여자가 아니었다. 그녀는 어떤 상징, 장식물, 오래전에 잃어버린 사람, 오직 안개 속에서만 힐끗 본 누군가, 구할 수 없었던 누군가의 상징이었다. 아, 나의 사랑스러운 어둠 속 어머니여. 그 비명과 그 목소리들과 그 물. 어머니는 내게서 사라졌다. 사라져버렸다. 그리고 나는 엄마를 구하기 위해서 아무것도 할 수 없었다.

하지만 우리는 이야기를 전하면서 그 이야기의 덫에 걸려서는 안 된다. 그날 저녁, 스트리트의 낡은 오두막에서 내가 한 생각은 바로 그것이었다. 조지의 집에서 가져온 작은 장난감 말을 주머니에서 꺼내어 소피아의 손에 쥐여준 이유도 그래서였다.

"캐리한테 줘." 내가 말했다.

그러자 소피아가 조용히 웃으며 말했다. "이걸 가지고 놀기엔 좀 어린데, 하이."

"노력 중이야." 내가 미소 지으며 말했다. "정말로."

30

결국 라클리스에서 안정적인 거라고는 우리, 즉 테나, 소피아, 어린 캐리, 그리고 나밖에 없었다. 핏줄의 힘이 우리를 묶었다. 소피아는 너대니얼이 선택한 사람이었고 캐리는 소피아의 딸이었다. 나는 아버지의 아들이었고 테나로 말할 것 같으면, 아버지에게는 지나간 시대의 상징과도 같은 존재였다. 아버지는 테나의 아이들을 팔아버렸다. 그건 아버지 생각에 자신이 알던 버지니아의 종말을 표시하는 분기점 같은 행위였다. 아버지가 그렇게 말한 것은 아니다. 하지만 아버지는 테나에게 되도록 말을 걸지 않으려 했고, 저택 부지를 걷다가 테나가 오는 모습을 보면 다른 쪽으로 방향을 틀곤 했다. 어떤 식으로든 한 여자의 자식들을 경마장에서 팔아버린 죄책감을 달래려는 행위였다. 나는 그것이 테나에게 세탁 일을 시키며 아버지가 기대했던 바라고 생각한다.

죄책감 때문이든 아니든, 덕분에 테나는 살아남았고 그 잿빛 나날에 우리 넷은 한 단위를 형성했다. 우리는 같은 일과에 돌입했다. 우리는 함께 식사했다. 그런 다음 내가 아버지를 돌보고 나서 소피아와 캐럴라인을 스트리트로 다시 데려다주었다. 어느 날 밤, 내가 둘을 집에 데려다주는데 소피아가 테나에 대해서 말했다. "테나가 늙어가고 있다는 건 알지?"

"응." 내가 말했다.

"여자가 살기에는 힘든 인생이야, 하이. 세탁하려면 물을 긷고 빨래를 두드리고 잿물을 써야 해. 나도 할 수 있는 대로 돕지만, 힘든 일이야. 네가 돌아와서 다행이야. 테나에게는 휴식이 필요해. 내일은 테나한테 가만히 쉬라고 말해줘. 빨래는 너랑 나랑, 우리가 처리할 수 있을 거야. 월요일에도 우리가 빨랫감을 걷어 오자."

나는 돌아가서 테나에게 우리 계획을 전했다. 테나는 조금쯤 항의하며, 우리가 일하는 동안 캐럴라인을 돌보겠다고 우긴 뒤에야 물러섰다. 다음 날은 일요일이었다. 코린이 와서 아버지를 교회로 데려가기로 되어 있었다. 호킨스가 아버지와 코린을 보필할 테니 나는 일을 좀 더 할 수 있었다. 그날 밤, 나는 침대에 누워서 테나의 계획에 대해 생각했다. 테나는 그때까지도 세탁으로 벌어들인 돈으로 자유로운 말년을 살 수 있으리라고 생각하고 있었다. 나는 테나가 아니라 내 계획에, 언더그라운드의 계획에 매달렸다. 겨울이 다가왔고 밤은 길어지고 있었다. 나는 케시아가 자기 어머니가 구출되었다는 걸 알면 어떤 표정을 지을지 생각했고, 그때까지도 케시아의 표정을 보면 약속을 지켰다는 뿌듯함만 느끼는 것이 아니라 내 안에 있는 아주 오래된 상처도 치유할 수 있으리라고 생각했다.

세탁은 쉬운 일이 아니었다. 나와 소피아는 이른 아침 하늘이 검고 핀으로 뚫어놓은 듯한 별들과 가느다란 달 조각으로만 밝혀져 있을 때 만났다. 첫 한 시간은 우물에서 물을 길어다 솥을 채웠다. 그런 다음 내가 장작을 모아다 불을 피우는 동안 소피아가 옷을 분류하고 구멍 난 자리들을 찾았다. 그러고 나서 소피아는 구멍 난 옷 몇 벌을 테나에게 가져다주었다. 우리는 테나가 아예 일을 못 하게 막는 데까지는 성공하지 못하고 바느질을 맡겼다. 불이 피어오르고 검은 솥이 달아오르면 우리는 옷과 이불을 가져다 두들겨서 먼지를 털어냈다. 소피아가 먼지를 다 털면 나는 토끼굴에서 나와 물을 데우던 저택 옆으로 커다란 세탁조 세 개를 날랐다. 그때쯤에는 별들이 흐려져 얼마 남지 않은 마지막 어두운 푸른색 속에 녹아드는 창백한 달 조각을 볼 수 있었다. 세탁조를 다 옮기고 나면, 우리는 장갑을 끼고 함께 솥을 들어 뜨거운 물을 부었다. 그런 다음 몇 시간 동안 빨래를 문지르고 헹구고 비틀어 짠 다음, 두 번 더 문지르고 헹구고 비틀어 짰다.

우리는 해가 지고 한참이 지나서야 일을 마쳤다. 모든 옷을 널고 나서 정자로 걸어갔다. 내게는 전생처럼만 느껴지는 오래전에 그랬듯이 말이다. 팔과 등이 아팠다. 손이 부르텄다. 우리는 사방이 조용한 가운데 20분 동안 그 자리에 앉아 있었다. 그런 다음 테나와 함께 식사하러 돌아갔다.

"쉽지 않지?" 테나가 말했다. 기진맥진한 우리의 침묵이야말로 상상할 수 있는 가장 요란한 확인이었다. 나는 소피아를 스트리트로 데려가 그녀가 캐럴라인을 씻기고 입혀 잠자리에 눕히는 동안 그곳에 머물렀다. 나는 밖으로 나가서 오두막의 나무 사이 때워진 공간의 틈새 주변을 손마디로 두드렸다. 조각 하나가 떨어져 나왔다.

나는 다시 안으로 들어가서 말했다. "보수해놓은 점토가 떨어지네. 내가 언제 한번 손봐야겠는데."

소피아는 그때 아기의 엉덩이를 헝겊으로 감싸고 있었다. 그녀가 노래를 멈추고 말했다. "얘가 너한테 문제가 돼?"

나는 초조하게 웃었다. "적응이 좀 필요하네."

"그래서 적응할 거야, 말 거야?"

"적응할 생각이야." 내가 말했다.

나는 들어가서 소피아 옆 침대에 앉았다.

"지난번에 네 계획이 어떤 결과를 가져왔는지는 기억하지?" 그녀가 말했다.

"단 하나도 잊지 않았어." 내가 말했다. "하지만 내가 기억하는 건 사냥개들도, 그 후에 벌어진 일도 아니야. 내가 기억하는 건 너야. 네가 그 울타리에 묶여 있던 때, 당장이라도 죽을 줄 알았는데 돌아보니 네 안에서 죽어가는 기색은 전혀 보이지 않았던 일 말이야. 조지가 우리한테 그런 짓을 했는데도."

"조지라." 그녀가 말했다. 그의 이름이 나오자 그녀의 표정에 분노가 떠올랐다. "내가 여기 돌아와보니 조지는 사라진 뒤였어. 잘된 일이기도 해. 내가 그자에게 품었던 끔찍한 복수심은 차마 너한테 얘기할 수 없을 정도니까."

"그러게, 차라리 잘됐네." 내가 말했다.

"그 자식한테는 그렇지." 그녀가 말했다. "그 자식한테는."

우리는 잠시 침묵을 지켰다. 소피아는 이제 캐럴라인을 어깨에 걸치고 아이의 등을 부드럽게 쓸어주고 있었다.

"하이람." 그녀가 말했다. "왜 떠났어?"

"'떠났다'고 할 순 없어. 그놈들이 와서 나를 데려간 거니까." 내가 말했다. "너도 봤다시피."

"그게 다야?" 그녀가 말했다. "널 끌고 갔다고?"

"어떤 식으로 일이 벌어지는지는 너도 알잖아." 내가 말했다. "우리가 처음이 아니었어. 저 바깥에서는 사냥개들이 사람을 잡으러 다녀. 그렇게 데려가는 거지."

"그 이상의 뭔가가 있었다는 느낌이 드는데. 어쩌면 너로서는 말할 수 없는, 말해서는 안 되는 일들일지도 몰라. 네가 워커 집안 피붙이여서 그랬는지도 모르지만 그게 전부는 아니라고 느껴져. 나는 여기 사람들을 잘 알아. 하월 워커처럼 노예제도를 신봉하는 사람들은 자기가 저지른 죄악의 결실을 보지 않기 위해서라도 자기 핏줄을 순식간에 팔아버릴 거야. 말할 것도 없어."

"나는 노역자야." 내가 말했다. "네가 노역자인 것처럼. 핏줄이 그걸 바꿀 순 없어. 보이는 게 전부야. 간단한 문제지. 코린은 내게서 얻을 게 있었고, 하월은 메이너드의 죽음을 안타깝게 여겨서 나를 위로용으로 코린에게 보냈어. 우리가 도망쳤다는 사실이 일을 수월하게 해준 거지."

"뭐, 그것 말고 다른 부분을 얘기하는 거야. 네가 떠나 있는 동안 나도 코린을 볼 만큼 봤어. 심지어 너대니얼보다도 많이 봤는걸. 몇 주에 한 번씩 이리 내려오더라. 코린이 나를 보고 싶어 하는 이유를 모르겠어. 왜 내가 나체스 쪽으로 보내지지 않았는지도 모르겠고. 우린 왜 여기 있는 거야, 하이람? 우린 왜 남은 거야?"

"너대니얼한테 던져야 할 질문인 것 같은데."

"하이." 그녀가 말했다. "난 너대니얼이 우리가 도망쳤다는 사실조차 모른다고 생각해. 그 후로 몇 번 너대니얼을 본 적이 있는데, 자주 만나지는 않았지만 너대니얼은 그 일에 대해서 아예 한마디도 하지 않았어."

"모르겠어. 내가 딴 사람 머릿속에 들어가볼 수 있는 것도 아니고."

"그런 얘기가 아니잖아."

"그래. 뭐, 그래도 난 네가 뭔가를 암시한다는 생각이 들어."

소피아는 빈손으로 내 어깨를 찰싹 때리며 인상을 썼다. 꽤 오랜 시간 침묵이 흘렀다. 나는 코린이 소피아를 지켜봐야겠다고 느낀 이유가 뭘지 생각하며 방금 내가 들은 이야기를 두고 고민했다. 그런 다음 소피아를 돌아보았다. 이제 그녀는 캐리를 무릎에 눕히고 무슨 노래를 부르며 부드럽게 달래고 있었다. 아기 캐럴라인은 허공을 치면서 잠을 쫓으려고 눈꺼풀과 싸우고 있었다.

잠시 나는 필라델피아의 추억 속으로 돌아가 마스와 함께했다. 그가 내게 마음을 털어놓았던 일과 화이트 가족 전부가 솔직하게 마음을 나눠줬던 일, 그게 내게 다가온 의미, 그리고 블랜드가 자신을 열어 보였던 일을 생각했다. 블랜드의 말이 나를 메이너드의 죽음에 대한 죄책감으로부터 해방해주었다. 나도 그와 비슷한 어떤 일을 소피아에게 해주어야겠다고 느꼈다.

"아기가 그저 기쁨만 가져다주는 존재는 아니라는 걸 알아. 나도 본 게 있거든. 하지만 나는 아이를 원하지 않던 여자들도 결국 자기 인생을 아기를 중심으로 꾸려나가는 모습을 너무 자주 봤어. 네가 이 아이를 중심으로 삶을 꾸렸고, 이 애가 태어나기 전부터 이미 그랬다는 것도 알아. 너는 아이를 위해서 도망치려 했지. 이 아이를 위해서라면 사람도 죽일 수 있었겠지. 지금 네가 캐리를 보는 모습을 보니까 기억나. 네가 나한테 했던 말. '그 일은 일어날 거야, 하이람.' 넌 그렇게 말했어. '난 누가 나를 차지했던 것처럼 내 딸도 차지하는 걸 보게 되겠지.' 네 말을 부정할 사람은 없을 거야. 난 모든 걸 기억하지만, 모든 말을 귀 기울여 듣는다고는 못 하겠어. 하지만 지금은 네 말이 진짜로 들려. 네 말을 훨씬 넘어서는 것들까지도."

남자들이 자기 핏줄이 아닌데 자기한테 온 아이에게 너무도 끔찍하고 비참한 짓거리를 한다는 것도 알고 있어. 어쩌면 나도 그런 남자 중 하나인지도 몰라. 어쩌면 평판에 너무 신경 쓰고, 나 자신의 분노와 증오심에 너무 빠져서……." 나는 고개를 저었다. "내 말은, 캐럴라인은 나한테 아무런 문제도 안 되고 너도 전혀 문제가 아니라는 거야. 문제는 나야." 나는 여기서 잠시 말을 멈추었고, 소피아는 내 손을 꽉 잡았다.

"난 캐럴라인을 보자마자 그 애 아빠가 누구인지 알아챘어. 무슨 법칙 같더라. 내가 돌아와서, 아기 캐럴라인을 데리고 있는 너를 보고, 캐럴라인은 내 핏줄이 아니고……."

분명히 말하지만, 그 순간 아기 캐럴라인이 내 말을 알아듣기라도 하는 듯 돌아보면서 손을 뻗었다. 나는 소피아의 손에서 손을 슬쩍 빼내 아기에게 내밀었고, 아기가 내 새끼손가락을 꽉 잡았다.

"하지만, 캐럴라인은 내 핏줄이야." 내가 말했다. "나처럼 황갈색 피부에 회녹색 눈을 가졌어. 이 눈은 내 것만은 아닌 워커 가문의 눈이지. 저 머리카락도 워커 가문의 머리카락이야. 최초의 조상한테까지 거슬러 올라가는 특징인 것 같아. 엠 카운티 지역사에 실린 그 사람에 대한 설명을 보면, 전부 그 점을 언급하거든.

그게 가장 웃긴 점이지. 그 회녹색 눈이 메이너드만은 건너뛰었으니까. 하지만 아기 캐럴라인에게는 아주 두드러지게 나타났어.

그게 골치 아픈 점이야. 이런 일은 깨끗하지가 않고 엉망진창이니까. 나도 어떤 사람에게 같은 얘기를 해줬어. 지금은 내 조언에 나 자신도 귀 기울이기 힘들지만 말이야. 내가 보았던 것들, 떠나서 알게 된 사람들을 네가 알았으면 좋겠어. 모두가 뭘 더 사랑해야 할지 결정해야 해. 사랑스럽거나 고약한 것 중에서. 자기 눈앞에 놓인 것들을 사랑하든지, 자신의 분노와 평판을 더 사랑하든지. 둘 중 하나를 선택해야 하는 거야. 그리고 나는 이 세상의 진창을 선택했어, 소피아. 나는 모든 현실을 받아들였어."

이제 소피아의 눈에는 눈물이 고여 있었다.

"내가 안아봐도 될까?" 내가 물었다.

그러자 소피아는 눈물을 흘리면서 웃더니 말했다. "조심해. 얘가 널 죽일지도 몰라."

그녀는 미소 지으며 한 손으로 캐럴라인의 등을 받치고 다른 손으로는 어깨를 감싸 내게 건넸다. 아기 캐럴라인이 그 회녹색 눈동자로, 아기 특유의 집착을 담아 나를 올려다보았다. 나는 소피아를 최대한 따라 하면서, 내 두 손을 뻗어 아기를 받치고 슬쩍 당겼다. 그런 다음 아기의 머리가 내 팔이 접혀 오목한 곳에 들어올 때까지 그 애를 끌어당겼다. 아기가 자리 잡았을 때, 그리고 아기가 울거나 칭얼거리지 않았을 때, 내 품에 들어온 그 애라는 따뜻한 진창을 느꼈을 때, 나는 아버지를 떠올렸다. 아버지는 한 번도 나를 이렇게, 상징적인 의미에서가 아니라 실제로 이렇게 안아준 적이 없었다. 나는 어린 시절 내내 그를 쫓아다니며, 이 순간을 찾고 있었던 것이다. 내게 이런 순간을 준 여자도 떠올랐다. 모두들 어머니는 무엇보다 나를 사랑했으며 나를 인생의 중심에 두었다고 말했다. 하지만 어머니는 내게서 뜯겨져 나갔다. 그리고 나는 그녀를 기억하지 못했다.

라클리스가 저절로 비어가고, 토끼굴 전체가 귀신 들린 집처럼 잿빛으로 변하며, 끝나가는 계절이 겨울로 말려들던 그때, 캐럴라인은 우리 세계에 내리쬐는 빛이었다. 캐리가 태어날 때는 산파 역할을 할 사람이 아무도 없어서 테나가 직접 했는데, 테나는 그때의 감동 때문에 가끔 소피아 대신 아기를 봐주었다. 그다음 주 일요일, 내가 소피아네 오두막의 점토 보수재를 손보고 있을 때도 마찬가지였다. 나는 한 시간가량 일하고 안으로 들어갔다. 소피아가 난롯불을 피워두고는 몸을 꽁꽁 싸맨 채 불쪽으로 손을 내밀고 난로 앞에 앉아 있었다.

그녀는 나를 보며 말했다. "안 추워?"

"추워." 내가 말했다. "보면 몰라?" 나는 두 손을 소피아의 뺨에 대고 목까지 쓸어내렸다. 소피아는 웃으며 소리 질렀다. "야, 그만해!"

나는 그녀를 오두막 바깥 스트리트로 몇 분 동안 따라다녔고 우리는 웃으며 땅에 쓰러졌다.

"됐어, 이젠 진짜 춥다." 내가 말했다.

"내 말이." 그녀가 말했다.

우리는 안으로 들어가 불가에 앉았다. "이런 날은," 그녀가 말했다. "술 한잔 마시면 딱일 텐데. 분명히 말하는데, 나의 캐럴리나 머큐리는 자기 몫의 술을 늘 보관하곤 했어." 그러더니 그녀는 나를 보며 말했다. "용서해, 하이. 옛날 얘기를 하려던 건 아닌데."

"내 것이 되려면, 내 것이 되면 안 되잖아." 내가 말했다. "게다가 그 말을 들으니까 말인데, 나도 생각이 있어. 여기서 잠깐 기다려."

나는 저택으로 다시 걸어가 토끼굴로 들어갔다. 테나의 방을 지날 때 잠시 멈춰 서서 보니 문이 살짝 열려 있었다. 안을 들여다보니 캐럴라인이 테나의 가슴에 누워 잠들어 있었다. 아주 오래 전 케시아가 자기도 그랬다고 말해준 그대로였다. 나는 내 방으로 들어가, 필라델피아를 떠날 때 마스가 준 럼주 한 병을 챙겼다. 돌아왔을 때 소피아는 팔 밑 겨드랑이에 두 손을 엇갈려 낀 채 자리에 앉아 있었고, 내가 술병을 보여주자 미소 지으며 말했다. "너한테 뭔가 있다는 건 알고 있었어. 네가 갔던 곳 어딘가에 말이야."

내가 병을 따자 그녀가 말했다. "너는 분명 떠날 때와는 다른 사람이 돼서 왔어. 날 속이려면 속여봐. 아무리 그래도 넌 달라졌어. 난 알수 있어, 하이. 나한테는 숨길 수 없어."

술병을 건네주자 그녀는 얼굴에 비를 맞듯이 머리를 젖히고 술을 마셨다. "와." 그녀가 소매로 입을 닦으며 말했다. "진짜, 너 꽤 대단한 곳에 갔나 보다."

"하지만 지금은 여기 있지." 내가 그렇게 말하고 럼주를 한 모금 마셨다. "넌 어땠어?"

"내가 뭐?" 소피아가 말했다. "뭘 알고 싶은데? 네 앞이니까 전부 털어놓을게."

나는 한 모금 더 마신 뒤 병을 땅에 내려놓았다.

"무슨 일이 있었던 거야?" 내가 물었다. "놈들이 저 바깥에서 우리를 잡았던 그날 밤 이후로 무슨 일을 겪었어?"

"흠." 그녀가 말했다. "뭐, 놈들이 나를 감옥에 처박아넣었어. 아마 너랑 비슷했을 거야. 난 끝장이라고 생각했어, 정말로. 나체스가 나를 부르고 있었지. 우리가 아는 그 나체스 말이야. 나 같은 여자는 아기가 있든 없든 바로 매음굴로 팔려 갈 게 틀림없었어. 정말이지 덜컥 겁이 나더라. 그날 밤에 내가 강한 모습을 보이려 했다는 건 알아, 하이. 네가 함께 있었기 때문이야. 내가 걱정해야 할 사람은 너라고 느꼈어. 네가 있는 한 내 걱정거리에 대해 생각할 시간이 별로 없었고.

하지만 사냥개들이 나를 감옥에 처넣은 그날은 나한테 닥칠 모든 나쁜 일들이 와닿았어. 울고 싶었지만, 강해져야 했어. 그래서 캐럴라인에게 가만히 말을 걸었어. 거기 있는 내내 그냥 말을 걸었어. 분명히 캐럴라인은 나를 위로해줬어. 더는 그렇게 외롭지 않더라. 네 말그대로야. 캐럴라인은 내가 원한 아이는 아니었지만, 그 순간에는 그애 덕분에 너무 행복했어. 내 안에서 피어나는 자그마한 존재에 불과했는데도.

난 그 순간 비로소 캐럴라인의 엄마가 되었어. 나는 너대니얼이내게 저지른 일과 내게 지운 짐에 화가 나 있었어. 캐럴라인에게는고맙지만, 절대 너대니얼에게 고맙지는 않아. 캐럴라인은 내 거야. 나의 신이야. 잃어버린 내 고향 캐롤라이나를 따서 아기 이름을 지었어. 내가 아무 죄 없이 뜯겨 나온 그 땅 말이야. 그게 전부야. 나체스의 칼이 내 목을 겨누던 그때 그 감옥에서 캐럴라인이, 나의 고향이나를 구해줬어."

나는 술병을 건넸고 그녀는 한 모금 더 마신 뒤 몸을 떨며 말했다. "으음." 그녀는 소매로 입을 닦았다. 그러고는 잠시 침묵을 지켰고, 나는 그런 그녀를 바라보며 그냥 앉아 있었다. 소피아가 나를 돌아보며 술병을 건넸을 때, 그녀는 달라 보였다. 그녀가 한 이야기의 결이어떤 식으로든 얼굴에 새겨진 것 같았다.

"사실 그게 전부는 아니야." 그녀가 말했다. "그날 밤늦게 나는 감옥 한구석에서 몸을 옹송그린 채 천천히 잠에 빠지고 있었어. 사방에쥐들이 돌아다녔고 차가운 외풍이 들이쳤지. 눈을 들어보니까 어떤그림자가 나를 들여다보는 거야. 그러더니 그 그림자가 몇 발짝 멀어졌어. 꿈인가 싶더라. 그런데 그때 그 그림자가 사냥개 중 한 명과 같이 돌아왔어. 사냥개가 내 감옥 문을 열고 말했지. '일어나.'

두 번 말 시켜서 뭐 하겠어? 나는 자리에서 일어났고, 그건 전혀 그림자가 아니라는 걸 알게 됐어. 그 사람은 상복을 입은 코린 퀸이었어. 밖으로 나가니 코린 퀸의 마차가 그 여자의 사람들을 태우고서 있더라. 그들이 나를 코린과 함께 뒷자리에 태웠어. 코린은 너대니얼이 내가 도망쳤다는 얘기를 들으면 무슨 일이 벌어질지 안다고 했어. 너대니얼이 꼭 그 얘기를 들을 필요는 없다고, 그건 확실하다고도 하더라. 꼭 알아야 하는 사람은 아무도 없다고 말이야. 코린은 내가 예전 그대로 돌아갈 수 있댔어. 그러면서 그녀가 요구한 건 딱하나였어. 가끔 스트리트에 들러서 나랑 얘기를 하고 싶다는 거야."

"무슨 얘기를 해?" 내가 물었다.

"대부분은 여기서 벌어지는 일들에 대해서였어." 소피아가 말했다. "말했지만, 코린은 가끔 여기에 들러서 누가 아직 있고 누가 나체스 쪽으로 갔는지 물어보곤 해. 뭐랄까, 그게 항상 이상했어. 하지만 캐럴라인이 온 뒤로 내 소원은 이 아기를 안전하게 지키는 것밖에 없었어. 다른 건 별로 관심 없었단 얘기야.

하지만 너에 대해서는 코린한테 물어본 적이 있어." 소피아가 이말을 하면서 내게 팔짱을 꼈다. "사람들이 널 어떻게 할 것 같냐고물어봤어. 코린이 걱정하지 말라더라. 너는 잠시 떠나 있겠지만 돌아올 거라고 했어.

그 말을 믿었다고는 못 하겠어. 하이. 너도 알겠지만 나는 너무 많은 걸 잃었거든. 그래서 사라진 건 사라진 거고 그게 끝이라고 알고있었어.

그런데 넌 예외였어. 넌 돌아왔어." 그녀가 단검 같은 눈으로 나를꿰뚫어보았다. 사방에서 방이 빙빙 돌았다. "믿기 어렵지만, 넌 나한테 돌아온 거야."

　나는 생각을 멈췄다. 오두막의 기둥과 서까래와 점토 보수재가 구부러지는 것 같았다. 그와 함께 온 세상의 기둥과 서까래와 점토 보수재가 우리 둘을 둘러쌌다. 자연 전체가 취하는 것만 같았기에, 그녀의 입에서 럼주 맛을 느꼈을 땐 그 맛이 삶의 설탕처럼 느껴졌다.

　나는 그제야 내가 사실 모든 것을 기억하지는 못한다는 점을 알게 되었다. 내가 잊어버리기로 선택한 건 어머니만이 아니었다. 나는 장면이 아니라 장면 너머의 느낌을 잊고 있었다. 소피아를 얼마나 애타게 그리워했는지, 그녀를 얼마나 열망했는지 잊었다. 커다란 크리스마스 모닥불 근처에서 춤추던 소피아에 대한 기억을 혼자 곱씹을 수 있게 레이먼드와 오다가 나를 가만히 내버려두기만을 바랐던 필라델피아에서의 나날을 잊어버린 것이다. 선로를 밀고 내려오는 기차처럼 열망이 내 몸의 기관들을 밀어젖히는 낮고도 깊은 아픔까지 잊고 있었다. 나는 그 병을 떨쳐낼 방법조차 없는 기침처럼 받아들였다. 외로움이 나를 잡아먹는 걸 느끼며 배를 두 팔로 꽉 잡고 몸을 숙인 채 혼자 있던 나날. 나는 소피아를 사랑했다. 당시의 내가 언더그라운드에 속해 있었다지만, 노역자가 노예제도 아래서 그런 감정을 품는 것이 얼마나 위험한지 알았기에 되도록 그 감정을 잊어버리려 했는지도 몰랐다. 그러나 그 감정은 나를 잊지 않았다. 지금은 그 감정이 우리 사이에 있었다. 그녀가 내 얼굴을 쓰다듬고 내 팔을 두 손으로 잡았을 때, 부드럽게가 아니라 단호하고도 굶주린 듯 잡았을 때, 나는 그제야 내 느낌, 내 갈망, 눈멀고 격렬한 젊음의 굴레를 쓴 욕망을 뿜어내고 싶은 비천한 욕구가 나만의 것은 아님을 알았다.

몇 시간 뒤, 우리는 다락에 누워 위를 쳐다보고 있었다. 그녀의 팔이 내 가슴에 가로놓여 있었고, 손은 피아노를 연주하듯 내 어깨를 만지작거리고 있었다.

"세상에, 너로구나." 그녀가 말했다. "네 손. 네 눈. 네 얼굴이야."

어두워진 지도 한참 지났다. 시간이 너무 많이 흘러 있었다. 아침이 머지 않았다. 그때가 되면 세상의 서까래가 늘어지고 우리는 라클리스 안 평소의 자리에 평소처럼 노역하며 남겨지리라. 그러나 무언가 돌이킬 수 없는 일이 벌어졌다. 이를 테면, 나 자신에 대해 미처 몰랐던 점을 깨달았다. 오다 화이트도 언젠가 그 같은 점을 깨닫고 광기에 사로잡혔던 것이다. 리디아와 함께가 아니라면 영영 잠들지 못하리라는 생각에. 처음으로 나는 인도의 힘을 이해했다. 인도의 힘은 감정을 전달하는 데 있었다. 인도란 너무도 충격적이어서 돌과 강철처럼 느껴지는 순간들을 전달하는 것이었다. 포효하며 기찻길을 달려오다가 차양의 찌르레기들을 쫓아버리는 강철 사자처럼 현실감을 띠는 순간들이었다.

소피아가 위층 다락에서 지켜보는 가운데, 나는 옷을 입다가 벽난로를 보았다. 조지 파크스의 집에서 가져온 장난감 말이 있었다. 분명히 그 말은 희미하게 빛나고 있었다. 그때 소피아가 다락에서 내려와 내 뒤에 서서 허리에 팔을 두르고 등에 머리를 기댔다. 그동안에도 나는 두 손에 든 나무 말을 살펴보았다.

"괜찮아." 그녀가 말했다. "가져가. 캐럴라인은 그런 걸 갖기엔 너무 어리다고 했잖아."

"그래." 내가 말했다. "그런 거 같다."

나는 그 작은 나무 말을 손에 든 채 소피아를 돌아보았다. 어둠 속에서 세상은 마지막으로 한 번 내 입술을 그녀의 입술로 이끌었다. 우리는 어마어마한 폭풍 속에서 배의 돛대에 매달리듯 서로에게 매달렸다.

"그래." 내가 말했다. "이제 가야겠다."

"그러게." 그녀가 말했다.

"그래." 나는 다시 말했고, 바깥 세상으로 걸어 나갈 때는 그 작고 푸른 시간 속 그녀의 모습을 되도록 오래 간직하기 위해서 뒷걸음질을 쳤다.

내가 그때 바로 토끼굴로 올라가 단화에 구두약을 칠하고 몸을 깨끗이 했다면 모든 것이 쉬웠을 것이다. 하지만 이 새로운 깨달음, 자물쇠가 풀린 옛 생각이 나를 사로잡았다. 나는 어둠 너머 덤실크 대로로 이어지는 오솔길을 걸어가는 것을 선택했다. 나는 사냥개들을 만날 위험을 무릅썼다. 놈들은 그 순간에도 쇠락한 엠 카운티의 마지막 도망자일 게 뻔한 사람들을 찾아 이 길을 순찰하고 있었다. 하지만 나는 길을 가면서도 나무 말을 만지작거렸고, 설령 지금이 놈들의 전성기라 한들 사냥개들이 나를 정말로 위협할 수는 없었으리라는 것을 알았다.

20분 뒤, 나는 구스 강에 돌아와 있었다. 구스 강은 강이 아니라 땅을 가로질러 뻗은 드넓은 검은 덩어리처럼 보였다. 강물이 강둑에 부드럽게 철썩이는 소리가 들릴 때까지 그 덩어리를 향해 걸어갔다. 날이 흐려서 뭐든 비춰줄 달빛은 가려져 있었다. 나는 강둑에서 나무 말을 쥔 손을 들어 올렸다. 인도의 푸른빛이 뿜어져 나오는 것이 보였다. 강을 돌아보니 이제는 익숙해진 안개가 몰려오고 있었다.

이어서 벌어질 일은 누구도 가르쳐줄 필요가 없었다. 나는 거의 동물적인 본능으로 그 일을 해냈다. 아주 단순한 동작이었다. 손에 쥐고 있던 나무 말을 단단히 쥐었을 뿐이다. 그 순간, 새로 강물을 덮은 안개가 어느 신화 속 동물의 덩굴손처럼 뻗어 나와 나를 구멍 안으로 채 갔다.

31

떠올릴 이야기와 물, 그리고 기억을 벽돌만큼이나 실제적으로 만들어주는 물건. 그것이 인도의 조건이었다. 하지만 내 관심사는 그 힘을 가지고 무엇을 해낼 수 있는지보다 눈앞에 닥친 그날을 헤쳐나가는 것이었다. 피로가 단단히 내려앉았다. 예전에도 느꼈고, 해리엇에게서도 본 적 있는 그 피로였다. 나는 어떻게든 노역은 처리했지만, 일을 다 하고 나서는 저녁 식사 시간을 지나 다음 날까지 계속 잤다. 깨어나서는 하월에게 옷을 입히고 아침을 가져다준 다음, 그가 아침에 느끼는 가벼운 찌뿌둥함에서 벗어나도록 도와주었다. 저녁 식사 시간에 소피아를 보게 되리라는 생각에 내 일부는 인도 자체만큼이나 밝게 빛났다. 그날 저녁 그녀를 만나자 꼭 다른 세상을 걷는 듯한 기분이 들었다. 모든 것이 꿈인지 궁금했지만 그녀는 바로 그곳에 테나와 캐럴라인과 함께 있었다. 그녀가 나를 보더니 미소 지으며 말했다. "돌아왔네."

우리는 함께 몇 주 동안 행복하게 보냈다. 처음에는 발전된 우리 관계를 숨기려 했다. 저녁 식사를 마친 뒤 소피아는 캐럴라인과 함께 일부러 요란하게 떠났다. 나는 아버지에게 사과주를 가져다주고 함께 앉아 있다가 그를 잠자리에 눕힌 뒤 스트리트로 내려가곤 했다. 짧디짧은 우리 연애의 초창기에 나는 내 침대로 올라가 30분 정도 누워 있다가 업무를 시작하곤 했다. 생각만큼 이상한 일은 아니었다. 라클리스에서 노역하며 아내와 아이들과 다른 저택에 사는 수많은 남자들에게는 오래된 의례였다. 하지만 내 경우는 테나가 아무것도 모른다는 사실에 우리의 관계가 달려 있는 듯했기 때문에 특이했다. 그런데 사실 테나는 모르지 않았다. 어느 날 저녁, 식사를 마치고 캐럴라인을 안고 있던 테나가 "잘됐구나"라고 말했다. 나는 당연히 놀랐다. 하지만 테나는 그 이상 아무 말도 없었다.

걱정할 사람은 테나만이 아니었다. 너대니얼 워커가 여전히 소피아와 캐럴라인에 대해 어떤 권한을 가지고 있다는 건 누구나 아는 사실이었다. 나는 그런 권리에 끼어들었다는 게 들통난 노역자에게 무슨 일이 일어나는지 잘 알았다. 한번은 코린이 우리를 구해줬을지 몰라도, 같은 일이 두 번 일어난다면 너대니얼의 교만한 분노로부터 우리를 구해줄 사람이 없을 터였다. 그 시절은 내 기나긴 인생에서 가장 아름다운 시절이었다. 그러나 그 시절은 여전히 노역이라는 변덕스러운 땅 위에 세워져 있었으며, 그 땅이 머잖아 다시 흔들리리라는 것은 분명했다.

12월 초에 너대니얼 워커가 돌아온다는 소식이 들려왔고, 일주일 후에는 소피아가 어쩔 수 없이 불려 갈 거라고 했다. 그때까지도 주변에서 무슨 일이 벌어지는지 몰랐던 아버지는 내게 소피아를 너대니얼에게 데려다주라고 했다. 그 일이 즐겁게 생각됐다고는 못 하겠다. 그러나 나는 그때쯤 교훈을 잘 받아들인 상태였다. 소피아가 내 것이 되려면, 절대 내 것이어서는 안 됐다. 그리고 우리 사이에는 소유권이 아니라, 무슨 수를 써서든 서로의 곁에 있겠다는 약속이 자리

잡고 있었다. 그리고 내가 그녀를 너대니얼 워커의 집으로 데려다주었던 그 겨울날 우리가 쓴 수단은 현실을 외면하고 판타지를 지키는 것이었다.

우리는 일찍 떠났다. 소피아는 여행의 전반부에 잠을 잤다. 후반부에는 나와 이야기를 나눴다.

"그래서, 코린과의 일은 어땠어?" 소피아가 물었다. "발톱 다리가 달린 욕조에서, 실오라기 하나 안 걸친 백인 하녀 다섯 명을 거느리고 목욕이라도 하셨나?"

우리는 웃었다.

"부정을 안 하네."

"난 아무것도 부정 안 해, 소피아."

"여기서 떠나 있을 때의 얘기만 빼고 말이지." 그녀가 말했다. "와, 대체 그 사람들이 너한테 무슨 짓을 한 거야?"

"별로. 내 말은, 말할 게 별로 없어."

"내가 관심 있는 건 네가 아냐, 하이. 나는 나한테 관심을 두는 그 여자한테 관심이 있어. 지금도 도저히 모르겠단 말이야, 왜 그 여자가 나를 나체스로 떠나도록 내버려두지 않았는지."

"나도 몰라. 네가 마음에 들었나 보지."

"백인들이 다른 사람의 노예를 마음에 들어 한다고? 그런 소리 들어본 적 있어?"

나는 아무 말도 하지 않았다.

"그 여자가 여행을 좀 다닌대. 북부에서 보고 온 가증스러운 것들에 대한 이야기로 늘 너희 아버지의 귀를 채워준다더라. 그런 여행에 절대 유색인을 데려가지는 않겠지."

"아마 그렇겠지. 잘 모르겠네."

"넌 당연히 알아, 하이. 같이 가봤거나 안 가봤거나 둘 중 하나잖아."

나는 계속 눈앞의 도로만 똑바로 쳐다봤다.

"아무렴 어때. 날 속이려 하지 마. 너는 북부에 가보기는커녕 이 카운티에서 한 번도 벗어난 적이 없을 거야. 만일 그런 일이 있었다면, 장담하는데 내가 널 볼 일은 다시는 없었을걸."

"왜?"

"네가 그 자유로운 사람들이랑 같이 북부에 갔었다면, 돌덩이처럼 멍청하지 않고서야 이리로 다시 내려올 리 없으니까. 분명히 말하는데, 내가 자유의 땅에 발끝이라도 대는 날이면 너는 내 소식을 다시는 듣지 못할 거야."

"흠, 그럼 우리는 그걸로 끝나는 거겠네."

"자, 봐. 너도 알겠지만, 넌 어떤 식으로든 도망칠 사람이 아니야. 전에도 한번 도망쳐봤잖아. 게다가 너는 라클리스에 매여 있어. 네가 돌아왔다는 사실 자체가 증거지."

"그러고 싶어서 그런 건 아니야. 내가 선택한 일은 아니었어."

우리는 아침 늦게 너대니얼 워커의 집에 도착해 옆길로 마차를 몰았다. 그곳에서 우리를 맞이하고 소피아를 데려가곤 하던 안내인을 기다렸다. 나는 그들이 각자의 일을 하도록 남겨두고 떠나야 했다. 그 집 밖에 서 있으면서 어땠느냐고? 사랑하는 여자를 다른 남자에게 데려다주는 것보다는 확실히 나은 소명들이 있다. 하지만 나는 많은 것을 숨겨야만 하는 상황을 오랜 세월 연습해온 데다가, 내가 얼마나 고통스럽든 소피아는 그 두 배를 겪으리라는 걸 알고 있었다. 게다가 나는 나이도 먹었다. 몇 달 전에는 상상조차 못 했던 것들을 이해했기에, 그 순간 내 가장 큰 소원은 소피아를 편안하게 해주는 것이었다. 그래서 나는 우리 사이에 날 선 침묵이 흐르고, 그녀가 평소와 달리 농담을 전혀 하지 않는다는 것을 눈치채고 목소리를 높여 말했다. "내가 떠나 있는 동안은 어떻게 여기에 왔어?"

"걸어서." 소피아가 말했다.

"여기까지 걸었다고?"

"응. 옷도 다 걸치고, 소지품도 다 들고 걸어서 왔어. 테나가 있어서 얼마나 다행인지 몰라. 그런 주말에는 테나가 캐럴라인을 돌봐줬거든. 한 번밖에 없기는 했지만. 분명히 말하는데, 그렇게 호출당했을 때 나는 엉망진창이었지만 해냈어. 바로 저 덤불 뒤에서 얼굴도 옷도 입에 담기 민망한 것들도 다 고쳤지."

"세상에……."

"내가 해본 일 중에서 가장 비천해진 느낌이 드는 일이었어. 저 덤불 속에서 하나님이 주신 몸뚱이만 남기고 다 벗어야 했다니까. 누가 지나가지는 않을지, 무슨 짓을 저지르지는 않을지 걱정하면서. 할 수 있었던 거라곤 늘 그렇듯 용기를 내려고 혼자 낮고 조용하게 노래하는 것뿐이었어."

그런 다음 소피아는 무거운 한숨을 길게 내쉬더니 말했다. "내가 저 인간들을 증오한다는 건 절대 의심하지 마. 절대로."

그렇게 말할 때 소피아의 얼굴은 사형집행인의 가면처럼 변했다. 인상을 쓰거나 눈썹을 치켜 올리는 일은 없었다. 입이 커지지도 않았다. 갈색 두 눈에 빛이 돌지도 않았다. 그녀의 표정은 지금 말하는 진정한 증오심을 거울처럼 비추었다. 그녀는 고개를 젓고 말했다. "내가 그놈들한테 무슨 짓을 하고 싶은지, 무슨 짓까지 할 수 있는지 알지, 하이? 지금 네가 보는 건 이 작은 몸속에 들어 있는 나야. ……글쎄, 만일 내 손과 팔이 남자의 것이었다면, 그 힘으로 과연 뭘 했을까? 있잖아, 난 생각해봤어. 이런 몸으로도 그자가 잠들어 있는 동안 뭔가를 할 수 있을지 생각했다고. 부엌칼로, 아니면 그자의 차에 팅크를 타거나 케이크에 흰 가루를 섞어서……. 그런 일을 너무도 자주 생각했어. 뭐, 그러다가 캐럴라인이 생겨서 더는 그러지 않게 됐지만. 그리고 난 착한 여자야, 하이. 분명히 말하는데, 난 착한 여자야. 하지만 기회만 주어지면 내가 놈들에게 무슨 짓을 할지는……."

소피아는 말을 흐리며 혼자만의 생각에 빠져들었다. 20분쯤 지나서, 잘 차려입은 노역자가 숲길에서 나왔다. 그는 마차로 다가와 우리에게 엄격하고 못마땅한 눈길을 던졌다. "오늘은 널 보지 않으시겠단다. 나중에 따로 연락하실 거다."

그러더니 그는 돌아서서 길을 되짚어갔다.

"다른 말은 없었어?" 소피아가 소리쳤다. 그러나 남자는 돌아보지 않았다. 듣기는 했지만, 대답할 마음이 없는 게 분명했다.

우리는 뭘 해야 할지 몰라 잠시 그 자리에 앉아 있었다. 그러다가 소피아가 쓴웃음을 지으며 나를 돌아보고 말했다. "넌 좋지?"

"안 좋아." 내가 말했다. "방금 말투로 봐서는 너도 비슷한 기분일 것 같은데."

"맞아." 그녀가 말했다. "근데 이상하네. 예전에는 한 번도 이런 적이 없었거든."

소피아는 생각에 잠겨 잠시 조용해졌다. 새로운 가설을 머릿속에서 굴려보는 듯했다.

"무슨 생각 해?" 내가 말했다.

"어쩌면 네가 해낸 일인지도 모르겠어." 그녀가 말했다. "어떻게 된 건지 몰라도, 이 모든 게 네가 일으킨 결과라는 데 걸겠어."

나는 가볍게 웃고 고개를 저으며 말했다. "나를 그렇게나 봐준다니 놀랍다. 내가 이런 백인들에게 무슨 힘이라도 있겠어. 내가 무슨 마법사도 아니고."

"너한텐 확실히 뭔가가 있어, 그건 분명해."

우리는 웃었다. 나는 마차의 고삐를 당기고 라클리스 쪽으로 다시 방향을 틀었다.

"미안해, 하이람." 그녀가 말했다. "내가 저기로 돌아가고 싶어 하지 않는다는 건 너도 알지? 나는 할 수 있는 한 멀리 가고 싶어. 하지만 꼭 돌아가야만 한다면, 아예 매듭을 짓고 싶어. 증오심이 내 머리 위에 감돌고 있어. 그자와 함께 있으면 나는 노예야. 하지만 네가 돌아왔으니까, 그 어느 때보다도 자유로워졌다는 느낌이 들어. 이게 진정한 약속이 될 수 없다는 건 알아. 그래도 어떤 의미는 될 수 있을 거야. 난 약속을 하고 싶어."

그러더니 그녀는 허리를 숙여 내 뺨에 가볍게 입을 맞췄다. "할 수 있는 한 많이."

아, 다시 그 시절로 돌아가 젊은이가 된다는 건 어떤 의미일까. 그 시절 내 인생은 아직 초창기였다. 태양은 막 지평선 위로 떠오르고 있었으며, 모든 약속과 비극이 나를 기다리고 있었다. 일일 통행권을 쥐고 마차에 올라, 누구보다 사랑하는 여자와 함께 낡고 황폐한 버지니아 최후의 애절한 하루를 살 수 있다면. 그때 우리에게는 시간이 있었다. 운명이 우리를 저버리는 순간까지 엠 카운티의 그 도로를 가능한 한 멀리까지 달려가겠다는 꿈을 꿀 시간이. 그 시절로 돌아간다는 건 과연 어떤 의미일까.

우리는 계속해서 말을 몰아가며 옛 나날과 엠 카운티의 잃어버린 사람들, 터스튼, 루실, 렘, 개리슨이 어떻게 떠났는지, 나체스가 어떻게 그들을 데려갔는지 이야기했다. 누군가는 조용히, 누군가는 노래하며, 누군가는 웃으며, 누군가는 몸부림치며 떠나갔다.

"피트는 어떻게 됐어?" 내가 물었다.

"네가 돌아오기 한 달쯤 전에 다리 너머로 팔려 갔어." 소피아가 말했다.

"하월이 피트는 절대 놓치지 않을 줄 알았는데." 내가 말했다. "피트는 과수원 돌보는 솜씨가 남달랐잖아."

"이젠 모두 나체스로 떠났어." 그녀가 말했다. "다른 사람들도 그렇게 될 거야. 우리도 머잖아 그렇게 될 거고. 모두 사라졌어. 다 끝났어."

"아니야." 내가 말했다. "난 우리가 생존자라고 생각해. 악마 같은 의미에서인지는 몰라도, 우리는 생존자야. 그 이상으로 대단한 존재는 아닐지도 모르지. 하지만 난, 우리가 생존자라고 믿어."

겨울은 아직 그 힘을 온전히 발휘하지 않았고, 우리는 맑고 상쾌한 겨울 아침을 달리고 있었다. 도로 높은 곳에 이르자 구스 강이 보였다. 강변 너머 스타펄 쪽을 보니 저 멀리 내가 다른 삶으로 나 자신을 인도했던 그 다리도 눈에 들어왔다.

"하지만 아니라면 어쩔 거야, 소피아?"

"뭐가?"

"모두가 사라졌다며. 다 끝났다며." 내가 말했다. "하지만 혹시라도 우리가 여기서 보았던 모든 비참한 일들을 벗어나 나은 사람이 될 방법이 있다면?"

"현실성이라고는 없는 네 꿈 얘기야? 당황스럽네. 지난번에 그 꿈이 어떻게 됐는지는 기억하지?"

"기억나. 하지만 우리는 네 말대로 연결돼 있어. 우리는 살아온 세월보다도 빠르게 나이를 먹어버렸어. 이곳에서 사는 동안 너무 많은 걸 보았고 우리가 본 것이 우리 자신이 되었으니까. 너랑 나는 시간을 벗어나 있어. 놈들에게 영광스럽던 것이 눈앞에서 부스러지고 있어. 하지만 우리가 놈들과 같이 부스러질 필요가 없다면 어떨까?"

이제 소피아는 나를 똑바로 보고 있었다.

"그럴 순 없어, 하이람." 그녀가 말했다. "다시 그런 식으로는 안 돼. 너한테 뭔가 있다는 건 알겠어. 그게 뭔지 나한테 말해줄 마음이 생기면, 그때는 너와 함께할게. 하지만 다시 오로지 네 말만 믿고 떠날 수는 없어. 나도 더는 혼자 몸이 아니야. 그러니까 너한테 비밀이 있다면, 그게 뭔지 전부 알아야겠어. 전에도 말했지? 여기서 벗어나기 위해서라면, 내 딸을 구하기 위해서라면 나는 사람도 죽일 수 있어."

"노예 제도 자체를 죽여버릴 수는 없으니까." 내가 말했다.

"맞아." 그녀가 말했다. "우린 오직 도망칠 수 있을 뿐이야. 하지만 나는 그 방법을 알아야 해. 어디로 도망치는지도."

우리는 그 후 별말을 나누지 않았다. 우리의 시간은 앞서 했던 말과 그날 벌어진 일로 가득 차버렸다. 그런데 라클리스에 돌아왔을 때, 테나가 손으로 머리를 감싼 채 토끼굴 끝에 앉아 있었다. 테나는 머리에 붕대가 감겨 있었으며 외투 없이 작업복만 입고 있었다. 캐럴라인은 어디에도 보이지 않았다.

"테나!" 내가 불렀다.

"웅?" 테나가 대답했다.

"무슨 일이에요?" 소피아가 물었다. "캐럴라인은 어디 있어요?"

"안에서 자고 있어." 테나가 말했다.

소피아 굴속으로 쏜살같이 달려갔다. 나는 쭈그리고 앉아서 핏자국이 붕대에 밴 테나의 관자놀이를 만졌다.

"테나, 무슨 일이에요?" 내가 물었다.

"모르겠어." 그녀가 말했다. "나는…… 기억이 안 나."

"그럼 기억나는 거라도 말해주세요." 내가 말했다.

테나는 눈을 가늘게 떴다. "난 기억이…… 기억이 잘……."

"알았어요. 괜찮아요." 내가 말했다. "가요, 안으로 들어가요."

나는 그녀의 팔을 내 목에 두르고 일어났다. 그렇게 일어나면서, 소피아가 굴에서 다시 나오는 것을 보았다.

"캐럴라인은 괜찮아. 테나 말대로 자고 있어." 그녀가 말했다. "테나가 캐럴라인을 네 침대에 눕혔나 봐. 그리고…… 그 이유를 알 것 같아." 그러더니 소피아는 울기 시작했다. "하이람, 놈들이 무슨 짓을 저질렀는지 알겠어. 놈들이 그걸 가져갔어."

우리는 몇 걸음 안으로 들어갔다. 테나의 두 발이 질질 끌리기 시작했다. 그래서 나는 품에 그녀를 안아 들고 옮겼다. "잠깐만요." 내가 말했다. 일단 테나의 방을 지나니, 반 토막 나 땅에 굴러다니는 의자와 사방에 굴러다니는 지저깨비가 눈에 들어왔다. 나는 그곳을 지나 예전 내 방으로 들어갔다. 캐럴라인이 막 깨어나려 했다. 소피아가 이불을 벗기고 캐럴라인을 안아 들었다. 나는 테나를 캐럴라인이 있던 자리에 눕히고 이불을 덮어주었다.

나는 소피아를 돌아보았다. "대체 무슨 일이지?"

소피아는 고개를 저었다. 아직도 울고 있었다.

나는 테나의 방으로 돌아갔다. 누군가가 온통 도끼로 찍은 모양이었다. 침대도 벽난로도 하나 있는 의자도. 전부 박살 나 있었다. 그런다음 나는 뒤돌아보고 진짜 목표물을 발견했다. 둘로 쪼개져 있는, 테나의 자물쇠 달린 상자였다. 무릎을 꿇으니 옛 기념품 몇 가지가 보였다. 구슬, 안경, 카드 몇 장. 하지만 테나가 자유의 값으로 그토록 충실하게 매주 모아온 세탁비는 보이지 않았다. 나는 대체 누가 이런 일을 벌였을지 생각하며 잠시 서 있었다. 옛 주인들이 그런 약속을 어기고, 돈을 전부 차지했다는 이야기를 들은 적이 있었다. 하지만 테나의 경우에는 그게 말이 되지 않았다. 테나는 늙었다. 테나는 자유의 값을 후하게 치르는 것은 물론 자신을 돌보는 부담도 하월에게서 덜어주려 했으니까. 게다가 이 일에 동원된 폭력을 보면, 그 도끼질은 테나에게 강제할 만한 별다른 수단이 없는 인물의 소행인 듯했다. 나는 이런 짓을 한 자가 노역자임을 곧바로 알아차렸다.

사람을 잃기 전까지는 그가 얼마나 필요했는지 절대 알 수 없다. 그때쯤 라클리스에는 노역자가 겨우 스물다섯 명쯤 남아 있었다. 하지만 사람 수가 더 많아도 서로 잘 알던 예전과는 상황이 달랐다. 지금 나는 스트리트 사람 중 적은 수만 알았고, 토끼굴에는 아는 사람이 더 적었다. 과거에는 노예 의사가 있어서 테나를 보살펴줄 수 있었다. 하지만 이제 그들은 모두 사라졌다. 멀리 팔려 갔다. 우리에게는 우리만 남아 있었다. 나는 언제나 누군가가 곁에 있음을 아는 데서 느껴지는 필라델피아의 온기를 떠올렸다. 라클리스에 일종의 무법성이 닥쳤다. 테나가 공격당한 일을 누구에게 말하겠는가? 아버지? 그러면 아버지는 뭐라고 할까? 더 많은 노역자를 다리 너머로 팔라고 할까? 그렇게 보내지는 사람 중 범인이 있으리라고 장담할 수 있을까?

다음 주 동안 우리 나름대로 변화를 꾀했다. 토끼굴에서 나와 스트리트에 있는 테나의 옛 오두막으로 이사한 것이다. 우리가 가장 안전하다고 느낀 곳이었다. 게다가 이사한대도 나는 아침에 조금 더 일찍 일어나기만 하면 됐다. 그러면 아버지에게 가서 늦지 않게 내 일을 할 수 있었다. 우리는 테나를 혼자 내버려두지 않았다. 소피아가 세탁 일을 맡았고, 나는 가능한 한 일요일마다 물을 긷고, 장작을 모아들이고, 빨래를 짜며 도왔다. 일주일쯤 지나자 테나는 거의 정상으로 돌아왔다. 하지만 공격에 대한 공포가 그녀를 바꾸어놓았다. 평생 테나를 알았던 나는 처음으로 그녀의 얼굴에 떠오른 진정한 두려움을 보았다. 그 두려움은 라클리스에 이대로 남을 때 벌어질 수 있는 일에 대한 공포였다. 나는 그때 케시아를 떠올렸고, 그녀에게 약속한 구원의 시간이 왔음을 깨달았다.

내 걱정거리는 테나만이 아니었다. 아버지는 내게 너대니얼을 불렀는데도 그가 테네시에서 돌아오지 않았으며 무슨 급한 일 때문에 지체하고 있다고 말해주었다. 그 일이 대체 무엇인지는 알 수 없었다. 하지만 소피아에 대한 너대니얼의 계획은 내 짐작을 훨씬 넘어서는지도 몰랐다. 그리고 그렇게 생각하는 사람은 나 혼자가 아니었다.

소피아가 말했다. "내가 저쪽으로 보내지는 경우를 생각해본 적 있어?"

우리는 다락방에 올라가 어둠 너머로 서까래를 올려다보고 있었다. 캐럴라인이 우리 사이에 잠들어 있었고, 아래층에서 테나가 작게 코를 골았다.

"웅." 내가 말했다. "최근에 특히."

"내가 무슨 얘기를 들었는지 알아?" 그녀가 물었다.

"무슨 얘기?"

"테네시에서는 상황이 다르다는 거야. 거기는 이곳 사회랑 아주 거리가 멀고 관습도 다른데, 유색인 여자랑 부부의 연을 맺는 백인 남자도 있대. 너대니얼과 그의 별난 점을 생각하고 있었어. 예를 들면 나한테 옷을 입힐 때 꼭……."

소피아는 떠오르는 생각을 간신히 헤치고 나가는 것처럼 말을 흐렸다. "하이람, 그 자식이 나를 뭔가로 만들려고 키우고 있는 건 아닐까? 이곳 풍습에서 벗어나서, 결국 나를 테네시에서 아내로 삼는 게 그놈 목표라면?"

"네가 원하는 게 그거야? 테네시?" 내가 물었다.

"내가 그딴 걸 원할 거라고 생각해?" 그녀가 되물었다. "이제는 알지 않아? 내가 바라는 건 예전부터 원했던 것 하나밖에 없어. 너한테도 늘 말해왔던 바로 그 소원 말이야. 나는 두 손과 두 다리, 두 팔, 미소, 나의 온갖 소중한 것이 오직 나만의 것이 되기를 바라."

소피아는 나를 돌아보았다. 나는 여전히 천장을 보고 있었으나 그녀가 나를 똑바로 보는 걸 느낄 수 있었다.

"만약에 그 모든 걸 다른 누군가에게 주고 싶다는 마음이 생긴다면, 그 마음은 나 자신의 욕구, 나 자신의 소원이어야 해. 이해하겠어, 하이람?"

"웅."

"넌 몰라. 이해 못 해."

"그럼 왜 나한테 계속 이런 얘기를 하는 거야?"

"너한테 말하는 게 아니야, 나 자신에게 말하는 거지. 나 자신과 우리 캐럴라인에게 한 약속을 떠올리는 거야."

우리는 조용히 누워 있다가 잠들었다. 하지만 나는 그 대화를 하나도 잊지 않았다. 이제는 때가 온 것이 확실했다. 나는 그동안 임무를 제대로 수행하며 호킨스에게 정보를 넘겼다. 나아가 인도의 비밀을 홀로 풀어냈다. 이제는 코린 퀸이 자기 몫의 거래를 해야 할 때라는 생각이 들었다.

크리스마스가 다가왔다. 외로운 시간이 될 터였다. 워커 가문은 그해에 돌아오지 않을 터였고, 메이너드가 없어진 만큼 아버지도 축복받은 그 계절을 온전히 혼자 보내야 할 판이었다. 그러나 점점 더 아버지와 가까워진 코린 퀸이 수행원단을 데리고 라클리스에 왔기에 아버지의 외로움은 조금이나마 해소됐다. 그녀의 이번 수행원단에는 호킨스와 에이미뿐 아니라 더 많은 사람이 포함되어 있었다. 코린이 신뢰하는 요리사와 하녀를 비롯한 다른 하인들이었다. 코린은 아버지를 즐겁게 해줄, 이제는 꽤 나이가 찬 사촌과 친구 들도 한 무리 데리고 왔다. 이 모임은 아버지를 대단히 기쁘게 했다. 눈앞에 옛 버지니아 이야기를 기꺼이 들어줄 넋 빠진 청중이 있었으니까.

물론 그건 위장이었다. 이런 요리사와 하인, 사촌 들은 모두 요원이었다. 몇몇은 내가 브라이스턴에서 훈련받던 시절에 알게 된 사람들이었고, 다른 사람들은 스타펄 기지 밖에서 일하는 사람들이었다. 내 눈에는 코린의 계획이 빤히 보였다. 엠 카운티는 쇠락하고 낡았으며 몰락했다. 상급자들은 이 고장을 떠나버렸다. 언더그라운드는 바로 그 틈을 노려, 남은 좁은 지역에서 사업을 해나갈 생각이었다. 그들은 전쟁을 확장할 작정이었다. 오랜 세월이 지난 지금 그때를 돌아보면 경이로움으로 마음이 벅차오르는 게 사실이다. 코린은 대담하고 무자비하고 독창적이었다. 버지니아는 또 다른 예언자 가브리엘이나 냇 터너*를 두려워하며 살아가고 있었지만, 실상 그들이 두려워해야 하는 것은 다름 아닌 그들의 집에 있는 존재였다. 숙녀의 옷을 입은 우수한 혈통의 모범, 도자기 같은 우아함을 띠고 변치 않는 기품을 보이며 서 있는 바로 그 사람.

하지만 당시 나는 코린의 천재성을 보지 못했다. 목표를 통해 단결하기는 했지만, 우리는 반대되는 길에 헌신하고 있었기 때문이다. 노역자들은 내게 무기나 화물이 아니라 사람이었다. 삶과 이야기와 계보가 있는 사람. 나는 그 이야기를 전부 기억했다. 언더그라운드에서 일하는 기간이 길어질수록 이런 느낌은 줄기는커녕 늘어만 갔다. 그래서 그해 섣달 그믐께에 나는 앞으로 해야 할 일에 관해 우리가 반대되는 입장에 놓여 있다고 강변했다.

우리는 스트리트에 있었다. 우리가 지어낸 이야기는 간단했다. 코린이 옛 숙소를 둘러보고 싶어 해서 내가 그녀를 안내한다는 것이었다. 나는 그렇게 코린을 본관에서 데리고 내려왔다. 우리는 사소하고 중요하지 않은 잡담을 나누다가, 정원과 과수원을 지나 스트리트로 들어가는 구불구불한 길에 접어들었다.

"제가 하월의 집으로 돌아왔을 때, 한 가족이 북쪽으로 인도되리라고 약속하셨죠." 내가 말했다. "그 인도의 시간이 지금입니다."

* 1831년 버지니아에서 노예와 자유민 흑인들의 반란을 이끈 아프리카계 흑인 노예.

"왜 지금이지?" 그녀가 물었다.

"몇 주 전 여기서 사건이 있었어요." 내가 말했다. "누가 테나를 공격했어요. 도끼 손잡이로 테나 머리를 친 다음 테나의 숙소를 박살 냈더군요. 테나가 세탁 일로 모으던 돈을 전부 털어갔고요."

"세상에." 그녀가 말했다. 진심으로 걱정하는 눈빛이 숙녀의 가면을 뚫고 나왔다. "범인은 찾았어?"

"아뇨." 내가 말했다. "테나가 범인을 기억 못 해요. 게다가 요즘 사람들이 이곳으로 불려 들어왔다가 나가는 방식을 생각하면…… 애초에 누군지 알기도 어렵죠. 저만 해도 여기서 일하는 사람보다 코린 씨가 데려온 사람들을 더 잘 알 정도니까요."

"우리가 한번 조사해볼까?"

"아뇨." 내가 말했다. "우린 테나를 빼내야 해요."

"하지만 테나만은 아닌 거지? 다른 사람도 있잖아. 너의 소피아 말이야."

"저의 소피아는 아니에요." 내가 말했다. "그냥 소피아죠."

"그래." 코린이 희미한 미소를 지으며 말했다. "1년 안에 얼마나 성장한 거니? 놀랍구나. 넌 정말 우리 사람이야. 미안, 정말로 놀라서 그래."

그녀는 놀란 눈빛으로 나를 보고 있었다. 지금 와서는 코린이 그 순간 본 존재가 나라기보다는 자기 노력의 결실이었으리라는 생각이 든다. 코린을 그토록 놀라게 했던 것은 내가 아니라 그녀 자신의 영향력이었던 셈이다.

"아직 기억 안 나?" 그녀가 물었다.

"뭐가요?"

"너희 어머니." 그녀가 말했다. "어머니에 대한 기억은 아직 안 돌아왔니?"

"네." 내가 말했다. "하지만 다른 관심사가 생겼어요."

"당연히 그렇겠지, 미안. 소피아 말이구나."

"너대니얼 워커가 소피아에 대한 권리를 주장하면서 소피아를 테네시로 불러들일까 봐 걱정돼요."

"아, 그건 걱정할 필요 없어." 코린이 말했다.

"왜요?"

"내가 1년 전에 너대니얼 워커하고 약속을 해놨거든. 일주일 후면 소피아에 대한 권리가 내게 귀속될 거야."

"이해가 안 되는데요." 내가 말했다.

코린은 어리벙벙하기도 하고 걱정이 어린 눈으로 나를 보았다.

"이해 안 가?" 그녀가 말했다. "소피아는 그의 아이를 가졌잖아."

"네." 내가 말했다.

"그럼 이해하겠네." 그녀가 말했다. "어쨌거나 너도 남자잖아. 남자는 강렬하지만 짧은 관심을 품고는, 차올랐다가 스러지는 성욕의 계절에 굴복하는 단순한 생물이지. 네 삼촌, 상급자인 너의 동족 너대니얼 워커도 마찬가지야. 그리고 지금 너대니얼 워커는 테네시에 있어. 그자가 자기 나름의 열정을 기울일 온갖 영역이 있다는 얘기야. 그 사람한테 소피아가 왜 필요하겠어?"

"하지만 그자가 소피아를 불러들였는데요." 내가 말했다. "너대니얼 워커가 소피아를 불러들인 게 겨우 2주 전 일이에요."

"당연히 그랬겠지." 코린이 말했다. "아마 기념품이려나?"

코린 퀸은 내가 언더그라운드에서 만난 요원 중 가장 광신적인 축에 속했다. 그런 광신자들은 모두 백인이었다. 그들은 노예제도를 개인적인 모욕이나 상처로, 자신들의 이름에 더해진 얼룩으로 생각했다. 그들은 여자들이 매음굴로 끌려가는 모습을 보았거나 어느 아버지가 아이 앞에서 옷이 벗겨져 두들겨 맞는 것을 지켜보았고, 아니면 가족 전부가 돼지처럼 기차나 증기선, 감옥에 쑤셔 박히는 모습을 봤다. 노예제도는 그들을 수치스럽게 했다. 그들이 가지고 있다고 믿는 선량함에 대한 기본 감각을 노예제도가 침해했기 때문이다. 그 비열한 관행을 자행하는 그들의 친척들은 그들 자신도 얼마나 쉽게 같은 짓을 저지를 수 있는지 상기시켰다. 그들은 자신의 야만적인 동족을 경멸했지만, 어쨌든 동족이었다. 그래서 그들의 증오심은 일종의 허영이며, 노예에 대한 사랑을 넘어서 노예제도 자체에 대한 증오였다. 코린도 다르지 않았다. 그녀가 노예제도에 대해서는 철저하게 반대하면서도 나를 그토록 아무렇지 않게 구렁텅이에 처박거나 조지 파크스를 죽이고 소피아의 분노를 비웃을 수 있었던 것도 그래서였다.

그 순간에는 이런 식으로 모든 조각을 짜 맞추지 못했다. 내가 품었던 것은 논리가 아니라 분노였다. 내가 가진 무언가를 욕했다면 차라리 나았겠지만, 코린 퀸은 내 인생의 가장 어두운 밤에 나를 일으켜세워준 사람을 모욕하고 있었다. 하지만 나는 그 분노를 뿜어내지 않았다. 나는 코린을 만나기 한참 전부터 가면 쓰기를 연습해왔으니까. 대신 그냥 이렇게만 말했다. "저는 그 둘 모두를 빼내고 싶어요."

"그럴 필요가 없어." 코린이 말했다. "소피아에 대한 권리는 내가 가지고 있으니까, 그녀는 구출된 셈이야."

"테나는요?"

"적당한 때가 아니야, 하이람." 그녀가 말했다. "진행 중인 일이 아주 많아. 우리는 그 일을 위험에 빠뜨리지 않도록 조심해야 해. 엠 카운티의 힘은 줄어들었고 우리는 매일 강해지고 있지만, 그래도 조심해야 해. 게다가 나는 의심을 불러일으킬 만한 일을 이미 많이 했어. 스타펄 일도 있고. 너희 둘이 도망친 일, 그러니까 소피아가 도망친 일도 있고. 내가 돌봐줬다고 걔가 얘기하디?"

"네."

"그럼 너도 이해해야지. 한 번에 처리하기에는 일이 너무 많아. 우리가 발각되기라도 하면 너무 많은 사람이 고통을 겪을 거야." 그녀는 조롱하는 투를 버리고, 이제는 간청하다시피 말하고 있었다. "하이람, 내 말 들어. 언더그라운드에 대한 네 봉사는 지금까지 엄청난 가치가 있었어. 네가 아버지에 대해 보고해준 덕분에 생각조차 못 했던 가능성이 열렸어. 너는 우리가 너를 빼오느라 무릅썼던 위험보다 큰 가치가 있다는 사실을 지금껏 증명해왔어. 설령 네가 영영 인도의 힘을 익히지 못한대도 마찬가지야. 하지만 우리한테는 균형을 맞추어 고려해야 하는 일이 많아. 너대니얼 워커가 자기 정부에 대한 권리를 나한테 넘겨주자마자 그 여자가 사라진다면 어떻게 보이겠어? 그리고 그 테나라는 여자가 세탁 사업을 시작했던데, 갑자기 테나가 나타나지 않으면 사람들이 궁금하게 여기지 않겠어? 우리는 아주 신중해야 해, 하이람."

"약속했잖아요." 내가 말했다.

"맞아, 약속했지." 그녀가 말했다. "그리고 난 그 약속을 지킬 생각이야. 지금이 때가 아닐 뿐이지. 시간이 필요할 거야."

나는 단호한 눈빛으로 코린을 붙들어두었다. 버지니아가 요구하는 존경심 없이 내가 그녀를 바라본 것은 그때가 처음이었다. 그녀의 말은 비합리적이라고 할 수 없었다. 사실 코린의 말이 맞았다. 하지만 나는 그녀가 소피아를 조롱했기 때문에 열이 올라 있었다. 그간 내내 소피아를 잔학행위로 이끌고 나를 도망치게 놔두었다가 그다음에는 공격당하게 놔둔 일, 팔려 간 어머니, 내가 지키지도 복수해주지도 못한 어머니에 대한 감정과 수치심도 있었다. 그 모든 것이 내 안에서 휘휘 돌다가 코린을 보는 시선에 뿜어져 나왔다.

"그럴 수는 없어." 코린이 말했다. "너는 우리가 필요하고, 우리는 동의하지 않을 테니까. 너의 짧고 사소한 열병 때문에 위험을 감수하지는 않을 거야. 네가 어쩔 수 있는 일이 아니야."

코린의 얼굴에서 뭔가 알아차린 듯한 눈빛이 떠오르더니, 마침내 얼굴 전체가 두려움으로 뒤덮였다. 코린 퀸도 깨달은 것이다.

"아니, 어쩌면 할 수 있을지도 모르겠네." 그녀가 말했다. "하이람, 그렇게 하면 너는 우리 모두에게 엄청난 불행을 가져다줄 거야. 생각해. 네 감정, 네 죄책감 그 이상을 생각해. 네게는 구조될 수 있을 사람들을 위험에 빠뜨릴 권리가 없어. 부디 생각해, 하이람."

하지만 나는 이미 생각하고 있었다. 메리 브론슨과 그녀의 잃어버린 아들들, 앨라배마에서 죽은 램버트, 지금 이 순간도 가족을 이룰 희망으로 온갖 잔혹 행위를 견뎌낸 리디아의 자유를 위해 이 나라를 가로지르며 추적 활동을 벌이는 오다를.

"생각해, 하이람." 그녀가 말했다.

"자유가 주인이라고 하셨죠." 내가 말했다. "자유야말로 우리가 탄 마차의 마부라고요. 누구도 날아오를 수 없고, 우리는 모두 기찻길에 매여 있다고 하셨죠. '알아.' 그렇게 말하셨어요. '그리고 알기 때문에 나는 봉사해야 해'라고."

"나라고 공감을 못 하지는 않는다는 건 너도 알 거야." 그녀가 말했다. "나도 너한테 무슨 일이 있었는지 알아."

"아뇨, 모르세요." 내가 말했다. "알 수가 없죠."

"하이람." 그녀가 말했다. "우리를 파멸에 빠뜨리지 않겠다고 약속해줘."

"우리를 파멸에 빠뜨리는 일은 없을 거라고 약속합니다." 내가 말했지만 그 말장난은 그녀를 속여 넘기지 못했다. 우리의 남은 대화에 관해서는 말을 아끼는 편이 좋을 것이다. 오랜 세월이 지난 지금 나는 그녀를 대단히 존경하고 있으니까. 그녀는 온전한 신념과 정직함을 담아 이야기했다. 그건 나도 마찬가지였다.

32

나는 혼자 나와 있었다. 인도의 힘을 달성하려면 혼자 해내야 했다. 내가 이곳을 떠난다는 사실을 외면할 방법은 더 이상 없는 듯했다. 결국은 소피아와 테나 둘 모두에게 말해야 했다. 나는 둘에게 따로 말하기로 했다. 테나에게 할 고백에는 언더그라운드보다 훨씬 큰 문제들이 얽혀 있었다. 그래서 나는 둘 중 더 간단하다고 생각되는 고백, 즉 소피아에게 하는 고백부터 시작하기로 했다.

테나는 악몽을 꾸기 시작했다. 공격 때문인 듯했다. 테나가 특히 힘든 밤이면 나와 소피아는 아래층에서 캐럴라인을 테나의 가슴 위에 재워 그녀를 진정시키곤 했다. 때가 됐다고 느낀 것도 그런 밤이었다.

"소피아." 내가 말했다. "내가 그때 말한 게 뭔지, 또 방법은 뭔지 말할 준비가 됐어."

소피아는 박공 천장을 올려다보다가 몸을 굴려 굵은 면포 이불을 끌어당기고 나를 돌아보았다.

"내가 어디에 갔었는지에 관한 얘기야." 내가 말했다. "내가 어디에 있었고, 거기에 있을 때 무슨 일이 일어났는지에 관한 얘기."

"브라이스턴에 있었던 게 아니지?" 그녀가 말했다.

"브라이스턴에 있었던 건 맞아." 내가 말했다. "하지만 그건 시작이었어."

어둠 속에서도 그녀의 눈을 볼 수 있었다. 감당하기 어려운 눈빛이었다. 나는 몸을 돌려 그녀를 등지고 숨을 깊이 들이쉬었다가 내뱉었다.

그런 뒤 그녀에게 이곳을 떠나 있던 시절 다른 고장을 보았으며 편안한 북부의 공기를 마셨다고 말했다. 내가 원하는 것을 원했고 원할 때 눈을 떴다고, 기차를 타고 볼티모어로 갔으며 필라델피아의 축제를 거닐고 뉴욕의 고지대로 마차를 타고 갔다고. 그리고 내가 이 모든 일을 해낼 수 있었던 것은 소피아가 오직 귓속말과 이야기로써만 알고 있는 자유의 조직, 언더그라운드에 소속되어 있었기 때문이라고.

이어서 나는 그런 일이 벌어진 과정, 코린 퀸이 나를 찾아냈으며 그들이 나를 브라이스턴에서 훈련시켰고, 호킨스와 에이미가 그 작전에 관여했다는 사실을 이야기했다. 조지 파크스가 어떤 식으로 파멸당했으며, 그 파멸에 내가 어떻게 참여했는지도 말해주었다. 화이트 가족이 나를 얼마나 사랑했는지, 어떻게 메리 브론슨을 구했는지, 미카야 블랜드가 어떻게 목숨을 포기했는지도 말했다. 내가 어떻게 모세를 만났는지, 케시아가 어떻게 경마장에서 살아남았는지, 그녀가 테나를 어떻게 기억하는지도. 그리고 내가 테나를 인도하겠다고 약속했다는 점과 지금은 소피아도 인도할 계획이라는 점도 이야기했다.

"나는 너를 빼내겠다고 약속했어." 내가 말했다. "그리고 그 약속을 지킬 생각이야."

나는 다시 돌아누웠다. 그녀의 두 눈이 나를 기다리고 있었다. 이제 그 두 눈에는 일종의 무감각이 깃들어 있었다. 충격이나 놀라움이 아니었다. 그 눈에서는 어떤 감정도 드러나지 않았다.

"그래서 왔구나." 그녀가 말했다. "약속을 지키려고."

"아니." 내가 말했다. "내가 돌아온 건 그러라는 지시를 받았기 때문이야."

"언제는 지시받지 않고 일했어?" 그녀가 물었다.

"소피아, 나는 저 위에서 늘 너를 생각했어." 나는 손을 뻗어 그녀의 얼굴을 쓰다듬었다. "널 걱정했어. 사람들이 너한테 무슨 짓을 했을지 몰라서⋯⋯."

"근데 네가 걱정하는 동안," 그녀가 말했다. "나는 이 아래에 있었어. 무슨 일이 닥칠지도, 너한테 무슨 일이 벌어졌는지도, 그 코린이라는 여자의 의도도 전혀 모르고."

"코린이 너대니얼에게서 너에 대한 권리를 넘겨받았어." 내가 말했다. "넌 테네시로 가지 않을 거야."

소피아는 고개를 젓고 말했다. "그래서 뭐 어쩌라고? 넌 나한테 돌아와서 이런 이야기를 하는데, 그래, 네 말을 믿어. 정말이야. 하지만 하이럼, 내가 아는 건 너지 그 사람들이 아니야."

"하지만 *나*를 알잖아." 내가 말했다. "이렇게 된 건 미안하지만, 이제야 나는 네 말이 제대로 들려. 네가 처음부터 말해온 모든 걸 이제야 알겠어. 이게 너만이 아니라 캐럴라인 문제이기도 하다는 걸 알아. 난 너를 데리고 나갈 거야. 테나도."

"그럼 넌?" 그녀가 말했다.

"나는 다른 지시를 받을 때까지 여기 있을 거야." 내가 말했다. "이제 나는 이 임무의 일부야. 나 자신이나 내 바람보다 중대한 일이고."

"나보다도 중대한 일이겠지." 그녀가 말했다. "네가 네 핏줄이라고 했던 이 아이보다도 중대한 일이고."

긴 침묵이 흘렀다. 소피아는 다시 몸을 돌려 서까래를 올려다봤다.

"거기다 아직 방법은 말도 안 했어." 그녀가 말했다. "내가 방법을 알아야겠다고 했잖아?"

"방법?" 내가 물었다.

"그래, 방법." 그녀가 말했다.

"가자." 내가 말했다.

"뭐?"

"방법이 알고 싶다며. 알고 싶은 거 아냐?"

나는 이미 사다리를 내려가고 있었다. 나는 문간에서 단화를 신고, 노피어 코트로 몸을 감쌌다. 돌아보니 소피아가 캐럴라인을 보고 있었다. 캐럴라인은 여전히 테나의 가슴에서 가볍게 코를 골고 있었다.

"가자." 내가 말했다.

우리는 이젠 내게 성스러워진 길을 따라 걸었다. 나는 연습해왔다. 힘과 기억이 닿는 범위를 활용해 실험을 거듭했다. 그래서 몇 분 뒤 구스 강의 강둑에 도착했을 때, 나는 통제력을 쥐고 있다고 느꼈다.

나는 소피아를 돌아보고 말했다. "준비됐어?" 이 말에 소피아는 눈알을 굴리며 고개를 저었다. 나는 그녀의 손을 잡고 다른 손으로는 나무 말을 꽉 쥐었다.

그런 다음 강둑으로 그녀를 데리고 내려가면서 모두가 함께한 마지막 크리스마스 밤에 대해 이야기했다. 이야기할 뿐만 아니라 그 밤을 느꼈다. 그 밤을 현실로 만들었다. 콘웨이와 캣, 필리파와 브릭, 불

앞에서 한바탕 화를 내던 테나. "땅이야, 검둥이들아." 그녀가 말했다. "땅 문제라고." 조지 파크스와 앰버, 그들의 어린 아들을 떠올렸다. 자유인들, 에드거와 페이션스, 팝과 그리스를 떠올렸다. 그들을 떠올리자마자 소피아가 놀라서 펄쩍 뛰며 내 손을 꽉 쥐었고, 나는 그 순간 일이 시작되었음을 알았다.

안개가 강을 뒤덮었다. 그 꼭대기에서 우리는 그들을 보았다. 눈앞의 유령 같은 푸른빛 속에서 크리스마스 밤에 그 자리에 있던 모든 사람의 혼령들이 날아다녔다. 조지 파크스가 구금을 연주하고 있었고, 에드거는 밴조를, 팝과 그리스는 목청껏 노래 부르고 나머지는 전부 불가에서 원을 그리며 춤을 추었다. 우리는 귀가 아니라 피부 아래 깊은 어딘가에서 그들의 목소리를 들었다. 안개의 강둑은 살아 있는 것처럼 보였다. 그 성긴 가닥가닥이 음악과 박자를 맞추어 우리에게 뻗어오는 것처럼, 참여하라고 박자에 맞춰 부드럽게 유혹하는 것처럼 보였다.

그 초청을 받아들이는 건 간단했다. 필요한 일이라고는 나무 말을 꽉 쥐는 것밖에 없었으니 말이다. 나무 말을 꽉 쥐자 안개 가닥들이 쏟아져 나와 우리를 휘감고 훅 밀어낸 다음 놓아줬다. 나는 소피아가 휘청거리는 것을 느끼고 그녀의 손을 잡았다. 자세를 바로잡은 그녀는 충격받은 채로 나를 돌아보았다. 그런 다음, 우리는 앞을 보았다. 눈앞에 숲이 있었고, 강과 안개로 뒤덮인 강둑과 유령들은 우리 뒤에 있었다. 저 너머를 돌아보니 무슨 일이 일어났는지 알 수 있었다. 우린 강 건너편으로 인도되었다.

아래를 보니 안개의 푸른 덩굴손이 우리에게서 물러나고 있었고, 다시 음악이 점점 더 커졌다. 조지가 여전히 구금을 뜯고 있었고, 에드거는 밴조를 연주하고 있었으며, 나머지 사람들은 목청껏 노래 부르며 춤추고 있었다. 우리는 안개 가닥이 또 한번 우리에게 닿아 박자로 신호하는 것을 보았다. 이제 나는 주머니에서 나무 말을 높이 꺼내들었다. 나무 말이 손 안에서 파랗게 빛났다. 나는 소피아를 보고 다시 나무 말을 꽉 쥐었다. 안개가 쏟아져 나와 우리를 휙 낚아채 강의 반대편으로 끌어당겼다. 풀려난 소피아는 휘청거리다가 넘어졌다. 나는 그녀가 일어서도록 도와주고, 다시 돌아섰다. 음악 소리가 높아지고 또 한번 안개 가닥들이 손짓했다.

"춤추는 것과 비슷해." 내가 말했다.

나는 다시 말을 꽉 잡았다. 이번에는 소피아가 몸무게를 전부 실어 안개 속에 몸을 내맡겼다. 그래서 그녀는 두 발로 단단히 착지할 수 있었다. 나는 다시 말을 꽉 쥐었고 우리는 또 한번 인도되었다. 또 꽉 쥐고 또 인도되었다. 또 꽉 쥐고 또 인도되었다. 그런 다음 테나와 지냈던 옛집과 그곳에서 보낸 나날, 그 세월이 내게 어떤 의미였는지 생각하며 다시 나무 말을 움켜쥐었고 푸른 덩굴손이 우리를 위로 낚아챘다. 이번에 그 덩굴손이 놓아주었을 때 우리는 다름 아닌 스트리트에 돌아와 있었다. 안개가 물러나면서 본 마지막 장면은 머리에 항아리를 올려놓고 멀어져가며 물의 춤을 추는 여자였다. 마침내 여자는 믿을 수 없을 정도의 기품을 띤 채 항아리가 미끄러지도록 머리를 기울였다가 다시 손을 뻗어 항아리를 잡고 웃었다. 그녀는 항아리에 들어 있던 물을 마시고, 점점 희미해져 보이지 않게 된 누군가에게 그 물을 권했다.

오두막으로 돌아오자 소피아는 다락으로 올라갔다. 나도 따라가려 했지만, 힘이 풀려 털썩 주저앉았다. 너무 큰 소리를 내며 부딪히는 바람에 테나를 깨우고 말았다.

"대체 뭘 하는 거냐?" 테나가 소리쳤다.

"그냥 바람 좀 쐬러 갔다 왔어요." 소피아가 말했다.

"바람이라고?" 테나가 못 믿겠다는 듯 말했다.

소피아가 아래로 손을 내밀어 내가 일어나 사다리를 오르도록 도와주었다. 나는 다락에 오르자마자 쓰러져 꿈조차 없는 잠에 빠져들었다. 다음 날 아침에 나는 일찍 일어나 몸을 질질 끌고 노역을 하러 갔다.

이튿날 밤, 우리는 평소처럼 다락방에 누워 늦은 밤의 대화를 나누고 있었다.

"물의 춤을 처음 본 건 어디서야?" 내가 물었다.

"기억도 안 나." 소피아가 말했다. "고향에서는 모두가 물의 춤을 추거든. 남들보다 잘 추는 사람도 있긴 한데, 어렸을 때부터 모두 그 춤을 춰. 그 장소에 매여 있는 춤이랄까. 알겠어?"

"잘 모르겠는데." 내가 말했다. "난 그 춤의 유래를 전혀 몰라."

"어떤 이야기가 있어." 그녀가 말했다. "아프리카에서 노예선을 타고 자기 백성들과 함께 온 위대한 왕이 있었대. 해변에 거의 다다랐을 때 그 왕과 백성들은 배를 차지하고 백인들을 모조리 죽인 다음 갑판 너머로 던져버리고, 다시 집으로 돌아가기 위해 항해하려고 했어. 그런데 배가 좌초해버렸대. 왕이 내다보니까 백인들의 군대가 총이며 뭐며 잔뜩 들고 그를 잡으러 오고 있더라는 거야. 그래서 왕은 백성들한테 물로 걸어 들어가라고, 걸어가면서 노래하고 춤추라고 했대. 물의 여신이 그들을 데려왔으니까, 집으로 데려가는 것도 물의 여신일 거라면서.

그래서 지금처럼 머리 위에 물 항아리를 놓고 균형을 잡으면서 춤추면, 우리는 파도 위에서 춤추던 그 사람들에게 찬사를 바치게 되는 거야. 뭐랄까, 뒤집기를 성공하는 거지. 우린 모든 걸 해내야 하고, 주어진 것에서 방법을 찾아내야 하니까. 어젯밤에 네가 했던 일도 바로 그런 것 아냐? 뒤집기. 산티 베스가 한 일도 그거 아니겠어? 어젯밤에 거기서 나왔을 때, 내가 떠올릴 수 있었던 건 산티 베스뿐이었어. 그 왕, 물의 춤, 산티 베스 그리고 너.

'춤추는 거랑 비슷해.' 네가 그랬잖아? 산티 베스가 한 일도 그거야. 산티 베스는 물로 걸어 들어간 게 아니라 춤을 췄고, 그 춤을 너에게 물려준 거야.

그래서 그 사람들이, 언더그라운드가 너를 찾아온 거야." 그녀가 말했다.

"맞아." 내가 말했다. "난 전에도 이런 일을 한 적이 있어. 하려고 한 건 아니었지만. 언더그라운드 사람들이 내 소문을 듣고 나를 지켜보다가 메이너드가, 그러니까……."

"그렇게 된 거구나? 넌 그렇게 구스 강에서 빠져나온 거였어. 그렇게 우리를 라클리스 밖, 저 위로 데려가려는 거고."

"맞아." 내가 말했다. "하지만 문제가 하나 있어. 아직 풀지 못한 문제야. 이 일을 하려면 기억이라는 재료가 있어야 해. 그 기억이 깊으면 깊을수록 사람을 멀리 데려갈 수 있어. 크리스마스 밤에 대한 내 기억은 조지한테 매여 있고, 내가 조지와 그의 아기에게 준 선물인 이 말에 매여 있어. 하지만 너랑 모두를 그렇게 멀리 인도하려면 더 깊은 기억과 그 기억에 매여서 나를 안내해줄 다른 물건이 필요해."

"네가 늘 가지고 다니던 동전은 어때?"

"그것도 해봤어. 근데 그걸로는 나 하나도 멀리까지 가지 못해. 강 하나 건너는 거랑, 한 나라를 가로지르는 건 완전히 다른 문제고. 더 깊은 기억이어야 해."

소피아는 잠시 침묵을 지키다가 말했다. "대단한 힘이구나. 넌 언 더그라운드에서 꽤 중요한 사람일 수밖에 없겠어."

"코린도 그렇게 말해."

"그래서 널 놓아주지 않으려는 거고."

"그게 다는 아냐." 내가 말했다. "하지만 큰 이유이기는 하지."

"그럼, 하이람." 그녀가 말했다. "나나 캐럴라인은 어떻게 할 생각 이야? 우리 인생은 어떻게 되는 거야?"

"몰라." 내가 말했다. "어딘가에 너희가 살 곳을 마련할 생각이었 어. 그럼 가끔 내가 모두를 만날 수 있을 테니까."

"안 돼." 그녀가 말했다.

"뭐라고?" 내가 말했다.

"우린 안 가." 그녀가 말했다.

"소피아, 우리가 원했던 거잖아. 그래서 도망친 거였잖아."

"'우리'가 도망치려고 했던 거지, 하이람." 그녀가 말했다. "'우리' 말이야. 이해해?"

"내가 바라는 것도 너랑 함께 가는 것뿐이야. 모든 걸 여기 두고 떠나고 싶어. 하지만 그럴 수 없어. 너도 이유는 알잖아. 우리를 찾아 온 이 전쟁에 대해 너한테 모두 얘기해줬잖아. 너도 내가 떠날 수 없 는 이유를 알잖아."

"누가 너더러 떠나래? 우리, 그러니까 캐리랑 내가 너 없이 떠나 지 않을 거라고. 나는 여기 사는 동안 사람들이 산산조각 나는 모습을 너무 오래 지켜봤어. 나는 여기에서 너와 가족을 꾸렸어. 캐럴라인의 핏줄인 너라는 남자랑. 네가 직접 그렇게 말했잖아. 캐럴라인은 네 피붙이고, 끔찍한 말인지는 몰라도 분명 너는 캐럴라인의 아빠야. 저 애가 만날 누구보다도 그래."

"네 말이 무슨 뜻인지는 알아?" 내가 말했다. "네가 지금 뭘 버리려는 건지 아냐고?"

"아니." 그녀가 말했다. "하지만 언젠가는 알게 되겠지. 그리고 알게 되는 그날도 난 너와 함께 있을 거야."

나는 그 순간 뭔가 비천하고도 아름다운 것을 느꼈다. 이곳 스트리트에서 태어났으며, 미국의 모든 스트리트에서 태어난 무언가. 토끼굴에서 태어나고 키워진 무언가. 그것은 진창의 온기였다. 비천하게 태어난 자의 안도감이었다. 상급자들과 그들이 누리는 고급스러움에서 도망쳐 현실을 직면할 때, 우리 모두가 사는 진짜 세계의 무거운 짐과 배설물을 마주 볼 때 느껴지는 안도감 말이다.

나는 자려고 돌아누웠다. 소피아가 바짝 다가와 내 팔 밑에 자기 팔을 미끄러뜨려 넣었다. 내 따뜻하고 부드러운 부분에 그녀의 손이 닿았다.

"너도 알겠지만, 너는 너 자신을 사슬로 매고 있어."

잠시 후 내게 들려온 유일한 대답은 목덜미에 닿는 부드럽고 따뜻한 숨결뿐이었다. 그러더니 그녀가 말했다. "내가 선택한 거라면 사슬이 아니야."

이튿날, 테나와 나는 세탁물을 수거하는 우리의 일과를 시작했다. 그 다음 날은 물을 길어 세탁조에 붓고 재킷과 바지를 두들긴 다음 토끼굴 안에 있는 건조실에 널며 보냈다. 소피아는 우리와 함께하지 않았다. 캐럴라인 때문에 아프다는 핑계를 댔지만, 사실이 아니었다. 사실 소피아의 꾀병은 우리 계획의 일부였다. 결국 그 계획은 잘못된 것이었지만 말이다. 날이 저물 무렵, 두 손이 부르트고 두 팔에 기운이 빠진 테나는 소피아가 없는 것에 불만을 터뜨렸다.

"걘 뭐가 문제라냐, 하이?" 테나가 말했다. 우리는 스트리트로 천천히 돌아가고 있었다. 오래전에 해가 흐려졌고, 우리는 오솔길을 따라 과수원을 지나고 숲을 가로지르며 그림자처럼 움직였다. "좀 더 근성이 있는 여자를 고르지 그랬어? 소피아는 일에 대해서 아무것도 모른다."

"잘만 하던데요." 내가 말했다. "제가 떠나 있는 동안에도 소피아가 테나 대신 일했잖아요."

"굳이 따지면 일을 하기는 했지." 테나가 말했다. "하지만 내가 보기에 소피아는 네가 여기 온 다음에야 진짜로 일을 하기 시작했어. 그런 여자랑 어떻게 살아가려는 거냐, 하이? 남자가 살면서 짊어져야 하는 짐이 얼마나 많은데, 그저 보여주기 식으로만 일하는 여자랑 어떻게 살아갈 셈이야? 내가 젊었을 때는, 고향의 그 어떤 남자보다도 일을 많이 했다. 그 누구보다도, 내 남편보다도 말이야. 나는 담배밭을 날아다녔고 집까지 돌봤어. 당연히 가끔은 그 모든 고생을 하고 얻은 게 뭐가 있나 싶기는 하지. 머리나 언어터지고, 자유를 위해서 마련한 얼마 안 되는 돈은 강도질이나 당하고 말이야. 그러니까 어쩌면 그 여자애가 나보다 뭘 잘 아는 걸지도 모르겠구나."

"케시아를 봤어요." 내가 말했다. 나는 하루 종일 이 선언을 어떤 식으로든 대화 속에 짜 넣으려 애썼지만 결국은 점잖은 방법을 찾아내는 데 실패하고 말았다. 그리고 어쨌거나 말해야 했기에 가장 직접적인 길을 택했다.

테나가 멈춰 서서 나를 돌아보았다. "누구?"

"테나의 딸요." 내가 말했다. "케시아요. 제가 봤어요."

"내가 그 계집애를 두고 뭐라고 했다고 화가 나서 이러는 거냐?"

"아뇨. 전 케시아를 봤어요." 나는 할 수 있는 한 단호하게 말했다.

"어디서?" 테나가 말했다.

"북부에서요." 내가 말했다. "케시아는 필라델피아 외곽에 살아요. 테나가 케시아를 빼앗긴 다음에 케시아는 메릴랜드로 보내졌어요. 거기서 북부로 탈출했고요. 지금은 가족을 꾸렸어요. 케시아한테 잘해주는 남편이 있어요."

"하이람……."

"케시아가 테나와 함께 살고 싶어 해요." 내가 말했다. "테나가 북부에 올라와서 같이 지냈으면 한대요. 테나, 농담이 아니에요. 케시아를 떠나오면서, 테나를 데리고 돌아오겠다고 약속했어요. 저는 그 약속을 지킬 생각이에요."

"약속을 지킨다고? 어떻게?"

그 숲속에서 나는 소피아에게 설명했듯 내게 있었던 일과 내가 어떤 사람이 되었는지를 설명했다.

"그래서 이게 언더그라운드다?" 테나가 물었다.

"네." 내가 대답했다. "아니기도 하고요."

"뭐, 어느 쪽이라는 거야?"

"이번 일은 제 일이에요." 내가 말했다. "제가 스스로 하는 일요. 테나도 협조해주실 건지 물어보는 거고요."

"케시아라고?" 테나는 딱히 누구에게라고 할 것 없이 물었다. "마지막으로 봤을 때 그 애는 너무 작았어. 더럽게 고집이 셌지. 걔는 아빠를 참 좋아했다, 들었니? 애 아빠는 아주 거칠었어. 우리는 동백꽃을 키웠다. 지금이랑은 참 다른 시절이었지, 다른 시절 말이야. 케시아는 뒤뜰에서 동백꽃을 뽑아오곤 했고, 그러면 내가……."

테나는 말을 잠시 멈추었다. 그녀의 얼굴에 혼란스러운 빛이 떠올랐다.

"케시아……." 그녀가 조용히 말했다. 그때 느리고도 조용하게 눈물이 흘러나왔다. 울음도 울부짖음도 없이. 그녀는 딸의 이름을 되뇌더니 나를 돌아보며 물었다. "다른 애들도 봤니?"

나는 고개를 젓고 말했다. "미안해요."

그때 테나가 울부짖기 시작했다. 낮고도 깊고 목이 쉰 울음소리였다. 그녀는 혼자 신음했다. "아, 주여. 주여." 그러면서 고개를 저었다.

"왜 이 일을 다시 떠올리게 하는 거냐? 도대체 왜? 너든, 네 언더그라운드든 왜 이런 짓을 해? 내가 눈곱만큼이라도 신경 쓸 줄 알고? 난 다 잊었다. 왜 나한테 이런 얘기를 꺼내는 거냐?"

"테나, 저는……."

"아니, 넌 얘기할 만큼 했으니까 이제 내가 말하마. 내가 그때 무슨 짓을 저질렀는지 아니? 너라면, 너라면 알아야지. 내가 너를 받아줬는데 나한테 이 모든 일을 다시 떠올리게 해? 나한테 이런 짓을 한단 말이냐?

네가 뭣도 아닐 때 너를 받아준 게 바로 이 집이었다. 그런데 여기까지 와서 나한테 이런 짓을 한다고? 그런 일을 겪고도 마음을 다스리느라 내가 어떤 대가를 치렀는지 알기나 하니?"

그녀는 이제 내게서 물러나고 있었다. 오두막에서 나가고 있었다.

"테나……."

"아니, 가까이 오지 마라. 너랑 네 계집, 둘 다 나한테서 떨어져."

테나는 밤을 향해 달려나갔다. 나는 쫓아가 그녀의 팔을 잡으려 했다. 그녀는 팔꿈치를 휘두르고 주먹질을 하며 나를 떨쳐내고, 몸을 비틀어 빼냈다.

"물러서라고 했어!" 그녀가 소리쳤다. "떨어져라! 어떻게 감히 나를 이런 식으로 다시 과거로 이끄는 거냐? 할 수 있는 한 멀리 떨어져라, 하이람 워커! 너랑은 끝이야!"

나는 테나의 반응을 보고도 놀라지 말았어야 했다. 그때쯤 나는 과거가 우리를 얼마나 무겁게 내리누르는지 알고 있었다. 누구보다도 그 점을 잘 알았다. 나는 자기 아내가 채찍을 맞도록 아내를 붙들고 있었던 남자들을 알고 있었다. 그런 남자들이 자기 어머니를 붙드는 모습을 지켜본 아이들도, 돼지와 함께 음식물 쓰레기를 뒤지던 아이들도 알고 있었다. 하지만 최악은 그런 일에 대한 기억이 우리를 바꿔놓는다는 사실이었다. 우리는 그런 기억에서 도망칠 수 없으며, 그 기억이 우리의 끔찍한 일부가 되고 만다. 아마 나는 어린 시절부터 이 점을 알았던 게 틀림없다. 그게 아니라면 어머니에 대한 단 하나의 기억만 내게서 뜯겨나가 자물쇠 달린 상자 안에 갇혔을 리 없으니까.

테나가 밤 속으로 사라지는 모습을 지켜보며, 그 순간 잊어버리고 싶다는 그녀의 바람을 못마땅하게 여긴 나는 대체 누구였을까? 아, 나는 그 모든 것을 이해했는데 말이다. 나는 오두막으로 돌아가 몇 시간 동안 조용히 앉아 있었다. 테나의 분노란 나 자신도 깊이 이해하는 분노임을 알았기에. 나는 그날 밤 어린 캐럴라인을 사이에 두고 소피아와 함께 누워 이 생각을 곱씹다가, 무슨 일을 해야 할지 깨달았다. 케시아는 언제나 테나가 잃어버리고 빼앗긴 것들에 대한 기념품이 될 터였다. 테나는 딸을 다시 보려면 기억을 떠올릴 수밖에 없었다. 나는 어떤 식으로도 그녀에게 그런 일을 요구할 수 없다는 것을 깨달았다. 나 자신도 같은 일을 할 각오가 되어 있지 않은 한.

33

다음 날, 나는 아침 일찍 일어나서 물을 길어다 몸을 씻었다. 그 짧은 시간에 백인들의 궁전으로 올라가면서, 내 앞에 짜 맞춰진 모든 조각과 길에 뿌려진 빵 조각에 대해서 생각했다. 내 할머니가 그랬듯 휙 춤추며 파도 속으로 들어갔다가 물의 여신의 축복을 받아 백성들을 데리고 다시 춤추며 집으로 돌아갔다던 옛날 아프리카 왕에 대해서 생각했다. 그날 밤 내가 어머니와 메이너드가 함께 다리 위에서 춤을 추고 주바를 두드리며, 물의 위아래에서 춤추며, 휙 사라지는 모습을 본다는 건 무슨 의미였을까?

테나가 떠나기로 결정하고 돌아온다고 한들 그녀를 움직이려면 강력한 기억이 필요할 터였다. 그래서 그날 아침, 나는 아버지에게 아침 식사를 대접하고 아버지를 데리고 나가 저택 부지를 한 바퀴 둘러본 뒤, 아버지가 응접실에서 쉬는 동안 그의 서재로 올라갔다. 아버지가 편지들을 보관하는 곳이었다. 나는 필라델피아 언더그라운드 앞으로 편지를 몇 줄 적었다. 물론 조심해야 했다. 나는 지역에서 쓰는 가명을 이용해 델라웨어 남쪽 부두에 있는 우리 비밀 기지 중 하나로 편지를 보냈다. 암호와 가짜 정보를 섞어 해리엇에게 내가 지금부터 시도하려는 일을 알렸다. 당시에 내가 뭘 기대했는지 모르겠

다. 테나라는 케시아의 가족이 저울에 올라 있기는 했지만, 해리엇이
이 싸움에서 어느 편을 들지도 확신이 서지 않았다. 그러나 해리엇은
내게 도움이 필요하면 그 사실을 알리라고 했다. 그래서 나는 그렇게
했다.

그 일을 마친 뒤, 나는 아버지를 모셔와 함께 다양한 편지를 살펴
보았다. 당시에는 편지 대부분이 서부에서 보내온 것들이었다. 아버
지의 눈과 손은 그때쯤 너무 약해졌으므로, 내가 편지를 큰 소리로
읽어주고 아버지의 답장을 받아 적은 다음 보낼 준비를 했다. 그 일
을 마친 뒤, 나는 다시 아버지의 방으로 돌아가 아버지가 적당한 작
업복으로 갈아입도록 도와주었다. 그러고 나서, 토끼굴로 내려가 작
업복으로 갈아입고 저택 뒤 정원에서 아버지를 만났다. 우리는 삽과
쇠스랑을 들고 태양이 막 지기 시작할 때까지 함께 일했다. 안으로
들어가 옷을 갈아입은 다음 나는 아버지가 오후에 마실 사과주를 대
령했다. 아버지는 자신만의 전통에 따라 곧 깊이 잠들었다. 이제 때
가 됐다.

위층으로, 이윽고 아버지의 서재로 들어가 마호가니 서랍장을 열
어보았다. 자기 것이 아닌 물건들을 뒤지던 메이너드의 놀이가 당시
의 부끄러움과 함께 떠올랐다. 기이한 수치심이었다. 이 저택도, 이
땅도, 사실 이 지구의 그 무엇도 하월 워커의 정당한 재산이라고 할
수 없었다. 그런데도 하월 워커는 상급자이고 해적이라는 이유만으
로 한 번도 권리 주장을 포기하지 않았다. 그러니 메이너드가 똑같은
짓을 하는 건 지극히 자연스러운 일이었다. 어쩌면 나도 그래야 할지
몰랐다.

나는 맨 아래의 작은 서랍을 열고 장식이 있고 은 죔쇠가 반짝이

는 장미나무 상자를 보았다. 그 순간 안에 무엇이 들었는지 알고 있었다고는 말할 수 없다. 하지만 상자 뚜껑을 두 손으로 쓸어보면서 이 상자를 열고 나면 무엇도 다시는 예전과 같아질 수 없으리라고 느꼈다. 실제로도 그랬다.

내가 본 것은 조개껍데기로 만든 목걸이였다. 순간 그 목걸이가 형이 죽은 날 밤에 보았던 바로 그 물건이라는 확신이 들었다. 춤추는 내 어머니의 목에서 흔들리던 그 목걸이 말이다. 나는 그 목걸이를 가져다가 내 목 뒤로 손을 뻗어 찼다. 고리 죔쇠가 잃어버린 퍼즐 조각처럼 제자리에 맞물린 순간 어떤 물결이 손가락 사이, 손목과 두 팔을 통해 번져 나의 가장 깊은 부분으로 들어갔다. 나는 휘청거리며 물러났다. 정신을 차렸을 때, 그제야 비로소 가라앉기 시작한 그 물결이 기억의 힘이라는 것을 알게 되었다. 어머니에 대한 기억이었다. 이제 내가 다른 사람들의 말로만 들었던 모든 조각이 맞춰지며 초상화와 그림이 만들어졌다. 살아온 세월 동안 어머니를 가리고 있던 안개와 연기가 흩날려 사라졌으므로, 나는 짧은 세월을 함께 보내는 동안 보았던 어머니의 온전한 형태를 보았다. 동시에 그녀의 끝을 보았다. 그 종말이 어떻게 다가왔는지, 그런 종말을 일으킨 사람이 누구인지도 정확하게 알게 되었다.

분명히 말하는데, 당장 계단을 달려 내려가 정원으로 가서, 차가운 땅에 박혀 있던 삽과 쇠스랑을 꺼내 아버지에게 휘둘러 죽어가는 몸뚱이에 남은 철벅거리는 한 줌의 짧은 생명을 아버지로부터 해방하지 않기 위해 온갖 자제력을 동원해야 했다. 내가 그러지 않았다는 사실은 그저 당시 내가 무엇을 위해 위험을 감수하고 있었는지 보여주는 증거일 뿐이다. 나는 사랑하는 사람들을 위해, 내가 자신들을 기억하리라고 굳게 믿는 사람들을 위해 위험을 무릅쓰려는 것이었다. 내가 계속 살아가야만 한다는 점을 기억한다는 뜻이기도 했다.

나는 상자를 닫아 서랍에 다시 넣고, 조개껍데기 목걸이를 셔츠 밑에 넣었다. 다시 아래층으로 가니 아버지는 깨어나 있었다. 창밖을 내다보니 이미 저녁이 되어 있었다. 문득, 겨우 몇 초처럼 느껴진 시간이 사실은 훨씬 길었다는 생각이 들었다. 주방으로 가보니 아버지의 식사가 준비되고 있었다. 아버지가 저녁 식사를 혼자 하지는 않을 거라는 생각이 들었다. 나는 첫 번째 코스 요리인 빵과 테라핀 수프를 가지고 올라갔고 식사 자리에서 아버지와 함께 기다리고 있는 코린 퀸을 보았다. 그녀는 그날 저녁에도 아무런 내색을 하지 않았다. 하지만 마지막에 차를 마시러 응접실로 물러나면서, 내게 호킨스가 나와 이야기하고 싶어 하는 것 같다고 전했다.

나는 밖으로 나가 마구간으로 내려갔다. 그가 무슨 말을 하려는지는 뻔히 예상됐다. 호킨스는 언더그라운드 버지니아 지부에 매여 있었으므로 코린 퀸의 명령에 매여 있는 것이나 마찬가지였다. 코린은 직접 나를 막을 수 없다면 나와 같은 시각으로 세상을 본 적이 있는 사람을 통해 나를 설득할 수 있으리라고 생각한 게 틀림없었다. 늦은 시각이었다. 공기가 상쾌하고 차가웠다. 밝은 달이 하늘에 높이 걸려 있었다. 호킨스가 마차에 앉아서 담배를 뻐끔거리고 있었다. 그는 나를 보더니 미소 지으며 앉으라고 손을 내밀었다.

"왜 오셨는지 알아요." 내가 말했다. "무슨 말을 하셔도 앞으로 닥칠 일은 바뀌지 않을 거예요."

"흠." 그가 주머니에 손을 넣고 말했다. "난 그냥 담배나 한 대 권해야겠다고 생각했는데."

"그 생각만 하신 건 아니잖아요." 내가 말했다.

"그래, 맞아."

호킨스는 내게 담배를 건넸다.

"내가 너한테 가혹했다는 생각이 든다." 그가 말했다. "나도 입장이라는 게 있었어. 하지만 그게 전부는 아냐. 내가 본 것과 이 자리에 오기까지의 경험 때문에 그렇게 한 것이기도 해. 나랑 에이미가 코린 덕분에 구렁텅이에서 빠져나왔다는 건 알지?"

"네."

"코린이 오기 전부터 우리가 브라이스턴에 있었다는 것도 알고."

나는 고개를 끄덕였다.

"그럼 그곳이 얼마나 끔찍한 지옥이었는지만 알아줬으면 좋겠다. 브라이스턴은 정상이 아니었어, 꼬맹아. 단순한 노역 문제가 아니라, 에드먼드 퀸은 이 세상에 존재했던 백인 중 가장 비열했어. 확실해. 그런데 지금은 어떻게 됐는지 보이지? 상급자가 근처에 있을 때마다 브라이스턴이 어떤 가면을 쓰는지 알지? 겉보기엔 옛날의 버지니아 같겠지만, 놈들이 사라지면 우리는 다시 우리 일을 보는 거야.

브라이스턴은 늘 그런 식이었어. 두 얼굴을 가졌지. 하지만 에드먼드 퀸은 달랐어. 여러 해 동안 나는 그자가 신앙심 깊고 명예로운 사람인 척하며 사교 모임에 나가 건배를 하고, 빈민구제소에 기부하는 걸 봤어. 우리 등골을 빼내서 벌어들인 돈을 말이야. 미안하지만 하이람, 그자가 한 짓에 대해서는 말할 수 없어. 내가 하려는 말은, 그자가 저지른 짓 때문에 나는 그자 밑에서 벗어날 수만 있다면, 나 자신이나 내 사람을 놈의 분노로부터 지킬 수만 있다면 뭐든 할 수 있겠다는 생각이 들었다는 거야. 그리고 그럴 기회는 오직 코린 퀸에게 달려 있었어.

나는 코린이 고마워. 정말이야. 코린이 내 동생과 나를 위해서 해준 일도 고맙고, 버지니아 언더그라운드를 거쳐 온 모든 사람을 생각해도 고마워. 코린을 위해서라면 내가 못 할 일은 거의 없어. 우리는 코린의 작전 덕분에 그 악마를 제거할 수 있었으니까. 그자가 섬긴 기는 더 거대한 악마를 몰아내기 위해 새로운 노역을 우리에게 시킨 사람도 코린이었고."

호킨스는 등받이에 기대앉아 담배를 피웠다. 담배 끝이 어둠 속에서 주황색으로 빛나며 흰 연기 가닥이 흘러나왔다.

"그러니까 코린이 나한테 와서 너무도 많은 사람이 구원받았듯이 노역에서 풀려난, 코린과 우리에게 반대할 계획을 세우고 있는 이가 있으니 그 사람과 얘기해보라고, 진실과 지혜를 통해 그를 설득해보라고 부탁했을 때, 나는 따르는 수밖에 없었어."

"소용없어요." 내가 말했다. "호킨스 씨는 제가 뭘 봤는지 모르잖아요."

하지만 호킨스는 내 말을 듣지 못한 것처럼 말을 이어갔다.

"나는 버지니아 지부를 거쳐 간 사람들을 아주 많이 봤어. 세상에, 그들은 언제나 골칫거리를 가지고 왔지. 구출 작전을 벌이다 보면 그 어떤 일도 제대로 되지 않아. 너도 직접 봤잖아. 블랜드는 앨라배마에서 하늘로 떠났지, 작년에 자기 애인을 데리고 온 그 녀석도 있었지. 내 말이 무슨 뜻인지 알 거야. 일이라는 건 절대로 계획하고 생각한 대로 풀리지 않아. 사람들이 생각대로 움직이지 않으면 현장은 너무 힘들어져.

예컨대 너를 봐. 우리는 네가 그 능력을 가진 사람이 될 거라고 생각했어. 네가 문을 열어줄 거라고. 내가 손가락을 탁 튕기거나 코를 움찔하면, 농장 전체가 사라질 거라고 말이야." 호킨스가 혼자 웃었다. "그런데 그렇게 되지 않았지."

"노력은 했어요." 내가 말했다. "제가 해낸ㅡ" 하지만 이번에도 호킨스는 내 말을 자르고 말했다.

"하지만 난 모든 일에 교훈이 따로 있다고 생각해. 우린 가끔 잊어버려. 우리가 자유를 섬기고 노역에 반대한다는 걸 말이야. 그리고 자유는 사람들이 우리 기대에 맞춰서 행동하는 게 아니라 자기가 하고 싶은 대로 할 권리야. 우리 기대를 벗어나는 사람이 됐다는 건, 네가 너 자신이 원하는 사람이 됐다는 뜻이겠지."

호킨스는 잠시 침묵을 지켰고, 우리는 그 자리에 앉아서 담배를 피웠다. 시원하고 상쾌한 바람이 우리를 스쳐갔다.

"난 네가 뭘 봤는지 몰라, 하이람. 네가 데리고 나오려는 사람들에게 무슨 일이 벌어졌는지도 몰라. 네가 하는 일이 내가 하려는 일은 아니라는 얘기도 꼭 하고 싶다. 하지만 내가 무슨 말을 하든 그건 정당한 명분이 될 수 없어. 나와 에이미가 풀려나기 위해서 내가 한 행동에 대해 과연 누가 왈가왈부할 수 있겠냐? 너는 자유로운 사람이야. 너 자신의 생각에 따라서 행동해야겠지. 내 생각에 따를 수는 없지. 코린 생각에 따를 수도 없고."

"내 생각이나 코린 생각은 전혀 중요하지 않아요." 내가 말했다. "어쨌든 그들이 안 가고 싶어 하는 것 같으니까요."

호킨스가 조용히 웃었다.

"아니, 나가고 싶어 해." 그가 말했다. "모두가 그래. 그거야말로 아무런 문제도 아니야. 모두가 여기서 나가고 싶어 해. 그냥 방법이 문제인 거지."

다음 일요일, 나는 상자에 개어놓은 세탁물을 배달하려고 아침 일찍 테나를 만났다. 우리는 조용히 배달을 마쳤다. 내가 마차를 마구간에 되돌려놓고 말을 말뚝에 매자 테나는 아무 말 없이 마차에서 내렸다. 나는 테나를 따라 토끼굴로 들어갔다. 그녀는 지난 한 주 동안 옛 방에서 지낸 터였다.

"뭐냐?" 그녀가 나를 올려다보며 비웃듯 물었다.

"그게 다예요?" 내가 말했다.

"그런 것 같구나."

"알았어요." 나는 그렇게 말하고 스트리트로 갔다. 하지만 다음 날 아버지 일을 처리하러 올라왔을 때 테나가 토끼굴에서 저택 상부로 이어지는 비밀 계단실 바로 앞에서 기다리고 있었다. 등불 빛 덕에 그녀가 울고 있었음을 알 수 있었다. 테나는 나를 보자 고개를 젓고 두 뺨을 훔쳤다.

"이건 누구한테도 지울 수 없는 엄청나게 큰 짐이야, 하이. 완전히 다른 또 하나의 노역이라고."

"알아요." 내가 말했다. "저도 지금은 다 봤어요, 전부 기억나고, 알고 있어요."

"정말이냐?" 그녀가 말했다. "내가 보기엔 아닌 것 같은데. 네 입장에서 보이는 부분이야 알겠지. 가슴에서 뜯겨나간 아이의 입장에서 보이는 부분 말이다. 하지만 다른 면도 알고 있니? 그토록 널 사랑하는 게, 나 같은 사람에게 얼마나 힘들었을지 알고 있어, 하이람? 나의 실러스, 나의 클레어, 나의 아람, 나의 앨리스, 나의 케시아에게 그런 일이 벌어진 후에 또 아이를 키우는 경험을 한다는 게 말이다. 너무도 힘들었다. 하지만 네가 다락에 올라가서 아래를 내려다보는 걸 봤고, 내 아이들은 절대 돌아오지 않는다는 걸 알았어. 그리고 네 어머니도 절대 돌아오지 않을 터였지. 그래서 우리 사이에 아무 공통점이 없다 한들 그것만은 공통점이 되겠다고 생각했다.

난 정말로 너를 사랑했다, 하이. 정말로 다시 어머니의 자리에 들어갔어. 네가 나를 남겨두고 떠났을 때, 네가 네 여자를 데리고 도망쳤을 때, 나는 한 달 동안 매일 밤 울다가 잠들었다. 놈들이 네게 무슨 일을 저지를지 몰라 너무도 두려웠어. 믿을 수가 없었다. 또 한 아이를 잃다니! 하지만 이번에는 노역자로서 팔려 간 것도 아니었어. 그러니까 문제는 나였던 게 틀림없다. 내 안의 뭔가가, 내가 사랑하는 모든 것을 밀어내는 거야. 그 끔찍한 것이 나를 찢어놓았다. 그러다가 네가 돌아왔어. 그런데 혼자 돌아온 게 아니었지. 너는 내가 모욕당하고 짓밟혔던 시절의 이야기들을 가지고 돌아왔어. 그리고 이제는 나더러 그 시절로 돌아가야 한다고 말하는구나.

내가 케시아한테 뭐라고 말하겠니, 하이? 내가 뭐가 되겠어? 그 애를 봐도 내게 보이는 것이라고는 잃어버린 아이들밖에 없다면 난 어떻게 해야 할까?"

테나는 손에 얼굴을 묻고서 여리게, 조용히 흐느꼈다. 나는 그녀의 머리를 끌어당겨 내 가슴에 묻었다. 우리는 그렇게 서로를 안고 있었다. 라클리스에서 보내는 우리의 마지막 시간이 초읽기에 들어갔다.

우리는 어떤 식으로든 머무를 수 없었다. 예전의 라클리스든, 우리 생각대로 변해가는 라클리스든. 지금 소피아에게는 코린이라는 보호

책이 있었다. 코린은 그 나름대로 단점이 있는 사람이었으나 한번 한 말은 언제나 지켰다. 하지만 테나는 경우가 달랐다. 테나가 점점 나이 들어간다는 사실과 공격당했던 사건 때문에 고민이 깊어갔다. 아버지는 그때쯤 자기 사람을 처리하고 거래하는 데 너무 깊이 발을 담그고 있었다. 사방에서 밀려드는 듯한 채권자들의 홍수에서 간신히 머리라도 내밀고 있으려고 뭐든 하는 판이었다. 하지만 언제까지나 그렇게 아슬아슬한 삶을 계속할 수는 없었다. 당시 나는 몰랐지만, 아버지는 애초에 그럴 생각도 없었다. 설령 그 사실을 알았다 한들 나는 케시아와의 약속을 지켰을 테지만 말이다.

나는 2주 동안 해리엇에게서 뭐든 소식이 들려오기를 기다렸다. 그러나 아무 답장이 오지 않았으므로 어떤 도움도 기대할 수 없겠다는 결론을 내렸다. 그 점에 대해서는 분노도 동요도 일지 않았다. 내가 언더그라운드와 함께한 시간은 1년에 불과했다. 또 언더그라운드의 일이 얼마나 강도 높은지 알고 있었기에 해리엇이 버지니아 지부와 동맹을 유지해야 한다고 판단했대도 이해가 되었다. 결국 나는 혼자였던 셈이다. 오직 나 혼자로만 이루어진 언더그라운드 지부. 나는 구스 강의 강둑에서 아주 작은 인도를 일으켰지만, 옛 아프리카의 왕이나 산티 베스, 모세처럼 인도한다는 건 환상처럼만 여겨졌다. 그래도 내게는 모든 기억이 있었다. 그리고 내가 가진 물건이 잃어버렸다 되찾은 세월의 힘을 집중시킬 수 있는 물건이라 기대했다.

우리가 함께 보낸 마지막 밤은 그 계절 중 가장 추운 밤이었다. 때는 토요일이었다. 그날을 선택한 이유는, 내가 인도를 마친 뒤에도 아무 의심을 받지 않고 월요일에 다시 일하러 갈 때까지 회복할 시간이 하루 있기 때문이었다. 우리는 옥수수빵, 물고기, 소금에 절인 돼지고기, 콜라드 등 당시 기준으로 잔치 음식이라고 할 만한 것을 가지고 모여 조용히 함께 식사한 다음 오두막에 앉았다. 테나는 다시 그 오두막에서 지내고 있었다. 테나는 어린 시절 이야기로 소피아를 즐겁게 해주었고, 이야기 사이사이 많은 웃음이 오갔다. 마침내 시간이 다가왔다. 서둘러 작별 인사가 이루어졌다. 나는 소피아에게 숙소로 돌아가 나를 기다리라고, 만일 내가 새벽까지 그녀를 데리러 돌아가지 않으면 강둑에서 나를 찾아보라고 했다.

나는 오두막 밖에서 밤하늘을 올려다보았다. 거대하고도 맑은 하늘이었다. 달은 여신처럼 밝았고 별은 모두 그 여신의 자손인 듯했다. 꼭 달 여신의 모든 운명과 드라이어드*와 님프들이 전 우주에 펼쳐져 있는 것만 같았다. 나는 테나의 손을 잡고 함께 오두막에서 나와 숲 뒤 오솔길을 지났다. 발밑에서 흙이 바스러졌다. 우리는 구스 강의 강둑에 이르렀다. 나는 테나에게 무슨 일이 벌어질지 말해주지 않았다. 어떻게 말해야 할지 알 수가 없었다. 그녀가 아는 것은 내가 산티 베스의 방법을 찾아냈고, 소피아가 그 진실에 관해 증언했다는 것뿐이었다. 그러니 테나가 내 손을 꽉 잡은 채 걷다 말고 멈춘 것도 이해할 만했다. 돌아보니 테나가 나를 올려다보고 있었다. 그녀의 놀란 시선을 따라가자, 방금만 해도 너무도 거대하고 밝았던 밤하늘이 이제 구름으로 흐려져 있는 게 보였다. 흰 안개 가닥이 강에서 올라오고 있었으며, 강의 존재는 그저 강변을 부드럽게 씻어내는 소리를 통해서만 알 수 있었다. 몸에 닿는 조개껍데기 목걸이가 따뜻했다.

그렇게 우리는 강둑을 따라 난 남쪽 길을 계속 걸었다. 강에서 부

* 신화 속 나무의 요정.

드럽게 일어난 안개 가닥들이 죽처럼 엉기기 시작했다. 그 모든 것 위로 너무 많은 우리들을 나체스 쪽으로 데려갔던 그 다리가 어둠 속에 도사리고 있었다. 우리는 힘이 빠지고 약해졌음에도 여전히 이 고장에 망령처럼 떠도는 라일랜드를 피하고자 우회로를 선택했다. 그렇게 원을 그리며 돌다가 다리 근처에 도착했다. 강을 내다보니 안개가 너무 짙어져서, 꼭 구름이 내려와 모든 것을 감싼 것처럼 보였다. 그러나 전부 감싸지는 못했다. 저 멀리 물이 있을 게 틀림없는 곳이나 예전에 물이 있던 곳에서 사방으로 푸른빛의 후광이 보였기 때문이다. 그 빛은 기억처럼 반향을 일으켰고, 나는 셔츠 아래 목걸이가 북극성처럼 밝게 타오르는 것을 느꼈다. 나는 셔츠 밖으로 목걸이를 꺼냈다.

때가 됐다.

"나의 어머니를 위하여." 내가 말했다. "돌아올 수 없는 이 다리 너머로 끌려간, 너무도 많은 어머니를 위하여."

그런 다음 나는 이제 조개껍데기 목걸이에서 나오는 푸른빛을 받아 부드럽게 빛나는 테나를 보았다.

"이곳에 남은 모든 어머니를 위하여." 나는 한 손으로 그녀의 손을 꽉 잡고 다른 손은 그녀의 뺨에 댄 채 말했다. "돌아오지 않는 사람의 이름으로 계속 살아가는 사람을 위하여."

나는 이제 다리 쪽으로 돌아서서 걷기 시작했다. 안개의 덩굴손이 다리에 겹쳐지고 푸른빛이 멀리 저쪽 끝이었을 만한 곳에서 부드럽게 춤추었다. 나는 그날 밤에는 그 반대편 끝이 우리의 목적지가 되지 않으리라는 것을 알고 있었다.

"테나." 내가 말했다. "사랑하는 테나. 제 얘기는 많이 했지만, 저를 이끌어준 모든 것의 본질을 말씀드린 적은 없어요. 그 기억이 너무 오랫동안 구석에 처박혀 있었거든요. 우리를 둘러싼 안개만큼이나 짙은 안개 속에 숨겨져 있었으니까요. 그럴 수밖에 없었어요. 저는 그때 일어난 일을 견디기에는, 그런 기억을 가지고 살아남기에는 너무 어렸어요.

우리 어머니가 로즈라는 건 아시죠. 제 아버지가 하월 워커라는 것도요. 저는 두 사람의 충격적인 결합으로 태어났어요. 저 혼자만이 아니에요. 제 형인 메이너드도 저보다 두 해 전 라클리스의 안주인에게서 태어났죠. 어떤 사람들은 메이너드의 피에 이 오래된 곳의 좋은 것과 고귀함이 모두 들어 있고, 메이너드가 언젠가는 현명하고 신중한 후계자가 될 거라고 믿었어요. 혈통이야말로 마법이자 과학이자 운명이라면서. 하지만 저는 그 혈통에 저항했고, 운명에 저항했어요. 저는 이제야 모든 것을 알게 되었고, 제가 저항할 수 있었던 건 잃어버린 어머니 때문이라고 생각해요.

너무도 오랫동안 제대로 볼 수도 기억할 수도 없었어요. 하지만 지금은 전부 보여요. 어머니의 밝고 즐거움 가득한 두 눈, 미소, 암갈색 피부. 그리고 옛 시절에 대해 어머니가 해준 이야기들이 기억나요. 물 건너에서 가져온 이야기, 제가 착하게 굴면 그날 밤 잠자기 전에, 밤에만 해주던 이야기들요. 그 이야기들이 제 머릿속에서 어떻게 빛났는지, 우리의 밤을 어떻게 색깔로 가득 채웠는지 기억나요. 신들린 것처럼 북을 치던 쿠피와, 노역을 마치고 보상을 받으면 우리가 가게 될 바닷속 천국에서 살았던 마미 와타 얘기도요."

이제 안개가 우리 주변에 몰려들었다. 다리가 내 발밑에서 사라졌다. 테나가 여전히 내 손을 잡고 있었으며, 열기가 조개껍데기 목걸이로부터 주변 모든 것을 밀어냈다. 한때 강의 위치를 나타내던 물결이 이제는 조용하고도 낮아진 것이 느껴졌다.

"하지만 신들린 듯 북을 치던 쿠피는 지금 이 시간에 노역에 발목이 잡혀 있어요. 어머니는 온몸의 모든 뼈에서 그 북이 울리게 했죠. 어머니가 춤추던 시절에는 여러 이야기가 있었어요. 어쩌면 어머니가 말로 한 이야기들보다 진실한 이야기였을지도 몰라요. 저는 어머니가 에마 이모와 함께 주바를 두드리던 것, 조개껍데기 목걸이가 흔들리던 것, 물 항아리가 어머니의 머리에서 떨어지지 않던 것이 기억나요. 좋은 시절이었어요. 노역의 시절 중에서는 좋은 시절이었죠. 하지만 노역은 노역이고, 저는 어머니와 에마 이모가 그렇게 춤춘 이유가 어떤 좋은 것도 오래갈 수 없음을 알았기 때문이라고 생각해요."

이 말에 그 운명적인 저녁에 날아다니던 유령들이 찾아왔다. 그들은 사방에 있었다. 나는 그날이 크리스마스임을 알 수 있었다. 내가 기억하는 다섯 살 때의 성탄절이었다. 그 시절은 아직 엠 카운티의 전성기였고, 하월 워커는 스트리트로 술병을 여러 개 보냈더랬다. 모닥불 근처에서 나는 어머니와 에마 이모가 춤을 주고받는 모습을 가만히 서서 지켜보았다. 내가 그 순간을 불러일으켰으면서도, 그 순간을 맛보고 싶었다. 그러나 아무리 시도해도 그들은 내게서 마치 필멸의 인생과 기억이라는 듯 희미해져갔다. 나는 이야기를 이어나가야 한다는 것을 알았다.

"세상이 변했어요. 담배 수확이 줄어들었죠. 걱정스러운 표정을 짓던 낯선 남자들이 생각나요. 딱딱해지고 만 흙, 주머니쥐와 들쥐들의 밥으로 남겨진 구스 강변의 오래된 저택들도요. 삼촌들의 수가 적어졌고, 사촌들이 잠깐 외출한다더니 영원히 돌아오지 않았어요. 그리고 우리는 다리를 건너서 나체스로 끌려갔어요. 그게 기억나는 이유는 제가 그 자리에 있었기 때문이에요."

이제는 유령들이 춤추던 눈앞에 바로 그 남녀가 걸어가고 있었다. 한때 매우 즐거워하던 그들은 이제 슬퍼했으며, 강 자체만큼이나 깊은 열망이 두 눈에 담겨 있었다. 그리고 한때 춤추던 팔다리는 발목부터 손목까지 사슬로 매여 있었다.

"어머니가 내 침대 옆에 무릎을 꿇고 나를 깨워서 어두운 바깥으로 데려갔던 게 기억나요. 사흘 밤낮 동안 우리는 동물들과 함께 숲속에서 살았어요. 낮에는 자고 밤에는 도망쳤죠. 어머니가 저한테 한 말은 에마 이모 같은 최후를 맞기 전에 떠나야 한다는 것뿐이었어요. 저는 어렸지만, 에마 이모가 팔려 갔다는 걸 이해했어요. 우리를 먼 곳으로 보내줄 늪에 이르는 게 어머니의 목표였어요. 어머니는 어머니의 어머니처럼 물을 가로질러 달려갈 수 없었으니까요.

하지만 그들이, 라일랜드가 우리를 쫓았어요. 우리를 잡아서 다시 끌고 왔죠. 우리는 스타펄에 있는 감옥에 억류됐어요. 저는 어머니와 함께 그곳에 있었지만, 모든 것을 이해하지는 못했어요. 너무도 혼란스러웠기에 아버지가 왔을 때는 아버지가 우리를 구하러 온 거라고 믿었어요. 아버지는 무척 다정했거든요, 테나. 아버지가 내 뺨을 어루만졌고, 내 어머니를 보면서는 고통스러워했어요.

'왜 떠난 거지?' 그가 물었어요. '내가 이런 짓을 하라고 등을 떠민 것도 아닌데?'

하지만 엄마 쪽에서는 오직 침묵만이 흘렀어요. 아버지가 다시 물었을 때에도 어머니는 입을 열지 않았죠. 그때 아버지의 고통스러워하는 얼굴이 비틀리며 분노로 바뀌는 것을 보았어요. 아버지의 고통이 어머니나 내가 아니라 자신 때문이었다는 걸 그때 알았죠. 어머니는 아버지를 잘 알았어요. 그 고귀한 얼굴 너머로 전부 본 거지요. 어머니는 아버지의 정체를 알고 있었기에 아버지가 자기를 팔아버리리라는 걸 알고 도망친 거예요. 아버지가 어머니의 언니를 팔아버린 것만큼 확실했죠. 자기 아들까지 팔아버리리라는 것만큼이나 확실했고요.

아버지는 떠나갔고 어머니는 이해했어요. 어머니는 목에서 조개껍데기 목걸이를 풀어 나한테 건네주며 말했어요. '앞으로 무슨 일이 일어날지는 모르겠지만, 지금 너는 내 기억에 새겨졌어. 네가 본 것을 하나도 잊지 말거라. 머잖아 나는 네게 유령이 될 거야. 나는 엄마로서의 할 일을 하려고 최선을 다했지만 이젠 우리 때가 왔단다.'

그때 아버지가 사냥개들과 함께 돌아왔어요. 놈들이 비명을 지르고 울부짖는 나를 어머니에게서 떼어놓았어요. 어머니가 팔려 가도록 내버려뒀어요. 그리고 나는 다시 라클리스로 끌려왔어요."

여행을 떠나온 후 처음으로 테나가 내 팔에 무겁게 매달린 것처럼 느껴졌다. 정말이지 기이한 일이었다. 어떤 힘이 테나를 내 팔에서 떼어내 구멍으로 다시 끌고 가려는 것만 같았다. 내 말이 일종의 힘이었다. 우리는 걸어갔다기보다는 안개를 가로질러 둥실둥실 떠 갔다. 내 가슴의 열기와 거기에서 밀려 나오는 빛의 푸른 광채가 느껴졌다. 그만둘 수가 없었다.

"우리는 말을 한 마리 데리고 라클리스로 돌아갔어요. 그 말이 그자가 로즈를 팔고 받은 대가였으니까요. 그자는 어머니를 내게서 빼앗아 갔어요. 하지만 그걸로는 충분하지 않았죠. 그자는 어머니에 대한 내 기억까지 가져갔어요. 아버지는 떠나면서 내가 보았던 어떤 때보다 화난 모습으로 내게서 그 조개껍데기 목걸이를 가져갔거든요. 나는 아버지에게서 도망쳤어요. 다음 날 아침 마구간으로 달려가 어머니가 팔려 간 대가로 받아 온 그 말을 보았고, 물이 담긴 여물통 곁에서 지금 내가 테나에게 해주려는 인도의 첫 기운을 느꼈어요.

나는 울면서 마구간에 앉아 있었어요. 피부가 찢기는 듯한 고통이 몸을 가득 채웠고, 뼈가 구멍에서 튀어나오는 것만 같았어요. 내 작은 근육에서 힘줄이 찢겨나갔죠. 나는 찢어지지 않으려고 내 몸을 부둥켜안았지만 어떤 물결이 나를 휘젓고 지나가며 그 마구간에서 데리고 나갔어요. 과수원과 들판을 지나서, 나를 다시 나의 오두막으로 데려갔어요.

너무도 예리하고 선명한 기억이 주는 고통은 견딜 수 있는 것 이상이었어요. 그래서 다른 건 무엇도 잊어버리지 않았지만, 그 기억만은 잊어버렸죠. 나는 어머니의 이름을, 어머니의 정의(正義)를 잊어버렸고, 산티 베스, 마미 와타의 힘을 잊어버렸어요. 나는 눈을 돌려 라클리스의 거대한 저택을 바라봤어요."

이제는 몸이 찢어질 것 같은 느낌이 압도해왔다. 테나의 무게에 팔이 뜯겨 나갈 것 같았다. 주변은 온통 안개와 푸른빛이었다.

"너무 많은 사람이…… 너무 많은 사람이 내게 어머니에 대해 전해줬지만…… 그들이 기억을 줄 수는 없었어요. 그들이 이야기를 전해줄 수는 없었어요……."

이제 눈앞에서 내가 말한 단어들이 머뭇거리고 있었다. 나는 우리가 무언가의 안으로…… 안개 속으로 가라앉는 것을 느꼈다.

"하지만 저는 버텨야 하고…… 소피아도 버텨야 하고…… 그리고 그 아이, 캐럴라인은 북극성을 알아야 해요. 북극성은……."

그 뒤로는 더 할 말이 없었다. 내 가슴의 열기가 그 말들을 찍어내 버렸고, 나는 절벽에서 내동댕이쳐진 듯한 기분이었다. 그렇게 내가 추락하자 기억의 페이지들이 9월의 노란 잎사귀처럼 사방으로 떨어져 내렸다. 나는 버드나무 아래에서 생강 쿠키를 먹고 있었다. 소피 아가 내게 술병을 건넸다. 조지 파크스가 내게 가지 말라고 말하고 있었다. 나는 떨어지고 있었다.

그러다가 안개 속에서 어떤 목소리가 들렸다. 내 안의 빛이 어두 워져가던 그때, 다른 초록색의 밝은 빛이 멀리서 나를 부르는 것을 볼 수 있었다.

"……북극성은 새들의 시야를 그물로 막아서는 안 된다고 말하 죠. 우리가 바로 그 새들이랍니다, 하이. 비록 둥지에서 끌려 나와 사 슬의 계곡에 자리 잡게 되었더라도."

나는 다시 허공에 떠 있었다. 테나가 내 손을 잡았다.

"이게 무슨 일이냐?" 그녀가 안개에 대고 외쳤다.

초록색 빛이 가까이 다가와 대답했다. "이건 인도의 힘이랍니다, 친구. 오래된 방법이지요. 앞으로도 남아 있어야 하고, 지금도 남아 있는."

나는 빛을 들여다보았다. 그곳에 해리엇이 자기 지팡이를 꽉 쥐고 있었다. 그리고 그녀의 다른 손을 잡은 사람은 놀랍게도, 케시아였다.

"늦어서 미안해요, 하이람 워커." 해리엇이 말했다. "할 일이 있었 어요."

나는 아무 말도 할 수 없었다. 그녀의 말을 밧줄 삼아 내가 매달린 것처럼 느껴졌다. 나는 해리엇이 다가온 방향을 보았다. 안개 속에서 델라웨어 부두가 보였다.

"괜찮아, 꼬마야." 케시아가 말했다. "돌아가. 이제 테나는 우리와 함께 있어. 다 괜찮을 거야."

분명히 말하지만, 그 외에도 많은 일이 있었다. 그러나 그때 내게 닥친 피로와 고통은 어떤 말로도 설명할 수 없다. 나도 뭔가 이야기의 결말을 전해주고 싶다. 자신의 잃어버린 아이 중 되찾게 된 딸을 다시 만났을 때 테나의 얼굴에 떠오른 표정에 대해 말해주고 싶다. 그러나 나는 다시 추락하며 휘청거리고 있었다. 나는 인생의 기억 속으로 떨어졌다. 여러 해를 거슬러가며, 미카야 블랜드와 메리 브론슨을 지나, 나의 수많은 삶을 가로질러, 자유연애론자들과 공장의 노예들을 지나, 화이트 형제들을 지나서 다시 세상으로 굴러떨어지고 있었다.

34

나는 낯선 사람의 침대에서 눈을 떴다. 메이너드와 함께 강 속에서 인도되었던 1년 전 아침에 그랬듯 온몸의 근육이 무거웠다. 저쪽을 보니 쳐둔 블라인드 너머로 햇빛이 살짝 들어오고 있었다. 나는 잠에서 막 깨어난 사람처럼 몽롱하고 혼란스러운 상태였다. 그러나 그날 밤의 기억이 천천히 돌아왔다. 테나는 떠났다.

나는 자리에서 일어났다. 시간을 알고 싶어 머뭇거리며 블라인드로 다가가 손잡이를 당겼다. 그렇게 햇빛을 불러들였다. 타오르는 듯 밝은 1월의 아침이었다. 나는 자리를 뜨려고 돌아섰다가 바닥에 넘어졌다. 마침 호킨스가 들어오지 않았더라면 아마 거기 계속 누워 있었을 것이다.

"데려갔구나?" 호킨스가 말했다. 그는 손을 내밀어 내가 다시 침대에 눕도록 도와주었다. 나는 간신히 침대에 앉았다. 두 다리에 생기가 돌아왔다. "바로 테나를 데려간 거야." 그가 다시 말했다.

나는 눈을 비빈 다음 호킨스 쪽으로 목을 늘이며 말했다. "어떻게 된 거죠?"

"나보단 네가 잘 알겠지." 그가 말했다.

"아니, 그게 아니고요." 내가 다시 말했다. "난 어떻게 여기 온 거예요?"

"네 애인이 우리를 불렀어." 그가 말했다. "소피아 말이야. 어젯밤에 널 자기 오두막 바로 앞에서 발견했대. 네가 열이 잔뜩 오른 채로 차가운 땅에서 몸을 떨면서 웅얼거리고 있었다더라. 소피아가 스타펄에 있던 우리에게 사람을 보냈어. 우리는 무슨 일이 있었는지 눈치 채고 하월과 이야기를 나눴어. 물론 너를 치료하려면 마을로 데려가야 한다는 얘기였지."

"그랬군요."

"너도 알겠지만, 네가 지금 상태에서 무슨 말을 할지, 누구에게 말을 꺼내서 그 말이 누구에게 가닿을지 우리는 전혀 몰라. 그래서 널 여기에 잡아두기로 했어. 좋은 생각이었지. 테나라는 사람이 사라졌고, 하월은 모든 사정을 정확히 알지는 못해도 주의를 기울일 테니까. 게다가 테나가 사라진 시점이 네 열병과 묘하게 맞아떨어진다는 걸 참 공교롭게 생각할 거야. 하지만 우리는 그 점에 대해서 아무것도 모르는 거야. 맞지? 이곳 사람들도 마찬가지고. 왜냐하면 너는 그 일과 아무런 상관이 없으니까. 네가 코린을 거역했을 리는 절대 없잖아. 네가 언더그라운드 버지니아 지부를 위험에 빠뜨렸을 리도 없고."

"그럼요." 내가 말했다.

"내가 생각한 그대로네. 몸이 나아지면, 바로 옷을 입고 코린한테 그 말을 직접 전해."

저녁쯤 나는 거의 정신을 차렸다. 나는 옷을 입고 스타펄 여관의 공동휴게실로 내려갔다. 구석 탁자에서 세 요원이 맥주를 즐기고 있었다. 공동휴게실 끝에서는 바텐더가 코린과 대화를 하고 있었다. 코린이 무슨 농담을 듣고 웃었다. 그녀는 숙녀의 옷을 입고 있었다. 화장을 하고, 한껏 부풀린 드레스를 입고, 핸드백을 든 채로. 나는 그 방 구석 계단 바로 옆에 서서 잠시 그녀를 지켜보았다. 왜 그녀인지, 버지니아 혹은 북부의 그 무엇이 혁명의 영혼을 저렇게 일깨웠는지 궁금했다. 대체 무엇이 이 여자, 이 아가씨, 별일을 다 겪은 그녀에게 모든 위험을 감수하게 했을까? 나는 공동휴게실을 내다보며 코린이 다름 아닌 스타펄 한가운데에서 해낸 일에 경이로워하고 있었다. 노예제도의 한복판에 뿌리를 내리다니.

코린은 뒤를 돌아보았다가 나를 봤다. 명랑한 표정이 희미해졌다. 그녀는 불 근처 탁자를 고갯짓했다. 우리는 그리로 갔다. 자리에 앉으려는데 그녀가 말했다. "그래서, 해버렸구나."

나는 대답하지 않았다.

"대답할 필요 없어. 우린 처음부터 네게 그런 능력이 있다는 걸 알고 있었거든. 너희 할머니의 전설을 들은 이후로는 네가 테나와 소피아를 탈출시킬지 모른다는 소문이 계속 돌기도 했고. 호킨스는 처음부터 그럴 거라고 생각했어."

"정작 저는 제가 해낼 줄 몰랐어요." 내가 말했다. "딱히 제가 원했던 대로 된 것도 아니지만요."

"하지만 테나는 떠났지."

"네, 떠났어요." 내가 말했다.

"마음에 안 드네." 코린이 말했다. "이건 문제야. 나는 내 요원을 믿을 수 있어야 해. 요원이 무슨 생각을 하고 있는지 알아야 한다고."

나는 고개를 저으며 웃었다. "지금 본인이 무슨 말을 하는 건지는 알아요?"

그녀는 잠시 침묵을 지키다가 미소 지었다.

"알아." 그녀가 말했다. "알고말고. 하지만 가끔은 기억을 떠올려야 해서."

"당연히 그러시겠죠." 내가 말했다. "우리 할머니 산티 베스는 이 모든 일이 벌어지기 이전 사람이었어요. 인도의 힘은 언더그라운드보다 오래된 뭔가에 속한 거고요. 당연히 저는 당신에게 신의를 지키겠지만, 그 오래된 것에 대해서도 신의를 지켜야 해요."

"그럼 그 소피아라는 여자는? 그 애도 인도할 거니?"

"저는 소피아에게 신의를 지킬 거예요." 내가 말했다. "제가 할 수 있는 말은 그것뿐이에요. 소피아가 제게 해준 일에 대해 신의를 지켜야겠죠. 소피아는 이번에 두 번째로 제 목숨을 구해줬어요. 저는 제가 무엇을 위해 일하는지 결코 잊지 않을 거예요. 저는 제게 소피아 같은 사람들을 위해 일합니다. 제가 무엇을 위해 일하는지와 누구를 위해 일하는지 사이에는 거리가 있을 수 없어요."

바텐더가 따뜻한 사과주 두 잔을 가져왔다. 요원들은 여전히 수다를 떠는 중이었다. 나는 사과주를 마시고 말했다. "그들은 저한테 화물이 아니에요. 구원이죠. 그들은 저를 구해주었고, 그들을 구해야겠다고 느끼는 순간이 한 번이라도 찾아온다면 전 할 거예요."

"뭐 그럼, 그런 순간이 오지 않도록 하면 되겠네." 코린이 말했다.

"어떻게 하실 건데요?" 내가 물었다. "우리는 짐승의 구렁텅이 한복판에 있어요. 코린이 소피아에 대한 권리를 가지고 있대도 마찬가지예요. 여기서 더 뭘 할 수 있겠어요?"

이제는 코린이 침묵을 지킬 차례였다. 그래서 그녀는 그렇게 했다. 자기 몫의 사과주를 마시고 공동휴게실을 바라보며, 자신의 작품에 경탄했다.

암호 같던 코린의 말이 무슨 뜻이었는지 이해하기까지는 1년이 더 걸렸다. 지금 돌이켜 생각해보면, 한참 전에 그 윤곽선을 보았어야 했다. 아버지는 그해 가을에 죽었다. 조사에 따라 아버지가 말년에 한 일들이 드러났다. 아버지는 라클리스를 완전히 빚더미에 빠뜨렸다. 하지만 저택 전체와 그 울타리 안에 남은 모든 사람을 코린의 재산으로 넘긴다는 단서를 달아두었다. 덕분에 사람들은 코린 퀸에게 구조되었다.

아버지가 죽고 나서 한 달 뒤, 우리는 형태나 기능 면에서 브라이스턴과 비슷하게 저택을 변화시키기 시작했다. 그 말은, 겉보기에 라클리스는 버지니아의 오래된 저택이지만 내부적으로는 언더그라운드의 지부였다는 뜻이다. 우리는 남은 노역자들이 뉴욕, 뉴잉글랜드, 그리고 언더그라운드 나름대로 땅을 가지고 있는 북서부의 몇몇 자유로운 지역으로 조용히 흩어지도록 조처했다.

그렇게 한 사람 한 사람을 떠나보낼 때마다 빈자리에 요원이 들어왔다. 요원들은 버지니아 전체와 버지니아와 접경한 주까지 더 멀리 작전을 펴나갔다. 바깥세상이 보기에 라클리스는 코린의 재산이었다. 하지만 그 저택의 관리는 내 몫이었다. 내가 옛날에 상상했던 대로는 아니었지만 나는 그곳에 저택의 잠정적 주인이자 라클리스 지부의 요원으로서 존재했다.

테나가 떠나고 이틀 뒤, 호킨스가 나를 라클리스로 태워다 주었다. 도착했을 때는 저녁이었고, 아버지는 저녁 식사를 대접받고 있었다. 나는 아버지를 바라보았다. 아버지가 미소 지었다.

"이젠 다 괜찮아진 거냐?" 그가 물었다.

나는 그 옆에서 깊이 허리를 숙였다. 그때까지도 차고 있던 조개 껍데기 목걸이가 약간 흔들리다가 셔츠 밖으로 빠져나왔다.

"다 나았어요." 나는 이 말을 하면서 굳이 그를 보지 않았다. 나는 그의 반응에 관심이 없었다. 하지만 이제는 나도 그가 아는 모든 걸 알고 있음을 가르쳐주고 싶었다. 용서하는 것은 무의미하지만, 잊는 것은 죽음이므로.

그런 다음 나는 스트리트의 저쪽 끝으로 걸어갔다. 오두막에 서서 불을 내려다보며 저녁을 준비하는 소피아가 보였다. 침대에서 캐리가 가만히 이불을 끌어당기며, 갓난아기들 특유의 아무 의미 없는 다양한 소리를 크게 내고 있었다. 소피아는 나를 보더니 미소 지으며 다가와 부드럽게 입을 맞추었다. 소피아가 저녁 식사를 준비하는 동안 나는 캐리와 놀아주었다. 우리는 한때 내가 테나와 함께 식사하던 바로 그 구석에서 같이 밥을 먹었다. 나는 캐리를 무릎에 앉혀두고 옥수수빵을 작게 떼어주었다. 소피아는 미소 띤 얼굴로 앉아 우리를 지켜보며 잠자코 있다가 저녁을 먹었다.

우리는 그날 밤 모두 다락에 올라가서 잤다. 비록 테나가 떠나기는 했지만, 왠지 이 집 안에 있는 그녀의 공간을 존중하고 지켜줘야 할 것 같았다. 밤이 반쯤 지났을 때까지도 우리는 깨어 있었다. 소피아는 박공 천장을 올려다보고 있었으며 캐리는 그녀의 가슴에서 잠들어 있었다. 나는 소피아의 숱 많은 머리카락에 손가락을 넣고서, 딱히 무슨 모양도 없이 머리카락을 꼬아댔다.

"그래서 우리는?" 내가 물었다. "지금 우리는 뭘까?"

소피아가 캐리를 가슴에서 내리더니 우리 둘 사이에 눕히고 돌아

누워 나를 보았다.

"우리야 늘 똑같지." 그녀가 말했다. "언더그라운드."

작가의 말

화이트 가족에 관한 이야기는 윌리엄과 피터 스틸, 그들의 가족에 관한 실제 이야기에서 영감을 받았다. 그들의 이야기와 노예였던 사람들에게서 그들이 수집한 여러 이야기에 대해서는 퀸시 밀스가 편집한 윌리엄 스틸의 『언더그라운드 레일로드의 기록』(모던 라이브러리) 신판에서 더 많은 글을 읽어볼 수 있다.

옮긴이의 말

『워터 댄서』는 작가 타네히시 폴 코츠의 첫 장편소설이다. 코츠는 이 소설을 쓰기 전에 마블 코믹스의 블랙 팬서 시리즈와 캡틴 아메리카 시리즈를 썼으며, 노예제도가 살아 있던 시절의 미국사와 흑인들의 생활에 관한 논픽션을 써서 독자들에게 이름을 널리 알렸다.

특히 논픽션 작가로서 활동했던 경험은 이 작품에도 잘 녹아 있다. 주인공 하이람은 보고 들은 것을 하나도 잊지 않고 기억하는 신기한 기억력의 소유자다. 그래서인지 하이람을 만난 사람들은 그가 굳이 요구하지 않아도 자신의 내밀한 사정과 감정을 그에게 털어놓는다. 그중에는 백인들도 있지만, 물론 가장 인상적인 이야기를 들려주는 사람들은 이 책에서 노역자(the Tasked)라 불리는 노예들이다.

동족 배신자로 찍혀서 도망치는 처지이지만 자신이 사랑하는 여자에게는 그저 사랑하는 남자일 뿐인 사람의 이야기, 뛰어난 제빵 솜씨로 자신과 남편, 아이들의 몸값을 치르고 자유인이 되려 했지만 주인의 배신으로 아이들을 빼앗긴 여자의 이야기, 아들이 먼 곳으로 팔려나가고 홀로 남은 며느리와 사랑하는 사이가 되었지만 한참 뒤에 아들이 다시 돌아와 자괴감에 빠진 아버지의 이야기…….

그 외에도 인간에 대한 인간의 노골적 착취가 제도로 자리 잡고 있던 끔찍한 시대를 살아간, 핍박받는 수많은 사람의 이야기가 하이람의 귀와 기억, 기록을 통해 독자들에게 전달된다. 이런 이야기 중 많은 사례는 작가가 밝히고 있듯 실제 노예였던 사람들의 경험담에서 가져온 것인데, 이 작품에서는 하이람의 독특한 초능력이라는 장치가 있기에 단순히 나열되는 데서 그치지 않고 새로운 생기를 얻는다.

더욱이, 소설에서 이런 기억은 노역자들을 자유로운 지역으로 이끌어 주는 '인도'라는 마법적 능력을 발동하는 데 꼭 필요한 요소로 표현된다. 이야기 속에서는 노역자들이 그 마법을 통해 실제로 다른 장소로 이동할 수 있지만, 상징적인 의미에서는 역사를 잊지 않고 기억하는 것이야말로 자유와 해방으로 나아가는 길임을 작가가 힘주어 이야기하고 있다고 추측할 수 있는 대목이다.

재미있는 점은, 다른 모든 사람의 이야기를 정확히 기억하는 하이람이 오직 어머니와 관련된 기억만큼은 제대로 떠올리지 못한다는 사실이다. 그렇기에 하이람은 '인도'의 능력을 온전히 발휘하지 못한다. 아마 이는 하이람이 아버지이자 주인인 하월이나 하월이 대변하는 노예제도의 허위의식을 완전히 간파하지 못한 채 그의 뒤를 잇고 싶다고, 라클리스의 새로운 주인이 되고 싶다고 막연하게 생각하기 때문일 것이다. 그는 언더그라운드에서의 활동을 통해 미국 남부의 모든 영광이 인간에 대한 철저한 착취에 기반하고 있다는 것을 절실히 깨닫고, 진창과도 같은 노역자들의 현실을 온전히 끌어안기로 결심한 뒤에야 어머니의 기억을 생생히 떠올릴 수 있게 된다. 그리고 그때에야 비로소 그 힘으로 다른 노역자들, 그가 사랑하는 새로운 가족들을 구원할 수 있게 된다.

세계화가 많이 진전되었다고는 하지만, 대부분의 국민이 비슷한 외모를 갖고 있는 한국의 독자들에게 인종에 기반한 노예제도나 흑인 해방 같은 문제는 낯설게 느껴지는 면이 있다. 그러나 작가의 뛰어난 글솜씨와 날카로운 관찰력 덕분에 우리도 허위 가득한 노예제도가 은폐하고 있는 비참한 현실을 간접적으로 체험하고 이해할 수 있게 된다. 더 중요한 건, 그토록 비참한 현실에서도 굴하지 않고 끝없이 자유를 갈망하며 연대하는 인간의 위대함을 다시 한번 실감하게 된다는 것이다.

번역가로서 나는 외국어로 쓰인 감동적인 작품을 만나면, 모국어로 감동적으로 옮겨 수많은 독자에게 전달하고 싶은 욕심을 느낀다. 그런 면에서, 이 작품은 특히 공들여 번역하고 싶었던 작품이다. 그만큼 아쉬움도 많이 남는다.

원작은 남부의 사투리와 노역자들의 말, 북부인의 말을 모두 살려 쓰고 있으나 그런 차이를 우리말 번역본에서는 살리지 못했다.

마찬가지로, 언어의 차이 때문에 작가가 쓴 몇 가지 단어를 완전히 살려 옮기지 못한 점도 독자 여러분의 양해를 구한다. 남부의 노역자들을 빼내 북부로 탈출시키던 비밀 조직의 이름은 '언더그라운드 레일로드'다. 직역하면 지하의 기찻길이다. 그리고 기차에는 안내원(Conductor)이 있다. 이 소설에서 내가 '인도'라고 번역한 단어의 원어는 전도라는 의미를 가진 Conduction이다. Conductor와 Conduction의 형태적 유사성을 국어에서도 살려, 하이람처럼 노역자들을 해방하는 역할을 하는 인물들을 언더그라운드 레일로드와 더 밀접하게 연관 짓고 싶었으나 적절한 단어를 찾지 못했다. 부족하나마 옮긴이의 말에 원어를 밝히는 것으로 갈음하고자 한다.

다른 면에서는, 독자들도 이 소설에서 묘사된 기억을 통해 세계와 인간을 더욱 깊이 이해하는 기회를 충분히 누렸으면 좋겠다. 나는 이 책을 옮기면서 편집부 여러분께 정말로 큰 도움을 받았다. 이 책이 쉽게 읽을 수 있는, 정확한 글이 된 것은 그분들 덕이다. 내게는 어렵지만 뜻깊은 작업이었다. 다른 분들께는 쉽게 읽히면서도 뜻깊은 책이 되었으면 한다.

2020년 10월
강동혁

옮긴이 **강동혁**

서울대학교 영문학과와 사회학과를 졸업하고 같은 학교 대학원에서 영문학 식사학위를 받았다. 옮긴 책으로는 『해리포터』 시리즈 1-7권(새번역), 『일곱 건의 살인에 대한 간략한 역사』, 『레스』, 『이 소년의 삶』 『더 원』 등이 있다.

워터댄서

초판 1쇄 발행 2020년 10월 20일
초판 2쇄 발행 2020년 11월 18일

지은이 타네히시 코츠
옮긴이 강동혁
펴낸이 김선식

경영총괄 김은영
기획편집 이상화 **디자인** 문성미 **크로스교** 조세현 **책임마케터** 이고은
콘텐츠개발2팀장 김정현 **콘텐츠개발2팀** 문성미, 임인선, 김보람, 이상화
마케팅본부장 이주화
채널마케팅팀 최혜령, 권장규, 이고은, 박태준, 박지수, 기명리
미디어홍보팀 정명찬, 최두영, 허지호, 김은지, 박재연
저작권팀 한승빈, 김재원
경영관리본부 허대우, 하미선, 박상민, 김형준, 윤이경, 권송이, 이소희, 김재경, 최완규, 이우철
외부스태프 교정교열 김미래

펴낸곳 다산북스 **출판등록** 2005년 12월 23일 제313-2005-00277호
주소 경기도 파주시 회동길 357 2, 3층
대표전화 02-704-1724 **팩스** 02-703-2219 **이메일** dasanbooks@dasanbooks.com
홈페이지 www.dasanbooks.com **블로그** blog.naver.com/dasan_books
종이 · 인쇄 · 제본 · 후가공 (주)상림문화사

ISBN 979-11-306-3202-5 (03840)